江西省重点学科中国语言文学资助

江西高校哲学社会科学研究重大课题攻关项目《江西完善优秀中华传统文化教育行动方案研究》（批准号：ZDGG1405）

赣南师范大学学术著作出版基金资助

江西文学与优秀传统文化协同创新团队（师院字〔2015〕6号）资助

赣南师范大学中国语言文学省级重点学科资助项目

明湖文丛

明清江西诗学与文论

吴中胜◎著

中国社会科学出版社

图书在版编目（CIP）数据

明清江西诗学与文论／吴中胜著 . —北京：中国社会科学出版社，2017.7
ISBN 978-7-5203-1082-6

Ⅰ.①明… Ⅱ.①吴… Ⅲ.①诗学-研究-江西-明清时代②古代文论-研究-
江西-明清时代 Ⅳ.①I207.2②I206.2

中国版本图书馆 CIP 数据核字（2017）第 238553 号

出 版 人　赵剑英
责任编辑　陈肖静
责任校对　周　昊
责任印制　李寡寡

出　　版　中国社会科学出版社
社　　址　北京鼓楼西大街甲 158 号
邮　　编　100720
网　　址　http：//www.csspw.cn
发 行 部　010-84083685
门 市 部　010-84029450
经　　销　新华书店及其他书店

印刷装订　北京君升印刷有限公司
版　　次　2017 年 7 月第 1 版
印　　次　2017 年 7 月第 1 次印刷

开　　本　710×1000　1/16
印　　张　23.25
插　　页　2
字　　数　385 千字
定　　价　85.00 元

前　言

　　刘勰说："文变染乎世情，兴废系乎时序。"（《文心雕龙·时序》）在中国古代，文学与时政的关联之紧密可见一斑。不仅文学作品与时政关联密切，就是作为学术研究的诗学和文论也与政治关联密切。梁启超《论中国学术思想变迁之大势》就说："学术思想之在一国，犹人之有精神也；而政事、法律、风俗及历史上种种之现象，则其形质也。"① 以清代为例，在梁启超看来，清初学术经世致用，乾、嘉学术重考据朴学，晚清思想界之活跃，皆"时势所造成者"。② 不仅清代，而且整个中国古代的学术思想，我们都可以作如此观，我们要看一省一地的学术思想，比如我们这里要讨论的明清江西的诗学和文论，就离不开对整个时代学术风气的观照。

　　明代科举盛行，士子们的精力都花在四书五经、八股制艺上了，正如嘉靖十六年（1537），陈束（1508—1540）为高叔嗣《苏门集》作序所说：

　　　　国朝以经义科诸生，诗道阙焉。洪武初，沿袭元体，颇存纤词，时则高、杨为之冠。成化以来，海内和豫，搢绅之声，喜为流易，时则李、谢为之宗。及乎弘治，文教大起，学士辈出，力振古风，尽削凡调，一变而为杜诗，则有李、何为之倡。嘉靖改元，后生英秀，稍稍厌弃，更为初唐之体，家相凌竞，斌斌盛矣。夫意制各殊，好赏互异，亦其势也。然而作非神解，传同耳食，得失之致，亦略可言，何则？子美有振古之才，故杂陈汉、晋之词而出入正变；初唐袭隋、梁之后，是以风神初振而缛靡未刊。今无其才而习其变，则其声粗厉而

---

① 梁启超：《清代学术概论》，夏晓虹点校，中国人民大学出版社 2004 年版，第 3 页。
② 同上书，第 100、109、119 页。

畦规；不得其神而举其词，则其声嘽缓而无当。彼我异观，岂不更相笑也。①

　　明清江西的情况类似。我们知道，自古江西多才俊，两宋时期不用说，到明清时期，江西出的进士在全国也是较多的。据资料统计，明清两代江西籍的文状元就有 23 人之多。在明代，建文二年（1400）和永乐二年（1404）两次殿试中，前三甲都是江西人。② 单从这一点，就知明清江西科举学风之盛。然而，会读书并不见得有创造力。明清江西人读四书五经很用功，但他们在文学创作上成就并不高，甚至思想有点迂腐。比如大才子解缙，主编过《永乐大典》，他写的更多的是官样文章，而在真正能够体现个性才情的诗文创作方面并不突出。又如高中状元，后官至内阁大学士的胡广，撰写了一部《诗经大全》，完全是程朱理学的盗版。本书有几部涉及这样的一些诗学和文论著作，主要是说明，明代江西诗学和文论和整个时代一样，有过一段保守迂腐的历史。

　　明代江西诗学和文论的曙光是阳明心学带来的。王阳明主张"心外无理"，强调人的主体性和主动性，否定圣贤的绝对权威。后来其弟子王艮创立泰州学派，提出"百姓日用即道"的命题，极大地促进了高扬"人欲"，反对"天理"的异端思想。由于王阳明长期在江西做官，阳明心学在江西影响甚广。汤显祖的"重情"文学思想，就与阳明心学关系密切。

　　王国维认为，清代学术有三个阶段："国初，一变也；乾、嘉，一变也；道、咸以降，一变也。"（《沈乙庵先生七十寿序》）清代江西诗学和文论大致有三个阶段。

　　清初，经过社会的大动荡，暂时安宁的社会生活促成了学术的空前繁荣。梁启超在分析清初"极复杂而极绚烂"的学术盛况的原因时说："经大乱后，社会比较的安宁，故人得有余裕以自励于学。""旧学派权威既坠，新学派系统未成，无'定于一尊'之弊，故自由研究之精神特盛。"③ 经过这一场社会大动荡，文化人普遍在反思一个问题，是什么导致明朝灭

---

① （明）高叔嗣撰《苏门集》卷首，文渊阁《四库全书》本。
② 李天白编著《江西状元谱》，江西教育出版社 1997 年版，第 4—5 页。
③ 梁启超：《清代学术概论》，夏晓虹点校，中国人民大学出版社 2004 年版，第 155 页。

亡？反思的结果是明人学问空疏，不切实际。具体到诗学和文论上，明人也多空谈阔论，为清初学人不齿。也就是梁启超说的："承明学极空疏之后，人心厌倦，相率返于沈实。"① 在心理上，普遍认同历史上历经社会动荡、王朝更替的文人及其作品。比如，对杜甫描写"安史之乱"的诗歌尤其推崇，对杜甫在"安史之乱"期间的艰辛历程和酸苦体验感同身受。加之，受异族统治，对那些固守民族气节、有"遗民"意识的士大夫来说，心理冲击尤为震撼。如清初"易堂九子"之一魏礼（1630—1695）撰《李云田豫章草序》云："少陵诗在天地间，岳立川流，学者莫能穷其涯涘，而其于君国之际，新故之感，朋友患难之情，忧深而思远，情纡郁而磅礴，后之论者以为与《国风》《雅》《颂》相表里，非无故也。"② 又如贺贻孙，康熙十七年（1678）笪重光荐试博学鸿词，削发为僧以避之。③ 在诗学主张上，他提出"诗厚"说。这些都是清初士人心态的具体反映。

从康熙朝中叶开始，清政府的文化政策做了重要调整，极大地影响了当时的学风，黜虚崇实，提倡经学。到乾隆一朝，相关政策得以进一步加强，重启书院教育，启动浩大文化工程《四库全书》的编修工作，科考内容改革等，在这一系列政策的引导下，考据学风盛行。梁启超《清代学术概论》说，惠栋、戴震、段玉裁、王念孙、王引之等人"为考证而考证，为经学而经学"。"其治学根本方法，在'实事求是''无征不信'。"④ 科考改革、考据学风和文字狱三个方面，对这一时期的江西诗学和文论都产生了影响。

在科考内容上，清政府进行了改革。乾隆二十二年，朝廷下诏："会试第二场表文改用五言八韵唐律一首。"乾隆四十七年，五言八韵律诗被移至头场，其地位升至与八股文并重。这可谓是清代科考的重大改革，极大地改变着士人们的文体观念。从此，不再是八股文一统天下，而是诗文并重了。士子们平日学习，也不再是单一的八股技艺，试律诗艺自然提上

---

① 梁启超：《清代学术概论》，夏晓虹点校，中国人民大学出版社 2004 年版，第 155 页。

② 《魏季子文集》卷七，道光二十五年珍溪之绂园书塾重刊本。

③ 蒋寅撰《清诗话考》，中华书局 2005 年版，第 256 页。

④ 梁启超：《清代学术概论》，夏晓虹点校，中国人民大学出版社 2004 年版，第 134—135 页。

重要日程。特别是在科场的重压下，诗法辞章成为参加应试的必备功课。比如江西丰城人徐文弼编写了《汇纂诗法度针三十三卷》，分金、石、丝、竹、匏、土、革、木八集，这是作者在府学教授诗学的教材。① 单从书名来看，本书实即"科举试题解法汇编"。

乾、嘉学术，其重要特质就是考据之风的盛行。梁启超《论中国学术思想变迁之大势》："本朝学者以实事求是为学鹄，颇饶有科学的精神，而更辅以分业的组织；惜乎其用不广，而仅寄诸琐琐之考据。"② 说的主要是乾、嘉学风。这种学风反映到杜甫批评上就是对杜诗字句、掌故的推敲法。这一时期的江西诗学，也多讲究诗歌的字法、句法、篇法，就是这一时代风气的反映。

文字狱对当时学术风气影响更大。数十年之后，龚自珍还说："避席畏闻文字狱。"（《咏史》）梁启超《论中国学术思想变迁之大势》分析乾嘉学派生成原因："是不一端，而时主之操纵其最也。自康熙、雍正年间屡兴文字狱，乾隆承之，周纳愈酷。论井田封建稍近经世先王之志者，往往获意外谴；乃至述怀感事，偶著之声歌，遂罹文网者，趾相属。又严结社讲学之禁，晚明流风余韵，销匿不敢复出现。学者举手投足，动遇荆棘，怀抱其才力智慧，无所复可用，乃骈辏于说经。"③ 谢启昆在扬州知府期间，因对东台举人徐述夔《一柱楼诗》案追查不力，"不即严行审究"，被革职查办。这件事影响了他一生的创作和治学路向。

进入晚清，清朝统治由盛转衰，江河日下，社会危机日益严重。一批有社会责任感的学者重新举起经世致用的旗帜，注意力重新转移到现实生活上来，加之中西文化的撞击和交融，导致晚清"新学"的兴起。这一时期，学者们思想之自由及忧患意识之深重较任何时代都有过之而无不及。梁启超《论中国学术思想变迁之大势》："近十年来，我思想界之发达，虽由时势所造成，由欧美科学所簸动。"④ 说的就是这个意思。古今中西的大交汇，大大地促进了人们思想的自由。一方面，这个时期学界仍然有乾、嘉学风的留风遗韵，比如刘凤诰（1761—1830）

---

① 蒋寅撰《清诗话考》，中华书局 2005 年版，第 353 页。
② 梁启超：《清代学术概论》，夏晓虹点校，中国人民大学出版社 2004 年版，第 103 页。
③ 同上书，第 109 页。
④ 同上书，第 119 页。

《杜工部诗话》五卷，无论内容或体式都还是传统诗话的格调，这方面的风气一时还比较浓厚，此处不赘。另一方面，从新兴的学术因素来看，相比乾、嘉学术的严谨专注，这一时期更多的是个性的张扬和思想的解放。诗论家不再固守"经夫妇，成孝敬，厚人伦，美教化"（《诗大序》）的传统诗学传统，而是自觉地"输入欧洲之精神思想，以供来者之诗料"。① 忧患意识是近代文学批评的主旋律，由于这一时代人们面临的不仅是"亡国"的危机还有"灭种"的危险，故而这种忧患意识相比前代更为深重。在民族危亡之际，文学批评被提高至存续国学、存续华夏文化血脉的时代高度。文廷式、魏元旷等的忧时伤乱之作，就是这一时代风潮的反映。

　　明清时期是中国古典学术的全面梳理和总结时期，和这一时代风潮相对应，这一时期江西诗学和文论也有不少总结地域性文论思想的编著。明代郭子章撰《豫章诗话》。清代张泰来撰《江西诗社宗派图录》一卷，规模虽小，总结性意图明显。裘君弘撰《西江诗话》十二卷，自云："以西江人说西江诗"，"自家人说自家话，宜不同于门外汉隔壁帐也"。曾廷枚撰《西江诗话》三卷，论江西历代诗家，上起陶渊明，下至弟文麓。杨希闵撰《乡诗撷谭》二十卷，"自陶渊明至清嘉、道间诗人，江西一省之诗史隐然可见"。② 更有胡焕撰《论西江诗派绝句十五首》，以十五首绝句总结历代江西诗人诗作，形式特别。这些总结性的文字，回顾和梳理了江西历代诗学和文论思想，对于我们今天撰写地域文学史、文学思想史有重要的参考价值。

　　中国文论的主要体式是诗话，《诗品》以降，绳绳相因，代代相传。明清两代，诗歌创作退化，但诗学理论却成擅场。拿清代来说，据蒋寅撰《清诗话考》可知，"清诗话的总数超过 1500 种是没有问题的"。清诗话数量之巨，为历代所未有，质量上也在集前代之大成的基础上有转出有创新。从清代众多诗话和文论作者的地域分布来看，江西无疑是一大重镇。据蒋寅撰《清诗话考》可知，清代有诗话专著的江西籍作者达二三十人之多。这些诗话和文论作者尽管多为二、三流作家，但作为一种群体现

---

① 梁启超撰《夏威夷游记》，夏晓虹编《梁启超文选》（上），中国广播电视出版社 1992 年版，第 390 页。

② 蒋寅撰《清诗话考》，中华书局 2005 年版，第 561 页。

象，毕竟为清代诗学和文论的繁荣做出过重要贡献。从地域视角审视这一时期的诗学和文论，是本书的一大要义。我们坚信，本书对梳理明清江西诗学和文论的实际状况，对认识清代江西诗学和文论的繁荣成因、发展脉络和理论贡献，对认识江西诗学和文论在中国诗学和文论史、中国文学史乃至中国学术史上的地位和作用，对了解、丰富和发展地方文化会有一定的现实意义和理论价值。

目　　录

第一部分　明代江西诗学与文论

第二部分　清代江西诗学与文论

第一部分　明代江西诗学与文论

第一章 刘崧与江右派诗学

明代诗学地域性很强，以地域为分界的作家群体在明朝文学发展中一直扮演着重要的角色。刘崧作为江西翰林院作家群体代表人物，不仅对明代馆阁文学，而且乃至江西文学的发展都有重大影响。刘崧开启了明初江西著名的诗派——江右派。《明史》中记载："（刘崧）善为诗，豫章人宗之为'西江派'。"① 为区别于宋代的江西诗派，西江派又称江右派。刘崧是江右诗派的第一人，另有代表诗人梁潜、解缙。

刘崧（1321—1381），字子高，旧名楚，号槎翁，江西泰和人。崧七岁能诗，一生耽嗜吟咏，刻苦之，故年愈老而诗愈工。其诗平正典雅，不失为明初正声。著有诗歌集《槎翁集》《职方集》等。刘崧生活的元末明初，文坛风气还沉浸在元末纤弱哀怨的亡国末世中，刘崧诗学思想与众不同，具有相对的独立性，"'诗本诸人情，咏于物理。凡欢欣哀怨之节之发乎其中也，形气盛衰之变之接乎其外也。'吾于是而得诗之本焉。知邪诞之不如雅正也，艰僻之不如和平也，委靡碎裂之不如雄浑而深厚也。于是而得诗之体焉。知成乐必本于众钧，故未尝执一器以求八音之备。知调膳必由于庶味，故未尝泥一品以求八珍之全。于是而又得夫诗之变焉"。（《槎翁文集》卷十《自序诗集》）从中我们看到刘崧思想中最基本的观点，即诗本人情、雅正和平、本于众钧。

一 诗之本——诗本人情

文学表现的真谛，是中国诗人千百年来不断探索的课题。"诗言志"的观点是我国古代文论家对诗的本质的发掘成果。但由于"志"本身内容的丰富和各人理解、立场不一，以及后代政论家过于强调诗的政治教化作用，导致了诗的艺术价值被人们忽略。刘崧作为一代文学大家，对诗的

---

① （清）张廷玉撰《明史》，中华书局1974年版，第3957页。

见解有独立性。"诗本人情而成于声。情不能以自见,必因声以达。故曰:'言者,心之声也',声达而情见矣。夫喜怒哀乐,情也,而各有其节焉。清浊高下,声也,而各有其文焉。情而无所节也,声而无所文也,则不得以为言矣,而况诗乎?则情之发也必正而和,声之奏也必宏以远矣。"(《槎翁文集》卷九《陶德嘉诗序》)诗发由心生,为了表情达意而产生的,"存之于心而为爱,发之于言而为颂"。(《槎翁文集》卷九《钟廷方录癸卯寿诗序》)这种感情在心中就是爱,由内而外,付诸文字时,就是诗歌。世间事物千千万万,但是情感却是发自内心的,是真实的、诚挚的,"世变万万,情性一致。其于诗也,未尝无所法,而拘之则卑矣。未尝无所自,而袭之则陋矣"。(《槎翁文集》卷九《萧子所诗序》)世有善恶,人有美丑,"余尝求汉唐以来,迄今作者之诗,因以观其人。凡其人之美恶、邪正、穷达、修短,若是乎其不齐也,而其诗亦往往因之以见,而莫之遁焉"。(《槎翁文集》卷十《刘以震诗序》)人有伪善,但是诗却无法掺假,因为诗本人情,诗中的情感是无法仿造的。

　　刘崧"诗本人情"的观点顺应了文学内在的发展规律,体现了文学内在的要求,"又为歌诗以申道其思慕慨叹,真情至性,缠绵往复,读之虽隔万里,而油然见其肺腑不尽之怀,恻然有间关无穷之虑。此其爱之深者,故其发之于言者,有不能浅也。而其同时相和者,复有以道达其情志,讽而诵之,信乎其可以兴也"。(《泊庵集》卷三《李氏史弟倡和诗序》)有时诗人并未刻意抒情,但是人的情感心绪又怎么能掩饰得了,常常不知不觉中自然流露于笔端,"悲愤之作,往往流出肺腑"。(《槎翁文集》卷十一《跋文信国公三诗墨迹后》)正因如此,统治者采诗以观社会民风,"古有采诗之官,凡风俗之微恶,心志之邪正,与夫政治之得失,其泛然杂出于歌谣者,皆采而录之,以献于天子。于是,前所谓微恶邪正得失者,咸于燕观而考之,而谓之风焉……圣人卒不轻绝之者,亦惟以其美刺忧伤之间,讴吟咏歌之下,于凡人心,天理之贞,自有不可得而掩焉者耳"。(《槎翁文集》卷十一《三衢徐欣名诗稿序》)刘崧这一思想在后世不断发展完善,影响广大。

　　因为诗本于人情,所以在诗歌中展示的气势,是诗人喜怒哀乐的直接体现,"抒夫性情,发于词章"。(《槎翁文集》卷十《巢云诗集序》)从诗歌中可以读出诗人的情怀、气魄和胸襟,"其乐足以导和,歌足以述情,威仪足以合礼,而言议足以成德"。(《槎翁文集》卷六《秋日宴中和堂诗后序》）"君培高蓄深，克自振厉，至挢词摘章，光彩横发，倾其座人。如春花间柳，风日争妍；如寒泉触石，霜月孤照。丽而不流于媚，淡而不极于苦。"（《槎翁文集》卷八《万德深沧江稿序》）优秀的诗歌引人入胜，使人心旷神怡，如沐春风。著名诗人梁潜也有类似的观点："盖其气同志合，情好绸缪，故其发于咏歌若金石奏而律吕谐，凤鸟鸣而声气应，至于相忘于情，相赏以心，相矜以为高，相夸以自豪，虽其一时之作有不可掩者，要之皆所以道其志而无伤也。"（《泊庵集》卷七《银浦唱和诗序》）饱含情感的作品具有强烈的感染力和震撼力，往往引起读者共鸣，"诗以道性情，而得夫性情之正者尝少也……然其忧悲欢娱哀怨之发，咏歌之际，尤能使人动荡感激，岂非其泽人人之深，久犹未泯耶"。（《泊庵集》卷三《雅南集序》）读者闻恬和之音则心平气舒，听哀伤之调则催人泪下，正可谓优秀的作品读后"余音绕梁"，使人"三月不知肉味"，达到忘我的境界。

二　诗之体——雅正和平

经过元末战争的洗礼，人们益发珍惜明初稳定的社会生活。江西自然环境优越，赣江两岸肥沃的土地使人们生活安定富足，民风淳朴自然，在这样的环境中，江西诗人发自内心的满足，以诗歌直抒心声，"心口相应，条理自成"。（《槎翁文集》卷一《仰斋诗》）诗风平易自然，清丽和婉，歌咏升平，"诗道其有昌平"。（《槎翁文集》卷六《送隆师之青原序》）江右诗派自足的心理和相对封闭的环境，使诗人产生唐代鼎盛的国势下的优越感，他们标榜唐音，以唐代诗歌为典范，尽管宋代以黄庭坚为首的江西诗派在全国范围独领风骚，但精深辟透、骨气瘦劲的宋诗则不受百年后的江右诗派赞同，刘崧甚至提出"宋绝无诗"。[①] "益求汉魏而下、盛唐诗以来号为大家者，得数百家，编览而熟复之，因以究其意之所在，然后知体制之工，与夫求声之妙，莫不隐然天成，悠然川注，初不在屑乎一句一字之间而已也。"（《槎翁文集》卷十《自序诗集》）江右派追求浑然天成、磅礴大气、清新典雅的唐朝诗歌，对宋诗"诗无一字无来处"不屑一顾。刘崧在品评友人的诗时说："今伯舆之诗，清丽而有则，谐婉而成章。飘飘乎若风行而雾舒也，

---

① 冯小禄：《明代诗文论争研究》，云南人民出版社 2006 年版，第 77 页。

铿铿乎若玉鸣而金奏也，皎皎乎若日光而冰洁也。"（《槎翁文集》卷十
《巢云诗集序》）解缙在《说诗三则》所说："汉魏质厚于文，六朝华
浮于实。具文质之中，得华实之宜，惟唐人为然。故后之论诗以唐为
尚。宋人以议论为诗。元人粗豪，不脱北鄙杀伐之声，虽欲唐迈宋，去
诗益远矣。"以议论说理为主的宋诗和粗豪杀伐之音的元诗都不能成为
明诗的榜样，只有文质适中、华实合宜的唐诗才是明代学习的榜样。梁
潜欣赏清雅平和之音："其温雅和平之音，褒美讽刺之际，抑扬感慨，
反复曲折而皆不过乎节，读之有可爱者。"（《泊庵集》卷三《雅南集
序》）面对意境悠远，情感深炙的作品，他忍不住大声赞叹："其言超
逸横放若不可追蹑，徐而视之则端重衍裕，其指远，其情深，沨沨乎和
平之音也，何其美哉！"（《泊庵集》卷七《陈子威诗集序》）可见雅
正和平，情深意远是江右派诗人共同的追求。

　　基于雅正和平的审美情趣，纤巧绮丽的诗篇被诟病，质朴无华被谓之
得道之本，"上古之世，民何能巧，亦无有拙，巧拙未形，是谓得道本，
得道之本者，不巧而巧，是名大拙，拙者巧之至也……韬华反朴，乃可用
世"。（《泊庵集》卷三《用拙斋记》）江右诗人反对艰涩隐晦的文风。
刘崧点评一位方外之人的诗文时说："其性静而质，其气和以平，其为言
也直而近于雅。方之外能言者率多，然大抵缠汨于偈颂口耳之习，而于诗
之道远矣。"（《槎翁文集》卷六《芳上人诗序》）出家之人心气祥宁平
和，但每日诵读的经文佛语，难免夹杂在诗文中，如此一来，诗歌的艺术
魅力大为削弱，为刘崧不喜。过饰雕琢的文字，也是江右诗人批评的对
象，"词益绮丽，而格调之卑弱亦极矣，故选古者于此辄弃而不录……则
又何可以卑弱之极而遂少之耶！"（《泊庵集》卷一六《跋阴何诗后》）
江右派雅正的文风，深受统治者的赏识，渐渐成了明初诗歌走向的主导，
并发展成为统治文坛近百年来的台阁体。

三　诗之变——本于众钧

　　诚如刘崧所言："知成乐必本于众钧，故未尝执一器以求八音之备。知
调膳必由于庶味，故未尝泥一品以求八珍之全。"我国古代"钧"是量物的
工具，借为评量人才，在此指众多有才华的诗人。因为一器不可求八音之
备，一品不可求八珍之全，所以要不断地积累知识，不停地向前辈学习，
才能在写作各种诗歌时得心应手。在明初的诗学史上，曾有一段师古与师

心的争论，① 江右派诗人明显是师古的追随者。刘崧作为一代宗师，非常勤奋，笔耕不辍，他自称："年十六游兴国，为童子师，然犹日诵诗千数言，至夜赋诗歌以自励。居三年未有异也。"（《槎翁文集》卷十《自序诗集》）家中丰富的藏书也为他不断学习、吸取养分提供了可能和便利，"清介而有守，家故多藏书，又多佳子弟，故其庭恒有文士之迹，而不杂焉"。（《槎翁文集》卷九《钟廷方录癸卯寿诗序》）由于刘崧"活到老、学到老"的不懈努力，他的作品越来越工整优美。梁潜也十分赞成博学广识的观点，"夫古人之诗，不徒模状物态，在寓意深远，非深于学者未易工，非博物多识，不能赋也"。（《泊庵集》卷三《诗意楼记》）"然人之有心，所以神明万化，惟学问可以致知。"（《泊庵集》卷三《水天清意轩诗序》）在他看来唯有学问才可以使人明白世间的万事万物，只有学问才能让人不被事物变化迷惑。梁潜更具体地表示，博览群书却不可照单全收，学习要加以选择，"学诗者于名家之作，固当观其全也，况夫珠璧之产，汰弃瑕疵之馀，精英奇绝之未泯，尚有足爱而不忍弃者，读者要知所择可也"。（《泊庵集》卷一六《跋唐诗后》）学习要去粗取精，博而不滥，选取名家的优秀作品作为自己学习的范本。作为后人，我们应看到，由于过度地强调学习钻研，缺乏创新精神，江右的士子们，获得功名的人多，创新的思想却甚少。

文学之师古，就既要师古圣贤之文，也要师古圣贤之道。② 因此，江右派诗人还注重自身的品性修养，培养自己广阔的胸襟，刘崧说："充之以学，养之以气，约之于其所守，达之于其所施，则天下之事可从而理矣，况于诗乎。"（《槎翁文集》卷九《萧子所诗序》）天下的事都顺应理，诗歌创作也不例外，所以要不断学习，修养性情气魄。使自己精神完满，气韵充沛，"其神完，其气逸，其意达，要不可以节目拘而浅近观也。此岂非其家教之厚，而发于居养之素者邪！"（《槎翁文集》卷十一《萧九川诗稿序》）山川秀水具有陶冶情性，涤魂净魄的功效，"凡江风淮月，吴山楚水之清麓雄钜，可悟可愕，所以涵养其性灵，恢宏其盛观者"。（《槎翁文集》卷六《芳上人诗序》）"惟无欲可以主静，而非幽隐闲逸以少绝夫外物之累，则亦未易以察识夫圣贤天地之量也。"（《泊庵集》卷三《水天清意轩诗序》）自然平和的心境才不被俗物所累，那是体味圣贤之道的基本前提。

---

① 冯小禄：《明代诗文论争研究》，云南人民出版社 2006 年版，第 60 页。

② 同上书，第 62 页。

第二章 杨士奇与"台阁体"诗学思想

明永乐至成化年间，文学的发展步入了一个低潮，在文坛占主导地位的是"台阁体"。台阁主要是指当时的内阁与翰林院，又称为"馆阁"。"台阁体"则是指以当时馆阁文臣杨士奇、杨荣、杨溥等为代表的一种文学创作风格。台阁体诗文大多为应制、题赠、酬应而作；内容不脱描绘盛世祥瑞气象，歌颂帝王的功德，格调雅丽雍容；作品多为粉饰太平的工具，无艺术生命可言。①

台阁成员中不乏江西文人，譬如，杨士奇、胡广、金幼孜、王直、王英、李时勉、周叙、吴溥等皆为江西人，可见江西台阁作家阵容之强大。其中成就最大的当属杨士奇。杨士奇（1365—1444），名寓，以字行，江西泰和人，历事明代四主，在内阁任职长达 42 年之久，在明初文坛上他是一个举足轻重的人物，明代台阁体在他领导与影响下，风行百年，一唱百和，形成了文归台阁的垄断局面，因而世人把他称为"明代台阁体之祖"。

一 诗考王政

从我国第一部诗歌总集《诗经》开始，中国古代文学便开始走上与国家兴亡盛衰相联系的道路。"风，风也，教也，风以动之，教以化之"（《胡广诗话》），② 这是中国文学的历史功用。诗歌作为文学的重要组成部分，历来被视为文学正统代表，自然而然地继承了文学母体的思想特性。自古以来就有"兴观群怨"之说，诗歌从社会风俗的盛衰评判统治者得失。"是以后之君子读其诗而知王道之隆替，人事之得失，风俗之厚薄，礼乐之废兴……述伦谊之重，性情之真，百世之下，有以见夫王道之

---

① 袁行霈主编《中国文学史》第 4 册，高等教育出版社 1999 年版，第 60 页。
② 吴文治主编《明诗话全编》，江苏古籍出版社 1997 年版，下同，不另注。

盛衰，风俗之厚薄，故曰：'诗可以观'。"（《王直诗话》）诗歌被上位者用以教百姓，歌太平，颂盛世。"在于立身行道、孝亲忠君之大端……夫诗以言志也。"（《杨士奇诗话》）台阁文人致力于将诗的功用过渡到政治说教上，尽心竭力将诗成为统治者服务的工具，把对政治和礼教的要求运用到社会生活中，让百姓生活政治化、礼教化。"夫子之言正为其有邪正、美恶之杂，故特言此以明，其皆可以惩恶劝善，而使人得其情性之正耳，非以桑中之类亦以无邪之思作也。"（《胡广诗话》）台阁体诗文正于封建王朝宣扬王化、鼓吹盛世的需要而产生的。

洪武之初，朱元璋即十分重视文治，兴学校、敦教化，又重用儒生，兴办科举，俨然太平盛世。至永乐以后，国家承平日久，气运日盛，于是以褒扬帝德、歌咏盛世为目的的雍容典雅、自然醇正的台阁体便应运而生了。[①]台阁体作家多为馆阁文臣，身居要职，这些"居庙堂之高"的高官显贵以"道明德立之士，其言足以垂世而立教"（《李时勉诗话》）为己任。职责所致，同时，"惟我圣朝，天启昌运，笃生贤臣"（《金幼孜诗话》），为了歌颂盛世太平，彰显自己的才干和效忠的决心，台阁体作品中有意无意地反映了作者对政治王道的思虑："诗以理性情而约诸正而推之，可以考王政之得失，治道之胜衰……汉以来，代各有诗，嗟叹咏歌之间，而安乐哀思之音，各因其时。盖古今无异焉。若天下无事，生民又安，以其和平易直之心，发而为治世之音，泽未有加于唐贞观开元之际也。"（《杨士奇诗话》）台阁文人推崇贞观、开元，并非为盛唐的文学价值，而是为治世辉煌所折服，作为高官权贵本能地追求强盛祥和的社会局面。反映出用诗来"鸣国家之盛"，同时达到粉饰太平、鼓吹治世的效果。

"诗考王政"的诗学思想是对中国传统儒家诗学功用观念理论总结性的继承和发展。这种诗学观点多体现在应制诗中，此类诗也是后人责难最大的。本节只探求该类诗歌中作者的创作动机，"诗考王政"的诗学思想与台阁文人所处的时代及其独特的身份地位有关，大多台阁文人出生于元末，切实经历了元末明初的兵火战乱，睹闻悲惨之景。杨士奇就曾在文章中说"元之季世，兵戈饥馑，民困穷冻馁，无食至相食以苟活，虽父子

---

① 王运熙、顾易生主编《中国文学批评通史·明代卷》，上海古籍出版社 1996 年版，第71 页。

夫妇相视而不能相保恤，所在皆然"。明朝建立后，经过各方面的不懈努力，社会趋于稳定，经济逐渐复苏，百姓安居乐业，明朝出现了短暂的社会繁荣——"仁宣之治"，这是馆阁群臣共同缔造的，这个盛世凝结了众人毕生杰出的智慧和一生的心血。在他们的内心，由衷地兴奋，希望用诗歌这种原本就具有反映现实政治盛衰的文学样式来歌颂、赞扬这个盛世局面。杨士奇欣喜地说："朝廷清明，礼教修养，四境晏然，民远性咸安其业，无强凌众暴之虞，而有仰事俯蓄之乐，朝恬夕嬉，终岁泰安而恒适者。"从乱世迈向治世，深得上位者赏识，台阁文人备受鼓舞，自然怀着激动、自豪的心情来书写盛世太平。"凡山川道路之险夷，风云气候之变化，銮舆早晚之次舍，车服仪卫之严整，甲兵旗旄之雄壮，军旅号令之宣布，祃师振武之仪容，破敌纳降之威烈，随其所见，辄记而录之。"(《金幼孜诗话》) 虽然诗歌反映了国家政治的盛衰，但他们更强调和注重盛世出强音，强音歌圣世。"士君子遭文明之世，处清华之地，当闲暇之日，而成会合之娱，宜也。会而形于言，以歌太平，咏圣德，明意气之谐畅，发性情之淳和，又宜也。"(《王直诗话》) 这些诗歌无论是描述朝堂的富丽堂皇，还是歌颂皇帝的恩德，无一例外，都体现了"诗考王政"思想。

二 酬唱典雅

台阁文人处境优裕，大多怀有受朝廷礼遇而产生的感恩心理，容易形成歌颂圣德、美化生活的创作意向。同为庙堂高官，精通于人情世故，相互之间难免阿谀奉承，言尽意远，在创作诗歌上提倡"含不尽之意，见于言外"。(《周叙诗话》) 台阁文人多为御用文人，过着富足但相对封闭与狭窄的上层官僚生活，创作素材比较贫乏，因此，台阁体诗文内容大多为应制、题赠、酬应而作，这种应和之文有其特别的创作要求："要如水中煮盐，饮水乃盐味。旧诗不可盗袭，但可脱胎换骨，默会方知本元。不可令有村俗气，不可令有斧凿痕。词忌直，意忌浅，脉忌露，味忌短，音韵忌散缓，亦忌迫促。篇章忌堆积，亦忌贴衬。发端忌作举止，收拾贵有出场。意贵通透，语贵脱洒，语忌须除，语病必去。认处要真，做处要著，声口要和，斤两要停，说理要简易，说事要圆活，说景要微妙。血脉相通，辞理俱到。不可切切，不可泛泛，不可骂詈，不可叫唳，不可徒作，不可强为。"(《周叙诗话》) 因为"凡诗格不同，措辞亦异"(《周叙诗话》），为酬唱应和的诗文风格大都平正纡馀，典雅清丽，他们论文大抵是把文章和世运密切相连，认为太平盛世即要有太平的文章。在这样的思想指导下，不论是诗还是文，都讲究醇厚、平正、典雅，庙堂之体如此，山林隐逸之体也如此。①

杨士奇作为政坛元老，台阁领袖，一举一动都受到朝野关注，他的作品在艺术价值上不算什么成就，更谈不上什么创新，但在当时的影响力却是不能低估的，他的诗文创作被视为台阁体的典范，对台阁文风形成起到主导作用。杨士奇的文学思想与创作不同程度地受到江西儒学及文学传统的影响。杨士奇自幼受儒学熏陶，有浓厚的儒家思想。他的文章学欧阳修，论诗推崇朱熹，其着眼于诗歌所抒发的盛世之音，表达的治世气象，强调的是诗歌的用世之功而不是诗歌本身的艺术魅力。所作诗文大都词气安闲，以润饰鸿业、斧藻升平为能事。明中期诗人朱孟震论杨士奇的两首诗时说："此二诗也，一则当流离之际而潇洒自如，一则处寒沍之时而兴致不改。"② 即使在流离失意时的诗，依然潇洒自如、兴致盎然，可见杨士奇内心世界的宽厚坚强，同时，也反映了他典雅俊逸的诗风。

台阁派的主要作家，在创作中大多追随杨士奇，"须在看多、做多、商量又多，推敲改抹，字字句句，不容苟且，日煅月炼，期于必传。用字不可粘凑，押韵不可牵强，句语不可寻常，首尾不可各别，故事不可不谨用"。（《周叙诗话》）诗文风格也大多与杨士奇相近，表现出一种雍容典雅的台阁气，"若论其妙，在于雄浑自然、幽柔深远、萧散高妙、宛转蕴藉、典重尔雅、精深圆建、清新俊逸、祈辞造理"。（《周叙诗话》）雍容典雅、平易朴实为杨士奇诗文的风格，也成为衡量台阁体成员作品风格的标准，杨士奇之创作对台阁体文风之形成起着重大作用。从醇厚平正的欣赏趣味出发，台阁文人善"欧学"，欧阳修文风舒柔有法和流畅自然，反对浮靡雕琢和怪僻晦涩。台阁体的作家们在创作方法上提倡自然，不赞赏精雕细琢的作诗方法，"山谷诗精绝，知他是用多少功夫，今人卒乍，如何及得，可谓巧好无馀，自成一家矣！但只是古诗较自在，山谷刻意为之，又曰山谷诗忒巧了"。（《胡广诗话》）

① 王运熙、顾易生主编《中国文学批评通史·明代卷》，上海古籍出版社 1996 年版，第 71 页。

② 吴文治主编《明诗话全编·朱孟震诗话》，江苏古籍出版社 1997 年版，第 4778 页。

三　诗本性情

　　虽然台阁体文人多为酬唱应和而作，不乏夸大相互恭维之语，但在创作思想上，却追求诗歌最本真的面貌，即抒发作者内心情感世界。《四库全书总目提要》中记载："大底以清和婉约之音，提导后进，迨杨士奇等嗣起，复变为台阁博大之体"，① 故台阁体是由西江派发展而来，有着江右派平易自然的诗风传统。杨士奇称"诗必本于性情言行，以极乎修齐治平之道"，其他台阁文人也纷纷以性情作为诗歌的本质和内涵："诗以道情性为真"（《胡广诗话》）；"诗，本乎人情"（《李时勉诗话》）；"诗者，志之所发也"（《王直诗话》）；"夫诗者，吟咏性情者也"（《周叙诗话》）。词句虽不同，但表达的意思却是一致的。杨士奇进一步指出："古诗三百篇皆出乎情，而和平微婉，可歌可咏，以感发人心。"《诗经》中的篇章都是吟咏性情而发的。"心之所之谓之志，而诗所以言志也。"（《胡广诗话》）诗表达了人内心的感受。"其贤者感深伤切而尤有不能已乎其情，遂相率作为诗歌以挽之。是皆出于人心之自然，非勉强而致也。"（《金幼孜诗话》）发自内心的感情自然真切，不可勉强、虚伪、造假。基于此，台阁文人一致赞成"诗本性情"的思想观点。台阁文人最具代表的应制诗，在一般人眼中无非传达对明朝仁政局面的感念，歌颂君主英明恩厚，彰显自己对国家热爱和对君主效忠。但细细品味诗歌言语背后所蕴含的感情，难道只是阿谀粉饰之作，全然没有作者的真性情？

　　台阁文人是国家思想和政策的主要拟定者、决策者，对社会的发展有着巨大的导向作用。社会安定、国家昌盛与他们的辛劳付出是分不开的，在他们的眼中，那治世太平是他们不懈努力的成果，那些歌功颂德、粉饰太平的文字在某种程度上可以说是他们内心真实感受的自然流露。也许，真性情流露之时略有尘世的俗气，但那亦是作者的一腔热血和激情。这也就可以理解为什么诗文中充满雍容典雅的台阁气的台阁文人会提出"诗本性情"的文学主张了。台阁文人都是学识渊博之士，遣词造文信手拈来，毫无滞顿艰难之苦："诗须是平易不费力，句法浑成。"（《胡广诗话》）"发乎自然而非造作也。汉魏迄今，诗凡几变，其间宏才实学之士，纵横放肆，千汇万状，字以炼而精，句以琢而巧，用事取其切，模拟

---

① （清）纪昀：《四库全书总目提要》，中华书局 1965 年版。

取其似，功力极矣！而识者乃或舍旃而尚，陶、韦则亦以其不炼字，不琢句，不用事而性情之真，近乎古也。"（《胡广诗话》）直抒性情未加雕饰的文字也是台阁文人展示自身才华的最佳舞台。

台阁文人以"性情"为根本来度量诗歌的高下优劣，"夫诗本情性，学问以实之，仁义以达之，笃敬以足之。学问其力也，仁义其气也，笃敬其诚也。学问不足则其力不固，仁义不至则其气不充，笃敬或间则其神不清。三者不备，不可以言诗。三者备矣，又必先明体制、审音律；体制明矣，音律审矣，又必辨清浊、去固陋；清浊辨矣，固陋去矣，又必得乎兴象，则其发也，沛然矣"。（《李时勉诗话》）诗歌在有情性的基础上，加之学问、仁义、笃敬三者可以为诗，其余如体制、音律、兴象则为次之。"盖诗有体格，有制作，有音律，有兴象。必辨其体格，详其制作，审其音律。体格明，制作精，音律谐，而后可以言诗。至于兴象，则在乎其人学问之至，用力之久，自当得之，非可以言喻。"（《李时勉诗话》）可见他并不是一味追逐性情，而抹杀诗歌中的人为作用和效果。由此可见，诗歌直源性情，而不受世俗的沾染，加上诗人的谋篇布局，协调音律，刻画意境，才是优秀的作品，也才是台阁文人所赞扬称道的诗歌。

第三章　胡广的《诗经大全》

胡广（1370—1418），字光大，吉水（今江西吉安）人。明惠帝建文二年举进士第一，授翰林院修撰，因与汉代胡广同名，赐名靖。累官至文渊阁大学士，兼左春坊大学士。卒谥文穆。胡广对古代诗歌，尤其是《诗经》颇有研究，著有《胡广穆杂著》《诗经大全》《性理大全》等。《诗经大全》是研究《诗经》的重要著作之一。

永乐年间，明成祖朱棣敕胡广修纂《诗经大全》，并颁行天下，作为士子必须遵循的经典。于此情形下，明代《诗经》学著作，多是依准朱熹《诗集传》而鲜有发明，从而流于空疏的境地。顾炎武曾言："经学之废，实自此始。"① 皮锡瑞甚至批评明代是"经学的衰弱期"。② 奉为明代科举取士准则的《诗经大全》，也被后人指为"剽窃刘氏（即刘瑾）旧文，陈陈相因，毫无创见"。③ 也因此为后世经学家所不屑，以至于时至今日也无人对《诗经大全》作过细致的考论。

《诗经大全》是奉敕修撰，并且编撰者胡广是程朱理学的捍卫者，因此，《诗经大全》带有浓厚的政教意义及理学色彩，但由于胡广本身是文学家，论诗时又不免以文学角度评析，因而，《诗经大全》出现了明显的矛盾性，即"理"与"情"的矛盾，以及政治说教与文学性的矛盾，天理与人欲的矛盾。这些矛盾，将《诗经大全》与胡广陷入极其尴尬的境地之中。

一　处处体现的矛盾

（一）理与情矛盾性

明代初期，理学这一新起的儒学思想攀升至统治地位，成为了当时社

---

① 顾炎武：《日知录》卷一八，上海古籍出版社 1985 年版。

② 皮锡瑞：《经学历史》，中华书局 1981 年版。

③ 沙先一：《〈毛诗六帖讲意〉与明代诗经学》，《中国典籍与文化》2004 年第 1 期。

会的正统思想。文学创作与研究也深受理学的影响，尤其是对《诗经》的研究。这种既要关注内在情性的修持，又要树立外在规范权威的观念，使得这一时期的《诗经》学表现出理与心之间的统一与对抗。胡广坚持诗是由情所发而作。《大序》曰：

> 诗者，志之所之也，在心为志，发言为诗。之所以谓之志，而诗所以言志也。情动中而形于言，言之不足故嗟叹之，嗟叹之不足……情者，性之感于物而动物者也……然情之所感不同，则音之所成亦异。（《诗经大全·大序》）

可见，胡广认为情感不同，会导致人所发之音不同。这种论述是以"情"为基点出发，做到了抒情文学评论的基本。胡广也因此在其对风诗的解析中，作出了正确的评析。如其云："其道情思者为风"（《诗经大全·国风》），并指出："风，民俗歌谣之诗也。"是能感动人心的诗歌。这种注重"人心中情"欣赏角度，为后世研究经学之人留下了丰富的思想。然而，也正是在标举"性情之正"的前提下，理与情的冲突在《诗经大全》中显得愈加分明。胡广虽说"风是男女相与咏歌，各言其情"，但只有周召二南是"乐而不淫，哀而不伤"的"风诗之正经"。因为它们是"彼文王之化以成德"（《诗经大全·国风》）的诗。所以这种情性是合乎天道圣理的，以至于《诗经大全》也继承并发展了《毛诗》的正变之说。因此《诗经大全》一方面以情谈起，另一方面又极力维护圣人自正，使其自身陷入自相矛盾的境地之中。

（二）政治说教性与文学性的矛盾

在《诗经大全》中，胡广一方面是从文学角度解释，并肯定诗的文学价值；但另一方面，在对诗义的解释上，他又致力于将其过渡到政治说教上来，更甚者直接为统治者开脱。这样做的后果是，大大削弱了《诗经大全》的文学价值。例如，《魏·伐檀》，本来其诗又如序言说是"刺贪也，在位贪鄙无功，而受禄君子不得进仕尔"，但胡广却说："此诗专美君子之不素餐。"（《诗经大全·魏》）直接由"刺"诗变成"美"诗了。不仅失去诗的本意，而且也为后人留下一可笑的把柄！又如，《关雎》一诗的解析，他赞同匡衡的说法，即"君子好逑，言能致其贞淑不二其操，情欲之感无介乎容义，宴私之意不形乎动静，夫然后可以配至尊，而为宗庙主"。(《诗经大全·周南》) 以我们今天看来《关雎》明明就是一首情诗，可胡广非得要把它与"至尊""宗庙"联系起来，还要说它是"王教之端也"。可见，胡广是用尽心思将《诗经》为统治者服务。再如，胡广对赋的解释，"赋者，敷陈其事而直言之者"(《诗经大全·周南》)，可谓是得赋的精髓，然而他紧接着加上一段"后妃既成而赋，其事追叙初夏之时……《葛覃》《卷耳》《木》《螽斯》，其词虽生于后妃，然其实则皆所以著名文王身修，家齐之效"。(《诗经大全·周南》) 即胡广的意思是说，赋就是指铺叙后妃之德，来引出文王之德。可见，胡广其实已得赋的真义，但却不甘心只作文学角度的分析，于是，强行加入"后妃""文王"之类，以达到其说教的目的。

这样，在表面上标明情与心，而实则是在混淆不清的理学观念中，本来是通过内在情性的修养而达到"理"的境界，却反过来被胡广等理学家先规定种种的道德教条，呈现了一种枯燥的说教气，大大削弱了《诗经大全》的文学价值。

(三) 天理与人欲的矛盾

胡广作为理学家，是绝对强调"道"的，而所谓"道"，即"天理"，"天理"跟"人欲"对立，"张天理"就得"灭人欲"，扼杀人欲正常的表现，否定爱情的健康抒发。由于《郑风》中有大量抒发爱情的诗，为维护孔子"无邪"之说，胡广继承了朱熹的"淫诗"一说，将它与"放郑声""郑声淫"的说法统一起来，直斥《郑风》为"淫奔"之诗。于是，胡广将"存天理""灭人欲"的理学思想的落脚点集中放到了"淫诗说"中。

在《诗经大全·邶》卷四中他直斥道："郑卫之乐皆为淫声。"(《诗经大全·邶》) 不仅如此，他还将郑、卫淫诗的性质作了一个划分，谓卫诗"男悦女之词"(《诗经大全·邶》)，谓郑诗皆为"女惑男之语"(《诗经大全·邶》) 并因此认定"是则郑声之淫有甚于卫矣"(《诗经大全·邶》)，也就是说，胡广判断淫诗恶劣程度的其中一个依据就是看男女谁先主动，卫诗中多为男子主动取悦女子，郑诗中多为女子主动取悦男子，于是胡广就认为郑诗比卫诗"甚淫"。这些观点基本上与朱熹在《诗集传》中的如出一辙，由此可见，《诗经大全》与《诗集传》的关系是非同一般的。在《诗经大全》中可以看到很多类似的解说，例如《诗经大全·郑》："《山有扶苏》，此下四诗，及《扬之水》皆男女戏谑之辞，序之者不得其说，而例以为刺忽，殊忽情理"（《诗经大全·邶》），胡广认为这几首诗的诗序却没有做出其淫诗性质的说明，并认为前人将其所要表达的内容都弄错了。又如《诗经大全·邶》第四卷《王》："女曰鸡鸣，士曰昧旦。子与视夜，明星有灿。将翱将翔，弋凫与雁。"此诗人述贤夫妇相与警戒之词，言女曰鸡鸣，以警其夫，而诗人昧旦，则不止于鸡鸣。（《诗经大全·邶》）对诗的内容他作出了正确的解释，但后面却加一句："若相与警戒之言如此，则不留于宴昵之私可知矣。"（《诗经大全·邶》）正常的夫妻之情在他看来，便成了不合体统，其理学家本质一览无余。

胡广确认《诗经·国风》中若干作品是"男女淫奔之诗"，并据具体内容将其分为两种类型：（1）《序》以为刺淫，而胡广以为淫者所作，如《东方之日》，他指出"此男女淫奔者所自作，非有刺也"（《诗经大全·齐》），直接否定了这首诗是刺淫之说且指出其作者就是淫奔者本人。（2）《序》本别指他事，而胡广亦认为淫者所自作，在《郑风》《卫风》中多有体现，如《山有扶苏》，他就指出"皆男女戏谑之辞，序之者不得其说，而例以为刺忽，殊无情理"。（《诗经大全·郑》）直接将这首诗的内容定义成"戏谑之辞"。

其实，"淫诗"说是站不住脚的，完全是朱熹等一帮理学家歪曲了孔子的意思。清·陈启源《毛诗启古篇》卷六二说："淫者，过也，非专指男女之欲也。古之言淫多矣，于星言淫，于雨言淫，于水言淫，于刑言淫，于游观田猎言淫，皆言过其常度耳。乐之五音十二律，长短高下皆有节焉。郑声靡曼幼眇，无中正和平之政，使闻之导欲增悲，沉溺而忘返，故曰淫也。"

孔子的"郑声淫"，是说郑国的"新乐"太过分了，没有朱熹与胡广所斥责的"淫奔"之意。孔子指责郑声"过分"是指其不合礼制规定而言。他说"非礼勿视，非礼勿听，非礼勿言，非礼勿动"（《论语·颜渊》）。一切违反礼乐制度的，他都认为是僭越，是过分、过甚，因而加以谴责。所谓"郑声"，作为当时从民间新兴起来的流行音乐，因为没有经过乐官的整理与编选，自然不合"先王之乐"的礼乐规范，因此会破坏现行制度的安宁。

"淫诗说"无非是对《诗经》本义及其"温柔敦厚"本质的歪曲。胡广虽不是提出"淫诗说"的第一人，但却是第一个将其以正统形式公众于世,《诗经大全》是当时仕子考经科必看的科目,又是皇帝下诏编纂,可见其地位是非同一般,这样的正统之说,其影响就可想而知了。

二　不可忽略的文学价值

虽然《诗经大全》有抄袭朱熹的《诗集传》之嫌,但是,作为明代研究《诗经》的重要著作之一,又加之其编纂者胡广是明初的大学士,自身有较高的文学修养,因此《诗经大全》也表现出其独具一格的文学价值。

(一) 注重文本,解读方式有创见

《诗经大全·纲领》中,有这样一段话:

> 古诗即今之歌曲,往往能使人感动,至学诗却无感动,兴起处只为泥章句故也。明道先生善说诗,未尝章解句释;但优游玩味吟哦上下,便使人有得处。又,明道先生谈诗,并不曾下一字训诂,只转却一两字点,掇地吟过便教人省悟。

从这段话中,我们可以知道,胡广提倡解诗经方法,不是像古学派那样,援据经典,疏证说解,而是强调"优游玩味吟哦上下"(《诗经大全·纲领》),这样就能"叫人省悟"(《诗经大全·纲领》),也就是说胡广推崇多吟诵诗词,自然而然就能懂其意、有所得。除此之外,他认为"以平易求之则思远"(《诗经大全·纲领》),而不必纠缠于分章析句,这样反失去了诗之本意,反倒"以广愈艰险则愈浅近矣"。(《诗经大全·纲领》) 这一解读方式对清代《诗经》学有较大的影响。如姚际恒《诗经通论》曾云:"惟是涵咏篇章,寻绎文义,辨别前说,以从其实而黜其非。"崔述《读书偶识》:"惟知体会经文,即词以求其意,如读唐宋人诗然者,了然绝无新旧汉宋之念存于胸中,惟合诗意则从之,不合者则违之。"① 方玉润《诗经原始》:"循文会义。""推原诗始意","不顾《序》,不顾《传》,亦不顾《论》","惟其是者从,而非者止"②。可见,此三家亦推举不拘前人成就,不存汉、宋之念,注重《诗经》的文本解

---

① 崔述:《读书偶识》卷一,丛书集成本,中华书局1985年版。
② 方玉润:《诗经原始》卷首,中华书局1986年版,第67页。

读，所以三家《诗经》学者均取得了辉煌的成就。

（二）考究地域来研究《诗经》

《诗经大全》中，胡广对十五国风中的周、召、齐、魏、唐、豳、鲁等国家，作出了详细的地域分割，如唐的描述：

> 唐，国名，本帝尧旧都，在"禹贡"冀州之域，太行恒山之西，大原大岳之野。周成王以封弟叔虞为唐侯，南有晋水，乃改国号曰晋，后徙居绛。其地土瘠民贫，勤俭质朴，忧深思远，有尧之遗风焉。

胡广通过对唐地理的考证，得出"其诗不谓之晋，而谓之唐，盖乃其始封之旧号也"。（《诗经大全·国风》）因为有以上的资料，所以，胡广对《唐风·蟋蟀》一诗作出了正确的解读，曰"唐俗勤俭，故其民间终岁劳苦，不敢少休。若彼良士之长虑，而却顾焉，则可以不至于危之地"。可见，从对地域民俗风情、地理环境入手，能让我们更好地解读《诗经》。

（三）对风、雅、颂的论述

胡广在《诗经大全》里，分别对风、雅、颂作出了自己的论述。他认为称"民俗歌谣之诗"（《诗经大全·国风》），是因为"言足以感人，如物因风动以有声，而其声又足以动物也"。（《诗经大全·国风》）可谓描述得相当恰当。胡广曰："雅者，正也，言王政之所由废兴也。政有大小，故有小雅焉；有大雅焉。形者体而象之谓。小雅，皆王政之小事，大雅则言王政之大体也。"（《诗经大全·小雅》）将雅作了大小之分，并规范了大小雅之间内容的区别。他对颂也作出了自己的阐述，"颂者，美盛德之形容，以其成功告于神明者也。颂皆天子所制，郊庙之乐歌，颂容古字通故，其取义如此"。（《诗经大全·小雅》）不仅指出了颂的内容，还指出之所以称之为颂，是取与颂相通之字"故"的意思。这些描述主要是从诗的内容与创作者身份不同来阐发的，颇能体现胡广对风、雅、颂三类诗体的认识。

明代研究《诗经》的著作有很多，《诗经大全》作为明初官修诗著，地位及其影响都是不可同日而语的。虽然在诗经学上，《诗经大全》并没有受到世人追捧，但是，我们不可否认，在那个受理学思想钳制的明代，《诗经大全》以其独特的魅力，向后人展示了属于它特有的风采。

第四章　朱权的《太和正音谱》

　　《太和正音谱》，作者朱权，全书分上下两卷，包括"乐府体式"、"古今英贤乐府格势"、"杂剧十二科"、"群英所编杂剧"、"知音善歌"、"音律宫调"、"词林须知"及"乐府"八章内容，从内容上看可分为戏曲理论和史料、北曲谱两个方面。近年来对《太和正音谱》的研究不乏其人，其中江西师范大学姚品文教授对朱权及其《太和正音谱》的研究堪称海内外独步，他的《朱权研究》《宁王朱权》《太和正音谱笺评》等著作对朱权的研究填补了学界的空白，为以后研究朱权《太和正音谱》的人提供了便利。除了姚品文先生之外，还有许多的学者对朱权及其《太和正音谱》作了大量的研究。例如，单方面从某一个角度对《太和正音谱》进行研究阐述的，如万伟成的《继承与新构——朱权的元曲学贡献》①，洛地的《〈太和正音谱〉著作年代疑》②，施向东、高航的《〈太和正音谱〉北曲谱考察——兼论周德清"入派三声"问题》③。本文将以《太和正音谱》的戏曲理论为主，辅之简述它的贡献及其对后世的影响来对《太和正音谱》进行线性论述。

一　朱权生平

　　朱权（1378—1448），生于皇室，为明太祖朱元璋第十七子，字臞仙，号丹丘先生，殁，谥号献，世称宁献王。朱权自幼聪颖过人，博古通今，善谋略，颇受帝宠，洪武二十四年受封宁王，二十七年就藩大宁，手握重兵。然而，洪武三十一年，朱元璋去世，朱权的命运彻底改变，建文

---

① 万伟成：《继承与新构——朱权的元曲学贡献》，《戏剧文学》2009 年第 4 期。
② 洛地：《〈太和正音谱〉著作年代疑》，《江西社会科学》1989 年第 2 期。
③ 施向东、高航：《〈太和正音谱〉北曲谱考察——兼论周德清"入派三声"问题》，《南开语言学刊》2006 年第 2 期。

帝继位后，力主削藩，燕王朱棣野心勃勃，起兵"靖难"，并以武力挟持朱权并许诺事成之后，与之中分天下。明成祖朱棣继大统之后，却只字不提当年中分天下的诺言，反而加以剥夺朱权的兵权。朱权深知明成祖的猜忌之心，被迫放弃自己的雄才大略，于是，其先后请封苏州和钱塘，皆被否决。永乐元年三月，被封于南昌。到达南昌之后，亦不得安，被诽谤行巫蛊之事，后查无此事，皆不了了之。此时的朱权对于皇权政治更加的心灰意冷。于是构精庐，鼓书读琴，终明成祖世得无患。自此，朱权被迫告别他的政治生涯，失之东隅，收之桑榆，这也开始了朱权的另一种生活方式——隐逸学道，并在此路上做出了恢宏的成绩。

朱权一生著述宏富，其著作涉及史类、杂剧类、文论韵谱类、音乐类、医学类等多个方面，例如史类《通鉴博论》《汉唐秘史》《杂剧十二科》，但是大多已经失传，现仅存《冲漠子独步大罗天》《文君私奔相如》两部，文论韵谱类的著作有《太和正音谱》《务头集韵》《琼林雅韵》三部，并且都涉及不同的内容，其中《务头集韵》搜猎佳语，《琼林雅韵》审定音律，《太和正音谱》则是集曲作著录、曲家著录、曲谱录存等文献加以整理而形成的戏曲理论专著。

二　《太和正音谱》的戏曲理论

(一)《太和正音谱》的戏曲教化说

《太和正音谱》中的"太和"一词源自《易经·乾·象词》，原指太虚中阴阳和谐，后来被借以引申有政治太平之义，而朱权起名《太和正音谱》亦有"致太平"的意思。而关于"正音"一词，刘勰在《文心雕龙》说："迄及元成，稍广淫乐，正音乖俗，其难也如此。"[①] 刘勰在这所说的"正音"是纯正、雅正之义。而朱权所谓的"正音"与刘勰的"正音"有着异曲同工之妙，朱权强调以雅正的标准来矫正戏曲。总而言之，朱权的"太和正音"，就是在政治太平年代，对前人的"乐府"进行雅化处理，使其达到雅正中和的风格和抒情言志的功能。

关于礼乐的功能说，上溯至先秦时期，儒家学者以诗和乐来实现礼的要求，最先表现出乐与政通的观点。明初，明太祖朱元璋为了统治的需要，其极力推崇高则诚"不关风化体，纵好也徒然"的《琵琶记》，并以

---

① 刘勰：《文心雕龙》，人民文学出版社1958年版，第102页。

珍馐喻之。至此，戏曲的教化功能被纳入了社会的主流意识形态。而在这样的大环境之下，加之朱权身处统治阶级的位置，故《太和正音谱》必然带上浓重的教化色彩。朱权在《太和正音谱》的序中说"盖杂剧者，太平之盛事，非太平无以出"①，朱权标榜以治世为最高标准，朱权说"治世之音，安以乐，其政和"②，朱权将戏曲的教化功能融入政治，使其为皇权服务。从《太和正音谱》的原序中，不难看出朱权把歌功颂德、粉饰太平看作戏曲的功能，以此来为"皇明之治"服务，这具有狭隘的片面性及功利性，虽然这跟朱权自身的身份有很大关系，但他忽视了戏曲的现实批判功能，这是不可取的。《杂剧十二科》中，"良家之子，有通于音律者，又生当太平之盛，示雍熙之治，欲返感古今，以饰太平"。③朱权认为，杂剧最为重要的在于返感古今，以饰太平，号召剧作家在创作之时，要在儒家正统伦理规范的前提下进行创作，讴歌其治世理想中的雍熙之治。在《词林须知》中，朱权严格规定里面的歌唱方法也都展现出朱权戏曲教化功能的影子，以此来为"皇明之治"服务。

（二）《太和正音谱》的音乐理论

朱权的《太和正音谱》是集曲论、曲唱、曲谱为一体的北曲格律谱。在《予今新定乐府一十五家及对式名目》中引入诗学品评的方法，并创造"体"入曲学，将乐府划分为一十五体。

丹丘体　豪放不羁

宗匠体　词林老作之词

黄冠体　神游广漠，寄情太虚，有餐霞服日之思，名曰【道情】

承安体　华观伟丽，过于轶乐

盛元体　快然有雍熙之治，字句皆无忌惮，又曰【不讳体】

江东体　端谨严密

西江体　文采焕然，风流儒雅

东吴体　清丽华巧，浮而且艳

淮南体　气劲趣高

---

① 朱权：《太和正音谱笺评》，姚品文点校，中华书局 2010 年版，第 66 页。

② 同上书，第 1 页。

③ 同上书，第 39 页。

玉堂体　公平正大

草堂体　志在泉右

楚江体　屈抑不伸，抒衷诉志

香奁体　裙裾脂粉

骚人体　嘲讥戏谑

俳优体　诡喻淫虐，即淫词①

"体"，何为"体"？东晋陆机有云："体有万殊。"② 陆机讲述的"体"具有风格之意。刘勰《文心雕龙》体性篇更是将"体"划分为八种，即八种风格：典雅、远奥、精约、显附、繁缛、壮丽、新奇、轻靡。③ 体是艺术风格个性化的凝固形态，是文艺作家审美追求在作品中的一种艺术体现。朱权关于乐府体的划分即用诗的审美观念来审视曲，创造性地对曲进行了风格划分，这是对戏曲理论的总结，具有开拓性的意义。

朱权将戏曲划分为十五体，即十五种风格，这对于之后的戏曲创作家、表演者、观众关于戏曲的风格都有一个很好的界定标准。但朱权这样的划分方式是不是就是一种标准分类呢？朱权所划分的十五体，仅归为四大类，这样有失全面，不够科学。但朱权引"体"入曲学，不仅表达出当时的朱权的戏曲审美标准，而且具有开拓性的意义，且将通俗文艺的曲提高到雅文学——诗的同等地位，并为后世学者留下了宝贵的戏曲资料。

《太和正音谱》中所涉及的音乐理论不仅仅在于创造性地对于戏曲的风格进行了划分，《知音善歌》中的知音，并不是我们今天所说的知音，这里的"音"指的是语音的四声，"知音"就是说歌唱者要懂得合乎音律的唱法，即依字声行腔。此外朱权还列举了 36 名歌者的信息，为业余歌唱家留下了珍贵的史料，其中朱权着笔详细叙述了卢纲、李良辰、蒋康之、李通四人的声音特点，如写卢纲，朱权说他不仅是神虎啸风，又若腰鼓百面，而且以破苍蝇蟋蟀之鸣；说李良辰，如苍龙之吟秋水。三军喧轰，万骑杂遝，歌声一遍，壮士莫不倾耳，人皆默然，如留军衔枚而夜遁；蒋康之的歌声如玉磬之击明堂，温润可爱；李通，如玉笙之吹琼馆，

---

① 朱权：《太和正音谱笺评》，姚品文点校，中华书局 2010 年版，第 13—14 页。

② 李建中：《中国古代文论》，华中师范大学出版社 2007 年版，第 160 页。

③ 刘勰：《文心雕龙》，人民文学出版社 1958 年版，第 505 页。

清而且润。历代都缺乏对歌唱艺术的审美研究，即使有之，描写皆偏于文学形容、比喻、甚至夸大不着边际。而朱权对这四位歌唱家的描述既有专业性术语，又使用比喻、衬托等修辞来描述其审美特点，相当具体，并且各不相同，犹如把读者带到现场，亲耳聆听，是古代文献中不可多得的有关歌唱艺术的评论。

在《音律宫调》一章中，朱权将五音宫、商、角、徵、羽与五行土、金、木、火、水，五色黄、白、青、赤、黑，五礼信、义、仁、礼、智，及季节旺四季，秋之节、春之节、夏之节、冬之节，一一相对，给人以神圣感，显示出浓厚的道学色彩。朱权还提出了【五音十二律】和【六宫十一调】两个音律系统。【五音十二律】的五音：宫、商、角、徵、羽。十二律包括太簇、姑洗、蕤宾、夷则、无射、黄钟六律及六吕：大吕、应钟、南吕、林钟、中吕、夹钟。【六宫十一调】的六宫：仙吕宫、南吕宫、黄钟宫、仲吕宫、正宫、道宫及十一调：大石调、小石调、高平调、揭指调、般涉调、商角调、宫调、商调、角调、越调、双调。

《词林须知》部分朱权还论及儒、道、释三家音乐演唱的特点。朱权的《太和正音谱》沿袭了燕南芝庵的《唱论》，在《唱论》中对三家之唱是这样描述的："道家唱情，僧家唱性，儒家唱理"[①]，朱权在此基础上加以发挥，表现出他对道家的推崇，对儒家持基本肯定，而对僧家则充满了蔑视。此外，朱权还详细叙述了歌唱方法，如呼吸、咬字，以及在唱歌时情感的表达。

(三) 曲品式的戏曲批评

朱权将诗学批评引入曲学，创"体""格势"等戏曲批评理论。王国维在《宋元戏曲史》云："元剧的最佳之处，不在其思想结构，而在其文章。其文章之妙，以一言蔽之曰，有意境而已。何以谓之有意境？曰：写情则沁人心脾，写景则在人耳目，述事则如其口出是也。古诗词之传者，无不如具是，元曲亦然。"[②] 王国维这段话表明曲学也应该如诗学一般。而在朱权之前，元代贯云石和杨维贞已发曲品的先声，《阳春白雪·序》以造语妖娇，小女情怀来评价庾吉甫和关汉卿。杨维贞的《周月湖今乐府序》中对关汉卿、庾吉甫、杨谈斋、卢疏斋、冯海粟、腾玉霄、贯酸

---

① 燕南芝庵：《唱论》，中国戏曲论著集成一，中国戏剧出版社 1959 年版，第 251 页。
② 王国维：《宋元戏曲史》，上海古籍出版社 2011 年版，第 147 页。

斋、马昂父则分别用奇巧、豪爽、蕴藉来品评其人的作品。虽然二人已有曲品的味道，但仍然停留在直觉体验上。但是朱权在《太和正音谱》中引诗学评论创"乐府体"及戏曲的"格势"新理论，大规模确定了戏曲的曲品观，从而确立了曲学的地位。《太和正音谱》中对乐府的划分，是建立在诗体的基础上划分而来的，而关于体，在前文部分已述陆机和刘勰关于体的解读，皆是风格之义。而朱权对十五体的划分，即是对乐府风格的划分。

而《太和正音谱》中曲品意识最为精彩的当属《古今群英乐府格势》一章。"格"与"势"的概念皆来自诗学。"格"，指的是形象与意义；"势"，刘勰《文心雕龙·定势篇》云："夫情致异区，文变殊术，莫不因情立体，即体成势也。势者，乘利而为制也。如机发矢直，涧曲湍洄，自然之趣也。圆者归体，其势也自转；方者矩形，其势也自安；文章体势，如斯而已。"① 刘勰在此表述的"势"是因不同的体格而形成的态势。朱权将在诗学里原本独立的概念创造性地运用于曲学，创造"格势"的曲品方法。朱权在《古今群英乐府格势》中采用四字形象化品题对 203 位曲作家进行了品评，而四字品评从六朝钟嵘《诗品》流行于诗歌批评中。朱权对这些人的品评，以详简的方式大致可以分为三类。

一是以马致远、张可久等为代表的 16 位曲作家，朱权用精练的四字评论后，对每一位作家还有补充说明。如：

> 马东离之词，如朝阳鸣凤。其词典雅清丽，可与灵光、景福而相颉颃，有振鬣长鸣，万马皆瘖之意，又若舜凤飞鸣于九霄，岂可与凡鸟共语哉？②

二是对贯云石、邓玉宾等 82 人只以四字评论。如：

> 贯酸斋之词，如天马脱羁　　　邓玉宾之词，如幽谷芳兰

三是对董解元等 105 人笼统地给予了一句总评。

---

① 刘勰：《文心雕龙》，人民文学出版社 1958 年版，第 529—530 页。
② 朱权：《太和正音谱笺评》，姚品文点校，中华书局 2010 年版，第 22 页。

　　朱权用拟人、夸张、比喻、通感等手法，将大自然和人类社会中许多的美好事物用于曲学的评价。在书中，朱权以大量优美的语言来形容作家的创作风格，如以"花间美人"来比喻王实甫，"朝阳鸣凤"比喻马致远，"瑶天笙鹤"比喻张可久，"鹏抟九霄"比喻白朴，"琼筵醉客"比喻关汉卿。风格，往往是只可意会不可言传的，而朱权通过这些具象的事物形象地传达了这些作家的创作风格。但是在其曲品中，朱权表现出了明显的偏好，他把马致远之词列为群英之上，这与朱权崇尚道教及其身份经历有关。马致远的散曲抒发怀才不遇，颂扬隐居生活为主要题材，这使得朱权找到了精神上的共鸣。这是带有朱权主观意识的。而朱权对于关汉卿的评论确实是有失偏颇的。朱权如此评"关汉卿之词，如琼筵醉客。观其词语，乃可上可下之才"。[①] 朱权会作出"可上可下之才"之评，可看出他不喜关汉卿通俗及平民色彩。但我们认为，朱权用"琼筵醉客"来评价关汉卿，是十分恰当的。"琼筵"是指豪华的筵席，用于比喻文采的富丽，"醉客"则是指酒醉之后无所拘束的放诞恣意的表态，用于评关汉卿是十分恰当的，体现了关汉卿豪爽的风采。总而言之，朱权引诗学"体""格""势"等理论创造出戏曲的品评，其意义和贡献是不言而喻的。

（四）杂剧题材论

　　在概念明确的基础上对事物进行分类，是对该事物进行理论研究的重要方面。关于杂剧的题材分类，最早见于夏庭芝《青楼集》，以人物的行当、类型、题材将杂剧分为驾头、闺怨、鸨儿等十一类。朱权在夏庭芝的影响下，将杂剧分为神仙道化、隐居乐道、披袍秉笏、忠臣烈士、孝义廉节、叱奸骂谗、逐臣孤子、钹刀赶棒、风花雪月、悲欢离合、烟花粉黛、神头鬼面十二类。夏庭芝以人物的行当、类型、题材三方面对杂剧的划分，反映了杂剧的多个侧面，没有一个统一的标准。而朱权对夏庭芝的分类加以吸收改造，以杂剧的题材内容为统一标准对杂剧的分类作了清晰的表述，使之更具科学化、理论化。从《杂剧十二科》的排列顺序来看，朱权首先将神仙道化、隐居乐道排在前面，鲜明地表现了朱权对道教的尊崇，其次以表达社会伦理道德的披袍秉笏、忠臣烈士次之，再次是表现社会人情、男女风情、风花雪月，而最后是将民间称为神佛杂剧的类改之为

---

　　① 朱权：《太和正音谱笺评》，姚品文点校，中华书局 2010 年版，第 24 页。

神头鬼面，并排列在最后，这鲜明地体现朱权的个人好恶。

三　《太和正音谱》的贡献及影响

《太和正音谱》是我国第一部曲论曲谱，自古至今，凡读曲、研曲，无不人手一本。在《太和正音谱·自序》："余因清宴之余，采摘当代群英词章，及元之老儒所作，依声定律，按名分谱，集为二卷，目之曰《太和正音谱》……以寿诸梓，为乐府楷式，庶几便于好事，以助学者万一耳。吁！譬之良匠，虽能运斤于斧，而未尝不由于绳墨也欤。"朱权在《太和正音谱》中，将其分为 12 宫调，列 335 支曲牌，每一首曲牌下再以曲例确定句式，标明平仄、正字、衬字。①《太和正音谱》为每一首曲牌的文体，即句数、句式、格律提供了标准的范式。《北词广正谱》及《九宫大成南北曲公谱》等中的部分曲牌谱式和例曲都来自《太和正音谱》。除此之外，还有对方方面面的史料与议论，提高了曲学的地位及提高了对乐府作家的地位，曲的地位提高，杂剧的命运发生改变，使乐府文学走向高雅化、规范化。《太和正音谱》在明初刻板以后被不断翻刻，形成大量不同的版本。此外，《太和正音谱》还记载了一些珍贵的戏曲史料。"古今乐府格势""群英所编杂剧""知音善歌"等章节中对曲家记录，曲作记录，曲谱存录，为后代的研究留下了珍贵的史料。

结　语

朱权对戏曲进行了开创性批评，将诗学品评的方法引入曲学，创造了"体""格""科"等曲品方法。这对于提高曲学的地位与审美价值，具有里程碑式的意义。朱权还将戏曲的教化功能、戏曲的音乐理论、杂剧题材论等戏曲理论相互交融，形成了我国第一部完整的格律曲谱，首开明代曲学的先河，在一定程度上建构了曲学研究的基石。

---

① 朱权：《太和正音谱笺评》，姚品文点校，中华书局 2010 年版，第 1 页。

第五章　单宇的诗学思想

单宇（约 1450 年在世），字时泰，号菊坡，江西临川人，大约活动于明成祖永乐至明英宗天顺年间，是明朝前期政治家、诗论家。明正统四年（1439）考中进士，历任浙江嵊县、诸暨，福建侯官（今福州）等县知县。为政清廉，因为慈惠名重当时，被誉为社稷之臣。单宇一生好学不倦，才华横溢，擅长诗文，广泛阅读各家诗选，博采古今论诗之精华，编著成《菊坡丛话》二十六卷，欲和南宋胡仔（1095—1170）编著的《苕溪渔隐丛话》交相辉映，所以用丛话给他的著作命名。① 《菊坡丛话》无论在当时和后世都有着较为重要的影响。《菊坡丛话》不仅体现了明代诗学集大成总结性的时代特色，而且继承前代诗学理论思想，对明代中后期的诗话编著也有重要的影响。《菊坡丛话》中的诗学思想主要体现在《菊坡丛话卷之二十四·诗法类》中。

"登昆仑而见洪荒之大，俯溟渤而骇先圣之多，游诗苑而知体裁之盛。盖所处不高，所见不广，所学不富而欲造诗之妙亦难矣！然造诗之妙固难而学诗之法可不究乎？"② 单宇十分清楚学习诗法的重要性。但前代论诗多为语录式漫谈，记事评诗，短长随意，虽内容丰富、蕴含智慧，但零散无章，不易学习。正如序中所言："惜乎散漫无统未易检览，遂取期间述作之不苟事理之有据……不限古今，录之以类。"（《菊坡丛话序》）所以分门别类、系统条理的《菊坡丛话》显得弥足珍贵。但我们也要看到：单宇论诗只停留在表面，不能作出深刻的评论。《四库全书总目提要》对此评价说"其人铮铮者，然论诗却不甚当行"。

---

① 吴文治主编《明诗话全编》，江苏古籍出版社 1997 年版，第 664 页。
② 单宇：《菊坡丛话》，许平生点校，台湾广文书局影印古今诗话续编本，第 665 页。

一　诗凡三变

单宇著《菊坡丛话》与其生活的时代背景密切相关。政治上，明朝中央集权制度高度强化，实行特务统治，制造文化恐怖。这一系列措施，严重桎梏了广大知识分子探索创新的积极性。于是，大批的优秀知识分子投入到整理中国传统文化的工作中。解缙主持编著的中国历史上集大成的类书《永乐大典》，就诞生在这一时期。加上单宇坎坷的仕途，使他从内心更加注重现实，最终，他走上了将诗学理论分类编撰的道路。

单宇《菊坡丛话卷之二十四·诗法类》中的第一则引朱熹的《晦庵集》说："古今之诗凡有三变：盖自书传所记，虞夏以来下及汉魏，自为一等；自晋、宋间颜、谢以后下及唐初，自为一等；自沈、宋以后定著律诗，下及今日，又为一等。"从中可看出单宇对诗歌发展变化的认识，他以汉魏以前，晋宋至唐初，唐律定型为分界将诗歌分为三个阶段。

诗歌每个阶段特色不同，因此评价标准也不同。"然自唐初以前其为诗者，因有高下，而法犹未变。至律诗出，而后诗之与法始皆大变。以至今日，益巧益密而无复古人之风矣。故尝妄欲抄取经史诸书所载韵语，下及《文选》，汉魏古词以尽乎！郭景纯、陶渊明之所作自为一编，而附于《三百篇》《楚词》之后，以为诗之根本准则。又于其下二等之中，择其近于古者各为一编，以为之羽翼舆卫，其不合者则悉去之，不使其接于吾耳目而入于吾之胸次，要使方寸之中无一字世俗言语意思，则其诗不期于高远而自高远矣。"律诗产生为界，作诗方法和论诗标准都发生了很大的变化，大体上是以《三百篇》《楚词》以及郭景纯、陶渊明的诗歌为作诗的根本准则。要将诗写得高雅，就要心无俗物，以笔写心中本真、纯稚的感情，就是好诗。

二　格调韵律

古体诗没有一定的格律，一般分为四言诗、五言古体、七言古体、杂言体。近体诗是发源于南朝齐永明时的讲究声律、对偶的新体诗，有严格的格律，句数、字数、押韵、平仄等都有一定的规则，是古代的格律诗，一般包括律诗、绝句、排律。单宇说："古人文章自应律度，未尝以音韵为主。"在格律诗诞生之前，格调音韵不是作诗的必要因素。"自沈约增崇韵学，其论文则曰：'欲使宫羽相变，低殊节，若前有浮声，则后须切响。一篇之内音韵尽殊，两句之中轻重悉异，妙达此旨，始可言文。'自后浮巧之语体制渐多，如傍犯、蹉对、假对、双声、叠韵之类；诗又有正格、偏格类，例极多，故有三十四格十九图，四声八病之类，今略举数事，如徐陵云：'陪游馺娑骋，纤腰于结风。长乐鸳鸯奏，新声于度曲。'"因为沈约定下了诗体韵律的规则，音韵被视为论诗的重要标准，为合韵律，出现了许多浮华纤巧的诗歌，又有许多的诗因不合律被诟病。沈约所载"八病"就有：平头、上尾、蜂腰、鹤膝、大韵、小韵、旁纽、正纽。

单宇《菊坡丛话卷之二十四·诗法类》谈的主要是"病"诗。如蜂腰体、五句法、六句法、拗句。如论拗句："鲁直换字对句法，如'只今满坐且尊酒，后夜此堂空月明'。'清谈落笔一万字，白眼举觞三百杯。''田中谁问不纳履，坐上适来何处蝇。''秋千门卷火新改，桑柘田园春向分。''忽乘舟去值花雨，寄得书来应麦秋。'其法于当下平字处以仄字易之，欲其气挺然不群，前此未有人作此体，独鲁直变之。"苕溪渔隐曰："此体本出于老杜。如：'宠光蕙叶与多碧，点注桃花舒小红。''一双白鱼不受钓，三寸黄甘犹自青。''江外三峡且相接，斗酒新诗终日疏。''负盐出井此溪女，打鼓发船何郡郎。''沙上草阁柳新晴，城边野池莲欲红。'似此体甚多，非独鲁直变之也。今俗谓之拗句者是也。"拗句就是不合常规平仄格律的句子，被视为诗之大病，拗句要拗救，否则，就算犯孤平、失黏等。单宇认为黄庭坚拗句"挺然不群"，这种作诗方法源自被称为"诗圣"的杜甫，从论述的态度可以看出，单宇对不合格调韵律的诗抱着宽容的态度。

三　用韵不用意，点化使加工

"用其意而变其词者，谓之换骨；用俗语而入新腔者，谓之点化。或反其言，或隐其语，或颠倒错乱，玄机妙诀，意态无穷，诚诗家之要论，非俗世之士之所知也。"（《菊坡丛话序》）单宇在其传世诗学评论著作《菊坡丛话》的序言中，诗学创作理论提出了"换骨"与"点化"。由此可见，他对于这一理论的高度重视。

换骨点化并非单宇凭空独创，而是对前代诗学理论的整合与继续发展。"换骨"与"点化"是宋代江西诗派诗学理论"点铁成金""夺胎换骨"说的深化发展。诗歌在唐代已达到成熟，这对于想要另辟蹊径，极力追求创新，突破唐代诗歌桎梏的宋代诗人来说，无疑是巨大的压力。在这样的环境下，以黄庭坚为代表的江西诗派提出了"点铁成金"说和"夺胎换骨"说。其实质就是在前人的艺术成就的基础上，求新求变，自成一家。黄庭坚在诗歌创作中比较成功地运用了这一理论，很快"点铁成金"和"夺胎换骨"成为江西诗派的基本理论。到了明代前期，单宇对其进行了总结探究，提出了"换骨"和"点化"的诗学创作理论。

单宇在诗法类中对"换骨"和"点化"做了较为系统的阐述：

> 诚斋论夺胎换骨。有用古人韵律而不用其句意者，如庾信《月》诗云："渡河光不湿"，杜云："入河蟾不汶。"唐人云："因过竹院逢僧话，不得浮沉半日闲。"坡云："殷勤昨夜三更雨，又得浮生一日凉。"杜《梦李白》云："落月满屋梁，尤疑见颜色"，山谷《簟》诗云："落日映江波，依稀比颜色"，退之云："如何连晓语，只是说家乡"，吕居仁云："如何公夜雨，只是滴芭蕉。"此皆以教为新夺脱换骨。

> 点化古语。诗家有换骨法，谓用古人意而点化之使加工也。李白诗云："白发三千丈，缘愁似个长"，荆公点化之，则云："缲成白发三千丈。"刘禹锡云："遥望洞庭山水翠，白银盘里一青螺"，山谷点化云："可惜不当湖水面，银盘堆里看清山。"孔稚珪曰："苧歌云山，虚钟响彻"，山谷点化之云："山空响管弦"，卢仝诗云："草石是亲情"，山谷则云"小山作友朋，香草当姬妾"。①

单宇论"换骨"与"点化"根本目的在于说明学习前人优秀的文化遗产的重要性。单宇的"换骨点化"思想是对明初师古与师心之争的回应。

此外，还有"托物取况"。与现代汉语中的象征一义相似，单宇说："诗之取况：日月比君后，龙比君位，雨露比德泽，雷霆比刑威，山海比邦国，阴阳比君臣，金玉比忠烈，松竹比节义，鸾凤比君子，燕雀比小人。""托物取况"是换骨点化在具体使用时的一种延伸，用高尚的、美的象征地位尊贵的事物，卑微的、丑的象征低下的东西。"托物取况"运

---

① 单宇：《菊坡丛话》，许平生点校，台湾广文书局影印古今诗话续编本，第933—934页。

用于诗歌中，种种象征义深入人们潜意识中，使诗歌表达更加含蓄、内敛、韵味十足。

四　不可以绮丽害正气

明朝初年，"台阁体"盛行。"台阁体"秉承皇帝的意图，专摹欧阳修散文中舒柔的风格，推学唐诗着眼于"以其和平易直之心，发为治世之音"。台阁体以褒扬帝德、歌咏声平为能事，忽视了诗歌的内在美。与后来前后七子反台阁的复古思想不同，单宇肯定了文采的重要性，"不可以绮丽害正气。世俗善绮丽知文者能轻之，后生好风花，老大即厌之。然文章论理苟当于理，则绮丽风花皆入于妙，苟不当理则一切皆为长语。上自齐梁诸公，下至刘梦得、温飞卿辈，往往以绮丽风花累其正气，其失，在于理不胜而词有馀也"。光有华辞丽藻、流于形式的诗歌，令人生厌，所以"不可以绮丽害正气"。但是只有内容，而没有点缀，又过于枯燥，读来无味。如果绮丽风花的辞藻建立在"理"的基础上，为说理增色，则是锦上添花。

"不可以绮丽害正气"说的就是"文"与"质"的关系。最早提出这个概念的是孔子："质胜文则野，文胜质则史，文质彬彬，然后君子。"（《论语·雍也》）被后来人发展阐释为作品的内容和形式关系的问题。在单宇的思想中，"文"与"质"当统一。绮丽的词语用得好，不但不会妨碍"理"，反而文采飞扬，譬如杜甫诗歌："绿垂风拆笋，红绽雨肥梅，岸花飞送客，墙燕语留人。"单宇论此诗时说："亦极绮丽，其摹写景物，意自亲切，所以妙绝古今。"此外，还有写春容闲适、秋意悲壮、富贵、吊古的诗歌，"皆出于风花，然穷尽性理，移夺造化"。正是巧而理的千古名篇佳作。

第六章　黄溥的诗学思想

黄溥（约 1458 年在世），字澄济，号石崖居士，江西弋阳人，正统十三年（1448）进士。擢御史，历官广东按察史，史书有"用法得平"之称。能诗文，著有《石崖集》《漫兴集》《诗学权舆》等。① 黄溥的诗学思想，比较集中地体现在他的诗学专著《诗学权舆》里，可以用三句话来概括，一是"诗以言志，吟咏性情"的诗歌发生论；二是"格调、兴趣、思意"的诗歌创作论；三是"平淡闲雅、不露斧凿"的诗歌鉴赏论。

黄溥在《诗学权舆序》中写道："（诗）系之性情、伦理，关之风俗、政治，其本之所重者如此。而温厚、和平、优柔、微婉以极乎体制、音响、节奏之妙，则未亦不可废焉。"在黄溥的观点中，诗的传统表现对象和内涵是根本，诗的体制、词采等表现方式是枝叶，根与叶同样重要，不可偏废。

一　诗以言志，吟咏性情

"诗言志"是中国诗学的传统观点，言志与情性本是一脉相承。《诗大序》认为诗歌既是"志之所之"，又是"吟咏性情"的，诗歌抒发人的情和志："诗者，志之所之也，在心为志，发言为诗。情动于中而形于言，言之不足故嗟叹之，叹之不足故永歌之。"② 可见，诗与情志相互作用、相互依存，诗歌是慰藉心灵、调剂精神、激昂情绪的工具。

诗歌是寄情托志的产物，也就是说，诗歌使人们把蕴含在心里的情感、意愿表达出来。这种观点影响中国诗歌上千年的发展历程。黄溥继承了这种观点："'诗言志，歌永言'，后世则效之以为歌也。'一曰风，二

---

① 吴文治主编《明诗话全编》，江苏古籍出版社 1997 年版。
② 同上。

曰赋'后人则拟之以为赋也。'吟咏性情'，则转而为吟，'故嗟叹之'，则易而为叹。自诗变而为乐府之后，孔子作《龟山操》，伯奇作《履霜操》，牧犊子作《雉朝飞》，即或忧或思之诗也。自变为离骚之后，贾谊之《吊湘赋》，杨雄《畔劳愁》，即或哀或愁之诗也。凡此皆是体制源流也。"黄溥的诗歌发生论观点其实是一种心理起源的说法，即诗歌是人类情感抒发的需要，人生来就有情感，不管是忧思还是哀愁，都需要适当的发泄，或歌，或咏，或吟，或叹。黄溥以情志论诗，提出了情志统一的诗歌本质论，这不仅大大发展了"诗以言志"的思想，丰富了儒家诗学，而且也更准确全面地概括了诗歌的本质特征。

二　作诗之法——格调、兴趣、思意

黄溥说："诗，最难事也。"在诗歌的创作之法上，黄溥认为："诗果有法乎？诗出于情，情动而有声，声协而有诗。其音格高下，固不可一律拘也。诗果无法乎？诗原于唐谣、虞，委于国风、雅、颂，以及骚、选、古近体，欲得其体，合其格，亦必有其道也。且诗莫盛于《三百篇》，上自朝廷，下至里巷，其作粹然，一本乎性情之正。故虽不拘法度，而自不越法度之外矣。"作诗在有法与无法之间，不可拘泥于教条，要想作好诗，必须在格调、兴趣、思意上着手。

（一）格调

"格调"一词，出现较早，唐代王昌龄著有《诗格》、皎然《诗式》也用格调论诗。"格调"二字，"格"是指诗歌体制上的规矩法度，"调"是指诗歌的声调韵律，[①] 整体上指文章的风格。黄溥也用"格调"论诗，"诗，主达性情，而格律声调不能不随时升降。以唐论之，唐初是一样，盛唐是一样，中唐是一样，晚唐是一样。以人论之，陶韦是一样，苏李是一样，韩柳是一样，李杜是一样，苏黄是一样，程朱是一样。盖由其时之古今相远、人之才德高下不同也"。诗歌表达情感的本质是永恒不变的，但是作诗的法度声律却随时代变化而变化，与个人的才德不同而不同。诗是表达志向情感的，诗的格调必须高雅，"诗以道志。风调，诗之格律也。山谷黄先生尤谨于此，尝曰：'宁律不和，不可使句弱；宁用字不工，而不可使语俗。'盖当用平声字处，反用仄字，欲其格轩挺不凡。故

---

① 李世英、陈水云：《清代诗学》，湖南人民出版社 2000 年版，第 166 页。

曰：风调高古也"。黄溥借用黄庭坚的话来说明，即使牺牲音律谐调、字
句工整，也要保全情感格调高尚古雅，切不可使格调低下庸俗。若没有高
雅的格调，即使有了精妙的诗句作装饰，那样的诗徒有其外，没有内涵和
深度可言。

保持格调高古不是一件简单的事，"古人作诗，正以风调高下为古，
若然，虽意远语疏，皆为佳作。后人有切近的当之语，然气凡下者，终使
人可憎"。古人的诗虽然古奥难懂，但是风格高尚，令人称赞；后人为了
纠正古人词句疏远的毛病，用了更加贴近的词语来表述，但却降低了诗歌
的格调，使诗歌失去了原有的艺术魅力。黄溥用龟山杨中立的话来说明，
要达到并保持诗歌冲澹自然的艺术风貌，诗人应有所作为："君子之所
养，要令暴慢、邪僻之气不设于身体。若陶渊明之诗，所不可及者，以其
风韵冲澹，出于自然。若曾用功学诗，然后知渊明诗非着力之所能成。私
意去尽，然后可以应世。"诗人修身养性，涵养自身温雅浩然的正气，陶
渊明诗歌的格调平淡自然，后人难以企及，是因为在追求自然闲适的心境
上还做得不到位。

（二）兴趣

在作诗中兴趣扮演着举足轻重的角色。黄溥说："诗有五法，必以兴
趣为主。兴趣浅近，则体格、音节虽工，亦末矣。故兴欲高；趣欲清，则
思致高妙，而体格音节不求工而自工矣。"这里的"兴"指的是"对事物
感觉喜爱的情绪"，"趣"指的是"旨趣、意味"。缺乏兴趣的诗歌，即使
再工整合律也算不上优秀。而高兴清趣能让思致高妙，不工自工。

情趣有多种，"高远之趣，自得之趣，闲适之趣"，不同的"趣"增
强了诗歌的感染力和吸引力，让读者浑然忘我，手不释卷。"东坡曰：
'渊明诗初看若散缓，熟读有奇趣……才意高远，造语精到，如此，如大
匠运斤，无斧凿痕。不知者，疲精力，至死不悟。'"在苏东坡看来，陶
渊明的诗就是富于奇趣的代表，作诗如鬼斧神工，这其中的奇妙趣味，有
的人即使穷尽一生也不能体会。"何以识其天趣？"怎么样才能体会趣味
呢？他回答说："能知萧何所以识韩信，则天趣可解。"那需要敏锐的洞
察力和高超的赏识力相结合。

（三）思意

古云："文以意为主，以气为辅，以词为卫。"黄溥认为"诗亦然"，
非常重视立意。他提出，"诗之作，必先意格，意格，必欲高远；高远，

必须涵养。但意出于格者，先得格也；格也于意者，先得意也。吟咏性情，揆序事物，始于意格，成于章句，协于音律，止乎礼义。《三百篇》之门户亦可窥矣"。作诗必须先立意，立意高，才有可能写出好诗；立意不高，或竟未先立意，绝不可能写出好诗，可见立意对作诗的重要性。"作诗固在有兴，尤在构思之精耳。思之既精，则神会意得，顺理成章，不期工而工矣。"构思精密对作诗固然重要，但是意领神会对写诗的作用不可忽视，有了精思常常能达到下笔成章的效果。"朱子云：凡诗文，巧中贵有浑然意思，便巧也不觉。欧公诗自好，所以喜梅圣俞诗，盖枯淡之中有意思。"所以说"意思贵浑然"。

"守法度，曰诗。诗人法度可学，而神意不可学。"诗人可以学习作诗的方法，但是诗中的神韵思意是不可模拟效法的。并且每位诗人有不同于他人的情思，"一家诗有一家诗气象"。黄溥说的是石曼卿与邵尧夫二人，他们一个豪放自得，另一个萧散自得，"二家气味不同，而自得则一耳"。虽然二人的诗风不同，但是他们都各有所得，形成了自己独特的自然气味。"作诗虽要有情致，然其抑扬高下得到，自有得处，方能如化工生物，千花万草不名一物一态。若只摹勒前人旧规，无自得之趣，只如世间剪裁诸花，见一件样子只做得一件也，虽工，抑岂能名家传世也哉？"因为诗人的差异性，性致高下各不相同，所以不必依样画葫芦，千人一面，造就独特的个性特点。

三　平淡闲雅、不露斧凿

黄溥在审美上崇尚平淡自然、含蓄婉约的诗风，即他所说的"平淡自在"、"闲雅容与"与"含蓄天成"。

（一）平淡自在

在审美上，黄溥欣赏"平淡"的诗风，"欧阳永叔诗……凡此之作，平易自在，不见牵强之迹"。他用欧阳修为例说明，自己喜欢平淡诗风的原因是那种自在无拘的诗，富有自然灵气，没有反复雕饰的生硬感，让人轻松自在。

说到平淡诗风，人们首先想到的是陶渊明。陶氏安贫乐贱的心态和恬淡自适的诗歌，在物欲充斥的时代被人们向往渴求，也是人们追求的境界。"朱子曰：'陶渊明诗平淡也于自然，人学他平淡，便相去远矣。'"陶诗的平淡源于自然，众追随者学陶诗平淡，却没有那份天性之心，所以学不到诗中的精髓。"作诗到平淡处，要似非力所能。东坡尝有书与其侄云："大凡为文，当使气象峥嵘，五色绚烂，渐老渐熟，乃造平淡。'识者以谓不但为文，作诗者尤当取法于此焉。"在诗中创立平淡之境的非一般人能做到，那不仅仅与诗人的才华能力相关。"欲造平淡，当自绚丽中来，落其纷华，然后可造平淡之境。如梅圣俞《晏殊》诗："因令适情性，稍欲到平淡。苦词未闻圆，刺口剧菱芡。'言到平淡处甚难也。所以《赠杜挺》之诗有'作诗无古今，欲造平淡难'之句。"平淡生于华丽，要写出平淡的诗歌，先剥落纷华，才有可能创造平淡的意境。

（二）闲雅容与

王摩诘有诗曰："桃红复含宿雨，柳绿更滞春烟。花落家僮未扫，鸟啼山客犹眠。"陆观务读此句云："每哦此句，令人坐想辋川之胜，而此老傲睨闲适于其间也。"王维是唐代著名诗人，诗、书、画都很有成就，精通佛学，他的诗歌诗画结合，往往在诗中描绘鲜活形象，意境高远，诗情与画意融为一体。有一种闲然自得，成竹在胸的从容不迫，正与黄溥闲雅容与的观点一致。

黄溥的观点中，"闲雅容与"是继"平淡自在"后的又一诗歌审美风格，是在平淡自在的基础上的从容自得："程子诗云："闲来无事不从容，睡觉东窗日已红。万物静观皆自得，四时佳兴与人同。'此有道者之气象，非寻常骚人、词客之可企及焉者也。"不为名利困扰，心无他物，感到一种悠然自得的闲情与快乐，这种自足的心理是那些追名逐利之人无法体会到的。"王介甫诗云："月映林塘静，风涵笑语香。'又云："细数落花因坐久，缓寻芳草得归迟。'凡此等作，所谓意与言会、言随意遣，浑然天成。但其舒闲容与之态，从容处得之趣，悠然超然，出乎万物之表焉者耳。"王安石博学多识，才华横溢，官至相位，气度不俗，表现在诗歌中的舒闲容与非常人所有，"则其胸次之豪迈自可想见"。

（三）含蓄天成

司空图在《诗品》中论"含蓄"说："不着一字，尽得风流。"黄溥的观点与之有异曲同工之妙，他说："诗文要含蓄不露，便是好处。古人说雄深雅健，此便是含蓄不露也。用意十分，下语三分，可几风雅，可追李杜。下语十分，晚唐之作也。用意要精深，下语要平易。此诗家之定格。"作诗含而不露，艺术上锤炼恰到好处，归于自然。犹如中国水墨画，不在细微处计较，而在大处着笔，寥寥几笔，勾勒轮廓，点到即止，却简练传神，留给人们极大的想象空间。"语少意足，有无穷之味。"只是简单的几句话，意在言外，彼此的情意都已心照不宣了，有如绝色美人，淡扫蛾眉，不事艳妆，然眼波流动之间，便自觉风韵天然，楚楚动人。

《诗学权舆》中记录："有意中无斧凿痕，有句中无斧凿痕，有字中无斧凿痕，须要体认得。"（《漫斋语录》）与"不露斧凿"的作诗方法相对应，诗贵在自然天成，刻露直白都是作诗的弊端。"篇章以含蓄天成为上，破碎雕镂为下。如杨大年西昆体，非不佳也，而弄斤操斧太甚，所谓七日而混沌死也。以平夷恬淡为上，怪险蹶趋为下；如李长吉锦囊句，非不奇也，而牛鬼蛇神太甚，所谓施诸廊庙则骇矣。"辞藻华美、对仗工整的西昆体，旖旎绚烂、精警奇峭的李贺诗歌，虽然优美瑰丽，但是华丽的辞藻难以掩盖过度雕饰的痕迹，比不上含蓄天成、平易恬淡的字句。有时，含蓄的表现为怒极则喜、哀极而歌，"嬉笑之怒，甚于裂眥；长歌之哀，过于恸哭。此语诚然"。不怒反笑、不哭反歌，正是在极度愤怒哀伤下才会有的情绪错位，委婉曲达的手法极富暗示性，运用起来会收到特别的艺术效果。

第七章　游潜的诗学思想

游潜（约 1515 年在世），字用之，江西丰城人，弘治十四年（1501）举人。历官云南宾州知州。后被误以酷罢官，谪遭故里，隐居啸傲而终。论者谓其诗"出之自然而和平蕴藉，有盛唐之风"。（陈尧《梦蕉存稿序》）《四库全书总目提要》谓其"率无深解，或借以自抒不平，尤为编浅"。著有《梦蕉存稿》《梦蕉诗话》《博物志补》等。① 游潜不仅诗写得好，而且长于论诗。其论诗集《梦蕉诗话》全书涉及掌故、考证、辑佚、诗解和诗评等，诗集以记诗事为主，尤以元末明初诗坛轶事为多，而诗论考据则多袭前人陈说，又记有诗谶、梦兆、仙诗等怪诞之事，《梦蕉诗话》的现实批评性、理论阐说性较强，但整体布局较为随意，系统性较弱。《梦蕉诗话》中不仅有许多品诗论诗的文字，而且更有丰富的诗学思想。

一　载道之具

游潜说："文者，载道之具；作文不本于言道，虽富丽何取？"诗文是道的载体，要是不具有承载道的功能，再文辞优美的诗歌也只是华丽的空架子。以道论文并不始于游潜，早在中唐时期，韩愈、柳宗元发起的古文运动中，就将文道并论。韩愈古文运动的基本主张是"文以明道"，文道合一。柳宗元也同样倡导"文者以明道"，强调作家的道德修养。游潜的主张继承了前代人的思想，又稍有不同。他曾说："大抵君子读书，以学圣人之道，初岂绝无用世之心哉？然惟枉道辱己，卑卑求合，则弗屑焉。是故渊明之决去也。苟遇知己，虽死可以许之，况于食其禄乎！"从这个意义上讲，在游潜看来，学习圣人之道，是以为有用于世服务为前提的，如果遇到能够赏识贤德的明君，为之舍生忘死也不为过。"岂不知士

---

① 吴文治主编《明诗话全编》，江苏古籍出版社 1997 年版，下同，不另注。

君子学道，固欲有为于世，设不幸而不得焉，岂书之误哉?"由此可见，游潜眼中的"道"是建功立业，全心全意为统治者服务，鞠躬尽瘁之道。"名义苟非所重，谁其传之!""噫!富贵不可久，名业乃足传。"他重名轻利，追求功成名赫在他的生活中扮演重要角色。

受儒家"学而优则仕"的影响，出仕致用是每个封建士大夫的不懈追求，仕途之路是读书人实现自身抱负的唯一出路，游潜曾任云南宾州知州，"昔予守宾川，夷贼猖獗，诸郡咸弗靖。抚镇檄予以兵。时有忌者，捃摭以罪，疏之，乃还"。由于小人诬陷被罢官，"小人因言中人之心有如是哉!"对那些中伤他人以利己的卑鄙小人，游潜发自内心不屑："世有无耻小人，乍沾一命，隔别未及二三载，内向妻子，外接故旧，谈话间咄咄然，非胡非汉，迥不似平生人矣，不亦可鄙可笑也哉!"那些见风使舵、两面三刀的无耻小人游潜打心眼里蔑视他们。对自己"信而被疑，忠而被谤"，游潜只能无奈地叹息自己生不逢时，"豪杰之士不遇于时者，岂特令已矣!升沉显晦，谓之何哉?"寄希望于统治者，"人才之在天下，遇不遇，命也，夫奚得而强哉?今世工文章以为进士业者，其去取于主司，盖亦莫不似此"。千里马被伯乐赏识是机缘运气，不能遇到欣赏自己的知音，那只能怨命不好了。

尽管游潜受到了不公正的待遇，他还是提倡要平等地对待诗人的作品，不能因为诗人的社会地位或人品差异，而对诗歌差别对待，只要是好诗就应该去欣赏它。南宋的赵师罨可谓是祸国殃民的大奸臣，但游潜认为他的诗"语意流丽，足为佳作"，对赵师罨在诗坛上的成就和地位持肯定态度。

二　和平蕴藉

向往和平自然是中国文人恒久的追求，为历代文人言说自然的经典，也是中国文论崇尚自然的标志。"字画婉丽，辞意凄怨，虽不免袭取旧句，而风神月思，亦足想见"可见游潜是赞成婉丽凄怨的诗风的。大约是游潜坎坷的仕途，使他认为"此作感慨凄婉，得诗人之怨也"，那些写得凄婉哀伤的文字是诗人内心哀怨愁绪的抒发，虽然游潜尊奉和平蕴藉的自然文风，但是"言俚意浅，固不足谓诗也"，过于简单直白的句子，不能称为真正的诗歌。

明中期的朝廷由盛转衰，小人当道、官场腐败。生活在这时期的游潜，注定其在仕途上不能如意。他在被小人诬陷而罢官后，回归故里，"故居钟山之麓，小桥流水处，结草屋数椽，以讬啸傲"。少了官场的钩心斗角，回归到本真，游潜的诗文中都流露出自然、平和的心态。后人常用"出之自然而和平蕴藉，有盛唐之风"来评论游潜的诗，由此我们可以看出游潜的诗文多以自然和平为主。他的生活都是清贫的，来看看他房屋各个地方的名称："蜗道"、"燕图"、"蚁封"、"蝶所"、"梦蕉亭"，这些都说明了游潜的房屋之别致可人，生活的逍遥自得，但"道、图、封"寥寥数字却流露出离开官场的游潜心恋仕途的味道。

三　煅炼精到

在诗歌创作上，游潜提倡写诗"是以言作诗者，须读书多，考事详，煅炼精到，不徒应办之能速以为贵也"。肯定了学习的重要性，强调诗句要仔细推敲和考证，使诗句做到煅炼精到，不能一味追求创作速度而忽视作品的质量。就以用事为例，"作诗用事，须是得当，不可率易用之，虽古人或亦不免此议"。游潜在评李义山诗"嫦娥应悔偷灵药，碧海青天夜夜心"时，对神话故事中的嫦娥进行了推敲，他认为"嫦娥"并非后羿之妻，也没有"嫦娥奔月"的典故。只是"始于刘安怪诞之书，成于许慎附会之注，至张衡作《灵宪论》转相引证。隋唐以后，骚人墨客类多借事托意"而起的。而"诗人题咏，多出一时之兴遇，难谓尽有根据"。缺少考证煅炼的典故流传开来，只能贻笑大方。

明代中期，以前后七子为首的复古派，提出了"文必秦汉，诗必盛唐"的主张。这一思想使明初的"重唐轻宋"思想益发严重。游潜对"重唐轻宋"的思想是持否定态度的。他说："宋诗不及于唐，固也；或者矮观声吹，併谓不及于元，是可笑欤！……顾谓宋诗岂惟无愧于唐，盖过之，斯言不免固为溢矣……'唐有诗，宋、元无诗'，'无'之一字，是何视苏、黄公之小也！"他认为，宋诗虽然比不上唐代，但是宋诗成就超过元诗，也有可取之处，这显然是中庸的评论，宋诗成就是不能完全抹杀的，但是也不能过高地评价。如果说宋代无诗是无视了苏轼、黄庭坚等诗学大家在诗作方面的成就。游潜对苏轼是十分推崇的，在诗话中，他对苏轼过鄱水之望湖亭时所作的诗"黑云堆墨未遮山，白雨跳珠乱入船。卷地风来忽吹散，望湖亭下水连天"评价很高。他认为这首诗"写出了天地变化莫测之妙"。"岂亦因闻东坡论文潜、少游之诗，以为一代当推山谷，遂益大加学力至然也?"被苏轼推崇的黄庭坚也是学习的楷模。可以说，很好地表达了游潜学习前贤的态度：应该博众所长，而不是单一的学习某一派，只要是好的东西都可以接受。这种思想也是对明代当时存在的文学复古思想的调整和修正。

四 不如炼意

中国古代文论形成的以意境为主形态的古典审美意味世界，展现了艺术的审美本质，体现了中国诗文化独特的艺术把握方式。游潜正是从诗歌的意境来评价诗歌的好坏："语作诗者，炼字不如炼句，炼句不如炼意。古人诗意不凡，句内用字，亦须音律清婉，含蓄有馀，不易易也。"意境能让诗歌"消尽人间烟火气"，得到"象外精神言外意"。魏晋时期方外之人的诗意深古独立，"语意深古，有遗世独立之意，盖魏晋时物外人语也。然须神融意会乃得其趣，而此心与造物同游之妙，亦自临览之，不可与碌碌尘俗者言也"。流动的意境，浑然天趣，这是意与诗融会贯通的效果。在运用的意境技巧上，游潜极为推崇杜甫，他认为"杜子美诗，不特律切精深，而其意度亦极高妙。虽于一字之用，亦不率易，熟玩之便有自觉"。评论明初著名诗人刘伯温的诗时，游潜说："读其辞，玩其意，足见此老诗意境之妙。"刘伯温是明代的开国功臣之一，他的诗歌以古朴、雄放见长，正是由于刘伯温在政治上的赫赫功绩，才成就了他的大家风范，开阔广博的胸襟，使得他诗歌的意境也更为高远。

在《梦蕉诗话》中，游潜不仅从意境出发来评论单首诗歌，而且用来评论前人诗文集的优劣。在明代，《唐诗鼓吹》广为流传。相传《唐诗鼓吹》为金代著名诗人元好问所编。元好问是金代最重要的诗人，也是杰出的诗论家。《唐诗鼓吹》就是他收集唐代杰出诗人的著名诗歌所编而成。游潜却对其中认为的诗歌经典进行了改正，他认为宋邕的《题刘、阮再过天台》"平叙无变化，而意亦浅俗"，不能称为唐诗中的经典。而《唐诗鼓吹》把这首诗收于其中，"是何异于昆山之玉，可以抵鹊，而充贾胡之肆者，或不免燕石，非可讶哉"。根本就是鱼目混珠，滥竽充数。

第八章　郭子章的诗学思想

郭子章（1542—1618），字相奎，号青螺，又自号蠛衣生，江西泰和人。隆庆五年进士。历官广东潮州知府、四川提学佥事、浙江参政、山西按察使、湖广布政使、贵州巡抚。以平藩有功，进太子少保、兵部尚书，卒。子章博涉群籍，著述甚富，编著《蠛衣生易传》《平播全书》《圣门人物志》《豫章书》《郡县释名》《阿育王山志》《黔类》《黔草》《闽草》《浙草》《六语》《豫章诗话》等①。郭子章理政有治绩，但他为人所知，主要在学术方面。他是一个饱学之士，曾经与王时愧、邹元标等讲学于吉安青原山和白鹭洲，提倡正学。他有天赋之才，识卓超群，勤于著述，每任职一处，均有专集，并以任处为集名。郭子章的著作涉面极为广泛，哲学、政治、经济、军事、历律、历史、地理、工艺、文学等，应有尽有。可以算得上是学富五车、才高八斗的人物。郭子章虽久在官场，但读书不辍，"文章、勋业亦烂然可观矣"，史称他"能文章，尤精吏治"，"于书无所不读"，"宦辙所至，随地著书"，"著述几于汗牛"，"以为欧阳永叔之后，一人而已"。他的诗歌作品多收入《自学编》，计六十六卷，其中《粤草》十卷、《蜀草》七卷、《晋草》九卷、《楚草》十二卷、《黔草》二十一卷、《家草》七卷等。郭子章不仅精吏治，著述很多，而且他的诗学理论也很有见地，更有《豫章诗话》包含了丰富的诗学思想。

一　诗以言志

郭子章在《豫章诗话》中评价欧阳修的诗时说："士大夫立朝，何可无此风味！"② 郭子章读其诗、观其人、推其论，赞同"诗以言志"的诗学创作思想。郭子章的"诗以言志"和欧阳修的"穷而后工"有相似之

---

① 吴文治主编《明诗话全编》，江苏古籍出版社 1997 年版。

② （明）郭子章：《豫章诗话》，豫章丛书本，下同，不另注。

处。六一公之"穷而后工",就是把自己的郁勃悲愤之志反映在诗文之中,便能成就好的诗文。而郭子章的"诗以言志"说,即是用诗歌抒发自己的"志",而这里的"志"是指诗人心中的思想和感情,他认为只要能抒发自己心里的真实感受便是好诗。这样看来,郭子章的"诗以言志"说是"穷而后工"说的继承和发展了。

"诗言志,歌咏言",这是古人对诗歌本质的概括和总结。所谓的"志",就是诗人内心感情的抒发。诗歌是思想的反映,感情的产物。郭子章就非常赞同这种说法,并在诗歌创作和评价中把"诗以言志"放在了很高的位置。《豫章诗话》中记载:"陶渊明《赴镇军参军》诗曰:'望云惭高鸟,临水愧游鱼。真想初在襟,谁谓形迹拘?'荆公拜相之日,题诗壁间曰:'霜松雪竹钟山寺,投老归欤寄此生。'山谷云:'佩玉而心若枯木,立朝而意在东山。'"(《豫章诗话·卷五》)这几首诗在一定程度上都表现出了诗人归隐的思想,和六一公之意甚似,且都通过诗把自己内心的思想感情真实地表露于诗。因为六一公诗真正反映了诗人自己的内心感受,心里的感情跃然于纸上,是真思想、真感情的流露。

"诗言志"从表面说表达的是个人的兴趣志向,从更深层次来说,则是以诗表现"道","道"在中国古代不是一个陌生的概念,但要在诗文中展示自己对道的体悟和理解却并非易事,宋代王安石、明代李贽俱是"以诗传道"的高手。郭子章点论时说:"宋王荆公、我明李卓吾极取可道……嗟乎!有道则见,无道则隐"(《豫章诗话·卷二》),极称赞两位大家在诗文中"取可道",郭子章在《豫章诗话》中都对他们有很高的赞誉,究其原因应该就是二公的创作原则和郭子章的"诗以言志"的诗歌创作思想相一致的结果。

二　诗关风教

郭子章认为诗歌的社会功用在于流行中能感化人们,使百姓在社会生活中受到教化。《豫章诗话》反驳了"鲥鱼多骨,海棠无香,曾子固不能诗"(《豫章诗话·卷四》)的论断,并提出"诗非嘲风弄月之谓也,取其有关风教而已"(《豫章诗话·卷四》)的诗歌创作观点。诗歌是有教化功能的,《豫章诗话》中记载:"公(张魏公)曰:'元符贵人腰金纡者,何限惟、邹至完、陈莹中,姓名与日月争光。'诚斋得此语,终身厉清直之操。"(《豫章诗话·卷三》)杨万里听了张魏公的话,终身都坚守正直的品德，不敢越雷池半步。所以郭子章在诗歌的创作态度和创作方法上认同风教说。

以风教论诗起于《毛诗序》。《毛诗序》归纳《诗经》十五国风的社会作用及其特点说："风，风也，教也；风以动之，教以化之。"这里的"风"，包含本源、体制、功用三重意义，从其功用讲，则是"风教"。它对封建社会的诗歌及诗论发生过很大的影响。郭子章继承和发扬了古代封建社会的"风教"说，他认为诗应当能感化人民、教化百姓，这才是好诗！他在《豫章诗话》中评价冯道的诗，曰："诗虽浅近而造理。"

冯道有诗云："穷达皆由命，何劳发叹声？但知行好事，莫要问前程。冬去冰需泮，春来草又生。请君观此理，天道甚分明。"又云："莫为危时便怆神，前程往往有期因。须知海岳归明主，未必乾坤陷吉人。道德几时曾去世，舟车何处不通津？但教方寸无诸恶，狼虎丛中也立身。"（《豫章诗话·卷二》）冯道历事五代，即庸俗皆鄙其失节。其实，这两首诗用浅显的话语说明了诗人自己一生的经历，以及身处"虎狼丛"中的无奈。同时，也教化人们要多做善事，并在自己的生活圈子适时变通。可以说郭子章评说其诗"造理"，就是因为他的诗有较强的"风教"作用。

《豫章诗话》记载：庐陵罗大经尝题钓台云："平生谨敕刘文叔，却与狂奴意气投。激发潜龙云雨志，了知功跨郑元侯。讲磨潜佐汉中兴，岂是空标处士名？堪笑吏臣无卓识，却将周党与同称。"（《豫章诗话·卷五》）郭子章对罗大经的评价"句不甚工，议论却正"。虽然罗大经诗的文采没有得到郭子章肯定，但是从诗歌内涵，也就是诗的"风教"作用这方面肯定了其诗。这也恰恰体现出了郭子章对诗歌创作中"风教"作用的重视和追随。

三 雄壮文气

在审美论上，郭子章崇尚雄壮大气的诗风，他认为诗"读之令人气沮回肠，山欲堕而海欲枯"堪称好诗，反对纤巧的文风，"虽然巧，于斧斤者多疑其拙窘"，巧丽的诗难免有刻意为之的痕迹。他的这一审美标准在一定程度上和魏晋时期曹丕的"文气"说是一致的。"文气"是文章所体现的作家精神气质，其具体内容指作家天赋个性和才能，所以是独特的，不可强求，也不能传授。他以这样的"文气"为文章的特征，用为写作和批评的准则。

他在《豫章诗话》中评价解大绅曰："其诗歌雄壮，上逼李太白。"便是从解缙诗的文气来评价的。《豫章诗话》记载："吾吉解大绅，天挺逸才，其经济见于《大庖西封事》，仿佛《治安策》，宛似贾长沙。其诗歌雄壮，上逼李太白。尝自作吊李诗曰：'吾闻学士多风流，豪气直与元气侔。金銮殿上拜天子，诧叱宠幸如苍头。杨贵妃捧砚石，高力士脱鞋兜。平生落魄，赢得虚名留。也曾椎碎黄鹤楼，也曾边翻鹦鹉洲，也曾弃却五花马，也曾不惜千金裘。呼儿换取采石酒，花间满泛黄金瓯。醉来问明月，明月全不偢。大呼王侯出东海，骑鲸直向八极游。我来采石日已暮，潮生牛渚聊舸舟。白浪一江雪滚滚，黄芦两岸风飕飕。欲写佳句吊学士，佳句满腹不敢搜。恐惊水底鱼龙不得睡，天上星斗散乱难为收。草草留题吊学士，学士不须笑吾济，磊落与尔俱同寿。'其自负雄矣。贾死于骑，李死于水，解死于狱。奇蹇之迹，千古相怜，顾解尝有《漫成》绝句：'手扶日月归真主，泪满乾坤望孝陵。身死愿为陵下草，春风常护万年青。'其视《永王南巡之歌》何如哉？令白也读之，当愧死焉。"（《豫章诗话·卷六》）解缙诗雄壮之极，让人读之气荡回肠！郭子章认为其诗之妙皆因文气，诗歌一气呵成，不拘古训，做到了个性，才能有机统一。也正是解缙的这种精神气质使得自己的诗歌雄浑壮丽，宛如万马奔腾。也正因为如此，解缙的诗歌才有了真正的"文气"。

郭子章对于诗歌文气的赞美还体现在明代诗人杨寅弼身上，评价杨寅弼诗"读之令人气沮肠回，山欲堕而海欲枯，如司马子长在羑室，邹阳坐梁狱中，又如鱼游斧中，犬置虎口，何其怨也"。《豫章诗话》记载："予故友杨寅弼，字君良，通政载鸣公子，文贞公孙也。能诗早卒，予谓铭其墓，略曰：嗟嗟！君良已矣！所可不朽腐者，独文与诗。予尝次第其诗，读之，益又足悲矣！如：'空怀元振义，未解范卿裘'，'从教贫到骨，不敢怨诒谋'，'梦随人意乱，魂逐晓星移'，'生计中年薄，物情到处凉'，'新仇兼旧恨，触着意难忘'，'相看先引泪，痛定久藏声'，'杅竟投慈母，袍终解故人'，'败叶舞风声淅淅，乱山衔月夜悠悠'，'贫来莫道从军苦，最苦啼寒在故乡'，读之令人气沮肠回，山欲堕而海欲枯，如司马子长在羑室，邹阳坐梁狱中，又如鱼游斧中，犬置虎口，何其怨也。如'舌在宁辞辨，道尊不受催'，'达观聊一呷，端不受人怜'，'且莫怨风尘，寻闲趁此身'，'得笑即开口，忤意未须嗔'，则若游意于殷汤之乡，而逍遥于圹埌之野，又何其不怨也。"（《豫章诗话·卷六》）郭子章在论杨寅彟的话语之间表达出了对他英年早逝的惋惜之情，继而说其"所可不朽腐者，独文与诗"，肯定了诗人的文学成绩，并说杨寅彟的诗歌是不朽之作，对其诗的高度赞誉由此可见。郭子章又曰："读之令人气沮肠回，山欲堕而海欲枯，如司马子长在蚕室，邹阳坐梁狱中，又如鱼游斧中，犬置虎口，何其怨也。"在这段话中郭子章道出了极力推崇杨寅彟的原因，杨寅彟的诗散发着隽壮之美，极富文气。因此，郭子章特别赞赏他的诗文。这和郭子章本人对诗歌的审美标准注重"文气"相一致。

四　文章各有体

万物都是变化发展的，文章也不例外。在发展论上，郭子章提倡："文章各有体"，他议论文章分文体，同一作家在不同文体上的成就是不一致的，有的人只擅长一种或几种文体，少数杰出大家才能达到精通各种文体的水平，如"六一公为冠冕，亦以其事事合体，如作诗即几及李、杜，碑、铭记、序即不减退之，作《五代史》即与司马、子长并驾，作四六一洗昆体，作奏议庶几陆宣公，游戏、小词亦无愧唐人《花间集》，盖得文章之全者。如东坡之文固不可及，诗如武库矛戟，已不无得钝，且未尝作史。曾子固之文雅，苏老泉之雄健，固文章之杰，然皆短于诗。山谷诗骚妙于天下，而散文颇觉繁碎"。（《豫章诗话·卷四》）在郭子章看来，优秀作家如欧阳修可谓"得文章之全者"，是一位精于各种文体的全才，在各种文体上都能达到一流水平，与该种文体的代表作家比肩。除此之外，其他作家只在自己专攻的文体领域中称雄，于其他文体略逊一筹。

郭子章祖籍江西，对江西特别有感情，他的诗话中所录超过半数是江西籍作家，他曾从文体的角度对江西诗文发展脉络发表议论："江西自欧阳子以古文起于庐陵，曾子固、王介甫皆出欧门。老苏所谓执事之文，非孟子之文，而欧阳子之文也。朱文公谓江西文章，如永叔、介甫、子固，做得如此好，亦知其皞皞不可尚已。"（《豫章诗话·卷三》）在文方面，欧阳修对江西文人影响极大，曾巩、王安石、苏洵都效法欧阳公的古文，他们的古文太优秀了，以至于一代巨儒朱熹不得不赞叹，他们的诗已达到登峰造极的地步，让人可望而不可即。"至于诗，则山谷倡之，自为一家，并不蹈古人町畦。象山云：'豫章之诗，苞苴欲无外，搜抉欲无秘，体制通古今，思致极幽眇。贯穿驰骋，工夫精到，虽未极古之源委，而其植立不凡，斯亦宇宙之奇诡也。开辟以来，能自表见于世若此者，如优钵昙华，时一现耳。'"（《豫章诗话·卷三》）在诗学上，江西首推黄庭坚，他创立的江西诗派在宋代全国诗派中影响最广，其影响力逾百年不减，他的诗贯通古今，精于煅炼，是中国诗坛上的一朵奇葩。从郭子章的议论中，我们可以看到他作为江西人对故土的热爱，对江西文人非凡成就的骄傲，以及不容忽视的诗学思想——"文章各有体"。

第九章　汤显祖

第一节　汤显祖的文学思想

汤显祖（1550—1616），字义仍，号若士、海若，晚年自号茧翁，别署清远道人。江西临川（今属江西临川）人。汤显祖"生而颖异不群"，五岁能属对，十三岁就学于泰州学派的罗汝芳，补邑弟子员，文名远播，为侪辈中之佼佼者。二十一岁中乡举。他一生勤奋好学，兴趣广泛，"于古文词而外，能乐府、歌行、五七言诗；诸史百家而外，通天官、地理、医药、卜筮、河籍、墨兵、神经、怪牒诸书"（邹迪光《调象庵稿·汤义仍先生传》），尤其喜好戏曲。① 他为人重气节，不附权贵，终以此被褫夺官籍，遂不复出仕，蹭蹬穷老，从事戏曲著述。作品最著名者有《牡丹亭（还魂记）》《紫钗记》《邯郸记》《南柯记》，合称《临川四梦》或《玉茗堂四梦》。又工诗文，早年即有文名，著有诗文集《红泉逸草》《问棘邮草》《玉茗堂文集》等。② 汤显祖作为明代最为杰出的戏曲家，在文学理论方面的成就却少有人提及。在文学理论方面，他的最大贡献在于强调了情感对于文学的重要性，无论是创作戏曲还是诗歌，都将情放在首位，提倡"至情"的文学观。

一　汤显祖的戏剧学思想

汤显祖在文学艺术上，特别是在戏曲创作方面，取得了举世瞩目的成就。他的"临川四梦"集艺术、思想、哲理于一体，在明代戏剧史，乃至于中国文学史上都有着不可忽视的地位。这些优秀作品正是汤显祖在

---

① 王运熙、顾易生主编：《中国文学批评通史》，上海古籍出版社 1996 年版，第 641 页。
② 蔡景康编选：《明代文论选》，人民文学出版社 1993 年版，第 272 页。

"世总为情"、"以'梦'写情"、"以情越律"的戏剧学思想指导下创作而出的。

（一）"至情"论

在封建社会中，受传统儒家思想的影响，为迎合封建伦理道德而抑制真情的现象比比皆是。明中后期以来，阳明心学不断发展、兴盛，个性解放思潮日益冲破程朱理学和封建礼教的束缚，逐渐得到肯定和张扬。汤显祖受王学左派影响极深，其"业师罗汝芳、亦师亦友的达观和尚、素所服膺的李卓吾先生，在汤显祖思想与人格的形成过程中矗立起三座丰碑。他们对汤显祖确立以戏曲救世、用至情悟人的观念影响至深"。① 受他们影响，汤显祖在文学创作中提出"至情"论，将情感视为文学艺术的生命，"情"是创作的动力和契机。汤显祖提倡作者在作品中弘扬人的情感，指出优秀的作者是在作品中展示"情"的表现者："白太傅、苏长公终是为情使耳。"（《寄达观》）② "临川四梦"成为他完美全面地展示"至情"思想的绝妙佳品，在文学艺术领域开辟了思想解放、个性张扬的新天地，具有旗帜鲜明的时代特色。

汤显祖的戏剧作品浪漫主义色彩浓厚，有着浓郁的抒情场面和典雅绚丽的曲文铺排，这些都是为一个中心服务的——"情"。他从"情"的高度来塑造人物，"世总为情"，世界是有情世界，生活是充满情感的生活，作品所展现的情感惊天地、泣鬼神。《董解元西厢题辞》："董以董之情而索崔、张之情于花月徘徊之间，余亦以余之情而索董之情于笔墨烟波之际。董之发乎情也，铿金嘎石，可以如抗而如坠。余之发乎情也，宴酣啸傲，可以以翱而以翔。"有情的作品可以"如抗而如坠"，可以"以翱而以翔"，有情是人生的最高境界。汤显祖笔下的戏剧人物正是为了表达感情而存在的，便是"至情"的化身。这种人物形象贯通于生死之间、梦幻与现实之中，伴着如影随形的"至情"，肯定和提倡人的自由权利和情感价值，褒扬有情之人，呼唤着精神的自由与个性的解放。

值得我们特别关注的是，汤显祖对于男女之"情"的大胆表露与宣扬。明朝的上层社会寻欢作乐、纵欲无度，但对女性却高度防范、严厉禁锢。用程朱理学来遏止人欲，用太后、皇妃的《女鉴》《内则》和《女

① 袁行霈主编：《中国文学史》，高等教育出版社 1999 年版，第 109 页。
② 汤显祖：《汤显祖诗文集》，徐朔方笺校本，上海古籍出版社 1982 年版，下同，不另注。

训》来教化妇女，最直接、生动、具备强烈示范意义的举措是树立贞节牌坊。汤显祖崇尚个性解放，反对处于正统地位的程朱理学，主张突破禁欲主义。他在《牡丹亭记题词》中写道："天下女子有情宁有如杜丽娘者乎！……如杜丽娘者，乃可谓之有情人耳。情不知所起，一往而深，生者可以死，死可以生。生而不可与死，死不可复生者，皆非情之至也。"《耳伯麻姑游诗序》中说："若以死生为大事。嘻，吁，此亦神情所得用耶。"肯定和提倡人的自由权利和情感价值，褒扬像杜丽娘这样的有情人。

为了反对处于正统地位的程朱理学，更热烈地表现"情"，戏剧创作可以不为生活现实局限，可以出现超越现实生活的情节。如《牡丹亭》中的杜丽娘，她因情生梦，因梦而死，死而复生，这的确不合常理，但这种情感却真挚可信。而《南柯记》中的淳于棼、《邯郸记》中的卢生梦中的奇遇，则既包含对爱情、亲情等真情的渴望，又有对金钱、权势等私欲的热衷。汤显祖反复强调人的情感需要，肯定人的个性欲望，这正是对程朱理学重理教、无视情感的有力反抗，鼓舞天下有情人挣脱"存天理，灭人欲"的沉重精神枷锁。汤显祖以"情"入戏，感人至深，闻者振奋，是千百年来受压迫者滋润心灵的一汪清泉。但这引起封建卫道士的恐慌，早在《紫箫记》（未完稿）"未成而是非蜂起，讹言四方"。（《紫钗记题词》）他们对汤显祖不断猜忌打压，这反映出"至情"论的力量，深刻地揭示出晚明时期情感个性的追求者与维护正统道德的理学家之间深刻、尖锐的矛盾。

尽管汤显祖把"情"放在文学创作的首位，但他不是"理"的彻底反抗者。汤显祖出身于书香门第，承袭四代习文的家风，从小深受封建传统思想影响，这使得他不可能彻底地反对"理"。因为"理"是封建统治的基础，是封建士大夫的精神支柱。四梦中"以梦写情"充分表明他在情理关系上的矛盾心态。《紫钗记》中主上降旨，《牡丹亭》中杜丽娘的"鬼可虚情，人须实礼"，柳梦梅科考及第，皇帝明断主婚，都充分反映出"情"与"理"斗争的激烈性和严酷性，表明像汤显祖这样的"至情"大家仍寄希望于封建统治者，对封建科考制度存在幻想，并没有完全地摆脱封建思想束缚，也没有彻底实现其"以情代理"的理论思想。

（二）以"梦"写情

汤显祖的一生历经嘉靖、隆庆、万历三个时代，时逢朝廷腐败，科举混乱，社会动荡。处在这种时代背景下的汤显祖，仕途失意在现实生活中不得排遣，转而向精神世界寻求慰藉。提出"因情成梦，因梦成戏"（《复甘义麓》）的文学观，主张以"梦"作为表现"情"的形式。

深受佛道思想影响的汤显祖"以梦写情"作为自己情感和苦闷宣泄的突破口，"以梦写情"是他缓和现实生活与情感追求冲突的产物。他在《宜黄县戏神清源师庙记》中说道："发梦中之事。使天下之人无故而喜，无故而悲。或语或嘿，或鼓或疲，或端冕而听，或侧弁而咍，或窥观而笑，或市涌而排。乃至贵倨弛傲，贫啬争施。瞽者欲玩，聋者欲听，哑者欲叹，跛者欲起。无情者可使有情，无声者可使有声。寂可使喧，饥可使饱，醉可使醒，行可以留，卧可以兴。鄙者欲艳，顽者欲灵。可以合君臣之节，可以浃父子之恩，可以增长幼之睦，可以动夫妇之欢，可以发宾友之仪，可以释怨毒之结，可以已愁愦之疾，可以浑庸鄙之好。然则斯道也，孝子以事其亲，敬长而娱死；仁人以此奉其尊，享帝而事鬼；老者以此终，少者以此长。外户可以不闭，嗜欲可以少营。人有此声，家的此道，疫疠不作，天下和平。岂非以人情之大窦，为名教之至乐也哉。"在梦中不能的事也成了可能，在梦中寄托了汤显祖美好的心情与愿望，"梦"解决了"天理"和"人欲"在文学表现上的难题。

汤显祖宦场失意，归于梨园，人生理想、政治抱负破灭后的空虚、痛苦，让他进一步思考生命意义和价值。最终他将生命的意义归结为——"情"。为了表现"情"，汤显祖找到了最佳承载体——"梦"。"为情作使，劬于剧伎"（《续栖贤莲社求友文》），将现实幻化为梦境，在梦境中披露现实。"梦中之情，何必非真"（《牡丹亭记题词》），可见他对"情"的重视，作品中的梦境是现实生活的反映，梦中的喜怒哀乐暗示着现实生活的咸淡愁苦。借"梦"来突破时空限制，梦中的虚幻世界是一种随心所欲的境界，梦中的自由浪漫在梦醒后便"成人不自在"，现实生活中的种种束缚同梦幻世界自在逍遥有云尘之别。甚至淳于梦从梦中醒来，却还留恋梦中的浮华，因为梦虽虚幻，却让人欢乐，富有人情味，要比现实有意思得多。汤显祖先虚后实、虚实结合的写法，从"情"的角度、"梦"的形式把戏曲艺术与观众的实际生活和感受紧密地联系在一起，正好将理想与现实融会贯通起来，提醒人们去做现实中的浪漫主义者和理想中的现实主义者。①

汤显祖的四部主要作品都与"梦"有关，得名"临川四梦"。除《紫钗记》梦幻色彩较淡外，其余三部都是以梦推动剧情发展，表现了强烈的"情"。《紫钗记》中霍小玉因思夫之情而梦，《牡丹亭》中杜丽娘因情爱而梦，《邯郸记》中卢生则因人生享乐之情而梦，《南柯记》中淳于梦因功名失意之情而梦。《紫钗记》和《牡丹亭》表现了人生道路上的积极进取，是对真情的向往和呼唤，对人生真、善、美的渴望和不懈追求；而《邯郸记》和《南柯记》则探讨人的存在价值和人生出路问题，向世人揭露了官场政治黑暗和腐败，表现在理想破灭后的消极退避，是对现实社会的深刻抨击和否定，也是汤显祖在历经沧桑之后的感悟。"四梦"都是汤显祖对人生意义思考的产物，这里"梦"成为各种人物追求不同"情"实现的媒介，成为作家展示现实"情"的载体，具有特别的意义。尽管汤显祖因自身的局限而不能明确提出有效的理性主张，但他在"临川四梦"中的探索，已具备思想启蒙的进步意义。梦幻与现实的紧密结合，强烈的主观精神追求，体现出汤显祖典型的浪漫主义风格和多重艺术魅力。

（三）以情越律

许多人在称赞汤显祖戏剧艺术思想价值的同时，对其中音律问题提出了质疑，曲词不合曲调是汤显祖作品受到批评攻击之处。汤显祖主张"以情越律"，强调词曲声律均应服从"情"的需要，他说"律之风流之罪人"。（《点校虞初志序》）又说"至于才情，烂漫陆离，叹时道古，可笑可悲，定时名手"（《答凌初成》），反对"吴江派"对戏曲格律的苛求，反对以律害词、以词害情的戏剧理论主张。他在《答凌初成》中说："不佞生非吴、越通，智意短陋，加以举业之耗，道学之牵，不得一意横绝流畅于文赋律吕之事。"又说"余于声律之道，睱乎未入其室也"。（《董解元西厢题辞》）由于曲词不合音律造成演员表演困难，观众欣赏不易，引发了历史上有名的"汤沈之争"。

"汤沈之争"是一场关于曲词与音律关系的争论，是由汤显祖的理论主张而形成的"临川派"，与以沈璟为首的"吴江派"之间的争论。争论的主要内容是：戏曲的创作和批评究竟以什么为主，导火线是《牡丹

---

① 袁行霈主编：《中国文学史》，高等教育出版社 1999 年版，第 114 页。

亭》。《牡丹亭》以其内容大胆新颖广受欢迎，但因曲词上不合律之处，受到主张戏曲讲究格律的"吴江派"指责；汤显祖则坚持"以情越律"的戏剧创作理论，认为形式是为表现内容服务的，律不能约束情，否定"情"就是否定了戏剧的意义和价值。

　　汤显祖才华出众，自然精通音律，但是如果为了遵从音律，而牺牲情感，便是舍本逐末。为了情感内容的自由表达，在某些地方突破音律的束缚是必要的，"尔时能一一顾九宫四声否？如必按字摸声，即有窒滞迸拽之苦，恐不能成句矣"（《答吕姜山》），如果为了保持音律的和谐，使作品的意趣内涵遭到了破坏，甚至句意都无法保持完整，不如用深情自然、意境唯美的句子。"总之，偶方奇圆，节数随异。四六之言，二字而节，五言三，七言四，歌诗者自然而然。乃至唱曲，三言四言，一字一节，故为缓音，以舒上下长句，使然而自然也。"（《答凌初成》）另外，不拘旧格、自然创作也是汤显祖反对复古主义思想的表现。

　　"吴江派"曾就《牡丹亭》不合律之处进行修改，引起汤显祖极大不满，他在《答凌初成》一文中写道："不佞《牡丹亭》记，大受吕玉绳改窜，云便吴歌。不佞哑然笑曰：昔有人嫌摩诘之冬景芭蕉，割蕉加梅，冬则冬矣，然非王摩诘冬景也。其中骀荡淫夷，转在笔墨之外。若夫北地之于文，犹新都之于曲。馀子何道哉。"对"吴江派"的一味遵守音律曲调表示不屑："世间惟儒先生不可与言文。耳多未闻，目多未见，而出其鄙委牵拘之识，相天下文章，宁复有文章乎？"（《合奇序》）汤显祖将剧本交给伶人排演，特别强调："《牡丹亭》要依我原本，其吕家改的切不可从。虽是增减一二字以便俗唱，却与我原做的意趣大不同了。"（《与宜伶罗章二》）可见汤显祖坚持"以情越律"的态度和决心。

二　汤显祖的诗学思想

　　汤显祖不仅戏曲方面成就卓越，而且在诗歌创作方面的造诣也极高。诗文一出，"都人士展相传诵，至令纸贵"（邹迪光《临川汤先生传》），足见其名声之盛。[1] 在诗学思想方面汤显祖也有独到的见解。下面我们从"唯情论"、"灵气论"、"奇士论"、"气机论"四个方面来看看他的诗学思想。

---

①　王运熙、顾易生主编：《中国文学批评通史》，上海古籍出版社 1996 年版，第 642 页。

（一）唯情论

从明确的反封建礼教和程朱理学的思想出发，汤显祖提出了与封建道学家的"理"完全对立的"唯情论"。这一理论具有鲜明的反封建礼教束缚、追求个性解放的民主精神，带有资本主义启蒙思想的色彩，体现新的时代精神和要求，它实际上是李贽"童心说"的继承和发挥，在当时的历史条件下，具有积极的解放思想的意义。①

汤显祖身处明代的中晚期，这一时期文人反对程朱理学，主张张扬个性，强调情感。文学要表现真情，这是对文学最为基本的规定，也是文学自身内在的要求，"情"不是凭空而至的，而是人与生俱来的。他说："人生而有情。思欢怒愁，感于幽微，流乎啸歌，形诸动摇。或一往而尽，或积日而不能自休。自凤凰鸟兽以至巴、渝夷鬼，无不能舞不能歌，以灵机自相转活，而况吾人。"（《宜黄县戏神清源师庙记》）汤显祖认为，人生来有情，这是人性所致。即便是动物，如凤凰、鸟兽之类，都能将高兴或悲伤之情表现在行动上，同样，优秀的诗歌是对人类自身的情感的发掘和表达。其《董解元西厢题辞》说："《书》曰：'诗言志，歌永言，声依永，律和声。'志也者，情也。先民所谓发乎情，止乎体义者，是也。嗟乎，万物之情，各有其志。"先秦时期，"志"具有广泛的内涵，但汉代经生完全抛开"情"的做法，受到历代统治者的欢迎，诗逐渐成为政治教化的工具。但越来越多的文人认识到"情"才是诗歌之本。

汤显祖把"情"摆到了前所未有的高度，认为一切文学创作亦应以情为主。文学作品就是这些情感外在表现和宣泄的形式，是人的精神世界的外在表现。他说："世总为情，情生诗歌，而行于神，天下之声音笑貌大小生死，不出乎是。"（《耳伯麻姑游诗序》）世上的万事万物都是离不开"情"的，"情"是诗歌创作的原动力和内在灵魂。文学情感一旦失真，文学作品也就毫无意义。汤显祖的情感世界极为丰富，他的诗歌作品中反映出多元化的"情"。《汤显祖诗文集》中提到"情"字的有几十处之多，从他的诗歌作品中，我们也可以领悟到他的"情"。有对长辈的敬爱：《西塘庄池上怀大父作》《西塘烟渚忆大父征君》《辛卯二首》《却喜》《忽忽吟》；对兄弟的友爱：《望乡哭弟儒祖》；对妻子的情爱：《清明悼亡五首》；对子女的疼爱：《哭女元祥、元英》《平昌哭殇女蟾秀、七

① 蔡景康编选：《明代文论选》，人民文学出版社 1993 年版，第 273 页。

女二绝》；以及对朋友的情感：《叹卓老》《西哭三首》。诗歌中的情感之深挚动人，是他"唯情"思想最直接的体现。

虽然汤显祖主张"唯情"，但他在一个世代书香、尊师重道、乐善好施、正义耿介的家庭中出生、成长，这为他儒家思想与崇高人格的形成奠定了坚实的基础。因此，他在本质上是个儒生，理学天命思想根深蒂固，早已融入他的血液和思想深处。所以，他的"唯情"并未完全反"理"，而是在创作实践上努力体现"情理统一"这一古典诗歌审美特征。汤显祖在写给达观禅师的信中表明了这一观点："情有者理必无，理有者情必无。真是一刀两断语。使我奉教以来，神气顿王。"（《寄达观》）表明他反对把"情"与"理"对立起来，认为只有"情"或只有"理"的作品是毫无"神气"的，赞成"情"与"理"共生共存，讲求的就是一种情与理的和谐、统一、相融。

（二）灵气论

汤显祖的创作是"至情"的。在他的作品中，我们可以感受到他用情至深，以及随着久积的情一并而发的灵气，于是有了"灵气论"。汤显祖在《合其序》中云："予谓文章之妙，不在步趋形似之间。自然灵气，恍惚而来，不思而至。怪怪奇奇，莫可名状。非物寻常得以合之。"汤显祖认为，文学作品中的深挚真情来源于作家的灵性，不仅是情生诗歌，而且诗行于灵气。因而汤显祖在文学创作的过程中，不仅"至情"，而且讲究"灵气"。他在诗中曾这样描述过"灵气"："其诗之传者，神情合至，或一至焉；一无所至，而必曰传者，亦世多不许也。"（《耳伯麻姑游诗序》）这里所谓的"神"，指的就是作家的"灵气"，是创作上不沾染俗气的情思。汤显祖以苏轼和米芾的画为例，从侧面说明文学创作上靠灵气，而后方能成就佳品。"苏子瞻枯燥竹石，绝异古今画格，乃愈奇妙。若以画格程之，几不入格。米家山水人物，不够用意。略施数笔，形象宛然，正使有意为之，亦复不佳。故复笔墨小技，可以入神而证圣自非通人，谁与解此。"（《合其序》）作家写作讲究"灵"，才能体现出作品的价值和意义，为世人所认可。

复古是明代诗歌的主流，以前后七子为首的复古派提出"文必秦汉，诗必盛唐"的诗学主张，反对程朱理学教条式的和台阁体歌功颂德、粉饰太平的诗风，但复古派从一个极端走到另一个极端，过分强调模仿形似，造成剽窃的弊端。针对这种恶劣的风气，汤显祖反对模拟，主张自然，要求诗歌直面性情，无须依傍古人。他在《答王澹生》中谈道："因于敝乡帅膳郎舍论李献吉，于历城赵仪郎舍论李于鳞，于金坛邓孺孝馆中论元美，各标其文赋中用事出处，及增减汉史唐诗字面处，见此道神情声色，已尽于昔人，今人更无可雄。妙者称能而已。然此其大致，未能深论文心之一二。"好的作品，不是模拟前人达到"形似"，而是在于能否自然地表达作者的思想情感。只有不拘格调才能创作出有灵性的作品，不朽的经典都是："凡天地间奇伟灵异高朗古宕之气，犹及见于斯编。"（《合奇序》）同时，提出创新在于师法自然，凭新而出，在《答张梦泽》说："弟平生学为古人文字不满百首。"从中看出汤显祖反对复古的思想，崇尚自然创新。

"灵气论"的提出是汤显祖反对前后七子"文必秦汉，诗必盛唐"的复古主义思想的必然结果。汤显祖在创作上力主创新，强调做文讲究灵性，"凡文以意、趣、神、色为主"。（《答吕姜山》）所谓"意"，即作者的意图或作品的思想；"趣"即情趣、艺术构思；"神"指气韵、艺术形象生动可感；"色"即艺术语言的准确鲜明。这四者在作品中应该和谐统一。[1] 灵气来源于自然生活中，"是故善画者观猛士舞剑，善书者观担夫争道，善琴者听淋雨崩山。彼其意诚欲愤积决裂，挈戾关接，尽其意势之所必极，以开一时"。（《序丘毛伯稿》）如果一味模拟他人，失去了自我，就会落入俗套。因而，文学作品要自然、出奇、创新。

（三）奇士论

汤显祖基于对切身创作的认识与体会，在诗学有新颖独特的思想。他认为，灵气的产生是依赖于作家主体特立独行的人格特征的，这样的人就是"奇士"。所谓"奇士"，就是狂狷之士。"唐人有言，不颠不狂，其名不彰……必有所云，张旭之颠，李白之狂，亦谓不如此，名不可碎成耶……明日，得其文字十数首。大致奇发颖竖，离众独绝，绳墨之外，集然能有所言……此亦天下之至文也"（《萧伯玉制义题词》），极力夸赞奇士之文为天下翘楚。

汤显祖的老师罗汝芳，是泰州学派代表人物王艮的三传弟子。泰州学派的学者，大多具有狂豪之气，受这种传统影响，汤显祖以"一世不可余，余亦不可一世"的狂放之气傲立于世，也是一位"奇士"。汤显祖十

---

① 蔡景康编选：《明代文论选》，人民文学出版社1993年版，第272页。

三岁读"非圣之书"，后来又与禅宗达观大师相交甚厚，尤其敬仰思想家李贽，读其《焚书》，十分倾慕。他说："如明德先生者（汝芳），时在吾心眼中矣，见以可上人（紫柏）之雄，听以李百泉（贽）之杰，寻其吐属，如获美剑。"这三人对汤显祖的影响最大，形成了他政治上、文学上的反抗性和斗争性。为此，汤显祖也被人称之为"狂奴"。他不仅在品格上不愿与专制的统治者同流合污，而且在政治上锋芒毕露。因为这样独特的个性，让他的作品和文学精神也别具一格。汤显祖曾明确提出："士有志于千秋，宁为狂狷，毋为乡愿。"（《合奇序》）正如他诗中说的："某少有伉壮不阿之气，为秀才业所消，复为屡上春官所消，然终不能消此真气。"（《答余中宇先生》）汤显祖就是这样的一位"奇士"，在他身上体现了一个知识分子应有的气节和品格。

　　汤显祖对"奇士"的强调，源于他对文学创作情感的认识，他在《序丘毛伯稿》中指出："不能如意者，意有所滞，常人也。"他说："天下文章所以有生气者，全在奇士。士奇则心灵，心灵则能飞动，能飞动则上下天地，来去古今，可以屈伸长短生灭如意，如意则可以无所不知。"（《序丘毛伯稿》）只有奇士才能创作出飞动灵性的文字，这样的作品才能历经沧桑，穿越古今。要想写出"天下至文"，必须"心灵"，必须是"奇士"，在最大的程度上保持自己的真实性情，表现真感情。有自己的见解和操守，不攀龙附凤，不随波逐流。譬如诗仙李白："太白故颓然自放，有而不取，此天授，无假人力"（《点校虞初志序》），性情自然，无拘无束，为古今"奇士"。"士奇则心灵"才能达到创作者与作品的完美结合，从而做到"心灵则能飞动"。

　　（四）气机论

　　汤显祖早年在儒家入仕思想、光耀家族观念的影响下，渴望博取功名，实现"济苍生"、"济天下"的理想。但年轻时的伟大抱负、轰轰烈烈的建功立业愿望在其所处的黑暗腐败的社会政治环境中，都成为泡影，变得毫无价值和意义。尽管汤显祖在诗文上负有盛名，在戏曲创作方面取得了杰出的成就，但仍不能弥补仕宦失意带来的挫败感和深沉的悲哀。这时，仙风道骨的隐居传统、寻幽爱静的家庭祖训，也在一定程度上影响着汤显祖的思想。"建功立业"思想悄然退去，道家"返璞归真"和释家"因果机缘"思想渐长，加上对自身坎坷的从政经历的深刻体验，以及对官场的彻底绝望与体悟，强化了对于文学的理解。对应在文学理论上，汤显祖提出了"气机论"。

在《朱懋忠制义叙》中汤显祖第一次提道："通天地之化者在气机，夺天地之化者亦在气机。化之所至，气必至焉。气之所至，机必至焉。孙策起少年，非有家门积聚之势，朝廷节制之重。然以三千人涉江、淮、吴、会，立有江东。袁、曹睨（左目右咢）而不敢正视。然竟以蹶。此气胜而机不胜者也。诸葛武侯精其技，至于木牛流马。然终不能出汉中夷陵一步，窥长安许洛者，此机胜而气不胜也。天下文章有类乎是。莽莽者气乎，旋旋者机乎。"此处"气"指积聚底蕴，是人的精神能量，"机"是指机遇，是事物的机理。以孙策和诸葛武侯为例说明有"气"无"机"，或有"气"无"机"，都不能成功。只有"气与机相辅相轧以出，天下事举可得而议也"（《朱懋忠制义叙》），即作品是在创作积累和创作动机共同作用下产生的。"气机论"的发生，反映了汤显祖一方面肯定人的精神能量是创作的主要因素，但另一方面在作品创作中也包含了外界环境的影响。

从表面看，"气机论"有佛道机缘的消极影响，实际上却是对丑恶现实的憎恶、鄙夷、讽刺，是对明代官场社会的深刻鞭挞和总体否定。汤显祖看来，虽然"弟十七八岁时，喜为韵语，已熟骚赋六朝之文"（《答张梦泽》），文学素养积淀已初成。而仕途艰难，后弃官归故里，居住在玉茗堂、清远楼，潜心著述，才有文学创作的时机。至此创作了"临川四梦"，成就了一代戏剧大家。汤显祖一生历经坎坷，他在诗中为自己的才学不被肯定而愤懑不平："嗟夫！人世之事，非人世所可尽。"（《牡丹亭记题词》）又"殆数年于兹矣。未尝不以气机二字相属"。（《朱懋忠制义叙》）这些都表明汤显祖对理想生活的追求和对现实生活的强烈不满。

第二节　汤显祖的诗学思想

提到汤显祖，更多人关注的是他的戏曲，对他的戏曲的研究也是不胜枚举。而汤显祖在诗学方面的建树也极高，但是关于他诗学思想的研究至今还很罕见。事实上，汤显祖的诗学思想也很丰富。

汤显祖（1550—1616）明代戏曲作家。字义仍，号海若，又号若士，别署清远道人。临川（今属江西）人。在中国和世界文学史上有着重要的地位。他是一个尊重文学而不屈服于势力的人，他重创新而反对复古，他注意汲取古代一切优秀的文学遗产而不为复古派所规定的范围所局限。他的文学思想和旨趣与王世贞辈大相径庭。

一 士奇则心灵，心灵则能飞动

提到戏曲，我们不会忘记那个响彻曲坛的大家，他就是明代的汤显祖。作为戏曲家，他的成就可谓登峰造极。不仅如此，汤显祖在诗学方面也取得了令人瞩目的佳绩。

在文学创作方面，汤显祖不仅戏曲成就卓越，而且他在诗歌方面的造诣也极高。他认为文学创作不应该描摹他人而应力主创新，做文要讲究灵性，这就要求创作者本身要有鲜明的个性和独到的见解。基于汤显祖本人对创作的认识与体会，所以他的诗学思想尤为丰富而新颖独特。在诗学的发生论上，他创造性地提出了"士奇则心灵，心灵则能飞动"的创作理念。

汤显祖认为，文学作品中的深挚真情来源于作家的灵性，不仅是情生诗歌，而且诗行于神。因而汤显祖在文学创作的过程中，不仅"至情"，而且讲究"神"。他在诗中曾这样描述过"神"。"其诗之传者，神情合至，或一至焉；一无所至，而必曰传者，亦世多不许也。"（《耳伯麻姑游诗序》）这里所谓的"神"，也就是指作家的灵性，是创作上不沾染俗气的文性。这也强调了作家写作讲究灵，只有超凡脱俗的文学著作才可能流传于世，为世人所认可。神、情并重，在创作上，至少要体现一种，才可能体现出其文本身的价值和意义，否则，不宜流传。汤显祖在《合其序》云：

> 予谓文章之妙，不在步趋形似之间。自然灵气，恍惚而来，不思而至。怪怪奇奇，莫可名状。非物寻常得以合之。苏子瞻枯燥竹石，绝异古今画格，乃愈奇妙。若以画格程之，几不入格。米家山水人物，不够用意。略施数笔，形象宛然，正使有意为之，亦复不佳。故复笔墨小技，可以入神而证圣自非通人，谁与解此。

汤显祖在序中以苏轼和米芾的画为例。进一步说明文艺创作上靠灵气，而后方能"入神"。只有不拘格调才能创作出有灵性、有特点的作品。文学作品，如果模拟他人，而失去了自我，就会落入俗套，而不能达到卓尔不群的效果。因而，我们的文学作品要突出、要卓越，就要讲究脱俗，在创作上就要出奇制胜。而古代不朽的经典也都是："天地间奇伟灵异高朗古宕之气。"见于斯篇，故"神矣化矣"①！

汤显祖主张文章应自然，也就是浑然天成，再次强调灵性在创作过程中的重要影响。他反对前后七子的摹拟风气，力主创新。他在《序丘毛伯稿》一文中说："天下文章所以有生气者，全在奇士。士奇则心灵，心灵则能飞动，能飞动则下上天地，来去古今，可以屈伸长短生灭如意，如意则可以无所不知。"在这里的所谓奇士，就是狂狷之士，有自己的见解和操守，不攀龙附凤，不随波逐流。汤显祖的文字中揭示出了创作者和创作作品的直接关系。只有奇士，才能创作出杰作。因为只有士奇则能心灵，而心灵则能飞动。只有能飞动的文字才能历经沧桑，穿越古今。汤显祖本人就是一位狂狷之士。汤显祖早年就做了罗汝芳的学生，自小跟他学道，读"非圣之书"。后来又与激进的禅宗大师紫柏交朋友，尤其敬仰②激进的思想家李贽，读其《焚书》，十分倾慕。他说："如明德先生者（汝芳），时在吾心眼中矣，见以可上人（紫柏）之雄，听以李百泉（贽）之杰，寻其吐属，如获美剑。"这三人对汤显祖的影响最大，形成了他政治上、文学上的反抗性和斗争性，也被人称之为"狂奴"。这样，他不仅在品格上不愿与专制的统治者同流合污，而且在政治上锋芒毕露。因为这样独特的个性，让他的作品和文学精神也别具一格。汤显祖曾明确提出："士有志于千秋，宁为狂狷，毋为乡愿。"（《合奇序》）其主张和李贽有许多共同之处。而李贽是一个在理论思维方面敢于批判旧说、提倡新说的人物。一方面，由于对理学虚伪性质的认识；另一方面，由于对佛学乃至对"良知"说的研究所受到的影响，他提出了"童心说"这样的理论。他这种说法的主要目的是批判"失去真心"的假道学。据记载，汤显祖早年师承罗汝芳，所以其思想深受阳明心学，特别是泰州学派的影响。汤显祖对以王、李为代表的后七子复古模拟文学思潮十分不满。钱谦益说："万历中年，王、李之学盛行。黄茅白苇，弥望皆是。文长、义仍，崭然有异。"由此可以看出，他们独到的思想是得到了认可的。因为这样，汤显祖和李贽在这一点上的思想主张就不谋而合了。

---

① 汤显祖：《汤显祖集·诗文集》卷31，《耳伯麻姑游诗时序》，上海人民出版社1973年版。
② 邓绍基、史铁良主编：《明代文学研究》，北京出版社2003年版，第577页。

　　汤显祖的"士奇说"，因为与袁中郎同时，故此论调与"公安"相接近。"公安派"一直以提倡独抒性灵，不拘格套，标榜于世。而汤显祖论文也讲究"奇"，他认为"士奇则能飞动"。即强调创作者思想是否"奇"，将直接体现其作品的价值和对后世的影响。袁宏道在文艺创作上也提出文学创作要"奇"，他的"奇"和一般所讲的"奇"有所不同，并非人为的造作之"奇"，而是指符合于人之真性情、不模仿前人而极其自然者为"奇"。他在《答李元善》中说："文章新奇，无定格式，只要发人所不能发，字法句法调法，一一从自己胸中流出，此真新奇也。"这种"新奇"，就在于它不师法前人，而师法自然，凭新而出，此乃为"新格"之高格。这一观点与汤显祖的"自然灵气"的提法有异曲同工之处。

　　我们知道，龙在世人心中是很有灵性的动物，而汤显祖对龙也是情有独钟，他就曾以龙自喻，谓："观物之动者自龙至极微，莫不有体。文之大小类是，独有灵性者，自为龙耳。"（《玉茗堂文集》）龙之变化无穷，龙之变化不可测。惟变化不可穷，变化不可测者，始为天下之至文，亦为天下之奇文。这是他论文所以"欲于笔墨之外，言所欲言"的原因。言所欲言，则"下上天地，来去古今，可以伸屈长短，生灭如意"。这才见出奇士的心灵，这才能达到创作者与作品的完美结合，从而做到对"士奇则心灵，心灵则能飞动"的最佳诠释和论证。

二　缘境起情，因情作境

　　自古文人皆多情，而汤显祖尤其如此。从他的作品中，我们可以领悟到他的"至情"。汤显祖在我们的印象中，是个"情圣"的形象。他的作品中有因情而生，因情而死的杜丽娘。汤显祖不仅将"至情"表现在他的戏曲作品中，同时也注入他的诗歌创作上。他说："世总为情，情生诗歌，而行于神，天下之声音笑貌大小生死，不出乎是……其诗之传者，神情合乎至，或一至焉，或一无所至，而必曰传者：亦世所不许也。"（《耳伯麻姑游诗序》）也就是说，他认为世间万物都是有情的。从中，我们可以看出他的"情生诗歌论"。

　　汤显祖认为"情"是人与生俱来的，喜、怒、哀、乐、恶、欲等种种情感都会随环境遭遇的变化而在人的心灵中跌宕起伏，交织碰撞，而人的歌哭笑跳，诗文曲赋就是这些情感的外观和宣泄，是人的精神世界的外向化，所以诗歌产生于情，情是诗歌创作的原动力。这种"情"不是天外来客，凭空而至，而是受外物的驱动"缘境而起"的。因此，他提出"缘境起情，因情作境"。

汤显祖这一思想在他的诗歌创作中有着最直接的体现。他在《十咏·魏王分香》一诗中写道："事业易萎谢，恩爱难消沉。虞歌与戚舞，英雄同此心。"在《铜雀伎》一诗中写道："吴起张巡总为名，到才识此中轻。若言铜雀分香假，泣向虞兮亦世情。"在《戚夫人》一诗中写道："后宫齐高唱，哀响入云翔。终日不能言，倚瑟涕合长。心知万岁后，谁能怜赵王，千秋铜雀台，婉变为力香。"汤显祖这里提到了两种类型的人，杀妻以求将的吴起、杀爱妾以飨军士的张巡，是无情的；对虞姬歌而泣下的项羽、为戚夫人作楚歌的刘邦、为诸夫人分香的曹操，是有情的。从其诗中，我们很肯定地看到，汤显祖鄙弃无情之人，而崇尚有情者。

汤显祖本人的情感世界极为丰富，因而他的诗文也充满了各种情感。"情"成了他诗歌的重要组成部分。其中，有对祖父的敬爱，在诗文《西塘庄池上怀大父作》《西塘烟渚忆大父征君》中皆流露无遗。有对父母的孝顺，这从《辛卯夏谪尉雷阳，归自南都，梦如破屋中日光细碎暗淡，觉自身长仅史，摸索门户，急不可得。忽家尊一唤，霍然唤醒二首》《却喜》《忽忽吟》等诗中均可以看出。对兄弟也是十分的友爱，从《望乡哭弟儒祖》等诗中也可以看出。他与妻子情爱笃深，这从吴氏卒后二十年，汤显祖还写了《清明悼亡五首》中可见他对亡妻的深切怀念。

值得我们特别关注的是，汤显祖对晚辈和友人的情感，令人极为感动。作为长辈和朋友，汤显祖显示出了有着和常人一样而又有别于普通人的情感。

汤显祖子女中有多人早殇，他均有诗哭之，表现了他作为一个普通父亲的痛心。如《哭女元祥、元英》《平昌哭殇女蟾秀、七女二绝》等诗。而最使得汤显祖沉痛的是长子的离世。汤显祖是在有了三个女儿之后才有一个儿子的，那时候他年纪已经挺大了，有点"老年得子"的情感，因而对这个儿子特别疼爱。加之，长子生性聪慧，更是得到了汤显祖的怜爱。不幸的是，长子英年早世，在南京病逝时，年仅二十三岁。当时，长子带病应考，汤显祖十分挂念，写下许多诗文以表担忧。如其中《庚子七月晦吴观察得月亭举烛沾酒，云各有子秋试，望之，怅然成韵八绝》等，在诗中多流露出不安和自责。得知丧音后，在诗中写道："宋朝已死王元泽，直到明姐汤士遽。恨杀临川隔江左，半山无路得乘驴。"王元泽是王安石之子，是一位才华横溢的青年。汤显祖以王元泽比其长子士蘧，对长子士蘧的评价是很高的。其后，汤显祖又有多篇怀念士蘧之作，真可谓"说这士蘧即断肠"，即可见一位父亲的哀痛之至。

汤显祖对朋友的情感也是其情感方面的主要有机组成部分。如悼念李贽的《叹卓老》："自是精灵爱出家，钵头何必向京华？知教笑舞临刀杖，烂醉诸天雨染花。"悼念紫柏禅师的《西哭三首》："三年江上别，病余秋气凄。万物随黄落，伤心紫柏西。"无论是李贽还是紫柏禅师对汤显祖而言，他们的离去都是一种甚是失手足之痛。是知音，是知心，而非一般朋友，故诗歌中的情感之深挚，非寻常可比。

正因为汤显祖有着对亲人和朋友的深情，他亲身经历了亲人的死亡和朋友的生离死别，所以他的诗歌中注满真情。他说："人生而有情。思欢怒愁，感于幽微，流乎啸歌，形诸动摇。或一往而尽，或积日而不能自休。自凤凰鸟兽以至巴渝夷鬼，无不能舞不能歌，以灵机自相转活，而况吾人。"（《宜黄县戏神清源师庙记》）汤显祖认为，人生来有情，这是人性所致。即便是动物，如凤凰、鸟兽之类，在高兴或悲伤时都能将情表之于行动上，何况人呢？这进一步间接论证了其"缘境起情，因情作境"的论调。

故优秀的作品能够做到"无情者可使有情，无声者可使有声"。汤显祖强调一切皆有情，故其文能感人至深，故其笔下的文学形象也因情而生。人人都有情，而每个人的情义又不相同，因为各人均有不同之个性。其《董解元西厢题辞》云："万物之情，各有其志。董以董之情而索崔、张之情于花月徘徊之间，余以余之情而索董之情于笔墨烟波之际。董之发乎情也，铿金嘎石，可以如抗如坠。余之发乎情也，宴酣啸傲，可以以翱而以翔。"

三　情理统一

汤显祖的创作是"至情"的，在他的作品中，我们可以感受到他用情至深。然而从他的诗歌中，我们也可以看出他的美学追求，即情理统一的美学追求。《尚书·尧典》中说："诗言志，歌永言，声依永，律和声。"汉人在《诗大序》中对"诗言志"的内涵进行了阐发："诗者，志之所至也。在心为志，发言为诗。情动于中而形于言，言之不足故嗟叹之，嗟叹之不足故永歌之，永歌之不足，不知手之舞之、足之蹈之也。"

上古先秦时期，"志"字的内涵具有广泛的规定性，它包含人心中的一切观念，既包孕着记事、说理，也具有言情的意义。后人在阐释"诗言志"时，或侧重理性意念，或强调情感特征，众说纷纭，莫衷一是。以汉代经生为代表的人在解释诗时，完全抛开"情"，只讲求所谓的"微言大义"，使诗成为政治教化的工具，所以受到历代统治者的欢迎。但越来越多的文人则认识到"情"才是诗歌的本体，尤其在陆机提出"诗缘情而绮靡"的命题以后，以情论诗成为魏晋以后诗论的主流。"诗……吟咏情性，亦何贵于用事？""但见性情，不睹文字，盖诗道之极也。"诸如此类的论述不胜枚举。

　　但值得注意的是，后人在论述情为诗之本时，往往与"性"相提并论，所以这个"情"仍然是一种受理性节制、与理相统一的情。诗歌中这种情理统一的原则体现了中国古典审美理想的核心——中和之美。《论语·八佾》中说"乐而不淫，哀而不伤"，《中庸》首章即提出："喜怒哀乐之未发，谓之中。发而皆中节，谓之和。中也者，天下之大本也；和也者，天下之达道也。致中和，天地位焉，万物育焉。"这种情理统一的审美原则既不是对人的情感进行强制性压抑，也不是让人的情感毫无节制地宣泄，它讲求的是一种情与理的和谐相融。这种审美原则直接影响了后代诗歌的发展方向：当某一时期的诗歌创作出现重理轻情的情况时，诗人和诗论家[1]就会以"诗缘情"作为理论依据，以突出诗歌的最根本特征；反之，则以"诗言志"为口号，以消除因无节制地宣泄主观情感带来的弊端。因此，诗歌史上就出现了一次又一次的诗歌运动，或要求复古，或提倡性灵，一波未平，一波又起，使中国古典诗歌在不断修正中维护了情理统一的审美理想，在波浪起伏中形成了庄正典雅的"诗庄"传统。明代诗歌发展的主流是复古。其复古的实质就是要恢复包含"情理统一"在内的古典诗歌审美特征，所以复古派并没有忽略情感在诗歌创作中的作用。李梦阳认为："夫诗有七难，格古、调逸、气舒、句浑、音圆、思冲，情以发之。七者备而后诗昌也。"

　　汤显祖处在明代的大潮中，在这一点上也受其影响。首先，他在理论上更加突出情对于诗歌的作用。但他不是无节制的单纯的宣泄情感，而是具有自己主观能动性的把握尺度，也就是做到了文学受创作者理性

---

① 郭绍虞：《中国文学批评史》，上海古籍出版社 2006 年版，第 259 页。

的影响。他的诗歌作品自身所反映出的多元化的"情",可以发现虽然他在理论上极少涉及,而在创作实践上却在努力体现"情理统一"这一古典诗歌审美特征。汤显祖对于"格调"虽然没有明确的论述,但其创作实践却体现出一种慷慨深沉的格调,而这种格调正与前后七子所倡导的宛亮高古之格调相似。汤显祖的诗歌多达两千多首,与其风情摇曳、缠绵哀婉的《牡丹亭》不同的是,这些诗歌作品多反映的是诗人在儒家修、齐、治、平理想的驱动下读书、求仕、侍亲、事君的心路历程。尤其汤显祖是以政治家的身份而被载入《明史》,所以他对国家社稷和百姓疾苦充满了关切,并在政治生涯中坚守清高耿介的品性,不为名利所动而拒绝权相延揽,不惜批鳞碎首而大胆指摘朝政,体现了一个知识分子应有的气节和品格,用他自己的话说:"某少有忼壮不阿之气,为秀才业所消,复为屡上春官所消,然终不能消此真气。"(《答余中宇先生》)

沈德潜曾经说过:"有第一等襟抱,第一等学识,斯有第一等真诗。"王国维也认为"无高尚伟大之人格,而有高尚伟大之文章者,殆未之有也",汤显祖"忼壮不阿"的人格决定了他慷慨深沉的诗歌格调。在诗中,他的忠君恋阙之情,仁民爱物之心触目可见。对于君主,他以"臣心似江水,长绕孝陵云"表白自己的一片忠君报国之心如同悠悠长江水,深沉执着而又绵延不绝(《迁祠部拜孝陵》)。对于被权相张居正迫害致死的刘台,他满怀同情,并愤而写下"江陵罢事刘郎出,冠盖悲伤并一时。为问辽阳严谴日,几人曾作送行诗?"(《甲申见递北驿寺诗,多为故刘侍御台发愤者,附题其后》)而对世态炎凉与时局颠倒,他写下了《锦衣鸟》《感事》《边市歌》《吊西宁帅》《茶马》《疫》《闻北土饥麦无收者》《饥》等大量的诗歌以表达自己对国计民生的深切关怀。

在具体的创作形式上,汤显祖同样讲究字法、句法、章法和用典。他的诗歌少用生僻字眼,更无俗语俚字,或圆稳工整、沉雄朴拙,或清淡简隽、干净雅致,与其杰作《牡丹亭》中的曲词风格相仿,体现了浓郁的文人气质。在体裁上,虽多作古体而少用律体,但同样讲究音婉律谐、流转自然,小诗往往简洁凝练、自然圆融,长诗则铺排渲染、逶迤有度。在用典方面,则多用《史记》《尚书》《左传》等隋唐以前的典故,而隋唐以后的故事则极少涉及,这使得诗歌古雅简淡、厚重典实,并且与七子们所提倡的"隋唐以上泛用则可,隋唐以下泛用则不可"的用典标准相一致。综上，我们可以看出，汤显祖"至情"是理性的。在他的情感中融入了自己的理想抱负、人生追求和自己的价值判断，因而是受理性制约的。从中，我们也可以判断出，汤显祖在审美追求上是追求"情理统一"的。

鉴于上述，我们可以了解到，汤显祖的诗学思想，确实独到精辟，对今后的学术界也很有影响。而目前为止，仍未有相关专家和学者对此进行系统而全面的研究，所以这是一片极有潜力的探索空间。

第三节　汤显祖诗歌的隐逸思想

汤显祖（1550—1616），字义仍，号海若、若士、清远道人、茧翁。江西临川人，万历十一年中进士，任太常博士、詹事府主簿，万历十七年升任南京礼部祠祭司主事。后因针砭时政，弹劾申时行，贬为徐闻县典史，后调任浙江遂昌知县。终因不依附权贵，不与世俗同流，于万历二十九年正式被免职，未再出仕。汤显祖留下的诗文数量繁多。他的第一本诗集《红泉逸草》，收录了其二十五岁以前的作品七十五首。万历四年，汤显祖在南京国子监游学期间，刊印了他的第二本诗集《雍藻》（今佚）。万历五年至万历七年所作一百四十二首五言、七言诗和三篇赋编为《问棘邮草》，以及万历三十四年收录他后期创作的《玉茗堂文集》。据徐朔方先生统计，其创作包括二千二百首以上的诗和文赋。汤显祖在当时以诗文和辞赋闻名，因而其诗歌创作的重要性在他整个文学生涯中可见一斑。汤显祖一生并未真正隐逸山林，相反，他像大多数的古典作家一样，热衷科举，甚至视科举为封建文人的唯一出路。但是，正所谓"小隐隐陵薮，大隐隐朝市"（晋·王康琚《反招隐诗》）①，我们仍可以从他宏大的诗歌创作中窥见他独树一帜的隐逸思想。

一　汤显祖隐逸思想的根源

（一）道家出世思想对他的影响
据《文昌汤氏族谱》记载："公讳懋昭……年至四十，弃廪饩，远梦

---

① 陈宏天：《昭明文选译注》，吉林文史出版社2007年版，第496页。

器，隐处于西塘庄。"① 我们可以知道，汤显祖的祖父懋昭在四十岁的时候，曾离家隐居。汤显祖也在诗中说："早综精于黉，晚言荃于道术……大父辄要我以仙游。"② 可见其祖父对道教的热衷。而汤显祖的父亲端方严肃，也热衷于追求道家的养生之术："性不喜轩盖跃马……通黄帝、彭祖之术，时借以自辅。"（《文昌汤氏族谱》卷首）③ 甚至是汤显祖的祖母也笃行道教："然吾母之生也，里梦南岳夫人降世。生平精心道佛，好诵元始金碧之文。"④ 道教的神秘色彩似乎贯穿了她的一生。而汤显祖自小因母亲体弱一直由祖母抚养，在这样的耳濡目染之下，汤显祖的思想不可避免地带有道家出世色彩。

（二）佛教思想对他的影响

汤显祖同佛教也有着十分深厚的渊源。据《汤显祖年谱》可知，汤显祖 27 岁在南京国子监游学时，曾读释典于报恩寺。30 岁的时候，还曾在南京的清凉寺讲经。这足以证明汤显祖本人对佛教思想有着较深的研究。尤为值得一提的是汤显祖与高僧达观之间的渊源。《汤显祖诗文集》中留下了许多他与达观法师之间交往的诗篇。《达公来自从姑过西山》⑤《达公来别云欲上都二首》⑥《怀达公中狱因问曾中丞》⑦ 等。由此我们可以看到两位以文会友的知己之间的深厚情谊。也正是这份情义，将佛教的思想一点一滴渗透进汤显祖的人生，成为汤显祖隐逸思想的源泉。

二 汤显祖诗歌创作中隐逸思想的体现

（一）隐逸主题

汤显祖的诗歌题材丰富，涉及领域十分广泛，有喜爱佛道之作、针砭时弊之作、出仕用世之作、行旅游览之作、交往应酬之作、思念亲人之作等。而从他浩如烟海的诗作中我们依旧能够显而易见地窥见其不同题材作品中体现的不同的隐逸主题。

---

① 毛效同：《汤显祖研究资料汇编》，上海古籍出版社 1986 年版，第 119 页。
② 汤显祖：《汤显祖诗文集》，徐朔方笺校，上海古籍出版社 1982 年版，第 22 页。
③ 同上书，第 123 页。
④ 毛效同：《汤显祖研究资料汇编》，上海古籍出版社第 1986 年版，第 120 页。
⑤ 汤显祖：《汤显祖诗文集》，徐朔方笺校，上海古籍出版社 1982 年版，第 528 页。
⑥ 同上书，第 530 页。
⑦ 同上书，第 544 页。

1. 吏隐主题

历来隐者，披发入山易，而与世浮沉难。要做"隐于朝市"、以出世之眼观入世的人，若非有足够豁达的胸襟、高瞻远瞩的心境，且又不能失了救民于水火的热情，委实尚难。汤显祖在南京任官近十年，他在这一阶段最希望的就是积极"入世"，实现自己的抱负。可天不遂人意，因他为人正直耿介，常针砭时弊，甚至被人污蔑为"是狂奴，不可近"，最终只担任一些闲职。万历二十年，汤显祖任遂昌知县，遂昌地处丘陵，重峦叠嶂，因而道路闭塞，且当地居民又勤俭质朴，几百户人家缘溪而聚居，群山环绕中的遂昌仿佛世外桃源，与外界的沟通并不顺畅。他终于可以大胆地践行自己的想法，实现自己的人生抱负了。他在当地建造射堂和书院，修尊经阁、启明楼，以振兴教化。他仁政惠施，泽被百姓，实施轻徭薄赋，鼓励农桑，恩威并施，甚至"除夕遣囚"、"纵囚观灯"。使整个遂昌百姓生活和乐、社会安宁。汤显祖希求的正是这样一种吏隐生活。在他看来，遂昌俨然就是陶渊明笔下的世外桃源。有诗作为证——《九日登处州万象山时绣衣按郡》：

> 风定乌纱且莫飘，莲城秋色半寒潮。黄花向客如相笑，今日陶潜在折腰。[1]

他自诩为陶渊明，综观整个遂昌渐入秋天的情境，仿佛置身于陶渊明笔下"采菊东篱下，悠然见南山"的闲适飘逸之境，怎不令诗人欢欣？在遂昌为官的这段日子，汤显祖可谓真正地过上了他的"吏隐"生活。每天轻松打理政事，与友人一同出游赏景，兴致来了便饮酒纵歌，再吟诗作赋一番，怡然自得。

如《平昌钟楼晚眺》：

> 可怜城市欲纷纷，直上层楼势入云。独树老僧归夕照，一山栖鸟报斜曛。初惊梵唱凌空静，还隐钟声入定闻。忽怪夜来星劫晓，诸天于此震魔军。[2]

---

① 汤显祖：《汤显祖诗文集》，徐朔方笺校，上海古籍出版社1982年版，第508页。

② 同上书，第455页。

俗世烦忧，纷纷扰扰，终使汤显祖的内心掀起丝丝波澜。登上钟楼远眺，入眼的便是黄昏斜暮里，单独耸立的大树，老僧在余晖中打坐参禅，一山的栖鸟安静守候着最后一丝斜阳。此情此境，作者没有徒生怀念之情，没有感叹时光的飞逝，亦没有表达自己怀才不遇之感。而是"初惊梵唱凌空静，还隐钟声入定闻"。自然地表达自己在钟声与梵唱之中内心归于平静空灵、思想沉淀。恬静安然的小县仿佛佛家寺院，而自己仿佛置身此中修行的老僧。"并在花斋近午衙，花前含笑插乌纱。"① 出仕和隐逸在此时毫不违和，就如插花于乌纱之上，反而相得益彰。诗人"吏隐"的欢愉在这首诗中体现得淋漓尽致。

作为"媒人"的屠隆曾在汤显祖任遂昌知县时来拜访过他，在屠隆访遂昌后返家时，汤显祖作了一首送别诗《平昌送屠长卿归省》：

神仙曾作县，君子遂名堂。竹色朝行酒，钟声晚隐床。西游人未老，南至日初长。那用登芸阁，千秋辞赋香。②

在这首诗里，汤显祖以一种满足而又欣慰的语气向友人屠隆赞誉了自己在遂昌的桃源仙县生活。自比神仙，居于名堂之内，庭外竹色欲滴，钟声沉寂，白日里对竹饮酒，吟辞作赋，这样的时光，似乎带着一种诱惑的芳香，使人沉浸其中。

又如《即事寄孙世行吕玉绳》：

平昌四见碧桐花，一睡三餐两放衙。也有云山开百里，都已城郭凑千家。长桥夜月歌携酒，僻坞春风唱采茶。即事便成彭泽里，何须归去说桑麻。③

作者已经视自己为"仙令"，并将这安乐的小县视为世外桃源，踏青赏景、闲理政事、纵歌饮酒，日子过得饶有兴味。遂昌经他的一番励精图治，最终成就了桃源仙县的美称，同时也成就了汤显祖桃源"仙令"的

① 汤显祖：《汤显祖诗文集》，徐朔方笺校，上海古籍出版社1982年版，第452页。
② 同上书，第466页。
③ 同上书，第467页。

称号。

2. 山水田园主题

汤显祖热衷于纪游，经常与友人共赏山水，自然也留下了不少纪游写景的诗作。正如他自称："观历游处，感发而撼怀，亦不为少。"① 任何一位诗人都不会错过山水美景带给自己的灵感和震撼。他与友人遍访山水、纪游写景。我们可以从他大量的纪游诗作中体味他对隐逸的向往。

如《夜听邓孺孝说山水》：

> 终日他乡作游子，到处不曾离屋底。邓生尔时何许来，罢酒弹灯说山水。君家最近三茅君，我家贯看庐峰云。山水眼前人不住，遥山远水复何云。②

山水纪游历来被文人骚客所喜爱，旅行抒怀也是旅人墨客所必需。虽终日远离故土，客居异乡，但与友人一同吟山唱水、饮酒作赋、悠游于山水之间，却丝毫没有背井离乡的惆怅凄凉之感。"山水眼前人不住，遥山远水复何云"，如此美妙的景致，怎不能长居？只要内心在此处得到净化洗涤，离家千山万水又有何妨？正如沈际飞评"山水"句云："二语已足"③，诗人闲适、悠游的情感溢于言表。

他赞扬大自然一切美好的事物，名河大川、山水花鸟、薄雾流云等都是作者隐逸思想的寄托。

如《与钓竿和尚宿牛首山杏树下作》有云："会记渔翁到杏坛，花宴月色映空寒。"④ 与友人游访杏坛，花色、月色交相辉映，一派清明。此情此境"折芦渡口西风急，不为无鱼下钓竿"，已不是为了纯粹地钓鱼，而是为了享受作为渔翁的闲适和安然。又如《琼花观二十韵》："但道芜城争艳逸，安知隋苑即披离……四海一株今玉茗，归休长此忆琼姬。"⑤ 这是作者弃官南归之时，在扬州琼花观所作。我们可以追溯到南宋景定元

---

① 汤显祖：《汤显祖诗文集》，徐朔方笺校，上海古籍出版社 1982 年版，第 1051 页。
② 同上书，第 218 页。
③ 同上。
④ 同上书，第 372 页。
⑤ 同上书，第 485 页。

年州官家坤翁所作《玉茗亭记》："或曰琼花与之媲美……琼花困于采掇，根非其故。此花退然自安，至今无恙。"① 作者因琼花思及玉茗，而高洁纯净的玉茗花分明获得了作者的宠爱。玉茗花也分明寄托了作者对故乡思念以及对隐逸的向往。玉茗堂的建立也正彰显着汤显祖高雅的心境和隐逸的情结。又如《上巳杏花楼小集二首》："坐对亭皋复将夕，客心销在杏花中。"② 面对似锦如绸的繁花，水光潋滟的静湖，大好的时光，宁谧安逸，即使黄昏一遍遍地循环，也丝毫不会有厌倦和不耐之感。反倒是羁旅他乡的浓浓乡愁，客居异乡的不适之感，渐渐消失在漫天的杏花之中。于作者看来，只要是能给自己带来清明和安适，任何地方都可以是自己的家乡。

更有《松屋卧云》《竹窗延月》《荷亭酌酒》《竹屿烹茶》等描写高雅精致的诗作，"山中所有应如此，直是江南陶隐居"。③ "他山种树能多少，留作陶家酒米田。"④ 作者仿佛将自己所游历的山水，以及自己所处的山水看作了陶潜所描绘的田园。

诗人走过诸多的名山大川，看过诸多的秀丽风光，而真正在意的，不是多么繁盛宏大的场景，也不是多么辉煌靓丽的外表，而是一颗逍遥自在的心。

3. 佛禅仙道主题

汤显祖的一生与佛禅仙道渊源颇为深厚，无论是启蒙教育的家人，还是惺惺相惜的友人，都给汤显祖带来了潜移默化的佛禅和仙道思想。因而他的诗歌中不可避免地也体现出对佛禅仙道的探究与喜爱。据徐朔方先生统计，汤显祖的第一本诗集《红泉逸草》，共计七十五首，记录了他十二岁到二十五岁的作品，其中就有十一首涉及仙道主题。如"厌世转寻丹臼诀，怀人空散白云遥"。(《灵谷对客》)⑤ 这首诗中，已经较为清晰地表现出自己对俗世凡尘的厌弃，想要效仿前贤，证仙成道。如果说此时的汤显祖尚未为官，而这只是他怀才未遇想用隐逸聊以抒怀的漂亮话，那

---

① 徐朔方：《汤显祖评传》，南京大学出版社 2011 年版，第 112 页。
② 汤显祖：《汤显祖诗文集》，徐朔方笺校，上海古籍出版社 1982 年版，第 624 页。
③ 同上书，第 505 页。
④ 同上书，第 504 页。
⑤ 同上书，第 16 页。

么，当已经在仕途的洪流之中摸爬滚打一番的汤显祖再执笔写起佛道，我
们就不得不考虑作者的真心。《文登羽阁谒齐王子宿天妃宫》有云"何处
烦忧著此身，谁人未老思仙道？"① 作者已经为仕途为官所带来的满身烦
忧惆怅无奈，更加憧憬向往儿童的无忧和仙道的淡泊。

尤为值得一提的是汤显祖与达观禅师之间的渊源。这段渊源的起始带
有一些浪漫色彩。隆庆四年，汤显祖秋试完毕，去西山云峰寺向主考官张
岳致谢。正值黄昏，访客完毕，在寺门外莲池旁，解下头巾略作休息，不
慎将束发的簪子遗落于莲池之中。便随口作了两首小诗题在墙壁上，即
《莲池坠簪题壁》：

> 搔首向东林，遗簪跃复沉。虽为头上物，终为云水心。
> 桥影下西夕，遗簪秋水中。或是投簪处，因缘莲叶东。②

彼时的士大夫蓄养长发盘成发髻，并用发簪束起，因而"投簪"也
隐含归隐或罢官的意味。此时的汤显祖二十一岁，正值"家君恒督我以
儒检"③ 的重要阶段，父亲的殷切希望与自己满腔抱负在先，还难以形成
出仕前便隐逸的心理。更多的只是汤显祖对隐逸这一高尚品德的称颂。这
本是他人生中微不足道的一个小插曲，却不曾想成就了他和达观法师之间
一段不平凡的缘分。汤显祖从未想过自己在云峰寺题的小诗不仅入了达观
的眼，而且更促使了这位德行超凡的高僧不远万里来寻找自己："汤遂
昌，汤遂昌。不住平川住山乡。赚我千岩万壑来，几回热汗沾衣裳。"④
达观因为汤显祖的小诗而产生超度他出家的大志。《汤显祖诗文集》中保
留了大量二人交往的诗歌。如弃官居家时所作《达公忽至》：

> 偶然舟楫到渔滩，惭愧吾生涕泪澜。世外欲无行地易，人间惟有
> 遇天难。初知供叶随心喜，得似拈花一笑看。珍重别情长忆否，随时

---

① 汤显祖：《汤显祖诗文集》，徐朔方笺校，上海古籍出版社1982年版，第271页。
② 同上书，第549页。
③ 同上书，第22页。
④ 毛效同：《汤显祖研究资料汇编》，上海古籍出版社1986年版，第226页。

香饭劝加餐。①

彼时赋闲在家，随时恭迎自己的老友前来，希望与之阔谈佛理人生的渴望跃然纸上，足以见得两人之间的深情厚谊。

汤显祖虽热衷于佛禅仙道，也深受佛道思想影响，但他始终未真正皈依于佛禅仙道之中。《茧翁口号》有云："大向此中干到死，世人休拟似苏何。"②诗中清晰地体现出汤显祖明白地知道自己与佛教的差别，他既不会断绝尘世也不会与人说法。他终有自己心中的佛道。他毕竟是传统的士大夫，他毕竟为科举热衷地追逐过，但他始终没有皈依佛门，没有修道成仙，没有隐逸山林，因为他有自己的隐逸，在"朝市"之中为国为民，同时守着自己内心的一隅净土。

（二）汤显祖诗歌中意象、意境、用语所体现的隐逸思想

汤显祖诗歌中的隐逸思想不仅体现在其诗歌所描写的诸多主题之中，而且同样反映在其诗歌描写所选择的意象、意境以及用语之中。

1. 特定隐逸意象的塑造

（1）莲花意象

汤显祖诗歌中所用的意象，"桃花"和"莲"所占众多。莲花，又名芙蓉、荷花等。自古以来莲花便与佛教联系紧密，佛教思想中纯净不染的莲花被喻为极乐世界。正因为莲花作为圣洁清高的意象，古来文人，都酷爱以莲入诗。

有为世人所传诵的北宋周敦颐所作《爱莲说》："出淤泥而不染，濯清涟而不妖"③，成为千古以来洁身自爱，坚贞高洁的象征。更有王维《山居秋暝》："竹喧归浣女，莲动下渔舟"④，以清新自然的笔调描绘出秀丽恬静的一幅山水画，表达作者对山水田园和隐逸自得的满足心情。"艺术的意义是一种想象出来的情感和意绪，或是一种想象出来的主观现实。"⑤想要表达相似情感的作家不可避免地会因"共鸣"而使用到同一

---

① 汤显祖：《汤显祖诗文集》，徐朔方笺校，上海古籍出版社 1982 年版，第 527 页。

② 同上书，第 638 页。

③ 周敦颐：《周敦颐集》，岳麓书社 2002 年版，第 112 页。

④ 王维：《王右丞集笺注》，赵殿成笺注，上海古籍出版社 1984 年版，第 32 页。

⑤ ［美］苏珊·朗格：《艺术问题》，滕守尧译，中国社会科学出版社 1983 年版，第 109 页。

意象。汤显祖也不例外，他的诗歌中有大量以"莲"为意象甚至提及"莲"的诗句。如"芙蓉花发出城游，江光云色映芳洲"①；"酒是金荷露滴成，花如素女步轻盈"②；"已觉秋色满庭户，芙蓉一朵正清泠"③；"楼转松风韵紫虚，眠云夜冷画芙蓉"④ 等。莲花就如作者贞洁高雅的内心，即使身处"淤泥"一般的"朝市"中仍坚持以此为伴。

（2）桃花意象

综观古代诸多文学作品之中，以桃花为题材甚至提及"桃花"、"桃"、"桃源"的作品不可胜数。而这些作品中，以桃花来表达避世、隐逸主题的作品又在其中占有颇为重要的地位。而这一文学作品意象的选择，则源自于陶渊明的《桃花源记》。诗中的"武陵渔人"因尘心顿释、安宁祥和而相遇了无忧的"桃花源"。桃源是纯粹的隐世之所，是纯粹的隐士之愿。古来文人，正因这纯净美好的理想之所，成就了诸多不朽的诗篇。李白有作《桃源二首》："露暗烟浓草色新，一番流水满溪春。可怜渔夫重来访，只见桃花不见人。"⑤ 隐逸之趣昭然若揭。范仲淹有作《定风波》："……恍身入桃源路，莫怪山翁聊逸豫。功名得丧归时数，莺解新声蝶解舞，天赋与，争教我悲无欢绪。"⑥ 国势衰微，暗潮跌宕之时，始终以"天下为己任"的范仲淹也不得不为眼前似"桃源"一般的美景吸引，暂缓无奈，仿佛置身于自在无忧之境。

而汤显祖，也情不自禁地在自己的诗歌中以"桃源"点缀着自己心中的纯净天地，以"桃花"装扮自己的理想天堂。他的诗歌中，同样有大量以"桃花"作为意象甚至提及"桃"、"桃源"的作品。如"桃叶渡江水，春光浓未薄"⑦；"烧将玉井峰前水，来试桃溪雨后茶"⑧；"昔闻桃花源，今见桃花岭"⑨ 等。桃花散落在他真挚的诗句中，正如桃源驻扎在

① 汤显祖：《汤显祖诗文集》，徐朔方笺校，上海古籍出版社 1982 年版，第 222 页。

② 同上书，第 505 页。

③ 同上书，第 525 页。

④ 同上书，第 505 页。

⑤ 李白、杜甫：《李白杜甫诗全集》，张式铭整理，北京燕山出版社 2009 年版，第 213 页。

⑥ 唐圭璋：《全宋词》，中华书局 1999 年版，第 11 页。

⑦ 汤显祖：《汤显祖诗文集》，徐朔方笺校，上海古籍出版社 1982 年版，第 49 页。

⑧ 同上书，第 505 页。

⑨ 同上书，第 624 页。

他纯净的心灵深处。

通过汤显祖诗歌中所使用的意象的分析，我们可以看到作者深微、浓厚的隐逸之情。西方语言学家索绪尔认为，形成语言的效果有两个最基本的因素，一个是选择，另一个是组织。语言的资质以及意象的营造同样可以反映汤显祖诗歌中的隐逸思想。

2. 空灵自然之境的营造

在诗文形式上，汤显祖提出了"不拘成法"的主张，反对后七子对诗歌格调法度的过分要求，而寻求一种不拘形式，随心而成的写作手法，从而形成一种空灵自然的境界。如《遣梦》："休官云卧散如仙，花下笙残过客余。幽意偶随春梦蝶，生涯真作武陵渔。"① 作品所描写的是一幅梦境。仿佛置身世外的仙者，独自坐卧，听笙赏花，犹如陶渊明笔下的"武陵渔者"，"偷得浮生半日闲"。整个梦境空灵飘逸，又仿佛是自然真实之境的倒影。又如《雁山迷路》："借问采茶女，烟霞路几重？屏山遮不住，前面剪刀峰。"② 作者通过游人与采茶女之间的问答，描绘了雁山自然美好的风光。沈际飞评："有天趣"，即自然之趣的完美流露。汤显祖"不拘成法"的诗歌创作形式成就了其诗歌空灵自然之境的营造。而这种空灵自然之境的成就需要一颗干净自然的内心，这正是其隐逸思想的所在。

3. 真挚深情之语的流露

汤显祖提出"主情说"的文学主张，他认为"世总为情，情生诗歌"。"情"在他的诗歌中成了不可或缺的色彩。有悼念挚友之作《叹卓老》③、有疼惜晚辈儿女之作《平昌哭殇女蟾秀、七女二绝》④、有深切怀念亡妻之作《清明悼亡五首》⑤、更有关怀民生疾苦之作《闻都城渴雨·时苦摊税》⑥ 等。皆以真挚深情的话语表露出作者深切的人生体悟。而恰是这情真意切的语句，才使得汤显祖的诗歌更加鲜活，更具有生命力。也许正因为作者内心极为丰富的真实情感，使他虽向往仙佛，却最终没有遁

---

① 汤显祖：《汤显祖诗文集》，徐朔方笺校，上海古籍出版社 1982 年版，第 521 页。

② 同上书，第 477 页。

③ 同上书，第 583 页。

④ 同上书，第 455 页。

⑤ 同上书，第 591 页。

⑥ 同上书，第 517 页。

入空门，也没有修道成仙。他的隐逸，不是抛开万物、不理尘世的隐逸，而是在保持着为人鲜活的同时也坚守心灵净土的隐逸。

结　语

通过对汤显祖诗歌的主题、意象、艺术手法以及艺术风格的分析，我们可以看到汤显祖的隐逸思想已经渗透到他的诗歌的每一个角落。见证了他独具一格的"大隐隐朝市"的思想。他与陶渊明的隐逸不同，陶渊明"不为五斗米折腰"的坚毅品格固然可贵，然而，"以陶渊明这样伟大的人格，却只能完成个人的自我实现，而在政治理想上他只能走消极的道路，不能积极地自我完成"[①]。正如叶嘉莹先生所说："陶渊明的自我完善是消极的、内向的，真正是只完成了自我。"而汤显祖不同，他不是"隐于陵薮"的"小隐"，而是"隐于朝市"的"大隐"。

----

① 叶嘉莹：《好诗共欣赏》，中华书局2007年版，第34页。

第十章　谭浚的诗学思想

谭浚（约 1573 年前后在世），字允原，江西南丰人。他少时即善作诗，年长后，博览群书，翛然多识。著有《说诗》三卷、《言文》三卷，二书合编为《谭氏集》。① 《说诗》结构完整，系统性比较强，分析诗的内涵和外延，论述诗的源流发展，品评历代选本及诗人作品近百家，在诗话中发表自己的诗学见解。《说诗》卷首有《序》谓："说者说也。说诗而解颐，说心而研虑，得其说者，知其本矣。"② 可见谭浚著《说诗》就是为了解惑，其最终目的在于探求诗之本。

一　道德之宗

"夫诗者，道德之宗，中和之致。于以养其性情，定其心志，正其声音，端其文词，实风化之门也。"《说诗序》的第一句话开门见山地指出：诗之本是道德，诗是用以培养性情、安定心志、实行风化的工具。

"《释名》曰：'诗者，之也。'之者，出也。性之所之，谓之情；心之所之，谓之志；情之所出，谓之声；志之所出，谓之词；音之成文，谓之诗。声音文词根于内，性情心志通于外。物欲相感，内外相应，而风化形焉。形于风者，中和之风也；形于化者，道德之化也。由乎外而知其内，由乎风而知其化。世之盛衰，政之兴废，人之臧否，俗之淳漓，无不形焉。"诗是之、是出，用现代汉语来说就是表达。表达什么呢？心中所想的，称之为"志"，也就是性情。诗即是将内在的性情表达出来的媒介，是沟通诗人内心世界与外在社会的桥梁。具体说来，有以下两方面内容。

---

① 吴文治主编：《明诗话全编》，江苏古籍出版社 1997 年版，第 4002 页。
② 谭浚：《说诗》，明万历刻本谭氏集本，下同，不另注。

（一）言发于性情

"情"是备受中国文学批评关注的一个范畴。《说诗》中的"情"说，以其不同的审美趣味丰富了诗学批评殿堂。"吟咏情性"是中国古代儒家美学关于诗歌特征的见解。语出《毛诗序》："国史明乎得失之迹，伤人伦之废，哀刑政之苛，吟咏情性，以风其上，达于事变而怀其旧俗者也。"后代理论家把"诗言志"说与其抒情性质统一起来，这就更清楚地阐述了诗的本质。

谭浚主张写诗应抒发性情。他认为"天地生物，莫灵乎人。人之感物，莫先乎情。情之发，莫切乎音。音之适，莫深乎义……未有情交而不感，声入而不应者是也"。人是世间最具灵性的生物，有着丰富的、细腻的情感，用来表现各种情感的就是诗。"夫诗，所以道达心志，发挥性情，和顺道德，判天地之义，称神明之容，析万物之理，会古今之典，通时代之宜也。"谭浚强调了诗歌直达内心、表达感情的重要性，高度评价了诗的地位和作用。在创作中抒发自己的思想感情，表达自己的品格，性情是诗歌的灵魂和精髓，有了真情实感，才能把握诗歌的美学特征。"诗必得诗人之情。情至而词至者，古以则；词侈而情亡者，丽以淫。古之诗歌，情至而词不至，则嗟叹而不已；词尽而意不尽，则舞蹈而不觉。"谭浚反对写作时无真挚的感情体验，没有情感的作品毫无生命力可言；有了真挚的情却不能很好地表现出来，也会令人惋惜；优秀的诗歌言尽而意远，使人回味无穷。

（二）风动于教化

诗之所以称之为风，大约是因为诗人创作的诗歌，经过大家传唱，像风一样传播开来。后来，朝廷派出观风使，收集民间的诗歌，"故虞审声音在治，忽以出内五言，有周选观风之使，建采诗之官"。诗歌最初的功能在于观民风，因为诗是表情达意的，在诗中可以看出百姓的生活和心理状态。"夫讽喻之流于滔诵，当模式乎《风》《雅》。"最初诗是用来唱的，百姓高兴了唱一首诗，不高兴了唱另一首诗，"讽刺由乎'风'，'风'正归于'雅'，'雅'作成于'颂'，则七情、五音、六义、六德备矣"。百姓对生活不满唱的诗称风，多少含有些讽刺意味。因为不满就会劝人改过自新，就有了雅，即雅正。改得好了，人们又作出赞扬的诗来，就是颂。

饱含深情的诗歌有很强的感染力和号召力，统治者可从百姓唱的诗中得出社会风气的好坏。统治阶级利用诗歌易感动人的特点，也作出一些诗来，从心理上控制人民，叫人们安于自己的生活，规规矩矩地过日子，以此来实现巩固自己统治的目的，也就是诗教化的功能。谭浚在论诗中清楚地认识到诗的教化功能，"惟教化之治者，肇尧《康衢》《击壤》之风也。王迹熄而《诗》亡，《楚词》流而淫丽。汉武好浮华，相如应之；魏文好绮靡，曹植应之。唐局于律俪，宋束于议论。非天下之才尽，实世代之气变矣"。上有所好下有所效，帝王的喜好会影响诗人创作的风格，汉武帝喜欢浮华之风，司马相如就以铺排的赋应和，魏文帝喜欢绮靡的诗歌，曹植就迎合帝王的喜好，并不是诗人只具有某一方面的才力，而是统治者的兴趣导致每个时代诗歌风气不同，如果统治者不善经营管理国家，那么代表正统的诗歌也会衰亡。

二　崇尚自然，反对雕琢

在谭浚生活的年代台阁诗风和八股文的弊端逐渐显示出来，用于歌功颂德的台阁体和千篇一律的八股文都不能很好地表现诗人的情感，在社会占主导的诗歌风格失去了生命力，而随着阳明心学的深入人心，人们愈加不满于长期压抑的生活，渴望真情的流露，社会呼唤体现真性情的诗歌，表现真情的诗歌有其相对应的诗歌风格。谭浚注意总结文章的风格类型。《说诗上卷》第二篇《得式》篇：温厚、含蓄、高古、超诣、自然、本色、平澹、飘逸、邃永、沉蔚、雄健、壮丽、变化、迁革、精致、简约、圆通、充赡、抑扬、清穆。在第三篇《失格》篇：躁戾、浅露、新奇、鄙近、磨炼、雕饰、枯槁、放荡、隐僻、怪诞、卑弱、轻靡、乖匿、切合、错误、局迷、繁悲、沿袭、直置、陈腐。从《得式》与《失格》两篇中，可以判断出谭浚的审美取向，"得式"和"失格"顺序和内涵大多相对。谭浚赞同有利于表达情感的风格，批评对约束影响情义表现的风格。即在审美上崇尚自然，反对雕琢。

《得式》第一章：温厚，诗要温柔敦厚，它表现为"怨而不乱""乐而不淫"等宽厚平和的感情，要求情感不偏执激烈。因为"讽言以戒，闻之者有补；毁谤以闻，怒之者何益？"诗是用来教化劝诫的，如果言辞尖利，让人无法接受，就达不到教化的效果了。与之对应的失格是"躁戾"。谭浚说："哀而得之，其词伤；怒而得之，其词愤。失之太哀，其词戾；失之太怒，其词躁。"过于悲伤和愤怒就是躁戾。在悲伤和愤怒中，诗歌也被躁戾的情绪笼罩，失去理性的控制，流于不良情绪发泄，孟郊诗云："食荠思亦苦，强歌声无欢。出门即有碍，谁谓天地宽。"苏轼评价说："苦于为诗，陋于闻道。"正是孟郊诗中躁戾不安的心绪，让人看出他闻道浅薄，这也是"言发于性情"的体现。

　　谭浚把自然本色当作一种独立的风格意境，将其视为最普遍的审美要求，渗透到了《说诗》对其他作品的阐述之中。他在论述本色时说："至实不雕，尚生成之质；衣锦尚迥，恶文章之著贵。扶质以立干，无垂条以结繁。其词直而切于至理，其事核而不假于虚文……"诗歌自然而然，就是要展示它的本来面貌，过于修饰，有造假的嫌疑，外强中干则会失了诗流传后世的劲力。而"雕饰"："追琢其章，素以为绚，经之文采，俊之仪式。穷刻削则伤巧而不壮；繁彩绘则淫丽而不雅……"词语堆砌、刻意雕琢的诗，仅仅流于形式，都不是好诗。"后之赋诵，则刻琢一字之奇，搜索一语之巧，骈俪一联之徘，拘束一韵之协。此两汉之词工于《骚》《诗》，六朝之词工于汉魏。词愈工而情愈短，情愈短而体愈下矣。"过度的追求字词新奇，会破坏诗歌的美感，浮词华藻难以掩盖内容的空虚单薄，越是锻炼精细的诗歌，艺术价值就越低。

　　谭浚将诗歌普遍风格进行分类比较，用以充分说明体貌风格对诗歌创作的制约和影响作用。诗人要想形成理想的风格，就要避免失格的诗风，以得式的风格为标准。

第十一章　临川四才子

第一节　艾南英的文学思想

艾南英（1583—1646）明末文学家。字千子，号天傭，临川段溪艾家村（今江西东乡）人。南英好学，无所不窥。少敏悟，七岁作《竹林七贤论》。后为诸生，好学不倦，无书不观，好欧阳修文。曾受教业于汤显祖。深恶科场八股文章腐烂低劣，与临川人章世纯、罗万藻、陈际泰等以纠正八股文风为己任，力矫其弊，刻印四人所作文章行之于世，影响不小。世人翕然赞同，称为"章罗陈艾"，并称为"临川四才子"。天启四年（1624）艾南英在乡应举，因对策有讥刺权宦魏忠贤语被罚停三科。崇祯初，招许会试，卒不第，而文日有名，负气凌物，不媚权贵。清兵南下后，乃入闽，唐王召见，陈"十可优疏"，授兵部主事，寻改御史。明年八月卒于延平。著有《天傭子集》等。① 艾南英不仅散文写得好，而且他的文学理论也很有见地。他著有许多理论性的作品，其中在《答陈人中论文书》中更体现了丰富的文学理论思想。

一　文各有主，各有时代

晚明士人追求一己之自由、适意，在自然性情中体现生命律动的韵趣美与情趣美。晚明士人这种美学态度焕发着强烈的个人觉醒色彩。江西文学虽然以两宋为盛，但是明代也不可小觑，明代江西文学人才众多，研究理学的多，有强烈的政治向心意识。他们往往有所为，有所不为；有所取，有所不取；能立功便立功，不能立功便立德立言。因此在明代，文人自我标榜之风大胜，于是集团林立，流派蜂起，各立门户，宗派之间的争

---

① 王运熙、顾易生：《中国文学批评史》，上海古籍出版社 2002 年版。

论比比皆是。

艾南英在与陈人中的争辩中名噪一时，陈子龙是上海松江人，与后七子派首领王世贞的故地吴中为近邻，其少年时期很仰慕王世贞所代表的复古文学风格，也很想建立王世贞那样的文学功绩。而艾南英是江西东乡人，江西素是理学重阵，对文学之士本就蔑视，加之他是时文名家，写作崇奉归有光等人，正与陈子龙所追求的文学理念和崇奉的文学人物针锋相对，一场激烈的文学风格之战在所难免。

针对陈人中的"礼经出汉人，故文最条达，文之高者必难，卑者必易；时代远者必难，近者必易"。艾南英提出"文各有主，各有时代"，他认为文学不是一代不如一代，时代不同，文学也不同，"夫秦、汉去今远矣，其名物、器数、职官、地理、方言、里俗，皆与今殊，存其文以见于吾文，独能存其神气尔"。所以不能模拟抄袭，因为"文各有主，各有时代，唐、宋之不冒袭汉字句，犹孔子之语必不为易、书、诗也"。由此二人展开争辩：艾南英主张的是学习秦、汉得其"神"的唐宋文（以韩愈、欧阳修为代表），陈人中主张的是直接学习秦、汉的七子派文（以王世贞、李攀龙为代表）。艾南英以为自己抓住了学习的神妙，就攻击陈人中是偷窃字句；而陈人中以为抓住了时序的先机，就攻击艾南英是"舍本求末"。艾南英认同自己认识到的而鄙薄别人的，他见到了陈的《悄心赋》，因"此文乃昭明选体中之至卑至腐，欧、曾大家所视为臭恶而力排之者"，而深不值陈，挖苦其"此犹蛆之含粪以为香美耳"。①

艾南英的文学理论主张继承唐宋派，提出取径唐、宋，直溯秦、汉的主张。肯定从司马迁、韩愈、欧阳修到归有光的古文传统，推崇韩、欧以及唐顺之、王慎中、归有光等人的古文，认为韩、欧是"吾人之文所由以至于秦、汉之舟楫也"。对唐顺之、王慎中、归有光三人他说："三君子寂寞著书，傲然不屑"，使古文得以发展。他极力反对七子复古主义，他指出"古文至嘉、隆之间，坏乱极矣……天下之言不归王则归李"，王世贞、李攀龙辈只是"窃秦、汉之字句"，是不足取的。

二　文以明道

艾南英说："今夫古文辞之为道，其原本经术，与举子业无以异也。"

① 王运熙、顾易生：《中国文学批评史》，上海古籍出版社2002年版。

文虽有"古"、"今"之分，而各自本于"经术"的创作基础和思维理路是相通的，士子通过研习经术，能透彻理解经书所蕴含的圣人之道，文章也就自然而至，自然而工。

以道论文并不始于艾南英，早在中唐时期，韩愈、柳宗元发起的古文运动中，就将文道并论。韩愈古文运动的基本主张是"文以明到道"，文道合一。他说自己学习和写文章的目的是学习古"道"，即孔孟之道。道是内容，文是形式，文与道，或文统和道统的有机结合，文章才能具有充实的内容和现实意义。柳宗元也同样倡导"文者以明道"，强调作家的道德修养。比艾南英稍前唐宋派在创作主张上，也明确地强调文以明道。唐顺之在《答廖东提学》中明确提出"文与道非二也"，作文应"浸涵六经之言，以博其旨趣，而后发之"，而王慎中则尤其欣赏曾巩文章能"会通于圣人之旨"，"思出于道德"，与明初文人宋濂等"以道为文"的文道一元论思想脉络相通，即要求文章根本六经、贯串"圣贤之道"的内核。①

艾南英的主张继承了前代人的思想，又稍有不同。艾子曾说："文以明道为主，道胜者文不难而直至。"从这个意义上讲，文章的本质在于阐发圣人之道，而不是模拟古法技法。由于艾南英"起而大声疾呼"，"天下瞿然知有儒者古文之学"。艾南英成为明末启、祯之际文坛"儒者文学"的代表，在当时的文坛具有很大的影响力，有人是这样评价他的"三十年来，古文一道半归豫章，豫章之文，必以千子为领袖"。

艾南英把文学（古文辞、诗歌、时文）的价值抬得很高，他认为文章具有"扶世运，奖帝室"的功用，任何来自文学方面的风吹草动，都可能和国家政治状况、士风、学风等重大问题联系，而追究声讨。所以他差不多都是带着高昂的志气，以维护正道的面目来威临论敌。

艾南英明确地指出修辞的原则是"辞达"与"体要"，肯定了平易条达的表现方法。艾南英在与陈人中的论战中详细地阐述了这一观点：

> 足下（陈人中）又引李于鳞之言曰："宋人惮于修词，理胜相掩"，以为宋文好易之证。然予则曰：孔子云："辞达而已矣"，未闻辞之碍气，为东汉以后，骈俪整齐之句言耳。彼以句字为辞，而不知古之所谓辞命辞章者，指其首尾结撰，而通谓之辞，非如足下以矜句

---

① 袁行霈：《中国文学史》（第4卷），高等教育出版社2005年版。

饰字为辞也。故曰：辞尚体要，则章旨之谓也。①

在此艾、陈二人亦有不同观点，陈人中引用李攀龙关于宋人"惮于修词，理胜相掩"的名言，证明"宋文好易"。艾南英引用唐顺之关于唐宋、秦汉"法"的论述，证明宋文不仅有"法"，且"法严"。艾子曾叹曰："呜呼，天下事岂有无法而成者哉？"② 艾南英在《金正希稿序》中"文必洁而后浮气敛，昏气除，情理以之生焉。其驰骤跌宕，呜咽悲慨，倏忽变化，皆洁而后至者也"。

三　以古文为时文

八股文是明清两代科举考试中最为重要的文体，又是中国历史上最为臭名昭著的一种文体，在许多人的心目中，它就是封建、保守、愚昧和僵化的代名词。而古文就大为不同，提起古文，人们自然就会想起韩愈、欧阳修、苏东坡和归有光，想起《唐宋八大家文钞》和《古文观止》，觉得它是古代文学遗产的优秀代表。古文与八股文，一好一坏，似乎是永远不搭界的，然而八股文和古文是一对相互依存的概念。在八股文定型的过程中，明代台阁文人起着重要作用，这些台阁文人在正、嘉之前不但被视为古文正宗，也是八股文的奠基者，他们主导了成化以至于正、嘉的古文和八股文的发展。但这种局面在正、嘉之后开始受到挑战。正、嘉年间唐宋派及归有光等人提出了"以古文为时文"的主张，这个主张隐含着这样的意思，即台阁文人所写的八股文不够好，需要援引古文来改造，其目的在挑战台阁文人主导的古文和八股文。明末清初，八股文与古文的历史被人为地改写，台阁诸人的影响逐渐式微，归有光的作用被凸显出来。唐宋派所提倡的"古文"是他们自己描述的唐宋古文，绝不是台阁文人所描述的唐宋古文。由此形成两种不同的八股文与古文谱系。正是如此，才引起归有光等人的不满，试图重建他们认为已经失落的文统。他们采取的策略就是越过台阁诸人，以唐宋派直接上承唐宋八大家。这一策略在启、祯之后得到艾南英、吕留良等人的积极响应，影响日重，终于形成了一种有

---

① 蔡景康：《明代文论选》——艾南英，《答陈人中论文书》，人民文学出版社1993年版。
② 蔡景康：《明代文论选》——艾南英，《张龙生近刻诗集序》，人民文学出版社1993年版。

别于台阁体的新文统。八股文与古文相互渗透，形成了一种八股化的古文，对明清的文学以及文化思想都产生了重要影响。

所谓"时文古"，指时文创作借鉴古文创作技法，使时文呈现出古文的某些特征。唐宋的古文曾经滋养过八股文，八股文知恩图报，又将反哺古文。然而由于它的势力太大，古文势将不堪。古文对八股文的影响首先是通过古文选本来进行的，到了后来八股文对古文的影响也是首先通过古文选本进行的。这种评选与科举考试相结合的方法，对后世产生了巨大的影响。既然为科举而设，难免会以时文的标准来取舍，于是在编选的过程中，自然选取那些与科举考试相近的文章，士子们耳濡目染，在科场里作文自然与文选里的那些古文相接近，这就为古文与时文的合流提供了契机。一般读书人在这选定的古文世界里摸爬滚打，做时艺、求功名，浑然不觉古文之外尚别有天地，这是古文与时文合流的社会背景。

也正是在这种背景下，艾南英倡导"以古文为时文"、"浑古高朴"，提出了鲜明的八股文理论，时文、古文同为"载道"工具，在治学路径上皆本于经史，艾南英正是在这个意义上才称古文与时文并无实质性区别，时文与古文在"技法"上具有相通之处，艾南英说："其首尾开阖、抑扬浅深、发止敛散之局，与举子业无以也。为古文辞，不得杂取《世说》《谐谭》以自累，与为举子业而不得沿时趋习语方言俚谚，以自远于《尔雅》深厚之意无以异也。盖有为诗古文辞而不能为举子业者矣，若夫精于举子业者未有不由于诗古文辞也。"可见，古文与时文在文章结构和语言运用上是相通的。当时，有人评价说："昔有明之际，时文古文俱日趋于弊。艾千子起而维挽之，其所选评今文定待二集，以遵传注返淳朴为主，一时学者翕然从之，而文体为之一变。"① 之后，八股文与古文相互融合，逐渐形成一种八股化的古文，成为明清社会最为通行的文体。

八股文创立时虽依经言命题，为法较严，但贵在抒发己见，以清真雅为宗，文多简朴，在行文中不要求代言口气、不硬性要求对仗，没有固定的程式，实际上相当于古文的论体。而到了艾千子生活的时期，正是天启、崇祯年间，已是明朝末期，此时的八股文不是以清真雅为宗，而是走向反面，弊端愈益明显。艾南英对此非常不满意，因此，他不遗余力，以

---

① 　高琦、李小兰：《论临川文学家对制义的独特贡献》，《淮阴师范学院学报》（哲学社会科学版）2000 年第 5 期。

自己的创作实践来转变八股文风。艾千子文朴实练达，议论时政，作为明末民族志士，他的作品充满了爱国主义、民族英雄主义的豪气，可视为民族之挽歌和八股文之绝唱。他以振兴改革八股文为己任，并把与章世纯、罗万藻、陈际泰四人写的不合时俗的八股文编辑刊刻印行，起警诫示范作用，得到不少人的热烈支持。郑灏若如是评价艾子"所谓公输运斤，指挥如意，师旷辨音，纤微必审者也"。这恰如其分地评价了艾子在转变八股文风方面的功绩以及文风特征。

第二节　艾南英与"临川四才子"

在晚明时期，江西临川有著名的"临川四才子"。《明史·文苑传》称："万历末，场屋文腐烂，南英深疾之，与同郡章世纯、罗万藻、陈际泰以兴起斯文为己任，乃刻四人所行之世。世人翕然归之，称为章、罗、陈、艾。"这里的"章、罗、陈、艾"指的是章世纯、罗万藻、陈际泰、艾南英四个人。四人师从大戏剧家汤显祖，满腹诗书，才思敏捷，声名远播，被称为"临川四才子"或"江西四家"。四人立豫章社，并以制义闻名一时，主张效法明后期唐宋派归有光的散文，遵循古文旧法，为清代江西古文的发展打下了一个良好的基础。

四人既是同乡又是同窗，因此在思想和文风上有相通相似之处。章世纯（1575—1644），字大力，写文章紧扣论题，融会经史，阐述己见，将深奥的先贤哲理，解释清楚。对天文律历、五行禽迹、阴阳星卜都能解其精要，纠其谬误。罗万藻（？—1647），字文止，他忧国忧民，其时文坚洁深秀，囊括百家之言，颇引人入胜，且能切中时弊。陈际泰（1567—1641），字大士，为文敏甚，一日可二三十篇，所作多至万卷，经生学业之富，一时无出其右。艾南英（1583—1646），字千子，号天傭，生平好学，于书无所不窥，著有《天傭子集》等。艾南英不仅散文写得好，而且他的文学理论也很有见地。他著有许多理论性的作品，其中在《答陈人中论文书》中更体现了丰富的文学理论思想。

一　取径唐宋

晚明是一个地域文化高扬、地域诗坛兴盛的历史时期。文人自我标榜之风大胜，集团林立，流派蜂起，各立门户，宗派之间的争论比比皆是。

豫章社的艾南英与几社领袖陈子龙（字人中）的争辩名噪一时，陈子龙是上海松江人，少年时期很仰慕王世贞所代表的复古文学风格，也很想建立那样的文学功绩。而艾南英是江西东乡人，江西素是理学重阵，对文学之士本就蔑视，加之他是时文名家，写作崇奉归有光等人，正与陈子龙所追求的文学理念和崇奉的文学人物相左，一场激烈的文学风格之战在所难免。艾南英以为自己抓住了学习的神妙，鄙薄陈子龙是偷窃字句；而陈子龙以为抓住了时序的先机，攻击艾南英是"舍本求末"。就本质上说，两人纷争的关键在于：通过唐宋学习秦汉，还是直接学习秦汉。

　　艾南英主张继承唐宋派，提出取径唐宋，直溯秦汉的学习方法。认为学习秦汉文字，必须通过唐宋大家，他在与陈子龙的论战中详细地阐述了这一观点。艾南英认为秦汉距离遥远，"犹大海隔之也，则必借舟楫焉，而后能至"。（《答陈人中论文书》）① 在他看来唐宋作品就是那可以用来渡海的舟楫。陈子龙对此不屑一顾："舍舟不登，而取舟中之一舰一橹，濡裳而泳之……我既得其神而御之矣，何津筏之有？"（《答陈人中论文书》）认为直接学习秦汉文字，追本溯源才是正理，学习唐宋是多此一举。针对陈子龙的"以赋病宋人"、"以好易病宋"，艾南英反驳道："天下当有兼材……自屈平而后，汉赋已不如矣，楚以下皆可病也。"（《答陈人中论文书》）"唐后于汉，故唐文不及汉；宋后于唐，故宋文不及唐。如此我明便当不及宋，又何以有陈人中？"（《答陈人中论文书》）认为陈子龙以偏概全，只看到问题的一面，没有全面地看清事物本质和变化发展的全貌。他读了陈子龙的《悄心赋》，傲然不屑，"此文乃昭明选体中之至卑至腐，欧、曾大家所视为臭恶而力排之者"，深为不值，挖苦其"此犹蛆之含粪以为香美耳"。（《答陈人中论文书》）

　　据此，艾南英提出"文各有主，各有时代"，他认为文学不是一代不如一代，时代不同，文学也不同，所以不能模拟抄袭，"唐、宋之不冒袭汉字句，犹孔子之语必不为易、书、诗也"。（《答陈人中论文书》）罗万藻说得更直接："《三百篇》变而骚，骚变而赋，赋变而古风、绝律"（《罗文止先生集·汪都阃伯玉诗序》），时代变化，文体也会变化，产生新的文体，新文体会成为新时代的主旋律。四才子极力反对七子复古主义，指出王世贞、李攀龙辈只是"窃秦、汉之字句"，是不足取的。"夫

---

① （明）艾南英：《天傭子全集》，临川文选本，下同，不另注。

秦、汉去今远矣，其名物、器数、职官、地理、方言、里俗，皆与今殊，存其文以见于吾文，独能存其神气尔。"（《答陈人中论文书》）仅仅引用摘抄秦汉的名词句子是不能做出好文章的。从这个层面上看，四人肯定的是从司马迁、韩愈、欧阳修到归有光的古文传统，以极强烈的真理卫护意识高度评价唐顺之、王慎中、归有光三人，赞美其为"三君子"。以维护正道的面目来捍卫唐宋派的声名地位，在当时的文坛具有很大的影响力。四子把文学的价值抬得很高，每每带着高昂的士气，"起而大声疾呼"，使得"天下瞿然知有儒者古文之学"。在后人看来，双方的争论不过是自我标榜的门户宗派纷争，但其客观上推动古文发展的积极作用是不可泯灭的。

二　以古文为时文

八股文是明清两代科举考试中最为重要的文体，又是中国历史上最为臭名昭著的一种文体。古文与八股文，似乎是永远不搭界的，然而八股文和古文是一对相互依存的概念。八股文创立时虽依经言命题，为法较严，但贵在抒发己见，以清真雅为宗，文多简朴。但八股文的发展却走向反面，如艾南英所说："天下方习尚浮腐，饾饤经语子语，以日趋于臭败"（《金正希稿序》），弊端愈益明显。正、嘉年间唐宋派及归有光等人提出了"以古文为时文"的主张，这个主张隐含着这样的意思，即台阁文人所写的八股文不够好，需要援引古文来改造，这促进了古文与时文的合流。

四才子认为文章具有"扶世运，奖帝室"的功用，任何来自文学方面的风吹草动，都可能影响国家的兴衰成败，从而对不合时宜的文学现象追究声讨。诚如艾南英在《与周介生论文书》中所说的："为制义者，不知古文为何物，而袭大士大力轻俊诡异之语以为足，不知此非古也。"故四人倡导"以古文为时文"、"浑古高朴"，提出了鲜明的八股文理论，时文、古文同为"载道"工具，在治学路径上皆本于经史。艾南英说："今夫古文辞之为道，其原本经术，与举子业无以异也。"文虽有"古"、"今"之分，而各自本于"经术"的创作基础和思维理路是相通的，士子通过研习经术，能透彻理解经书所蕴含的圣人之道，文章也就自然而至，自然而工。以道论文并不始于四才子，早在中唐时期，韩愈、柳宗元发起的古文运动中，就将文道并论。稍早的唐宋派在创作主张上，也明确地强调文以明道。四子的主张继承了前代人的思想，又稍有不同。艾子曾说："文以明道为主，道胜者文不难而直至。"从这个意义上讲，文章的本质在于阐发圣人之道，而不是模拟古法技法。艾南英正是在这个意义上才称古文与时文并无实质性区别，时文与古文在"本质"上一致的，他说："其首尾开阖、抑扬浅深、发止敛散之局，与举子业无以也。为古文辞，不得杂取《世说》《谐谭》以自累，与为举子业而不得沿时趋习语方言俚谚，以自远于《尔雅》深厚之意无以异也。盖有为诗古文辞而不能为举子业者矣，若夫精于举子业者未有不由于诗古文辞也。"（《金正希稿序》）可见，古文与时文在文章结构和语言运用上也是相通的。

艾南英的时文朴实练达，议论时政，作为明末民族志士，作品充满了爱国主义和民族英雄主义的豪气，可视为民族之挽歌和八股文之绝唱。相比之下，陈际泰著述多为阐发经籍，常自辟门径，抒发己见。章世纯做文章义理情切，气局宏大，造语隽永。罗万藻为文紧密结合现实，切中时弊，慷慨激昂，抒发忧国忧民之情。四才子都以振兴改革八股文为己任，把四人写的不合时俗的八股文编辑刊刻印行，起警诫示范作用，得到不少人的热烈支持。当时，有人是这样评价他们的："三十年来，古文一道半归豫章。"这恰如其分地评价了四子在转变八股文风方面的功绩。在四才子的大力倡导之下，八股文与古文相互融合，逐渐形成一种八股化的古文，对明清的文学以及文化思想都产生了重要影响，成为明清社会最为通行的文体。

三　辞达体要

艾南英看来文章应在自然性情中体现的生命律动，"以朴为高，以淡为老……夫文之古者，高也、朴也、疏也、拙也、典也、重也；文之卑而为六朝者，轻也、渺也、诡也、俊也、巧也、诽也"。（《与周介生论文书》）浑古高洁的文字才是为文的正统。对此艾南英在《金正希稿序》中写道："文必洁而后浮气敛，昏气除，情理以之生焉。其驰骤跌宕，鸣咽悲慨，倏忽变化，皆洁而后至者也。"只有在朴质高洁的文章中才能敛除浮气，保存情理。艾南英在争论中指出陈子龙"书甚冗"，批判"臃肿窘涩浮荡"的文字。罗万藻借用诗三百来阐明：古代众多诗歌，其中只有"古而精之"才得以流传千古；进一步指出，闭门造车，不如行万里路，"诗而能言诗之情……使文人果闭户作诗，山川人物，胸腹未亲，固不如一行作吏"。(《罗文止先生集·汪都阃伯玉诗序》) 在生活和实践中感受到的自然和社会的美好感情，会成为作文章的不竭的源泉。

在创作论上，艾、陈二人亦有不同观点，陈子龙引用李攀龙关于宋人"惮于修词，理胜相掩"的名言，证明"宋文好易"。艾南英指出：孔子所说的辞不是修辞，而是文章的主旨，"故曰：辞尚体要，则章旨之谓也"。(《答陈人中论文书》) 从而明确地指出为文"辞达"与"体要"，肯定了平易条达的表现方法。艾南英与陈子龙在做文章的规范上也存在分歧。面对陈子龙"宋文好新而法亡，好易而失雅"的发难，艾南英反驳道："不为律所缚而终归于律者，惟老于法者能之。而思之独造，韵之沉雄，皆附法以见，而后能传于世。"(《答陈人中论文书》) 并引用王安石的话说："法寓于无法之中"，提出宋文不但有法，而且"密不可分"，欧、曾、苏、王是法最严者，证明宋文不仅有"法"，且"法严"。罗万藻在诗序中补充说："古文诸体，惟诗格律最严，唐世专以取士。"(《罗文止先生集·崖西诗序》) 以此说明唐宋作文有"法"。艾子轻蔑地反问陈子龙："呜呼，天下事岂有无法而成者哉?"(《张龙生近刻诗集序》)

第十二章　朱孟震的诗学思想

朱孟震（约 1582 年前后在世），字秉器，自署郁木山人，新淦人（今江西清江人）。隆庆二年（1568）进士，万历十三年（1585）任四川按察使，官至右副都御史、巡视山西。并曾于金陵、陕西、贵州等地供职。所谓"生平宦辙所至，殆遍九州"。（《游宦余谈小引》）平生喜与文人交往，尤爱以诗会友。著作颇富，有《河上楮谈》《汾上续谈》《浣水续谈》《游宦馀谈》及《玉笥诗谈》行世。其诗话《玉笥诗谈》与《河上楮谈》卷三之《停云小志》记青溪社及当时文士颇详，所录诗篇亦具特点，① 具有一定的现实批评性和理论阐说性，为后人研究明代诗学提供了宝贵的资料。②

一　性情风雅

朱孟震论诗，倡性情和风雅，他的《刻豫章李石斋先生闻诗纪训叙》中记载："夫诗也者，采之闾巷歌谣，而奏朝廷享郊庙，本之家人父子，而达四海扩九州，发之心术性情，而通天理万物，敛之不盈掬，而充之溢宇宙，其为教深哉。而局学者膠以字句之拙乎，穷年月日而不辍，弊甚矣。"从中，可知朱孟震对诗最基本的观点，即诗歌来自于性情，那些不懂得诗的本质的学者，拘泥于字句音韵，真是错的离谱。"夫诗之为道，其大要在昔学士大夫论之邃矣，不佞尝与山甫浅言之。盖其始在剔雅俗……故称诗者或之于文而俗，或之于靡而俗，或之于夸炫而俗，或巧而俗，或弱而俗，或怒骂而俗，或深情厚中矜持刻削，求免于俗而俗。涵之性情，达之物理，本之天则，融液流贯，无意于合，而自然得之。"这里所说的"道"是具有一定高度的性情，经过升华的性情被赋予了社会政

---

① 吴文治主编：《明诗话全编》，江苏古籍出版社 1997 年版，第 4726 页。

② 朱孟震：《玉笥诗谈》，学海类编本，下同，不另注。

治教化意义，即所谓的"风"。

"先大夫自童子时即已留意风雅"（《朱秉器全集》文集卷之一《先大夫诗集叙略》），受父亲的影响，朱孟震也特别重视诗歌之风。"夫能动之谓风，感人之情谓风，无所分雌雄也。"（《雄风稿阁叙》）"风"不仅是自然的空气流动，还指包含情感、使人触动的文字，讲的就是诗歌的抒情和教化的作用。《玉笥诗谈》中记载着这么一件事："国初王孟端……诗尤致，得风人体。有同舍友旅中娶妾，孟端赠诗云：'金猊香冷酒别醒，银烛光残月正明。今夜情怀非别夜，有人低语唤卿卿。'又云：'新花枝胜旧花枝，从此无心念别离。可信秦淮今夜月，有人相对数归期。'友人得诗不胜感慨，即日东归，孟端二诗，贤于谆谆劝谕者百相倍矣。"王孟端得知友人在外娶妾，写诗规劝，友人读了王孟端的诗，感慨良多，马上回家了，这两首诗比苦口婆心、百般劝阻有效得多，可见诗歌讽喻教化的力量。

二　崇尚古文

八股文是明代科举考试中的指定文体，在创立之初，还能抒发己见，文辞清雅，但在发展中，却变了味，弊端越来越明显。越来越多的人提倡学习古文，以古文为诗文创作的标准和楷模。朱孟震就是其中一人，他在《湖亭倡和诗叙》中说："诗无论晋唐，殆轶汉魏而上矣。不佞为举子时，窃心艳其事。"可见朱孟震很早就为古文的魅力所吸引。他说："古人往矣，撰述如新。"（《汾上续谈叙》）古文如新便是有现实价值，有学习的必要和可能。"古人诗，得意句不厌重复。"古人优秀的诗句，即使重复使用也不减其色。正是抱着崇古的思想，对学习古人，诗具古意的诗人，朱孟震总是大加赞赏，"黄山人孔昭，善山水，尤工诗。其为诗意尝独造，一以古人为宗，而不蹈袭其语……奇句逸韵，见者动色，信隐论之高致，文苑之端人也"。诗人孔昭以古文为学习典范，却不是一味地模拟抄袭，字句出奇，押韵和谐，具有很高的文学价值，受到朱孟震的称赞。

朱孟震论文宗王世贞，推为明代第一。朱孟震推崇王世贞，可见他对前后七子的理论思想赞同的态度，七子派的基本主张就是复古，由此也可看出朱孟震崇尚古文。当时李攀龙的声名地位高过王世贞，在朱孟震看来，"公（王世贞）生平推李甚至，故名稍抑在下，今观其诗，视于鳞诚伯仲之间"因为王世贞推崇宣扬李攀龙的诗文，所以李攀龙的名气才比王世贞来得大，在朱孟震的眼中二人诗作水平在伯仲之间，恐怕王世贞的诗文还要更好一些，他又说："公之文当为明兴独步……舍尝爱其《闻警二首》云：'春雪轻寒草未长，北风吹日昼仓皇。羽书实报隔三辅，貂绮虚传出尚方。愁儿材官投灞上，喜闻飞将下渔阳。请缨投笔凭谁寄，老妇孤儿更可伤。''黄云白草汉关头，豹虎荒村总百忧。永夜茅堂看斗柄，中天画角起边愁。龙骧候月三千骑，雁塞横空百二州。最是圣明惟薄伐，玉门何地觅封侯。'《夏日同僚友崔都尉山庄分韵》云：'别馆横临鄠杜边，偶逢三伏胜游偏。夹堤杨柳凉全得，出水芙蓉晓故鲜。北极云霞供槛外，西山风雨落尊前。谁家暗度秦台引，回首朱门月可怜。'即此三首，置之老杜、盛唐，谁复辨者，况其未见故多也……若公《卮言》别录，如入海藏龙宫，无所不有，非仅止于博古，而又于当今典章文物，考索评订，汪洋浩博，精择明识，实足以垂后来、照当世。"朱孟震连举王世贞的三首诗，这三首诗当极其出色，毕竟不是所有的诗都能与杜甫诗歌相提并论，也不是所有的诗都能与诗歌鼎盛的盛唐诗歌比肩而立，而朱孟震把这三首诗与杜诗、盛唐诗歌放在同一高度，可见这三首诗艺术价值之高，也可看出它们杜诗之味、盛唐气息，作者对王世贞的高度认同，以及崇尚古文的诗学思想。

三　排薄靡艳

　　明初流行的台阁体诗文和八股文发展到朱孟震生活的时代，逐渐背离了它们的初衷，呈现衰老之势，那种倚靡艳媚、流于形式的诗风被人们排斥。朱孟震推崇古文，在文风上自然喜爱清雅俊逸的诗歌。那些为制艺而作的文字，"近来时制，虽人握蛇珠，其词非不工，理非不尽，而往往读之索然气尽"。（《与郭相奎》）即使辞藻工整华美，论述详密，然气数已尽，回天乏力。相反，"如诸子者，言人人殊，其调古而气舒，理到而趣溢，若出一手，即文园玄阁抽思摛藻，奚以加此，化工造物，神异固若是哉！敬服，敬服！"（《与郭相奎》）那些调古气舒的文字，理趣斐然，令人眼前一亮，叹为天物。朱孟震是这样论说力排靡艳的陈于韶的，他说："陈于韶先生……排薄靡艳，力□古初……然余窃以谓，先生奇于诗，匪节弗显，先生奇于节，匪诗弗彰，合诗与节而概论之，又若有奇于遇者。先生诗峻拔雄峭，若剑门壁立，天日蔽亏，而信意所之，滔滔浟浟，潚渤喷薄，瞬息万里。"（《卧云楼诗叙》）陈于韶诗节固然叫人敬佩，而远不及陈诗中峻拔雄峭、傲然骨力、旭日勃发的诗风给朱孟震带来的强撼震感。

朱孟震尚古，崇七子，认同七子复古文风。他极力赞美继王世贞之后的七子领袖吴明卿，"今海内作者众矣，某所倾心厌服者，则以门下天授既全，人工复邃，才情兼擅，识度两高。世鹜雄健者，多扬厉而露圭角，门下气格愈峻而涵蓄愈深。工藻丽者，多靡艳而伤萎弱，门下色泽愈润而风骨愈苍。高者钓奇诡而趋险僻，卑者乐浅近而入鄙俚，宪古者字摹而句拟，趋时者和光而同尘。门下意匠玄远而属思冲和，取致开明而铸词精密，师其意不泥其言，汰其粗独采其秀。盖凌薄风雅，奴仆梁陈，准则六经，出入诸子，群才有独造而门下无偏长，百氏多瑕疵而门下为完璧。在今之代，超绝群伦；自古以来，原本初素。至亮节清风，雅怀逸韵，某于十世内，乡风而企景者固不乏人，而在门下则心悦而神驰，不啻羹墙梦寐之矣"。(《奉吴明卿》) 吴明卿让朱孟震倾心厌服，究其缘由，是吴氏及其门人才情兼备，他们的诗文是或扬厉露骨、或靡艳萎弱的社会诗风中的一抹新绿，他们气峻涵深的气度、色润骨苍的风貌、意远致明的精神、师意采秀的学习方法，令人心悦神驰。

第二部分　清代江西诗学与文论

第一章　清初的江西诗学

我们这里所谓的"清初"是指清立朝前100年，即开朝至雍正朝。这一时期有许多是明朝遗老，康熙朝以后才出现了新朝士人，也才出现了新朝诗学。这一时期的江西诗学大家较有名的有王猷定、徐世溥、张泰来、俞端士、裘君弘、贺贻孙、魏礼等人。

一　王猷定论"文气"与"文体"

王猷定（1599—1661），字于一，又字于益，号轸石，江西南昌人。明贡生。入清不仕，流寓维扬，客死武林。清初卓有成就的散文作家，工诗善文。著有《四照堂集》。其诗学思想主要体现在一些序跋里，较有诗学见地的是《与友论文书》，其中提出了"文气"与"文体"的一些新见。他的主要意见是，文气和文体是互为表里、互为依存的关系，有其气，必当有其体，有其体也必当有其气。"耳目四肢皆具，始可以为人；根荄枝叶皆为备，始可为木也。然则辞固有体，而气乃行于体之中者也。古人之为是言也，有所兼而言之，后人泥其言而不察，亦已过矣。"王猷定接着列举了各类文体与文气的对应关系，我们可以用以下表格来表述他的观点。

文　体	文　气
谟训之垂也	明征定保，如金如石
诏诰之颁也	正大炜煌，如绨如纶
箴铭之诫也	简质严厉，触目警心
陈事之忠也	罗列理乱，确证古今
绳纠之直也	搜剔谬戾，显彰奸慝
军旅之歌也	声义致讨，墨墨梅梅
庙堂之颂也	扬德敷功，明明弼弼

以上即王猷定所谓"体之大略也"。另外,他又认为"体亦为文之砥砺也。夫体何自出?理而已矣"。而"理"则源于"气":"气之充,充于立体,而体之所急,急于明理。仁义中正之旨,理乱得失之林,灼然见其本末。而后静虚以澄之,精明以致之,优柔以畜之,广博以贯之,范古以弘之,峻洁以行之,宛转以畅之。有承蜩之专,有贯虱之巧,有解牛之神。故天下见其言,望而可畏,究而不可测,隐然长江、大河,一泻千里,而滟滪、龙门,时时激发,奇壮旷然;太行九坂,造父飞辔越之而行空也。而陶冶耒耜,不可一日而阙;如黼黻丹黄,可以一望而晓,岂非体具而气足哉!"

以气论文,始于曹丕的《典论·论文》;以体论文,也始于此,至挚虞的《文章流别志论》和刘勰的《文心雕龙》则发扬光大。但都把"文之气"和"文之体"视为二物,而王猷定则把二者视为不可分离、紧密相连的关系。有其气则必有其体,有其体则自有其气。这一观点在文论史上是独创性的。

二 贺贻孙的"诗厚说"

清朝开初,诗学思想繁富,其中有许多自成一格甚至自成体系的诗学思想家。在众多的诗论家中,贺贻孙的诗学思想是颇具特色的。贺贻孙(1606—1686),字子翼,号水田居士。江西永新人。曾与友人万茂先、陈士业、徐巨源、曾尧等结社豫章。及明亡,遂不出。顺治七年,被列贡榜,避不就。时隔六年,御史欲举应博学宏词,乃剪发衣缁,结茅深山。晚年穷益甚,唯日以著作自娱。因身经世乱,诗歌多伤时感事、慷慨激昂之音,加之性格孤傲,诗风时呈兀傲、诡异。有《易触》《诗触》《诗筏》《骚筏》《水田居激集》等传世。其中《诗筏》为诗话史上的重要著作,为众多学者所称引,郭绍虞编的《清诗话续编》中有收录。[①]

(一)厚之一言,可蔽风雅

诗学史上,许多大家的诗学思想可用一两个词来"一言以蔽之",如李贽的"童心说"、汤显祖的"情真说"、三袁的"性灵说"、王士禛的"神韵说"、沈德潜的"格调说"、袁枚的"性灵说"、翁方纲的"肌理说"等。贺贻孙的诗学思想是否也能用一两个词来概括呢?我们认为,

---

① 郭绍虞编《清诗话续编》,上海古籍出版社 1983 年版。

如要用一个词来概括贺贻孙的诗学思想，则"诗厚说"是再好不过了。据我们初步统计，在其诗学专论《诗筏》中，贺贻孙谈及诗之"厚"的地方有十多处。基本上回答了什么是诗之厚？如何养成诗之厚？诗之厚分哪些类别？哪些作家达到诗之厚的境界？何谓"无厚之厚"？《诗筏》俨然一部诗厚之学，"诗厚说"可以成为贺贻孙诗学思想的标志性概括。

什么是诗之"厚"呢？"厚"之本义与"薄"相反，《庄子·养生主》云："彼节者有间，而刀刃者无厚。"引申为"重、大、多、深"：《左传·宣公二年》有"晋灵公不君，厚敛以雕墙"。又有"忠厚"、"浓"、"富"等含义：如《韩非子·扬权》云："厚酒肥肉"；《韩非子·有度》云："毁国之厚，以利其家，臣不谓智"等。贺贻孙把诗之"厚"提到很高的程度。所谓诗之"厚"，有"深"、"浓"、"重"之义，应指诗歌所达到的一种很高的境界和所具有的一种较高的品位。他说：

> 厚之一言，可蔽风雅。《古诗十九首》，人知其淡，不知其厚。所谓厚者，以其神厚也，气厚也，味厚也。即如李太白诗歌，其神气与味皆厚，不独少陵也。他人学少陵者，形状庞然，自谓厚矣；及细测之，其神浮，其气嚣，其味短。尽孟贲之目，大而无威；塑项籍之貌，猛而无气；安在其能厚哉！

孔子论《诗经》"一言以蔽之，思无邪"。这是从诗之用的角度来谈的，肯定的是诗歌的合道德性。贺贻孙以一"厚"字来概括风雅，是从诗之本体来谈的，强调的是诗歌的合艺术性。贺贻孙认为，诗之"厚"体现为神厚、气厚、味厚，李白与杜甫的诗三者皆厚，所以堪称诗厚之标尺。后世学杜者仅得其形状与皮毛，如细细品尝就知，或神浮，或气嚣，或味短，大而无威，猛而无气，根本谈不上诗之厚了。在另一则诗话中，贺贻孙把李、杜诗和韩、苏文推为"厚"之诗文的代表，他说：

> 李、杜诗，韩、苏文，但诵一二首，似可学而至焉。试更诵数十首，方觉其妙。诵及全集，愈多愈妙。反复朗诵，至数十百过，口颔涎流，滋味无穷，咀嚼不尽。乃至自少至老，诵之不辍，其境愈熟，其味愈长。后代名家诗文，偶取数首诵之，非不赏心惬目，及诵全集，则渐令人厌，又使人不欲再诵，此则古今人厚薄之别也。

　　既然诗文之厚是一种高境界和高品位，那么，又如何才能达到诗之厚呢？贺贻孙认为，诗文之厚得之"内养"而不假外求，"诗文之厚得之内养，非可袭而取也；博综者谓之富，不谓之厚；秾缛者谓之肥，不谓之厚；粗塞者谓之蛮，不谓之厚"。"清空一气，搅之不碎，挥之不开，此化境也。然须厚养气始得，非浅薄者所能侥幸。"文学的精、气、神是作家先天禀赋和后天人生阅历的综合结晶，有先天的独特性和排他性，所以不能他求也非他人能学。这种观点看到了文学作品"这一个"的鲜明个性。这是合乎文学规律的理论见识，也是中国文论的精髓所在。但贺贻孙又进一步指出，诗之厚要从"蕴藉"中出：

　　　　阮嗣宗越礼惊众，然以口不臧否人物，司马文王称为至慎，盖晋人中极蕴藉者。其《咏怀》十七首，神韵淡荡，笔墨之外，俱含不尽之思，政以蕴藉胜人耳。然以拟《古十九首》，则浅薄甚矣。夫诗中之厚，皆从蕴藉而出，乃有同一蕴藉，而厚薄深浅异者，此非知诗者不能别也。

　　这里我们可以看出贺贻孙对诗厚生成的理解。他以晋人阮籍为例，他认为阮籍"神韵淡荡，笔墨之外，俱含不尽之思"，自然是"厚"了。这一境地是怎样形成的呢？贺贻孙认这与其"蕴藉"有关："越礼惊众，然以口不臧否人物，司马文王称为至慎，盖晋人中极蕴藉者。""政以蕴藉胜人耳"，由此他得出结论："夫诗中之厚，皆从蕴藉而出。"论诗之境界，贺贻孙拈出一个"厚"字，这是很有见地的。但论其出处，归之于"蕴藉"两字，却落入了温柔敦厚诗教之窠臼。这是十分遗憾的。这也说明，贺贻孙毕竟是一名深受儒家传统教育的文人士大夫，他的思想境界无论如何激进都不可能跳出时代的历史舞台。在《诗筏》中，贺贻孙甚至提出"诗人佳处，多是忠孝至性之语"。"忠孝之诗，不必问工拙也。"这难免有点迂腐了。

　　在贺贻孙看来，一般的诗之"厚"是诗学的一种很高的艺术境界，但还不是最高的诗学境界。最高的诗学境界是所谓"无厚之厚"：

　　　　庄子云："彼节者有间，而刀刃者无厚"，所谓无厚者，金之至精，炼之至熟，刃之至神，而厚之至变至化者也。夫惟能厚，斯能无厚。古今诗文，能厚者有之，能无厚者未易觏也。无厚之厚，文惟孟庄，诗惟苏李、《十九首》与陶渊明，后来太白之诗，子瞻之文，庶几近之。虽然，无厚与薄，毫厘千里，不可不辨。

贺贻孙认为，达到无厚之厚境界的诗，应是"至精"、"至熟"、"至神"之，文学史上，只有孟、庄、苏、李、《十九首》与陶渊明堪当此称。而太白之诗，子瞻之文，也没有完全达到如此高境，只"庶几近之"而已。

（二）作诗贵有悟门

以"悟"论诗，并非肇始于贺贻孙。宋代的严羽《沧浪诗话》就以禅论诗，提倡"妙悟"之说："大抵禅道惟在妙悟，诗道亦在妙悟。且孟襄阳学力下韩退之远甚，而其诗独出退之之上者，一妙悟而已。惟妙悟乃为当行，乃为本色。然悟有浅深，有分限，有透彻之悟，有但得一知半解之悟。汉魏尚矣，不假悟也。谢灵运至盛唐诸公，透彻之悟也；他虽有悟者，皆非第一义也。"这一论诗理路对后代诗学家影响很大，宋、元、明、清，以禅之"妙悟"论诗者代不乏人。明代的钟惺和谭元春就倡导此说。钟惺在《与高孩之观察》书中说："诗至于厚无余事矣。然从古未有无灵心而为诗者，厚出于灵，而灵者不能即厚。"谭元春《题简远堂诗》则进一步提出"朴者无味，灵者有痕"、"一句之灵能回一篇之运，一篇之朴能养一句之神"的高论。此"灵"说得有些玄妙，近似严羽所说的"妙悟"。在这方面，贺贻孙受钟、谭影响明显。在《诗筏》中，贺贻孙对钟、谭推崇备至："自钟、谭集出，而王、李集覆瓿矣。"在贺贻孙看来，所谓"妙悟"、"灵"说起来容易，做起来却并非易事：

> 严沧浪《诗话》，大旨不出悟字，钟谭《诗归》，大旨不出厚字，二书皆足长人慧根；然诵沧浪诗，亦有未尽悟者，阅钟谭集，亦有未至厚者。以此推之，谈何容易。

承接前辈们的诗学思想，贺贻孙对诗学之"悟"也提出了自己的看法。这一思想集中体现在其《示儿》一文中。这篇文章是给后辈小生谈诗学，有传授自己毕生经验体会的意思。他所先认为"作诗乃极苦之境，极难之事"。不像读四书五经，作举业文字，或"可窥圣域"，即可得到精神熏陶；或"可致通显"，即可得以仕途通达，这些都是"极乐"之事。当然其学习的过程也是"极易"之事，因为只需勤学苦练即可。而诗学则不同，它需要诗家相当人生阅历甚至是人生磨难，这也就是韩愈说的"不平则鸣"和"穷而后工"的道理。正因为如此，随着年龄的增长和社会阅历的增加，贺贻孙"惭愧"其因年少不更事而"自矜创获"的作品，自己的诗集两次"删窜其半"。只有"时值国变，三灾并起，百忧咸集，饥寒流离，逼出性灵，方能自立堂奥，永叔所谓'穷而后工'者，其在此时乎！"从更高的诗学境界来说，这仍然不够。当自己"平心静气，取古诗与吾诗比勘，惭愧又起"。为什么呢？因为与唐诗、与《三百篇》相比，自己的诗作"天怀自放之妙，十首之内不得二三"。可见在贺贻孙心中，"天怀自放"是诗学的最高境界。那么，如何才能达到"天怀自放"之境呢？这样，贺贻孙很自然地推出了他的"作诗贵有悟门"说：

> 盖作诗贵有悟门，悟门不在他求，日取三百篇及汉、唐人佳诗，反覆吟咏，自能悟入。若无悟门，但于古诗及汉、魏、晋、唐人诗内，声容字句，摹拟描画，如在琉璃屏外拍美人肩，虽表里洞见，然所拍者终是琉璃，不是美人。若舍三百篇、汉、魏、晋、唐而别寻悟门，如涉江海者本无神通，漫学折芦浮杯，捐弃舟航，凌空飞渡。此两种病，近代名家往往有之。然悟门不能遽开，积累时日，庶几一朝遇之。汝诗疵处，吾姑不为汝指出，待汝知惭愧时自当别白。知惭愧别白，则悟门开矣。若作举业文字，闭户三年，便可博科目，何须积累时日？且近日科目文字，多以无惭愧、无别白得之，又何待悟门乎！

贺贻孙所谓"悟入"，还是需要学习的对象，即"三百篇、汉、魏、晋、唐"诗，舍此而别无悟门。在《诗筏》中，贺贻孙对汉代诗赞美有加："愈碎愈整，愈繁愈简，态似侧而愈正，势欲断而愈连。草蛇灰线，蛛丝马迹。"这一点跟严羽《沧浪诗话》中的观点很接近："学者须从最上乘，具正法眼，悟第一义。""汉魏晋与盛唐之诗，则第一义也。"贺贻孙进一步指出，"然悟门不能遽开，积累时日，庶几一朝遇之"。如今人所说的灵感，长期积累，偶然得之。这要诗人自己心领神会，其中微妙之处，是不等别人说，就是别人来说也未必能说清楚的问题。正是凭着这一

"悟"性，在《诗筏》中，有许多评诗品诗的连珠妙语，如："美人姿态在嫩，诗家姿态在老。盛唐人诗，有血痕无墨痕，今之学盛唐者，有墨痕无血痕。书家以偶然欲书为合，心遽体留为乖。作诗亦然。清空一气，搅之不碎，挥之不开，此化境也。诗家化境，如风雨驰骤，鬼神出没，满眼空幻，满耳飘忽，突然而来，倏然而去，不得以字句诠，不可以迹相求。诗人以偶然语写偶然景为得意，凡他人所谓得意者，非作者所谓得意也。惟悟生洁，洁斯幽，幽斯灵，灵斯化矣。摩诘之洁，原从悟生；而摩诘之洁，亦能生悟，洁而能化，悟迹乃融……"

如此语句，任凭感觉悟性，灵动而富于诗学哲理。人类学学者们指出，凭感觉而不是凭分析推理去认识和把握世间万物，是原始思维重要的基原性的特点。① 这是一种诗性地理解和把握世界的思维方式。承继着深厚诗性文化的中国文论，"凭感觉"也是第一原则。不尚理性之知，而重直觉体悟，以心会心。中国古代大量的诗话、词话、曲话、小说点评都是在直觉状态下迸发出来的思想火花。贺贻孙也是生活在中国诗性文化的浓厚氛围中，其文论的言说方式和思维方式自然也是典型的中国样式。

（三）诗者贵天

和中国许多文论家一样，贺贻孙也崇尚自然灵性的诗风。前面我们说过，在贺贻孙心中，"天怀自放"是诗学的最高境界。这是以禅论诗、尚悟诗学的必然理路。因为"悟"必然意味着不假外求，排斥知识经验的日常积累。以禅论诗的祖师爷严羽在《沧浪诗话》就主"别材别趣"说，并由此一节理论，他理直气壮地指责江西派诗风，因为他们的诗"以文字为诗，以才学为诗，以议论为诗"。因为这是掉书袋，少了一份悟性和天趣。贺贻孙在这方面也受严羽的影响。贺贻孙尚"天"的诗学思想集

---

① 维柯说："人类心灵自然而然地倾向于凭各种感官去在外界事物中看到心灵本身。""世界在最初的时代都致力于运用人类心理的基原活动。"此"基原活动"即"感觉"（［意］维柯：《新科学》，朱光潜译，商务印书馆 1989 年版，第 125、252 页）。列维—布留尔也指出，原始人的一切行为所依据的集体表象和情感，是他们"感觉的正当结果"（［法］列维—布留尔：《原始思维》，丁由译，商务印书馆 1981 年版，第 413 页）。《周易·系辞上》曰："《易》无思也，无为也，寂然不动，感而遂通天下之故。"黄寿祺译云："《周易》的道理不是冥思苦想而来的，是自然无为所得，它寂然不动，根据阴阳交感相应的原理就能会通天下万事。"（黄寿祺、张善文：《周易译注》，上海古籍出版社 1989 年，第 554 页。）从思维的角度而言，这也道出中国文化诗性思维的重要特点。

中体现在他的《陶邵陈三先生诗选序》一文中。他是由谈诗学之"风"谈起的：

> 诗之有风，由来尚矣。十五国中，忠臣孝子、劳人思妇之所作，皆曰风人。风之感物，莫如天籁。天籁之发，非风非窍，无意而感，自然而乌可已者，天也。诗人之天亦如是已矣。今夫天与我，岂有二哉？莫适为天，谁别与我？凡我诗人之聪明，皆天之似鼻似口者也；凡我诗人之讽刺，皆天之叱吸叫嚣者也；凡我诗人之心思肺肠，啼笑窳歌，皆天之唱喁唱于，刁刁调调者也。任天而发，吹万不同，听其自取，而真诗存焉。

贺贻孙认为，诗人之天如风之感物，"无意而感"、"任天而发"。而得其天趣者，他认为"其陶靖节先生乎！"因为陶渊除为人涉物富有天趣外，"其为诗也，悠然有会，命笔成篇，取适己意，不为名誉，倘所谓天籁者耶？"又说陶渊明之诗"惟不言理，故理至焉"。这一层接近严羽在《沧浪诗话》所说的"不涉理路不落言筌者"的意思了。贺贻孙在上文的末尾进一步阐明其"诗者贵天"的意思：

> 吾乃知言诗者之贵天也。人无所不至，惟天不容伪。彼夫搏风而飞者，拨尔而怒；顺风而者，悠然以适；御风而者，泠然以善。诗至于怒与适且泠，而风人之性情出矣。然而怒者谁耶？泠者谁耶？皆非人之所能为也，天也。故凡汉、唐以后，壮士之言多怒，清士之言多适，逸士之言多泠，若是者不可谓非风，即不可谓非天也。

贺贻孙认为，诗者贵天，"惟天不容伪"，诗之或怒或适或泠，都是诗人之性情的自然流露。在另一篇文章《康上若诗序》中，贺贻孙表达了同样的意思："风之为物，其怒也，乃其所以宣也；其激也，乃其所以平也；其凄怆也，乃其所以于喁唱和也。风人之诗亦犹是已。"风人之诗应如风之为物，或怒或激或凄怆，都是内心真实的自然流露，不能刻意追求，即上文所说的"不容伪"。正是因为其求真疾伪的思想，贺贻孙痛指当世所谓"风人之诗"怪现状，没有现实生活体验，只知闭门作莺歌燕舞："世之所谓风人者吾怪焉，言不出帷薄，事不离井巷，竭终身之力，旖旎婉变，与花间莺燕争工拙于形似，而夸语于人曰：是风也，太平之世，不鸣条，不毁瓦，优柔而已矣。是乌睹所谓雄风也乎！"身处家国离乱之时，风人之真应为"雄风"，而非"优柔"。这跟贺贻孙所处的人所共知的时代环境是有关系的。并不是他刻意要求"雄风"，而是身处乱世，一个有现实情抱和人文关怀的诗人展现的真实诗心是"雄风"，而非其他。我们不能因为他这个时代提出"雄风"，而遮蔽其更本质的对"真"诗的追求，相反，更反映其对诗之"真"的执着和恒定。提出"雄风"，跟其一贯所主张的抒发性灵的思想也并不相左，因为此时的"性灵"就应为"雄风"。如果理解这一层道理，我们就不难理解为什么贺贻孙对宋末诗人的褒扬了："宋末诗人，当革命之际，一腔悲愤，尽泄于诗……情真语切，意在言外，何遽减唐人耶？"

从诗者贵天、"惟天不容伪"的审美观念出发，贺贻孙提出了"真诗在民间"的著名观点：

> 近日吴中山歌《挂枝儿》语近风谣，无理有情，为近日真诗一线所存。如汉古诗云："客从北方来，言欲到交趾，远行无他货，惟有凤凰子。"句似迂鄙，想极荒唐，而一种真朴之气，有张、蔡诸人所不能道者，晋、宋间《子夜》《读曲》及《清商曲》亦尔。安知歌谣中遂无佳诗乎？每欲取吴讴入情者，汇为风雅别调，想知诗者不以为河汉也。

以天为贵、以真为贵的诗学思想在古代中国并不鲜见，但由"天"由"真"的思想进而肯定民间诗文，则是贺贻孙的高明出众之处。作为一个深受传统文化熏陶的文人士大夫，能够直面底层、肯定草根，其间的理论勇气和远见卓识是值得我们肯定的。从中国文学的发展规律而言，"真诗在民间"也道出了中国文学的一条铁则。中国的许多文体，诗、词、曲、小说，其最初最原始的根就在民间，其文体生命力最强旺的时期也在民间。一种文体被文人掌握并上升为"雅文体"，其内容和体式就有固定化、模式化的趋势，其生命力也衰竭。贺贻孙提出"真诗在民间"的文学观，说明他已经认识到文学的生命之根、活力之源在民间，这是很有文学见地的。

作诗讲悟门，又以天、以真为贵，贺贻孙必然反对模拟剽窃，他指责

明七子："先明七子诸集，递相剽窃，乃盗窝耳。"他认为高明的学就是
"舍"："不贵能学，贵于学而舍，舍之乃所以为学也。无所不舍，斯无所
不学矣。"一部诗歌史，诗之气运日渐衰息，根本之原因在于后来之作者
只知一味师古范古，而无自己的真性灵："每一才子出，即有一班庸人从
风而靡，舍我性灵，随人脚根，家家工部，人人右丞，李白有李赤敌手，
乐天即乐地前身，互相沿袭，令人掩鼻。"后人还没有弄清楚的一个道理
是，前人的诗艺技巧，个别的字、词、句也许不难学，但才子的真率性灵
和精神是不可学也是学不到的，越学越远。贺贻孙以唐代学陶诗为例来说
明这一层道理：

> 唐人诗近陶者，如储、王、孟、韦、柳诸人，其雅懿之度，朴茂
> 之色，闲远之神，淡宕之气，隽永之味，各有一二，皆可以名家，独
> 其一段真率处，终不及陶。陶诗中雅懿、朴茂、闲远、淡宕、隽永种
> 种妙境，皆从真率中流出，所谓"称意而言，人亦易足"也。真率
> 处不能学，亦不可学，当独以品胜耳。

中国诗学史积累有余而创新不足，重师古而轻性灵，气运自然日渐衰
息。贺贻孙从学习与性灵两端来探讨诗学的命运，其史学眼光和诗学见地
是值得肯定的。

三　魏礼的诗学思想

清前期，在江西宁都有著名的"易堂九子"，构屋翠微峰，躬耕自
食，提倡读书经世。其中又以魏禧和其兄魏际瑞、弟礼名声尤著，"三魏
之名遍海内"。（《清史稿·列传·文苑传》）魏礼（1629—1695），字和
公，号季子。魏礼自幼从魏禧学文，年十八九，其学渐成。明亡，弃诸生
服，躬耕自学。中年后，郁郁不得志，遂四方游历。南极琼海，北抵燕
京，西登太华绝顶，足迹几遍天下。与当时著名文人王士禛等有诗文交
往。年五十，返回宁都，筑室翠微左干之顶，名曰"吾庐"。魏禧评其诗
文说："吾季子诗好汉魏，文好周秦诸子。及其成也，诗类韩退之，文则
近柳子厚……曾止山《过日集》言，当今布衣诗，和公为第一。予亦谓
其沉郁之中，发为孤响，矫顾腾骞，意极雕琢，而朴气不离。"（《魏叔子
文集》八卷）有《魏季子文集》十六卷，其中有许多是谈论诗歌的。三

魏之中，魏禧以文名，魏际瑞诗文稍逊，魏礼的诗歌较突出，其集中有许多情理兼备、风神俱足的诗作。如《梅岭》一诗："久意庾关势擘云，行来十马可齐轮。乃知奇险因豪杰，为笑虚名误世人。新草年年生道路，布衣落落老风尘。谁能吊古悲秦汉，尚有张公庙貌存。"彭躬庵评此诗云："看他用意直入，笔力跨越，何等气概。"基于诗歌创作的切身体悟，魏礼的诗歌理论也较多有感之论。

（一）诗所以道性情

魏礼论诗，倡"性情说"，他在《李云田豫章草序》说："诗所以道性情，大而君父，次而朋友，细至闺房、谑好、赠答之辞，莫不有性情行其中。是故性情者，诗之主也；气与格，诗之用也；韵者，诗之情也。"魏礼进一步认为，性情是诗歌感动人心的根本原因："予尝谓五经之有诗，如五伦之有朋友，君臣、父子、夫妇、兄弟所不能通者，朋友通之；四经之所不能感动者，诗则能感之。然诗之所以感人，性情油然而不自己者，则尤在于韵。韵者，声音之动，而性情之所发也。"魏礼举杜甫为例，说"少陵诗在天地间，岳立川流，学者莫能穷其涯涘，而其于君国之际，新故之感，朋友患难之情，忧深而思远，情纡郁而磅礴，后之论者以为与《国风》《雅》《颂》相表里，非无故也"。以性情论诗是中国文论的久远传统，如《诗大序》就说："吟咏情性，以风其上。""发乎情，民之性也。"《文心雕龙·宗经篇》亦云："义既极乎性情，辞亦匠于文理。"但历代对"性情"的具体内涵的理解人各有异，如《诗大序》说"先王以是经夫妇，成孝敬，厚人伦，美教化，移风俗"。则显然有独尊儒术的时代烙印在。魏礼论性情，显然也是继承了儒学之正统，这与清初知名阶层"反清复明"的时代思潮和"经世致用"的治学思想是密切相关的。在明清众多知识分子的观念当中，清朝是异族统治。许多人有故国之思，而寄托这种故国之思的最好办法是坚守前朝的文化血统，儒学自然是最佳选择。宁都"易堂九子"退居山林，不仕当朝，本身就是这一文化选择的躬体力行。作为其中重要成员的魏礼自然也不脱这一层文化心理。魏礼认为，人生天地间应有一股精神气。这是作文治学的根本。他在《答友人论文书》说："行宜者，文章之根柢，令名之舟车也。"又在《与友人书》说："人生天地间，负七尺昂藏乃不克踵前人，猥自放弃，与腐草枯木同，摧拉不亦大可悯耶。"他进一步鼓励友人"望足下奋毅自振，断于义理，不为他物挠夺，举止庄凝，望之使人可敬"。在这个意义来说，魏礼虽然说的是诗学史存续久远的"性情说"，但如果联系现实文化背景，还是有很强的现实感的。

人之性情因出生、人生经历和社会环境的不同而千差万别，诉之于诗也性情各异。对于这一点，魏礼也有清楚的认识。他在《杨御李诗序》说："诗之道本性情，而性情所发不一道，譬之万类各殊。虽毒虫猛兽，皆天之性情也。是故发之诗者，有以真朴写其性情，有以文藻焜耀写其性情，有以光怪陆离、平淡聱牙写其性情，凡此者皆性情之具有也。夫诗以真朴为近，所谓丝不如竹，竹不如肉也，然而聱牙光怪者，未始非性情之有事。盖若人之体干，短小精悍成其短小精悍，颀硕者成其颀硕，皆禀于本然而无假外物，非必古朴之貌然后为至也。吾所具有者如是，发之亦如是而已，则是光怪聱牙曷为乎不与真朴之性情等哉！"性情因人而异，与之对应，发之诗歌也因人有别。这种异与别在魏礼看来都是自然而然的，都是"真朴之性情"的表现。文中魏礼进一步探讨了所谓"乐易"之性情和"文藻焜耀"之性情的区别问题。他说："夫以乐易敦本之性情，其为诗也宜真朴，乃发为文藻焜耀，疑乎不比矣。此何故哉？乐易者，禀之于天者然也；文藻焜耀者，学力之存乎人者也。故能合天人之道以为诗者，而诗道始得矣。且夫诗文者，欲其具有也，使用性情之一端，不知于变进，所谓琴瑟专一，谁能听之？故具性情之大者，如春之发物，无不流著也；如人之五官百骸，其状各异，乃具乎体干也，然该之不乎一人。夫善为诗者，如人之各具五官百骸体干之自然不可易，而诗道得矣。"魏礼认为，"乐易"之性情本于"天者"，而"文藻焜耀者"则由于"学力"。魏礼是反对一味追求"文藻"的，他在《与邹幼圃书》说："抑或慕尚文藻，以耀俗为工，而不讲古人立言之意思法度耶？"就明确表达了这一层意思。他认为，"善为诗者"应具多种性情，即应是"性情之大者，如春之发物，无不流著也"。又如人之五官百骸，形状各异，但都统一于一人之身也。也只有具备和驾驭各种性情，才算真正得"诗道"。魏礼主张诗文要自然地抒发性情，不容伪饰作秀。他在《八居诗跋》说："古人以性情流溢而为诗，后人以诗雕刻其性情。故古先人之诗后人不能及，然古之为诗，今之为诗益难，途径日多，约束滋迫，语曰盘根错节，乃别利器而工者甚难也。"此论类似刘勰《文心雕龙·情采篇》中所说的"为情而造文"、"为文而造情"的区别。"以性情流溢而为诗"是为"为情而造文"，故自然真朴，"以诗雕刻其性情"是为"为文而造情"，多人工造作。

魏礼虽注意到人各有性情，文章只要是发自性情就是真朴自然的。但在谈及个人的兴趣爱好时，他还是偏向有"雄轶之气"的作品。所以范仲淹、辛家轩、岳飞等人的作品自然成为他的所好："予于范希文、辛家轩、岳忠武诸作，又颇嗜之。盖其音节激昂顿挫，足以助其雄轶之气，比之于诗，似有美在咸酸之外者，虽非诗余本体，要亦圆浑流畅，不蹈子瞻之所以取讥也。"偏好范仲淹、辛家轩、岳飞等人有"雄轶之气"的作品，这跟他经过明末动乱，有故国之思的人生体验是密切相关的。在《甘衷素诗序》一文中，魏礼说甘衷素的诗"多悲愤不平之气也"，他认为这一诗风也是时代风云变幻的现实反映，不可小视："古今论诗以温厚和平为正音，然愤怨刻切亦复何可少，要视其人所处之时地。辟犹春温而融风，万物被之，欣欣有生气，使凛秋玄冬霜雪不下，凄风不至，煦然若春气之中人。是尚得为天地之正乎。古人有言，诗必穷而后工，世之论悉以贫士当之。夫穷非贫也，故曰贫视其所不取，穷视其所不为。芦中人岂非穷士乎。彼白华小弁固富贵中人也，而穷则甚也矣。生贫士，察其为诗，感愤不平非缘衣食。生亦何为，少年固若是哉。嗟夫！此吾所以有取于生也。"时代的风云变幻使得清初的诸多文学家把现实关怀作为文学的最高准则，而作品的艺术特性则居于次要的地位。

（二）诗之体与格

魏礼在《于南文集序》中谈到了文章之"体"与"格"的问题："文章无一定之格，作者之意是也；意当如是，出而笔之焉，此之谓格。无一定之体，作者之事是也；事当如是，发而辞赴焉，此之谓体。然则格与体者，皆作者当时之意之事所固有，乃其悠然跃然以出之时，作者亦莫自知而待求于己也。意与事互异，则体与格互变，不可以穷极其意事之万有，则幻眩徜徉曲矫幽奥浩瀚之观靡弗呈。夫借奇于他境，索精妙于意事之表者，吾未见其有得也。"魏礼这里是谈文章之"体"与"格"的问题。这一道理也是适于诗歌的。在魏礼看来，诗文无一定之体，也无一定之格。作者应因意立格，因事立体。

魏礼在上文进一步谈及"诗文体格"如何养成的问题："虽然，求古人之体格易，自有其体格者甚难。即具超绝之资，淹该之学问，必根夫圣贤大道以立本，会诸家以养其气，极深研几，攻苦积岁月，使境与境化，而化与境生，然后能自有也。且夫求古人之体格者，舟车也，无舟车之用，吾何以致远？车坚马良，舟楫备利，吾遵道而行，则惟吾所欲之而无底滞。然而其所致者，吾身也，吾止其所，则舟车反矣。是故古人之书，可赖以为用，而不可恃以为吾身根源者也。然赖其用也，不能以不精遇之，故曰：下人不精，不得其真。"魏礼还是主张日积月累，要以"圣贤大道"为本，"极深研几"，天长日久之后自然"境与境化"、"化与境生"。然古人之大道毕竟只是舟车，我要远行还得靠自己的身体力行。有"车坚马良，舟楫备利"，还要我"遵道而行"，这样，"则惟吾所欲之而无底滞"。所以古人之书，可以为用，但毕竟不是"吾身根源者也"。对之要化要精，才能得其真髓要义。

诗文体格风貌是作家长期的人生积累和丰富的艺术积淀的综合体，有独特的体格风貌，这是一个成熟的作家的重要标志。这也是众多作家毕生的人生追求。形成体格风貌很重要的因素就是要"有我"，要有我的真情实意在。魏礼在《答杨御李书》说："佳诗率以愚意甲乙。古人言：'诗须有谓而作。'有谓者，我之真意，所谓发乎情是也。流连山水，点缀花月，亦必有我一时之情之意，则此乃为我作之诗。古人已作，我可更作；我作之，他人又可更作，千万作而境不穷者，有谓故也。古人、他人，情与我合，而我竟不作者，有谓故也。"只要有我之情意在，则山水花月也是我作的诗，也是打上了我的人生烙印和生命经验的诗歌。

有独特的体格风貌，即有"品格"，这是诗歌的追求和崇尚。对于这一点，魏礼在《惜树斋诗序》说："或问于予曰：诗何尚？曰：尚品格。或曰：何哉？岂其所谓宗一家之诗品为派者乎？曰：虽然，盖亦宗夫己之品也。夫种桃者，其不为李为梅，种松柏者，其不为樗柳，是固然已，然且不为楩楠杞梓也。同为美材，乃至为同类，亦各见其品。盖吾所谓品，非诗品足以当也。徒求为诗之品者，譬如缀李于桃，其所缀莫非李也，而萌芽之生，枝干之未及，则居然桃矣。故必融冶其性情之偏驳，立身行己，有以自成而不失；人品定，则诗品乃可得而见也。是故有渊明之品，然后有渊明之诗；有杜子美之性情，然后有忠君爱国之诗，不待假而出。或曰：小人冒为君子之言，乱贼或著忠诚之论，又何居？曰：假言者，其辞浮，其行著，而明哲蚤见之。生百世后，能推百世以前奸伪之隐者，非然乎？"魏礼认为，诗之品格是由诗人先天之禀赋即"性"所决定的。种桃得桃，种李得李。这是一种先天决定论的观点。承接前面以性情论诗的理路，魏礼进一步认为，性情定人品，人品定诗品。这一观点是文论史上"文如其人"、"诗如其人"等理论的进一步阐发和深化。不过这一观点是一直受到质疑和拷问的，尽管这方面的声音并不强大。文未必如人，文品也未必如人品，这样的事例其实在文学史并不鲜见。但中国文论史上，受"知人论世"等传统观念的束缚和影响，人们习惯于由人及文，由文推人。魏礼的观点显然是这一传统习见的一脉相承。

（三）论诗法与诗美

关于诗法，魏礼主张不守故法，不死抱着古人的所谓韵律不放。他在《李云田豫章草序》说："古人使韵，如江河之水，随地曲折而成形；又如霍去病、李广用兵，不学古法，自然合节，若三百篇之类是已。刘平水定为《韵略》，同者强而分之，不同者又强而合之。譬之贪酷吏坐堂上，两造既具，不听辞稽貌，不按律例，但以私意曲直，而人之胜负死生遂一成而不移。噫！吾不解后人何以竞竞然奉为刑书不敢越也。三百篇之韵既不可行于后世，则惟《正韵》最为近古，得古人使韵之意，而其义有不可一言尽者。"诗歌讲究声情并茂，这"声"即要求有"韵"。格律说是在总结前人诗歌创作的基础上的理论总结，此前是没有这样和那样的韵律限制的，自然生情，自然生韵。"格律说"提出后，有人奉之为作诗论诗的金科玉律，"奉为刑书不敢越"。这样自然违背了诗歌的本质规律，也限制了诗歌的发展。庞垲《诗义固说》上说："天地之道，一辟一翕；诗文之道，一开一合。"天地之道直启诗文之道，天地一辟一翕是自然之理，诗文一开一合亦非人力之功。维柯说："各族人民的这第一首歌是自然地从发音困难引起的"，"这就产生了最初的扬扬格"（——）（即英雄诗格），后来才出现了扬抑抑格（-VV）和抑扬格（V-）。① 所以，我们可以进一步说，诗之偶对、押韵是人之本性的自然呈现。国学大师刘师培《论文杂论》中亦云："上古之时，未有诗歌，先有谣谚，然谣谚之音，多循天籁之自然。"魏礼主张作诗论诗不守古法、不拘格律，是符合诗歌的自然规律的。

魏礼论诗法，主张"在我"、"有我"的重要性。在《阮畴生文集序》一文中，他说："且夫述作而无我，我何为而作哉？人之貌不同，以各有其我；人之诗文竞出而不穷，以其有我也。是故以古人之气格识法而

① ［意］维柯：《新科学》，朱光潜译，商务印书馆1989年版，第231—232页。

成其我，徒我不成；犹必具五官百骸神血须眉发爪而成人，人人皆同而皆不同，各我其我也。优孟之非孙叔敖，无叔敖之我也，有优孟之我，故以孙叔敖之贤，楚相之贵，楚王垂涕而思，终不得变优孟之我。何也？真我也。夫嫫母、刁父至丑矣，使有欲刬其面，蒙以闾娵、子奢之至妍，彼必且号走逃空谷，匿重邱，以谋全其我。"这里仍然在谈当面对"古人之气格识法"时，要"有我"，否则就是优孟衣冠，徒有形似而无自己的神气血脉。有"真我"的诗歌才能打动人心。在魏礼看来，这"有我"、有"真我"也是作诗之法。他在同一文章进一步说："虽然，庄生曰'吾丧我，泠然善矣。'然丧我者吾，吾者何耶？盖所谓法者。古人之法，亦我之法，会古以忘我，我足以忘乎古，譬如流潦江河，率趋于海，而四者并存而不可废。夫岂惟文哉！自盘古氏至今，止一我也。山海之奥衍，足以吐纳胸中者，我而已。"魏礼反复强调的"我"就是作诗务必以自己的内心真情为准的，合我情者取，违我情者去。这就是作诗的自然大法，自古而然，恒久不变。

至于诗文的具体章法，魏礼在一些文章中也谈了自己的看法。在《答杨御李书》他说："求其格，求其势，求其句与字，求其章，是之谓法。章法之妙，斗乱而不乱，始则春潦满眼，终则缩川灌河，神龙见首不见尾，率然之蛇，击其尾则首至者。执此有要，川河自有径；神龙率然，自有首尾也。其为春潦也，川河也，无首尾也，首尾俱至也一也，此操法之妙有以运之也。"魏礼主张，所谓法者，变又不变，蛇行无迹又有迹，看似杂乱无章，实则有妙法在。在《答孔英尚惟叙》，魏礼还对诗文提出了更为具体的写作要求："诗古文可豪不可粗，可畅不可易，可奥不可僻涩，可朴不可率而俚，可奇不可诞，可灵不可巧，可细不可弱。长篇不可蔓衍，以其有分数提顿也；短篇宜意味悠永，以其劲转曲折而可咀嚼也。峭者当益腴，华者当益洁。可正不可迂，可古劲不可生撰。叙事之文，当审位置之先后，而格法出其中也。深者不可晦，浅者不可薄。简者不可疏而略，文不文之辞不可相揉杂也。最不可者曰顺写，堪与家之所谓奴龙也。不有格与法与体，要不可以言文也。"中国文论讲内心的感觉和体验，其语言极为灵动鲜活。其指涉也往往在可进可退、可长可短之间，又显模糊不清、模棱两可。魏礼此论，典型地继承了中国文论几千年的思维方式和言说传统。另外，这也说明有清一代文论的集大成特点，但继承有余而创新不足。魏礼也不脱时代思潮的束缚。

　　如放眼清初这个俊才云蒸的时代，魏礼也许不算一个硕儒大家，其诗学思想也并不具有开疆拓土的创新性。但如从遗民诗学、地域性诗学等角度来看，魏礼将是一个不能绕过去的角色，值得我们作进一步的探讨和研究。

第二章　蒋士铨的诗学思想

　　清人朱庭珍《筱园诗话》卷二中说："江西诗家，以蒋心余为第一。"① 蒋心余即清代著名文学家蒋士铨（1725—1785），字心余，号清容、苕生、藏园，晚号定甫，江西铅山人。乾隆二十二年进士，官翰林院编修，后主蕺山、崇文、安定三书院讲席。诗与袁枚、赵翼齐名，人称"乾隆三大家"，有《忠雅堂文集》《诗集》，又有杂剧、传奇十六种。蒋士铨为清代著名的诗文、戏曲大家，乾隆曾赐诗彭元瑞，称蒋士铨为"江西两名士"之一。其诗深得清人推崇，王昶《蒲褐山房诗话》评其诗"诸体皆工，然古诗胜于近体，七言尤胜于五言，苍苍莽莽，不主故常"。② 袁枚《忠雅堂诗集序》评其诗"摇笔措意，横出错入，凡境为之一空。如神狮怒蹲，百兽慑伏；如长剑倚天，星辰乱飞。铁厚一寸，射而洞之；华岳万仞，驱而行之。目巧之室，自为奥阼，祖而搏战，前徒倒戈，人且羡、且妒、且骇、且却走、且訾嗷，无不有也"。③ 蒋士铨不仅诗文、戏曲写得好，而且他的诗学理论也很有见地。他的诗文集中有许多品诗论诗的文章，更有《论诗杂咏三十首》④，其中有丰富的诗学思想。

一　自古风骚皆郁勃

　　蒋士铨《读昌黎诗》说：

　　　　岩岩气象杂悲歌，浩气难平未肯磨。自古风骚皆郁勃，人生不得意时多。

① 郭绍虞：《清诗话续编》，上海古籍出版社 1983 年版，第 2368 页。
② 王镇远、邬国平：《清代文论选》，人民文学出版社 1999 年版，第 546 页。
③ 同上书，第 551 页。
④ 同上书，第 524 页。

　　短短几句，却反映了蒋士铨对人生与诗学关系的看法。韩愈是中唐著名文人，三岁而孤，年少时即有济世用时之志。因忤逆宦官权贵，仕途并不得志，诗文多抒发不遇之悲愤。韩愈基于自己的人生体悟，提出"不平则鸣"的文学观点："大凡物不得其平则鸣。"（《送孟东野序》）"夫和平之音淡薄，而愁思之声要妙；欢愉之辞难工，而穷苦之言易好也。"（《荆潭唱和诗序》）"不平则鸣"的文学观点上承司马迁的"发愤著书"说，下开欧阳修的"穷而后工"说，在中国文论史上深远影响。蒋士铨读其诗想其人也想其论，自然有以上议论。在这个意义上来说，"自古风骚皆郁勃"继承了中国文论的精神光华。从蒋士铨个人的人生经历和创作实践来说，这又是他个人生活和创作的切身体悟和实践总结。蒋士铨与韩愈有类似的人生经历。"家故贫，四岁，母钟氏授书，断竹篾为点画，攒簇成字教之。"成进士后，虽"文名藉甚"，但仕途并不平坦，也是"人生不得意时多"一类了。（《清史稿·本传》）读人诗想己事，有以上人生和诗文评论也是情理之中了。

　　袁枚《蒋心余藏园诗序》从"奇"来谈蒋士铨的人生际遇：

　　　　虽然，君之奇，岂独诗而耶？君秀挺薑立，目长寸许，闻忠义事，慷慨欲赴，趋人之急，若鸷鸟之发，恩鳏寡耇艾，无所靳。谐笑纵谑，神锋森然，其意态奇；初入京师，望之者万颈，胥延登玉堂，将速飞，忽不可于意，掉头归，其行止奇；不数年闻天子屡问及之，乃往供职，卒浮沉不迁，及召见，将以御史用，而君病甚，不得已归，遇合尤奇。嗟乎！君之数奇，岂其才之奇有以累之耶？然使君竟不病，竟不归，峨峨而升，安知不蹑青云，为麟凤之翔？又安知不缺且折，为干将镆铘之伤？①

　　袁枚所谓"奇"，也可理解为不平。不平凡的人生，才有非凡的人生体验，也才有高人一等的诗学见识。

二　人各有性情

　　蒋士铨主张写诗应抒其性情，他说："文章本性情，不在面目同。李

---

　　①　王镇远、邬国平：《清代文论选》，人民文学出版社 1999 年版，第 550 页。

杜韩欧苏，异曲原同工。君子各有真，流露字句中。"（《文字四首》）又说："性灵独到删常语，比兴兼存见国风。"（《怀袁叔论二首》）所以蒋士铨的创作论思想可以概括为性情与风雅兼综。其《钟叔梧秀才诗序》则详细阐述了这一观点：

> 古今人各有性情，其所以藉见于天下后世者，于诗为最著。性情之薄者，无以自见，唯务规模格调，撷拾藻绘。以巧文其卑陋庸鄙之真。当势力强盛，未尝不窃一时之名誉；迨无可畏忌之时，而后人公论，卒难诬罔。然当时蝇附蚁聚之徒，崇之惟恐不至，亦何愚也！唐宋诸贤不必相袭，寓目即书，直达所见，其人品学术，隐然跃于其间，所谓忠孝义烈之心，温柔敦厚之旨则一焉。曩与同学二三子论诗，首戒蹈袭，唯务多读书以养其气，于古人经邦致治之略，咸孜孜焉共求其故。取李、杜、韩、欧、苏、黄诸集熟读深思之，不自逆他日所作何似，及有所作，则不复记诸贤篇什，庶几所作者皆我之诗，苟传诸后世，而尚论之士，皆得有以谅其心。呜呼！盖难言矣。①

以性情论诗并不始于蒋士铨，汉代的《诗大序》就有"发乎情而止乎礼义"的说法，陆机《文赋》提出"诗缘情"说，刘勰《文心雕龙·明诗篇》说："诗者，持也，持人情性。"钟嵘《诗品序》说："气之动物，物之感人，摇荡性情，形诸舞咏。"直至与蒋士铨同时代的袁枚还提出"性灵"说。这些人虽多以性情论诗，但关于"性情"的具体内涵各人有异。与袁枚相比，蒋士铨的"性情"说有几个特点。首先，袁枚说的"性灵"，"表现封建社会末期个性解放思想的觉醒"②，而蒋士铨则正统得多，他所谓的"性情"，是"忠孝义烈之心，温柔敦厚之旨"。他在《边随园遗集序》说："夫诗上通乎道德，下止乎礼义，放其言之文，君子以兴；循其道之序，圣人以成。"③也就是说，诗歌无论"言志"或

---

①　王镇远、邬国平：《清代文论选》，人民文学出版社 1999 年版，第 552 页。

②　邬国平、王镇远：《中国文学批评史（清代卷）》，上海古籍出版社 1996 年版，第 504 页。

③　上饶师专中文系历代作家研究室：《蒋士铨研究资料集》，江西人民出版社 1985 年版，第 251 页。

"缘情"都归之道。因此，蒋士铨特别推崇杜诗，认为"杜诗，诗中之四子书也"。因为杜诗最能体"情"、"志"、"道"三者完美统一："事不出伦理之间，道不出治平之内，而气溢于风骚，体兼雅颂。诗人性情之厚，议论之醇，无有过于少陵者。"（《杜诗详注集成序》）① 其次，袁枚所说的"性灵"，是人之天性。而蒋士铨所谓"性情"，有厚薄之分，需要后天的培养："唯务多读书以养其气，于古人经邦致治之略，咸孜孜焉共求其故。取李、杜、韩、欧、苏、黄诸集熟读深思之。"当然，袁枚和蒋士铨都主张直抒性灵、寓目直书，不依傍古人，首戒蹈袭。袁枚就反对"误把抄书当作诗"（《续元遗山论诗》）的考据派诗风。与之相应，蒋士铨则认为"唐宋诸贤不必相袭，寓目即书，直达所见"，"及有所作，则不复记诸贤篇什，庶几所作者皆我之诗"。在《钟叔梧秀才诗序》中，蒋士铨接上文的论述分析了钟叔梧秀才的诗，认为他前期的诗"抑塞偃蹇，困于场屋"，而后期的诗"凡一登临行役，感遇怀古之作，卓然直搞胸臆，无所牵制，而沉雄超逸，泉涌风发不可测。苟非好学深思，心知其意，虽有才力，岂能遽臻于此乎？"② 在蒋士铨看来，钟叔梧秀才的诗成功之关键，是直抒他所谓的"性情"的结果。蒋士铨视"性情"为诗歌的生命之源和价值之本。他甚至认为，有无真性情，是诗歌能否传世的关键之所在。他说："文字何以寿，身后无虚名。元气结纸上，留此真性情。"（《拟秋怀诗》）

重性情而轻复古是蒋士铨的一贯诗学主张，或者说两者是相辅相成的。因为重视性情，蒋士铨自然反对复古、泥古，反对依傍古人、落入古人窠臼。自言"不依傍古人，而为我之诗矣"。（《忠雅堂文集》卷二）蒋士铨认为泥于古人窠臼则死路一条，自开生面才有出路。他说："剽窃浮泛词，窃誉岂能长。其言本之根，夕萎奚足伤。"（《文字四首》其二）在《金桧门先生遗集后序》他说："墨守者多泥而室，诡遇者则肆而野。自古作诗者，本诸性识，发为文章，类皆自生面，各不相袭，变化神明与规矩之间。使天下后世玩其讴吟，可知其襟怀品诣之所在。人与言乃因之

---

① 上饶师专中文系历代作家研究室：《蒋士铨研究资料集》，江西人民出版社 1985 年版，第 253 页。

② 王镇远、邬国平：《清代文论选》，人民文学出版社 1999 年版，第 553 页。

而不朽。"他主张"扫除窠臼，结构性真，顿挫淋漓，直达所见。"① 所以说，蒋士铨反对泥古守旧跟其力主性情的诗学主张是一脉相承的。在具体评论前代的诗人诗作时，他也是本着这一立场来展开的。如他反对前后七子的复古模拟倾向，如评李梦阳"峨峨空同山，俯视意不屑。如何干将锋，竟为补履缺。对山能救我，终愧凌霄节"。虽为"干将锋"、"凌霄节"，却终为"补履缺"，实即批评他意在复古补漏而无开山拓土的创新之功。又评何景明"信阳俊逸人，巾带含风流。口吸金掌露，清气乾坤留。老子侣韩非，毕竟非同俦"。虽为"俊逸"、"风流"之人，清气冲天地，想与圣贤同伍，但毕竟不能相提并论。又评李攀龙"优孟盛衣冠，自发蛟龙吟。吹笳白雪楼，不是黄钟音。盖棺论乃定，暴雨非商霖"。指质李攀龙为优孟衣冠了。蒋士铨甚至指质清代诗学的领军人物沈德潜、翁方纲诗论的弊端："后贤傍门户，摹仿优孟客……各聚无识德。奉教相推崇。"（《文字四首》）当然，蒋士铨反对复古，但并不主张一味追新逐异。所谓"守古而泥，标新而诞，未可与言诗也"。（《杜诗详注集成序》）②"守古而泥"固然不行，因为失去了真性情；一味"标新而诞"也不可，因为这样也失去了真性情。

明清时期，诗坛或宗唐或宗宋，各有所主，好不热闹。在学习前贤方面，蒋士铨主张兼学众长，而不独专于一家一派，也不独专于非唐则宋："唐宋皆伟人，各成一代诗。变出不得已，运会实迫之。"他批评那些固执一端的诗派，认为这是自设藩篱："奈何愚贱子，唐宋分藩篱。""寄言善学者，唐宋皆吾师。"（《辨诗》）在《金桧门先生遗集后序》中，蒋士铨也鲜明地表明了这一诗学主张："苟执唐宋之说，绳为低昂，互为诋消，是皆不能自立之士。"③ 蒋士铨之所以不专于唐或宋，也是与其"性情说"的诗学理念是相关的。不论唐宋，只要有真性情，他都喜欢。

三 "真人气"与"风云气"

与重性情的诗学主张相对应，蒋士铨在审美上崇尚自然和豪放诗风，即他自己所说的"真人气"与"风云气"。这是他在评高启和刘基的诗时

---

① 蒋士铨：《忠雅堂集校笺》，邵海青、李梦生注，上海古籍出版社1993年版，第1页。
② 同上书，第156页。
③ 同上书，第178页。

说的：“手开万卷弩，霸才原不世。老死隆中庐，中原几人帝。试登大将
坛，叱咤风云气。”（评刘基）“径尺无瑕璧，未雕而早碎。若使贡明堂，
自是琼璜器。笙鹤凌虚游，尚少真人气。”（评高启）刘基为明朝首辅大
臣，朱元璋南征北战，多由刘基策谋。史称“所为文章，气昌而奇”。这
跟他身经百战的人生经历和经天纬地的阔大心怀是分不开的，正如他在
《王师鲁尚书文集序》中称人云：“混一以来，七十余年，际天所覆，罔
不同风。中和之气，流动无间。得之而发为言，安得而不雄且伟哉！”①
刘基自己也有相同的人生经历和诗文体验，说别人在某种程度上他也在说
自己。蒋士铨对刘基的传奇人生和雄阔文风是颇为推赞的。而高启年少即
以诗名，《四库全书总目·大全集提要》说：“启天才高逸，实据明一代
诗人之上……然行世太早，殒折太速，未能熔铸变化，自为一家。”② 政
治上也自视颇高，若为当世所用，兴许能建立丰功伟业。这是蒋士铨颇为
感慨的。所为文章，尽管没有像宋濂那样歌功颂德，但对新朝也一再称
道。在蒋士铨看来，这是有违内心的，所以是少了“真人气”。以“气”
论人论诗文，并不是蒋士铨的首创。孟子就有“浩然之气”说，到曹植，
更以“气之清浊”来谈诗论文。以后，以“气”品诗论文成为中国文论
的既定理路，到清代已是司空见惯了。文之“气”由人之“气”所限定，
而人之“气”又是由人的先天之禀赋和后天之历练等综合因素而促成。
人之“气”是人之生命体征，而文之“气”则是文之生命体征，自然也
包括诗文作品的美学特征。蒋士铨所说的“真人气”与“风云气”，实即
对自然美和豪放美的崇尚。

　　有“真人气”的作品其美学特征必然是天工自然，也即率真自然美。
对率真自然的向往是中国文论恒久一贯的美学趋向。钟嵘《诗品序》就
说：“观古今胜语，多非补假，皆由直寻。”“自然英旨，罕值其人。”之
后，唐代李白的“清水芙蓉”说和宋代苏轼的“行云流水”说成为历代
文人言说自然的经典话头，也成为中国文论崇尚天工自然的标志性言论。
天工自然的前提是言说者直抒情志，做到言情一致，情志合一，也就是要
有“真人气”，不说假话、套话、违心的话。前面蒋士铨评高启的诗少了
“真人气”，即是这一点评理路。他在评清代王士祯的诗时也是嫌其真意

---

① 郭预衡：《中国古代文学史（第四册）》，人民文学出版社 1999 年版，第 17 页。

② 同上书，第 23 页。

不足:"兰麝绕珠翠,美人在金屋。若使侍姬姜,未免修眉蹙。唐贤临晋书,真意苦不足。"王士禛为清康熙年间"国朝六家"之一,与朱彝尊并称"南朱北王"。提倡"神韵"说,为一代文坛领袖。但身为"太平之幸民"(王士禛《古夫于亭稿自序》),歌咏帝力,粉饰太平也自是其不足。如美人粉黛,披珠挂翠,终是人工修饰的结果,少了一份天工真情。明代的公安三袁、竟陵派的钟惺、谭元春辈,倡性灵才情,为流俗所不齿,却深得蒋士铨的首肯,因为他们的诗文主张正合他的美学旨意:"公安倡邪说,竭力攻异端。可怜无识徒,随波扬其澜。鬼伯主瑜珈,长夜嗟漫漫。"(评袁宏道)① "蹒跚駈与蚤,步趋苦踯躅。蜗角蛟睫间,老死黑暗狱。诗人谈竟陵,无药能医俗。"(评钟惺、谭元春)② 在世俗人眼中,公安、竟陵是"邪说",当自然也不识其真髓处。由这些人把持的诗坛是"长夜嗟漫漫",真诗人也只有"老死黑暗狱"。这样的诗坛、这样的人当然是不可救药的。对公安、竟陵超拔群俗的肯定,实际上是自己崇尚情性、向往天工自然诗学的最好体现。

"风云气"也是中国众多文论家的一贯追求。如钟嵘、元好问都嫌晋人张华的诗风云气少,儿女情多。蒋士铨也欣赏雄浑阔大的诗风,他在《论诗杂咏三十首》中常用"天地""云霞""凌霄""黄钟""波涛""岭海""盖世""壮士""昆仑"等雄浑阔大的字眼,体现了他对雅音大曲的推赞。如"一代苏辛词,铁板铜弦响。漫登诗人坛,敝帚千金享。骈俪簇春旗,不是天龙仗"。(评陈维崧)③ 陈维崧为清初词的代表作家,其词才气横溢,风格近辛稼轩。如其词《点绛唇·夜宿临洺驿》,意境雄阔,有尺幅千里之势。又如"珮玉而琼琚,翩然贵公子。裘马亦复都,相如美容止。置之大雅堂,唐音尚铿尔"。(评顾晴沙)④ 顾晴沙出身世家大族,容貌赛过司马相如。本应多儿女气,但其诗出言典重,有盛唐气象。这样的诗风是蒋士铨所欣赏的。在表明他对诗之"风云气"的偏爱时,蒋士铨也毫不隐瞒他对"靡靡音"和"饾饤"小诗的嫌弃。如"位高而金多,势尽草木腐。谁谓靡靡音,不畏雷门鼓。附庸称子男,亦自列

---

① 王镇远、邬国平:《清代文论选》,人民文学出版社1999年版,第552页。
② 同上。
③ 同上。
④ 同上书,第553页。

茅土"。（评宋绵津）① 又如"饾饤织古锦，方幅特板重。钝根学神仙，天马终难控。逐节写修篁，焉能集鸾凤"。（评厉鹗）② 字里行间不难看出他对软弱琐碎诗风的蔑视。

　　前人对蒋士铨的戏曲、诗文创作重视较多，而对其文学理论特别是其诗学思想探讨不够。这一研究状况跟蒋士铨在诗学史上的地位是不相称的。

---

① 王镇远、邬国平：《清代文论选》，人民文学出版社 1999 年版，第 552 页。
② 同上书，第 553 页。

第三章 "肌理说"与宋明理学

清代前中期有四大诗学流派，翁方纲的"肌理说"居其一。前人关于"肌理说"的思想渊源多限于文学领域寻找线索，甚至远推至刘勰的《文心雕龙》"擘肌分理，惟务折衷"。① 这有一定的道理，但这毕竟是今天学者的推测而已，因为翁方纲的诗文中并没有谈及自己的思想与《文心雕龙》关系的任何文字。翁方纲的"肌理"之"理"远非文学界内能说清楚，我们必须跳出文学界域来思考这个问题。我们翻阅翁方纲所撰《复初斋文集》可知，翁方纲在大量文章中谈及宋明理学，明辨"义理之理"与"文理之理"。我们认为，翁方纲的"肌理说"是清儒反思明代空疏之学特别是阳明后学的大环境中，在区分宋学与汉学的思考中上推及程朱理学而提出的诗学思想。而反对空疏、尊崇朴实的思想落实于诗学，则是检点王士祯的"神韵说"、沈德潜的"格调说"之得失，最终形成与同时期的袁枚"性灵说"相异趣的"肌理说"。翁方纲的"肌理说"的思想渊源与宋明理学有密切关系。

一　汉学与宋学

梁启超《清代学术概论》论及清代学术风气变幻时说，

> 顺治、康熙间，承前明之遗，夏峰、梨洲、二曲诸贤，尚以王学教后辈，门生弟子遍天下，则明学实占学界第一之位置。然晚明伪王

---

① 如王运熙、顾易生主编，邬国平、王镇远著的《中国文学批评史（清代卷）》是这样说的："就文学批评本身而言，以'肌理'一词论诗文也有其渊源，以'肌理'论文的例子最早可以追溯到《文心雕龙》，其《序志》中有'擘肌分理，惟务折衷'的话，即以'肌理'指文学作品中细微具体之处。翁方纲虽未曾直接在他的著述中提及《文心雕龙》对他的影响，然翁氏受业于黄叔琳之门，而黄正是清代屈指可数的《文心雕龙》研究专家，翁氏受他在这方面的熏染是可想而知的。"

学猖狂之习，已为社会所厌倦，虽极力提倡，终不可以久存，故康熙中叶遂绝迹。时则考据家言，虽始萌芽，顾未能盛。而时主所好尚，学子所崇拜者，皆言程、朱学者流也，则宋学占学界上第一之位置。顾亭林日劝学者读注疏，为汉学之先河。其时学者渐厌宋学之空疏武断，而未能悉衷于远古，于是借陆德明、孔冲远为向导，故六朝、三唐学实占学界上第一之位置。惠、戴学行，谓汉儒去古最近，适于为圣言通羲象，一时靡其风，家称贾、马，人说许、郑，则东汉学占学界上第一之位置。庄、刘别兴，魏、邵继踵，谓晚出学说非真，而必溯源于西京博士之所传，于是标今文以自别于古，与乾、嘉极盛之学派挑战。抑不徒今文家然也，陈硕甫作《诗疏》，亦申毛黜郑，同为古学，而必右远古，郑学日见掊击。而治文字者，亦往往据鼎彝遗文以纠叔重，则西汉学占学界第一之位置。乾、嘉以还，学者多雠正先秦古籍，渐可得读。

综其意思，有清一代之学术主脉即汉学与宋学之争议与轮替。[①]　翁方纲生处乾、嘉年间，这一时期学界变迁之状况也主要是汉宋问题。翁方纲作为期间的一个扛鼎儒林人士，对这一关乎学界风尚走向的重大问题有自己的认真思考。

时代的学术思潮促使翁方纲思考汉学与宋学问题。而翁方纲与宋明理学之所以产生关系，更直接的则是与他的人生经历有关系。在他几十年的仕途生涯中，曾多次在江西、广东等地做官，两地都是宋明理学的兴盛之地。两地都有不少宋明理学大师们的行迹。乾隆二十四年翁方纲任江西副考官，五十一年任江西督学，政务之余，拜谒过周敦颐、朱熹、王阳明等人的行迹，有诗文。在《爱莲堂记》一文，翁方纲说到了他走访九江爱莲堂的情景。他说："岁己酉予按试九江，访濂溪周子爱莲之堂，时与门人谢启昆游鹿洞，和其《白石山房诗》，即东坡为李常兄弟作记者也。予因慨然想见昔人读书之勤，与名贤堂相照而李常兄弟皆以文学扬历出为名臣，每伫思五老峰下徘徊不能去。"[②]　关于《爱莲说》的作地学界尚有争

---

①　梁启超撰《清代学术概论》，夏晓虹点校，中国人民大学出版社 2004 年版，第 119—120 页。

②　翁方纲撰《复初斋文集》卷四，清李彦章校刻本。

议，这个我们在这里先搁置不议。我们要说的是，翁方纲触及周敦颐行迹后，引起了他对这位道学开山之祖及理学相关问题的思考，这是无可争议的。翁方纲曾有《王文成纪功石刻》一诗，"如许磊磊照天地，姚江忍更区渭泾"。颂扬王阳明功德的同时，自然会对其思想有所思考。而在另一首《白鹿洞书院示诸生》中说："忠孝紫阳规，心性甘泉语。所基于大学，诚意为之主。格致迫修齐，至善其闲矩。"① 则完全是程朱理学的诗语口吻。

乾隆二十九年，翁方纲任广东督学。凡三任，前后八年，来往广东、京城之间，多次经过赣州。翁方纲的得意门生谢启昆即江西南康苏坊乡人。翁方纲又与瑞金名士罗有高来往甚密，而罗于宋明理学多有领悟。经过赣州期间，翁方纲顺便拜谒过周敦颐、陈白沙、王阳明等人的行迹，有诗文。翁方纲作《陈白沙先生集序》称："君子所以学者为己而已矣，浑之天地万物皆为己也。为己则必无人己间尚有纤芥累者。有明白沙陈先生之学则可谓为己而无累者矣。"② 又有《题陈白沙葵山小睡诗墨迹即次其韵》《再题白沙碧玉图仍用前韵》《陈白沙诗草卷二首》等诗，表明他对陈白沙"为己之学"的体悟。作《跋中州文献册》，讨论了孙夏峰、汤文正、耿逸庵三先生手札，称他们三位皆"理学大师"。③ 在《裴鹤峰观莲图序》，翁方纲回忆做广东学政时与理学的因缘："往年予视东粤学，与吉水裴子鹤峰论文于药游之上，洲有爱莲亭。周子提刑广南时种爱莲处也。鹤峰绘为观莲之图，一时宾友唱和成什。以周子爱莲虽不言其地，而以山谷之文证之，吴兴施元之东坡诗注则以庐山莲花峰有溪合于溢江。故取营道所居濂溪以为名也。"④ 在广东，翁方纲又一次与理学开山之祖神遇，对他的思想自然有所思考。翁方纲曾作《王文成奏疏墨迹残稿跋》《跋王文成家书》，对王阳明的有关思想有所梳理。其《书放翁与杜敬叔手札后四首》有"姚江讲学派，渐演为江门。何至击壤习，白沙又定轩。韩公骋怪奇，锦囊宁足论"。⑤ 说明翁方纲对阳明心学的承延流变轨迹有

① 翁方纲撰《复初斋诗集》卷三十四，清李彦章校刻本。
② 翁方纲撰《复初斋文集》卷三，清李彦章校刻本。
③ 同上。
④ 同上。
⑤ 翁方纲撰《复初斋诗集》卷六十八，清李彦章校刻本。

清楚的认识。

翁方纲一生推重宋明理学，跟当朝皇上乾隆帝的文化取向也有关系。乾隆帝最为敬重的老师有三人：福敏、朱轼和蔡世远，这三位都是当时最为有名的理学大师。受三位理学家老师的教育，乾隆一生言行仍不出程朱理学的牢笼。① 因为这一缘故，乾隆帝对同样尊崇宋明理学的翁方纲的学问评价为"牙拉赛音"（意为汉语"甚好也"）。② 皇上的尊崇自然影响臣子的喜好，翁方纲也不例外。可以说，崇宋明理学是翁方纲一生得到皇上恩宠的重要动因。

时代的学术氛围、个人的仕途经历和当朝皇上的尊崇使得翁方纲思考汉学与宋学的问题，并终其一生推重宋学。这里又分两个层面，一是汉学与宋学，二是程朱理学与阳明心学。先说第一层面的问题。梁启超《清代学术概论》说，清代学术全盛时期，惠栋、戴震、段玉裁、王念孙、王引之等人为正统派，"为考证而考证，为经学而经学"。"其治学根本方法，在'实事求是''无征不信'。""而引证取材，多极于两汉，故亦有'汉学'之目。"③ 与"正统派"异趣，翁方纲推崇宋学。关于汉学与宋学，翁方纲认为，汉学与宋学之间有可通者，有不可通者。其《书别次语留示西江诸生》："九月九日诸生饯予于北兰寺，归饭于蕴山苏潭之鸿雪轩。与习之论诸经汉学宋学之不同，愚意专守宋学者固非矣，专鹜汉学者亦未为得也。至于通汉宋之邮者，又须细商之。盖汉宋之学有可通者，有不可通者。以名物器数为案，而以义理断之，此汉宋之可通者也。彼此各一是非，吾从而执其两用其一则慎之又慎矣。且一经之义与某经相经纬者，此经之义与他经相出入者，执此以为安之，彼而又不安也，则不能不强古人以从我者有矣。"④ 汉学与宋学，翁方纲认为，一则"以名物器数为案"，此为考据之学；二则"以义理断之"，此为义理之学。但两者都围绕"经"展开，这一点是共通的。翁方纲不主张单执一端，而是"执其两用其一"。在另一篇文章《易汉学宋学说答陈硕士》，翁方纲则以具

---

① 戴逸撰《乾隆帝及其时代》，中国人民大学出版社 1992 年版，第 76—77 页。

② 稿本翁方纲撰《家事略记》。

③ 梁启超撰《清代学术概论》，夏晓虹点校，中国人民大学出版社 2004 年版，第 134—135 页。

④ 翁方纲撰《复初斋文集》卷十五，清李彦章校刻本。

体事例来说明汉学与宋学各自的优长和不足处：

> 硕士为山木易注序，以山木治易本于程朱。谓今人因资州集解以演测荀虞，不如求诸程朱，此固然已。然此论不惟不足以餍演测汉学者之心也。抑且愈以张演测汉学之说。何以言之？凡今言易欲演测荀虞者，岂其欲求适于圣人之道欤？特嗜博以炫于人而已。今谓其不及程朱之入理，彼将曰汉学自有深秘奥理学之云哉。且荀虞诸家征实处亦实有宋儒所未及者。昔常熟毛氏镆诸经注疏序之者，乃谓儒林与道学分而传注笺疏无复遗种，是诚欲判汉学宋学为二途矣。汇梓经说者，于易则资州李氏，于春秋则江阳杜氏，于礼则昆山卫氏。盖古经说多赖以存者，杜之于春秋则偶系以己意，卫则于礼皆据前言也。李虽于易亦有附己意者，而每同一简中二说歧出，特并存以供采择焉尔……夫理至宋儒而益明，训辞至宋儒而益密，然而古训故有必不可改者，宋儒自恃理明而径改之，是则援议者以考辨之端矣。然荀虞之于易，又非毛郑之于诗可例观也。古训故则有必不可改者。若荀虞非训故比也。此当就王弼之舍象变与汉儒之执象变平心择之，亦实有荀虞撼据极当者王注不及，知即程朱亦未及详也。若此类者，吾尝取其一二条竟当宝汉学如球图矣……惟其然也，然后合诸宋儒之说理问津于入圣之路，则质诸东山堂室，孰为得其要欤？此则不待烦言而千古之指归定矣。是故欲伸朱子传义者，必先知古注之不可轻废，又必详考某条实朱子宋定之论。不泥不滞而后其说长也。然而程传之过泥大象，与朱传之过信先天方位，又焉得不谨记之？慎于尊程朱乃所以能尊程朱也。山木之于易犹是时文家言耳。昔尝与其仲子言而兹不具赘云。①

《易经》作为儒家经典之一，是汉儒宋儒解读的重要对象，翁方纲以此为例来说明汉宋之学的异同是很有说服力的。义理之学至宋儒而登峰造极，然"宋儒自恃理明"而径改古训中"必不可改者"，则失于主观武断，此其失也。翁方纲是尊崇程朱理学的，但他不是盲目地尊崇，所谓"慎于尊程朱乃所以能尊程朱"。本着这种并不盲目崇信宋儒的思想，翁

①　翁方纲撰《复初斋文集》卷十五，清李彦章校刻本。

方纲在《诗改异字笺馀序》一文批评那些"专守宋儒者"："后来专守宋儒章句者，则往往以《说文》《尔雅》为迂远不足稽也。"① 所以汉学与宋学各自的不足也是明摆着的，不能走向极端。翁方纲在《吴怀舟诗文序》说得明白："研理者喜深入而疏于博综，嗜博者又多骋奇秘而遗坦途。"②

以上翁方纲辨析了汉学与宋学之异同，而在宋明理学之中，又有程朱理学与阳明心学不同。对此，翁方纲也作了明辨。他在《跋中州文献册》说："汤文正耿逸庵之学皆本于夏峰，夏峰之学初何尝不溯原于姚江，然初不以议论开门户之习也。盖先生皆以躬行实践不为空谈性命之说，故非貌袭讲学者所能几及也。君子之于学也，求诸己而已。经术至宋儒而阐发义理日益精密，实则与考证训诂本一事也。河南二程子实启正学之脉，而今之考经义者必欲曲辨二程子未尝师事周子。又必谓太极图出于陈希夷，又或因辨陆象山、王阳明之学派而转谓程朱有涉于二氏，此皆嗜琐博之徒，非说经之正也。若孙汤耿三先生之学何尝有涉于朱陆异同之见乎？士生今日经术昌明之会，惟有恪守程朱以切己笃行为要，勿启嗜异之渐，庶不堕入讲学之流弊也欤。"③ 在翁方纲看来，程朱理学重躬行实践，"阐发义理日益精密，实则与考证训诂本一事"，这是他推崇程朱理学的根本原因。"躬行实践"和"考证训诂"正是翁方纲"肌理说"的精神实质，说明程朱理学才是"肌理说"诗学精神的根本源头。与程朱理学精神相反，阳明心学则空谈性命，甚至有"嗜异"之怪。两相比较，翁方纲取程朱理学之意甚明。翁方纲在《题俪笙小照四首》其三就说："今日词林来领袖，端凭旧学作根基。"并自注云："近日朴学考订家渐或不尽恪守程朱，故为院长题此而及之，非仅为新安吐气也。"④ 基于此，在《读李穆堂原学论》中，翁方纲对于推宗阳明心学的李穆堂"原学论"就进行了批评，指斥其非实学，"乃若穆堂之论则是所谓知而不能行者也"。⑤ 对于王阳明心学的批评，翁方纲在另一篇文章《姚江学致良知论》（上）有

---

① 翁方纲撰《复初斋文集》卷一，清李彦章校刻本。
② 同上。
③ 同上。
④ 同上书，卷六十七，清李彦章校刻本。
⑤ 同上书，卷七，清李彦章校刻本。

进一步阐明："姚江之学与朱子异，人皆知之。然所以谓良知之学与朱子异者，正以其不当以此诂《大学》之格致耳。阳明以致良知诂《大学》之格致，故必欲从旧本以诚意居先，是则《大学》欲诚其意者先致其知，致知在格物皆紊其次矣。"① 而在《与吴兰雪书二通》中，翁方纲更是对其弟子吴嵩梁说："阳明之主良知乃是误解《大学》之要义，其可以与孟子之言良知同日语乎？"②

以上我们谈到的是翁方纲明辨汉学与宋学，又明辨程朱理学与阳明心学，体现了翁方纲既崇古好学又重躬行实践的哲学思想，这一点对他的诗学思想的建构是影响很大的。我们可以从其明辨"神韵说""格调说"而提出"肌理说"看出这一思想渊源。

二　文理之理与义理之理

明辨了汉学与宋学，我们可以看出翁方纲的哲学思想的根本特点和基本理路。但哲学思想毕竟不同于诗学思想，两者毕竟分属不同的学科领域。这里有一个问题就产生了，作为其哲学思想的"义理之理"与作为其诗学思想的"文理之理"有没有关联呢？我们的回答是肯定的。在翁方纲看来，作为其思想体系一部分的诗学思想只是这根本思想的具体体现而已。这也是我们把翁方纲"肌理说"的思想源头推至宋明理学的关键。

关于学问之类别，翁方纲在《陈南麓先生北园集序》有所谓"性道之学""经济之学""词章声律之学"的区分。③ 理学是"性道之学"，诗学则是"词章声律之学"，两者是分属不同类别的。《吴怀舟诗文序》："有义理之学，有考订之学，有词章之学，三者不可强而兼也。"也强调三者的不同。但同文又说："东乡吴生之文论者，推本其乡人以为直接艾千子也。夫文何流派之有，衷于经而已。逮者丹阳彭晋函为文深至入理，可谓抉经之心者。"④ 这里又指出，文之至理是"衷于经"的，也就是作为"词章声律之学"的诗学与作为"性道之学""义理之学"的理学在根本处是相通的。所以《蛾术集序》说："士生今日经学昌明之际，皆知

---

① 翁方纲撰《复初斋文集》卷七，清李彦章校刻本。
② 同上书，卷十一，清李彦章校刻本。
③ 同上。
④ 同上。

以通经学古为本务，而考订诂训之事未可判为二途。"① 各类学问，表面上千差万别，但根本处是相通相贯的。

翁方纲关于诗学之理与义理之理相通相贯论述最为详明的是《志言集序》一文。他说：

> 昔虞廷之谟曰："诗言志，歌永言。"孔庭之训曰："不学诗，无以言。"言者，心之声也。文辞之于言，又其精者。诗之于文辞又其谐之声律者。然则在心为志，发言为诗，一衷诸理而已。理者，民之秉也，物之则也，事境之归也，声音律度之矩也。是故渊泉时出察诸文理焉，金玉声振集诸条理焉，畅于四支发于事业美诸通理焉。义理之理即文理之理即肌理之理也。韩子曰："周诗三百篇，雅丽理训诰。"杜云："熟精文选理。"曩人有以杜诗此句质之渔洋先生，渔洋谓："理字不必深求其义。"先生殆失言哉。杜牧之序李长吉诗亦曰："使加之以理奴仆命骚可也。"今之骋才藻貌为长吉者，知此乎不惟长吉也。太白超绝千古固不以此论之，然后人不善学者，辄徒以驰纵才力为能事。故虽以杨廉夫之雄姿而不免诗妖之目，即以李空同、何大复之流，未尝不具才力而卒以剿袭格调自欺以欺人。此事岂可强为，岂可假为哉。士生今日，经籍之光盈溢于世宙，为学必以考证为准，为诗必以肌理为准。记曰："声相应，故生变成方谓之音。"又曰："声成文谓之音，声音之道与政通矣。"此数言者，千万世之诗视此矣。学古有获者，日览千百家之诗可也。惟是检之，于密理约之于肌理则窃欲隅举焉。于唐得六家，于宋金元得五家，钞为一编。题曰："志言时以自勉，亦时以勉各同志，庶几有专师现时无泛骛也欤。"

在这里，义理之理、文理之理、肌理之理是完全对等和贯通的。这种对等和贯通是精神与实质的对等与贯通。翁方纲把"理"推至世间万事万物的根本立足点和根本运行规则，也是人伦道德的基本规范，甚至是军国大事的基本要义。落实到根本处来理解"理"，自然理通天地万物。在

---

① 翁方纲撰《复初斋文集》卷十一，清李彦章校刻本。

这一点上，翁方纲是对的。但翁方纲之所以要论述世间万事万物理之相通，是要以程朱理性道之理统摄万事万物，在目的论上是与其封建士大夫身份相符的。

翁方纲另一篇论述"文理之理"与"义理之理"关系的文章是《理说驳戴震作》，这是一篇与戴震论辩的文章。戴震推崇汉学，力诋程朱理学，谓其理"是密察条析之谓，非性道统挈之谓"。戴震的观点在当时影响很大，许多学人参与论争。翁方纲《与程鱼门平钱戴二君议论旧草》对此有所记载。① 对此，翁方纲有自己的观点，于是有下述这篇著名的论理文章：

> 近日休宁戴震一生毕力于名物象数之学，博且勤矣，实亦考订之一端耳。乃其人不甘以考订为事而欲谈性道以立异于程朱，就其大要则言理，力诋宋儒以谓理者是密察条析之谓，非性道统挈之谓。反目朱子性即理也之训，谓入于释老真宰真空之说，竟敢刊入文集说理字至一卷之多。其大要则如此，其反复驳诘牵绕，诸语不必与剖说也。惟其中最显者引经二处，请略申之。一引《易》曰："易简而天下之理得矣，天下之理得而成位乎其中矣。"试问《系辞传》此二语非即性道统挈之理字乎？成位乎其中者，谓易道也，则人之性即理无疑者也。对上贤人之德、贤人之业，则此句理字以人所具性道统挈言之更无疑也。此处正承天地定位而言，易之成位乎其中，岂暇遽以凡事之滕理条理言耶？此不待辨而明者也。再则又引《乐记》曰："人生而静，天之性也。感于物而动，性之欲也。物至知知，然后好恶形焉。好恶无节于内，知诱于外，不能反躬，天理灭矣。"此句天理对下人欲，则天理即上所云天之性也。正是性即理也之义。而戴震转援此二文以谓皆密察条析之理，非性即理之理。盖特有意与朱子立异，惟恐人援此二文以诘难之，而必先援二经语以实其密察条析之说，可谓妄矣。夫理者，彻上彻下之谓性道统挈之理，即密察条析之理无二义也。义理之理即文理肌理滕理之理无二义也。其见于事，治玉治骨角之理即理官理狱之理无二义也。事理之理即析理整理之理无二义也。假如专以在事在物之条析名曰理而性道统挈处无此理之名，则《易

---

① 翁方纲撰《复初斋文集》卷七，清李彦章校刻本。

系辞传》"易简而天下之理得矣"。《乐记》"天理灭矣"。即此二文先不可通矣。吾故曰："戴震文理未通也。"《乐记》此段下，愚既略附记矣。《易传》首章下则不敢也。是以别录此篇题以驳戴震岂得已哉。①

这篇文章与前述《志言集序》一样，在翁方纲看来，理统万物，文理之理通义理之理，这一思想理路与程朱理学的观念是相通的。也就是说，程朱理学的思想理路就是翁方纲"肌理说"诗学思想的思想理路。

翁方纲认为，探讨义理之理与文理之理的路径和方法也是相同的，那就是考订。这里且说考订与义理之理的探讨。翁方纲《自题勘诸经图后》说："考订之学何以专系之经也，曰考订者为义理也。其不涉义理者亦有时入考订。要之，以义理为主也。"② 翁方纲还有一组《考订论》文章，全面阐述了他的考订论思想。他说："考订之学以衷于义理为主。"③ "有训诂之考订，有辨难之考订，有校讐之考订，有鉴赏之考订。古之立言者，欲明义理而已，不知后之人有考订也。古之为传注者，欲明义理而已，不知后之人有考订也。"④ 在《与陈石士论考订书》翁方纲也表达了同样的意思："夫考订之学何为而必欲考订乎？欲以明义理而已矣。"⑤ 一句话，"考订之学以义理为主"。⑥ 考订是手段，目的是义理。在翁方纲看来，义理之理的探讨如此，诗学之理的探讨也是这样。下面我们就说这个问题。

三　以学为诗与以禅喻诗

前面我们说了两个问题，一是翁方纲明辨汉学与宋学，翁方纲推崇程朱理学，接受其思想理路。二是翁方纲认为文理之理通义理之理，两者是对等的，也就是说，理学的思想理路可以贯穿于诗学思想之中。基于上述两点，我们完全可以得出结论，即翁方纲"肌理说"的思想源头是程朱

---

① 翁方纲撰《复初斋文集》卷七，清李彦章校刻本。
② 同上。
③ 同上。
④ 同上。
⑤ 同上。
⑥ 同上。

理学。当然，翁方纲"肌理说"的诗学思想是本着程朱理学的基本精神，在明辨前人诗学思想得失、结合时代诗学思潮的基础上提出来的。秉承程朱理学的思想理路，翁方纲主张诗歌以学问为根，体现了程朱理学崇古尚学、重考订的思想理路，其"肌理说"的一个根本要义就是"以学为诗"。翁方纲又重躬行实践的实学，体现他反对阳明心学空谈性灵的思路。落实于具体的诗学，翁方纲修正了王士禛的"神韵说"和沈德潜的"格调说"。他认为这一路都是"以禅喻诗"，诗学由此空泛而不着实。翁方纲的"肌理说"正是在这一破一立中提出来的。①

　　由义理之理进而明辨文理之理，翁方纲在《杜诗精熟文选理理字说》体现了这一思路。翁方纲首先就对宋代严羽以来的"以禅喻诗"的诗风提出了批评：

　　　　自宋严仪卿以禅喻诗，近日新城王氏宗之。于是有不涉理路之说，而独无以处夫少陵熟精文选理之理字，且有以宋诗近于道学者为宋诗病，因而上下古今之诗以其凡涉于理路者皆为诗之病，仅仅不敢以此为少陵病耳。然则孰是而孰非耶？曰非也。少陵所谓理者非夫击壤之流为白沙定山者也。客曰："理有二欤？"曰："理安得有二哉？顾所见何如耳？"杜之言理也，盖根极于六经矣。曰："斯文忧患哲垂象"，《系易》之理也。曰："舜举十六相身尊道何高？"《书》之理也。曰："春官验讨论"，《礼》之理也。曰："天王狩大白"，《春秋》之理也。其他推阐事变究极物则者，盖不可以指屈。夫大辂椎轮之旨，沿波而讨原者，非杜不能证明也。然则何以别开夫击壤之开陈庄者欤？曰："理之中通也，而不外露。故俟读者而后知之云尔。"若白沙定山之为击壤派也，则直言理耳，非诗之言理也。故曰："如玉如莹爱变丹青"，此善言文理者也。理者，治玉也，字从玉从里声。在于人则肌理也，在于乐则条理也。《易》曰："君子以言有物

---

　　① 翁方纲同里友人陆廷枢《复初斋诗集序》云："自渔洋取严沧浪以禅喻诗，谓诗有别才，非关学也。于是格调流于空疏，神韵沦于寥阒矣。吾友覃溪盖纯乎以学为诗者欤。"（翁方纲撰《复初斋诗集》卷一，清李彦章校刻本）张维屏《听松庐文钞》："先生生平论诗，谓渔洋拈神韵地字固为超妙，但其弊恐流为空调。故特拈肌理二字，盖欲以救虚也"（清咸丰四年赵惟濂羊城刻本，张维屏撰《松心诗录》）就透出其中消息。

理之本也。"又曰："言有序理之经也。"天下未有舍理而言文者。且
萧氏之为《选》也，首原夫孝敬之准式，人伦之师友。所谓事出于
沉思者，惟杜诗之真实足以当之，而或仅以藻绘目之，不亦诬乎？自
王新城究论唐诗三昧之所以然，学者渐由是得诗之正脉，而未免歧视
理与词为二途者，则不善学者之过也。而矫之者又或直以理路为诗，
遂蹈白沙定山一派，致启诗人之訾，则又不足以发明六义之奥而徒事
于纷争疑惑，皆所谓泥者也，必知此义然后见少陵之贯彻上下无所不
该学者。稍偏于一隅则皆不得其正，岂可以矜心躁气求之哉。但憾不
能熟精而已矣。①

　　翁方纲师出王士禛弟子黄叔琳，他对王士禛总的说来还是很推崇的。
《小石帆亭著录序》云："先生言诗窥见古人精诣，诚所谓词场祖述江河
万古者矣。"② 但他对王士禛的诗学思想"神韵说"则有保留意见。特别
是凭王士禛在诗坛的影响，"神韵说"在康熙、雍正朝诗坛形成了一脉不
尚学识积累、专宗空泛灵性的诗风，特别推崇严羽的"不涉理路"之说。
翁方纲由杜甫诗句"熟精文选理"引申开去，认为"天下未有舍理而言
文者"。当然诗之理要善于言之，此理已不同于理学家"直以理路为诗"。
翁方纲认为，杜甫之诗根基于六经，方是诗家正脉。翁方纲在《书何端
简公然灯纪闻后二首》其一说："性情与学问，处处真境地。法法何尝
法，佛偈那空寄？且莫矜忌筌，妙不关文字。"③ 翁方纲在另一篇文章
《韩诗雅丽理训诂理字说》中也表达了同样意思："理者，圣人理之而已
矣。"④ 诗成为代圣人立言的工具，这肯定是不对的。由此，翁方纲主张
多识前言往行："尝谓学者立言宜以圣人三言为法，曰多闻曰阙疑曰慎言
而已。多识前言往行多识于鸟兽草木之名此皆多闻之属也。罕言利命不语
怪力乱神此皆阙疑慎言之属也。"（《濠上迻言序》）⑤ 认为士人当以学养
为本："夫士以学养为归，以质厚为本，此读书立身之要。"（《三言诗

---

① 翁方纲撰《复初斋文集》卷十，清李彦章校刻本。
② 同上。
③ 同上书，卷六十七，清李彦章校刻本。
④ 同上书，卷十，清李彦章校刻本。
⑤ 同上。

序》)① 为诗为文当博通经籍："予尝谓为文必根柢经籍博综考订非以空言机法为也。"（《蒋春农文集序》)② 翁方纲论学问以圣人之旨为归，他甚至认为"诗者实由天性忠孝笃其根柢而后可以言情可以观物耳"。（《月山诗稿序》)③ 这是非常迂腐不堪的，这也是其所处时代所决定的。对此，我们可以搁置不谈，我们这里要说的是，其力主厚积博识，以学养为立身之本的思想还是抓住了"神韵说"、"格调说"的不足，只是他又走了另一极端而已，已是"抄书为诗"了。在思想渊源上也是显然受朱熹格物穷理的思想影响。④

除了以圣人经书为本，主张士人崇古尚学之外，翁方纲的"肌理说"还有一个要义，那就是论诗主着实，反对空洞无物。其《延晖阁集序》比较集中地阐述了这一思想：

　　诗必研诸肌理，而文必求其实际。夫非仅为空谈格韵者言也，持此足以定人品、学问矣。乃今于曹子俪笙诗文集发之。圣门善言德行则文章即行事也。《乐记》："声音之道与政通"，则文章即政事也。泥于法者，或为绳墨所窘；矜言才藻者，或外绳墨而驰。是皆不知文词与事境合而一之者也。俪笙于诗文自其家学已探粹密，比入词垣日校勘祕书，益进而窥古作者之原委，积今盖四十年矣。其力学之诚、敬业之勤由翰林以至端揆，恂恂寒素几案间无代笔之门客，以暇录其诗文成帙曰《延晖阁集》。敬识蒙恩赐阁延晖之额以名之。读斯集者第知其纪荣遇而其实即文章政事合一之义也。凡临事视若具文者用心必不诚，故其毅力不克勤以副之，是即为诗文徒袭格调而不得其真际者也。学者涵养深醇之候，与岁俱进，与日偕长，然后仰见延晖之义无微弗彻。诚以贯之，勤以永之，备诸体以综百家，是有准乎绳墨之上，而立乎格韵之先者。⑤

① 翁方纲撰《复初斋文集》卷十，清李彦章校刻本。
② 同上。
③ 同上。
④ 陈来：《宋明理学》，辽宁教育出版社 1991 年版，第 183 页：朱熹格物论的"方法程序则是'用力积累'与'豁然贯通'"。
⑤ 翁方纲撰《复初斋文集》卷四，清李彦章校刻本。

翁方纲认为，"神韵说"也好，"格调说"也罢，都是空谈，即所谓"徒袭格调而不得其真际者也"。他认为"文章即政事""文章政事合一"。翁方纲这种主实际反空洞的诗学思想体现在他的一系列论述中。如王渔洋主神韵，他认为盛唐诗皆兴象玲珑，翁方纲《重刻吴莲洋诗集序》则认为，盛唐诸作"皆真实出之者也""按之皆有实地"。① 《唐人律诗论》说："诗之理则实，如此而已矣。"② 《拟师说》曰："天下之学务实而已矣，古今之学适用而已矣。"③ 其诗《渭川梅梦图三首》也说："尔又三年归读书，试将诗境皆求实。"④ 本着这种"务实"、"适用"的诗学观点，翁方纲甚至认为"出处大节，人之本也，艺文其末也"。（《赵子昂论》）⑤ 为此，当他的得意弟子谢启昆出守扬州时，他甚至有以政务为要、十年不为诗的劝告。（《送谢蕴山之任扬州序》）⑥ 这些都体现出翁方纲"肌理说"以着实为本，反对空洞的诗学主张。⑦ 无论是以圣人经书为本，还是主张着实、反对空洞，在精神实质上都与其推崇程朱理学反对阳明心学的基本思想有关系。翁方纲在一首论诗绝句的注解里就说："盖未有不研经义而仅执不著理路不落言诠之说以为三昧者。"（《论诗家三昧十二首》其十）⑧

如前所说，翁方纲的肌理说是在明辨汉学与宋学、程朱理学与阳明心学的思想基础上，结合时代诗学思想的辨析而提出来的。具体来说，他评析了沈德潜的"格调说"和王士禛的"神韵说"。我们在前面的分析中引用过翁方纲其他文章的片言只语，在这方面，翁方纲更有两组文章有过系

---

① 翁方纲撰《复初斋文集》卷四，清李彦章校刻本。

② 同上。

③ 同上。

④ 同上书，卷十一，清李彦章校刻本。

⑤ 同上书，卷八，清李彦章校刻本。

⑥ 同上。

⑦ 翁方纲以实救虚的诗学主张招来后世诸多非议，此举数端：袁枚云："误把抄书当作诗。"（袁枚撰《小仓山房诗文集》，上海古籍出版社1988年版，第856页）朱庭珍《筱园诗话》卷三："翁以考据为诗，饾饤书卷，死气满纸，了无性情，最为可厌。"（郭绍虞编《清诗话续编》，上海古籍出版社1983年版）林昌彝《海天琴思续录》："覃谿诗患填实，盖长于考据者，非不能诗，特不可以填实为诗耳。以填实为诗，考据之诗也。"（清光绪福州刻本林昌彝撰《小石渠阁文集》卷五）我们此处搁置此主张优劣不论，只谈其思想渊源。

⑧ 翁方纲撰《复初斋文集》卷六十三，清李彦章校刻本。

统分析。一组是《格调论》系列，另一组是《神韵论》系列。翁方纲认为，沈德潜所谓"格调"与王士禛所谓"神韵"其实质是一回事。"渔洋变格调曰神韵，其实即格调耳。而不欲复言格调者，渔洋不敢议李何之失，又惟恐后人以李何之名归之，是以变而言神韵，则不比讲格调者之滋弊矣。然而又虑后人执神韵为是格调为非，则又不知格调本非，误而全坏于李何之泥格调者误之。"（《格调论》上）① 故我们可以把翁方纲对"格调""神韵"的态度放在一起来讨论。翁方纲认为，"格调""神韵"本是诗之固有特质，提出者也非自沈德潜、王士禛始："夫诗岂有不具格调者哉？《记》曰：'变成方谓之音，方者音之应节也，其节即格调也。'又曰：'声成文谓之音，文者音之成章也。其章即格调也。'"（《格调论》上）② "自新城王氏一唱神韵之说，学者辄目此为新城言诗之祕。而不知诗之所固有者，非自新城始言之也。"（《神韵论》上）③ "诗以神韵为心得之祕，此义非自渔洋言之也，是乃自古诗家之要眇处。古人不言而渔洋始明著也。"④ 翁方纲认为，要害之处当然并不在于是否用"格调""神韵"这样的概念，而是沈德潜所谓"格调"、王士禛所谓"神韵"并没有准确地理解自古诗中所固有的格调和神韵。首先沈德潜之"格调说"来源于明代李梦阳、何景明的相关理论。而李、何的格调论则是拘泥于外在的格调而无实际内容："诗之坏于格调也，自明李何辈误之也。李、何、王、李之徒泥于格调而伪体出焉，非格调之病也，泥格调者病之也。"（《格调论》上）⑤ 前后七子主"诗必盛唐"，但只是在外在形式上用功夫，并没有学到古人的真精神真意思。翁方纲说："凡所以求古者，师其意也。师其意则其迹不必求肖之也。"（《格调论》上）⑥ 乾隆三十九年正月二十五日，翁方纲于诗稿上书曰："五古，即用现在之实境，运以自己之真气而薄彩，格调取诸古人，但薄彩不可有心填砌，格调不可有心摹仿耳。"⑦ 说的也是同样的意思。翁方纲《石洲诗话》也说："盛唐诸公之妙，

① 翁方纲撰《复初斋文集》卷八，清李彦章校刻本。
② 同上。
③ 同上。
④ 同上。
⑤ 同上。
⑥ 同上。
⑦ 沈津：《翁方纲年谱》，台湾"中研院"中国文哲研究所 2002 年版，第 73 页。

自在气体醇厚，兴象超远。然但讲格调，则必以临摹字句以主，无惑乎一为李、何，再为王、李矣。"① 沈德潜承其弊也具有同样不足，而如前所说，王士祯所谓"神韵"实质上是沈德潜"格调"的同质异名而已，所以也具有同样的"虚"的毛病。要纠正两者的毛病则要往"实"的方向努力，这样自然而然提出了"肌理说"的诗学主张："然则神韵者是乃所以君形者也，昔之言格调者，吾谓新城变格调之说而衷以神韵，其实格调即神韵也。今人误执神韵似涉空言，是以鄙人之见欲以肌理之说实之。其实肌理亦即神韵也。昔之人未有专举神韵以言诗者，故今时学者若目神韵为新城王氏之学。此正坐在不晓神韵为何事耳。知神韵之所以然，则知诗中所自具非至新城王氏始也。"（《神韵论》上）翁方纲认为，他提出的"肌理"才真正地把握住了作为诗之本然的"格调"和"神韵"，而沈德潜"格调说"和王士祯的"神韵说"虽有"格调"、"神韵"之名，但并未真把握住诗之实体，而徒有其表而已。从这一思路我们可以看出，翁方纲本着批阳明心学和推崇程朱理学一样的理路来批沈德潜的"格调说"和王士祯的"神韵说"，从而树立起自己的"肌理说"的诗学思想。程朱理学不仅在思想内涵上建构起"肌理说"的哲学基础，而且在思维方式上也影响着"肌理说"，所以我们说，翁方纲与程朱理学有密切关联。张际亮认为翁方纲为代表的"肌理说"诗派是"学人之诗"，其特点是"其辞未必尽文，而其旨远于鄙倍；其意未必尽豪，而其心归于和平；其情未必尽往复，而其性笃于忠爱；其境不越于山水、花月、虫鸟、丝竹，而读其诗使人若遇之于物外者"。（《答潘彦辅书》）② 这一诗学品格与宋明理学的内在精神不无关联。与翁方纲同时代的袁枚既不从汉学，也不从宋学，"郑孔门前不掉头，程朱席上懒勾留"。（《遣兴》）③ 思想独树一帜，形成独具个性的"性灵说"。清代乾隆、嘉庆年间，肌理说与性灵说相映成趣，成为诗坛影响深远的两股诗学思潮。

---

①　翁方纲撰《石洲诗话》卷一，《清诗话续编》，上海古籍出版社 1983 年版，第 1370 页。

②　（清）张际亮：《思伯子堂诗文集》，王飚校点，上海古籍出版社 2007 年版，第 1348 页。

③　袁枚撰《小仓山房诗文集》，上海古籍出版社 1988 年版，第 933 页。

第四章　清代诗文之辨

我们中国古代文学理论的文体思想非常丰富，刘勰《文心雕龙》专设《体性篇》，唐代日僧遍照金刚《文镜秘府论》有《论体》篇，元代朱夏《答程伯大论文》就说"古之论文，必先体制而后工致。"① 明代吴讷《文章辨体凡例》也说："文辞以体制为先。"② 但学界对于文体的充分关注还是近些年的事，一时引起不少学人的兴趣。③ 辨体明性是古代文学理论的一大嗜好，其中原因可能是因为中国的文体太多，动笔之前有必要先理清楚门径。在这众多的文体当中，诗文之辨无疑是一大公案，钱钟书也曾饶有兴趣地说过一段颇有意思的话：

> 事实上，在中国旧传统里，"文以载道"和"诗以言志"主要是规定各别文体的职能，并非概括"文学"的界说。"文"常指散文或"古文"而言，以区别于"诗"、"词"。这两句话看来针锋相对，实则水米无干，好比说"他去北京"、"她回上海"，或者羽翼相辅，好比说"早点是稀饭"、"午餐是面"。因此，同一作家可以"文载道"，以"诗言志"，以"诗余"的词来"言"诗里说不出口的"志"。这些文体就像梯级或台阶，是平行而不平等的，"文"的等次最高。(《中国诗与中国画》)④

---

① 陶秋英编《宋金元文论选》，人民文学出版社 1984 年版，第 571 页。
② 蔡景康编《明代文论选》，人民文学出版社 1993 年版，第 76 页。
③ 王蒙富于激情地说："谢天谢地，现在终于可以研究文体了"，因为"文体是个性的外化。文体是艺术魅力的冲击。文体是审美愉悦的最初源泉。文体使文学成为文学。文体使文学与非文学得以区分"。(王蒙为童庆炳主编：《文体学丛书》所写的序言，云南人民出版社 1994 年版，第 2 页)
④ 钱钟书：《七缀集》，上海古籍出版社 1994 年版，第 4 页。

我们认为，钱钟书说"文以载道"、"诗以言志"是"水米无干"也不对，古人往往以"载道""言志"来区分诗和文的文体功能，这也是诗文之辨的要义之一。对于诗文之辨，中国古代文学理论在认识上也有相当的发展过程，大体上先混同模糊，后来才渐趋明晰，直到清代则呈现全面总结趋势，其思想归纳起来大致有以下三种看法。

一　诗文一体

在先秦两汉，文学都还没有独立，当然就更谈不上文体的细分明辨了。受这种从上古就有的大"文"观念的影响，在中国文学批评的相当时期内，"文"的观念并不是狭义的文学范畴，而是一个无所不包的泛化范畴。就是在刘勰的《文心雕龙》中，我们也随处可见这种理念的存在。甚至到隋代唐初，"文"也仍然是无所不包的。我们可以从李百药的《北齐书文苑传序》、姚思廉的《梁书文学传序》、房玄龄的《晋书文苑传序》、魏徵的《隋书文学传序》《隋书经籍志集部总论》、李延寿的《南史文学传序》等大型史书、类书的文学总论、序跋中看出这一点，如李百药的《北齐书文苑传序》说："夫玄象著名，以察时变，天文也；圣达立言，化成天下，人文也。"[1] 又魏徵的《隋书文学传序》云："然则文之为用，其大矣哉。"[2] 这种文体的观念表达，与刘勰的《文心雕龙》时期并无二致。宋人姚铉选曾选唐人文章编为一百卷，名《唐文粹》，"得古赋、乐章、歌诗、赞、颂、碑、铭、文、论、箴、表、奏、传、录、书、序，凡为一百卷，命之曰《文粹》"。[3] 而所谓诗，他认为有《唐诗类选》《英灵》《间气》《极玄》《又玄》等集，故不选收。从此，也可见其文体观念。上述"乐章""歌诗"也是诗之最早体式，可见，在文学之早期，诗文是不分的，越往后，体式的界分越严，清规戒律越多。这种大文学的观念影响深远，直至明清，我们仍不难看到这一观念的表白。

诗文一体说的一个重要阐释视角就是从文学的源头说开去，认为诗文同源。如宋代孙复《答张洞书》云："是故《诗》《书》《礼》《乐》

---

① （唐）李百药：《北齐书》卷四十五，中华书局1972年版，第601页。

② 周祖譔编选：《隋唐五代文论选》，人民文学出版社1990年版，第27页。

③ 陶秋英编《宋金元文论选》，人民文学出版社1984年版，第37页。

《易》《春秋》，皆文也，总而谓之经者也。"① 既然诗文同体，就不存在诗文之辨的必要，甚至有人认为文并没有严格区分。苏伯衡《空同子瞽说》："敢问文有体乎？曰：何体之有？《易》有似《诗》者，《诗》有似《书》者，《书》有似《礼》者，何体之有？"② 说到同根同源，所有的文字都毫不例外地混同一体，诗与文也一样。

　　唐代独孤郁则从诗与文皆言语这一基点立论，来说明诗文同一。其《辩文》说："是故在心曰志，宣于口曰言，垂于书曰文，其实一也。"③元好问《杨叔能小亨集引》也说："诗与文特言语之别称耳。有所记述之谓文，吟咏性情之谓诗，其为言语则一也。"④ 明初刘基《苏平仲文集序》说："文与诗同生于人心，体制虽殊，而其造意出辞，规矩绳墨，固无异也。"⑤ 李东阳《匏翁家藏集序》说："言之成章者为文，文之成声者则为诗，诗与文同谓之言，亦各有体而不相乱。"⑥ 这些人认为，诗文都是人说的话，诗文的区别是"末"，而在"言语"这个"本"是两者是相同的。这一思路类似曹丕《典论·论文》里所说的"文本同而末异"观点。

　　时至清代，仍然有人主张诗文一体。郑梁《四大家诗钞序》就说："诗文一也，诗不如文，则虽极工而不可以为大家。然而后世之论诗者，谓必不可以文作诗，稍用学识，涉事理，便诋之为破格。于是空梁春草之派，单行宇宙，目为诗家正宗。虽僻固狭陋之胸，亦时出其一联半句，以为诗有别肠，非文章家所能与；而文章家亦若以为别有授受，姑认焉而不敢与之抗。夫由其说以为诗，当其意得象先，神留言外，吾安敢谓其不工？然要是征夫怨妇，感时触物之佳者耳；使其登明堂，入清庙，陈'瓜瓞'、《公刘》之什，而咏《文王》《皇矣》之篇，吾恐其茫然张口，不能措一语也。"⑦ 他的话带有总结的性质，其要义就是诗文一体。虽然诗文一体说时有出现，但在整个中国文学批评史中，这一理论观点并不占

---

① 陶秋英编《宋金元文论选》，人民文学出版社 1984 年版，第 50 页。

② 蔡景康编《明代文论选》，人民文学出版社 1993 年版，第 46 页。

③ 周祖譔编选：《隋唐五代文论选》，人民文学出版社 1990 年版，第 268 页。

④ 陶秋英编《宋金元文论选》，人民文学出版社 1984 年版，第 450 页。

⑤ 蔡景康编《明代文论选》，人民文学出版社 1993 年版，第 27 页。

⑥ 同上书，第 90 页。

⑦ 王镇远、邬国平编选：《清代文论选》下册，人民文学出版社 1999 年版，第 385 页。

主流，特别是随着文学观念的独立，对于文体的区别明辨越往后越清晰，文体之间的界域也越森严。

二　诗文有别

在中国古代文学理论中，关于诗文不同的辨析是非常之多的，越到后来，区分越严。魏晋南北朝，文学走向独立，其中一个重要的标志，我们以为，就是对文体的细分明辨。突出的标志就是"文笔说"的提出，所谓有韵者文，无韵者笔，这就从形式上划清了诗与文的界限。诗要讲究平仄、押韵、偶对等韵律格式，而文则相对松散活泛。而从曹丕的《典论·论文》到陆机的《文赋》，从挚虞的《文章流别论》再到刘勰的《文心雕龙》的理论演进，我们更能清楚地看出这一点。刘勰的《文心雕龙》单列《明诗篇》、钟嵘的《诗品》更是独论诗体，更显出对诗体的重视，同时也说明，在作者的心中，诗体与文体的细分明辨是显而易见的事。后世对诗与文辨别，大致从以下角度切入。

（一）诗有常体，文无定规

诗歌的体式相对单纯，大体可分为古体和近体两大类。古体可分为五言古诗、七言古诗。近体分为律诗、绝句两大类，律诗分五言律诗、七言律诗和排律，绝句分五言绝句和七言绝句。古代诗话里对诗体也有一些分法较为细微，如元稹《乐府古题序》云："诗之为体，二十四名：赋、颂、铭、赞、文、诔、箴、诗、行、咏、吟、题、怨、叹、篇、章、操、引、谣、讴、歌、曲、辞、调，皆诗人六义之馀。"① 又如严羽《沧浪诗话》，诗体以时而论有"建安体"、"黄初体"之类，以人而论，有苏李体、曹刘体之别，又有选体、柏梁体、玉台体、西崑体、香奁体，有古体，有近体，有绝句，有杂言，有三五七言，有半五六言，有一字至七字，有三句之歌，有两句之歌，有一句之歌，有口号，有乐府，有楚词，有琴操，有谣，曰吟，曰词，曰引，曰咏，曰曲，曰篇，曰唱，曰弄，曰长调，曰短调。② 尽管也有一些细分，但相对单纯。文体的细分就繁杂得多。如明代徐师增《文体明辨》分文体127类，清代吴曾祺《涵芬楼古今文钞》分文体为213类，而清代张相《古今文综》竟将文体分为六部

---

① （清）何文焕辑《历代诗话》，中华书局1981年版，第395页。

② 同上书，第691页。

四百余体，可谓烦琐之极。① 所以明代王世贞《艺苑卮言》卷一："诗有常体，工自体中。文无定规，巧运规外。乐选律绝，句字复殊，声韵各协。下追填词小技，尤为谨严。《过秦论》也，叙事若传。《夷平传》也，指辨若论。至于序、记、志、述、章、令、书、移，眉目小别，大致固同。然《四诗》拟之则佳，《书》《易》放之则丑。故法合者，必穷力而自运；法离者，必凝神而并归。合而离，离而合，有悟存焉。"② 李东阳《镜川先生诗集序》说："诗与诸经同名而异体，盖兼比兴，协音律，言志厉俗，乃其所尚。后之文皆出诸经。而所谓诗者，其名固未改也，但限以声韵，例以格式，名虽同而体尚亦各异。"③ 屠隆《刘子威先生淡思集序》云："夫道之菁英为文，文之有韵为诗。"④ 也是从诗文体式入手谈其不同的。从有韵无韵来区分诗文，这是魏晋南北朝时期就有的区别方法。诗与文在体制格式上的区别是显而易见的，不需赘说。

（二）诗言情，文达意

诗文之辨的主要关注点是诗与文的文体功能，在这方面的明辨更能看出文论家的眼光和学理层次。明代杨慎《升庵诗话》卷十一拿杜甫说事，就提出诗与史的不同：

> 宋人以杜子美能以韵语纪时事，谓之"诗史"。鄙哉宋人之见，不足以论诗也。夫六经各有体，《易》以道阴阳，《书》以道政事，《诗》以道性情，《春秋》以道名分。后世之所谓史者，左记言，右记事，古之《尚书》《春秋》也。若诗者，其体其旨，与《易》《书》《春秋》判然矣。《三百篇》皆约情合性而归之道德也，然未尝有道德字也，未尝有道德性情句也。二南者，修身齐家其旨也，然其言琴瑟钟鼓，荇菜茉苢，夭桃秾李，雀角鼠牙，何尝有修身齐家字耶？皆意在言外，使人自悟。至于变风变雅，尤其含蓄，言之者无罪，闻之者足以戒。如刺淫乱，则曰"雝雝鸣雁，旭日始旦"，不必曰"慎莫近前丞相嗔"也；悯流民，则曰"鸿雁于飞，哀鸣嗷嗷"，

---

① 褚斌杰：《中国古代文体概论》，北京大学出版社 1990 年版，第 36、128、182、183 页。

② （清）丁福保辑《历代诗话续编》，中华书局 1983 年版，第 964 页。

③ 蔡景康编《明代文论选》，人民文学出版社 1993 年版，第 87 页。

④ 同上书，第 265 页。

不必曰"千家今有百家存"也；伤暴敛，则曰"维南有箕，载翕其舌"，不必曰"哀哀寡妇诛求尽"也；叙饥荒，则曰"牂羊羵首，三星在罶"，不必曰"但有牙齿存，可堪皮骨乾"也。杜诗之含蓄蕴藉者，盖亦多矣，宋人不能学之。至于直陈时事，类于诮讦，乃其下乘末脚，而宋人拾以为己宝，又撰出"诗史"二字以误后人。如诗可兼史，则《尚书》《春秋》可以并省。又如今俗卦气歌、纳甲歌，兼阴阳而道之，谓之"诗《易》"可乎？①

在他看来，六经有文体分工的不同，诗以道性情，史则重在记言记事，两者不能混同。因此，说杜甫的诗是诗史并不能说明他的诗艺高。李东阳对于诗文的文体区别也有细论，其《沧浪诗集序》曰："诗之体与文异，故有长于记述，短于吟讽，终其身而不能变者。""盖所谓有异于文者，以其有声律讽吟，能使人反复讽咏，以畅达情思，感发志气，取类于鸟兽草木之微，而有益于名教政事之大。必其识足以知其窔奥，而才足以发之，然后为得。及天机物理之相感触，则有不烦绳墨而合者。诗非难作，而亦不易作也。"②又其《春雨堂序》云："夫文者，言之成章，而诗，又其成声者也。章之为用，贵乎纪述铺叙，发挥而藻饰；操纵开阖，惟所欲为，而必有一定之准。若歌吟咏叹，流通动荡之用，则存乎声，而高下长短之节，亦截乎不可乱。虽律之与度，未始不通，而其规制，则判而不合。"③李东阳认为，诗之所长在"吟讽"、"情思"，文之所长在于"记述"、"铺叙"，两者的文体功能是"判而不合"的。对于诗与文的文体功能的不同，叶燮《南游集序》所说的观点比较全面："诗文一道，在儒者为末务。诗以适性情，文以辞达意，如是已矣，初未尝争工拙于尺寸铢两间。""诗言情，而不能诡于正，可以怨者也；文折衷理道，而议论有根柢，仁人之言也。"④一为"性情"或"情"，一为"意"与"理"，一言点破天机。吴乔撰《围炉诗话》认为文思与诗思有异："诗思与文思

---

① （清）丁福保辑《历代诗话续编》，中华书局1983年版，第868页。

② 蔡景康编《明代文论选》，人民文学出版社1993年版，第86页。

③ 同上书，第89页。

④ 王镇远、邬国平选：《清代文论选》上册，人民文学出版社1999年版，第264、265页。

不同，文思如春气之生万物，有必然之道；诗思如醴泉朱草，在作者亦不知所自来，限以一韵，即束诗思。唐时试士限韵，主司因得易见高下耳。今日何可为之耶？若又步韵，同于桎梏，命意布局，俱难如意。后人不及前人，而又困之以步韵，大失计矣！"① 大意是说，文思有理路可寻，而诗思无迹可求。在《答万季野诗问》，对于诗文之辨，吴乔又说了一段妙语："又问：'诗与文之辨？'答曰：'二者意岂有异？唯体制辞语不同耳。意喻之米，文喻之炊而为饭，诗喻之酿而为酒。饭不变米形，酒形质尽变。啖饭则饱，可以养生，可以尽年，为人事之正道；饮酒则醉，忧者以乐，喜者以悲，有不知其所以然者。'"② 究其实，也是从情与意来区分诗与文，文着意，有形而可见，诗主情，无迹而有神。

（三）诗为文之精

诗文之辨的潜在心理，有一层就是要区分谁尊谁卑。在古代文论的历史上，尊体和辨体一直是一个争论不休的问题。但就诗文两者来说，在中国文学批评史上几乎无异议，那就是诗尊文卑，诗体比文体的地位要更高更精妙。刘禹锡《董氏武陵集记》曰："诗者，其文章之蕴耶！"③ 也就是说，诗体是所有文体中之最精华。白居易《与元九书》说："人之文，六经首之。就六经言，《诗》又首之。"白居易《刘白唱和集解》又说："文之神妙，莫先于诗。"④ 在诸种文体中，诗体最为神妙，其意也与上述同。司空图《与李生论诗书》："文之难，而诗之难尤难。"⑤ 诗体是所有文体中的极品。宋末元初人刘将孙《胡以实诗词序》说："文章之初，惟诗耳，诗之变为乐府。尝笑谈文者鄙诗为文章之小技，以词为巷陌之风流，概不知本末至此。""声成文谓之音，诗乃文之精者，词又近。"⑥ 诗乃各体文的本源，也是众体之精者。明人苏伯衡《雁山樵唱诗集序》也是同样的意见："言之精者之谓文，诗又文之精者也，夫岂易言哉！"⑦ 明代李东阳《麓堂诗话》说："诗太拙则近于文，太巧则近于词。宋之拙

---

① 郭绍虞编选：《清诗话续编》，上海古籍出版社 1983 年版，第 486 页。
② （清）王夫之等：《清诗话》，上海古籍出版社 1978 年版，第 27 页。
③ 周祖譔编选：《隋唐五代文论选》，人民文学出版社 1990 年版，第 229 页。
④ 同上书，第 246 页。
⑤ 同上书，第 348 页。
⑥ 陶秋英编《宋金元文论选》，人民文学出版社 1984 年版，第 557 页。
⑦ 蔡景康编《明代文论选》，人民文学出版社 1993 年版，第 45 页。

者，皆文也；元之巧者，皆词也。"① 如此，诗、文、词几种文体，还是有尊卑高下之分的，诗歌要高于文。

（四）以诗为文、以文为诗皆非本色

诗文之不同，一个重要的区别之处就是各自的写作手法、艺术手段不同。用作诗的方法来作文和用作文的方法来作诗一样都非本色当行。陈师道《后山诗话》："黄鲁直云：'杜之诗法出审言，句法出庾信，但过之尔。杜之诗法，韩之文法也。诗文各有体，韩以文为诗，杜以诗为文，故不工尔。'"② 陈师道《后山诗话》："退之以文为诗，子瞻以诗为词，如教坊雷大使之舞，虽极天下之工，要非本色。今代词手，惟秦七黄九尔，唐诸人不逮也。"③ 严羽《沧浪诗话》批评江西派诸公"以文字为诗，以才学为诗，以议论为诗"，认为"诗道亦在妙悟"，诗有"别材"、"别趣"。此处"文字"、"才学"、"议论"，是"文"的主旨所在。宋代范晞文《对床夜语》卷二："萧千岩德藻云：诗不读书不可为，然以书为诗，不可也。老杜云：'读书破万卷，下笔如有神。'读书而至破万卷，则抑扬上下，何施不可，非谓以万卷之书为诗也。"④ 宋代范晞文《对床夜语》卷二："刘后村克庄云：唐文人皆能诗，柳尤高，韩尚非本色。迨本朝，则文人多，诗人少，三百年间，虽人各有集，集各有诗，诗各自为体，或尚理致，或负才力，或逞辨博，要皆文之有韵者尔，非古人之诗也。"⑤ 刘熙载《艺概·诗概》谓："文所不能言之意，诗或能言之。大抵文善醒，诗善醉，醉中语亦有醒时道不到者。盖其天机之发，不可思议也。"⑥ 正因为诗文写作各有套路，所以能兼善者也少，大家作手也不例外，如杜甫之文、曾巩之诗就有人以为不足。苏轼《记少游论诗文》就说："杜子美诗冠古今，而无韵者殆不可读；曾子固以文名天下，而有韵者辄不工。"⑦ 明代李东阳《春雨堂稿序》云："近代之诗，李杜为极，而用之于文，或有未备。韩欧之文，亦可谓至矣，而诗之用，议者犹有憾焉，况

① （清）丁福保辑《历代诗话续编》，中华书局1983年版，第1379页。

② （清）何文焕辑《历代诗话》，中华书局1981年版，第303页。

③ 同上书，第309页。

④ （清）丁福保辑《历代诗话续编》，中华书局1983年版，第3415—3416页。

⑤ 同上书，第3416页。

⑥ 郭绍虞编选：《清诗话续编》，上海古籍出版社1983年版，第2437页。

⑦ 陶秋英编《宋金元文论选》，人民文学出版社1984年版，第175页。

其下者哉!"① 清嘉庆八年六月，瞻园外史先福作《月满楼文集序》也说："古之工文者不必工诗，其工诗者又不尽工文，故六朝时有沈诗任笔之称，谓沈约工诗而任昉工文也，兼之者不綦难哉。有唐一代工诗者多，然惟昌黎柳州诗文双绝，杜子美诗圣也，而昔人诮其无韵之文殆不可读。宋元以后，自六一东坡半山诸公外，有偏至无兼至亦若是也。夫诗文一理，乃优于此者拙于彼，岂材力所限有不能兼营并进者耶。"② 尊体和破体是一对互为矛盾的统一体，"本色论""当行论"的理论基础往往是尊体，往往以固有的诗文体式为参照系。文学发展的根本要义在于创新，原有的诗文体式发展到一定程度，就要突破要创新，就要有新的艺术手法和审美要素出现。这种创新和突破往往受到"本色论""当行论"的批评指质。杜诗、韩文、苏词等就常常成为批评的对象。以上用例就说明了这点。当然也有不少理论家并不固守陈规俗套，他们往往欣赏新的审美要素的出现，不把破体当违规，而视破体为创新。

三 诗文相通

诗文虽体式各异，但其中规律是相通相协的。在刘勰时代，虽已有文笔之分，所谓有韵者文，无韵者笔，这就从形式上划清了诗与文的界限，但刘勰在具体用例中，诗文也经常是统而言之。在刘勰这里，天道、地道、人道相通相协，自然，诗道与文理也是相通的。一部《文心雕龙》，除"论文叙笔"是文体论之外，"文之枢纽""割情析采"和后面的《时序篇》《物色篇》《才略篇》《知音篇》《程器篇》《序志篇》，都是就各式文体统而言之的。其中潜在的意思，自然含有诗文有共同的理论基础和规律特征的意思在。就是到了诗文有严格区分的后世，关于诗文相通的说法也不计其数。

基于诗文相通相协的道理，有不少人就认为，诗文的创作手法和技巧也不是不可越雷池半步，相反，可以诗中有文，也可以文中有诗。杨万里《诚斋诗话》："诗句固难用经语，然善用者，不胜其韵。李师中云：'夜如何其斗欲落，岁云暮矣天无情。'又：'山如仁者寿，风似圣之清。'

---

① 蔡景康编《明代文论选》，人民文学出版社 1993 年版，第 89 页。
② （清）顾宗泰撰《月满楼文集》，嘉庆八年瞻园刻本。

又：'诗成白也知无敌，花落虞兮可奈何。'"① 说的是诗歌不尚用典用事，但如用得好也不妨，这与文的写作是一样的。宋代蔡梦弼《杜工部草堂诗话》卷一以杜诗韩文为例，如前所说，这两者在那些"本色"、"当行"派那里是有不少非议的："《扪虱新话》云：'韩以文为诗，杜以诗为文，世传以为戏。然文中要自有诗，诗中要自有文，亦相生法也。文中有诗，则句语精确，诗中有文，则词调流畅。谢玄晖曰：'好诗圆美流转如弹丸。'此所谓诗中有文也。唐子西曰：'古文虽不用偶俪，而散句之中，暗有声调，步骤驰骋，亦有节奏。'此所谓文中有诗也。观子美到夔州以后诗，简易纯熟，无斧凿痕，信是如弹丸矣。'"② 宋代曾季狸《艇斋诗话》也说："东坡之文妙天下，然皆非本色，与其它文人之文、诗人之诗不同。文非欧曾之文，诗非山谷之诗，四六非荆公之四六，然皆自极其妙。"③ 黄庭坚《与王观复书》则云："观杜子美到夔州后诗，韩退之自潮州还文章，皆不烦绳削而自合矣。"④ 明代王世贞《艺苑卮言》卷一以六经之间的相互含有现象来说明诗文相通的道理："《易》奇而法，《诗》正而葩。韩子之言固然。然《诗》中有《书》《书》中有《诗》也……《易》亦自有诗也……凡《易》卦爻辞象小象，叶韵者十之八，故《易》亦《诗》也。"他的结论是："文之与诗，固异象同则，孔门一唯，曹溪汗下后，信手拈来，无非妙境。"⑤ 明代谢榛《四溟诗话》卷二则以文学史上有名的作品为例，说明诗中有文、文中有诗的美妙："《扪虱新话》曰：'文中有诗，则语句精确；诗中有文，则词调流畅。'而引谢玄晖唐子西之说。胡氏误矣。李斯上秦皇帝书，文中之诗也；子美《北征篇》，诗中之文也。"⑥ 明代李东阳、陆时雍、谢榛也主张诗文相通之说。李东阳《麓堂诗话》曰："诗与文不同体，昔人谓杜子美以诗为文，韩退之以文为诗，固未然。然其所得所就，亦各有偏长独到之处。近见名家大手以文章自命者，至其为诗，则毫厘千里，终其身而不悟。然则

---

① （清）丁福保辑《历代诗话续编》，中华书局1983年版，第147页。

② 同上书，第205—206页。

③ 同上书，第323页。

④ 陶秋英编《宋金元文论选》，人民文学出版社1984年版，第183页。

⑤ （清）丁福保辑《历代诗话续编》，中华书局1983年版，第963、965—967页。

⑥ 同上书，第1167页。

诗果易言哉？"① 陆时雍《诗镜总论》云："青莲居士，文中常有诗意。韩昌黎伯，诗中常有文情。知其所长在此。"② 其中心意思就是说，以文为诗也好，以诗为文也好，只要用得巧用得妙就不是其短处，而是其长处。明代谢榛《四溟诗话》卷二谓："杜约夫曰：'六朝文中有诗，宋朝诗中有文。'"③ 就有两种文体互相包含的意思。

　　到清代，诗文相通的观点得到普遍认可。如徐枋《论诗杂语》："吾于诗学未下苦功，故每不敢易言诗。然诗文一也，其体则异，其理则同。今姑就吾之所见，浅而言之，何如？既赋长篇，首重章法，若章法未善，即字句极工，要未足以登作者之坛。而章法之失亦有二，段落不分，前后舛午，失在步骤；纯驳不一，雅郑杂陈，失在体裁。二者皆章法之病也，不可不审也。余尝谓作文有四炼：炼字、炼句、炼局、炼意。有意而后有局，所谓炼局者，即章法也。而字句之炼，诗视文为尤吃紧，然非必组绘雕琢然后为炼，有极淡极真而极炼者，更有极散而极炼者，亦有同一字义而用彼则炼，用此则不炼者，同一句法而于此则炼，于彼则不炼者，不可不审也，要在心知其故耳。"④ 在这里，徐枋就明确地提出了诗文"其体则异，其理则同"的观点。延君寿《老生常谈》也说："《郑群赠簟》一首，遇此等题，无可着议论，又作平韵到底，如何撑突得起？看其前面用'携来当画'云云，故作掀腾之笔以鼓荡之，便不平板；末幅'倒身甘寝'云云，作突过一层语以收束之，昌黎极矜心之作。前人有诮作者是以文为诗，殊不知诗文原无二理，文如米蒸为饭，诗则米酿为酒耳。如此突过一层法，即文法也，施之于诗，有何不可？唐人'知有前期在'一首，亦是此法。"⑤ 他也提出了"诗文原无二理"的看法。

　　在清代，诗文相通说还具体体现在创作观上。这时散文理论提出"起承转合"之说，这与诗歌的相关理论是相通的。元代杨载《诗法家数》讲诗要法就有"起承转合"之说，要求作诗要"文脉贯通，意无断续，整然可观"。⑥ 起承转合之说为明清八脉文借用而成八脉文法，乾隆

---

① （清）丁福保辑《历代诗话续编》，中华书局 1983 年版，第 1373 页。
② 同上书，第 1421 页。
③ 同上书，第 1167 页。
④ 王镇远、邬国平选：《清代文论选》上册，人民文学出版社 1999 年版，第 211 页。
⑤ 郭绍虞编选：《清诗话续编》，上海古籍出版社 1983 年版，第 1817—1818 页。
⑥ （清）何文焕辑《历代诗话》，中华书局 1981 年版，第 731 页。

初年袁若愚说："起承转合四字，原是诗家章法，时文反为借用。"① 康乃心对弟子们就说："唐诗与今制义酷同，不外起承转合之法，五六顿宕作转专利号殊多，发句结句，至不可苟。"② 黄中坚记其师虞岩语曰："作诗犹作文也。首句如起讲，须笼罩有势，次句如入题，须轻逸有情，项联作承，须确切；腹联作转，须推开；末二句作收，须挽足；通篇且有馀味，其间虚实相生，情景相关，在作者神而明之耳。"③ 冒春荣《葚原诗说》卷三也说："予尝谓诗律兼古文、时文法，听者若未深信。但见经生辈多有时文气，而作诗反不知用诗文之起承转合法，可发一笑。至其拘于声律，不得不生倒叙、省文、宿脉、映带诸法，并与古文同一关捩。是故不知时文者不可与言诗，不知古文者尤不可与言诗，动谓诗妨于文，不亦怪哉！"④ 怪才金圣叹指出："诗与文虽是两样体，却是一样法。一样法者，起承转合也。除起承转合，更无文法。除起承转合，亦更无诗法。"（《贯华堂选批唐才子诗序》)⑤ 这里，他把"起承转合"当作诗与文共有的根本大法了。

当然诗文在其他一些方面也是相通的。明代谢榛《四溟诗话》卷一："《馀师录》曰：'文不可无者有四：曰体，曰志，曰气，曰韵。'作诗亦然。体贵正大，志贵高远，气贵雄浑，韵贵隽永。四者之本，非养无以发其真，非悟无以入其妙。"⑥ 洪亮吉《北江诗话》卷二："诗文之可传者有五：一曰性，二曰情，三曰气，四曰趣，五曰格。" 由此，诗与文有共通之处。不过，这些方面已是一些细枝末节的讨论了。

文体之辨贯穿于整个中国古代文学理论，其中包含有丰富的文体学的知识和观点，而诗文之辨又是其中的重要话头，值得我们好好总结。

---

① （清）袁若愚：《学诗初例》卷首，湖北省图书馆藏乾隆二年刊本。
② （清）康乃心：《莘野文集》卷四《与门人》，中国社会科学院文学所藏稿抄本。
③ （清）黄中坚：《诗学问津自序》《蓄斋集》卷七，康熙刊本。
④ 郭绍虞编选：《清诗话续编》，上海古籍出版社1983年版，第1600页。
⑤ （清）金圣叹：《金圣叹全集》第4卷，江苏古籍出版社1985年版，第46页。
⑥ （清）丁福保辑《历代诗话续编》，中华书局1983年版，第1141页。

第五章　谢启昆

第一节　谢启昆的论诗诗研究

"以诗论诗"是具有鲜明的民族特色的诗歌理论形式，有别于"以文论诗"。以诗歌的形式去品评作家作品和揭示诗歌创作规律，言简意赅，蕴含丰富。这种体式滥觞于杜甫的《戏为六绝句》，中经金代元好问的《论诗三十首》的发展，到了清代，更是风起云涌，数量之多，实为中国诗学史上一大景观。人民文学出版社出版的郭绍虞、钱仲联、王遽常编《万首论诗绝句》四册计 1830 页，其中清代（含近代）篇幅多达 1636 页，占 89.4%，将近九千首①，可见其数量之繁富。不仅数量繁多，而且佳作迭起，王士祯、袁枚、赵翼、宋湘、张问陶等即是其中的佼佼者。乾隆时代的谢启昆也是其中非常突出的一位。据我们统计，谢启昆收入《万首论诗绝句》的论诗诗达 556 首之多，数量之巨，放在整个中国诗学史上也是首屈一指的。

一　生平及史识

谢启昆（1737—1802），字良璧，号蕴山，又号苏潭，江西南康人氏，是我国清代颇有影响的方志学家。乾隆辛巳年进士，官至镇江知府，浙江按察使，山西布政使，广西巡抚等职，一生为官清廉，政绩卓著，勤勉好学，著作甚丰，有《小学考》五十卷、《树经堂集》二十三卷、《西魏书》二十四卷，主编过《广西通志》二百八十卷，《南昌府志》二十四卷，辑有《山谷诗外集补》《山谷诗别集补》等，又助章学诚编《史籍考》五百卷。有《树经堂咏史诗》五百多首。

---

① 陈良运先生撰《中国诗学批评史》，江西人民出版社 1995 年版，第 557 页。

谢启昆以元好问继承者自居，他对元好问极为推崇，他评王士祯《五代诗话》曰："遗山绝句阮亭继，千古风骚得尚论。"虽为称赞王士祯之语，前提却是以元好问论诗绝句为准的。《读〈中州集〉仿元遗山论诗绝句》六十首中就有四首写元好问，推崇其人品、诗风，其中谈到其论诗绝句说："慷慨论诗句有神，苏黄以后导迷津。不逢沧海横流日，争识扶鳌立极人。"（论元好问其四）谢启昆的三组论诗诗鲜明标示"仿元遗山"几个字，如《读全唐诗仿元遗山论诗绝句》一百首、《读全宋诗仿元遗山论诗绝句》二百首、《读〈中州集〉仿元遗山论诗绝句》六十首，他论五代诗，论元诗，论明诗，虽未明言"仿元遗山"，其视角和方法却基本相同。所以说，谢启昆论诗，其论诗方法及诗学精神与元好问一脉相承。

谢启昆论诗有强烈的史学意识，一则他本人就有深厚的史学根底，二则谢启昆生当乾、嘉学风盛行时，耳濡目染，他的学风自然受其影响。关于乾、嘉学风，梁启超在《论中国学术思想变迁之大势》中说："有清学者，以实事求是为学鹄，饶有科学的精神，而更辅以分业的组织；惜乎其用不广，而仅寄诸琐琐之考据。"① 又谢启昆的坐师翁方纲提出"肌理说"，倡导作"学人之诗"。有这样的时代氛围和师承传统，谢启昆论诗论人有浓厚的史学意识已是势所必然了。谢启昆论诗，基本的特点是知人论世，论由史发，对于这一点，其弟子邵志纯说得很清楚：

> 吾师方伯谢公尝有《论唐诗绝句》一百首，近读全宋诗，又得《论诗绝句》二百首，选言居要，记事钩元……公之诵诗而论世，殆与史学相表里欤。夫论诗莫盛于遗山，而少陵集中"不废江河"、"别裁伪体"诸诗，实开其先。少陵号称诗史，而公之论诗，即公之所以论史；公之论史，亦即公之所以为政。公固不仅以诗见也。《论唐绝句》已编于前，因请编《论宋绝句》于《补史亭草》后，以寓诗通于史之义。《补史亭草》者，公补《西魏书》时所作也，抑公前后所作诗甚多，凡所论古人诗，虽散见各编，要皆可以诗史例之云。

---

① 梁启超撰《清代学术概论》，中国人民大学出版社 2004 年版，第 103 页。

嘉庆三年，秋七月受业仁和邵志纯谨识。①

"选言居要，记事钩元"，说的即是知人论世。这样的例子有很多，在全部五百多首诗中，极大部分诗都联系诗人生平事迹来展开论述，比如：

"万里投荒逐客孤，新诗一卷付官奴。楚天梦断黄鹂叫，自起开笼放鹧鸪。"（评柳宗元）

"居士寻诗墨未干，杏花消息雨声寒。谁言诗到苏黄尽，万里南行眼界宽。"（评陈与义）

"草履无完是逸民，高歌煮石鉴湖春。画梅千树诗千首，绕屋云生月满身。"（评王冕）

"退隐青丘自葆真，奇才何竟坐亡身？隔花犬吠知谁刺？不遇乌台雪罪人。"（评高启）

柳宗元因参与永贞革新，贬永州司马，十年后迁柳州刺史，在当时，永州、柳州都为蛮荒之地。陈与义在靖康之乱前，和当时许多诗人一样，都受江西诗派诗风影响，之后，他避乱南征五年之久，诗风悲壮苍凉。王冕因屡试不第，遂愤而焚文归隐于九里山，是一位以画梅著称的杰出画家，也是一个成就突出的诗人。高启自号青丘子，因作诗讥讽朝廷罢官，之后与知府魏观过往甚密。魏观因修改府治获罪，在抄检其家时发现了高启为他写的上梁文。明太祖大怒，将他腰斩于市。高启富于才情，可惜死得太早。从以上数例，我们不难看出谢启昆论诗诗"知人论世"的特点。"公之论诗，即公之所以论史"，"以寓诗通于史议"，说的是谢启昆的论诗诗，是一部诗史、一部韵文诗史。我们认为，《论诗绝句》之所以有诗史的特征，是因为作者基于丰富史实的基础上，从历史发展特别是中国诗歌史的宽广视野中来审视诗人诗作，把握住了历史的重要事件、重要人物及诗史进程的基本规律和主要线索。我们可以从这三个方面来认识谢启昆论诗诗的诗史特征。

---

① 郭绍虞、钱仲联、王遽常编《万首论诗绝句》，人民文学出版社 1991 版，第 4 册。本节涉及谢启昆的论诗诗均出自本书，不另注。

谢启昆论诗诗中谈到的诗人，据我们统计，唐代 85 人，五代 30 人，宋代 172 人，金 57 人，辽 19 人，元代 68 人，明代 96 人，基本上把由唐到明这一时期活跃在诗坛上有一定影响的诗人都包括进去了。范围之广，人数之多，前所未有。极大部分诗人用一首诗来评论，也有一些重要人物用了多首，其中两首的有元稹、杜牧、李商隐、杨亿、王安石、陈师道、范成大、杨万里、陆游、辽太祖、辽圣祖、辽兴宗等，三首的有梅尧臣、秦观、尤袤等，四首的有李白、杜甫、韩愈、白居易、欧阳修、黄庭坚、元好问等，五首的有辽天祚宗，最多的数苏轼，有八首之多。这些诗人都是诗歌史上成就卓著且产生巨大影响的人物。从唐代到明代，一部诗歌发展的历史脉络就勾勒出来了。一条历史的长河有宽有窄，有急有缓，有高峰浪尖，也有低谷潜流。谢启昆这样的选择就有点有面，有轻有重，而重点人物的选择又尤其能看出评论者的艺术眼光和审美判断能力。

谢启昆论诗注意围绕诗坛上的重要事件来展开。如"弄词未碍拟回波，岭表归来预宴多。声病休訾太严密，四家万古涌江河"。（评沈佺期）"四家"是指沈约、庾信、宋之问、沈佺期，在探索近体诗形式方面作过重要贡献，他们曾为唐诗高潮的到来做好艺术上的准备。"沧浪逋客论诗法，第一禅宗数盛唐。海内横流谁杰出，大乘法眼是苏黄。"（评严羽）严羽作《沧浪诗话》以禅论诗，推尚盛唐之音，批评江西派"以文字为诗，以才学为诗，以议论为诗"。"淋漓大笔侍彤廷，鲑菜盘空腕未停。留得浣花诗法在，谁云何李异门庭?"（评李东阳）在学古、拟古方面，何景明和李梦阳在精神上是一致的，但在具体方法上他们有过剧烈的争论，史称"何李之争"。从上述数例可知，谢启昆扣住了诗坛的重要事件。

谢启昆论诗不仅注重把握重要人物和重要事件，而且更重要的是他注意把握诗歌流程的基本规律和基本线索，这是他的论诗诗成为诗史的重要标志。这里且举数例以说明之：

> 《诗经》中许多诗反映当时淳朴的民风，谢启昆说："三百风诗未就删，流传濮上与桑间。"（评庄咏）李杜诗歌，千古流芳，谢启昆曰："李杜光芒万丈长，乾坤刻划摆雷硠。"（评韩愈）白居易诗歌，语言平易，老少传唱，谢启昆评曰："鸡林争售香山句，老姬能为学士歌。"（评白居易）"名士西江南北宋，前三洪与后三洪。"

（评洪适）说宋代江西才子多。"切响唐诗少继声，四灵同擅永嘉名。"（评徐照）说永嘉四灵学晚唐诗风。而"风碎鸟声花影重，晚唐诗格极纤浓"。（评杜荀鹤）说的是晚唐诗风特点。"宋季文衰换剡源，白岩山舍乱离存。"（评戴表元）评宋末文坛。"诗因文掩袭元风，史馆名应轶子充。"（评宋濂）评的是宋濂对元诗的继承。"清庙泠泠锦瑟弦，漫推何李抑徐边。"（评边贡）评的是复古诗风对明前、明中叶诗坛的统治等，都紧扣诗歌发展的脉搏，把握了诗歌发展的基本线索。

以上我们从三个方面认识谢启昆论诗诗的特征，读其诗，犹如漫游在诗歌的历史长河中去观赏其中无尽的风景。

二　诗学发展观

唐诗无疑是中国诗歌史的高峰，这就产生了一系列问题：唐诗是突然从历史的真空中冒出来的吗？唐诗本身是一成不变的吗？相比唐诗，我们应如何评价唐以后各代的诗歌呢？历代诗评家争论不休，有的认为唐诗空前绝后，甚至认为唐后无诗；有的认为江山代有人才出，一代新人胜旧人，后代也有好诗。这些争论中尤以唐宋诗之争为热闹，几百年间，宗唐者有之，宗宋者有之，你方唱罢我登场。清代的诗人与学者，虽然不会师心自重，乱扛旗帜各占山头，但大的样板却只有两块：唐与宋。正如钱钟书所说，没有第三条道路，"所作不能出唐宋之范围，皆可分唐宋之畛域"。[①] 要解答这一问题，要有科学的诗学发展观。谢启昆没有固执一端，他用历史发展的眼光看待唐诗，把唐诗放在继往开来的诗歌长河中来审视，得出的结论也相对客观公正。

黄宗羲、吕留良、吴之振、叶燮等人推崇宋诗，顾炎武、朱彝尊、王士禛、毛西河等则力主唐音，且偏重盛唐。吴乔、贺裳、冯班等鼓吹学晚唐。王夫之干脆说宋代无诗，他评选古诗、唐诗、明诗，独不取宋诗（也许因为元一代在异族统治下，他干脆也一笔抹去了元诗）。到乾、嘉时期，唐宋之争趋于调和，赵翼说："江山代有人才出，各领风骚数百年。"《四库全书》成书在这一时期，所以《四库全书总目提要》中的观

---

① 钱钟书：《谈艺录》，生活·读书·新知三联书店 2008 年版，第 4 页。

点应代表当时学说界的总体风气。其中论及这个局面时说："尊唐抑宋，未为不合。而所谓宋诗，皆未见宋人得失，漫肆讥弹，即所谓唐诗，亦未造唐代藩篱，而妄相标榜。"这是学界情绪化气氛趋少，理性思维增强的表现。谢启昆的相关思想即是时代风气的反映。

谢启昆评明代李梦阳时说："倡言复古数空同，唐后无诗论未公。东里西涯衣钵在，中原二子谁雌雄？"这首诗比较好地体现谢启昆的诗学发展观。其一，"唐后无诗论未公"，唐诗的确取得了相当高的成就，但不能认为唐后无诗。在他看来，五代、宋、元、金、辽、明各代都有各自的成就，从他评各个时代诗人诗作即可看出。代代有新作，代代有新人，文学史包括诗歌史是不断发展、不断创新的历史，即所谓"古词瑟瑟镂金石，日月风骚百代新"。（评李德裕）其二，谢启昆反对复古。他批评宋初西昆体说："同时体格尚西昆，捃扯因人失本根。"（评李商隐）"优孟讥嘲何太甚，西昆犹袭晚唐风。"（评杨亿）赞赏宋徐府说："横塘春绿满东湖，不肯因人作步趋。"评李攀龙时说："学步邯郸笑余子，沧溟可许继空同"等都是这一思想的反映。这一思想跟元好问相似。元好问对江西派末流曾评曰："古雅难将子美亲，精纯全失义山真。论诗宁下涪翁拜，未作江西社里人。"谢启昆继承这一思想，他在多处谈及江西派：

> 诗祖休将诗律夸，直凭史笔记年华。捧心应笑东家子，无病呻吟学浣沙。（评杜甫）
> 诗派西江认诗祖，柯亭之笛爨中琴。八珍餍饫筋难下，海上江瑶风味深。（评黄庭坚）
> 参本妙圣本安禅，活法灵均任自然。试问西方与兜率，西江衣钵向谁传？（评吕本中）
> 花市鸡营屋数间，五湖春梦白鸥闲。平生快意歌风作，派异西江见一斑。（评张昱）

谢启昆对苏、黄整体上是充分肯定的，但对江西末流却多有贬词，说他们是东施效颦，无病呻吟。

"文律运周，日新其业。变则其久，通则不乏。"（刘勰《文心雕龙·通变篇》）这是文学发展的永恒规律。但到封建社会末期的明清时期，拟古、复古之风盛行，崇尚"文必秦汉，诗必盛唐"。中国封建文化进入全面总结时期，同时也是文化发生新变的前夜。谢启昆的诗学发展观，是时代思潮的反映。这种诗学发展观跟同时代的赵翼"江山代有人才出"的思想有相通之处。

三　崇尚清新自然

谢启昆评唐代许浑有"清吟一字一真珠"，较好地表现了他对清新自然诗风的推崇。所谓清新自然，即不染尘埃，自然天成，浑然一体，不为文造情，不刻意求工，具有真淳淡雅、流丽玲珑、超凡脱俗的审美情趣。以"清新自然"论诗，是谢启昆的一项重要标准。

"诗家触景皆风雅"（评韩愈）；"天上珠玑咳唾成"（评李白）；"本来诗思清如水，辜负青莲玉蕊花"（评陈陶）；"率意为诗珉石混，醉魂埋雪竟无家"（评解缙）等，写真景，抒真情，不有意设景，不为文造情，率意而成，自然天工，这是谢启昆对诗歌的审美追求。这一审美追求可以用一个"清"字来概括。在《论诗绝句》中，谢启昆多次提及"清""清韵""清气""清趣""清幽""清景""清吟"等词：

> 竹房松院韵幽清，曲宴欢联学士赓。（评唐德宗）
> 楼观海日江潮上，鹫岭清吟认后身。（评骆宾王）
> 探得骊珠白传惊，踏歌词唱竹枝清。（评刘梦得）
> 《山石》吟来韵自清，叩门剥琢少人行。（评韩愈）
> 宦达工诗上相高，难将清景驻良宵。（评武元衡）
> 烟萝松月清无滓，六合搜罗见性情。（评施肩吾）
> 丁卯桥头月漫湖，清吟一字一真珠。（评许浑）
> 林亭幽趣爱王官，裂月撑霆琢肺肝。（评司空图）
> 诗僧江右数灵一，振派澄源孤韵幽。（评僧灵彻）
> 谁知秀老格标清，山月高时虎一声。（评俞紫芝）
> 乾坤清气入诗脾，准拟黄金铸子期。（评贯休）
> 裁云缝雾清无敌，除夕苕溪十首诗。（评姜夔）
> 一代名高不受高，百年清气得来难。（评麻革）
> 陈言如直句如山，清入诗脾契象先。（评杨鹏）

不必一一赘述，可见谢启昆对"清"的推崇。诗为心声，要诗清首先要人清，所以"清"首先当为一种至真至纯的人生境界。谢启昆评明代严嵩时说："铃山再出抗清风，肯为东桥执礼恭。晚节名颓诗亦坏，《渭城》那复唱匆匆。"人品差诗亦差，人浊诗亦浊。"清新自然"不仅有诗情的要求，而且有语言形式上的要求。谢启昆主张"天葩秀发""无意求工""语出平易"的自然语言，反对人工雕琢，反对过分追求形式工巧。这种评语在《论诗绝句》中随处可见：

> 大业初成揽隽贤，天葩秀发《帝京篇》。(评唐太宗)
> 露草飞萤视郊岛，空山流水见天真。(评李白)
> 界破青山瀑布悬，兴公妙语本天然。(评徐凝)
> 漫嫌雕琢失天然，吹彻浮云奏管弦。(评王琪)
> 冲淡诗篇五字工，新城相赏有高风。(评何中)
> 无意求工诗亦好，玩珠灵谷暝忘归。(评归有光)

诗学史上，齐梁诗歌"采丽竞繁"，多"艳词""丽藻"，对此，谢启昆颇有微词："怆然泪下幽州客，一洗齐梁藻丽浓。"(评陈子昂)"余波绮丽飞腾入，未信齐梁步后尘。"(评杜甫) 在赞赏陈子昂、杜甫的同时，实际上也是对齐梁诗的贬斥。晚唐诗与齐梁诗相近，谢启昆也没有什么好感："风碎鸟声花影重，晚唐诗格极纤浓。"(评杜荀鹤)

四 推崇雄浑刚健

谢启昆的诗学审美观念除了崇尚清新自然之美外，也推崇雄浑刚健之美。这一点类似元好问，《论诗绝句》全称有"仿元遗山"几个字，不仅在形式上学元好问，还在诗学精神上一脉相承。元好问就崇尚雄浑刚健的诗风，推崇建安风骨，对秦观"儿女情多，风云气少"的女郎诗就颇有轻蔑之意。谢启昆也继承了这一诗学观念，他认为诗应有阳刚之气、英雄气，他推崇建安风骨的后继者，反对绮靡柔弱诗风：

> 五十为诗未恨迟，《燕歌》慷慨发深悲。向人磊落倾肝胆，万里岷峨赴难时。(评高适)
> 一生低首谢元晖，如画江城白练飞。千古青山吊知己，建安风骨嗣音稀。(评李白)

幽州从事本西凉，投笔从军意慨慷。画出屏风多好句，边沙如雪月如霜。（评李益）

西园载酒感前游，胸次崔巍压九州。流水潭潭夕阳下，杏花时节独登楼。（评元好问）

蔷薇芍药春风句，落叶青虫秋日诗。未信女郎工此曲，看云谢客已多时。（评秦观）

遮断黄尘五百香，翛然云鹤认天真。嗤他芍药蔷薇诗，枉把工夫学妇人。（评王中立）

高适为边塞诗人，多豪迈慷慨之作，李白以承继风雅为己任，推崇气骨劲健的建安诗风。而李益为中唐诗人，其便多写慷慨悲凉的守边生活。元好问论诗提倡刚健质朴之风，其诗风格沉雄，意境阔远。谢启昆推崇这几位诗人，流露出的是雄浑刚健的美学崇尚。至于评秦观诗，更是和元好问如出一辙，一脉相承，都是指责其妇人气多，阳刚气少。

五　发扬风骚传统

以"风骚"论诗，这是贯串于谢启昆论诗诗中的最重要的标准。在论诗中，谢启昆常常提及"风"、"雅"、"骚"等字眼：

《小雅》忧谗《海燕》诗，如君风度系相思。眼前有景谁能道？明月天涯共此时。（评张九龄）

《古风》哀怨激骚人，删述千篇接获麟。露草飞萤视郊岛，空山流水见天真。（评李白）

捣衣瑟瑟怨秋空，苦调从征是正风。花落明年颜色改，至今人恨白头翁。（评刘希夷）

窈娘歌舞剧堪怜，竹叶蒲花订百年。一代风骚遭酷吏，画楼凄绝《绿林篇》。（评乔知之）

《山石》吟来韵自清，叩门剥啄少人行。诗家触景皆风雅，休议《南山》与《北征》。（评韩愈）

江南白纻舞衣新，乐府词工世少伦。赠却明珠双泪下，缠绵厚意感风人。（评张籍）

《离骚》课罢论花磁，想见挥毫对客时。乱絮嫣红何处觅？朝华

重遗鬉成丝。(评秦观)

数亩横渠万木青，画棋暮粥坐谈经。由来濂洛多风雅，岂独东西勒两铭。(评张载)

一赋梁溪号遂初，度骚婉雅自容与。长谣写出淮民怨，舌上风雷落纸书。(评尤袤)

雅乐流传老布衣，古风三百太音稀。南山若士传诗法，剡水忘言一棹归。(评姜夔)

跌宕潭州谢策高，醉骑黄犊唱《离骚》。瀑泉灌顶寒吟日，骨似梅花死也豪。(评潘牥)

横溪挂笏看崆峒，割尽吟须笑此翁。腹贮《离骚》谈世事，谁怜阮籍哭途穷。(评冯延登)

遗山绝句阮亭继，千古风骚得尚论。正为辽人留缺陷，把君诗话胜玙璠。(评周松霭《辽诗话》)

玉山佳处草堂开，此集搜罗尤博该。例仿《中州》诗万首，风骚一代见真裁。(评元诗话)

伯贤感兴袭风骚，《琴操》余音味曲包。刻意公夔同好尚，《白云稿》惜未全抄。(评朱右)

风雅群尊姚秘监，《云台集》比郑都官。山阴词翰谁双绝？征士人求识面难。(评刘永之)

昆仑万派扶河源，李杜虽亡正雅存。大节不因词赋显，闲居逊志赏音存。(评方孝孺)

三百风诗未就删，流传濮上与桑间。自从《击壤》传遗派，高帽先生笑定山。(评庄昹)

不必一一列举，却足以看出谢启昆对《诗经》《离骚》传统的推崇。《诗经》的传统就是现实主义的传统，要求作家直面人生，投身现实，用满腔热情描写广阔的社会生活。《离骚》的传统就是浪漫主义的传统，要求作家驰骋文学才情，文辞绚烂。谢启昆推崇《诗经》《离骚》传统，也就是要求现实与浪漫的完美结合，也就像《文心雕龙·辨骚篇》所言："酌奇而不失其真，玩华而不坠其实。"只有形式和内容的完美结合，只有艺术性和真实性的统一，才是好的文学作品。基于此，谢启昆对一大批既充满时代精神又具有高妙文学才情的诗人大加赞赏：

李侯佳句似阴铿，天上珠玑咳唾成。讽刺欲回天子意，故将绝调谱《清平》。(评李白)

饭颗山头太瘦生，屋梁落月已吞声。同时海内相期许，寂寞千秋万世名。(评杜甫)

玉笛横吹赤壁矶，新声一曲鹤南飞。英雄事去山川在，月白风清梦缟衣。(评苏轼)

万里桥边倚断虹，吴笺三百写春风。小楼杏雨临安客，早有诗名入禁中。(评陆游)

谢启昆以"风""骚"论诗，也是时代精神的反映。清乾、嘉年间，传统文化进入全面总结时期，出现了复归雅正的文化气象。谢启昆论诗，正体现了这一时代精神。

有清一代，论诗诗浩如烟海，大凡在清代诗史稍稍留名的诗人，没有不留下此类作品的。这一诗学现象值得研究，以上我们讨论谢启昆的论诗诗，就是在这方面所作的粗浅努力。

第二节　一部韵语唐诗简史
——谢启昆《读全唐诗仿元遗山论诗诗绝句一百首》

唐诗是中国近体诗的高峰，因其诗心之深博和诗艺之精美而为后人所推崇。到清代，此前对唐诗的评论已经多如牛毛，要想有所创见已经很难了。清人的任务是吸收和总结。另外，在中国的诗学史上，论诗诗这种体式从杜甫始，中经元好问，到清代更是名家云起，佳作迭出。人民文学出版社出版的郭绍虞、钱仲联、王遽常编《万首论诗绝句》四册计1830页，其中清代（含近代）篇幅多达1636页，占89.4%，将近九千首，可见其数量之繁富。谢启昆《读全唐诗仿元遗山论诗诗绝句一百首》（以下简称《论诗绝句》）的贡献既不在于思想见识的独步前贤，也不在于论诗体式的空前绝后，而在于他以论诗诗这种已经很成熟的诗学体式探讨了有唐一代诗风，堪称一部韵语唐诗简史。无论在唐诗评论史上还是在中国诗学史上，这都是一道亮丽的风景，值得我们作一介绍和评析。

一　《论诗绝句》的史学视野

谢启昆（1736—1802）字蕴山，号苏潭，江西南康人氏。乾隆辛巳进士，官至广西巡抚。一生勤勉好学，有《小学考》《经籍考》《树经堂集》等著作，主编过《广西通志》。谢启昆生当乾、嘉学风盛行时，耳濡目染，他的学风自然受其影响。关于乾、嘉学风，梁启超在《论中国学术思想变迁之大势》中说："有清学者，以实事求是为学鹄，饶有科学的精神，而更辅以分业的组织；惜乎其用不广，而仅寄诸琐琐之考据。"又谢启昆的坐师翁方纲提出"肌理说"，倡导作"学人之诗。"有这样的时代氛围和师承传统，谢启昆论诗论人有浓厚的史学意识已是势所必然了。谢启昆的弟子邵志纯在《论诗绝句》有段话就点出谢启昆治学和论诗诗的史学特点：

> 吾师方伯谢公尝有《论唐诗绝句》一百首，近读全宋诗，又得《论诗绝句》二百首，选言居要，记事钩元……公之诵诗而论世，殆与史学相表里欤。夫论诗莫盛于遗山，而少陵集中"不废江河"、"别裁伪体"诸诗，实开其先。少陵号称诗史，而公之论诗，即公之所以论史；公之论史，亦即公之所以为政。公固不仅以诗见也。《论唐绝句》已编于前，因请编《论宋绝句》于《补史亭草》后，以寓诗通于史之义。《补史亭草》者，公补《西魏书》时所作也，抑公前后所作诗甚多，凡所论古人诗，虽散见各编，要皆可以诗史例之云。嘉庆三年，秋七月受业仁和邵志纯谨识。

我们认为，《论诗绝句》之所以有诗史的特征，是因为作者站在唐代历史、中国诗歌史的宽广视野中来审视唐诗，把握住了唐诗史的重要事件、重要人物及诗史进程的基本规律和主要线索。以下我们从这几个方面分述之。

《论诗绝句》论及唐代诗人85人，从唐太宗李世民到唐末诗僧灵彻，基本上把唐代较有影响的诗人都涵盖进去了。从其人物先后安排来看，也可看出受诗史的影响。谢启昆先论太宗、中宗、明皇、德宗和文宗五位能诗的皇帝，这犹如二十四史中"本记"。再分述各位著名诗人，这犹如二十四史中"传"。这也可以看出谢启昆的思想比较正统，在一定程度上限制了其灵气的发挥和大胆创新。85 人中极大部分诗人用一首诗来评论，也有一些重要的诗人用了多首，其中元稹、杜牧、李商隐有 2 首，李白、杜甫、韩愈、白居易有 4 首。这些诗人都是诗歌史上成就卓著且产生巨大影响的人物。从初唐、盛唐、中唐至晚唐，一部唐诗发展的历史脉络就勾勒出来了。一条历史的长河有宽有窄，有急有缓，有高峰浪尖，也有低谷潜流。谢启昆这样的选择就有点有面，有轻有重，而重点人物的选择又尤其能看出评论者的艺术眼光和审美判断能力。当然以上人物在诗歌史上的地位前人早有定论，无须谢启昆更多的判别。

对于具体诗人的评论，谢启昆本着"诵诗而论世，殆与史学相表里"的原则来剖析诗人诗作，联系诗人生平事迹来展开论述，这也是其史学视野的突出表现。且举例说明之。

> 斗鸡挥就一篇檄，倚马吟成四韵诗。暮雨珠帘江阁上，海波凭吊结幽期。(评王勃)

初唐四杰之一的王勃，七岁即能诗，人称"神童"。辛文房《唐才子传》及《名胜志》据新、旧《唐书》本传说，高宗时，王勃的父亲王神畤谪海南，王勃前往省亲途经洪州（今南昌）。时洪州官吏于滕王阁大宴宾客，王勃参与宴会，即席作成《滕王阁序》。篇体光华，情韵飞逸，四座震惊。后王勃渡海溺水而死，一代英才，青春早逝。上诗正是王勃生平事迹的高度浓缩，抓住了王勃一生最光耀的片段和最令人痛惜的人生灾难。读此诗而如阅王勃生平，所以此诗如王勃韵语史传，简洁而有味。

谢启昆品评人物最擅于引人物的生平闪光点入诗，或生平故事或美谈佳话，都能自如援引，如"楼头太白空惊倒，更去金陵赋凤凰"（评崔颢）说的是李白见崔颢《黄鹤楼》诗后惊叹："眼前有景道不得，崔颢题诗在上头。"但心里还是不服气，后到金陵，作了《金陵凤凰台》，有与崔颢诗一比高低之意。"短歌衷怨韵珊珊，梧叶题诗逐水还"（评顾况），则是写著名的红叶题诗的佳话。这些美谈佳话从历史真实的角度上来说，只是辛文房《唐才子传》之类的小说家者言，未必可信。但是这些美谈佳话人云亦云，时间一久，形成一种"历史潜意识"，人们宁信其有了。所以我们不能因为谢启昆没有从今天的历史意识来讨论问题就指责他没有历史视野，因为这些美谈佳话早已是公认的历史。用维柯的话来说，这已是一种"共同意识"。"是一整个阶级、一整个人民集体、一整个民族乃至整个人类所共有的不假思索的判断。"

谢启昆品评人物也擅于点化诗人成句或后人评语来评诗人，如"花落明年颜色改，至今人恨白头翁"（评刘希夷）就是点化刘希夷的代表作《代悲白头翁》中"今年花落颜色改，明年花开复谁在"。读其诗，人们自然浮生出"年年岁岁花相似，岁岁年年人不同"的人生感慨。一种伤感的人生喟叹和久远的历史意识油然而生。"眼前有景谁能道？明月天涯共此时"（评张九龄）就点化李白句"眼前有景不能道"和张九龄自己的名诗《望月怀远》中的佳句"海上生明月，天涯共此时"。"诗中有画画中诗，万壑泉声夜雨时"（评王维）则化自苏轼对王维的评价"诗中有画，画中有诗"。他如"一片孤城万仞山，旗亭赏酒唱伶官"。（评王之涣）"风月何须一钱买，春江变酒作筑糟邱。"（评李白）"饭颗山头太瘦生，屋梁落月已吞声。"（评杜甫）"我听琵琶江上曲，青衫千古泪痕多"（评白居易）等都如是。稍有唐诗知识的人，都知道上述诗句典出何处，不须赘述。典章名句作为一种历史遗留和文化共识，已深深地扎根于学人的头脑中。在学人们的头脑中，这些典章名句已是"想象的历史"的一部分。从这个角度来说，谢启昆点化诗人成句或后人评语来评诗人也是其历史视野的表现之一。

谢启昆的历史视野还表现在，他论唐诗时注意围绕诗坛上的重要事件来展开，把握住了唐诗发展的基本脉络。如："弄词未碍拟回波，岭表归来预宴多。声病休訾太严密，四家万古涌江流。"（评沈佺期）"四家"是指沈约、庾信、宋之问、沈佺期，在探讨近体诗声律、体式方面做过重要贡献，为唐诗的发展和唐诗高潮的到来做好了艺术理论的准备。"魏建安后迄至江左，诗律屡变。至沈约、庾信，以音韵相婉附，属对精密。及之问、沈佺期，又加靡丽，回忌声病，约句准篇，如锦绣成文。学者宗之，号为'沈宋'。"（《新唐书宋之问传》）但对声律在文学史上的价值，后人有诸多指责，如徐增《而庵说唐诗》说："诗之约束人者，莫若律也。"谢启昆不苟同这些极端论调，他充分肯定这四个人的历史贡献，观点还是比较允当的。

又如"诗祖休将诗律夸，直凭史笔论年华。捧心应笑东家子，无病呻吟学浣纱"。（评杜甫）宋代江西诗派有"一祖三宗"之说，其中"祖"即指杜甫。杜甫吟诗，讲究"语不惊人死不休"，尤其是"晚年渐于诗律细"，在诗艺上精益求精。但江西末流不明白，杜甫正是以其抑扬顿挫的高超诗艺投身于深广的现实生活，以诗写史，以诗传情，从而达到"诗史""诗圣"的境界。而江西末流脱略现实生活只知一味闭门造车，所谓"脱胎换骨""点铁成金"。虽说学杜，却只得杜诗皮毛，远离杜诗神髓，落得东施效颦的地步。杜甫无疑是唐诗的高峰，后世学杜者甚众，其中又以宋代一大诗派——江西派为最。谢启昆围绕这一线索来对杜甫进行讨论，无疑抓住了诗学史的一大主动脉。

再如"万里投荒逐客孤，新诗一卷付官奴。楚天梦断黄鹂叫，自起开笼放鹧鸪"。（评柳宗元）永贞元年（805），柳宗元以极高的政治热情参与了王叔文领导的革新运动。革新失败后柳宗元被贬永州，十年后又分别迁官连州、柳州。在长期"去国魂已游"（《南涧中题》）的贬谪生活中，"忧中有乐乐中有忧"（苏轼语，胡仔《苕溪鱼隐丛话》前集卷十九引），创作了一首首"外枯而中膏，似淡而实美"（《东坡题跋·评韩柳诗》）的好诗。王叔文领导的革新运动是解读中唐诗的一大关键，而柳宗元又是其中的最好范例。谢启昆这样论诗，把政治、史实和文学很好地联系在了一起，亦政亦史，亦史亦诗，体现了宽广深邃的史学视野。

谢启昆论唐诗，不仅注意把握重要人物和重要事件，而且更重要的是他注意把握诗歌流程的基本规律和主脉性线索，这是《论诗绝句》成为诗学史的重要标志。这里且举数例说明之。陈子昂从理论、实践上一洗齐梁旧习，开创了唐诗新局面。对此，谢启昆评曰："怆然泪下幽州客，一洗齐梁藻丽浓。"（评陈子昂）杜甫为中国诗坛一绝，生前功业未就，与李白两人相互推赞，死后其人其诗万古流芳。谢启昆有感而评曰："同时海内相期许，寂寞千秋万世名。"（评杜甫）孟郊、贾岛素以苦吟著称，人称"郊寒岛瘦"，为中唐一大诗派，在诗歌史上颇有名气。谢启昆对这一诗派当然不会放过："半俸何心恋一官，苦吟未觉天地宽。"（评孟郊）"长安落叶跨驴行，月下推敲句未成。"（评贾岛）既指出苦吟派的生成原因（半俸）、吟诗现状（苦吟、跨驴行、月下推敲），又点出了此派的诗歌特质（未觉天地宽）。中唐以白居易为代表的元白派则与苦吟派诗风迥异，语言平易，老少传唱，谢启昆评曰："鸡林争售香山句，老妪能为学士诗。"（评白居易）扣住了此派诗风的平易特色。晚唐李商隐以《无题》诗为代表的诗歌寄意深远，成为千古难猜之谜，在诗歌史上自成一家，人称"能自辟宇宙者"。① 对此，谢启昆评曰："寓言别有深情在，漫认无题赋采桑。"（评李商隐）这样，由初唐而盛唐而中唐而晚唐，紧扣唐诗发展的脉搏，就把握了唐诗发展的基本线索。

二　《论诗绝句》的发展眼光

唐诗无疑是中国诗歌史的高峰，这就产生了一系列问题：唐诗是突然从历史的真空中冒出来的吗？唐诗本身是一成不变的吗？相比唐诗，我们应如何评价唐以后各代的诗歌呢？历代诗评家争论不休，有的认为唐诗空前绝后，甚至认为唐后无诗；有的认为江山代有人才，一代新人胜旧人，后代也有好诗。这些争论中尤以唐宋诗之争为热闹，几百年间，宗唐者有之，宗宋者有之。要解答这一问题，要有科学的诗学发展观。谢启昆没有固执一端，他用历史发展的眼光看待唐诗，把唐诗放在继往开来的诗歌长河中来审视，得出的结论也相对客观公正。

唐诗是中国古代诗歌史上的一个高峰，它的成熟和繁荣不仅源于唐王朝政治、经济、文化等各方面的成熟和繁荣，而且更源于唐以前众多诗人大量的创作实践和诗学理论的探索。可以说没有诗经、楚辞、乐府诗、齐梁诗等做基础，也就没有唐诗的辉煌光华。对于这一点，谢启昆《论诗绝句》有清醒的认识：

> 搛衣瑟瑟怨秋空，苦调从征是正风。（评刘希夷）
> 合教屈宋作衙官，著作承恩土未干。（评杜审言）
> 小雅忧谗海燕诗，如君风度系相思。（评张九龄）
> 古风哀怒激骚人，删述千篇接获麟。（评李　白）
> 一生低首谢元晖，如画江城白练飞。（评李　白）
> 千古青山吊知己，建安风骨嗣音稀。（评李　白）
> 余波绮丽飞腾入，未信齐梁步后尘。（评杜　甫）
> 落叶暮蝉听不得，令人却似谢元晖。（评郎士元）
> 诗家触景皆风雅，休议南山与北征。（评韩　愈）
> 赠却明珠双泪下，缠绵厚意感风人。（评张　籍）
> 古词瑟瑟锵金石，日月风骚百代新。（评李德裕）

---

① （清）吴乔云："唐人能自辟宇宙者，惟李、杜、昌黎义山。"（《西昆发微序》）

　　谢启昆在讨论唐代诗人时，反复提及诗骚传统、汉魏六朝诗风的印迹，实即肯定唐代诗人正是在扬弃前人的基础上，创造了唐诗的辉煌。和许多论者相同，谢启昆认为在新旧诗体的转换中，标举"汉魏风骨""风雅兴寄"的陈子昂起着承前启后的作用："《感遇》佳篇本嗣宗，丹砂金碧宝希逢。怆然涕下幽州客，一洗齐梁藻丽浓。"陈子昂完成了唐诗革新的任务，结束了旧时代，开启了新一代诗风。

　　在具体评论唐诗时，谢启昆抓住了唐诗本身也在不断发展更新这一线索。盛唐时期，不同题材、不同流派、不同体制的诗在唐诗百花园中竞相开放，争奇斗艳。王、孟、高、岑、李、杜，群星璀璨。中唐，诗人则另辟蹊径，求新求变。晚唐，小李杜在男女情怨中缠绵悱恻，至此，唐诗的气脉已尽。由盛而中而晚，唐诗的发展有一条清晰的发展脉络。谢启昆对这一线索有清晰的把握，这具体体现在他对作家作品的评论之中：

> 《元和圣德平淮颂》，硬语盘空欲颉颃。（评韩愈）
> 《杏殇》零落婴衣剪，斜日西风孟井寒。（评孟郊）
> 语不惊人死亦得，呕将心血锦囊盛。（评李贺）
> 长安落叶跨驴行，月下推敲句未成。（评贾岛）
> 《宫词》百首人皆诵，不怕当家奏内庭。（评王建）
> 鸡林争售香山句，老妪能为学士诗。（评白居易）
> 樽前一觉梦扬州，十里珠帘半上钩。（评杜牧）
> 寂寞空闺锦瑟长，莲山万里怨刘郎。（评李商隐）

　　这些人物在唐诗发展史由盛而变的过程中都起过重要作用，谢启昆敏锐地把握了他们的诗作在唐诗发展史上的个性特点和重要作用。

　　唐诗无疑是中国诗学的高峰，这里就有一问题，即我们应如何看待唐代以后的诗呢？唐以后的诗仍然在发展吗？对这一点，历代争论不休。谢启昆又是以发展的眼光来看待这个问题。首先，谢启昆认为"唐后无诗论不公"（谢启昆《论明诗绝句九十六首》评李梦阳诗），唐诗的确取得了相当高的成就，但不能认为唐后无诗。在谢启昆看来，五代、宋、金、辽、元、明各代诗歌都有各自的成就。代代有新作，代代有新人，文学史包括诗歌史是不断发展、不断创新的历史，即所谓"古词瑟瑟锵金石，日月风骚百代新"。（评李德裕）其次，谢启昆一贯提倡创新，反对复古。

对于勇于创新的作家作品，谢启昆都给予充分肯定，如"唱酬却被偷新格，谱出元和绝妙词"。（评白居易）"新诗御暴皖江口，侠士犹传博士名。"（评李涉）"清华别第筑归红，刘白诗仙唱新。"（评牛僧孺）"芳斋松岛镜湖春，涤骨侵肌练句新。"（评方干）相反，对那些因循守旧的诗人诗作他则提出批评，如"同时体格尚西昆，挦扯因人失本根"。（评李商隐）抨击西昆派复古诗风。"诗祖休将诗律夸，直凭史笔记年华。捧心应笑东家子，无病呻吟学浣纱。"（评杜甫）批评江西末流只学杜诗形式而丢失杜诗神髓。

　　总之，谢启昆把唐诗放在整个中国诗歌发展历程中来审视唐诗。唐诗是中国诗史发展的自然结果，唐诗本身也在不断发展，唐诗以后中国的诗歌仍然在不断发展。这种诗学发展观跟同时代的赵翼"江山代有人才出"的思想有相通之处。

三　《论诗绝句》的美学观念

　　谢启昆的诗学审美观念主要体现在两个方面，一是崇尚清新自然；二是推崇雄浑刚健。这两方面的诗学观念在《论诗绝句》中也体现得比较突出。我们分别作些解释。所谓清新自然，即不染尘埃，自然天成，浑然一体。不为文造情，不刻意求工，具有真淳淡雅、流丽玲珑、超凡脱俗的审美情趣。"诗家触景皆风雅"（评韩愈）、"天上珠玑咳唾成"（评李白），写真景，抒真情，不有意设景，不为文造情，率意而成，自然天工，这是谢启昆对诗歌审美追求。这一审美追求可以用一个"清"字来概括。在《论诗绝句》中，谢启昆多次提及"清""清幽""清景""清吟"等字眼：

> 竹房松院韵幽清，曲宴欢联学士赓。（评唐德宗）
> 楼观海日江潮上，鹫岭清吟认后身。（评骆宾王）
> 探得骊珠白传惊，踏歌词唱竹枝清。（评刘梦得）
> 《山石》吟来韵自清，叩门剥琢少人行。（评韩　愈）
> 宦达工诗上相高，难将清景驻良宵。（评武元衡）
> 烟萝松月清无滓，六合搜罗见性情。（评施肩吾）
> 丁卯桥头月漫湖，清吟一字一真珠。（评许　浑）
> 林亭幽趣爱王官，裂月撑霆琢肺肝。（评司空图）

诗僧江右数灵一，振派澄源孤韵幽。（评僧灵彻）

诗为心声，要诗清首先要人清，所以"清"首先当为一种至真至纯的人生境界。"清新自然"不仅有诗情的要求，而且有语言形式上的要求。谢启昆主张"天葩秀发""无意求工""语出平易"的自然语言，反对人工雕琢，反对过分追求形式工巧。这种评语在《论诗绝句》中随处可见：

大业初成揽隽贤，天葩秀发《帝京篇》。（评唐太宗）
露草飞萤视郊岛，空山流水见天真。（评李　白）
界破青山瀑布悬，兴公妙语本天然。（评徐　凝）

诗学史上，齐梁诗歌"采丽竟繁"，多"艳词""丽藻"，对此，谢启昆颇有微词："怆然泪下幽州客，一洗齐梁藻丽浓。"（评陈子昂）"余波绮丽飞腾入，未信齐梁步后尘。"（评杜甫）在赞赏陈子昂、杜甫的同时，实际上也是对齐梁诗的贬斥。晚唐诗与齐梁诗相近，谢启昆也没有什么好感："风碎鸟声花影重，晚唐诗格极纤浓。"（评杜荀鹤）

谢启昆的诗学审美观念除了崇尚清新自然之美外，也推崇雄浑刚健之美。这一点类似元好问，《论诗绝句》全称有"仿元遗山"几个字，不仅在形式上学元好问，而且更在诗学精神上一脉相承。元好问就崇尚雄浑刚健的诗风，推崇建安风骨，对秦观"儿女情多，风云气少"的女郎诗就颇有轻蔑之意。谢启昆也继承了这一诗学观念，他认为诗应有阳刚之气、英雄气，他推崇建安风骨的后继者，反对绮靡柔弱诗风。在这一点上，岑参、高适、李白、李益是其倾慕的对象：

秋色濛濛万古青，慈恩塔势倚珑玲。句奇体俊倾流辈，子美当时重典型。（评岑　参）
五十为诗未恨迟，《燕歌》慷慨发深悲。向人磊落倾肝胆，万里岷峨赴难时。（评高　适）
一生低首谢元晖，如画江城白练飞。千古青山吊知己，建安风骨嗣音稀。（评李　白）
幽州从事本西凉，投笔从军意慨慷。画出屏风多好句，边沙如雪

月如霜。（评李　益）

高、岑为边塞诗人，多豪迈慷慨之作，李白以承继风雅为己任，推崇气骨劲健的建安诗风。而李益为中唐诗人，其便多写慷慨悲凉的守边生活。谢启昆推崇这几位诗人，流露出的是雄浑刚健的美学崇尚。

后人评唐诗，多如牛毛，以诗论唐诗也不在少数。但作为诗史性质的论诗诗却凤毛麟角，《论诗绝句》论及作家之众，遍及唐朝的主要诗家诗派；所论观点之全面，几及唐诗的基本诗风和主要流脉，堪称是一部简明扼要的韵语唐诗史。这正是《论诗绝句》的可贵之处。

第三节　谢启昆和翁方纲的笔墨缘与"肌理说"的传播和影响

一种学术思想从提出到在学界产生影响，往往需要一个过程，其间也往往要有某种传播的路径和方式。在清代，书札诗文来往就是学术传播的重要路径。梁启超说，清代学人之间的函札"皆精心结撰，其实即著述也"。[①] 发生在师生之间的笔墨来往是老师宣扬自己的学术、学生追捧点评自己老师的重要方式。师因生传，生凭师名。一来一往之间，名师出高徒，高徒也出名师。清代前中期有四大诗学理论，王士祯的神韵说、沈德潜的格调说、袁枚的性灵说和翁方纲的肌理说。目前，对于前三派诗学内部的师承流脉与他们各自学术的关系，已有较为清晰的梳理和认识。而对于翁方纲和诸弟子的师承关系与其"肌理说"的传播和影响，学界则少有关注。我们这里，想就翁方纲与其得意门生谢启昆的笔墨来往作一些摸索，以期对"肌理说"的传播和影响有一个新的认识。

我们首先要厘清的问题是，翁方纲到底有多少弟子呢？这个问题比较复杂，一时难以说清，有待进一步的文献考量。这跟翁方纲丰富的人生经历有关。翁方纲（1733—1818），乾隆壬申年间中进士，选庶吉士，授编修。先后典江西、湖北、顺天乡试。督广东、江西、山东学政。累至内阁学士、左迁鸿胪寺卿。嘉庆六年（1801）退官家居。曾参加乾隆、嘉庆御赐千叟宴、鹿鸣宴和恩荣宴，两次赐衔至二品官。主张以学问为诗，倡

---

①　梁启超：《清代学术概论》，夏晓虹点校，中国人民大学出版社 2004 年版，第 187 页。

"肌理说"。几十年的从政生涯，加之位至人臣至尊，翁方纲一生门生故吏无数。这为他宣扬自己的诗学思想提供了广泛的人脉，从其文集不难看出，诗学也是他在与各位门生故吏来往中的重要主题。

那么，翁方纲常常跟哪些得意门生谈论诗歌呢？他在自己的文章中不止一次地谈到这个问题。翁方纲在诗文中谈得比较多的是谢启昆。如在《谢蕴山诗序》，翁方纲说：

> 予与蕴山相劘切为诗者十有二年。乃蕴山出守，予以其宜勤职务也，又相诫不为诗者十年。今则旧学之怀复积成卷轴者又十有二年矣。此中甘苦相喻之微弗能一言尽也。蕴山今将裒其近数岁之作汇为帙，欲予一言以序之。予时在济南，方论著新城石帆蚕尾幽夐空澄之诣，若不可以言诠得者。一日与芛林尚书济宁舟中对月说梅花诗，怀吾蕴山，自谓此足当一序矣。惜匆匆未笔于卷也。其秋，予还都门，而蕴山驰札来曰："先生可无言乎？"是夕，惝恍不成寐。因举吾二人以诗为息壤之诺，约略书之以志。蕴山此次裒辑之概语曰："心之精微，口不能言也。"异日得共几磨墨续城南退直之风味，丹素揣称如吾意所欲尽言者，更必有进于此者矣。①

又在《冯鱼山诗集序》，翁方纲说：

> 予与及门诸子论诗所知之最深者无若谢、冯二生。谢蕴山自翰林出守，予诫以十年不为诗。蕴山亦知予助其吏治，果逾十年乃与友唱酬，自监司以至节钺，勤职之暇，无岁不以诗求定予，一序再序，期之勉之而已。冯鱼山则天骨开张更过于谢，而其自翰林改部曹，衣食奔走于四方，遍游五岳穷探奇险，其游太华苍龙脊、攀线索而千仞。昔人危慄咋舌处，犹手拓铁线题字以寄予。然所为诗，则无片纸写以见寄者，非蕴山之勤而鱼山之怠也。盖蕴山在馆下日，见予与蒋石共灯烛研声律尺黍，而蒋石酒酣以往，颇不耐考证之烦。予独以属望蕴山，故其久历外任，尚时时殚寻朴学、补《小学考》、撰《西魏书》，以推本襄相证订之意。其于诗也，亦以为孜孜如是则已耳。而鱼山亦

---

① （清）翁方纲：《复初斋文集》卷四，清李彦章校刻本。

因予得益于荐石，乃深有见于此间。①

　　这两篇序言可谓翁方纲与其弟子的诗歌交往史，特别强调的是谢启昆。在《庐山纪游图序》翁方纲说："吾与西江诸友论诗，前则谢子蕴山，今则吴子兰雪最其秀也。"②翁方纲在其诗《苏步坊三首》说："谢生吾门秀，树立未有已。"对弟子可谓许之期之也。谢启昆是谁呢？谢启昆（1737—1802），字良璧，号蕴山，又号苏谭，江西南康人。是清代颇有影响的方志学家。乾隆二十五年进士，由编修出任镇江知府，历任浙江按察使，山西布政使，后官至广西巡抚。一生为官清廉，政绩卓著。谢启昆一生著述颇丰。主修《广西通志》二百八十卷，阮元言可为省志法。有《树经堂集》二十三卷、《西魏书》二十四卷、《小学考》五十卷、《南昌府志》二十四卷，辑有《山谷诗外集补》《山谷诗别集补》等。又助章学诚编成《史籍考》五百卷，有《树经堂咏史诗》五百多首。这么一个大学者和清政府的顶梁柱，可谓是翁方纲一手栽培的。谢启昆二十四岁入翰林后投翁氏门下，才真正开始从翁方纲学诗。谢启昆《讲筵四世诗钞序》说："余庚辰通籍出大兴翁覃溪学士之门。"嘉庆五年翁方纲为谢启昆的《树经堂诗集》作序，也说："予与蕴山论诗四十年矣，始自庚辰春，蕴山与大庾杨钝夫计偕北上。予读二君之诗而异之。"之后，在师徒授学过程中，翁方纲的诗学思想对谢启昆自然影响很大。翁方纲在三十年后写的一篇文章中，回忆这段师生友谊就有"与冯、谢二子日日论诗"的话。③翁方纲《送吴生序》记述了他给弟子们讲诗法的情节："忆乾隆壬辰春，予甫自广东旋役归。谢蕴山出守镇江，其明日首途矣，亟来为别。是夕，与冯鱼山联句，予略疏其章法至漏下四鼓。蕴山吷曰：不图今夕大悟诗理。其后每与蕴山书必缕及此夕语。"④在两人几十年的笔墨来往中，我们可以看出翁方纲对谢启昆在仕途和学业上的点拨和关心。如在谢启昆出守扬州时，师生之间曾有十年不为诗之约。这件事，翁、谢在后来的诗文中常常提起。翁方纲后来作有《送谢蕴山之任扬州序》，师长之

①（清）翁方纲：《复初斋文集》卷四，清李彦章校刻本，第382页。
②同上书，第389页。
③同上。
④同上书，第390页。

情谊流于言表：

> 予尝读欧阳子《有美堂记》而疑之，梅公仪之守杭也。仁宗赐以宣化抚俗之诗，而公仪取其首句以名其堂。此岂仅以湖山观听之为美乎？吾谓为之记者，当惕以美之不易有而冀其持盈保泰形民以勤俭也。岂以欧阳子而不及此耶！南康谢子良璧以翰林编修出守镇江，越二年移守扬州，又四年秩满入觐，出其公暇所为笔记相质予，最取其郡守题名记，深感于化民成俗之不易。谢子可谓知治本矣。扬之繁丽名胜不减于杭，而其所为堂者名之曰寄馀。不惟不敢以文字之长自诩且不敢以民康岁稔为已足，而益孜孜求其所报主而尽职者。然则予之送谢子也，其可仅以词章之末、凭眺之事为言乎？方今圣化渐濡，士日醇而习益厚，昔之所谓竹西歌吹红桥烟月者，今皆为一二学人根柢经术之地。予既尝于送礼部王翰林诗中言之，况乎今之送吾谢子哉！至于谢子与予景仰前贤，翰墨流风有同嗜焉。是又具于别幅记曰：夫言岂一端而已，言固各有当也。①

老师的告诫，自然对谢启昆影响至深。这里也不难看出翁方纲的诗学观。在翁方纲看来，诗文是"词章之末、凭眺之事"，勤俭尽职才是根柢。在仕途和文学两者之间，翁方纲优先考虑的是仕途业绩。翁方纲在《延晖阁集序》就说："诗必研诸肌理，而文必求其实际。夫非仅为空谈格韵者言也，持此足以定人品、学问矣。"② 可见翁方纲的这一思想是一贯的。为了仕途业绩，翁方纲与谢启昆甚至有十年不为诗之约。③ 仕途业绩先于诗艺，这是师长对门生弟子的诤诤告诫，也是翁方纲"肌理说"的应有之义，这一点往往为学者们所忽略。当然，翁方纲平日也非常重视诗法的传授，尤其重视讲解黄庭坚诗法。他在《渔洋先生精华录序》说："愚在江西三年日与学人讲求山谷诗法之所以然，第于中得二语曰：以古人为师，以质厚为本。"④ 翁方纲也认为，谢启昆深得自己诗学要义并在

---

① （清）翁方纲：《复初斋文集》卷四，清李彦章校刻本，第 463—464 页。
② 同上书，第 395 页。
③ 同上书，第 469 页。
④ （清）翁方纲：《复初斋文集》卷十三，清李彦章校刻本。

实践中得以体现。这一点在《树经堂诗集》序中也有明确表露：

> 昔渔洋与海内贤豪论诗，独推莲洋、丹壑二家，有与君代兴之叹。予时于钝夫，欲目以莲洋，而于蕴山欲目以丹壑，此意耿耿未质言也。后十年，得钦州冯鱼山，乃欲移莲洋之目以属之，而丹壑之目仍未移也。岁月易得，不数年而钝夫宦归老病，鱼山亦颓然非昔矣。惟吾蕴山中外扬历，以政事之暇，抒写为诗。至甲寅夏，予扈从涿阳，始为蕴山序其初稿，直以丹壑目之。今又七年，而蕴山装辑前后所作得二十卷寄予，论次则纵横排纍前无古人，观风化俗行政莅民一寓于诗，始不仅以丹壑概之也。予尝谓此事本性求情作思教孝，此乃真诗髓也。家数格调音节路径此则能者所自为也。蕴山于此事不忘其初，不岐其径，且其近日目述所得曰：胆不大则心不细，气不壮则味不深，阅历不多则法度不密，斯可谓知言也。予最服膺放翁与杜敬叔论诗，谓古人壮浪奔放绝尘轶群之气，全于册车间遇之，是即蕴山所自得之谓乎！放翁此语，敬叔尝镌之桂林崖石间。今予得遍观前后诸作，清雄迈世，于放翁语有惬志焉。适蕴山抵任桂林，山川奇郁之气与其诗笔足以相发。事之不谋而合，有如斯乎！四十年来，可与焚香对论者，更有几人。岂惟不仅以莲洋丹壑相期而已哉！①

从前面所引的几段话可知，翁方纲善于在给弟子的文字中宣传自己的诗学观点。那么，作为弟子，谢启昆是如何接受、宣扬老师的诗学思想的呢？他在不少诗文中，对于翁方纲的诗学思想都有回应。作于己未年（1799）间的《上覃溪师》，谢启昆说：

> 启昆学诗于门下者四十年矣，诗之律欲其细，句欲其安，章法欲其浑成，每当构思握管时，惴惴然唯恐失之。及其既成，视之往往不能如其初志，既而思之，凡人之大踏步行者，必无颠蹶之患，小儿之扶墙倚壁者，不能矣。庄生所云：猖狂妄行而蹈于大方者，其斯之谓。盖律不老则不细，句不横则不稳，字不险则不安，章法不泼辣则不浑成。启昆之学力何能追造此境？然数年来遍览唐宋诸大家，又阅

---

① （清）翁方纲：《复初斋文集》卷十三，清李彦章校刻本，第469页。

历世事已深，颇于撒手空行往来无碍之妙谛，稍有所得。昔者屡承明训，今日忽然贯通。近作曾蒙许可，遂成感激奋兴。每观旧稿，辄自嗤为小儿学步。前求作序，遽以丹垩比之，诚非启昆所敢当者。今特大加删改，尚不敢以丹垩自甘，且妄谓夺其席矣。全集十七卷，今已刻成，吾师视之以为何如？倘较襄时，过之则敢乞再作序文，为启昆晚年定论。苏门六君子谁为之长，小子未遑多让焉。寸心耿耿，不敢不直陈于函丈之前，幸恕其愚妄，而责以藻绘，不胜翘企待命之至。①

这是谢启昆晚年诗文集刻成后向恩师乞序，"苏门六子"云云俨然以"翁门大弟子"自居，言语中继承和发扬翁氏理论的意思明显。至于开头谈到诗律、字句、章法等，则显然是翁方纲平日言传身教的惯有思路。又如作于庚申年（1800）的《上翁覃溪师》称翁方纲"近日著书益富，经术益深，考订益精，涵养益邃，屈指时贤未有本末兼该，言行相顾如吾师之造诣深至也"。有追捧老师之意，也表明谢启昆对翁方纲重考据、重学问的诗学思想和理路有清醒的认识。又"近则官常民瘼，日厉寤寐，闲有吟咏，差胜博弈耳。经史载籍，浩无涯畔"云云，则又是翁氏诗学思想的具体贯彻了。

谢启昆的诗歌创作也能体现翁方纲诗学思想的影响。谢启昆一生勤于政务，诗作不多。从这不多的诗作中，其诗风诗貌也可见一斑。乾隆五十九年，赵翼为谢启昆诗集《补梅轩草》作序，就说到这一特点："窃以先生治绩当为一世循良之最矣，乃酬唱赠答登临感兴之篇时时流播，艺林争诵传抄，始知先生才分学养之闳且邃如此。文学政事，盖以一人兼之。""夫世之以诗名者，大抵皆骚人墨客，终其身沉酣歌咏，抑或徜翔馆阁以文字为职业。若贤劳鞅掌理治繁剧之才，则所谓一行作吏此事便废者。先生独能包举其全，且各极其至。""争诵传抄""各极其至"当然是过誉之词、门面话而已，不必信以为真。不过说谢启昆兼文学政事，以"治绩"为先，诗文只是"酬唱赠答登临感兴之篇"，倒是说到了谢启昆为政为诗文的态度。这当然也是早年翁方纲谆谆教诲的结果。

---

① （清）谢启昆：《树经堂诗文集》，清嘉庆刻本。以下所涉谢启昆诗文均出于此，不另注。

更为具体的事例是，谢启昆在一系列论诗诗中宣扬翁方纲的诗学思想。丙辰年（1796）谢启昆完成咏史诗八卷，这实际上是几组论诗诗。分别是《读全唐诗仿元遗山论诗绝句》一百首、《读全宋诗仿元遗山论诗绝句》二百首、《读〈中州集〉仿元遗山论诗绝句》六十首、《书五代诗话后》三十首、《论元诗绝句》七十首、《书周松霭〈辽诗话〉后》二十四首、《论明诗绝句》九十六首。谢启昆论诗，基本点就是知人论世，论由史发。① 对于这一点，其弟子邵志纯说谢氏论诗诗"选言居要，记事钩元，汎汎乎皆大雅之音"。"公之论诗，即公之所以论史；公之论史，亦即公之所以为政。""以寓诗通于史之义。"这一特色，显然是翁方纲以考据为诗、以学问为诗的衣钵相传。

又在具体论述中，我们也不难看出翁方纲对谢启昆的影响。如前所说，翁方纲告诫弟子，仕途业绩先于诗艺。谢启昆在评明代诗人杨士奇时就说："小技为诗未足名，三杨辅政尚忠贞。石台东里争传播，不废君臣互和庚。"（《论明诗九十六首》）在对待具体作家上，翁方纲推重杜甫、韩愈、苏轼、黄庭坚、虞集、元好问等人。符葆森《国朝正雅集》引《石溪舫诗话》："覃溪师论诗，以杜、韩、苏、黄及虞道园、元遗山六家为宗。"② 谢启昆的论诗诗对这几位诗人也是格外推重。

在《读全唐诗仿元遗山论诗绝句一百首》，有4首论杜甫。"诗祖休将诗律夸，直凭史笔记年华。""同时海内相期许，寂寞千秋万世名。""笔力直教余地破，读书万卷是根原。"也有4首论韩愈，"李杜光芒万丈长，乾坤刻划摆雷硠"。"诗家触景皆风雅，休议《南山》与《北征》。"在《读全宋诗仿元遗山论诗绝句二百首》，有8首诗专论苏轼。"英雄事去山川在，月白风清梦缟衣。""彭门河复赋黄楼，水利杭州又颍州。""眉山家学振词林，地负海涵金玉音。""作诗形似定非诗，佳处相逢老画师。"又有4首论述黄庭坚，诗中称黄庭坚"冰雪文心淡不言，江梅佳宝托苏门"。"玉皇仙吏谪人间，关钥天开自往还。""丰神酷似王摩诘，皖口丹青李伯时。"在评谢景初时说："涪翁句法悟师资"，又把黄庭坚与苏轼并称，如评陈与义时说："谁言诗到苏黄尽"，评元好问"苏黄以后导

---

① 拙文《谢启昆论诗诗研究》有具体论述，见《古代文学理论研究》第19辑，华东师范大学出版社2001年版，第350—360页。

② 沈津：《翁方纲年谱》，台湾"中研院"中国文哲研究所2003年版，第509页。

迷津"，又在评严羽时称"大乘法眼是苏黄"等。对于虞集，谢启昆虽只有1首诗："春雨江南忆杏花，草堂旧宅锦川涯。汉廷老吏奎章阁，玉洞仙官蔡少霞。"（《论元诗绝句七十首》）但对虞集的功业文章已作了肯定性的评价。谢启昆这几组论诗诗有的题目就名言"仿元遗山"，可见对元好问的推崇。在《读〈中州集〉效元遗山论诗绝句六十首》，谢启昆有4首专论元好问，"去国孤臣拼九死，外家别业带春星"。"前人妙句供驱遣，锦段何曾费剪裁。""西园载酒感前游，胸次崔巍压九州。""慷慨论诗句有神，苏黄以后导迷津。"在《书五代诗话后三十首》中评王士祯实际上也是评元好问："遗山绝句阮亭继，千古风骚得尚论。"在谢启昆的几组论诗诗中，大多数诗人只有1首诗，而以上诗人则有多首，可见谢启昆对其重视程度。谢启昆对他们的功名业绩、诗艺诗观等作了高度评价，推崇之意甚明。这跟翁方纲推崇这些人的思想是一脉相通的。

翁方纲与诸弟子讲学时，多从"诗法""句法"角度切入。据他自己说："愚在江西三年，日与学人讲求山谷诗法之所以然，第以中得二语曰：以古人为师，以质厚为本。"（《渔洋先生精华录序》）① 他有一篇《诗法论》，有意思的是翁方纲用杜甫的诗句来演说其诗法观："法之立也，有立乎其先、立乎其中者，此法之正本探原也。有立乎其节目、立乎其肌理界缝者，此法之穷形尽变也。杜云：'法自儒家有'，此法之立本者也。又曰：'佳句法如何'，此法之尽变者也。"② 谢启昆在论诗诗中也秉承了这一论诗传统。他在一系列论诗诗中多次提及诗人的诗法、句法，评谢景初"涪翁句法悟师资，秋月澄江谢朓诗"。（《读全宋诗仿元遗山论诗绝句二百首》）、评张元幹"渊源句法授东湖，高义芦川阅乱余"。（同上）评徐照"怀人秋雨春风外，句法传来五字精"。（同上）评姜夔"南山若士传诗法，剡水忘言一棹归"。（同上）评严羽"沧浪逋客论诗法，第一禅宗数盛唐"。（同上）评杨载"同时句法传文靖，望月宗阳第一声"。（《论元诗绝句七十首》）评张以宁"送别重峰传句法，《春秋》学更重遗经"。（《论明诗绝句九十六首》）评李东阳"留得浣花诗法在，谁云何李异门庭？"（同上）等皆是。这些都可见翁方纲诗法观点的一脉相传。

---

① （清）翁方纲：《复初斋文集》卷十三，清李彦章校刻本。
② 同上。

再者，更能说明谢启昆的诗学观点继承和发扬了翁方纲诗学观点的是，上述几组论诗诗，得到了翁方纲的点拨和首肯。嘉庆元年谢启昆完成咏史诗八卷（即上述几组论诗诗），《上翁覃溪师》："昨者附呈启昆所作咏史诗八卷，求训诲而赐之序。"这年十月十一日，翁方纲有札致谢启昆，论《咏史诗》，说："愚于作文，必取其真切，不取藻饰，如前所作尊诗序，前一首尚嫌其空，必如后一首方不空，然尚望吾贤更有进境而再序之，则更真切矣。"① 提倡"真切"，反对空疏，是翁方纲"肌理说"的基本要义。第二年二月十二日，翁方纲为谢启昆这八卷论诗诗作序。② 对谢启昆的论诗诗作了高度评价。接到翁方纲的序后，谢启昆又作《上翁覃溪师》："昨者附呈启昆所作咏史诗八卷，求训诲而赐之序。辱夫子垂教，以谓古人已往，各有应指应摘处，非身当史局不必作为论断。且以启昆所作，视唐胡曾更精工矣。愈精工则所指愈甚。凡以明咏史诗可以无作云尔。"这是咏史诗八卷经翁方纲斧正之后给翁氏的回信。从中可见翁方纲对谢启昆的首肯，也可以说，谢启昆的论诗诗的思想就是翁方纲诗学思想的一脉相承。

---

① 沈津：《翁方纲年谱》，台湾"中研院"中国文哲研究所 2003 年版，第 345 页。
② 同上书，第 351 页。

第六章　吴嵩梁

第一节　吴嵩梁的诗学思想

　　吴嵩梁（1766—1834），字子山，号兰雪、澈翁，别号莲花博士、石溪老渔。江西东乡人。清代诗人、著名书画家。《清史稿》卷四八五有传。他天赋聪敏，15岁以文名于乡，为金溪杨馥所识，结为忘年交。乾隆四十九年（1784），高宗南巡，他年未及冠，即以诗册进呈行殿，时年不到20岁，诗稿已有数百首。后从蒋士铨学诗法，又与乐钧一起师从著名诗人翁方纲。翁方纲在《庐山纪游图序》中说："吾与西江诸友论诗，前则谢子蕴山，今则吴子兰雪最其秀也。"① 谢蕴山，即谢启昆，吴兰雪乃吴嵩梁，他们是翁方纲两位最得意的江西籍门生，他们都较好地继承和发扬了翁方纲的诗学思想。

　　吴嵩梁曾先后主讲兴鲁、白鹿洞、鹅湖等书院。嘉庆五年（1800）庚申中举人，由内阁中书历官黔西知州。在京为中书舍人时，是宣南诗社的重要成员，其时龚自珍以才，魏源以学，宗稷辰以文，吴嵩梁以诗，端木国瑚以经术，合称为"薇垣五名士"。吴嵩梁的主要著作有《香苏山馆全集》四十九卷，其中有《香苏山馆文集》二卷、《石溪舫诗话》二卷，《东乡风土记》一卷，《庐山记游图》一卷。于道光二十三年（1843）刊《香苏山馆全集》本，今收入《续修四库全书》。吴嵩梁以杜甫为宗，兼及唐宋各家之要，其诗激荡、悱恻，与江苏黄景仁齐名，并称"一时之二杰"。王昶序《石溪舫诗话》云："或就诗论人，就人论诗，或即诗论诗而不涉乎人，即人论人而不涉乎诗；或又不论人论诗只论其事，或又论人论诗而并论其时地。穷达不一，咸属相知，多寡难齐，适可而止。盖吾

---

① （清）翁方纲撰《复初斋文集》卷四，《续修四库全书》第1455册，第389页。

师是编，不特精于论诗，抑且深于知人论世，读者作诸名公小传观可也。"①《清史稿》赞其诗云："声播外夷，朝鲜史曹判书金鲁敬以梅花一龛供奉之，称为诗佛。日本贾人斥四金购其诗扇。其名重如此。"吴兰雪诗歌的主要特色袁枚在《随园诗话》中早有论断，即"清绝""超妙""天籁"。

一　清绝

吴嵩梁一直都享有"诗佛"的美誉，时人以诗赞曰："临行贻我香苏集，如读仙书入仙乡"。在吴嵩梁的诗歌及其人格中，都具"佛性"的品质，"补布千丈云千囊，尘心淘尽慧心生，凡骨立换冰雪肠"。任国子博士后，假托故人相语一梦，请他代为"莲花博士"，头衔也与莲花争绮。晚年兼理琉球学，并以此为自号。莲花素与佛教有着紧密的联系，它是佛教的象征，莲花出淤泥而不染，洁身自处，傲然挺立，乃花中清绝之魁首。吴嵩梁在《菡萏禅林》一诗中就曾写道："莲性通三昧"，并以此为别号，可见其对于"清绝"意境的追求。吴嵩梁的诗也犹如出水芙蓉般不染尘俗，读后使人齿颊清芬惬意，如他的《夜登仙鹤峰闻钟》："三十六声钟，秋山一万重。月明都化水，云气欲沉松。群籁此时绝，独游谁与从。仙人骖鹤去，手把玉芙蓉。"超凡脱俗，意境清远。其小诗《江南道中》："山风拂袂暗凉生，月黑空林更独行。一路野花开似雪，但闻香气不知名。"意境美妙，语言灵动，堪比盛唐。大才子袁枚也心折其诗，赞曰："如山此结胎，根无世法染。花为善心开，甘露清凉遍。"而道光年间的江苏举人潘曾绶在《感旧诗》中赞吴嵩梁为"再生诗笔愈清华"。这也正是他被后世誉为"诗坛射雕手"的原因之一。

"梅、兰、竹、菊"四君子自古以来就是文人雅士心目中高洁品质的代言。吴兰雪平生喜兰嗜梅，其号兰雪、澈翁均有寄寓。李太白曾有诗句云："独立天地间，清风洒兰雪"，吴兰雪也自称："少年爱读太白诗，乃以兰雪为别字"，并自作《兰雪篇》与《澈翁》诗，以表心志。在其《书怀》诗中，我们同样能够感受到他超凡脱俗的高逸之气，"青兰无冶容，托根况幽深。和风一以拂，扬芬出中林。灼灼桃李颜，郁郁蓬艾阴。

① 蒋寅撰《清诗话考》，中华书局 2005 年版，第 462 页。

亭亭空谷花，耿耿持素心。芳菲不自达，感气谁相寻。采佩愿及时，毋令霜露侵。"旷谷幽兰的清雅之气实乃诗人自身品格真实写照。正如洪亮吉所言："兰雪诗珠光七分，剑气三分"。

二　超妙

吴嵩梁作诗，主张师古法。嘉庆二十一年十月，他在为余成教《石园诗话》作序时云："说诗者好新而厌陈，故所采多出于今人。其姓名字句，灿然一新，而诗之窠臼，则陈陈而相因。石园所说，皆取于唐人诗，多人所习见，妙义则未之前闻。盖其读书得间，高悟出尘，超然脱乎常解，有以窥见古人性情之真。吾故发明其意，俾学者能温故而知新，庶几乎深造自得，毋徇所好于今人也。"吴嵩梁所强调的"师古"，并不是拘泥于古，而是"温故知新"，以"不变"求"至变"。他博采众派之长，熔铸李、杜、韩、苏各家，从容挥洒，遵从杜甫开创的"诗史"。

吴嵩梁所著的《石溪舫诗话》，形成了较为完整的诗歌理论体系。其诗集中还有论诗诗百首，对当世作家进行了一一评论，颇具诗学见解。如他在《为覃溪师题王渔洋秋林读书图》中说："杜陵下笔神光接，万卷曾经读破来"，就重申了杜甫"读书破万卷，下笔如有神"的道理。《题王太史藕堂游五莲峰诗卷二首》之一说："参透诗家无上谛，能空倚傍是天才"一语道破了诗学的最高法则是独抒性灵，而不能模仿依傍。而《余有山水癖念昔贤多同调者辄纪以诗》，则评述了文学史上几位山水诗人的诗作。评杜甫的山水诗曰："巨斧摩天孰敢胜？峨眉天半雪崚嶒。后来苏陆探奇遍，第一开山让少陵。"评王维、孟浩然的山水诗曰："五字超然思不群，襄阳绝唱更谁闻？幽寻偏爱王摩诘，行尽青溪看白云。"评韦应物、柳宗元的山水诗曰："万壑千岩各异姿，苏州澄淡柳州奇。江山妙处凭谁领？都似幽人卷里诗。"评欧阳修的山水诗曰："山水文章似性情，诗篇蕴藉入琴声。醉翁一操堪千古，夜夜风泉泻月明。"评王安石的山水诗曰："岭云江月句谁能？一代雄才管废兴。健笔郁蟠龙虎气，看山只合住金陵。"这一组论山水诗的绝句把握了各家诗人各自山水诗的艺术神髓和山水灵性，妙笔生花，字字中的，可谓是一部简明的山水诗史。

三　天籁

吴嵩梁自称有"山水癖"，他一生遍游大江南北，吴越山川。从元遗山，苏东坡上溯到李、杜，参以王右丞、孟襄阳所到之处，皆留下吟咏诗篇。其山水诗多在自然质朴的景色中流连，描写中追求诗画相通的效果与幽雅闲适的意趣，"诗中有画，画中有诗"。如他的《雨后》诗，"一犁新雨足，众绿共澄鲜。野色低涵树，溪流乱入田。泥香锄菜地，风定网鱼天。更觅幽深处，科头听石泉。"沉郁顿挫，变化错综，有识有力，有声有光，宛如天籁一般。

清人梁章钜在《雁荡诗话》中记载，吴嵩梁虽从未到过雁荡山，却写过一首有关雁荡山的诗，可执牛耳。诗题为《题张芥航愿游图》"君愿游雁荡，写图作第三。康乐游屐未经处，故人先我穷幽探。山根突兀接沧海，亘古奔涛不能坏。一峰一朵妙莲花，峰峰奇拔青天外。龙湫瀑又庐山殊，万马踏阵雷回车，飞花溅雪偏林壑，山下仰视烟有无。苏潭石农去已久，俊游非君莫与后。我欲从君君许否，现身愿化听诗叟。"吴诗写雁荡山景物措辞贴切，生动形象，惟妙惟肖。一说雁荡山是"山根突兀接沧海"，点出了它与海的关系；二说雁荡山"一峰一朵妙莲花"，以莲花喻雁峰，指出了雁荡峰岩的特点；三说"龙湫瀑又庐山殊"，点出了雁荡山的代表景观与大龙湫和著名的庐山香炉瀑布大不相同，独具特色。这三点都抓住了雁荡山的独特魅力，可谓"增一分则多，减一分则少"。梁章钜在诗话中有几行按语："兰雪未游此山，而此诗所言亲切乃尔，信乎才人之笔，无施不可，我为山灵惜少此老数首诗也。"

朱庭珍在《筱园诗话》中评论吴嵩梁的诗曰："（兰雪）笔力雄宕清峭，得力苏、陆二家。七古五古利于近体，尤长于写山水名胜。全集以《庐山纪游》一册为冠，卓然可传，无忝名家。"林昌彝在《射鹰楼诗话》也高度评价吴嵩梁的诗，说他"模山范水，可作妙手。……有绘影绘声之妙。"（卷十）称其七言诗"气韵高华，情怀旖旎。"（卷十六）称其绝句"神韵不减渔洋山人。"（卷二十）可见，吴嵩梁的诗气韵与格调兼备，犹如天籁之语，实乃"此诗只应天上有，人间能得几回闻"，也正是因为吴嵩梁集"清绝""超妙""天籁"于一身，才使得他居于清代文坛的巨擘之位长盛不衰。

第二节　吴嵩梁与"肌理说"

清代著名学者翁方纲《庐山纪游图序》说："吾与西江诸友论诗,前则谢子蕴山,今则吴子兰雪最其秀也。西江秀气在匡庐,而蕴山、兰雪先后应聘主鹿洞讲席。"① 谢蕴山,就是谢启昆,吴兰雪就是吴嵩梁,他们是翁方纲的两位最得意的江西籍门生。他们都较好地继承和发扬了翁方纲的诗学思想。谢启昆我们已有论述,我们这里谈谈吴嵩梁的诗学思想与翁方纲"肌理说"的关系。

吴嵩梁(1766—1834),字子山,号兰雪、澈翁,别号莲花博士、石溪老渔,江西东乡人。清代诗人、书画家。乾隆四十九年(1784),高宗南巡,他年未及冠,即以诗册进呈行殿。后从蒋士铨学诗法,又与乐钧一起师从著名诗人翁方纲。曾先后主讲兴鲁、白鹿洞、鹅湖等书院。嘉庆五年(1800)庚申举人,由内阁中书历官黔西知州。有《香苏山馆全集》四十九卷。关于其诗名,《清史稿》是这样说的:"声播外夷,朝鲜吏曹判书金鲁敬以梅花一龛供奉之,称为诗佛。日本贾人斥四金购其诗扇。其名重如此。"袁枚在《随园诗话》中以"清绝""超妙""天籁"等语誉之。朱庭珍《筱园诗话》评论其诗说:"(兰雪)笔力雄宕清峭,得力苏、陆二家。七古五古利于近体,尤长于写山水名胜。全集以《庐山纪游》一册为冠,卓然可传,无忝名家。""可与兰雪敌手者,惟闽中张亨甫际亮而已。"林昌彝《射鹰楼诗话》高度评价吴嵩梁的诗,说他"模山范水,可作妙手。……有绘影绘声之妙。"(卷十)称其七言诗"气韵高华,情怀旖旎。"(卷十六)称其绝句"神韵不减渔洋山人。"(卷二十)道光年间江苏举人潘曾绶在《感旧诗》中评吴嵩梁"再生诗笔愈清华"。如小诗《江南道中》"山风拂袂暗凉生,月黑空林更独行。一路野花开似雪,但闻香气不知名。"意境美妙,语言灵动,堪比盛唐。吴嵩梁不仅诗作有名,其诗歌理论也修养颇深。著有《石溪舫诗话》二卷,其诗集中还有论诗诗百首,对当代作家一一评论,有一定的诗学见解。吴嵩梁的诗学思想受翁方纲的影响是很明显的,这与他们的亲密交往是分不开的。我们可以从几个方面来理解这个问题,一是从翁方纲这方面来说,他是如何对吴

---

① (清)翁方纲:《复初斋文集》卷四,清李彦章校刻本。

嵩梁产生诗学影响的，二是吴嵩梁是如何接受翁方纲的诗学思想的，三是吴嵩梁的诗文是如何体现这种诗学影响的，三个层面又时时纠缠在一起。

翁方纲对吴嵩梁这个弟子是寄予厚望的。在江西省任督学时，收吴嵩梁为入室弟子。翁方纲几年后作《谷园书屋图记》，描述师生几个读书情景，共描绘了弟子七人，其中就有吴兰雪。①《兰雪图为吴生题》借吴嵩梁字发挥："孔子言兰不言雪，此义韩子乃补之。嗟哉志士感后时，仲舒休奕两不知。空山孤根日滋息，大哉阳和天地力。悟彻苍茫独立人，水石昏阴淡如墨。"② 以兰雪图解吴嵩梁字，实际上也是表达了对弟子的殷切希望。吴嵩梁也有和诗《次韵覃谿师题兰雪图》："人间清绝哪有此，谪仙语妙偶得之。满丛冰雪花开时，蛱蝶黄蜂知未知。东风早晚透消息，辛苦耐寒须努力。素心一点倾向谁，日暮空山云泼墨。"③ 对老师的殷切希望予以积极回应。

翁方纲与吴嵩梁两人情谊甚笃，我们从两人的诗文来往中不难看出这一点。如《送吴生序》一文，翁方纲就动情地说："乙亥冬，吴子兰雪将归江西。客曰：'子与兰雪相知深矣。今其行也，未知何时能复来，独无一言可乎。'予曰：'殊歉然耳。'昔归熙甫归江南，既登骡车矣。有门人以李献吉文来质熙甫为诵。曾子固书魏郑公传后一篇至数十遍，仆夫催行而熙甫诵不辍。予每爱此以为别绪之最足记者。此前人事也。忆乾隆壬辰春，予甫自广东旋役归，谢蕴山出守镇江。其明日首途矣，亟来为别。是夕与冯鱼山联句。予为略疏其章法，至漏下四鼓。蕴山叹曰：'不图今夕大悟诗理。'其后每与蕴山书必缕及此夕语。己酉秋，予自江西满任归，行李仆从皆入舟矣。惟鲁习之在几侧不肯去。适吴兴丁小疋来。予曰：'难得此共质经义也。'因举郑氏注数条相辨说，至午乃别。今兰雪寓邻巷二年矣。未尝以学相质也，况今日乎？虽吾怀歉，然奈之何哉？即书此以为序。"④ 送别序文，情谊深厚。《寄讯兰雪》云："宿雨晴来带晓寒，老夫尚怯袷衣单。道心静欲添香篆，诗味深于浴内丹。午梦暑消缄淡素，

---

① （清）翁方纲：《复初斋文集》卷六，清李彦章校刻本。
② 同上。
③ （清）吴嵩梁撰《香苏山馆诗集》卷一，清木犀轩刻本。
④ （清）翁方纲：《复初斋文集》卷十二，清李彦章校刻本。

秋窗风定室宽安。维摩示疾元非疾，莫借藏园画稿看。"① 其间也不难看出师徒之间嘘寒问暖的融洽之情。在人情温暖中谈诗论道，温情与诗意馥人心脾。翁方纲诗中有许多诗送吴嵩梁，师徒情谊甚笃，这一点甚至连朝鲜使节都知道。翁方纲《石士见示兰雪游武夷近作》有"岂知海东人，苏门竚兰雪。"两句。翁方纲自注云："今春高丽使相沈君问苏斋诗弟子有吴兰雪者，可得见否？"②

　　翁方纲对吴嵩梁的诗歌才能是大为赞赏的。作为老师，翁方纲对弟子可谓知根知底，也注意因材施教。在他的弟子中，谢启昆是从政的料，所以翁方纲在谢启昆出守扬州时，曾劝谢启昆要以仕途业绩为重，十年不为诗。而对其他江西籍弟子，他在《次韵酬兰雪见寄四首并序》曾有一段评语说："予于西江得经义最深者，万载辛敬堂、南城王实斋、新城鲁习之三子其尤也。而东乡吴兰雪以诗才矫出相角起，既屡见前诗矣。"③ 翁方纲认为万载的辛绍业（生卒年不详，字服先，号敬堂）、南城王实斋（生平不详）、新城鲁习之（生平不详）三子许以经义，而独于吴嵩梁许以诗学。这是翁方纲对吴嵩梁诗才的首肯。当然，翁方纲与吴嵩梁之间有时也会讨论经学问题。如在《与吴兰雪书二通》，翁方纲就与吴嵩梁讨论王阳明之良知与孟子之良知的不同，指出："孟子言良知，即性善之旨。阳明言良知则是欲破朱子补格致之传耳。""阳明之主良知乃是误解大学之要义，其可以与孟子之良知同日语乎？"④ 但我们通阅两人的诗文来往就可发现，翁、吴两人讨论较多还是诗学的问题。如《赠吴生嵩梁》："百五人中补此人，始知庐岳最嶙峋。莲洋得髓他年喻，迦叶拈花现在因。鸟自相求能感气，鹤元不病更清真。烦君一吸西江水，莫放坡诗百态新。"⑤ 对吴嵩梁赞赏的同时，也期望他能吸天地之真气，早日领悟苏轼诗学之真谛。翁方纲《兰雪以所装六人合作五色梅帧子属赋诗》中有"淡浓远近参合离，以诗沁入梅肌理。"⑥ 翁方纲诗学主"肌理说"，但他与人诗文中虽然会谈及肌理的思想内涵和精神实质，但很少直接用"肌

---

① （清）翁方纲：《复初斋诗集》卷六十七，清李彦章校刻本。
② 同上。
③ （清）翁方纲：《复初斋诗集》卷四十三，清李彦章校刻本。
④ （清）翁方纲：《复初斋文集》卷十一，清李彦章校刻本。
⑤ （清）翁方纲：《复初斋诗集》卷三十八，清李彦章校刻本。
⑥ 同上书，第73页。

理”一词，这里是翁方纲用“肌理”用例之一。

翁方纲也认为吴嵩梁的诗学思想和自己的诗学思想是一脉相通的。翁方纲在《题香苏草堂图为兰雪别》一诗就说：“诸子期春聚，子独何时并。香苏与苏斋，耿耿此心盟。此山秋雨时，此屋夜泉声。一几瓣香篆，一灯慈母鉥。梦寐与我俱，云龙矢修程。百家入腾踔，大海一鲸铿。真气必我应，傥先数子鸣。是日苏斋榻，云结匡庐青。会合定有期，旦旦蓄精诚。空山慎独处，努力勤令名。”① 香苏草堂为吴嵩梁居所名，苏斋为翁方纲书斋名，两者都有以苏轼命名，他们的诗学主张也心通手连。翁方纲在诗中不止一次说过其“宝苏斋”与吴嵩梁“香苏斋”命名立意有相通之处。翁方纲在另一首送别吴嵩梁的诗《兰雪即行走笔送之》也表达了同样的意思：“舟车鞍马际，庐井与江湖。去住皆诗髓，襟裾有记珠。三春听雨处，十忆对床图。万卷精神合，香苏即宝苏。”② 末联说两人精神相通相合，香苏和宝苏的立意是相同的。又《梦禅为兰雪作香苏馆图二首》：“诗梦来禅梦，香苏即宝苏。”进一步表明翁、吴二人诗学取向的相同。③ 吴嵩梁的和诗《次韵覃谿先生题香苏堂图奉寄》也表达了这种同声相应、同气相求的精神连通：“解携即万里，精神常合并。千载托久要，岂啻终身盟。相求在感气，相应惟同声。”④ 透露出师徒两人心灵的会通与默契。翁方纲认为，吴嵩梁对自己的诗学神髓是心领神会的，《次答吴兰雪》云：“今日苏斋诗髓得，有谁肩可亚吴金。”⑤

以上我们主要谈的是翁方纲对吴嵩梁的态度，吴嵩梁对翁方纲呢？作为弟子，吴嵩梁秉承了中国自古就有的尊师传统，对自己的业师尊敬有加。吴嵩梁《南昌使院送督学翁谿师入都》一诗云：“古人重气谊，大道资扶持。言所不得已，匪矜文采奇。今人富赠答，貌合而神离。苟非金石交，曷取琼琚词。我恨识公晚，凤昔梦见之。坐我春风中，十年酬渴饥。采兰出幽深，相马略瘦肥。遂令芦中人，肩与群彦随。是时公校士，我方以病辞。下车问姓名，侪辈或未知。一膺国士遇，万口传新诗。射雕惭未

---

① （清）翁方纲：《复初斋诗集》卷三十八，清李彦章校刻本，第 24 页。
② （清）翁方纲：《复初斋诗集》卷六十三，清李彦章校刻本。
③ 同上。
④ （清）吴嵩梁：《香苏山馆诗集》卷一，清木犀轩刻本。
⑤ （清）翁方纲：《复初斋诗集》卷六十一，清李彦章校刻本。

能，病鹤聊自嗤。孟秋来豫章，函丈欣所依。拜像谷缘屋（山谷三集注本刻成，同人拜文节公像于谷缘书屋），盟心以不欺。同学二三子，析义穷毫厘。永怀千载业，惜此寸晷移。毋以利欲夺，毋以门户岐。肆力苟不倦，深造各有时。勉旃佩明训，终身无暂违。学诗虽一端，其妙兼众体。材力任发挥，性情乃根柢。作者累百家，波属而云委。中有真气存，万变同一轨。近代王渔洋，以禅喻诗理。五城十二楼，妙悟在弹指。自谓得天章，沩山有寂子。万古玉女峰，九曲昆仑水。诗格信超然，莲花出泥滓。嗟我本钝根，仙才敢窃比。落拓少年时，遭遇固相似。天章年廿三，知名自京邸。廿五谒渔洋，遂倒群公屐。我从苏斋游，早仅一年耳。相依在平生，倾心对知己。衮衮翰墨场，缘情多绮靡。高才诚不乏，几人得真髓。愿探风雅源，端自孝弟始。情深则文明，庶追古人旨。（公以莲洋见髓，儿奖因作诗髓说云性情者，孝弟而已矣）"①　又《泰安使院喜晤阁学翁覃谿先生》："师门一别感飘蓬，车马何期邂逅同。海日红生旌节外，岱云青到酒杯中。只身负米双慈母，当代怜才数钜公。惭愧射雕弓力退，让谁长句擅山东。"② 对师长的感恩之情渗透于字里行间。吴嵩梁有一组《怀人诗》，写了有 24 首，分别怀念 24 位师友，第一首就写翁方纲："持节三十载，先生依旧贫。钞书从秘阁，扶病接诗人。知己平生最，中朝奖借频。寄笺如东筍，吟坐草堂春。"（阁学翁覃谿师)③ 此也可见翁方纲在吴嵩梁心中的地位。

对于翁方纲，吴嵩梁当然不仅仅是师徒情谊上的敬重，更有诗学成就的钦佩。《登岱诗和覃谿先生》："公诗雄秀冠当代，墨妙况兼贻百朋。"④《东坡生日题李委吹笛图为覃谿师作》："公诗快作穿云弄，我梦初回泛雪船。同藕黄州香一瓣，苏斋读画与参禅。"⑤ 对翁方纲诗学成就的钦佩之情溢于言表。我们知道，翁方纲对宋诗特别是苏、黄诗特别推重，每年翁方纲都要为黄庭坚、苏东坡做生日，在家要设果脯敬奉，请诸友会诗。翁方纲的书斋名苏斋、境轩、谷园，立意就分别与苏轼、陆游、黄庭坚有

---

① （清）吴嵩梁：《香苏山馆诗集》卷一，清木犀轩刻本。
② （清）吴嵩梁：《香苏山馆诗集》卷二，清木犀轩刻本。
③ 同上书，第 183 页。
④ 同上书，第 662 页。
⑤ （清）吴嵩梁：《香苏山馆诗集》卷六，清木犀轩刻本，第 214 页。

关。作为师长的诗学倾向也直接地影响着吴嵩梁，《坡公生日覃谿师招同法梧门宋芷湾刘芙初顾南雅洪镜亭集苏斋观风水洞题名四字拓本》就有："苏斋年年拜公像，妙墨天教侑佳酿。仙风乳水故依然，红日乌云漫惆怅。"① 说明吴嵩梁对翁方纲年年拜苏公的仪节是很熟悉的，有时还亲自参与其活动。吴嵩梁对苏轼也是推重有加。他有许多诗就是用东坡诗韵或用东坡诗句，如《覃谿师以东坡颖州西湖月夜泛舟听琴诗残碑拓本见贻用其韵奉谢》②《余慕罗浮久矣，比欲往游屡约未践因次东坡韵三首以寄吾意》③《元日用东坡句续成一诗》④ 就是例证。吴嵩梁的《记坡公轶事》一组诗6首，分别写苏东坡妻、妾和佣人王夫人、王朝云、胡琴婢、郑女、周韶、春梦婆。⑤ 从一个侧面说明对苏轼生平风谊的了解和神往。而《月夜读东坡诗三首》其二："水中百东坡，云中一居士。水云了不隔，观妙当如是。世人多谤公，为公得道资。公自有真我，物岂能磷缁。"⑥ 又《读东坡诗》云："游山渡海岂前期，梦里投荒醒不知。云散月明无我相，水流花放即公诗。忧患妙得偷闲地，逸谤翻深学道资。吾悔罗浮来较晚，多生抱朴敢同师。"⑦ 更表明其对苏轼遭际的同情和对其人格精神的确认。吴嵩梁对黄庭坚也是这样，《寄陈石士编修》自注云："以下七首皆集黄山谷句。"⑧ 由推重苏黄诗而上溯杜甫诗，也是翁方纲"肌理说"的应有之义，吴嵩梁的《百花洲杂咏》（集杜九首）就是这一精神的反映。⑨

《余有山水癖念昔贤多同调者辄纪以诗》⑩，则评述了历史上13位山水诗人的诗作：

---

① （清）吴嵩梁：《香苏山馆诗集》卷七，第38页。

② （清）吴嵩梁：《香苏山馆诗集》卷八，第42页。

③ （清）吴嵩梁：《香苏山馆诗集》卷十一，第77页。

④ 同上书，第261页。

⑤ 同上。

⑥ 同上书，第69页。

⑦ 同上书，清木犀轩刻本。

⑧ 同上书，第70页。

⑨ 同上书，第261页。

⑩ （清）吴嵩梁：《香苏山馆诗集》卷六，第260页。

采石危矶卷怒涛，诗楼只合画离骚。青山明月今犹艳，曾见先生宫锦袍。(评李白)

巨斧摩天孰敢胜？峨眉天半雪崚嶒。后来苏陆探奇遍，第一开山让少陵。(评杜甫)

五字超然思不群，襄阳绝唱更谁闻？幽寻偏爱王摩诘，行尽青豁看白云。(评王维、孟浩然)

万壑千岩各异姿，苏州澄淡柳州奇。江山妙处凭谁领？都似幽人卷里诗。(评韦应物、柳宗元)

山水文章似性情，诗篇蕴藉入琴声。醉翁一操堪千古，夜夜风泉泻月明。(评欧阳修)

岭云江月句谁能？一代雄才管废兴。健笔郁蟠龙虎气，看山只合住金陵。(评王安石)

樊口西湖最有情，岭南游兴冠平生。海天空阔同胸次，万里仙槎泛月行。(评苏东坡)

生平涉世是虚舟，醉眼公然概九州。阅尽人间奇险处，月明原不涴黄流。(评黄庭坚)

巫峡云深神女祠，成都锦瑟万花围。梦中偏渡桑乾碛，戈马如云破贼归。(评陆游)

讲学游山妙悟参，武夷九曲恣幽探。采芝恐受神仙谤，知己平生陆渭南。(评朱熹)

酷爱莲花又爱山，罗浮庐阜浩歌还。欲知道妙无穷处，只在光月霁月间。(评周敦颐)

归卧高斋德未孤，温山就养老堪娱。天台雁宕游踪遍，一鹤随身似旧无。(评赵阅道)

戎装骏马载双鬟，洞府春风几日闲。学道龙邱偏跌宕，遍携红袖看青山。(评陈季常)

这一组论山水诗绝句把握了各自诗人的艺术神髓和山水灵性，可当作简明的山水诗史来看。从吴嵩梁选评的诗人来看，以宋人为多，与翁方纲“肌理说”推重宋学宋人诗法也有相通。至于把苏轼、陆游等宋代诗人的诗法推源至杜甫，也与翁方纲的诗学理路相通。

据翁方纲同里友人陆廷枢《复初斋诗集序》，吴嵩梁是翁方纲《复初

斋诗集》的主要编次者之一。① 从这一点来说，吴嵩梁也是公认的得翁门
衣钵真传的人。吴嵩梁自己也自认为得翁方纲诗法神髓，其《带玉堂次
壁问翁覃师韵》就说："诗骨谁似山崚嶒，句法我就苏斋征。"又云："吾
师学道即诗法，江山之助神力增。"② 又《为覃谿师题王渔洋秋林读书图》
更说："海内论诗得髓真，石帆衣钵孰前因。桃花偈子参三昧，许我莲洋
作替人。"③ 这俨然以翁门传人自居了。通阅吴嵩梁诗文，我们也可以发
现，吴嵩梁在一些诗文里谈及诗歌时，也并不是一成不变地宣扬翁方纲的
"肌理说"。这一方面跟他早年从提倡"真性情"的蒋士铨学诗有关，另
一方面，与翁方纲同时代的袁枚大力鼓吹性灵说，对吴嵩梁多少也有影
响。《袁存斋先生招饮赋》就说："我生十五龄，早诵随园诗。"④ 所以吴
嵩梁有时也流露对性灵说的推崇。如《为覃溪师题王渔洋秋林读书图》
中说："杜陵下笔神光接，万卷曾经读破来。"就重申了杜甫"读书破万
卷，下笔如有神"的道理。《题王太史藕堂游五莲峰诗卷二首》之一说：
"参透诗家无上谛，能空倚傍是天才。"说出了诗学的最高法则是独抒性
灵，而不能靠模仿依傍。这好像与翁方纲以学问为诗的观点有相左之处。
嘉庆二十一年十月，为余成教《石园诗话》作序云："说诗者好新而厌
陈，故所采多出于今人。其姓名字句，灿然一新，而诗之窠臼，则陈陈而
相因。石园所说，皆取于唐人诗，多人所习见，妙义则未之前闻。盖其读
书得间，高悟出尘，超然脱乎常解，有以窥见古人性情之真。吾故发明其
意，俾学者能温故而知新，庶几乎深造自得，毋徇所好于今人也。"⑤ 这
一方面说，性灵和学问原本是诗文创作的有机组成部分，单有性灵没有学
问显得浮泛，单有学问没有性灵显得迂腐，两者并不存在水火不融的对立
状态。正如钱钟书所说："有学而不能者矣，未有能而不学者也。大匠之
巧，焉能不出于规矩哉。""夫大家之能得心应手，正先由于得手应心。
技术工夫，习物能应；真积力久，学化于才，熟而能巧。专恃技巧不成大
家，非大家不须技巧也，更非若须技巧即不成大家也。"⑥ 学力和性灵是

① （清）翁方纲：《复初斋诗集》，清李彦章校刻本。
② （清）吴嵩梁：《香苏山馆诗集》卷十一，清木犀轩刻本。
③ （清）吴嵩梁：《香苏山馆诗集》卷六，第214页。
④ （清）吴嵩梁：《香苏山馆诗集》卷二，第665页。
⑤ 郭绍虞编选：《清诗话续编》，上海古籍出版社1983年版，第1735页。
⑥ 钱钟书：《谈艺录》，中华书局1984年版，第40、211页。

好诗的必要因素，合则巧妙，偏则不成。另一方面也说明，翁门后学与袁枚后学有相互借鉴、相互融合的趋势。我们知道，袁枚对翁方纲的诗歌是颇多指质，但对吴嵩梁的诗则赞赏有加，称之为"巨擘"："诗如天风海涛，苍苍浪浪，足以推倒一世豪杰。"① 虽赞美太过，但至少可说明，袁枚对吴嵩梁的诗歌还是认可的。推重性灵的洪亮吉也对吴嵩梁的诗歌倍加称赞，说其："才涌如潮，情艳于月。音节之妙，可被管弦。"吴嵩梁自己在《南雅得余诗读至……》诗中也这么说："论诗与取友，皆贵有真气。但矜鸿博才，究非切磋义。"② 又《袁简斋先生招同王梦楼先生晚集随园盛张灯宴即席赋诗》二首，说"金粉六朝诗世界，莲花千朵佛光明"之类，对袁枚的风流雅趣有倾慕之意甚明。这也可作为两派互相交融趋势来理解。总之，我们可以把吴嵩梁作为翁门弟子后起之秀来看待，由于个人的理解和时代的变迁，其诗学观点与翁氏"肌理说"的本义有些出入也是再正常不过的事。

---

① （清）吴嵩梁：《香苏山馆诗集》卷二，清木犀轩刻本。
② （清）吴嵩梁：《香苏山馆诗集》卷十四，清木犀轩刻本。

第七章 刘凤诰的《杜工部诗话》

由于杜甫诗艺和人格魅力的巨大影响，历代学杜、评杜、注杜、解杜、笺杜者多矣。宋代就有千家注杜的杜学高峰，明末清初又掀起另一个评杜、注杜高潮。到清代，杜诗学仍然高潮迭起。笔者据蒋寅先生撰《清诗话考》①统计，清代关于杜甫的诗学著作涉猎范围可谓广矣，探讨的问题可谓深矣。在前代和同代众多的杜诗学著作中，有一部著作值得我们重视。在杜诗学史上，它也许不算扛鼎之作，但其视角和方法自有特色，也谈得上是自成一家了。这就是清代刘凤诰撰著的《杜工部诗话》。

一 乾、嘉学风的浸染

刘凤诰，字丞牧，号金门。江西萍乡人。生于乾隆二十六年（1761），卒于道光十年（1830），终年七十。乾隆五十四年（1789）己酉刘凤诰中科第第三名探花，授编修，超擢侍读学士、内阁学士。历官广西提督，山东、浙江学政，湖北、山东、江南乡试正考官、兵部左侍郎、吏部右侍郎，赏加太子太保。嘉庆十四年（1809）因罪充军伊犁，改发黑龙江。嘉庆十八年（1813）释回。道光元年（1821），因病回籍，后卒于家。刘凤诰擅古文，有《存悔斋集》三十二卷，外集四卷存世。其中有《杜工部诗话》五卷，收诗话一百五十条。杜甫研究专家张忠纲撰《杜甫诗话六种校注》②中收有此书。

刘凤诰所处时代，正是乾、嘉学风盛行日。乾、嘉学风不讲经世致用，沉溺于文献考据。此时的大儒硕学如江永、钱大昕、戴震、段玉裁、王念孙等在考证、音韵、小学、校勘、训诂等方面都取得空前成就。在一代学风的浸染下，刘凤诰当然也不能脱离自己的时代。在《杜工部诗话》

---

① 蒋寅：《清诗话考》，中华书局2005年版。
② 张忠纲：《杜甫诗话六种校注》，齐鲁书社2002年版。

中，跟一般的诗话不同，刘凤诰不是重在分析杜甫的诗歌艺术和诗情诗旨本身，而是分门别类，层层考索，步步引证。《杜工部诗话》从第一卷起，考证杜甫的远祖、祖父、父母、家中排行、姐妹、妻子、儿女、家仆、生平遭际、性情、爱好等；第二卷考索杜甫所在的社会状况、生平大节、诗歌所记战事等；第三卷考索杜自传诗、庙观诗、陵寝诗、行役诗、山水诗、题画诗、画马诗、画鹰诗、刀剑诗、土风诗、时令诗、题花诗等；第四卷重在考论杜诗的个别词句；第五卷重在考证杜诗名物。除分门别类非常清晰外，在每一则诗话中，都注重故实考证、字词校勘。这明显是乾、嘉巨儒的治学套路，而不像传统诗话重在诗歌本身的诗情、诗艺和诗神的体悟和点拨。缺少传统诗话灵动神逸的韵味，却有乾、嘉学派特有的凝重厚实之美。以下举例以说明之。

如第一卷第 1 条诗话：

杜为晋征南将军杜预之后，子美《祭远祖当阳君文》自称"十三叶孙甫"，其曰："《春秋》主解，稿隶躬亲。"述预为《春秋左传集解》也。《进雕赋表》："自先君恕，预以降，奉儒守官，未坠素业。"则其根柢经术，固有自来。诗中援引，如《怀李白》云："更寻嘉树传，不忘角弓诗。"以季武不忘韩宣一事，翻成两语；《兵车行》云："新鬼烦冤旧鬼哭"，化用夏父弗忌"新鬼大，故鬼小"语；《前出塞》云："射人先射马"，本"乐伯左射马右射人"语；《投赠哥舒开府》云："廉颇仍走敌，魏绛已和戎。"以翰年老风疾，比之廉颇，玄宗赐音乐田园，比之魏绛赐女乐歌钟。运用神明，洵为克承家学者矣。

为佐证"杜甫为晋征南将军杜预之后"这一观点，刘凤诰广引杜甫诗文的材料，其中有《祭远祖当阳君文》《进雕赋表》《怀李白》《兵车行》《前出塞》《投赠歌舒开府》等。严格来说，刘凤诰的言说也不能说是严格的学理"考证"，只能说是相关材料的累积。因为他所引材料都是杜甫自己的诗文，而没有其他任何旁证。且对杜甫诗句的来历说明，也有牵强附会之嫌，非实证家所为。所以我们说，刘凤诰只是深受乾嘉学风的浸染，而不是真正意义上的考据学家。

另一则诗话的考据风更浓，这是第五卷的第 122 条诗话：

"岁拾橡栗随狙公"，《庄子》："昼拾橡栗。"又"狙公赋茅"。注：茅，音序，橡子也。《后汉书·李恂传》：岁荒，"徙居新安关下，拾橡栗以自资。"注："橡，栎实也。"《新唐书》载：公"客秦州，负薪采橡栗自给"。此在同谷亦然。王洙序称："负薪采稆"。

刘凤诰引《庄子》《后汉书·李恂传》《新唐书》《杜工部集序》这么多材料，只是为了证明《乾元中寓居同谷县作歌七首》其一中"岁拾橡栗随狙公"一句的"橡栗"是"橡子""栎实"。这是典型的乾、嘉学风的治学理路。旁征博引，累累千万言最后也只是说明一个词或一个字。就算说清楚了这个字、这个词，对我们理解、赏析诗文未必有多大帮助，但考据家们就是乐在其中，乐此不疲。由此可见乾、嘉学风的朴实厚重，但的确少了一份轻灵神逸。此法对富于灵性的诗文解读来说，未必是上上之策。

二　诗史互证

顺着乾、嘉学风的一贯理路，进一步解读刘凤诰的《杜工部诗话》，我们可以发现，其最大的特点就是，以诗证史和以史证诗，也即诗史互证。

先说以诗证史。杜诗早有"诗史"的美誉。(《新唐书·文艺》)杜甫的诗，对当时的重大事件都有所反映，所以以杜诗解唐史，是诗论家们的一贯理路。深处考据氛围中的刘凤诰更是如此。举例来说，如第二卷第28条诗话：

……《前出塞》为征秦陇兵赴交河作。首章提出"君已富土境，开边一何多"，为诸章眼目，然后历叙军士弃亲出门，走马搴旗，磨刀筑垒，备尝诸苦，及至获捷论功，又为边将营私所夺，首尾章法井然。《后出塞》为征东都赴蓟门作。是时禄山势盛，军士喜功贪赏者乐从之。……

又如第二卷第30条诗话："'三吏''三别'，为当时邺城师败，调兵急切而作。"又第33条诗话："《花卿歌》：'子璋髑髅血模糊，手提掷还崔大夫。'咏蜀将花惊定攻拔绵州，斩伪梁王段子璋事。"都是以诗证史。杜诗反映了玄宗、肃宗、代宗三朝安史之乱前后二十多年间的军国大事，不仅可以证诸史实，甚至可以补史之失。但是杜诗毕竟是诗，诗人是用一双诗性之眼来观照世界，用富于诗情的心灵去体悟人生。所以与重客观纪录的"史书"毕竟不同，诗歌是有血有肉，有诗人的真性情在的，所以浦起龙称："少陵之诗，一人之性情，而三朝之事会寄焉者"(《读杜心解·少陵编年诗目谱附记》)。刘凤诰注意到了杜诗"史"的一面，但轻视了其"诗"的一面，所以未能更深入地把握杜诗神髓。

再说以史论诗。刘凤诰精通史学，对历朝史籍和典实多有所浏览。这从他的具体诗话中可知一二。据我们初步统计，《杜工部诗话》所涉史籍有《尚书》《逸周书》《左传》《史记》《汉书》《三国志》、新旧《唐书》等。历代杜诗话、杜诗评注本及《容斋随笔》《梦溪笔谈》《东坡志林》等杂著都有所涉猎。正是基于广泛的知识背景，所以《杜工部诗话》长于考订，以史证诗的特点随处可见。以学问见长，本是乾嘉学风的本色。刘凤诰谈诗论诗，多从史学视角入手，呈史学知识之能。我们也举例以说明之。

第二卷第 26 条诗话说："少陵一生学问，无所发泄，略见于议兵。《新书》谓：'好论天下大事'，亦即指此。唐自开元十五年……天宝八载，哥舒翰攻拔石堡城，丧卒数万，《兵车行》所由作也。……"引《新唐书》以证杜甫好议军国大事，又详叙《兵车行》的历史背景。这是以史学视角来解诗。又第 27 条说："哥舒翰，本突骑施别部酋长……少陵以诗投赠，极意推崇，殊非衷语……洵如杜所称'论兵迈古风''策行遗战伐'云云者。……"把杜诗放在广阔的社会历史视野中来解读。这类例子很多，不必一一列举。刘凤诰在诗话常用"考史传"的话，足见其史学眼光。以史论诗有其优长处，即视野开阔、引证翔实，客观公正，避免传统的诗无达诂的解诗困境。但其优点，也正是其缺点所在。因为诗是情感之物，有指向的无限可能性和价值内涵的无限丰富性。指望单一化的客观论断就解决问题无异于痴人说梦。少一份情感的投入，就难于进入诗的心灵层面去细细体悟。这也许是乾、嘉学派的主要成就在经学、子学、史学等方面，而在文学上成就寥寥的根本原因。时代和学风限制了刘凤诰，他当然不可能跳出时代的窠臼。《杜工部诗话》只是一代学风的一个佐证而已，它在思维的开拓和理论创新上不能跟同时代的《读杜心解》相提并论。

三 时有新见

刘凤诰毕竟是一个知识渊博的学者，再说讨论的话题毕竟是诗歌。所以他不可能不为杜诗的人格魅力和诗艺诗情所打动。他在前人解诗的基础上讨论诗歌也不可能没有个人的体悟，他的有些意见还很有独创性。

前面我们已说过，在刘凤诰之前，解杜注杜者甚众，成就丰厚。刘凤诰对这些成就多有所涉猎。所以《杜工部诗话》是在广泛吸纳前辈学者的基础上的转出之作。有广泛的涉猎作基础，他讨论问题有比较和对照。加之有个人的体悟和理解，他就能转出有创新。

前人说杜甫诗不用"闲"字，不作海棠诗，跟避父母讳有关。又有人说杜甫用了"閒"字。对此，刘凤诰作了辨析：

昔人谓子美父名闲，诗中不用"闲"字；母名海棠，故不作海棠诗。《英华辨正》则谓公不避家讳，两押"闲"字。不知所押乃閒暇之"閒"，与闲绝不相犯。顾炎武之言是也。按公父尝为兖州司马，故有"东郡趋庭"之咏。公母崔氏，于十一舅有"今我送舅氏，万感集清樽"；十七舅有"感深辞舅氏，别后见何人"；十九舅有"吾舅政如此，古人谁复过"；二十三舅有"贤良归盛族，吾舅尽知名"；又崔十三评事有"舅氏多人物"等句。崔故家族，公于母党常倦焉。若世间花卉多矣，东坡云："少陵为尔牵诗兴，可是无心赋海棠？"最为有见。

"少陵为尔牵诗兴，可是无心赋海棠"不是苏轼诗，而是王安石诗。这一点张忠纲先生已作考订。此是不足。对杜甫为什么不用"闲"字，又不吟海棠，刘凤诰作了一番评论。在分析比较前人的基础提出自己的观点，这是刘凤诰的成功理路。

杜甫人称诗圣，圣人无情，往往给人一种冷冰冰的刻板印象。好像杜甫整天只知忧国忧民，而不懂儿女情长，没有人情味。刘凤诰对此有自己的看法。他说，《北征》诗"瘦妻面复光"，"状一时悲喜交集而已；若鄜州夜月，明明忆闺中独看，却用小儿女衬出，遂使云鬟玉臂，写发肤不伤俗艳，泪痕双照，写心曲不落痴迷，雅合风人之旨。"指出杜甫夫妻情深。"老杜说儿女子态，似嗔实喜，极是入情。……想见对童稚娇憨又恼又爱光景，所谓不失赤子之心者也。"指出杜甫父子父女情重。又"凡修筒引水、树栅养鸡、补稻种甘、行菜伐木、摘苍耳、锄斫果林诸事，一一躬亲驱督，而怜其触热未餐，鉴其瘴剧作苦，体恤周至，动见民吾同胞之隐。钟伯敬谓其处家常琐细，有满腔化工，全副王政在。靖节云：'坡亦人子也。'真仁者有同心欤？"指出杜甫有仁者之心。这些论述都是很有见地的。在刘凤诰看来，杜甫绝不是一个刻板无情之人，而是一个有血有肉、有情有义、活生生的大诗人。"诗言情"，无情岂有诗。刘凤诰抓住诗人的最根本的东西，这是他的深刻高明之处。但可惜这样的一得之见不多，否则，《杜工部诗话》一定会是一部既引证广博又有自己深刻体悟的入情入理之作。

　　也许由于注杜解杜的名著太多，以致使人们几乎忘记了刘凤诰《杜工部诗话》的存在，但它的确是一部有自己的特色，有一得之见的著作。在杜诗学史上，应有它一定的地位。正是由于刘凤诰《杜工部诗话》的地位和影响，近人蒋瑞藻又辑《续杜工部诗话》二卷，"补萍乡刘氏所未备也"（胡怀琛《续杜工部诗话序》）。这也说明刘凤诰《杜工部诗话》在理论方法上的开拓之功不可磨灭。

第八章　余成教的《石园诗话》

余成教（1778—?），字道夫，江西奉新人。嘉庆十三年（1808）举人，任铅山县儒学训导，主讲鹅湖书院多年。有《石园文稿》《石园偶录》《石园集句》等。清同治版《南昌府志·文苑传》有传。余成教中举后，因为时艺不是其所好，诗歌古文研习之余，把自己的心得体会录为《石园诗话》，吴嵩梁作序，"高悟出尘，超然脱乎常解，有以窥见古人性情之真"云云，多溢美之词，不足为信。《石园诗话》今收入《清诗话续编》。

一　"品性"论

在余成教看来，诗人的自身修养与诗歌的创作之间的关系是不可分割的。《石园诗话》中不仅注重对唐诗进行公正且独特的评价，它还侧重于对诗人的人格进行评判，在他看来，诗的优劣与人品是息息相关的。这与刘熙载所说的"诗品出于人品"是一致的。余成教的这种观点在儒家诗学中得到了充分的肯定。

长期以来，儒学一直都作为主导思潮影响着中国人，儒家思想中的"仁"、"义"、"礼"、"智"、"信"的推行，使中华民族对伦理道德非常重视，历代文人深受其影响，因此不仅注重才学，还把德行放在了重要地位。孔子曾在《论语·宪问》中提到"有德者必有言，有言者必有德。"汉代王充在《论衡·书解》中说："德弥盛者文弥缛，德弥彰者人弥明。"唐代韩愈在《答尉迟生书》中提到"夫所谓文者，必有诸其中，是故君子慎其实，实之美恶，其发也不掩。"唐代李翱在《寄从弟正辞书》中也提到"天性于仁义者，未见其无文者。有文而能到者，吾未见其不力于仁义也。"宋代欧阳修在《答吴充秀才书》中进一步说明了文与品之间的内在关系，他说："道胜者文不难而自致也。"为文与为人之间存在正比例关系，作诗与做人之间亦是如此。宋代的朱熹曾经在《答杨宗卿》一文中明确地提出了诗与品之间的内在联系，他说："然则诗者，岂复有工拙哉？亦视其志之所向者高下如何耳。是以古之君子，德足以求其志，必出于高明纯一之地，其于诗固不学而能之。"由此可见，德与诗是难以分割的，"是原于德性""诗品出于人品"。

余成教的《石园诗话》不仅对中国的唐诗作了深入地探讨，更为重要的是，他对诗歌的鉴赏有着自己独特的审美追求，而这种审美追求从某一角度来说，不仅是前人的一种总结，更是对后人的一种启示。纵观全书，余成教的《石园诗话》侧重于对"性情"的深入阐释，而这里的"性情"是有两层含义的，一层含义是"性"，它指的是人的一种理性精神，于儒家的道德观是有着一脉相承的关系的，侧重于人自身的品德修养；另一层含义则是"情"，它着重从感性的角度去评价诗歌，真正的诗歌是蕴含感情的。"性"与"情"的结合便是理性和感性的融合，这样的诗才算是真正的好诗。

诗是诗人内在品德的外在表现，诗之成败在于诗人，而对诗人的评价则在于品德。余成教评诗大多会先评论诗人，并重在于诗人的内在修养，余成教对于品德高尚之人尤其赞美。李白在《赠秋浦三首》中写道"见客但倾酒，为官不爱钱。"在《行路难》中唱道："天生我材必有用，千金散尽还复来。"余成教不仅仅爱这些诗句，更是对李白高洁的人格赞美不已，因此他高度赞扬李白，称他"诗杂仙心""齿颊之间，俱带仙气。"确实如此，此种评语恐怕也只有李白才能够担当。余成教在《石园诗话》中虽未正面赞美杜甫的高尚情操，但是却引用了许多前人的评价，如他引用了孙谨的评价，称杜甫是"真粹气中人也"，引用浦起龙的话称颂杜甫是"诗运之杜子美，世运之管子也"等。而余成教认为"诸家皆善于论杜"，可见他对杜甫的高尚品格是极为钦佩的，杜甫是真正做到了"诗之妙，正在史笔不到处"。杜甫之所以被后人所钟爱，确实是与他那"安得广厦千万间，大庇天下寒士俱欢颜"的忧国忧民的高尚节操是分不开的，就连韩愈也曾感叹"远追甫白感至诚"。"诗品出于人品"在杜甫身上得到了明证。余成教深切地感受到了这一点。"诗品出于人品"的观念在余成教的内心扎下了根，在他的诗话中处处可见。在《石园诗话·卷二》中，他说"李存博雅度清简，诗亦清旷远"，可见余成教确实是认为"人品"决定了诗品，一个人的品质高尚与否对诗歌的创作的影响也是非凡的。余成教将诗之成败放在人身上，他重在于从人品角度去评判诗，诗歌的好坏不完全在诗本身，而在于人自身。诗人的高低优劣不仅从诗歌去评价，更着重于人品的高低。余成教在评价沈佺期与宋之问时，便提出了自己的观点，虽然二者并称"沈、宋"，成就相当，但就人品而言，《石园诗话·卷一》中明确说到这样的几句话："愚谓沈虽坐贼配流岭表，无甚秽迹，宋附张易之而显，及左迁逃还，匿于洛阳张仲之家，复令兄子发基谋杀武三思事以自赎。不独为当时义士所讥，亦且为后之君子所羞称。虽曰沈、宋比肩，有惭于沈多矣。"沈佺期与宋之问之高低优劣可知，这就是人品之别。

《石园诗话》对诗歌的评价更是侧重于"品性"，《石园诗话》中所选之诗，余成教所钟爱之诗亦往往如此，这些诗之所以能打动人，不仅在于它们有着独特的形式，华丽的辞藻，优美的音韵，更在于它们能够让人从表面的文字中深切地感受到一种内在的生命力，而这一点正是它们被后世推崇的原因，这种内在的生命力其实是一种内在的一股"气"，这股气也是"品"中不可缺少的一部分。曹丕在《典论·论文》中提出了"文以气为主"的观点，韩愈在《答李翊书》中也说"气盛则言之短长与声之高下者皆宜"，"气"与诗歌之间的关系可见一斑了。但历来对"气"的理解是有所不同的，曹植认为"气"是指作家的个性、气质。钟嵘在《诗品序》中则说"气之动物，物之感人，故摇荡性情，形诸舞咏"，他认为"气"其实是宇宙的元气和艺术的本原。余成教的"气"则更贴近于曹植的观点，但又不尽相同，余成教认为"气"是"品性"的一方面，即人的"骨气"。《石园诗话》不止一次提到"骨气"一词。在评价刘眘虚及其诗时，引用了殷璠的一段话"倾东南高唱者数人，然声律婉态，无出其右，唯气骨不逮诸公"，虽未正面评价，却也反映了余成教对"气骨"的重视。评价李华时也运用了一段故事来进一步阐明了"气骨"的重要性："李遐叔进士及博学皆是科首，官石补缺。禄山乱，辇母逃，为盗所得，坐谪。召加司封员外郎，将以司言处，华曰：'焉有隳节辱者，可以荷君之宠乎？'移病请告。"足见余成教对李华的骨气是极为赞赏的。谢臻曾在他的理论著作《四溟诗话》中提到"诗无神气，犹尝明而无光彩"。诗要有"神气"，那么就自然需要诗人来为它注入神气，而这种"神气"不是来源于其他地方，正是来源于诗人自身所具备的内在之气。只有人有一定的品德修养，他笔下的诗才能具备独特的艺术魅力。"气"是一种"总而持之"、"条而贯之"的东西，将其注入诗中，诗便有了活力，有了神韵。"骨气"也是余成教的审美追求之一，是其诗歌理论的一个重要组成部分。

在《石园诗话序·二》中其友写道："戊辰举于乡，然时艺非其所好。年来从诗歌古文积累之余，录为《石园诗话》，上有三唐，下至于兹，或为章为句，必取其有关于性情学行之大者而录之。"从这一段序中首先可以看出余成教自身便是一位有着高洁气度，不拘泥于世事的性情中人，这便使他对有"性情"的诗歌尤其赞赏；其次余成教"为章为句"，"必取其有关于性情学行之大者而录之"，足以证明他将"性情"作为自己的审美追求，他所记录的诗歌皆有关"性情"，这也是《石园诗话》的整体审美追求。

而余成教的这种审美主张其实与前人的诗歌理论是一脉相承的，严羽曾说："诗者，吟咏情性也。"袁枚也曾说："凡诗之所传者，都是性灵，不关堆垛。"这里提到的"性灵"与《石园诗话》中所主张的"性情"虽不尽相同，却仍有相同之处。袁枚的"性情"偏重于情，而余成教的"性情"论却是缺一不可，举足轻重的。

二 "至情"论

通观《石园诗话》，不难看出它不仅突出了诗人的"品"，同时突出了"情"。真情便是余成教的另一个诗歌审美追求。"性"重在于人的一种道德修养，是人的一种理性思考，宋代的程朱理学主张"存天理，灭人欲"，希望能够化"人心"为"道心"，用道德来将人的感性冲动予以限制，这就意味着人的感性将被理性所操纵，感性之域束缚在了理性规范之中。但是"情"真的受理性的掌控吗？余成教并非持这样的观点，而是将它们放在了同等的地位上，将"情"与"性"结合在了一起，避免了二者分裂的尴尬，他将"情"从理性束缚中解放了出来，使"情"在诗歌理论中占有了自己的一席之地。而他的这种观点与宋代的王安石的观点是有着异曲同工之妙的。王安石提出："喜、怒、哀、乐、好、恶、欲，未发于外而存于心，性也；喜、怒、哀、乐、好、恶、欲，发于外而见于行，情也。性者情之本，情者性之用，故吾曰性情一也……盖君子养性之善，故情亦善；小人养性之恶，故情亦恶……是以知性情之相须犹弓矢之相待而用，若夫善恶，则犹中与不中也。"王安石充分肯定了"情"，认为"性情一也"。余成教在其《石园诗话》中对"情"的评价彻底摆脱了程朱理学桎梏，在肯定了理性对诗歌创作的重要作用的同时，也肯定了"情"对诗歌艺术的重要影响。而余成教与袁枚的"性情"却也有不同之处，袁枚的"性情"侧重于感性之情，强调是人自身的一种情感的自我抒发，他曾说："诗者，由情生者也，有必不可解知情，而后有必不可朽之诗。"余成教的诗歌理论充分地肯定了道德理性化的"性"的同时，把"情"也作为自己的审美追求之一。诗之所以美，不仅关乎"性"，还关乎"情"，"情动于中而发于外"，只有真情实感的诗不一定就是一首好诗，但是没有真情实感的诗文就如同行尸走肉，没有了灵魂，无法让人产生共鸣。情感就是诗的血液，有了血液，诗才能活起来。《石园诗话》中的诗人大多是有着丰富内心世界的人，因此他们的诗也充满了真情。

　　"诗言志""诗缘情"是中国古代诗学的纲领。而"情"与"志"都是属于人的主观世界，叶燮说："诗之基，其人之胸襟是也。"袁枚说："人必先具芬芳悱恻之怀，而后有沉郁顿挫之作。"由此可见历代诗学家都是关注人的主观世界与诗歌创作之间的关系的，述诸文字之中时，就是通常我们所说的"情"。余成教在《石园诗话》中就看到了诗人的主观情感直接关系到了诗歌创作的成败。而余成教所认为的"情"首先便体现在了自我情感的抒发之上，唐代的诗人虽然在后世大多名垂于史，但是在当时的那个时代，许多诗人都有着许多的"不得意"，就拿著名大诗人李白来说，《石园诗话》中记载："《天宝遗事》云：'白于便殿对明皇撰诏诰，时十月，大寒笔冻，莫能书字。帝敕宫女宾数人，侍于白左右，令各执笔呵之。其受眷如此。'今人仅知召见金銮殿，奏颂一篇，帝赐食，亲为调羹，及长侍帝，醉，使高力士脱靴两事，而未知更有宫人呵笔事也。"李白受到了皇帝的厚爱，有过非常辉煌的时刻，但是他最终却还是没有实现自己的抱负，终有遗憾。许多唐代的诗人都有着种种坎坷的人生境遇，因此他们往往把胸中的郁结之情痛快地抒发出来，文字成为了他们谈吐心事的最好的朋友，因此他们的诗充满了情感，更充满了无限的韵味。因此历代的文学家都认识到了情感与诗歌的关系。司马迁曾提出了"发愤著书"说，司马迁遭到了残酷的迫害，但他并未因此而放弃自己的希望，他在苦难中发愤著书立说，并从自身的遭际中体会到《诗经》《离骚》等大抵是古人"发愤之所为作"，"皆意有所郁结，不得通其道，故述往事，思来者"；韩愈则提出了"不平则鸣"说，他在《送孟东野序》

中提到："大凡物不得其平则鸣……人之于言也亦然，有不得已者而后言，其歌也有思，其哭也有怀。""穷饿其身，思愁其心肠，而使自鸣其不幸也。"韩愈对于孟郊年近六旬却还是一个小官非常有感触，一方面他非常同情，另一方面又认为这种人生的"不得意"给他带来了诗意的情怀。欧阳修后来提出了"穷而后工"说，这与司马迁、韩愈的学说也有一脉相承之处。而余成教所主张的"至情"说也是对前人的一种继承与延续。

正是余成教对"情"的注重，因此他注意到了李白诗中的独到之处："太白诗起句缥缈，其以'我'字起者，亦突兀而来。"李白诗处处有"我"，注重内心自我情感的外化。余成教所赞赏的便是李白的这种有"我"的豪放之情。他在评论张籍的诗时说："张文昌《祭退之》诗，情稍逊于辞。"但他认为张籍的《离妇》《赠孟郊》《行路难》"皆清丽深婉，称情而出"，可见"情"在余成教诗标准中的重要地位。余成教认为诗人仅有才是远远不够的，才唯有与情相互交融，才能够有真正的创作。他评论皇甫冉的诗时，引用了高仲武的一段话："皇甫冉诗巧于文字，发调新奇。往以艰虞，避地江外，文章一到朝廷，作者为之变色。"这说明皇甫冉是一个才华横溢的诗人，但更为余成教所看重的则是皇甫冉的"情"，如"春归江海上，人老别中山"等诗句不仅有才，而且"意新句秀，才钟于情"。余成教对诗之"情"的注重可见一斑。

《石园诗话》不仅注重抒发自我的真情实感，还十分注重人间最真挚的友情，这种情谊与金钱地位无关，而是建立在人品与才情的基础之上。从《石园诗话》中可以看出诗人之间那种真挚的友情，余成教在书中不止一次地提到这种情谊。众所周知，李白与杜甫不仅两人在诗歌领域有着杰出的成就，而且两人的友情也是家喻户晓的。《石园诗话·卷二》中写道："少陵于太白，或赠或怀，诗凡九见。太白于少陵，惟《鲁郡东石门送杜甫二首》《沙丘城下送杜甫》二作，而皆情溢言外。《饭颗山头》之诗，若非后人假化，则亦知己爱怜之意……试玩二公诗及'醉眠秋共被，携手日同行'句，可知其交情也。"二人虽人生道路坎坷，但二人之间的友情却温暖了彼此，真的可谓是"海内存知己，天涯若比邻"。刘禹锡与白居易的情谊也是令人羡慕的，二人晚年，互相唱和，足以令人艳羡不已。白居易与元稹之间的友情更是为后人所称道。这种朋友间的真情发而为诗，便有了种种动人心弦之作，因此余成教在《石园诗话》中深切地写道："香山谓'予与微之前后寄和诗数百篇，近代无如此多有也。'愚谓白之于元也，'所合在方寸，心源无异端'两语，已曲尽其情矣。元之于白也，《闻授江州司马》及《得示天书》两绝句，亦曲尽其情。"余成教在鉴赏诗时，往往被这种友情所打动，更是被他们诗中所传达出的真挚情感所折服，而这种情谊也是余成教评价诗歌的审美标准之一。

综上所述，余成教对诗歌有着自己独到的见解，他不仅充分吸收了前人的诗歌理论，同时大胆地提出自己的观点。他的诗歌审美追求不仅对诗歌的创作有所启示，而且对于提升人的自身修养方面也有很高的价值，他为中国诗歌理论做出了杰出的贡献。

第九章　尚镕的《三家诗话》

尚镕（1785—1836），字乔客，一字宛甫。江西南昌人。孩童时期就有神童之誉，道光五年（1825）副优贡，先后主讲汜水三山书院、聚星书院、唐县书院，撰有《持雅堂诗钞文集》。尚镕论诗文，主张"真气充然，本色苍然，老韵铿然。"（《持雅堂诗钞文集》卷二《与钦吉堂论诗文书》）眼光锐利而持之有理。所撰《三家诗话》今收入上海古籍出版社1983年版《清诗话续编》本。

《三家诗话》以"乾隆三大家"为批评对象，它以简洁凝练而不失生动的语言为我们描述了"乾隆三大家"的诗歌特点。《三家诗话》在对乾隆三大家的诗歌进行理论批评的同时，也显示了《三家诗话》的诗学特点。尚镕在《三家诗话》中采取了灵活多变的批评方法，这些批评方法包括比较法、正反法、枚举法和溯源法，通过这些方法尚镕简洁明了地为我们揭示了"乾隆三大家"的诗学特点。

一　比较法

乾隆盛世，袁枚、蒋士铨、赵翼三家并称，然统而观之，三家却各不相同。钱钟书先生《谈艺录》有"袁、蒋、赵三家齐称，蒋与袁、赵议论风格大不相类"，即使是同为性灵派的袁枚和赵翼也是"和而不同"（《覆云松观察》）。为了让读者区分出三者诗歌的异同点，进一步了解"乾隆三大家"的诗歌风格，尚镕采取了将他们三者进行比较的理论批评方法。《三家诗话·总论》云："子才笔巧，故描写得出。苕生气桀，故撑架得住。松云典瞻，故铺张得工。"

奇山不入中原界，走入穷边才逞怪。桂林天小青山大，山山都立青天外。我来六月游栖霞，天风拂面吹霜花。一轮白日忽不见，高空都被芙蓉遮。山腰有洞五里许，秉火直入冲乌鸦。怪石成形千百种，见人欲动争谽谺，万古不知风雨色，一群仙鼠依为家。出穴登高望众山，茫茫云海坠眼前。疑是盘古死后不肯化，头目手足骨节相勾连。又疑女娲氏一日七十有二变，青红隐现随云烟。蚩尤喷妖雾，尸罗袒右肩。猛士植竿发，鬼母戏青莲。我知混沌以前乾坤毁，水沙激荡风轮颠。山川人物熔在一炉内，精灵腾踔有万千，彼此游戏相爱怜。忽然刚风一吹化为石，清气既散浊气坚。至今欲活不得，欲去不能，只得奇形诡状蹲人间。不然造化纵有千手眼，亦难一一施雕镌。而况唐突真宰岂无罪，何以耿耿群非欲刺天？金台公子酌我酒，听我狂言乎否否。更指奇峰印证之，出入白云乱招手。几阵南风吹落日，骑马同归醉兀兀。我本天涯万里人，愁心忽挂西斜月。

　　　　　　　　——袁枚《同金十一沛恩游栖霞寺望桂林诸峰》

二百里江光，群山绕健康。滔滔随眼白，荡荡接天黄。

战骨多沉海，芦花又戴霜。六朝先后灭，何处说兴亡。

　　　　　　　　　　　　　　　　——蒋士铨《江泛》

茅店荒鸡叫可憎，起来半醒半懵腾。分明一段劳人画，马啮残刍鼠瞰灯。

　　　　　　　　　　　　　　　　　——赵翼《晓起》

　　第一首诗是袁枚的《同金十一沛恩游栖霞寺望桂林诸峰》，袁枚妙笔生花运用拟人手法和神话传说，写出了桂林诸峰和七星岩洞的奇丽景象。第二首诗是蒋士铨《江泛》，"二百里江光，群山绕健康。滔滔随眼白，荡荡接天黄"，群山包围着健康，一条大河滔滔而来，荡荡而去，绵延至天边。此诗前两联气势纵横，画面开阔，诗人于山水中兴自己豪迈之情。后两联诗人笔锋一转由自然山水转而写历史兴亡，战骨已经永沉深海无人记得，可芦花依旧戴着它的霜花。六朝已然成为历史，随着滔滔江水一去而不复返，再无人慨叹它的繁华与衰亡。此诗诗人不仅描写了气势纵横的自然山水，还借着山水起兴写历史兴亡，于豪情逸致中沉淀着诗人对于历史和人生的感悟。就像尚镕说的："苔生气桀，故撑架得住"，前四句是其气，后四句是其骨。第三首诗是赵翼的《晓起》，此诗中作者用了两个典故，第一个是"茅店荒鸡叫可憎"，茅店一词出自温庭筠的《商山早行》："鸡声茅店月，人迹板桥霜"，展现了羁旅之人的艰辛与劳苦。第二个典故是"分明一段劳人画"，出自于《诗经·小雅·巷伯》："骄人好好，劳人草草"，劳碌的人又开始忙碌起来。"茅店"、"劳人"诗人不仅借用其字，还借用其意，可见诗人是一个用典的高手。《三家诗话》中还有其他的比较之处，如："子才之诗，诗中之词曲也。苕生之诗，诗中之散文也。松云之诗，诗中之骈体也。""或谓苕生面目肌理俱近于粗，似不及袁、赵之细腻。不知苕生之粗在面目，至肌理则未尝不细腻也。""且苕生性好诙谐，为诗则极严正。松云褪躬以礼，而诗乃多近滑稽之雄，使之失笑，较子才而更甚，何也？"通过这些比较简单明了地为我们揭示出了"乾隆三大家"各自的诗歌特点。

二　正反法

每个事物都有正反两面，只有从正反两面去描绘事物才能更好地揭示事物的本质。尚镕就是从正反两面去把握"乾隆三大家"的诗歌特点，从而全面揭示出他们的诗歌特点。《三家诗话·分论》："子才专尚性灵，而不太讲格调，所以喜诚斋之镂刻，而近于词曲。"袁枚标举性灵说，与沈德潜、翁方纲的格调说和肌理说相抗衡，影响很大，形成了性灵派。"性灵"这一概念并非袁枚首创，早在六朝的时候就提出来了，袁枚是以"性灵"作为反道学、反传统、反复古，作为个性解放的理论武器，他们把"性灵"作为"性情"的同义语。袁枚在《随园诗话》中道："诗者，人之性情也。"在《随园尺牍·答何水部》中道："凡诗之传者，都是性灵，不关堆垛。"《续诗品》中道："惟我诗人，众妙扶智。但见性情，不著文字。""性灵"说不仅表现在他的诗学思想中，还表现在他的诗歌创作中，如《秋夜杂诗》之一：

> 前年桂花开，一雨天香过。今年桂花开，雨比前年大。自从栽桂来，逢开为雨破。天意竟如斯，对花还默坐。

这首诗语言通俗、洒脱，大抵直抒胸臆，表达了桂花逢雨时诗人对桂花的怜惜之情。由于袁枚提倡"性灵"，反对格调，所以他的有些诗选材平凡、琐细，过于私人化而导致平庸无聊。黄培芳《香石诗话》云："轻剽脆滑，此真是薄也。"如《齿痛》这首五古长诗长达85句，全诗描写自己由于已年过四旬牙齿开始老化，极力铺陈齿痛之苦，语言很是生动，但是却缺乏审美追求，这是袁枚作诗一大弊端。

《三家诗话·分论》云："苕生诗有不可及者八：才大而奇，情深而正，学博而醇，识高而老，气豪而真，力锐而厚，格变而隐，词切而坚。但恃其逸足，往往奔放，未免蹈裴晋公讥昌黎之失也。"通观《三家诗话》尚镕对"乾隆三大家"中的蒋士铨评价最高，即使是"有不可及者八"的蒋士铨也有着往往过于奔放之弊。蒋士铨存诗二千余首，其诗风不同于袁枚之轻灵，也不同于赵翼之劲健，而是别开生面，独树一帜，豪纵飘逸，被誉为"诗仙"。袁枚序其诗："摇笔措意，横出锐入，凡境为之一空。"蒋士铨有不羁之才，抱兼济天下之志，有古侠士之风，所以他的诗歌往往呈现出一种雄浑奔放跌宕之势。如《黄河一首寄答雨笠兄》：

　　　黄河落地自奔浑，略记昆仑是发源。岂有堤防能束缚，空穷鱼鳖暗腾翻。
　　　江流难合终归海，禹力曾思独感恩。百折千回无依傍，不须淮泗作儿孙。

黄河发源于巍巍昆仑，不受束缚，百折千回，奔流到海。诗人下笔雄浑，黄河奔腾之形象跃然纸上，黄河的这一形象正是诗人艺术个性的写照，诗人胸襟开阔，真不愧为"诗仙"。但也正是由于他的这一奔放特点，所以他的有些诗往往流于粗率。

《三家诗话·分论》："云松五七言古，意欲以议论之警辟，才力之新奇，独开生面，几于前无古人。然趁韵凑句，殊欠雅健。""他有经世之才，又是工于考据的史学家，故诗歌多咏诗、论世、评诗之作，且议论精警，思想敏锐，幽默诙谐，兼杂以雄奇豪放的气概……"赵翼乃一介寒门书生，童年历经磨难，他一生宦游南北，诗歌内容充实。赵翼喜议论入诗，往往于咏史中加入议论如《偶得十一首》：

　　　文人逞才气，往往好论兵。及夫事权属，鲜见成功名。古来称儒将，唯有一孔明。
　　　寥寥千载后，虞雍王文成。此外白面徒，漫诩韬略精。河桥二十万，惜哉陆士衡。
　　　深源令仆材，声名丧北征。房琯陈陶斜，车战旋摧崩。忠如张魏国，五路败富平。

　　由来非所习，奴织婢学耕。如何纸上谈，辄欲见施行？君看云台上，何曾有书生？

　　这首诗历举历史史实指出文人喜欢论兵，但这些迂腐论兵的文人却很少有人功成名就，自古以来的儒将也就诸葛孔明一人而已。赵翼在这首诗中贯穿历史典故再加以议论，指出书生误国这一著名论断。赵翼除了议论之精辟外，还提倡"才力之新奇"。赵翼《论诗》云："江山代有才人出，各领风骚数百年。"但由于"赵翼的诗，也有打破束缚，冲口而出的特点，但议论太多，语句亦觉沉重板滞。"由于赵翼喜议论，所以他的一些诗歌就显得冗余。

三　枚举法

　　尚镕在论述"乾隆三大家"的诗歌特点之时，亦常采用枚举之法，即是将具有相近性质的材料，逐一列举，就其共性略发议论，从而揭示其中规律性的内涵，为诗话研究拓宽了思路。如《三家诗话》云："子才性好女色，而诗必牵合古人以就己。如咏罗隐庙则云'隔帘娇女罢吹帘'，咏铜雀台则曰'招魂只用美人妆'，咏睢阳庙则曰'东山女伎亦苍生'。然此犹题中所应有也，至咏郭汾阳亦必曰'歌舞聊消种黎愁'，则太牵合矣。其咏睢阳庙有'残兵独障全淮水，壮士同挥落日戈'一联，则为此题绝唱，苕生集中二首皆不及也。"由于无子，袁枚纳过许多小妾，袁枚纳妾的深层原因是受其风流好色的本性驱使，或者说袁枚满足其风流好色的本性而找的一个名正言顺的理由。正是由于袁枚的这一本性在他诗歌中的体现，从而使得他的有些诗歌带着脂粉气，诗歌审美趣味也变得庸俗不堪。又如："过求新巧，必落纤小家数。如子才'殿上归来履几双，三分天下更分香'，云松'如此荣华嫁穷羿，教他哪得不分离'之类，乃晚唐、元人恶派，以之入词曲可也。"又如："云松好作俚浅之语，往往如委巷间歌谣。若'被我说破不值钱''一个西瓜分八片'等句，成何说话。"尚镕运用枚举法研究诗歌特点，将内容相近的资料逐次罗列，让其共有特征凸显，即使作者不直接出面议论，读者仍能感受到其中所蕴含的潜在内容。这种排比方式本身，便构成了一种朴素的解读诗歌的方法。

四　溯源法

《三家诗话序》云："且议论之下，余各家之交章性行，传授源流，亦莫不隐括其中。"中国之诗歌一脉相承，后代的文人从前代的作家中汲取精华，后代文人站在前代文人的基础上，创造出新的辉煌，这些后代诗文的辉煌中总是带着前代诗人的影子。尚镕采用溯源法，追寻"乾隆三大家"的诗歌特点源于何人之诗，在这些纵向比较中更能揭示"乾隆三大家"的诗歌特点。如《三家诗话》云："子才学杨诚斋而参以白傅，苕生学黄山谷而参以韩、苏、竹垞，云松学苏、陆而参以梅村、初白；平心而论，子才学前人而出以灵活，有纤佻之病；苕生学前人而出以坚锐，有粗露之病；松云学前人而出以整丽，有冗杂之病。"又如："欧阳文忠之诗，才力最近昌黎，而情韵较胜西江之诗，陶彭泽以后，当推第一。介甫、涪翁以刻酷抗之，然不及其自然也。其集中有以五古短篇怀人咏己者，盖本颜延年五君歌咏。苕生怀人诸诗，宪章文忠，多可括诸人一生言行，而上追延年。"又如："子才长排如禹陵、孝陵、庐山、王文成纪公碑，虽错综变化不及少陵，以视元、白、竹垞，则胜之矣，蒋、赵未能鼎峙也。"又如"绝句诗，蒋、赵皆宋音，然蒋犹挺拔，赵则谐俗。袁虽间学唐人，亦少雅音。盖此体自龙标、嘉州、梦得、樊川后，唯萨雁门、王渔洋堪接迹也。"从这些源头之中，"乾隆三大家"的诗歌特点得以揭示得更加明白。

清代尚镕的《三家诗话》专门研究"乾隆三大家"，是研究"乾隆三大家"的一本专著，为研究"乾隆三大家"提供了宝贵的资料和方法。尚镕不仅采用了比较法、正反法、枚举法和溯源法等一系列研究方法，其诗话语言明白晓畅。道光五年姜曾为《三家诗话》作序云："多戆直而无游移，简核而无剽贩；且论诗之下，于各家之文章性行、传授源流，亦莫不骤括于其中。识者观之，亦可以想见其为人，知其胸次之所有。"在诗话充栋的清代，尚镕以他质直而精准的语言为我们揭示了"乾隆三大家"的诗歌特点，在中国诗话史上有一定的地位。

第十章　文廷式的诗歌主张

文廷式（1856—1904），字道希，亦作道羲、道溪，号芸阁，亦作云阁、葆岩，别号罗霄山人、匡庐山人、芗德，晚年别号纯常子。江西萍乡县（今江西萍乡市）人，出生于广东省潮州府（今广东省潮安县），自幼生长于岭南。文廷式自幼聪敏过人，少时以举人赴京参加会试，极负盛名，与张謇、曾之撰、王懿荣并称为"四大公车"。清光绪十六年（1890）中进士，授翰林院编修，升侍读学士，光绪皇帝近臣，屡次上书直言，支持光绪帝，反对慈禧干政。光绪二十一年（1895）秋，他与陈炽等人出面资助康有为，大力倡导成立北京强学会，次年遭革职遣乡。他赞成康有为、梁启超提出的维新变法，认为"变则存，不变则亡"，赞成民主共和，支持维新。戊戌变法发生后，为了躲避灾祸，东渡扶桑政治避难。于光绪二十六年（1900）返国，与章太炎、严复等人参加了唐才常在上海张园召开的"国会"。唐才常起义失败后，文廷式遭到清廷通缉。此后数年，他辗转流浪于大江南北，直到光绪三十年（1904），才因病返回故里。于光绪三十年八月二十四日（1904年10月3日），卒于家中，享年四十九岁。

文廷式身处腐朽的晚清社会，一生短暂却经历了中国近代史上三件大事：甲午海战、戊戌变法、庚子事变。他是清末著名爱国政治家、文学家、史学家、学者，晚清诗词八大家之一，被誉为"江南才子"。他一生著述颇为丰富，有《琴风余谭》《罗霄山人醉语》《闻尘偶记》《知过轩随录》《纯常子枝语》《芗德》《补晋书艺文志》《元史西北地附录考》《黄帝政教考》《永乐大典辑佚书》《孟子赵注札记》《清人著述目录》《伊尹事录》《云起轩词》《文道希先生遗诗》等。同时，文廷式在诗词、考据、金石、史学等方面也取得了相当高的成就，关于文廷式的研究近三十年来（从1982年起）共有30多篇研究论文，这些研究论文主要是针对其词学、考据以及史学等方面的研究，而对其诗歌创作、诗歌理论研究以及文廷式在文学史上的地位之研究却缺乏足够的重视，其中对他诗学方面研究的论文尚不足 10 篇，而且，在大多数的文学史专著中也极少提及文廷式在晚清诗坛上的重要地位，这种状况显然与其作为晚清文学界和学术界重要人物这一事实极不相称。

一　论诗宗趣，雅正为归

身处晚清乱世的文廷式，自幼在"家风重名节，十世清德绍"（《畅志诗十首》其一）的影响下，深受儒家传统文化熏陶，他一生都秉承着"庶凭弥天网，用回大海澜"（《畅志诗十首》其十）重振儒学的坚定信念，践行着"终怀匡济略，永播仁贤风"（《萍乡朝阳山谒先曾祖融谷公墓敬赋一首》）的人生理想。独特的诗境加之文氏自身的雄才、深情、积愤，使其诗歌比"合学人、诗人之诗二而合一之"的"同光体"更注入了政治家的诗魄，他的诗歌是学人之诗、诗人之诗、政治家之诗，这就决定了文廷式在其诗歌创作中，更为强调诗歌经世致用的政治功用，反对"嘲风月、弄花草"之类毫无政用价值的文学作品，并以其自身的诗歌创作，诠释着自己"论诗宗趣，以雅正为归，不尚吊诡"① 的诗学观念。

在文廷式的诗歌中，既有反映本国统治者的诗作，如《拟古宫词》（其二十）、《乙未元日口占》（其二）等，又有评价外国统治者的佳作，如《法兰西帝拿破仑第一》《美利坚总统华盛顿》等；既有表现国家时局的作品，如《六月十五日文华殿侍值退而有作》《庚子七月至九月有感》等，又有关注黎民疾苦的篇章，如《感春》《冬日绝句》等；既有描写古代贤臣良将的作品，如《金陵除夕谒诸葛忠武祠》《登江心屿谒先信国公》等，又有展现近代科技先驱的诗作，如《为徐仲虎建寅题〈海外归舟图〉，〈图〉为无锡华翼纶作》《赠徐仲虎观察（建寅）》等；既有反映学术观点的诗篇，如《题埃及断碑为希伯祭酒作》《论诗》等，又有表达治国伟略的诗歌，如《畅志诗十首》《舟至湖口，得诗一首》等，这些诗篇，每一篇都呈现出"经世致用"的写作目的，绝非"仅仅雕搜虫鱼，极命草木"（文廷式《闻尘偶记》）的消遣之作，文廷式的诗，"诗中有

---

① 钱仲联：《近百年诗坛点将录》，采自钱仲联主编：《清诗纪事·光绪宣统朝卷》，江苏古籍出版社 1989 年版，第 13496 页。

史、诗中有学、诗中有识"①，"放之则弥六合，卷之则退藏于密"②。

当是时"国朝诗学凡数变，然发声清越，寄兴深微，且未逮元、明，不论唐、宋也。……风雅道衰，百有余年。期间黄仲则、黎二樵尚近于诗，亦滔滔清浅。下此者，乃繁词以贡媚、隶事以逞才。品概既卑，则文章日下。采风者不能不三叹息也。"（文廷式《闻尘偶记》）文廷式认为想要改变这种"风雅道衰"的晚清诗学现状，单靠个人的努力是远远不够的，他希望作诗者在从事诗歌创作时，能够坚守"推求至隐"的诗歌创作原则，使诗歌具有"下情上达"、"考察民隐"、"补察时政、泄导人情"的政治功效，他在《闻尘偶记》中言：

> 夫风雅道微，辎轩不采，下情无以上达；而作诗者又不能原本学术，考察民隐，淆然为无谓之辞，或仅仅雕搜虫鱼，极命草木，而诗学几为天下裂。顾安得如君者一二辈，起而振之？书至此，不禁三叹。亦愿后之读斯编者，推求至隐，以余之言为喤引焉。

文廷式指出，诗歌应"下情上达""原本学术""考察民隐"，而不应"仅仅雕搜虫鱼，极命草木"，作"无谓之辞"，否则诗学就会"几为天下裂"。而要达到这种诗歌创作要求，势必与创作主体的精神境界和思想情操密不可分。正所谓"诗之基，其人之胸襟也"③。文廷式认为"济世期黄虞，缮性可尧舜"（文廷式《四十初度自警》），可见他对个人的政治理想追求和品行修养要求绝非一般。他对于德才兼备的诗人赞赏有加，他盛赞番禺著名诗人汪瑔"今之隐君子也"④，其立身行志，儒道兼备，"皭然不欺"，"退然自居，不欲为天下先"。所以汪诗才能"称物芳而志弥洁，出辞婉而情弥深；渊乎有忧世之心，而在言逾孙；泊乎有高世之概，而与世无争。《易》曰'遁世无闷'。《老子》曰'上德若谷'。三复斯编，殆于兼之矣"⑤；维新人士郑观应"性喜道家言，于元扎谷神长

---

① 曾文斌编撰《文道希遗诗选注》，岳麓书社2006年版，第3页。
② 同上。
③ （清）叶燮：《原诗》，人民文学出版社1979年版，第134页。
④ 汪叔子编撰《文廷式集·文录》，中华书局1993年版，第99页。
⑤ 同上。

生久视之说，骎骎有得，见于面、盎于背，虽日日驰骋于经世之务，而淡然独与神明居"①，因而其诗可"和而不流，直而不激，尤合于道"，"无尘杂嚣竞之习"。古今有才人之诗，有志人之诗，文廷式推崇的恰是如汪琇、郑观应这般人品与诗品完美结合的"志人之诗"，反对人品与诗品不一致的"才人之诗"。陶渊明、杜甫、韩偓、元好问等人，也是文廷式极为推崇的。

文廷式以雅正为归一，必然反对"吊诡""矜奇"。他对"繁词以贡媚、隶事以逞才，品概既卑"的诗人及诗作嗤之以鼻，以为"矜奇之作"，固然可以震眩一时，容易成名，但"迨有大力者出，则一苕帚去之矣"，甚至不惜冒天下之大不韪，指责沈德潜"以'正宗'二字行其陋说"，袁枚"以'性灵'二字便其曲诐"②，对此红极一时的"二说"提出批判，可见文廷式过人的胆识。正是由于文氏始终坚持"文以致用"的诗学主张，所以无论是"居庙堂之高"还是"处江湖之远"，他始终不忘忠悃，"感时忧世之抱，悲愤牢愁之况，皆流露于纸墨间"③，使其诗读来"哀感顽艳"④，"如雍门哀蝉；音声清怨"⑤，"有古贤风烈矣"⑥。难怪南陵徐乃昌在其《退庵先生编刻萍乡师遗诗成感赋二诗》中这样称赞文廷式："独负奇才苏学士，常存忠爱屈灵均。抒情讬兴归风雅，吟冷西江月一轮。"⑦

二　以禅入诗，改良维新

佛教自西汉末年由印度传入中国后，对中国文学的发展产生了重要的

---

① 汪叔子编撰《文廷式集·文录》，中华书局 1993 年版，第 133 页。

② 钱仲联：《近百年诗坛点将录》，采自钱仲联主编：《清诗纪事·光绪宣统朝卷》，江苏古籍出版社 1989 年版，第 13496 页。

③ 叶恭绰：《文道希先生遗诗叙》，采自文廷式撰《文道希先生遗诗》，民国 18 年叶恭绰铅印本，第 124 页。

④ 徐兆玮：《北松庐诗话》，采自钱仲联主编：《清诗纪事·光绪宣统朝卷》，江苏古籍出版社 1989 年版，第 13493 页。

⑤ 钱仲联：《近百年诗坛点将录》，采自钱仲联主编：《清诗纪事·光绪宣统朝卷》，江苏古籍出版社 1989 年版，第 13496 页。

⑥ 叶恭绰：《文廷式先生遗诗叙》，采自文廷式撰《文道希先生遗诗》，民国 18 年叶恭绰铅印本，第 122 页。

⑦ 文廷式撰《文道希先生遗诗》，民国 18 年叶恭绰铅印本，第 124 页。

影响，它不仅为中国文学提供了丰富的素材，而且开拓了文学的审美意境。自魏晋南北朝以来，中国诗坛上就涌现出了大批诗僧，如慧远、皎然等，开启了诗与禅之间的不解之缘，从此"诗为禅客添花锦，禅是诗家切玉刀"（元好问《赠嵩山隽侍者学诗》）。佛教在不断"中国化"的同时，与中国诗歌逐渐相融合，在中国诗歌史上缔造出了一种新的诗歌形式——禅诗。禅诗是指表达禅宗理趣、意境或者所谓的"禅悟"的诗歌作品。一些与禅师交往密切、深受禅宗影响的文人士大夫，如王维、苏轼等人，常常以禅入诗，为诗歌注入了新的意蕴。

　　作为晚清重要的政治家兼学者，文廷式尤为信仰禅宗，喜读佛学经典，他在笔记中有大量研读经典佛经的记录，如《释禅波罗密》《智者大师释波罗密》《四十二章经钞本》等。"君所论内外学术，儒佛无理，东西教本，人材升降，政治强弱之故，演奇而归平，积微以稽著，与古学无所附，今学无所阿"①。由于文廷式祖籍江西萍乡，且生长于岭南，故在众多佛教分支中信奉的是慧能大师开创的南禅宗。南禅宗是印度佛教中国化的成果，可以说是真正的中国佛教，它尊崇的是"随缘任运"的人生哲理。严羽在《沧浪诗话》中有言："大抵禅道惟在妙悟，诗道亦在妙悟。……惟悟乃为当行，乃为本色。"②可见，诗与禅有着颇多相通相近之处，都要以"悟"来达到所追求的境界，要有敏锐的洞察力才可得诗与禅的"本色"，文廷式在经历了复杂多变的仕途生涯之后，晚年忧伤憔悴，寄情诗酒，以佛学自遣，借禅宗来寻求内心的慰藉，他将自己独特的人生体验和感受以禅诗的形式表现出来，从而形成了一种"空""闲""寂""淡"的诗学意境，以言外之意完美地诠释了敏感的内心世界。

> 未亲萝薜强冠裳，安稳惟应是睡乡。
> 世事如观蕃部伎，吾徒何用越人方。
> 信天未及仍忧患，学佛无凭堕断常。
> 酒户本低诗又涩，朗吟秋水忆蒙庄。

---

① 钱仲联：《近百年诗坛点将录》，采自钱仲联主编：《清诗纪事·光绪宣统朝卷》，江苏古籍出版社 1989 年版，第 13498 页。

② 严羽：《沧浪诗话》，郭绍虞校释，人民文学出版社 1961 年版，第 12 页。

这首《病中答友人》虽无确切系年，但从首句"未亲萝薜强冠裳"可推断出该诗是文廷式在京任职期间所作，根据文廷式《纯常子枝语》中记载："壬辰十二月，岁事峥嵘，疾病萦绕"。《汪叔子先生年表稿》光绪十九年记载："去冬迄兹春，颇病"。由此可断定该诗大约写于光绪十八年（1892）、光绪十九年（1893）冬春之交期间。诗人此时正值在朝为官之时，虽有病也要"冠裳"上朝，颔联中，诗人以"如观蕃部伎"比喻世事变幻，以"何用越人方"表明自己只是小恙。颈联中，诗人感叹自己学道家不能顺应自然变化，仍忧患时局；学佛家却迷失了断见和常见之间的区别。在尾联中，文氏借《庄子·秋水》的典故欲寻求精神上的超脱。此时的诗人已在朝为官两载有余，本就为"冗官"，加之小恙，使其心情更为寂寥。文廷式的思想始终斡旋于儒、释、道三家之中，在无力改变现实之时，他渴望能够有一剂镇静止痛的良方，而禅宗恰恰为他提供了这剂良药，即使是忧患犹深，"学佛无凭"。从这首诗我们可以看出，无论是身在魏阙还是退居江湖，文廷式的心灵一直都在入世与出世间游走，寻求超越与解脱。

再如约作于光绪二十九年（1903）至光绪三十年（1904）诗人逝世前这两年间的《题宝积寺》一诗：

> 山谷老人亲种树，碧池处士旧凭栏。
> 斜阳不改青山色，寄语时贤郑重看。

宝积寺始建于唐代，现位于江西省萍乡市，此诗是文氏居桑梓萍乡"在野言野"之作。在该诗后，诗人有一段小注，可作为前两句诗的注解："寺有罗汉松，为宋黄涪翁手植。在唐名'梵林寺'。袁皓有诗，是时颇有废寺观议，故诗意云而。袁皓诗云：'拖紫腰金成底事，凭阑惆怅欲如何'。"首句中的"山谷老人"，指的便是江西诗派开山之祖、北宋著名文学家黄庭坚。据记载，他曾于北宋崇宁二年（1103）撰书《宝积禅寺记》，又题"德味厨""入还堂"二匾额，还亲手植罗汉松于寺院，故文氏云"山谷老人亲种树"。宝积寺曾名"星居寺""梵林寺"，唐代曾就该寺的兴废有过争论，故唐代文人"碧池处士"袁皓有诗云："拖紫腰金成底事，凭阑惆怅欲如何"。文廷式巧借袁皓的诗句，表明了自己心中的矛盾纠葛，此时文氏已经预感到大清帝国即将覆灭，

"三千年未有之大变局"在文廷式心里产生了强大的紧迫感，国之将覆，而自己的政治理想和人生抱负也幻灭殆尽，"凭阑惆怅"又能意欲如何？只有满心的空虚、失落、迷茫、孤寂。即便如此，文氏那颗忠君爱国之心却从未动摇过，"铁无可铸神州错，寒不能灭烈士心"（文廷式《出京作》），正如"斜阳不改青山色"。这首诗表面上是写宝积寺，实际上是在抒发诗人被革职遣籍后的失落与迷惘，以及至死不渝的忠君爱国之情。在"空""闲""寂""淡"的意境下，仍可以感觉诗人那颗炽热的拳拳忧国心。

　　类似的禅诗在文廷式笔下并非少数，如重创后寻找心灵慰藉的《岁暮怀寄禅》："云山踏破万千叠，宗说遥通上下乘。挂屧枫前感今昔，缘何得遇雁门僧"；研读佛教经典后的心得《读华严经》："方便经中迥出尘，胜鬟宝髻别生春。珊瑚系颈珠垂履，帝释随权现女身"；"尚想功名事，栖尘漫古祠"的"住心看净"之作《鸡鸣寺》等。即使身陷窘境，文氏依然能够保持着"毒龙螫手尤安禅，余香在袂何由捐"的泰然自若，这正是源自他被禅宗洗礼过的"倚岩听虚籁，心与万缘冥"（文廷式《山居》）的"空""寂""闲""淡"的超然心态。这种心态，实际上是文廷式在经历了大起大落多变的人生后，以禅宗"随缘任运"的出世精神来排遣儒家积极进取的入世精神所带来的苦闷与疲惫之际所形成的，以禅入诗成为了文廷式缓解内心伤痛的一剂良方。

　　面对日渐衰微的晚清王朝，文廷式提倡维新改良，他与康有为、郑观应等维新人士交往甚密，认为"变则存，不变则亡"。与康、梁等人不同，文廷式不仅是一位政治家，而且是一位诗人，因而维新改良的政治主张直接影响到了他的诗学思想，使其在诗歌创作中同样强调突破传统，化古求变。他在《论诗》第一首中指出："《风》《雅》而还读《楚辞》，纫兰佩芷不相师。洪炉自有陶钧术，怕看人间集字诗"。文氏认为《国风》《大雅》《小雅》和《楚辞》在创作原则和创作手法上是迥然相异的，他用"纫兰"和"佩芷"两种不同的香草来区别《风》《雅》与《楚辞》，并且指出《风》《雅》《楚辞》三者并无联系，彼此"不相师"。随后他又用"洪炉自有陶钧术"来比喻从事诗歌创作要有自己独特的方法，作诗与烧制陶器一样，每个陶艺师都有各自不同的"陶钧术"，每个诗人也都应该有各自的创作方法，而不是墨守成规。"诗人死骨万邱山，生面重开自是难"（文廷式《论诗》其三），文廷式深知"重开生面"的艰难，但无论多难，他都会竭尽全力去开拓创新，万死不辞。他还以"曾上崆峒探帝迹，不劳仙赠九还丹"（文廷式《论诗》其三）的创作实感来激励其他诗人，提出只要坚持不懈，就一定能够在创新之路上取得佳绩。正是源自这份"变则存，不变则亡"的执着，在文诗中出现了许多以往诗歌中所从未涉猎过的新题材、新内容：如评价外国君主或统治者的诗篇《俄罗斯帝大彼得》《法兰西帝拿破仑第一》《美利坚总统华盛顿》等；表现自己与国外友人交往的诗篇《赠日本永井次官》《赠内藤湖南》《次韵日本山根虎之助见赠七律一首》等；通过描写地球自转产生的东西半球昼夜相背，表达对资产阶级民主国家的向往的诗篇《夜坐向晓》，这些新题材、新内容在中国诗歌史上，无疑具有开拓性的意义。

文廷式兼通先汉微言、东京纬侯、魏晋玄风、宋元儒理，因而在其诗歌中不乏拟古之作。在这类拟古之作中，文氏借古宫词的形式来抒发自己的人生理想和政治抱负，赋予了古代诗词全新的内涵，如《杂诗》《临帖》等，他以五古的形式或分析时政，或研讨学术，既保留了五古形式庄严的特点，又为其注入了新鲜血液，真正做到了"化古为变"、"古为今用"。文廷式擅于用绝句来阐发哲理，如《冬日绝句》《海上绝句》等，篇幅短小却内涵深远，突破了传统绝句长于表现瞬间情感的局限。文氏深受"同光体"影响，在他所作的排律中，常常以议论入诗，一韵到底，如《山居三十六韵》《山居五十韵》等，一气呵成，挥洒自如，足可见其深厚的诗学功底。除此之外，他还作有多首《拟古宫词》。文氏以传统的诗歌形式展现出全新的思想和内容，他的拟古之作，更加贴近时事、贴近生活，使古典诗词得以常青。

三　讲求诗法，宗唐为主

文廷式所讲求的维新改良，但并非毫无章法，随意而为。他诗中的开拓创新是在遵循诗法的基础上进行的。正如他在点评欧阳述的《浩山诗集》时所言："各体取径皆正，但再求深厚，即得之矣。正不必趋新派、作集字诗。新诗取悦一时，不久即当寂灭……"① 他反对"吊诡"、"矜奇"，"怕看人间集字诗"（文廷式《论诗》），认为诗歌重在"辨学术之流别"，而非"辨文章之流别"，指出"渊明之诗，儒家之言也，其意淡

---

① 汪叔子编撰《文廷式集·诗录》，中华书局1993年版，第154页。

泊而有守；子建之诗，杂家之言也，其气荡佚而无制；许询近于道家；王
俭近于礼家。如斯之流，未之分晰。遂使千载而下，篇章既佚，考索为
难。斯读者可以深慨矣"①。只要辨析出诗人所处的学术流派，即使"篇
章既佚"，也不难考索。

　　在文廷式眼中，一味追求新颖，堆砌新事物、新名词的诗歌作品虽可
炫目一时，但不久便会灰飞烟灭，不会有长久的生命力和影响力。他的诗
歌既不会刻意拼凑古典诗歌中的名句经典来"掉书袋"，也不会随意堆砌
时尚的新事物、新名词来作"集字诗"。如《题〈陶渊明集〉后》一诗：
"不论阀阅政可隐，三径松菊西山薇"一联中的"三径松菊"源自陶渊明
《归去来兮辞》中"三径就荒，松菊犹存"一句，文氏用陶渊明诗文里的
词句来畅谈读《陶渊明文集》的感受显得贴切自然，毫无牵强生涩之感；
再如《读恭亲王〈萃锦吟〉集唐诗奉题二律》，两首七律虽仅仅八联，但
几乎句句用典，"以'绸缪牖户'点出奕䜣一生主导处；'卷阿'之推崇；
'正始'之巧喻；《阳秋》之暗讽；'谢傅'之明褒；'沉吟'之用心；
'温树语'之赅括；'冥鸿'之自喻；'归咏'之向往等等，无不恰到好
处。"② 如此密集地用典，却毫无牵强附会、杂乱无章之感，用典而不觉
其为用典，这显然与文氏作诗讲求诗法是分不开的。如果没有深厚的学殖
和功力，又岂能达到如此圆熟的境界？即使是在与维新人士、科技先驱赋
诗赠答之时，文廷式也只是从治乱盛衰和惜才爱才的角度入手，语言通
俗，感情真挚，丝毫没有堆砌新词、新物的流弊。正是因为文氏讲求诗
法，才能够突破传统，创作出如《久雨》《山居》等清空华妙的佳作。在
文廷式的笔下，常常可见同一意象的反复出现，如雁、雨、月亮等，但他
却能够从不同的角度抒发不同的情怀，阐述不同的哲理。如《月下作》
和《中秋夜不见月》，同是写月，所表达的感情却迥然相异：前者通过月
下之景来抒发对为人处事的感悟——"勿以帝网密，坐令世腻深"；后者
则是通过"昨宵"与"今晨"月亮的变化来影射世事的无常——"世间
万事不可预，钻龟七十竟何益"。再如《听雨》《久雨》《久雨绝句》同
是写雨，《听雨》借"瘦木""瘦藤""寒灯"等清冷的意象，表现了诗
人物我两忘的境界；《久雨》通过对"几案""山川""琴""花""农

---

①　钱仲联主编：《清诗纪事·光绪宣统朝卷》，江苏古籍出版社 1989 年版，第 13496 页。

②　曾文斌编撰《文道希遗诗选注》，岳麓书社 2006 年版，第 92 页。

犁""渔笠"等景物的描写，表现出诗人对"六十日久雨"降临的欣喜之情；《久雨绝句》则是写久雨造成屋漏，企盼天晴"照扶桑"。如果不讲求诗法，屡次描写同一意象是极易雷同的，可见以同一意象抒发不同的情怀，阐述不同的哲理，是文廷式讲求诗法的又一重要表现。正是源自这份"清词冰雪付雕镌，香火曾留翰墨缘"① 的诗学理念，才使文廷式在诗歌史上得以"望崇当世推宗匠，业盛名山抗古人"②。

唐诗和宋诗是中国诗歌史上不可逾越的两座高峰，"唐诗、宋诗，亦非仅朝代之别，乃体格性分之殊。天下有两种人，斯分两种诗。唐诗以风神情韵擅长，宋诗以筋骨思理见胜"③，"唐诗以韵胜，故浑雅，而贵蕴藉空灵；宋诗以意胜，故精能，而贵深折透辟。唐诗之美在情辞，故丰腴；宋诗之美在气骨，故瘦劲"④。清代诗人多秉承这两大诗歌派别，或宗唐，或宗宋，"高明者近唐，沉潜者近宋"⑤。宗唐者常以"大、小李杜"为祖，宗宋者多以苏轼、黄庭坚为宗。作为晚清诗坛的重要诗人，文廷式也并未能避此苑囿，其诗歌创作以宗唐为主，唐代诗人杜甫、韦庄、韩偓、杜牧等人都是他推崇的诗人，但由于他个人的人生经历以及与生俱来的忧国悯民情怀与杜甫和杜牧有着颇多相似之处，因而他的许多诗作无论是在内容上还是在形式上，大都继承了杜甫和杜牧诗歌的特点。文廷式生前好友陈三立在《文道希先生遗诗序》中就有言："尝推为独追杜司勋，波澜莫二，即身世漂泊，亦颇肖似之，此可悬诸天壤，俟定论者也。"⑥ 至于杜甫，文廷式诗中有多首拟杜之作，如《和杜写怀二首》《缚鸡行用杜甫原韵》《和杜三韵三篇》等，皆步杜甫诗韵。在《出京作》一诗中，文氏两处化用了杜甫诗中的原句："短发萧疏懒着簪"一语化用了杜甫《春望》一诗中的"白头搔更短，浑欲不胜簪"一联；"寒不能灰烈士心"一句则化用了杜甫《自京窜凤翔喜达行在》一诗中的"心死著灰寒"一语，化用得恰到好处。这首七律《出京作》，颔联感情先抑后扬，颈联在全诗

---

① 徐乃昌：《遐庵先生编刻萍乡师遗诗成感赋二诗》采自文廷式撰《文道希先生遗诗》，民国 18 年叶恭绰铅印本，第 124 页。

② 同上。

③ 钱钟书：《谈艺录》，生活·读书·新知三联书店 2001 年版，第 2 页。

④ 缪钺：《诗词散论·宋诗》，陕西师范大学出版社 2008 年版，第 13 页。

⑤ 钱钟书：《谈艺录》，生活·读书·新知三联书店 2001 年版，第 3 页。

⑥ 文廷式撰《文道希先生遗诗》，民国 18 年叶恭绰铅印本，第 121 页。

进入"白羽一挥犹想象"的高潮时突转，从而形成了沉郁悲凉的诗歌风格，这些都是杜甫七律中常见的创作手法和艺术风格，可见文廷式学习杜甫已深得杜诗精髓。杜甫诗歌创作的精华集于晚年的七律，文廷式离京后的诗歌创作，也进入了一个以七律写时政、抒己怀的高峰期，此时的忧国伤乱之作，也成为了文廷式诗歌中的精品。

　　杜甫生活在唐代天宝时期，在安史之乱的八年中，他饱经战乱离别之苦，却有着"穷年忧黎元"的悲天悯人胸襟和"忠君恋阙"的拳拳赤子情怀，他的诗歌"随所遇之人之境之事之物，无处不发其思君王、忧祸乱、悲时日、念友朋、吊古人、怀远道，凡欢愉、幽愁、离合，今昔之感"①，其诗歌因为展现更广阔的生活画面和具有"史"的认识价值，被文学界称为"诗史"。杜牧是晚唐的著名诗人，其诗歌中大量篇章反映了晚唐战乱频发、民不聊生的社会现状，如《郡斋独酌》《感怀事一首》等作品，其诗歌同样具有"诗史"的性质。而文廷式生逢晚清乱世，同样具有一颗不忘忠悃、忧国悯民的烈士心，面对乱世，其如焚的忧心与两杜产生了强烈的共鸣，"旷百世而相感"②，他们面对时局同样都无能为力，却依旧将全部身心都交付于各自所处的那个不幸的时代，"同是天涯沦落人，相逢何必曾相识"！文廷式曾近君侧，结名流，因而他的诗歌囊括了当时动荡斜阳坛、乱离的现实和文人学者的生活等各个领域。晚清中华大地上所发生的种种浩劫，人民历经的种种苦难，以及诗人自身的忧患经历、苦闷彷徨、追求探索，在其诗歌中都能找到或隐或显的描述，文廷式的诗歌是一部晚清大变局的风云史，是最完整、最丰富、最鲜活的晚清历史素材，同样具有"诗史"的认识价值。

　　值得注意的是，文廷式在以"宗唐为主"的同时，不忘兼容并蓄，博采众家之长。先汉微言、东京纬侯、魏晋玄风、宋元儒理，文廷式皆有所积累。他在酬和诗中融入政论性与学术性；在《读恭亲王〈萃锦吟〉集唐诗奉题二律》等诗歌中用经、用典；在《题埃及断碑为希伯祭酒作》一诗中考究中外文字的源流；在《谈仙诗》中对木乃伊形成做出了详细

---

① （清）叶燮：《原诗》，人民文学出版社1979年版，第186页。
② （唐）韩愈：《祭田横墓文》，采自钱伯城著《韩愈文集》，中国国际广播出版社2011年版，第211页。

阐述……这些都尽显出了"以文字为诗，以才学为诗，以议论为诗"① 的宋诗的特点。相似的人生经历使文廷式对元好问推崇有加，在《读元遗山集》中，文廷式称赞元好问"避世未容随绮季，论诗真不让苏黄。遗编万丈光芒在，未敢丹青着短长"，并借元好问以自况，表明自己"斜阳不改青山色"（文廷式《题宝积寺》）的赤胆忠心，而文氏的《幽人》一诗，"沉郁苍凉，上追遗山矣"②。

文廷式的诗歌可贵之处在于继承，更在于创新。他学古，却能够摆脱前人窠臼，打破学术界线，使其诗歌兼备唐诗的风神情韵与宋诗的筋骨思理于一身，从而在晚清众多诗歌流派中"生面重开"、独树一帜，卓然自成一家，故陈三立在《萍乡文氏四修族谱序》中，盛赞文廷式"固奇杰非常人也"，可谓一语中的。

---

① 严羽：《沧浪诗话》，郭绍虞校释，人民文学出版社 1961 年版，第 26 页。
② 钱仲联主编：《清诗纪事·光绪宣统朝卷》，江苏古籍出版社 1989 年版，第 13498 页。

第十一章　魏元旷的《蕉庵诗话》

自欧阳修《六一诗话》首创诗话体裁之后，诗话成为中国文学批评史上的一种新样式。欧阳修"诗话"卷首有题序："居士退居汝阴而集，以资闲谈也"，随着时代的不断变迁，诗话逐渐地演变到对现实社会中重大历史事件的关注，也足见诗话记盛德的社会功用。中华民国建立后，部分成为遗民的民初文人在诗话中楔入了民族意识，使得民初诗话呈现出浓厚的遗民情结。显然，诗话逐渐地由一种文学批评样式变成了一种工具、一种武器、一面旗帜、一声号角。① 如魏元旷的《蕉庵诗话》、陈锐的《褒碧斋诗话》、赵炳麟的《柏岩感旧诗话》、夏敬观的《忍古楼诗话》等，其中最显著的莫过于魏元旷的《蕉庵诗话》。

一　魏元旷的生平著述

魏元旷（1857—1935）原名焕奎，号潜园，又号蕉庵，一号潜园逸叟。江西南昌人。光绪二十一年（1895）进士。任刑部主事。辛亥革命后归故里，应胡思敬约，民国 11 年曾协助胡思敬校勘《豫章丛书》。其思想与胡思敬相近，于立宪派、洋务派概持异议，主张君主专制，近于迂顽。其诗源出杜甫，沉郁苍凉，多蕴含因易代而忧闷之情。潜心著述，曾任《南昌县志》总纂，此书与胡思敬《盐乘》并称近代江西两部名志。编纂《西山志》6 卷。著有《潜园二十四种》，内有《蕉庵诗话》《潜园诗文集》《蕉庵随笔》等。《蕉庵诗话》今收入上海书店出版社 2002 年版《民国诗话丛编》。

魏元旷交友广泛，爱好诗文；其《蕉庵诗话》在适度遵循诗话"以资闲谈"、"辨句法、备古今、记盛德、录异事、正讹误"功能的基础上，因特殊的时代背景，较多的情绪、号召和对社会现象的抵制行动，如专心

---

①　蔡镇楚、龙宿莽：《比较诗话学》，北京图书馆出版社 2006 年版，第 259 页。

著述，隐居而带徒诵经学典。《蕉庵诗话》及其续编在民族意识领域总体以满汉民族关系探讨为中心，围绕社会变革所导致的遗民思想与遗民意识的内容，具体落脚在以下方面：称颂遗民节义；斥责临危易主、变节之人；记录变名、易服、复辟之故事，蕴归隐之志；以史笔载录诗词，以春秋笔法展现"孤露遗臣"之情怀。这种"关乎时政"的特征固然与诗歌理论的贫乏有关，但更多地反映了社会变革下作者的民族情感变化及其在社会转型中隐居的真正心态。

二　隐逸意识之呈现

在新旧文化更替的民初，各种思潮日新月异；人心日变，每个人都面临着选择的困惑、迷茫，甚至恐惧。清王朝的崩溃对于遗老们尤其是从文致教、关心时事民生的遗老来说更是不同寻常的朝代更迭，是被赋予了更多的文化寓意。自然，几千年的封建专制体制的灭亡，使根深蒂固的传统文化观念面临巨大的挑战，对于绅士们的心理栖息地更是一次巨大的震撼。期望安静平和的栖息地的他们陆续发出"甚爱直宿夜时清景"① 的感慨。民国绅士们各谋出路，竭尽全力。试想寻得一个适合大众生存的文化体系。不幸的是在清王朝的彻底灭亡，传统文化制度的空前断裂和在新文化的冲击下，对于在反抗、挣扎后而毫无收获的绅士们来说，要在动荡时局下找到一个适合众生的国度实非易事。最好的归宿莫过于如潜园之辈选择的道路：隐逸著述，精心授徒，图谋复辟。其隐逸意识产生多基于以下几个方面：

（一）盛世一废，不堪回首

诚然，绅士痛苦、人民揪心，心灵栖息地的丧失事关一个国度、一个王朝的命运归属。正所谓国之为大关乎民众，一个国家的发展与人民的安定，文士的抉择是息息相关的。从辩证法的角度出发，国家、王朝的发展势必关乎各个部分的安危；一种新制度新文化的出世对于长期依赖、栖息于传统文化的民族而言无疑是一次大翻天、大挑战；人们心里必然会生出一种不可接纳的痛苦。这样，往往便会滋生出更多的恋旧情结；即便往常岁月不是太平盛世，但依然会觉得新不如旧。如："仍是当年文战常，禁城传唱漏声长。满轮海月照阊阖，初夜天风宿建章。身近紫薇干气象，心

---

① 张寅彭主编：《民国诗话丛编》，杨君点校，上海书店出版社 2002 年版，第 5 页。

归黄屋动星芒。聪明笼烛群仙集，卧听鸡人报未央。"天下当时，风景真不啻前人所咏。唐宋以来，千年盛世，一旦废之，梦里钧天，不堪回首。①

　　和前世所不同的是，身处民国，绅士们多了一层处世选择的艰难。在新文化的视角下他们常被视为封建余孽，又有为异族守节之嫌。民国时期，中国社会加速向现代化迈进，随着"民主共和"制度在中国形式上的确立，"民主共和"思想在人民大众中的宣传和在道德上达到了最高点。制度和人们的观念也逐渐发生着变化，这些虽然冲击着一切旧传统，却不能把它完全冲垮。于是形成了民国社会"有新有旧，新中有旧，旧中有新"的奇特现象。旧事物仍存在并盛行于新王朝，无疑这是导致社会矛盾的一大原因；留辫子，讲经文，崇尚儒学仍是当时的流行风尚。"乱初作，南省皆匪徒，拥兵擅立，衣冠无度，或如俳优。士大夫多梳头蓄发。宁愚有行，鲁民制巾赠之，留别云：'请缨无路黄冠了，戴笠为盟皂帽宜。珍重先生乌角意，松云白首证心期。''十载弹冠愿已违，簪裾愧偏昨原非。头巾老与时妆忤，得否青山兀岸归。'至九江，果解巾去发，乃得行。"② 人们依旧不能完全放弃以往时代的风格和存在方式，真是"旧巷怜空在，新欢总不如。"③ 人们怀旧的心理情结和三重矛盾的凸显（帝国主义和中华民族的矛盾，封建主义和人民大众的矛盾是近代中国的主要矛盾；中国近代社会的两对主要矛盾是互相交织在一起的。）政治的斗争，党派间的互相倾轧使得往日盛世不再复返；绅士们复辟无效便生出隐逸幽居的念头。

　　（二）未容蝼蚁安为国，惯看鼯生幻作人

　　《蕉庵诗话》中在讲到国家社会风气时曾谈到"未容蝼蚁安为国，惯看鼯生幻作人"。其意思大致可理解为"人民大众都没有很好地安顿下来，光看鼠生之辈逍遥于市集怎能说国家就是这个样子呢？"

　　固然，国之发展、存亡必关乎于领导者。政治风气如何决定着一个王朝蝼蚁的安生之道。

　　"举贡保送，止于庚戌。考场规制，多沿会试，出榜日亦听红录，然皆不甚重其事。腐有新中者，戏以句贺之：'媒妁通言币造庐，旧时六礼未全

---

① 张寅彭主编：《民国诗话丛编》，杨君点校，上海书店出版社 2002 年版，第 4 页。

② 魏元旷：《蕉庵诗话》，杨君点校，上海书店出版社 2002 年版，第 8 页。

③ 张寅彭主编：《民国诗话丛编》，杨君点校，上海书店出版 2002 年版，第 8 页。

无。虽云潦草完婚嫁，犹是分明见舅姑。装裹新娘原样在，乖离夫婿故欢渝。诚知赠芍新期好，膏沐耿容奈汝殊。''画得双眉几许长，风流半是老徐襄。洞房乍喜停红烛，佩带应羞解紫囊。久已作家成弃妇，居然上界引仙郎。小姑莫遣来厨下，试与羹汤恐不尝。'保送所取，不称进士，不用翰林。留学则有其目，而试极草率，命官无似，未有如光宣间者。"社会黑暗，政治腐败；流连于往日的安宁，深受煎熬的人民大众期待光明。

民初曾经流行"无官不赌，无官不嫖，不赌不嫖，哪能成交，不赌不嫖，怎能入朝"的民谣。可见，仕朝必定要有所"技能"。赌博与嫖娼是一对孪生物，它们一产生，就如水银落地，无孔不入，渗透到了中国人日常生活的方方面面。但是人们都知道，嫖赌都是"含金量"极高的糜烂生活，没有坚实的政治、经济后盾为支撑，是难以维系的。民国初年的中国社会可分为霄壤之别的两极——社会剩余和社会缺乏。对于妻妾成群的官场贵人们来说，是过剩；而对于挣扎在死亡线上的城乡工农而言，是匮乏。作为社会过剩的人格表现，最明显的是两大社会病态：一是赌博，二是嫖娼。

当时的政治，实质仍然是袁世凯的专制独裁统治。凡是袁世凯的下属，无一例外的都是西装革履的"奴才"，看上去一个个风光满面招摇过市，实际上都是木偶傀儡，毫无独立性和自主权可言。这就决定了他们在官场中精神与人格的残缺，这种精神的病态反映到私人生活中，就是发泄为逐强奸胜的偏执。只有沉醉在赌场中的虚拟"平等"和暂时胜利，才可以作为一帖壮阳药，让自己也体验一下做"主人"的快感和占有欲的满足。民初官场的这种"含金量"极高的消费和生活，反过来又强烈地刺激着官僚们无休止的铤而走险，去窃取权力，去攫取钱财。这样，一个恶性循环就形成了，并且以自由落体般的加速度膨胀，进而吞没和毁坏所有社会秩序，以其巨大的破坏能量，把一切阻力和道理轧成齑粉。因此在近代中国，如托尔斯泰在《艰难的历程》中所说的那样，"我们的民族注定是要在清水里煮一次，在咸水里煮一次，再在碱水里煮一次。"①

在这样龌生当道的社会里，潜园等绅士不得不再次发出"甚爱直宿夜时清景"的感慨。众人皆醉我独醒；不愿与这乱世同流合污，然而心有余而力不足；惆怅痛苦至极，似乎只能转动思路，换一种方式与这肮脏的社会做斗争。内心里万重伤痕，无处栖身，想报效爱国却不能得。真是

---

① ［俄］托尔斯泰：《艰难的历程》，人民文学出版社1979年版。

"于万种伤心事，伤心只在心。解人惟见汝，避禄早归林。但倚书为命，宁愁突不黔。他时徵野史，应向鲁溪寻"① 无奈之下，他们拒仕民国，宁做"失语人"向往隐逸，但这隐却非五柳先生种豆南山下那般惬意悠闲。自然是带着一种不可或缺的功利目的。著述，诵经，教授学徒，寄希望以后代子民。希望以这样一种方式能够使得传统的，民众所习惯的制度、文化得以传承；在不满的情绪下力争取得复辟的胜利。真可谓，"乱后，贤者伏处，亦各自得田园之乐，要不能无杜陵哀世耳！这样，他们的隐逸是世态背景所迫；也是治国救世的唯一道路。

"莫道羔裘无壮节，古来成事尽书生"②。治经之外，他们还专心于著述。"世之乱也，天下方有事……于是沉几观变之士，遁世远引。负其所学，不得为吁谟，乃发之为文著录于世。"然而，著书立说乃是他们在改朝换代的特殊时期和社会背景下不得已而为之举。此种无奈与悲哀之情，在他们的著作中俯首皆是。魏元旷的故人之子欧阳幼济曾计划刊刻父亲的遗作，请他作序，魏元旷借题发挥："尝私谓后世之著述莫重于记载，盖人心天命之发挥……独人物事变，非其时之人莫详。朝家所录，仅凭奏报，而遗闻轶事惟赖私家之撷拾，著幽隐，昭直道。"这段话一方面是对故友遗著的高度评价，另一方面，也是魏元旷个人乃至末代绅士们在民国期间被迫专心于著述的自我写照。他们利用"时人"的身份，将所见所闻记录下来，以存世变真相，为兴亡之鉴。他们的睿智无人可堪比，个人的力量是渺小的，而依靠时人，却是插柳成荫之功效。出于一种民族自强意识和传统文化的捍卫军，隐逸著述，唤醒后世是他们唯一的出路。

（三）失之东隅，收之桑榆

身处动荡的民国期间的绅士们对中国传统文化有着更强烈的依赖和情怀。也正因为如此，他们自认为肩负着延续传统文化命脉的使命；尽管他们也意识到了时代的变化，但仍以二十四史的经验执着地以传统的方式生存着，也依然保持着传统士大夫的节烈贞操。基于这种心态和情感依附的背景下，存活于新事物冲击的时代背景下，对于他们来说，无疑是一种悲苦和极大的不自在；那么，为了使自己的身心少受世俗社会、新事物的侵害。选择隐逸著述无疑是他们最好的归宿。

---

① 魏元旷：《蕉庵诗话》，杨君点校，上海书店出版社 2002 年版，第 14 页。
② 同上书，第 18 页。

他们身处千年未有之大变局的近代中国，民国的知识分子们岿然不动，固守着儒家的传统文化与价值观念；是一群眷恋着逝去的传统的孤独守望者。尽管头顶着"落后""保守"的政治标签，未能与时俱进。不过，这样反倒促使他们在私家著述和郡邑文献整理等文化事业方面用力颇深，成就斐然，他们的名字也因此深深地镌刻在江西历史文化名人簿上。从这个意义上看，民国时期的社会更替，于末代绅士而言，未尝不是幸事，所谓"失之东隅，收之桑榆"是也。

可见，传统文化在阻滞近代文化，社会发展的同时也有平衡社会变迁，缓解社会矛盾，避免文化断裂的功效。为国家或地域文化转型提供了有益的道德楷模和精神抚慰，对末代绅士们来说更是一种有所根据的自我安慰。的确，在当时的条件下，在绅士们认为最重要的最得以实现存在价值的事情是保存有用之身，承担传承经学的责任。如此，他们便选择"著幽隐，昭直道"的道路，选择隐逸幽居，从一开始便选择了一条治经授徒，著书立说，以待天下后世这一相对理性的道路。在充分发挥时人强大力量的同时也为自己的隐逸找到了合乎理性的依据。

三　乱世求安，隐逸著述

民国初年，不仅是国弱民贫，外敌逼视；而且武人专权、法理难申，军阀割据的战火连绵不止，政治的黑暗腐败，社会的动荡不安，比以往有过之而无不及。夜黑似漆，风雨如磐。救亡图存，变革现实，依然是萦绕在一代忧国忧民之士心头的沉重课题。面对挑战，在新旧文化冲合的激流里，社会各界群起回应，大批的名士便注意到受统治者推崇的儒学经典长期不拔的独尊地位。继而有更多的民初绅士于反抗无力之后选择一条依靠经学的"实用"切"时弊"的救国道路。

我们必须承认，传统文化在人们心中不可动摇的地位。朝代的更替，传统制度文化的更新，对于长期根存于传统文化的遗老来说抛弃旧文化尝试新制度是比较艰难的选择。然而内心的民族自强意识却容不得有半点儿懈怠。于此，他们只能凭借传统经学在人们心中不可替代的位置，另辟蹊径，选择一条治世救国的新道路——隐逸著述，传经授道，以待时人共救国。

第十二章　胡焕《论西江诗派绝句十五首》笺释

　　中国诗学发展到清末民初以后，乡土观念逐步加强。如在论诗绝句方面，我们从郭绍虞、钱仲联、王遽常编的《万首论诗绝句》可以看到，这个时期有张祥河的《论楚诗十二首》《粤西论诗九首》，颜君猷《论岭南国朝人诗绝句》（15 首），吴仰贤的《偶论滇南诗》（8 首），杨浚的《论次闽诗》（90 首），谢章铤的《读全闽诗话杂感》（5 首）、《岭南杂诗》（录 2 首），柳商贤的《苏州论诗绝句》（16 首），夏葆彝的《论湖北诗绝句二十首专论湖北诗家流寓不与》《旧作论湖北诗绝句二十首》，黄小鲁的《楚北论诗诗》（32 首），沈汝瑾的《国初岭南江左各有三家诗选阅毕书后二首》，陈融的《读岭南人诗绝句》（录 31 首），毛瀚丰、傅世洵、范溶、邱晋成和林思进五人各有一组《论蜀诗绝句》。① 通过论诗诗这种独具民族特色的诗论形式，诗评家们或评论和总结乡贤的诗文作品，或关注诗人诗作的地域特色，形成难得一见的地域文论景观。那么，这一时期有没有总结江西乡贤诗人诗作的论诗绝句呢？有，这就是胡焕的《论西江诗派绝句十五首》。这一组诗也见录于上述《万首论诗绝句》。

一

　　胡焕（1876—?），字眉仙。南昌人，清末至民国诗人。好读书，十九岁就游京师，入管学大臣张百熙幕府。张被革职后，胡焕也离开京城，从此放浪江湖，往来燕、洛、吴、粤等地，担任过报社记者、学校教员、部僚秘书等职。由于仕途不得意，时以诗为娱。民国时期曾组织过"青

---

① 郭绍虞、钱仲联、王遽常编：《万首论诗绝句》，人民文学出版社 1991 年版，第 1679—1682 页。

溪诗社"，不过在文坛上影响不大。有《江上晚晴楼诗稿》四卷行世。①

胡焕诗的内容广泛，论治、论学、论道，无一不备，但境界不高。他的诗学理论有某些可取之处。如在《江上晚晴楼诗稿·序》中，提出作诗应讲求"真气"。认为"凡神理、气味、格律、神色四者之外，而真气不充者，言弗善。故山林之人天趣自然，不求真而真近之"；相反，那些"入世渐深，有身如梏，有心如棘，毛孔骨节皆为闻见知识所蔽，则其去诗愈远矣。"有道家远俗贵真的思想。躲避世俗，呈现人性的本真，是古今中外文人的一贯生活态度和人生取向。咏诗作文，往往无拘无束，直抒胸臆，这也是中国文论的一贯主张和永恒追求。正如司空图所言，是"惟性所宰，真取弗羁，控物自富，与率为期"（《二十四诗品·疏野》）。一种天放式的野性之美，一种真朴式的本色之美，不为世俗之眼光所羁束。徐增《而庵诗话》说："诗到极则，不过是抒写自己胸襟。"叶燮《原诗》说："诗是心声，不可违心而出，亦不能违心而出。"王国维《人间词话》主张"写真景物、真感情"。在这个意义上来说，胡焕的诗学理论是把握和继承了中国文论的精神实质和优良传统。当谈到诗歌的功用时，胡焕说，诗可以"入幽出明，能苏万古沉郁雄奇芬芳悱恻之魂，令人歌哭笑骂，得意环中，驰情域外。其用大者如轩乐瑶琴通乎政事，亦可养温柔敦厚之教，不淫不乱，使心声所播美意延年。"如果无诗"则山川黯淡无色，人类惨酷无情，为粪土，为机械，为猛兽耳。"这段话充分认识到诗歌的重要作用，认为诗歌大则可通政事，小则厚养人伦，人生天地间应该诗歌相伴随，否则，山川无色、人类无情，与粪土、机械、猛兽无异也。这些诗学思想，也渗透在其《论西江诗派绝句十五首》的具体论述中。

二

　　胡焕论诗绝句一共谈及十多位江西诗人，放在一起，成了一部简明江西诗歌史。我们对这一组论诗绝句作必要笺释。

---

①　胡焕生平简历见江西省文学艺术研究所、江西人民出版社古籍编辑部主编：《江西历代文学艺术家大全》，江西人民出版社 1989 年版，第 1802—1803 页。《江上晚晴楼诗稿》，民国 25 年（1936）铅印本。

其一，南丰才笔九州横，坡语流传欠定评。莫谓赣人情韵减，略嫌文字掩诗名。

曾巩（1019—1083），字子固，江西南丰人。对于曾巩的诗歌，当世人评价不高。如苏东坡曾对秦观说过："子固诗少韵致，惜为文所掩耳。"陈师道《后山诗话》也说："曾子固短于韵语。"直至清代的赵翼也说："庐山合似西江人，大抵少肉多骨筋。"意即江西人的诗歌以议论为诗，长于说理而短于抒情。胡焕不同意这一说法，他认为，曾巩的诗笔纵横，其诗也富于情韵，苏轼等人的评语欠公平，切莫以曾巩的文名而掩盖了其诗名。胡焕的说法是有一定道理的，我们翻阅曾巩的诗歌，不难看到许多情韵兼美的诗歌："海浪如云去却回，此风吹起数声雷。朱楼四面钩疏箔，卧看千山急雨来。"（《西楼》）"云帆十幅顺风行，卧听随船白浪声。好在西湖波上月，酒醒还对纸窗明。"（《离齐州后绝句》）对于曾子固的诗歌，我们认为方东树的评价比较恰当："以句格求之，则其至者，直与陶、谢、鲍、韩并有千古。"（《昭昧詹言》卷一）从胡焕这首论诗绝句本身来说，王士禛《仿元遗山论诗绝句》中论李白诗开头就有"青莲才笔九州横"，胡焕有参借之嫌。

其二，千金一字苦冥搜，诗史渔洋费校雠。不是临川王介甫，谁知"暝色赴春愁"？

王安石（1021—1086），字介甫，号半山，江西抚州临川人。北宋著名政治家，在文学上素有一字师之称，其"春风又绿江南岸"中"绿"字是几经推敲才最后确定的，传为诗史美谈。胡焕说的是王安石改别人的诗，唐诗《晚渡》有"暝色起春愁"之句，王安石易"起"以"赴"字，遂为名句。事见叶少蕴的《石林诗话》："王荆公编《百家诗选》，尝从宋次道借本，中间有'暝色起春愁'，次道改'赴'字作'起'字，荆公复定为赴字，以语次道曰：'若是起字，人谁不能道。'次道以为然。"清人王士禛编《唐贤三昧集》《唐人万首绝句选》，对此颇为称道。

其三，天下几个学杜甫？枉抛心力斗聱牙。涪皤已证诗禅地，天女时时一散花。

黄庭坚（1045—1105），字鲁直，号山谷道人，江西分宁（今修水）人。宋人学杜成为一代文坛景观，虽都学杜，但成就各有差别，正如苏轼所说："天下几人学杜甫，谁得其毛与其骨。"（《次韵孔毅父集古人句见赠》）不过胡焕认为，黄庭坚是得杜真传的，不过这只能是胡焕一厢情愿的说法。黄庭坚认为的杜甫"无一字无来历"并不是杜诗的真髓之所在，他推崇的也仅仅是杜甫晚年在夔州时期的诗歌，而对其"三吏三别"等大量忧国怀民的诗歌则视而不见。所谓"点铁成金""脱胎换骨"之诗法也改变不了江西派特别是其末流闭门作诗、掉书袋的诗风诗貌。所以胡焕所谓"已证诗禅地""天女散花"云云是有待考量的。

其四，迢迢银汉接清秋，白石仙人最上头。要与花枝写标格，满身风露看牵牛。

姜夔（约1155—约1221），字尧章，别号白石道人，江西鄱阳（今鄱阳）人。素以词闻名，其实他的诗歌水平也很高，风格与词近。陈郁《藏一话腴》评其诗"奇声逸响，率多天然，自成一家，不随近体。"江春在《白石道人诗集序》也说："其诗初学西江，已而自出机杼，清婉拔俗，其绝句则骎骎乎半山矣。其诗则一屏靡曼之词，清空精妙，琼绝前后。"如其诗《咏牵牛花诗》中有"老觉淡妆差有味，满身风露立多时。"诗出自然，情味卓绝。

其五，十年辣手管丝纶，赋罢青词笔有神。猛忆钤山冰雪语，爱才毕竟是诗人。

严嵩（1480—1567），字惟中，号介溪，江西分宜人，明代权臣。因为严嵩是大奸臣，所以后多避而不谈其诗歌。客观来说，严嵩还是能诗善文的。他中进士后，称病回乡，在钤山读书十年，使他文才益增。《四库全书总目》认为："嵩虽怙宠擅权，其诗在流辈之中乃独为迥出。"连与严嵩矛盾很深、有杀父之仇的王世贞也说："十年钤山冰雪情，青词自媚可怜生。彦回不作中书死，更遭匆匆唱渭城。"毕竟孔雀有毒，却不能掩其文采。

其六，玉茗堂中灯火青，人间唱遍《牡丹亭》。谁知处士心如铁，袖里《梅花百韵》馨。

汤显祖（1550—1616），字义仍，号若士，别号玉茗堂主人，江西临川人。一说起汤显祖，许多人更多地想到他的戏曲艺术，尤其想到他的《牡丹亭》，自然不自然地遮蔽了他的诗歌艺术。其实汤公的诗歌艺术水准也颇高。邹迪光《临川汤先生传》称其"于古文词外，能精通乐府、歌行、五七言诗。"其《梅花百韵》就自视颇高。

其七，东南坛坫名相持，邗上题襟酒一卮。《赏雨》诗成游宦后，风怀不让《冶春词》。（曾宾谷广陵盟主，海内宗之，不逊渔洋当日红桥之会。）

　　曾燠（1749—1831），字庶蕃，号宾谷。江西南城人。明代著名诗人、骈文名家。曾燠在扬州居官之余，曾在署后辟"题襟馆"，广纳四方名士，流觞唱和，并刻《邗上题襟集》，人比西昆酬唱，为一时佳话。曾燠自己也有诗集《赏雨茅屋诗集》二十二卷，才力富艳，多写士大夫的个人情怀。红桥之会：康熙元年夏，王士禛与诸名士修禊红桥。红桥，一名虹桥，在扬州镇淮门外，这里陂岸起伏多态，竹木蓊郁，清流映带，朱栏跨岸，酒帘掩映，是扬州胜游之地。《渔洋诗话》曰：

> 余少时在广陵，每公事暇，辄招宾客泛舟红桥，与袁荆州于令诸词人赋诗，有"绿杨城郭是扬州"之句，江淮间取作图画。

　　此次参加者有袁于令、杜浚、邱象随、蒋阶、朱克生、张养重、刘梁嵩、陈允衡、陈维崧九人，王士禛首倡《浣溪沙》三阕，诸家和之，刻为《红桥唱和集》。王士禛并撰《红桥游记》一文记其盛况。第二次红桥修禊在康熙三年（1664），《渔洋诗话》曰：

> 与林茂之、张祖望、杜于皇、孙豹人、程穆倩修禊于此，自赋《冶春诗》二十首。陈其年题其后云："官舫银灯赋《冶春》，琅琊风调更谁伦。玉山筵上颓唐甚，意气公然笼罩人。"宗定九元鼎诗云："休从白傅歌《杨柳》，莫向刘郎演《竹枝》。五日东风十日雨，江楼齐唱《冶春词》。"刘公甬戈曰："耀明珠，荫桂旗，丽矣。或率而儿拜，或矫而当熊，或扬袂随风，如欲仙去；遗世独立，横绝一时。不必如老铁《花游》诸曲，遁作别调，始见姿媚也。"

　　这些文人击钵赋诗，香清茶热，绢素横飞。这次活动，盛况超过前次。《冶春诗》传于四方，时辈多有和者，如吴嘉纪《陋轩诗》有《冶春绝句和王阮亭先生》、汪楫《悔斋诗》有《春郊绝句》。二十年后的孔尚任因浚河到扬州，对渔洋红桥修禊的韵事不胜歆羡，题诗红桥云："阮亭合向扬州住，杜牧风流属后生。廿四桥头添酒社，十三楼下说诗名。曾维画舫无闲柳，再到纱窗只旧莺。等是竹西歌吹地，烟花好句让多情。"康熙年间的两次"红桥修禊"，为清初扬州地域文化的繁荣做出了贡献，并且造成了全国性的影响。其后的卢见曾、曾燠、伊秉绶等人的"红桥修禊"，都是王士禛的余风流韵①。

其八，乾嘉才人吴与蒋，风花百首字全删。烈士暮年堪入道，清奇吾更服铅山。（吴兰雪诗宗元、白，江西派别树一帜。王仲瞿谓蒋苕生剑侠入道，犹余杀机。）

吴即吴嵩梁，蒋即蒋士铨。蒋士铨（1725—1785），字心余，号清容、苕生、藏园，晚号定甫，江西铅山人。诗与袁枚、赵翼齐名，人称"乾隆三大家"，有《忠雅堂文集》《忠雅堂诗集》，又有杂剧、传奇十六种。蒋士铨为清代著名的诗文、戏曲大家，乾隆曾赐诗彭元瑞，称蒋士铨为"江西两名士"之一。其诗深得清人推崇，王昶《蒲褐山房诗话》评其诗"诸体皆工，然古诗胜于近体，七言尤胜于五言，苍苍莽莽，不主故常。"袁枚《忠雅堂诗集序》评其诗"摇笔措意，横出错入，凡境为之一空。如神狮怒蹲，百兽慑伏；如长剑倚天，星辰乱飞。铁厚一寸，射而洞之；华岳万仞，驱而行之。目巧之室，自为奥阼，祖而搏战，前徒倒戈，人且羡、且妒、且骇、且却走、且訾嗷，无不有也。"吴嵩梁（1766—1834），字子山，号兰雪，澂翁，别号莲花博士、石溪老渔，江西东乡人。清代诗人、书画家。关于其诗名，《清史稿》是这样说的："声播外夷，朝鲜吏曹判书金鲁敬以梅花一龛供奉之，称为诗佛。日本贾人斥四金购其诗扇。其名重如此。"袁枚在《随园诗话》中以"清绝""超妙""天籁"等语誉之。朱庭珍《筱园诗话》评论其诗说："（兰雪）笔力雄宕清峭，得力苏、陆二家。七古五古利于近体，尤长于写山水名胜。全集以《庐山纪游》一册为冠，卓然可传，无忝名家。""可与兰雪敌手者，惟闽中张亨甫际亮而已。"林昌彝《射鹰楼诗话》高度评价吴嵩梁的诗，说他"模山范水，可作妙手。……有绘影绘声之妙。"（卷十）称其七言诗"气韵高华，情怀旖旎。"（卷十六）称其绝句"神韵不减渔洋山人。"（卷二十）道光年间江苏举人潘曾绶在《感旧诗》中评吴嵩梁"再生诗笔愈清华"。如小诗《江南道中》"山风拂袂暗凉生，月黑空林更独行。一路野花开似雪，但闻香气不知名。"意境美妙，语言灵动，堪比盛唐。

---

①　张宇声：《王渔洋扬州文学活动评述》，《扬州大学学报》（人文社会科学版）1998年第1期。

其九，公子声华动九州，一篇归老秣稜舟。风流略似韩熙载，食向歌姬院里求。（新建靳深之诗才奇逸似太白，晚年落拓江南，纵情声伎，殆侯、冒之流欤？）

韩熙载（902—970），五代十国南唐文学家。后唐同光中进士。李煜颇重其才，屡欲擢为宰相，以其生活放浪而止。《全唐诗》录存其诗五首。靳深之，江西新建人，生卒年不详。胡焕认为其诗声名远播，晚年流落江南，纵情声伎，有晚唐韩熙载之风。

其十，晚近论诗陈散原，冥搜笔囊发微言。嵯峨更有杨夫子，头白东华日闭门。（新建杨昀谷诗入禅境，高谈绝俗。散原而外，此其第一。）

陈散原即陈三立（1853—1937），字伯严，晚号散原，江西义宁（今修水）人。近代"同光体"代表诗人。有《散原精舍诗集》。梁启超评此诗："不用新异之语，而境界自与时流异，酝深俊微。"杨夫子即杨增荦（1860—1933），字昀谷，一字延真，号滋阳山人，新建县人。光绪二十四年（1898）进士，历任刑部主事、司法部秘书、交通部参事等职。有《杨昀谷先生遗集诗》四卷行世，有不少谈禅说教诗作。

其十一，曩从桂子（伯华居士）闻渠说，犹有浔阳范性宜。留得卷葹心不死，秋风几首断肠诗。（德化范直侯之妹，诗词均有专集，闺秀杰出，比之李易安。湖口高心夔为文序之。）

范性宜即范淑（生卒年不详），字性宜，德化（今九江）人。大约生活于道光至咸丰年间。有《忆秋轩诗钞》《忆秋轩诗续钞》《忆秋轩钞》等。风格清丽婉转，有幽怨情境。事迹见同治版《德化县志》。兄范元亨，咸丰优贡副榜举人。

其十二，优孟衣冠久见轻，雕虫门户各争鸣。由来《风》《雅》根天性，歌哭前贤较有情。

这首绝句谈一般诗学道理，反对模拟前人及门户之见，主张抒发"天性"。

其十三，六代文章照眼过，末流沾溉愧余波。年来渐识中泠味，其奈撑肠百怪何。

中泠，即江苏镇江金山上的中泠泉。唐宋时金山矗立于扬子江心，成为孤岛。此泉有盛名，自古有"扬子江心水，蒙山顶上茶"之说。南宋民族英雄文天祥抗金负辱过金山，有诗《饮中泠泉》："扬子江心第一泉，南来北往铸文渊。男儿斩却楼兰首，闲品《茶经》拜羽仙。"抒发壮志未酬的伤痛。身经乱离之世的胡焕与文天祥有心灵的共鸣。

其十四，双井半山吾鼻祖，千年薪火几传灯？何当一反江西派，野逸萧疏爱四灵。

双井：古地名，在今江西省修水县西，为宋诗人黄庭坚（山谷）家乡，这里代指黄庭坚。半山：王安石号。王安石、黄庭坚均为宋代江西籍诗歌大家，胡焕尊之为历代江西诗学鼻祖。

其十五，二分《梁父》一分《骚》，松菊柴桑惜羽毛。弹到无弦琴外趣，峰青江上见庐高。（定盦咏陶云："莫信诗人竟平淡，二分梁父一分骚。"然西江派人自以渊明为第一流矣，政以此诘之。）

龚自珍《己亥杂诗》第一百三十首云："陶潜酷似卧龙豪，万古浔阳松菊高。莫信诗人竟平淡，二分梁甫一分骚。"说陶渊明诗歌风格也有不平淡的一面。传有陶渊明性不识音却蓄无弦琴。

这组十五首论诗绝句，胡焕有为历代江西籍诗家作传立碑之意，其乡梓之情也流露于字里行间，细细品读，还是很有情味的。

参考文献

第一部分　基本文献

1. （明）艾南英：《天傭子全集》，临川文选本。
2. 魏禧撰《魏叔子集》，清康熙易堂原刻本。
3. 赵执信撰《声调谱》，清诗话本。
4. 赵执信撰《谈龙录》，清诗话本。
5. 宋荦撰《漫堂说诗》，清诗话本。
6. 蒋士铨撰《忠雅堂文集》，嘉庆二十一年藏园刻本。
7. 鲁九皋撰《山木居士外集》，乾隆四十七年刻本。
8. 罗聘撰《香叶草堂诗存》，嘉庆元年七月桂馥刻本。
9. 罗有高撰《尊闻居士集》，光绪辛巳年重镌本。
10. 翁方纲撰《复初斋诗集》，清李彦章校刻本。《复初斋文集》，清李彦章校刻本。
11. 谢启昆撰《树经堂诗文集》，清嘉庆刻本。
12. 刘凤诰撰《存悔斋集》，清道光十七年刻本。
13. 吴嵩梁撰《香苏山馆诗集》，清木犀轩刻本。
14. 吴嵩梁撰《香苏馆文集》，清道光年间石印刻本。
15. 文廷式撰，汪叔子编《文廷式集》，中华书局1993年版。
16. 查为仁撰《莲坡诗话》，清诗话本。
17. 杭世骏撰《榕城诗话》，乾隆四十年刻知不足斋丛书本。
18. 李重华撰《贞一斋诗说》，清诗话本。
19. 黄子云撰《野鸿诗的》，清诗话本。
20. 乔亿撰《剑溪说诗》，清诗话续编本。
21. 赵知希撰《泾川诗话》，道光十二年泾县赵氏古墨斋刻泾川丛书本。

22. 劳孝舆撰《春秋诗话》，道光二十五年南海伍氏粤雅堂刻岭南遗书本。

23. 蔡钧撰《诗法指南》，据乾隆刻本影印。

24. 恒仁撰《月山诗话》，嘉庆南汇吴氏听彝堂刻艺海珠尘本。

25. 吴骞撰《拜经楼诗话》，嘉庆刻愚谷丛书本。

26. 舒位撰《乾坤嘉诗坛点将录》，宣统三年刻本。

27. 凌霄撰《快园诗话》，嘉庆二十五年刻本。

28. 郭麐撰《灵芬馆诗话》，嘉庆二十一年孙均刻二十三年增修本。

29. 梁章钜撰《闽川闺秀诗话》，道光二十九年刻本。

30. 单学传撰《海虞诗话》，民国4年铜华馆铅印本。

31. 黄培芳撰《香石诗话》，据上海图书馆藏清嘉庆十五年岭海楼刻嘉庆十六年重校本影印。

32. 田同之撰《西圃诗说》，清诗话续编本。

33. 方世举撰《兰丛诗话》，清诗话续编本。

34. 方东树撰《昭昧詹言》，人民文学出版社1961年版。

35. 赵翼撰《瓯北诗话》，霍松林、胡主佑校，人民文学出版社1963年版。

36. 薛雪撰《一瓢诗话》，霍松林、杜维沫校，人民文学出版社1979年版。

37. 沈德潜撰《说诗晬语》，霍松林、杜维沫校，人民文学出版社1979年版。

38. 袁枚撰《随园诗话》（上、下），顾学颉点校，人民文学出版社1982年版。

39. 翁方纲撰《石洲诗话》《清诗话续编》本，上海古籍出版社1983年版。

40. 朱彝尊撰《静志居诗话》，姚祖恩、黄君坦校，人民文学出版社1990年版。

41. 郭绍虞、钱仲联、王遽常编《万首论诗绝句》，人民文学出版社1991年版。

42. 张廷玉撰《明史》，中华书局1974年版。

43. 赵尔巽等撰《清史稿》，中华书局1977年版。

44. 吴文治主编《明诗话全编》，江苏古籍出版社 1997 年版。

45. 丁福保编《清诗话》，上海古籍出版社 1978 年版。

46. 郭绍虞编《中国古典文学理论批评专著选辑》（包括《文心雕龙注》《诗品注》《沧浪诗话校释》等共 20 余种），人民文学出版社 1979 年以后陆续版。

47. 何文焕编《历代诗话》（全二册），中华书局 1981 年版。

48. 丁福保编《历代诗话续编》，中华书局 1983 年版。

49. 郭绍虞编《清诗话续编》，上海古籍出版社 1983 年版。

50. （清）黄培芳撰《黄培芳诗话三种》，管林标点，广东高等教育出版社 1995 年版。

51. 汤显祖撰《汤显祖全集》，徐朔方笺校，北京古籍出版社 1999 年版。

52. 张寅彭：《民国诗话丛编》，上海书店出版社 2002 年版。

53. 蔡镇楚：《中国诗话珍本丛书》，北京图书馆出版社 2004 年版。

54. 蔡镇楚：《域外诗话珍本丛书》，北京图书馆出版社 2006 年版。

55. 陈广宏、侯荣川编校：《稀见明人诗话十六种》，上海古籍出版社 2014 年版。

56. 张寅彭选辑《清诗话三编》，上海古籍出版社 2015 年版。

57. 《文渊阁四库全书》，（台湾）商务印书馆 1983 年版。

58. 《续修四库全书》，上海古籍出版社 1995—2002 年影印出版。

第二部分　相关研究

1. 郭绍虞撰《中国文学批评史》，上海古籍出版社 1979 年版。

2. 张健撰《明清文学批评》，（台北）"国家"出版社 1983 年版。

3. 钱钟书撰《谈艺录》，中华书局 1984 年版。

4. 王德昭撰《清代科举制度研究》，中华书局 1984 年版。

5. 吴世常辑注《论诗绝句二十种辑注》，陕西人民出版社 1984 年版。

6. 王英志撰《清人诗论研究》，江苏古籍出版社 1986 年版。

7. 吴宏一撰《清代诗学初探》，（台湾）学生书局 1987 年修订再版。

8. 徐复观撰《中国艺术精神》，春风文艺出版社 1987 年版。

9. 杜松柏编《清诗话访佚初编》，（台湾）新文丰出版社 1987 年影印本。

10. ［日］青木正儿撰《清代文学评论史》，杨铁婴译，中国社会科学出版社 1988 年版。

11. 叶维廉撰《中国诗学》，三联书店 1992 年版。

12. 张健撰《清代诗话研究》，五南图书出版公司 1993 年版。

13. 霍有明：《清代诗歌发展史》，陕西人民出版社 1993 年版。

14. 廖可斌：《明代文学复古运动研究》，上海古籍出版社 1994 年版。

15. 陈良运撰《中国诗学批评史》，江西人民出版社 1995 年版。

16. 王运熙、顾易生主编《中国文学批评通史》（七卷本），上海古籍出版社 1996 年版。

17. 孙立：《明末清初诗论研究》，广东高等教育出版社 2011 年版。

18. 汪涌豪、骆玉明主编《中国诗学》，东方出版中心 1999 年版。

19. 张方撰《中国诗学的基本观念》，东方出版社 1999 年版。

20. 张健撰《清代诗学研究》，北京大学出版社 1999 年版。

21. 李世英、陈水云：《清代诗学》，湖南人民出版社 2000 年版。

22. 魏中林：《清代诗学与中国文化》，巴蜀书社 2000 年版。

23. 王德明撰《中国古代诗歌句法理论的发展》，广西师范大学出版社 2000 年版。

24. 朱则杰：《清诗史》，江苏古籍出版社 2000 年版。

25. 张燕瑾、吕薇芬主编《明代文学研究》，北京出版社 2001 年版。

26. 朱东润撰《中国文学批评史大纲》，章培恒导读，上海古籍出版社 2001 年版。

27. 葛兆光撰《中国思想史》，复旦大学出版社 2001 年版。

28. 吴宏一编《清代诗话知见录》，（台湾）"中研院"中国文艺研究所 2002 年版。

29. 马积高撰《清代学术思想的变迁与文学》，湖南人民出版社 2002 年版。

30. 罗宗强编《古代文学理论研究》，湖北教育出版社 2002 年版。

31. 蒋寅撰《古典诗学的现代诠释》，中华书局 2003 年版。

32. 严明撰《中国诗学与明清诗话》，（台湾）文津出版社 2003 年版。

33. 张寅彭辑撰《新订清人诗学书目》，上海古籍出版社 2003 年版。

34. 梁启超撰《清代学术概论》，夏晓虹点校，中国人民大学出版社

2004 年版。

　35. 蒋寅撰《清诗话考》，中华书局 2005 年版。

　36. 傅璇琮、蒋寅主编《中国古代文学通论》（清代卷），辽宁人民出版社 2005 年版。

　37. 易闻晓撰《中国诗句法论》，齐鲁书社 2006 年版。

　38. 易闻晓撰《中国古代诗法纲要》，齐鲁书社 2005 年版。

　39. 黄卓越：《明中后期文学思想研究》，北京大学出版社 2005 年版。

　40. 萧华荣撰《中国古典诗学理论史》，华东师范大学出版社 2005 年版。

　41. 黄霖主编《20 世纪中国古代文学研究史》，东方出版中心 2006 年版。

　42. 徐复观撰《中国文学精神》，世纪出版集团、上海书店出版社 2006 年版。

　43. 梁启超撰《中国近三百年学术史》，上海三联书店 2006 年版。

　44. 冯小禄：《明代诗文论争研究》，云南人民出版社 2006 年版。

　45. 陈伯海撰《中国诗学之现代观》，上海古籍出版社 2006 年版。

　46. 霍松林主编《中国诗论史》，黄山书社 2007 年版。

　47. 汪涌豪撰《中国文学批评范畴及体系》，复旦大学出版社 2007 年版。

　48. 王济民撰《清乾隆嘉庆道光时期诗学》，巴蜀书社 2007 年版。

　49. 陆德海撰《明清文法理论研究》，上海古籍出版社 2007 年版。

　50. 徐国华撰《蒋士铨研究》，上海古籍出版社 2010 年版。

附录一 《庐山历代诗词全集·清代卷》文献经眼录

　　2008—2010 年，参加《庐山历代诗词全集》的编注工作，几个寒暑假都泡在庐山图书馆。庐山是国民政府的"夏都"，图书馆现在是国家一级图书馆，以前我们都不知道这些，里面保存有许多古籍。每取出一套古籍，首先认真登记版本信息，再翻阅浏览，看有没有庐山诗词。多半是无用功，因为清代许多文人并没有到过庐山，因此，许多古籍就没法在《历代庐山诗词集》中标注出来。趁本书出版之际，我把当时翻阅过的古籍书目附上，一则是对这段工作经历的纪念；二则有为古籍存目的意思。庐山图书馆现在已出现了一套国家珍贵古籍，多少年后，也许我翻阅过的古籍也会成为珍贵古籍。到那时，一条目录也会显得何其珍贵！希望这些目录对相关领域的研究者有所帮助。

　　1. 钱谦益撰《牧斋初学集》，民国涵芬楼影印明崇祯瞿式耜刻本。

　　2. 柳如是撰《河东君尺牍》《湖上草》《我闻室賸稿》，清抄本。

　　3. 孙奇逢撰《夏峰先生集》，清道光二十五年大梁书院刻本。

　　4. 卢世㴎撰《尊水园集略》，顺治刻十七年卢孝馀增修本。

　　5. 金之俊撰《金文通公集》，清康熙二十五年怀天堂刻本。

　　6. 释读彻撰《苍雪和尚南来堂诗集》，民国 3 年刻云南丛书本。

　　7. 魏畊撰《雪翁诗集》，民国 23 年张氏约园刻四明丛书第二集本。

　　8. 杜濬撰《变雅堂遗集》，清光绪二十年黄冈沈氏刻本。

　　9. 万寿祺撰《隰西草堂诗集》《隰西草堂文集》《邐渚唱和集》《隰西草堂集拾遗》，民国 8 年罗氏铅印明季三孝廉集本。

　　10. 阎尔梅撰《白耷山人诗集》《白耷山人文集》，清康熙刻本。

　　11. 陈确撰《乾初先生遗集》，清餐霞轩抄本。

　　12. 傅山撰《霜红龛集》，清宣统三年丁氏刻本。

　　13. 吴伟业撰《梅村家藏稿》，清宣统三年董氏诵芬室刻本。

14. 吴伟业撰《吴诗集览》，清乾隆四十年凌云亭刻本。

15. 吴伟业撰，吴翌凤注《梅村诗集》，清光绪刊本。

16. 吴璂撰《黄琢山房集》，清刊本。

17. 和坤撰《嘉乐堂诗集》，清刊本。

18. 和琳撰《芸香堂诗集》，清刊本。

19. 黄宗羲撰《南雷文定》，清康熙二十七年靳治荆刻本。

20. 黄宗羲撰《南雷诗历》，清郑大节刻本。

21. 黄宗羲撰《南雷集外文》，清光绪十五年萧穆抄本。

22. 释函可撰《千山诗集》，清康熙四十二年刻本。

23. 方以智撰《浮山文集前编》《浮山文集后编》《浮山此藏轩别集》，清康熙此藏轩刻本。

24. 陆世仪撰《桴亭先生文集》《桴亭先生诗集》，清光绪二十五年唐受祺刻陆桴亭先生遗书本。

25. 张履祥撰《杨园先生诗文》，清同治十年江苏书局刻重订杨园先生全集本。

26. 周星撰《九烟先生遗集》，清道光二十九年左仁周诒朴刻本。

27. 冒襄撰《巢民诗集》《巢民文集》，清康熙刻本。

28. 方文撰《嵞山集》，清康熙二十八年王概刻本。

29. 周工亮撰《赖古堂集》，清康熙十四年周在浚刻本。

30. 周鸣鸾撰《使黔集云圃诗存》，民国 10 年铅印本。

31. 周锡恩撰《傅鲁堂诗初集》《傅鲁堂文集》，民国 4 年刊本。

32. 钱澄之撰《藏山阁集》《田间尺牍》，清光绪三十四年铅印本。

33. 钱澄之撰《田间文集》《田间诗集》，清康熙刻本。

34. 归庄撰《山游诗》《恒轩诗》，清康熙刻本。

35. 归庄撰《归玄恭遗著》，民国 12 年上海中华书局铅印本。

36. 顾炎武撰《亭林诗集》《亭林文集》，清刻本。

37. 顾炎武撰《顾亭林先生诗笺注》，清光绪二十三年徐氏味静斋刻本。

38. 龚鼎孳撰《定山堂诗集》《定山堂诗馀》，清康熙十五年吴兴祚刻本。

39. 吴嘉纪撰《陋轩诗》，清康熙元年赖古堂刻增修本。

40. 王夫之撰《船山先生诗稿》，清康熙湘西草堂刻本。

41. 王夫之撰《薑斋文集》，清同治四年曾国荃刻船山遗书本。

42. 董说撰《丰草庵诗集》《丰草庵文集》《宝云诗集》《禅乐府》，民国刘氏嘉业堂刻吴兴丛书本。

43. 徐枋撰《居易堂集》，清康熙刻本。

44. 王弘撰《砥斋集》，清康熙十四年刻本。

45. 宋琬撰《安雅堂诗》，清顺治十七年刻本。

46. 宋琬撰《安雅堂文集》，清康熙五年刻本。

47. 宋琬撰《安雅堂未刻稿》，清乾隆三十一年刻本。

48. 方孝标撰《钝斋诗选》，中国科学院图书馆藏本。

49. 方孝标撰《光启堂文集》，清刻本。

50. 侯方域撰《壮悔堂文集》《四忆堂诗集》，清顺治刻增修本。

51. 尤侗撰《西堂文集》《西堂诗集》《西堂乐府》，清康熙刻本。

52. 尤侗撰《看云草堂集》，清康熙刻本。

53. 毛遇顺撰《明宫杂咏》，清道光刻本。

54. 石振鋆撰《求放心斋诗钞》，民国 12 年石印本。

55. 成书撰《多岁堂诗集》，清刊本。

56. 朱昆田撰《笛渔小稿》，清刊本。

57. 朱载震撰《章江集》《濯缨集》，清康熙刻本。

58. 朱轼撰《四馀堂诗》，清道光刻本。

59. 朱彝尊撰《曝书亭集诗注》，清刊本。

60. 沈世良撰，马肇禋抄：《小板陀龛诗钞》，民国 11 年抄本。

61. 沈絜斋撰，陈善辑《两园集古存草》，清光绪石印本。

62. 汪昶撰《柏井集》，清同治刻本。

63. 孙枝蔚撰《溉堂诗集》《溉堂文集》《溉堂诗馀》，清康熙刻本。

64. 孙思敬撰《意园遗集》，民国 22 年石印本。

65. 计东撰《改亭诗集》《改亭文集》，清乾隆十三年计瑸刻本。

66. 魏禧撰《魏叔子文集》《魏叔子日录》《魏叔子诗集》，清易堂三魏全集本。

67. 许缵曾撰《宝纶堂稿》，南京图书馆藏稿本。

68. 李颙撰《二曲集》，清康熙三十三年高尔公刻后印本。

69. 叶方蔼撰《叶文敏公集》，中国科学院图书馆藏抄本。

70. 吕留良撰《吕晚村诗》，上海图书馆藏清御儿吕氏抄本。

71. 吕留良撰《吕晚村先生文集》，清雍正三年吕氏天盖楼刻本。

72. 屈大均撰《翁山诗外》，清康熙刻凌凤翔补修本。

73. 屈大均撰《翁山文外》，清康熙刻本。

74. 吴兆骞撰《秋笳集》，清雍正四年吴桭臣刻本。

75. 徐乾学撰《憺园文集》三十六卷，清康熙刻冠山堂印本。

76. 陈恭尹撰《独漉堂诗集》《独漉堂文集》，清道光五年陈量平刻本。

77. 梅文鼎撰《绩学堂文钞》《绩学堂诗钞》，清乾隆梅毂成刻本。

78. 徐元文撰《含经堂集》，山东省图书馆藏清刻本。

79. 王士祯撰《带经堂集》，清康熙五十年程哲七略书堂刻本。

80. 王士祯撰《蚕尾集》，清康熙刊本。

81. 王士祯撰《蚕尾续集》，清康熙刊本。

82. 王士祯撰《蚕尾后集》，清康熙刊本。

83. 王士祯撰《渔洋山人诗集》，清康熙刊本。

84. 王士祯撰《渔洋山人诗续集》，清康熙刊本。

85. 王士祯撰《南海集》，清刊本。

86. 蒋中和撰《眉三子半农斋集》八卷，清康熙二十年刻本。

87. 陆求可撰《陆密庵文集》二十卷录馀二卷诗集八卷诗馀四卷，清康熙二十年王霖刻本。

88. 王命岳撰《耻躬堂文集》，清康熙二十三年刻本。

89. 汪琬撰《钝翁前后类稿》六十二卷，《续稿》五十六卷，清康熙刻本。

90. 宋荦撰《绵津山人诗集》二十九卷，《枫香词》一卷附宋至撰《纬萧草堂诗》三卷，清康熙刻本。

91. 吕履恒撰《梦月岩诗集》，清吕宪曾吕宣曾刻本。

92. 张棠撰《赋清草堂诗钞》六卷，清乾隆张卿云刻本。

93. 姜宸英撰《湛园未定稿》六卷，清康熙二老阁刻本。

94. 朱彝尊撰《竹垞文类》二十六卷，清康熙二十一年刻增修本。

95. 徐釚撰《南州草堂集》，清康熙三十四年刻本。

96. 万斯同撰《石园文集》，民国 25 年张氏约园刻四明丛书第四集本。

97. 陈梦雷撰《松鹤山房诗集》《松鹤山房文集》，清康熙铜活字印本。

98. 蒲松龄撰《聊斋文集》，清道光二十九年邢祖恪抄本。

99. 周篆撰《草亭先生集》，清嘉庆二十五年晚香堂刻本。

100. 王鸿绪撰《横云山人集》，清康熙刻增修本。

101. 潘耒撰《遂初堂诗集》《遂初堂文集》《遂初堂别集》，清康熙刻本。

102. 王源撰《居业堂文集》，清道光十一年读雪山房刻本。

103. 顾八代撰《敬一堂诗钞》，清乾隆十五年刻本。

104. 冯景撰《解春集文钞》《解春集诗钞》，清乾隆卢氏刻抱经堂丛书本。

105. 戴名世撰《南山集偶钞》，清康熙四十年尤云鹗宝翰楼刻本。

106. 纳兰性德撰《通志堂集》，清康熙三十年徐乾学刻本。

107. 曹寅撰《栋亭诗钞》《栋亭诗别集》《栋亭词钞》《栋亭词不达意钞别集》《栋亭文集》，清康熙刻本。

108. 李塨撰《恕谷后集》，清雍正刻增修本。

109. 何焯撰《义门先生集》，清道光三十年姑苏刻本。

110. 方苞撰《望溪先生文集》，清咸丰元年戴均衡刻本。

111. 惠周惕撰《砚谿先生集》，清康熙惠氏红豆斋刻本。

112. 汪绎撰《秋影楼诗集》，清康熙五十二年查慎行刻本。

113. 李绂撰《穆堂初稿》《穆堂别稿》，清道光十一年奉国堂刻本。

114. 杨椿撰《孟邻堂文钞》，清嘉庆二十四年杨鲁生刻本。

115. 薛雪撰《斫桂山房诗存》《抱珠轩诗存》《一瓢斋诗存》，清乾隆扫叶村庄刻本。

116. 阿克敦撰《德荫堂集》，清嘉庆二十一年那彦成刻本。

117. 卢见曾撰《雅雨堂诗集》，清道光二十年卢枢清雅刻本。

118. 屈复撰《弱水集》，清乾隆七年贺克章刻本。

119. 任启运撰《清芬楼遗稿》，清嘉庆二十二年刻本。

120. 沈德潜撰《归愚诗钞》《归愚诗钞余集》，清乾隆刻本。

121. 金农撰《冬心先生集》，清雍正十一年广陵般若庵刻本。

122. 金农撰《冬心先生续集》《冬心先生三体诗》《冬心先生甲戌近诗》，清平江贝氏墨庵抄本。

123. 汪绂撰《双池文集》，清道光十四年一经堂刻本。

124. 郑燮撰《板桥集》，辽宁省图书馆藏清清晖书屋刻本。

125. 胡天游撰《石笥山房集》，清咸丰二年刻本。

126. 尹继善撰《尹文瑞公诗集》，清乾嘉刻本。

127. 杭世骏撰《道古堂文集》《道古堂诗集》，清乾隆四十一年刻光绪十四年汪曾唯增修本。

128. 惠栋撰《松崖文钞》，清光绪刘氏刻聚学轩丛书本。

129. 刘大櫆撰《海峰文集》《海峰诗集》，天津图书馆藏清刻本。

130. 沈大成撰《学福斋集》《学福斋诗集》，清乾隆三十九年刻本。

131. 吴敬梓撰《文本山房集》，清乾隆刻本。

132. 齐召南撰《宝纶堂文钞》《宝纶堂诗钞》，清嘉庆二年刻本。

133. 全祖望撰《鲒埼亭集》，清嘉庆九年史梦蛟刻本。

134. 全祖望撰《鲒埼亭诗集》，据清抄本影印。

135. 全祖望撰《鲒埼亭集外编》，清嘉庆十六年刻本。

136. 汪师韩撰《上湖纪岁诗编》《上湖诗纪续编》《上湖分类文编》《上湖文编补钞》，光绪十二年江氏刻丛睦汪氏遗书本。

137. 王元启撰《祗平居士集》，清嘉庆十七年王尚绳恭寿堂刻本。

138. 查礼撰《铜鼓书堂遗稿》，清乾隆查淳刻本。

139. 袁枚撰《小仓山房诗集》《小仓山房文集》《小仓山房外集》，清乾隆刻增修本。

140. 袁枚撰《续同人集》，清刊本。

141. 卢文弨撰《抱经堂文集》，清乾隆六十年刻本。

142. 程晋芳撰《勉行堂诗集》，清乾隆二十三年邓廷桢等刻本。

143. 程晋芳撰《勉行堂文集》，清嘉庆二十五年冀兰泰吴鸣捷刻本。

144. 孙士毅撰《百一山房诗集》，清嘉庆二十一年孙均刻本。

145. 刘墉撰《刘文清公遗集》，清道光六年刘氏味经书屋刻本。

146. 王鸣盛撰《西庄始存稿》，清乾隆三十年刻本。

147. 戴震撰《戴东原集》，清乾隆五十七年段玉裁刻本。

148. 段玉裁撰《经韵楼集》，清嘉庆十九年刻本。

149. 纪昀撰《纪文达公遗集》，清嘉庆十七年纪树馨刻本。

150. 赵文哲撰《媕雅集》，清乾隆五十四年刻本。

151. 蒋士铨撰《忠雅堂诗集》，据清稿本影印。

152. 蒋士铨撰《忠雅堂文集》，清嘉庆二十一年藏园刻本。

153. 王昶撰《春融堂集》，清嘉庆丁卯孟夏镌，塾南书舍藏板。

154. 汪缙撰《汪子诗录》，清嘉庆三年方昂刻本。

155. 汪缙撰《汪子文录》，清道光三年张杓等刻本。

156. 梦麟撰《大谷山堂集》，民国9年刘民嘉业堂刻本。

157. 钱大昕撰《潜研堂文集》，嘉庆十一年刻本。

158. 朱筠撰《笥河诗集》，嘉庆癸亥开雕，椒华吟舫藏板。

159. 朱筠撰《笥河文钞》三卷，《笥河文集》十六卷，嘉庆二十年椒华吟舫刻本。

160. 金德瑛撰《诗存》，乾隆三十二年刻本。

161. 金甡撰《静廉斋诗集》，清嘉庆二十五年姚祖恩刻本。

162. 裘曰修撰《裘文达公文集》，清嘉庆刻本。

163. 翟灏撰《无不宜斋未定稿》，清乾隆刻本。

164. 任端书撰《南屏山人集》，清乾隆刻本。

165. 陶元藻撰《泊鸥山房集》，衡河草堂藏板。

166. 金兆燕撰《棕亭诗钞》，嘉庆十二年赠云轩刻本。

167. 金兆燕撰《棕亭古文钞》《棕亭骈体文钞》，道光十六年赠云轩刻本。

168. 钱维城撰《钱文敏公全集》，乾隆四十一年眉寿堂刻本。

169. 钱载撰《箨石斋诗集》《箨石斋文集》，清乾隆刻本。

170. 张九钺撰《紫岘山人全集》，清咸丰元年张民赐锦楼刻本。

171. 叶观国撰《绿筠书屋诗钞》，乾隆五十七年刻本。

172. 韦谦恒撰《传经堂诗钞》，清乾隆刻本。

173. 弘晓撰《明善堂诗集》《明善堂文集》，乾隆四十二年刻本。

174. 檀萃撰《重镌草堂外集》，嘉庆元年刻本。

175. 梁同书撰《频罗庵遗集》，嘉庆二十二年陆贞一刻本。

176. 阮葵生撰《七录斋诗钞》《七录斋文钞》，据稿本影印。

177. 汪启淑撰《讱菴诗存》，清乾隆刻本。

178. 赵翼撰《瓯北集》，嘉庆十七年湛贻堂刻本。

179. 王嘉曾撰《闻音室诗集》，嘉庆二十一年王元善等刻本。

180. 胡季堂撰《培阴轩诗集》《培阴轩文集》《培阴轩杂记》，清道光二年胡鳞刻本。

181. 吴兰庭撰《胥石诗存》《胥石文存》，民国10年刘氏嘉业堂刻本。

182. 彭元瑞撰《恩余堂辑稿》，清道光七年刻本。

183. 吴省钦撰《白华前集》（乾隆刻本），《白华诗钞》（清刻本），《白华后集》（嘉庆十五年刻本）。

184. 吴梅村撰，靳荣藩辑《吴诗集览》，清道光刻本。

185. 李文藻撰《岭南诗集》（乾隆刻本），《南涧文集》（光绪刻功顺堂丛书本）。

186. 曹仁虎撰《宛委山房集》，乾隆刻七子诗选本。

187. 张埙撰《竹叶庵文集》，乾隆五十一年刻本。

188. 周广业撰《蓬庐文钞》，燕京大学图书馆民国 29 年铅印本。

189. 周永年撰《林汲山房遗文》，清抄本。

190. 毕沅撰《灵岩山人诗集》，嘉庆四年毕氏经训堂刻本。

191. 王文治撰《梦楼诗集》，乾隆六十年食旧堂刻本。

192. 王以敏撰《檗坞诗存》，旧刊本。

193. 王光湘撰《沅陵舆颂》，清光绪刊本。

194. 王式丹撰《楼邨诗集》，清康熙精刻本。

195. 严长明撰《严东有诗集》，民国 1 年郋园刻本。

196. 陆锡熊撰《宝奎堂集》《篁村集》，清道光二十九年陆成沅刻本。

197. 顾光旭撰《响泉集》，清宣统二年顾氏刻本。

198. 吴玉纶撰《香亭文稿》，乾隆十六年滋德堂刻本。

199. 朱珪撰《知足斋诗集》《知足斋文集》，嘉庆九年阮元刻增修本。

200. 朱休度撰《小木子诗三刻》，清嘉庆刻汇印本。

201. 鲁九皋撰《山木居士外集》，乾隆四十七年刻本。

202. 王曾翼撰《居易堂诗集》，乾隆王祖武刻本。

203. 罗聘撰《香叶草堂诗存》，嘉庆元年七月桂馥刻本。

204. 江浚源撰《介亭文集》《介亭外集》《介亭诗钞》，同治十三年江潮刻介亭全集本。

205. 罗有高撰《尊闻居士集》，光绪辛巳年重镌本。

206. 吴骞撰《拜经楼诗集》《愚谷文存》《愚谷文存续编》，嘉庆年间刻本，第 1454 册。

207. 翁方纲撰《复初斋诗集》，清李彦章校刻本。《复初斋文集》，清李彦章校刻本。

208. 翁方纲撰《韵字辨同》，四库未收书辑刊本。

209. 余廷灿撰《存吾文稿》不分卷，清咸丰五年云香书屋刻本。

210. 李调元撰《童山诗集》《童山文集》，乾隆刻函，道光五年增修本。

211. 张五典撰《荷塘诗集》，清乾隆刻本。

212. 茹纶常撰《容斋诗集》，乾隆三十五年刻，五十二年增修本。

213. 刘秉恬撰《述职吟》（乾隆四十八年刻本），《心余集》（乾隆五十年刻本），《竹轩诗稿》（乾隆五十一年刻本）。

214. 谢启昆撰《树经堂诗文集》，清嘉庆刻本。

215. 沈叔埏撰《颐彩堂文集》《剑舟律赋》（嘉庆二十三年沈维鐈武昌刻本），《颐彩堂诗钞》（嘉庆二十八年沈维鐈刻本）。

216. 桂馥撰《晚学集》《未谷诗集》，清道光二十一年孔宪彝刻本。

217. 黄文旸撰《埽垢山房诗钞》，嘉庆七年孔宪增刻本。

218. 顾宗泰撰《月满楼诗集》《月满楼文集》，嘉庆八年瞻园刻本。

219. 钱维乔撰《竹初诗钞》《竹初文钞》，嘉庆刻本。

220. 余集撰《秋室学古录》《梁园归棹录》《忆漫庵剩稿》，道光刻本。

221. 孔继涵撰《红桐书屋诗集》《杂体文稿》，乾隆刻本。

222. 和瑛：《易简斋诗钞》，道光刻本。

223. 潘奕隽撰《三松堂集》，嘉庆刻本。

224. 钱沣撰《钱南园先生遗集》，同治十一年刘崑长沙刻本。

225. 彭绍升撰《二林居集》，嘉庆四年味初堂刻本。

226. 崔述撰《无闻集》，道光四年陈履和刻崔东壁遗书本。

227. 王汝璧撰《铜梁山人诗集》，光绪二十年京师刻本。

228. 邹炳泰撰《午风堂集》《午风丛谈》，嘉庆刻本。

229. 戚学标撰《景文堂诗集》（乾隆五十六年刻本），《鹤泉文钞》（嘉庆五年刻本），《鹤泉文钞续选》（嘉庆十八年刻本）。

230. 祝德麟撰《悦亲楼诗集》，嘉庆二年姑苏刻本。

231. 吴翌凤撰《与稽斋丛稿》，嘉庆刻本。

232. 邵晋涵撰《南江文钞》《南江诗钞》，道光十二年胡敬刻本。

233. 吴俊撰《荣性堂集》，嘉庆刻本。

234. 汪志伊撰《稼门文钞》《稼门诗钞》，嘉庆十五年刻本。

235. 秦瀛撰《小岘山人文集》，嘉庆丁丑秋编本。

236. 沈赤然撰《五研斋诗钞》《五味斋文钞》，嘉庆刻本。

237. 黄易撰《秋盦遗稿》，清宣统二年李汝谦石印本。

238. 王念孙撰《王石臞先生遗文》《丁亥诗钞》，民国 14 年罗氏铅印本。

239. 武亿撰《授堂文钞》《授堂诗钞》，道光二十三年武氏刻授堂遗书本。

240. 石韫玉撰《独学庐》（初稿、二稿、三稿、四稿、五稿、馀稿），清写本。

241. 周锡溥撰《安愚斋集》，清光绪八年着知书屋刻本。

242. 吴锡麟撰《有正味斋诗集》《有正味斋骈体文》，嘉庆十三年刻本。

243. 赵怀玉撰《亦有生斋文集》，道光三年刻本。

244. 纪大奎撰《双桂堂稿》《双桂堂稿续编》，嘉庆十三年刻本。

245. 戴殿泗撰《风希堂诗集》《风希堂文集》，道光八年九灵山房刻本。

246. 张云璈撰《简松草堂文稿》《简松草堂诗稿》，道光刻三影阁丛书本。

247. 赵希璜撰《四百三十二峰草堂诗钞》，乾隆五十八年安阳县署刻本。

248. 汪学金撰《静厓诗初稿》（乾隆刻嘉庆增修本），《井福堂文稿》（嘉庆十年汪彦博刻本）。

249. 许兆椿撰《秋水阁诗集》《秋水阁杂著》，清道光二十五年刻本。

250. 刘大绅撰《寄庵诗文钞》，民国 3 年刻云南丛书初编本。

251. 黎简撰《五百四峰堂诗钞》，嘉庆元年刻本。

252. 百龄撰《守意龛诗集》，道光二十六年读书乐室刻本。

253. 黄景仁撰《两当轩全集》，清咸丰八年黄氏家塾刻本。

254. 龚景翰撰《澹静斋文钞》《澹静斋诗钞》《续修四库全书》，清道光二十年恩锡堂刻澹静斋全集本。

255. 庄述祖撰《珍埶宦文钞》《珍埶宦诗钞》，清刻本。

256. 陆元鋐撰《青芙蓉阁诗钞》，清刻本。

257. 黄钺撰《壹斋集》，清咸丰九年许文深刻本。

258. 李鼎元撰《师竹斋集》，嘉庆刻本。

259. 李苞撰《敏斋诗草》《巴塘诗钞》，嘉庆二十二年刻本。

260. 伊秉绶撰《留春草堂诗钞》，嘉庆十九年秋水园刻本。

261. 杨凤苞撰《秋室集》，清光绪十一年陆心源刻本。

262. 铁保撰《惟清斋全集》，道光二年石经堂刻本。

263. 法式善撰《存素堂诗初集录存》（嘉庆十二年王埔刻），《存素堂文集》（嘉庆十二年程邦瑞扬州刻）。

264. 杨芳灿撰《芙蓉山馆全集》，光绪十七年活字印本。

265. 孙星衍撰《孙渊如先生全集》，嘉庆刻本。

266. 唐仲冕撰《陶山诗前录》《陶山诗集》，嘉庆十六年刻道光增修本。

267. 阮元撰《揅经室集》，道光阮氏文选楼刻本。

268. 凌廷堪撰《校礼堂诗集》，清道光六年张其锦刻本。

269. 沈受宏撰《白溇先生文集》，清乾隆三年沈起元学易堂刻本。

270. 万树撰《璇玑碎锦》二卷，清乾隆五年扬州江氏柏香堂刻本。

271. 高之騄撰《强恕堂诗集》八卷，清乾隆三年刻本。

272. 宗元鼎撰《芙蓉集》十七卷，清康熙元年刻本。

273. 张竞光撰《宠寿堂诗集》三十卷，清康熙二年石镜山房刻增修本。

274. 丁嗣澂撰《雪庵诗存》二卷，清雍正丁桂芳刻本。

275. 郭雍撰《集虚堂小草》一卷，《馀草》一卷，清康熙刻乾隆四年续刻本。

276. 李宗渭撰《瓦缶集》十二卷，清乾隆十六年刻本。

277. 张荣撰《空明子诗集》十卷，清康熙刻空明子全集本。

278. 华浣芳撰《艳青轩稿》三卷，清康熙刻空明子全集附刻本。

279. 陈撰《玉几山房吟卷》三卷，清康熙刻本。

280. 储掌文撰《云溪文集》五卷，清乾隆三十六年在陆草堂刻本。

281. 管槚撰《据梧诗集》十五卷，《都门赠行诗》一卷，《万里小游仙集》一卷，清康熙刻本。

282. 高孝本撰《固哉叟诗钞》八卷，清乾隆三十一年刻本。

283. 刘廷玑撰《葛庄分体诗钞》十二卷补遗一卷，清康熙刻本。

284. 刘廷玑撰《葛庄编年诗三十六卷》补遗一卷，清康熙刻本。

285. 怀应聘撰《冰斋文集》四卷，清康熙刻本。

286. 徐嘉炎撰《抱经斋诗集》十四卷文集不分卷，清康熙三十八年刻本。

287. 王芑孙撰《渊雅堂全集》，清嘉庆刻本。

288. 郝懿行撰《晒书堂集》，清光绪十年东路厅署刻本。

289. 焦和生撰《连云书屋存稿》，清嘉庆二十年刻本。

290. 恽敬撰《大云山房文集》，清光绪十四年刻本。

291. 姚文田撰《邃雅堂集》，清道光三年江阴学使署刻本。

292. 刘凤诰撰《存悔斋集》，清道光十七年刻本。

293. 张问陶撰《船山诗草》，清嘉庆二十年刻道光二十九年增修本。

294. 吴嵩梁撰《香苏山馆诗集》，清木犀轩刻本。

295. 潘德舆撰《养一斋集》，续修四库全书本。

296. 顾广圻撰《思适斋集》，清道光二十九年徐渭仁刻本。

297. 冯云鹏撰《扫红亭吟稿》，清道光十年写刻本。

298. 臧庸撰《拜经堂文集》，民国 19 年宗氏石印本。

299. 张廷济撰《桂馨堂集》，清道光刻本。

300. 张鉴撰《冬青馆甲集》《冬青馆乙集》，民国 4 年刘氏嘉业堂刻吴兴丛书本。

301. 沈兆沄撰《织簾书屋诗钞》，清咸丰二年刻本。

302. 许宗彦撰《鉴止水斋集》，清嘉庆二十四年德清许氏家刻本。

303. 彭兆荪：《小谟觞馆诗文集》《小谟觞馆续集》，清嘉庆十一年刻本。

304. 陈用光：《太乙舟诗集》《太乙舟文集》，清咸丰四年孝友堂刻本。

305. 盛大士：《蕴愫阁诗集》，清道光元年刻本。

306. 盛大士：《蕴愫阁诗集》，清道光四年刻本。

307. 盛大士：《蕴愫阁别集》，清道光五年刻本。

308. 盛大士：《蕴愫阁文集》，清道光六年刻本。

309. 胡敬撰《崇雅堂诗钞》，清道光二十六年刻本。

310. 查揆撰《筼谷诗钞》《筼谷文钞》，清道光十五年菽原堂刻本。

311. 李兆洛撰《养一斋文集》《养一斋诗集》，清道光二十三年活字印二十四年增修本。

312. 孙尔准撰《泰云堂集》，清道光刻本。

313. 张维屏撰《松心诗录》，清咸丰四年赵惟濂羊城刻本。

314. 陈寿祺撰《左海文集》《绛跗草堂诗集》，清刻本。

315. 陆继辂撰《崇百药斋文集》，清嘉庆二十五年合肥学舍刻本。

316. 陆继辂撰《崇百药斋续集》，清道光四年合肥学舍刻本。

317. 陆继辂撰《崇百药斋三集》，清嘉庆二十五年合肥学舍刻本。

318. 方东树撰《攷槃集文录》，清光绪二十年刻本。

319. 吴荣光撰《石云山人诗集》《石云山人文集》，清道光二十一年吴氏筠清馆刻本。

320. 童槐撰《今白华堂文集》，清刻本。

321. 童槐撰《今白华堂诗录》，清光绪三年童华刻本。

322. 杜堮撰《遂初草庐诗集》，清同治九年杜受廉刻本。

323. 沈钦韩撰《幼学堂诗稿》《幼学堂文稿》，清嘉庆十八年刻道光八年增修本。

324. 邓廷桢撰《双砚斋诗钞》，清末刻本。

325. 梁章钜撰《退庵诗存》，清道光刻本。

326. 胡承珙撰《求是堂诗集》，清道光十三年刻本。

327. 胡承珙撰《求是堂文集》，清道光十七年刻本。

328. 包世臣撰《小倦游阁集》，清包氏小倦游阁抄本。

329. 刘逢禄撰《刘礼部集》，清道光十年思误斋刻本。

330. 朱方增撰《求闻过斋诗集》，清光绪十九年朱丙寿刻本。

331. 朱方增撰《求闻过斋文集》，清光绪二十年刻本。

332. 邓显鹤撰《南村草堂文钞》，清咸丰元年刻本。

333. 邓显鹤撰《南村草堂诗钞》，清咸丰元年刻本。

334. 汪仲洋撰《心知堂诗稿》，清道光七年刻本。

335. 汤贻汾撰《琴隐园诗集》，清同治十三年曹士虎刻本。

336. 陶澍撰《陶文毅公文集》，清道光二十两淮淮北士民刻本。

337. 陶澍撰《抚吴草》，清道光刊本。

338. 宋翔凤撰《忆山堂诗录》，清嘉庆二十三年刻道光五年增修本。

339. 管同撰《因寄轩文初集》《因寄轩文二集》《因寄轩文集补遗》，清道光十三年管氏刻本。

340. 陈文述撰《颐道堂诗选》《颐道堂诗外集》《颐道堂文钞》，清嘉庆二十二年刻道光增修本。

341. 张澍撰《养素堂诗集》，清道光二十二年枣华屋刻本。

342. 张澍撰《养素堂文集》，清道光十五年枣华书屋刻本。

343. 穆彰阿撰《澄怀书屋诗钞》，清道光刻本。

344. 黄本骐撰《三十六湾草庐稿》，清道光刻三长物斋丛书本。

345. 董士锡撰《齐物论斋文集》，清道光二十年江阴暨阳书院刻本。

346. 胡培翚撰《研六室文钞》，清道光十七年泾川书院刻本。

347. 严元照撰《柯家山馆遗诗》，清光绪陆心源刻湖州丛书本。

348. 谢堃撰《春草堂集》，清道光二十年曲邑奎文斋刻二十五年印春草堂丛书本。

349. 斌良撰《抱冲斋诗集》，清光绪五年崇福湖南刻本。

350. 钱仪吉撰《衎石斋记事稿》《衎石斋记事续稿》，清道光刻咸丰四年蒋光煦增修光绪六年钱彝甫印本。

351. 路德撰《柽华馆全集》，清光绪七年解梁刻本。

352. 桂超万撰《养浩斋诗稿》《养浩斋诗续稿》《惇裕堂文集》，清同治五年刻惇裕堂全集本。

353. 刘开撰《孟途诗文集》，清道光六年姚氏檗山草堂刻本。

354. 郭尚先撰《郭大理遗稿》，清道光二十五刻本。

355. 郭尚先撰《增默庵诗遗集》，清光绪十六年刻吉雨山房全集本。

356. 潘德舆撰《养一斋集》，清道光二十九年刻本。

357. 程恩泽撰《程侍郎遗集》，清咸丰五年伍氏刻粤雅堂丛书二编本。

358. 贺长龄撰《耐庵文存》《耐庵诗存》，清咸丰十年刻本。

359. 黄本骐撰《三长物斋诗略》《三长物斋文略》，清道光刻三长物斋丛书本。

360. 谢元淮撰《养默山房诗稿》，清光绪元年刻本。

361. 陈沆撰《简学斋诗存》，清咸丰二年陈廷经刻本。

362. 林则徐撰《云左山房诗钞》，清光绪十二年刻本。

363. 姚莹撰《东溟文集》《后湘诗集》《中复堂遗稿》，清同治六年姚濬昌安福县署刻中复堂全集本。

364. 托浑布撰《瑞榴堂诗集》，清道光刻本。

365. 张祥河撰《小重山房诗词全集》，清道光刻光绪增修本。

366. 梅曾亮撰《柏枧山房全集》，清咸丰六年杨以增杨绍毂等刻民国7 年蒋国榜补修本。

367. 吴清鹏撰《笏庵诗》，咸丰五年刻吴氏一家稿本。

368. 曹懋坚撰《昙云阁集》，清光绪三年陀罗馆刻本。

369. 朱骏声撰《传经室文集》，民国刘氏刻求恕斋丛书本。

370. 袁翼撰《邃怀堂全集》三十五卷，清光绪十四年袁镇嵩刻本。

371. 黄钊撰《读白华草堂诗初集》，清道光刻本。

372. 黄钊撰《读白华草堂诗二集》，清道光十九年刻本。

373. 黄钊撰《读白华草堂诗苜蓿集》，清道光二十七潮州刻本。

374. 方履篯撰《万善花室文稿》，光绪七年王氏刻畿辅丛书本。

375. 徐宝善撰《壶园诗钞选》《五代新乐府》，清道光刻本。

376. 徐宝善撰《壶园诗外集》，清道光二十三年徐志导等刻本。

377. 刘文淇撰《青溪旧屋文集》，清光绪九年刻本。

378. 张应昌撰《彝寿轩诗钞》《烟波渔唱》，清同治二年西昌旅舍刻增修本。

379. 屠倬撰《是程堂集》，清嘉庆十九年真州官舍刻本。

380. 陆嵩撰《意苕山馆诗稿》，清光绪十八年陆润庠刻本。

381. 季芝昌撰《丹魁堂诗集》，清同治四年紫琅馆刻本。

382. 董祐诚撰《董方立文甲集》《董方立文乙集》，清同治八年刻董方立遗书本。

383. 徐荣撰《怀古田舍诗节钞》，清同治三年锦城刻本。

384. 彭蕴章撰《松风阁诗钞》《归朴龛丛稿》，清同治刻彭文敬公全集本。

385. 翁心存撰《知止斋诗集》，清光绪三年常熟毛文彬本。

386. 钱泰吉撰《甘泉乡人稿》，清同治十一年刻光绪十一年增修本。

387. 叶廷琯撰《楸花盦诗》，清光绪刻滂喜斋丛书本。

388. 汪远孙撰《借闲生诗》《借闲生词》，清道光二十年钱塘汪氏振绮堂刻本。

389. 龚自珍撰《龚定盦全集》，清光绪二十三年万本书堂刻本。

390. 吴文镕撰《吴文节公遗集》，清咸丰七年吴养原刻本。

391. 吴振棫撰《花宜馆诗钞》《无腔村笛》，清同治四年刻本。

392. 吴翌凤撰《梅村诗集》，清石印本。

393. 黄爵滋撰《仙屏书屋初集》，清道光二十六年翟金生泥活字印本。

394. 柏葰撰《薜篆吟馆钞存》，清同治三年钟濂写刻本。

395. 曾钊撰《面城楼集钞》，清光绪十二年刻学海堂丛书本。

396. 祁寯藻撰《左谷右曼左谷右九亭集》《左谷右曼左谷右九亭后集》，清咸丰刻本。

397. 魏源撰《古微堂诗集》十卷，清同治九年长沙宝庆郡馆刻本。

398. 魏源撰《古微堂集》，清宣统元年国学扶轮社铅印本。

399. 陈庆镛撰《籀经堂类稿》，清光绪九年刻本。

400. 丁晏撰《颐志斋文钞》《颐志斋感旧诗》，民国4年罗氏铅印雪堂丛刻本。

401. 徐继畲撰《松龛先生文集》《松龛先生诗集》，民国4年铅印松龛先生全集本。

402. 李星沅撰《李文恭公遗集》，清同治五年李概等刻本。

403. 沈垚撰《落帆楼文集》，民国7年嘉业堂刻吴兴丛书本。

404. 冯询撰《子良诗存》，清刻本。

405. 王培荀撰《寓蜀草》，清道光二十七年刻本。

406. 张际亮撰《思伯子堂诗集》，清同治八年姚濬昌刻本。

407. 王柏心撰《百柱堂全集》，清光绪十九年刻本。

408. 谭莹撰《乐志堂文集》，清咸丰十年吏隐园刻本。

409. 谭莹撰《乐志堂诗集》，清咸丰九年吏隐园刻本。

410. 何绍基撰《东洲草堂诗钞》《东洲草堂诗馀》，同治六年长沙无园刻本。

411. 何绍基撰《东洲草堂文钞》，清光绪刻本。

412. 顾春撰《天游阁集》，清宣统二年风雨楼铅印本。

413. 汤鹏撰《海秋诗集》，清道光十八年刻本。

414. 载熙撰《习苦斋诗集》《习苦斋古文》，清同治五年张曜刻本。

415. 朱琦撰《怡志堂诗初编》，清咸丰七年刻本。

416. 朱琦撰《怡志堂文初编》，清同治四年运甓轩刻本。

417. 林昌彝撰《衣讔山房诗集》，清同治二年广州刻本。

418. 林昌彝撰《小石渠阁文集》，清光绪福州刻本。

419. 苏廷魁撰《守柔斋诗钞》，清同治三年都门刻后印本。

420. 苏廷魁撰《守柔斋行河草》，清光绪刻本。

421. 罗汝怀撰《绿漪草堂文集》《绿漪草堂诗集》《研华馆词》，清光绪九年罗式常刻本。

422. 齐学裘撰《劫余诗选》，清同治八年天空海阔之居刻增修本。

423. 汪士铎撰《汪梅村先生集》，清光绪七年刻本。

424. 汪士铎撰《悔翁诗钞》，清光绪张士珩味古斋刻本。

425. 汪士铎撰《汪梅翁诗续钞》，民国15年石印本。

426. 汪端撰《自然好学斋诗钞》，清同治刊本。

427. 宋至撰《纬萧草堂诗》，清刊本。

428. 宋铣撰《静永堂诗稿》四卷，清刊本。

429. 言有章撰《坚白室诗草》，民国18年铅印本。

430. 杜洁云撰《郢雪堂诗》，清光绪刻本。

431. 李兆洛撰《李养一先生诗集》，清光绪刻本。

432. 李因笃撰《受祺堂诗集》三十五卷，清康熙三十八年田少华刻本。

433. 李以笃撰《醉白堂集》，吴仕潮辑《汉阳五家诗选》，清乾隆精刻本。

434. 王戡撰《突星阁集》，吴仕潮辑《汉阳五家诗选》，清乾隆精刻本。

435. 彭心锦撰《云望堂集》，吴仕潮辑《汉阳五家诗选》，清乾隆精刻本。

436. 文师汲撰《纺山草堂集》，吴仕潮辑《汉阳五家诗选》，清乾隆精刻本。

437. 汪颖东撰《漪草堂集》，吴仕潮辑《汉阳五家诗选》，清乾隆精刻本。

438. 李宗瀚撰《静娱室偶存稿》，清道光刻本。

439. 李尚暲、钱韫素撰《优盦罗室月来轩诗稿》，清宣统铅印本。

440. 李秉礼撰《韦庐诗外集》《韦庐诗内集》，清嘉庆刊本。

441. 李符撰《香草居集》，清初精刻本。

442. 李皋撰《子铭先生遗集》，民国 11 年铅印本。

443. 李传禧撰《瓣薰芳讌集》，清末石印本。

444. 李道根撰《丽源百草梅诗》，清光绪刻本。

445. 陆应穀撰《抱真书屋诗钞》，民国 3 年刻云南丛书本。

446. 斌椿撰《海国胜游草》《天外归帆草》，清同治刻本。

447. 鲁一同撰《通甫类稿》《通父诗存》，清咸丰九年刻本。

448. 姚燮撰《复庄诗问》，清道光姚氏刻大梅山馆集本。

449. 华长卿撰《梅庄诗钞》，清同治九年华鼎元都门刻本。

450. 邹汉勋撰《敩艺斋文存》《敩艺斋诗存》，清光绪八年刻邹叔子遗书本。

451. 吴敏树撰《柈湖文集》，清光绪十九年思贤讲舍刻本。

452. 郑珍撰《巢经巢文集》《巢经巢诗集》，民国 3 年花近楼刻遵义郑徽君遗著本。

453. 李佐贤撰《石泉书屋诗钞》，清同治四年刻本。

454. 李佐贤撰《石泉书屋类稿》，清同治十年刻本。

455. 朱次琦撰《朱九江先生集》，清光绪刻本。

456. 蒋敦复撰《啸古堂诗集》，清光绪十一年王韬淞隐庐刻本。

457. 张文虎撰《舒艺室杂著》，清光绪刻本。

458. 张文虎撰《舒艺室诗存》，清光绪刻本。

459. 冯桂芬撰《显志堂稿》，清光绪二年冯氏校邠庐刻本。

460. 宝鋆撰《文靖公遗集》，清光绪三十四年羊城刻本。

461. 邵懿辰撰《半岩庐遗集》二卷，民国 11 年刻本。

462. 贝青乔撰《咄咄吟》，民国 3 年嘉业堂丛书本。

463. 贝青乔撰《半行庵诗存稿》，清同治五年叶廷琯等刻本。

464. 董平章撰《秦川焚馀草》，清光绪二十七年容斋刻本。

465. 陈澧撰《东塾集》，清光绪十八年菊坡精舍刻本。

466. 莫友芝撰《邵亭遗诗》，清光绪刻本。

467. 莫友芝撰《邵亭遗文》，清末刻本。

468. 曾国藩撰《曾文正公诗集》《曾文正公文集》，清同治十三年傅忠书局刻本。

469. 曾国藩撰《曾文正公书札》，清光绪二年傅忠书局刻本。

470. 魏燮撰《九梅村诗集》，清光绪元年红杏山庄刻本。

471. 胡林翼撰《胡文忠公遗集》，清同治六年刻本。

472. 周寿昌撰《思益堂集》，清光绪十四年王先谦等刻本。

473. 蒋湘南撰《左文襄公文集》《左文襄公诗集》《左文襄公联语》，清光绪十八年刻本。

474. 蒋湘南撰《春晖阁诗选》，民国 10 年陕西教育图书社铅印本。

475. 蒋湘南撰《七经楼文钞》，清同治八年马氏家塾刻本。

476. 史梦兰撰《尔尔书屋诗草》，清光绪元年止园刻本。

477. 史梦兰撰《尔尔书屋文钞》，清光绪十七年止园刻本。

478. 龙启瑞撰《经德堂文集》《浣月山房诗集》，清光绪四年龙继栋京师刻本。

479. 徐时栋撰《烟屿楼诗集》，清同治七年叶鸿年刻本。

480. 徐时栋撰《烟屿楼文集》，清光绪元年葛氏松竹居刻本。

481. 罗惇衍撰《集义轩咏史诗钞》，清光绪元年刻本。

482. 刘熙载撰《昨非集》，清刻古桐书屋六种本。

483. 汪曰桢撰《玉镜堂诗集》，民国 10 年刘氏嘉业堂刻吴兴丛书本。

484. 张裕钊撰《濂亭文集》，清光绪八年查氏木渐斋苏州刻本。

485. 孙衣言撰《逊学斋诗钞》，清同治三年刻增修本。

486. 孙衣言撰《逊学斋文钞》，清同治十二年刻增修本。

487. 王庆勋撰《怡安堂诗初集》《怡安堂二集》《怡安堂诗馀》《怡安堂试帖诗》，清咸丰三年刻五年增修本。

488. 王拯撰《龙壁山房诗草》十七卷，清同治桂林杨博堂刻本。

489. 王拯撰《龙壁山房文集》，清光绪七年陈宝箴刻本。

490. 王城撰《青霞仙馆遗集》，民国 22 年石印本。

491. 谢章铤撰《赌棋山庄所著书》，清光绪刻本。

492. 戴钧衡撰《味经山馆诗钞》，清道光王祐蕃刻本。

493. 戴钧衡撰《味经山馆文钞》，清咸丰刻本。

494. 蒯德模撰《带耕堂遗诗》《吴中判牍》，民国 18 年刻蒯氏家集本。

495. 许瑶光撰《雪门诗草》，清同治十三年刻本。

496. 刘毓崧撰《通义堂文集》，刘氏刻求恕斋丛书本。

497. 郭嵩焘撰《养知书屋诗集》《养知书屋文集》，清光绪十八年刻本。

498. 邹伯奇撰《邹徵君存稿》，清同治十二年邹达泉刻邹徵君遗书本。

499. 陈璞撰《尺冈草堂遗集》，清光绪十五年刻本。

500. 吴仰贤撰《小匏庵诗存》，清光绪四年刻本。

501. 林寿图撰《黄鹄山人诗初钞》，清光绪六年刻本。

502. 陈锦撰《补勤诗存》，清光绪三年橘荫轩刻光绪十年增修本。

503. 陈锦撰《勤馀文牍》，清光绪五年橘荫轩刻光绪十年增修本。

504. 李元庆撰《天岳山馆文钞》，清光绪六年刻本。

505. 俞樾撰《宾萌集》《春在堂襟文》《春在堂诗编》，清光绪二十五年刻春在堂全书本。

506. 郭崑焘撰《云卧山庄诗集》，清光绪十一年郭氏岵瞻堂刻本。

507. 胡凤丹撰《退补斋诗存》《退补斋文存》，清同治十二年退补斋鄂州刻本。

508. 黄彭年撰《陶楼文钞》，民国 12 年章钰等刻本。

509. 冯志沂撰《微尚斋诗集初编》，清同治三年庐州郡斋刻本。

510. 强汝询撰《求益斋文集》，清光绪二十四年江苏书局刻求益斋全集本。

511. 李鸿章撰《李文忠公朋僚函稿》，清光绪二十八年莲池书社铅印本。

512. 锡缜撰《退复轩诗》，清末刻本。

513. 何秋涛撰《一镫精舍甲部稿》，清光绪五年淮南书局刻本。

514. 金和撰《秋蟪吟馆诗钞》，民国 5 年刻本。

515. 洪良品撰《龙冈山人诗钞》《龙冈山人文钞》，清光绪刻本。

516. 彭而述撰《读史亭诗集》十六卷，《文集》二十二卷，清康熙四十七年彭始搏刻本。

517. 陈轼撰《道山堂前集》不分卷，《后集》十卷，清康熙刻本。

518. 孙廷铨撰《沚亭删定文集》二卷，清康熙十七年慕天颜刻本。

519. 吕阳撰《薪斋初集》八卷，《二集》八卷，《三集》八卷，清顺治到康熙递刻本。

520. 王岱撰《了莽文集》九卷，清康熙四年刻本。

521. 汤来贺撰《内省斋文集》三十二卷，清康熙书林五车楼刻本。

522. 高尔俨撰《古处堂集》四卷，清康熙三年高懋恒刻本。

523. 曹溶撰《静惕堂诗集》四十四卷，清雍正三年李维钧刻本。

524. 范士楫撰《橘洲诗集》六卷，清顺治十六年刻本。

525. 易学宝撰《犀崖文集》二十六卷，清康熙刻本。

526. 薛所蕴撰《澹友轩文集》十六卷，清顺治十六年自刻本。

527. 薛所蕴撰《桴庵诗》五卷，清顺治刻本。

528. 彭宾撰《彭燕又先生文集》三卷，《诗集》一卷，清康熙六十一年彭士超刻本。

529. 程正揆撰《青溪遗稿》二十八卷，清天咫阁刻本。

530. 李元鼎撰《石园全集》三十卷，清康熙刻雍正修版印本。

531. 刁包撰《用六集》十二卷，清康熙三年熊仲龙刻本。

532. 胡世安撰《秀岩集》三十一卷，清初刻康熙三十四年胡蔚先修补本。

533. 胡光辅：《小石山房诗存》，民国铅印本。

534. 胡承诺：《胡石庄先生诗集》，民国 5 年刊本。

535. 曾国荃撰《曾忠襄公文集》《曾忠襄公批牍》《曾忠襄公书札》，清光绪二十九年曾忠襄公全集本。

536. 方濬颐撰《二知轩诗钞》，清同治五年刻本。

537. 方濬颐撰《二知轩文存》，清光绪四年刻本。

538. 沈寿榕撰《玉笙楼诗录》，清光绪九年刻本。

539. 林直撰《壮怀堂诗初稿》，清咸丰六年福州刻本。

540. 林直撰《壮怀堂诗二集》《壮怀堂诗三集》，清光绪三十一年羊城刻本。

541. 汪琭撰《随山馆猥稿》《随山馆丛稿》《随山馆尺牍》，清光绪刻随山馆全集本。

542. 董沛撰《六一山房诗集》，清同治十三年刻增修本。

543. 董沛撰《正谊堂文集》，清光绪刻本。

544. 董沛撰《四明清诗略》三十二卷，《续稿》八卷，民国 19 年聚珍仿宋板印。

545. 王韬撰《蘅华馆诗录》，清光绪六年铅印弢园丛书本。

546. 王韬撰《弢园文录外编》，清光绪九年铅印本。

547. 李慈铭撰《白华绛柎阁诗集》，清光绪十六年刻越缦堂集本。

548. 李慈铭撰《越缦堂诗续集》，民国 24 年上海商务印书馆铅印本。

549. 李铭慈撰《越缦堂文集》，民国北平图书馆铅印本。

550. 李邺嗣著《杲堂诗钞》，清光绪刻本。

551. 李锴等著，袁金铠校刊《辽东三家诗钞》，民国 17 年刊本。

552. 翁同龢撰《瓶庐诗稿》，民国 8 年邵松年等刻本。

553. 丁丙撰《松梦寮诗稿》，清光绪二十五年丁立中刻本。

554. 董文焕撰《岘嶕山房诗集》，清同治九年刻十年增修本。

555. 李嘉乐撰《仿潜斋诗钞》，清光绪十五年刻本。

556. 施补华撰《泽雅堂诗集》，清同治刻本。

557. 施补华撰《泽雅堂诗二集》，清光绪十六年两研斋刻本。

558. 施补华撰《泽雅堂文集》，清光绪十九年陆心源刻本。

559. 陆心源撰《仪顾堂集》，清光绪刻本。

560. 李绳远撰《寻壑外言》五卷，清刊本。

561. 萧穆撰《敬孚类稿》十六卷，清光绪三十三年刻本。

562. 戴望撰《谪麐堂遗集》，清宣统三年邓氏铅印风雨楼丛书本。

563. 涂庆澜撰《荔隐山房诗草》，清光绪三十一年刻本。

564. 涂庆澜撰《荔隐山房文略》，清光绪三十二年刻本。

565. 黎庶昌撰《拙尊园丛稿》，清光绪二十一年金陵状元阁刻本。

566. 张之洞撰《张文襄公古文》《张文襄公收札》《张文襄公骈文》《张文襄公诗集》，民国 17 年刻张文襄公全集本。

567. 薛福成撰《庸庵文编》《庸庵文续编》《庸庵文外编》《庸庵文海外文编》，清光绪刻庸庵全集本。

568. 曾纪泽撰《曾惠敏公文集》《归朴斋诗钞》，清光绪十九年江南制造总局铅印本。

569. 宝廷撰《偶斋诗草》，清光绪二十一年方家澍刻本。

570. 吴汝撰《桐城吴先生文集》《桐城吴先生诗集》，清光绪三十年恩绂等刻桐城吴先生全集。

571. 沈家本撰《寄簃文存》《枕碧楼偶存稿》，民国刻沈寄簃先生遗书本。

572. 经元善撰《居易初集》，清光绪二十七年澳门铅印本。

573. 朱寯瀛撰《金粟山房诗钞》，清光绪二十七年刻本。

574. 谭宗浚撰《荔村草堂诗钞》，清光绪十八年廖廷相羊城刻本。

575. 谭宗浚撰《荔村草堂诗续钞》，清宣统二年谭祖任京师刻本。

576. 谭宗浚撰《希古堂集》，清光绪十六年羊城刻本。

577. 许景澄撰《许文肃公遗稿》，民国 7 年铅印本。

578. 马建中撰《适可斋记言》《适可斋记行》，清光绪二十二年刻本。

579. 王懿荣撰《王文敏公遗集》，民国刘氏刻求恕斋丛书本。

580. 朱一新撰《佩弦斋文存》《佩弦斋骈文存》《佩文斋诗存》，清光绪二十二年龙氏葆真堂刻拙盦丛稿本。

581. 袁昶撰《渐西村人初集》，清光绪刻本。

582. 袁昶撰《安般簃诗续钞》，清光绪袁氏小沤巢刻本。

583. 袁昶撰《于湖小集》，清光绪袁氏水明楼刻本。

584. 张佩纶撰《涧于集》，民国 15 年张氏涧于堂刻本。

585. 黄遵宪撰《人境庐诗草》，民国铅印本。

586. 孙诒让撰《籀高遗文》，民国 15 年石印本。

587. 杨深秀撰《雪虚声堂诗钞》，民国 6 年上海商务印书馆铅印戊戌六君子遗集本。

588. 贺涛撰《贺先生文集》，民国 3 年徐世昌刻本。

589. 盛昱撰《郁华阁遗集》，清光绪三十四年刻本。

590. 盛昱撰《意园文略》，清宣统二年杨钟义金陵刻本。

591. 皮锡瑞撰《师伏堂骈文二种》，清光绪二十一年师伏堂刻本。

592. 皮锡瑞撰《师伏堂诗草》，清光绪三十年师伏堂刻本。

593. 陶方琦撰《湘麋阁遗诗》，清光绪十六年鄂局刻本。

594. 陶方琦撰《汉孳室文钞》，清光绪十八年徐氏铸学斋刻本。

595. 黎汝谦撰《夷牢溪庐文钞》，清光绪二十七年羊城刻本。

596. 范当世撰《范伯子诗集》，清末铅印本。

597. 文廷式撰《文道希先生遗诗》，民国 18 年叶恭绰铅印本。

598. 刘光第撰《衷圣斋文集》，民国 3 年成都昌福公司铅印本。

599. 杨锐撰《杨叔峤先生诗集》《杨叔峤先生文集》，民国 3 年成都昌福公司铅印本。

600. 谭嗣同撰《寥天一阁文》《莽苍苍斋诗》《远遗堂外文》，民国 6 年上海商务印书馆铅印本。

601. 唐才常撰《觉颠冥斋内言》，清光绪二十四年长沙刻本。

602. 林旭撰《晚翠轩集》，民国铅印墨巢丛刻本。

603. 吴之章撰《泛梗集》，民国 1 年铅印。

604. 王闿运撰《湘绮楼全集》，光绪三十三年墨庄刘氏长沙刻本。

605. 张作霖撰《可园文存》《可园诗存》《可园词存》，清宣统元年刻增修本。

606. 吴重憙撰《石莲暗诗》，民国 5 年刻本。

607. 杨守敬撰《晦明轩稿》，清光绪二十七年邻苏园刻本。

608. 王先谦撰《虚受堂诗存》，清光绪二十八年苏氏刻增修本。

609. 郑观应撰《罗浮偫鹤山人诗草》，清宣统元年著易堂铅印本。

610. 吴昌硕撰《缶庐诗》，清光绪十九年刻本。

611. 盛宣怀撰《愚斋存稿》，民国 18 年盛恩颐等刻本。

612. 缪荃孙撰《艺风堂文集》，清光绪二十六年刻本。

613. 缪荃孙撰《艺风堂文续集》，清宣统二年刻民国 2 年印本。

614. 樊增祥撰《樊山集》，清光绪十九年渭南县署刻本。

615. 樊增祥撰《樊山续集》，光绪二十八年西安臬署刻本。

616. 叶昌炽撰《奇觚庼诗集》，民国 15 年刻本。

617. 叶昌炽撰《奇觚庼文集》，民国 10 年刻本。

618. 释敬安撰《八指头陀诗集》《八指头陀杂文》，民国 8 年北京法源寺刻本。

619. 赵藩撰《向湖邨舍诗初集》，清光绪十四年长沙刻本。

620. 张謇撰《张季子诗录》，民国 3 年铅印本。

621. 马其昶撰《抱润轩文集》，清宣统元年安徽官纸印局石印本。

622. 陈三立撰《散原精舍诗》，清宣统上海商务印书馆铅印本。

623. 陈衍撰《石遗室诗集》《石遗室文集》，清刻本。

624. 易顺鼎撰《丁戊之间行卷》，清光绪五年贵阳刻本。

625. 易顺鼎撰《盾墨拾馀》，清光绪二十二年刻哭盦丛书本。

626. 梁焕奎撰《青郊诗存》，民国 1 年梁焕均长沙刻本。

627. 丘逢甲撰《岭云海日楼诗钞》，民国铅印本。

628. 陈夔龙撰《松寿堂诗钞》，清宣统三年京师刻本。

629. 程颂万撰《楚望阁诗集》，清光绪二十七年刻本。

630. 程颂万撰《石巢诗集》，民国 12 年武昌刻十发居士全集本。

631. 章炳麟撰《太炎文录初编》，民国浙江图书馆刻章氏丛书本。

632. 王国维撰《静庵文集》，清光绪三十一年铅印本。

633. 蔡殿齐编《国朝闺阁诗钞》，清道光娜嬛别馆刻本。

634. 王相辑《友声集》，清咸丰八年信芳阁刻本。

635. 王裴之辑《续友声集》，清咸丰刻本。

636. 张应昌辑《国朝诗铎》，清同治八年秀芷堂刻本。

637. 孙雄辑《道咸同光四朝诗史》，清宣统二年刻本。

638. 徐世昌辑《晚晴簃诗汇》，民国 18 年退耕堂刻本。

639. 董诰等辑《皇清文颖续编》，清嘉庆武英殿刻本。

640. 王昶辑《湖海文传》，清道光十七年经训堂刻本。

641. 李祖陶辑《国朝文录》，清道光十九年瑞州府凤仪书院刻本。

642. 沈粹芬、黄人等辑《国朝文汇》，清宣统元年上海国学扶轮社石印本。

643. 陶樑辑《国朝畿辅诗传》，清道光十九年红豆树馆刻本。

644. 阮元辑《淮海英灵集》，清嘉庆三年小琅嬛仙馆刻本。

645. 王豫、阮亨辑《淮海英灵续集》，清道光刻本。

646. 全祖望辑《续耆集》，清槎湖草堂抄本。

647. 阮元辑《两浙輶轩录》，清嘉庆仁和朱氏碧溪草堂钱塘陈氏种榆仙馆刻本。

648. 潘衍辑《两浙輶轩续录》，清光绪十七年浙江书局刻本。

649. 郑杰辑、陈衍补订：《闽诗录》，清宣统三年刻本。

650. 曾燠辑《江西诗征》，清嘉庆九年赏雨茅屋刻本。

651. 邓显鹤辑《沅湘耆旧集》，清道光二十三年邓氏南邨草堂刻本。

652. 刘彬华辑《岭南群雅》，清嘉庆十八年玉壶山房刻本。

653. 故宫博物院编《清世祖御制诗文》《清高宗御制诗》《清仁宗御制诗文》《清宣宗御制诗文》，海南出版社 2000 年版。

654. 魏宪辑《百名家诗选》，清康熙魏氏枕江堂刻本。

655. 王昶辑《湖海诗传》，清嘉庆八年三泖渔庄刻本。

656. 彭辂：《诗义堂集》，清咸丰刊本。

657. 胡嗣运撰《鹏南诗钞》《鹏南文钞》十五卷，清光绪刊本。

658. 胡嗣运撰《鹏南诗钞梅花百咏》，清光绪刊本。

659. 查嗣瑮撰《查浦诗钞》，清康熙刊本。

660. 查慎行撰《敬业堂集》，清初精刻本。

661. 俞伯惠撰《图咏遗芬》，清光绪刊本。

662. 姚其庆撰《姚吉仙女史诗稿》，清光绪刊本。

663. 姚濬昌撰《五瑞斋诗钞》六卷，民国铅印本。

664. 姚燮撰《大梅山馆集》，清咸丰刊本。

665. 高玽撰《栖云阁诗拾遗》，清乾隆刊本。

666. 唐宗海撰《惜阴斋遗稿》，民国 20 年石印本。

667. 马国瀚撰《玉函山房诗集》，清道光刊本。

668. 邱嘉穗撰《东山草堂文集》二十卷，《诗集》八卷，清康熙刻本。

669. 储欣撰《在陆草堂文集》六卷，清雍正元年储掌文刻本。

670. 陈鹏年撰《陈恪勤集》三十九卷，清康熙刻本。

671. 陈鹏年撰《道荣堂文集》，清乾隆二十七年刻本。

672. 王沛恂撰《匡山集》，清雍正刻本。

673. 汪筼撰《汪伯子菁庵遗稿》，清康熙刻钝翁全集附刻本。

674. 沈季友撰《学古堂诗集》六卷，清乾隆刻本。

675. 梁佩兰撰《六莹堂集》，清道光二十年南海伍氏诗雪轩刻粤十三家集本。

676. 赵俞撰《绀寒亭文集》四卷，《诗别集》一卷，《诗集》十卷，清康熙刻本。

677. 孙致弥撰《秋左堂集》诗六卷词四卷，清乾隆刻本。

678. 史申义撰《过江集》四卷，清康熙刻本。

679. 许尚质撰《酿川集》十二卷，清刻本。

680. 陶季撰《舟车集》二十卷后集十卷，清康熙刻本。

681. 朱径撰《燕堂诗钞》八卷，清康熙刻本。

682. 朱樟撰《观树堂诗集》十六卷，清乾隆刻本。

683. 项霁撰《旦瓯集》九卷，民国 25 年刊本。

684. 贺贻孙撰《水田居存诗》，附《眠云馆诗》三卷，《诗触》二卷，清同治刊本。

685. 黄唐堂撰《校香屑集》，民国 2 年扫叶山房石印本。

686. 黄家鼎撰《四明酬倡集》，清光绪聚珍版印本。

687. 黄绍宪撰《在山草堂烬余诗》，清宣统刊本。

688. 郑梁撰《寒村诗文选》，清康熙刻本。

689. 范光阳撰《双云堂文稿》六卷，《诗稿》六卷，清康熙四十六年郑风刻本。

690. 田从典撰《赐书楼峣山集》四卷，清雍正九年赐书楼刻本。

691. 王时翔撰《小山诗文全稿》二十卷，清乾隆十一年王氏泾东草堂刻本。

692. 倪国琏撰《春及堂诗集》四十三卷，清乾隆刻本。

693. 曹一士撰《四焉斋诗集》，清乾隆刻本。

694. 顾成天撰《金管集》一卷，清雍正七年闻子绍刻东浦草堂诗本。

695. 顾成天撰《花语山房诗文小钞》二卷，清雍正刻本。

696. 桑调元撰《弢甫集诗》十四卷，《弢甫五岳集》二十卷，清乾隆刻本。

697. 张贞生撰《庸书》二十卷，清康熙十八年张世坤张世坊讲学山房刻本。

698. 毛际可撰《安序堂文钞》二十卷，清康熙刻增修本。

699. 毛际可撰《会候先生文钞》二十卷，清康熙刻本。

700. 林云铭撰《挹奎楼选稿》十二卷，清康熙三十五年陈一夔刻本。

701. 熊赐履撰《经义斋集》十八卷，清康熙二十九年刻本。

702. 熊赐履撰《澡修堂集》，清康熙四十二年澡修堂刻本。

703. 王曰高撰《槐轩集》十卷，清康熙八年自刻本。

704. 王晋徵撰《双溪草堂诗集》十卷，《西山草》一卷，清康熙刻本。

705. 冯廷櫆撰《冯舍人遗诗》六卷，清雍正十一年刻本。

706. 金德嘉撰《居业斋诗钞》二十二卷，《文稿》二十卷，《别集》十卷，清康熙刻本。

707. 李腾蛟撰《半庐文稿》，民国胡思敬编《豫章丛书》本。

708. 曾灿撰《六松堂诗集》，民国胡思敬编《豫章丛书》本。

709. 梁份撰《怀葛堂集》，民国胡思敬编《豫章丛书》本。

710. 宋惕撰《髻山文钞》，民国胡思敬编《豫章丛书》本。

711. 王猷定撰《四照堂文集》，民国胡思敬编《豫章丛书》本。

712. 杨垕撰《耻夫诗钞》，民国胡思敬编《豫章丛书》本。

713. 黎廷瑞撰《芳洲集》，民国胡思敬编《豫章丛书》本。

714. 吴存撰《乐庵遗稿》，民国胡思敬编《豫章丛书》本。

715. 徐瑞撰《松巢漫稿》，民国胡思敬编《豫章丛书》本。

716. 张自烈撰《芑山诗集》，民国胡思敬编《豫章丛书》本。

717. 程之桢撰《维周诗钞》，清同治刊本。

718. 程可则撰《海日堂诗集》，清乾隆精刻本。

719. 程颂万撰《楚望阁诗集》，清光绪刊本。

720. 傅寿彤撰《淡勤室诗》七卷，民国 16 年重刊本。

721. 舒藻撰《香谷试帖》，清刊本。

722. 杨文照撰《杨剑泽先生遗诗》，民国 17 年刊本。

723. 杨承禧撰《寔盒诗集》二十八卷，清刊本。

724. 叶昌臧撰《藏书纪事诗》，清光绪刻本。

725. 赵树吉撰《郁鄠山房诗存》《郁鄠山房文略》，清光绪刊本。

726. 郑兰荪撰《莲母宝诗词集》，清光绪刊本。

727. 欧阳述撰《浩山诗钞》，清刊本。

728. 欧阳熙撰《四君诗粹》，清刊本。

729. 邓汉仪撰《天下名家诗观二集》十五卷，清康熙刻本。

730. 邓辅纶撰《白香亭诗》，民国 9 年补刊本。

731. 刘人骏撰《鹭洞诗钞》，民国 12 年石印本。

732. 刘溱撰《小隐山房诗钞》十九卷，《续钞》三卷，清光绪刻本。

733. 刘嗣绾撰《尚絅堂诗集》五十六卷，清道光刊本。

734. 范鄗鼎撰《五经堂文集》五卷，清康熙五经堂刻本。

735. 董讷撰《柳村诗集》十二卷，清康熙刻本。

736. 魏麐徵撰《石屋诗钞》八卷，《补钞》一卷，清康熙四十九年玉石斋刻本。

737. 应是撰《纵钓居文集》八卷，清乾隆四年刻本。

738. 廖腾煃撰《慎修堂诗集》八卷，清康熙五十五年刻本。

739. 石璜撰《匏庵先生遗集》五卷，清康熙陈君仲刻本。

740. 钱林撰《玉山诗集》十二卷，清刊本。

741. 薛起凤撰《香闻遗集》，清光绪刊本。

742. 薛时雨撰《藤香馆诗删存》，清光绪刊本。

743. 钟德撰《晚香堂诗存》五卷，民国 14 年刊本。

744. 丰绅撰《延禧堂诗钞》，清刊本。

745. 魏坤撰《倚晴阁诗钞》，清康熙刊本。

746. 谭敬昭撰《听云楼诗钞》，清道光刊本。

747. 边浴礼撰《健修堂诗集》二十二卷，清咸丰刊本。

748. 严绳孙撰《秋水集》十卷，民国 6 年刊本。

749. 垄镇湘辑《登高介雅集》，清宣统铅印本。

750. 罗瘿公撰《赤雅吟》，铅印本。

751. 王文濡撰《清诗评注读本》六卷，民国 26 年铅印本。

752. 张道撰《渔浦草堂诗集》四卷，清同治刊本。

753. 龚贤撰《龚半千诗稿》不分卷，复旦大学出版社编《上海图书馆未刊古籍稿本》，2008 年版。

754. 顾栋高撰《万卷楼剩稿》不分卷，复旦大学出版社编《上海图书馆未刊古籍稿本》，2008 年版。

755. 昭梿撰《蕙荪堂集》一卷，复旦大学出版社编《上海图书馆未刊古籍稿本》，2008 年版。

756. 英和撰《恩福堂诗钞十二卷》《恩福堂诗钞》不分卷，复旦大学出版社编《上海图书馆未刊古籍稿本》，2008 年版。

757. 张金吾撰《爱日精庐文稿》六卷，复旦大学出版社编《上海图书馆未刊古籍稿本》，2008 年版。

758. 谢墉撰《听钟山房集》二十卷，复旦大学出版社编《上海图书馆未刊古籍稿本》，2008 年版。

759. 潘佳晴撰《九峰草堂诗》，复旦大学出版社编《上海图书馆未刊古籍稿本》，2008 年版。

760. 沈树本撰《曼真诗略》七卷，复旦大学出版社编《上海图书馆未刊古籍稿本》，2008 年版。

761. 王汝玉撰《梵麓山房丛稿》不分卷，复旦大学出版社编《上海图书馆未刊古籍稿本》，2008 年版。

762. 张谦撰《道家诗纪》四十卷，复旦大学出版社编《上海图书馆未刊古籍稿本》，2008 年版。

763. 李灵年、杨忠主编《清人别集总目》（上、中、下），安徽教育出版社 2008 年版。

764. 梦谢山撰《大谷山堂集》，清刻朱印本。

765. 梦谢山撰《梦喜堂诗》，清乾隆十九年刻本。

766. 庄元植撰《寄庐诗草》，清光绪年间刻本。

767. 庄元植撰《澂观斋诗》，清光绪元年刻本。

768. 庄元植撰《蕉花馆文存》，清刻本。

769. 庄盘珠撰《秋水轩集》，清光绪二年思补楼刻本。

770. 汪叔学、张求会编《陈宝箴集》（上、中、下），中华书局 2003 年版。

771. 杨天石、曾景忠编《宁调元集》，湖南人民出版社 2008 年版。

772. 刘铭传：《刘铭传文集》，马昌华、翁飞点校，黄山书社 1997 年版。

773. 方锡庚撰《沁诗草堂遗诗》，民国 12 年石印本。

774. 方濬师等辑《粤闹唱和集》，清同治刊本。

775. 倪鸿撰《退遂斋诗钞》，旧刊本。

776. 殷雯撰《东坪诗集》，清光绪刊本。

777. 徐鸿谟撰《蒼葡花馆诗词集》，清光绪刊本。

778. 徐士霖撰《养源山房诗钞》七卷，清光绪刻本。

779. 徐灏撰《灵川山人诗录》，清同治三年刊本。

780. 梁鼎芬撰《节庵先生遗诗》，民国 12 年刊本。

781. 郭式昌撰《说文楼诗草》，民国 18 年铅印本。

782. 郭伯荫撰《石泉集》，民国 18 年铅印本。

783. 曹贞吉撰《珂雪集》一卷，《珂雪二集》一卷，《珂雪词》二卷，《朝天集》《鸿瓜集》，清康熙刻本。

784. 王苹撰《蓼村集》四卷，清乾隆三十八年胡德琳刻本。

785. 李钟峨撰《雪鸿堂文集》，清康熙五十七年刻雪鸿堂全集本。

786. 徐基撰《十峰集》五卷，清康熙刻本。

787. 顾图河撰《雄雉斋选集》六卷，清康熙刻本。

788. 蒋锡震撰《青溪诗偶存》十卷，清雍正刻本。

789. 黄越撰《退谷文集》十五卷，《诗集》七卷，清雍正五年光裕堂刻本。

790. 勒荣撰《吴诗集览》二十卷，清刊本。

791. 张之洞、樊增祥撰《二家咏古诗》，清光绪刻本。

792. 张百熙撰《退思轩诗集》七卷，清光绪铅印本。

793. 张祖同撰《湘雨楼诗》二卷，民国 14 年刊本。

794. 张际亮撰《亨甫诗选》，清光绪刻本。

795. 张鸿猷撰《谷盦燹賸》，清光绪刊本。

796. 陈壬廷撰《菊花百咏》，民国 21 年铅印本。

797. 陈竹香撰《冬心斋试帖偶存》，民国 7 年石印本。

798. 陈良玉撰《梅嵩诗钞》三卷，清光绪刊本。

799. 陈鸿章撰《征途纪事初集》十二卷，《二集》六卷，清光绪刊本。

800. 陈鸿章撰《出塞集》四卷，清光绪刻本。

801. 陶邵学撰《颐巢类稿》三卷，清宣统刊本。

802. 杨炳、彭玉麟撰《阐幽诗钞》，清光绪刊本。

803. 彭孙贻撰《茗斋集》，民国 23 年商务印书馆影印本。

804. 梁份撰《怀葛堂文集》不分卷，清雍正刻本。

805. 彭任撰《草亭文集》不分卷，《诗集》不分卷，清刻本。

806. 冷士嵋撰《江泠阁诗集》十二卷，清康熙刻本。

807. 冷士嵋撰《江泠阁文集》四卷续二卷，清康熙刻本。

808. 冯如京撰《秋水集》十六卷，清乾隆五年清晖堂刻本。

809. 郑日奎撰《郑静庵先生诗集》五卷，清郑之梅刻本。

810. 王钺撰《世德堂集》四卷，清康熙四十年刻本。

811. 吴琠撰《思诚堂集》二卷附录一卷，清乾隆三十四年太平赵熟典刻本。

812. 杜诏撰《云川阁诗》十四卷词六卷，清雍正刻本。

813. 李茹旻撰《李鹭洲诗集》二十卷文集十卷，清乾隆十三年刻本。

814. 沈岸登撰《黑蝶斋诗钞》四卷，清康熙刻本。

815. 吴廷桢撰《古剑书屋诗钞》八卷补遗一卷，清乾隆刻本。

816. 梅文鼎撰《绩学堂文钞》六卷，《诗钞》四卷，清乾隆梅毂成刻本。

817. 沈元沧撰《滋兰堂集》十卷，清乾隆十四年沈廷芳等刻本。

818. 张谦宜撰《纼斋诗选》二卷补遗一卷，清乾隆二十四年法辉祖刻本。

819. 方象瑛撰《健松斋集》二十四卷续集十卷，清康熙世美堂刻康熙四十年续刻本。

820. 汪懋麟撰《百尺梧桐阁集诗》十六卷文八卷遗稿十卷，清康熙刻本。

821. 彭鹏撰《古愚心言》八卷，清康熙愚斋刻本。

822. 孔贞瑄撰《聊园诗略》十三卷续集一卷文集一卷，清康熙刻本。

823. 叶映榴撰《叶忠节公遗稿》，清康熙刻本。

824. 孙蕙撰《笠山诗选》五卷，清康熙刻本。

825. 李念慈撰《谷口山房诗集》三十二卷文集六卷，清康熙二十八年杨素蕴刻本。

826. 钮琇撰《临野堂文集》十卷诗集十三卷诗馀二卷，清康熙刻本。

827. 嵇宗孟撰《立命堂二集》六卷，清康熙刻本。

828. 王士祜撰《古钵集选》一卷，清康熙王士禛刻本。

829. 韩菼撰《有怀堂文稿》二十二卷诗稿六卷，清康熙四十二年刻本。

830. 石庞撰《天外谈》初集三卷，清康熙刻本。

831. 董闻京撰《复园文集》六卷，清康熙完璞堂刻本。

832. 严我斯撰《尺五堂诗删初刻》六卷近刻四卷，清康熙二十七年刻本。

833. 赵士麟撰《读书堂彩义全集》四十六卷，清康熙三十五年刻本。

834. 吕谦恒撰《青要集》十二卷，清雍正十三刻本。

835. 王时宪撰《性影集》八卷，清康熙五十年高玥刻本。

836. 唐绍祖撰《改堂先生文钞》二卷，清乾隆十八年刻本。

837. 方觐撰《石川诗钞》三卷，清乾隆刻本。

838. 徐文驹撰《师经堂集》十八卷，清康熙五十一年刻本。

839. 帅我撰《墨澜亭文集》不分卷，清光绪奉新帅氏绿窗刻帅氏清芬集本。

840. 徐倬撰《修吉堂文稿》八卷，《道遗堂类稿》二十一卷，《耄馀残渖》二卷附《修吉堂遗稿》二卷，清康熙刻乾隆续刻本。

841. 李来章撰《礼山园诗集》十卷文集八卷后编五卷续集一卷，清康熙赐书堂刻本。

842. 沙张白撰《定峰乐府》十卷，《甲子定峰山左杂咏》一卷，清康熙刻嘉庆印本。

843. 王戬撰《突星阁诗钞》十五卷，清康熙刻本。

844. 谢重辉撰《杏村诗集》七卷，清康熙刻本。

845. 张宝居撰《萧亭诗选》六卷，清康熙王渔洋遗书本。

846. 童能灵撰《冠豸山堂文集》二集，清乾隆二十一年刻本。

847. 胡夏客撰《谷水集》二十二卷，清康熙刻本。

848. 李振裕撰《白石山房文稿》十四卷，清康熙刻本。

849. 王奂曾撰《旭华堂文集》十四卷补遗一卷，清乾隆十六年赵熟典刻本。

850. 纳兰性德撰《通志堂集》十八卷附录二卷，清康熙三十徐乾学刻本。

851. 冯云骕撰《翠滴楼诗集》六卷，民国 25 年山西书局补刻清晖堂刻本。

852. 陈锡嘏撰《兼山堂集》八卷，清康熙刻本。

853. 胡会恩撰《清芬堂存稿》八卷诗馀一卷，清康熙刻本。

854. 邵长蘅撰《邵子湘全集》三十卷，清康熙刻本。

855. 叶燮撰《已畦集》二十二卷，《原诗》四卷诗集十卷残馀一卷附《午梦堂诗钞》三种三卷，清康熙叶氏二弃草堂刻本。

856. 赵熊诏撰《赵恭毅公剩稿》八卷附赵裘萼公剩稿四卷，清乾隆二年赵侗敤刻本。

857. 林麟焻撰《玉岩诗集》，清康熙刻本。

858. 李良年撰《秋锦山房集》二十二卷外集三卷，清康熙刻乾隆续刻李氏家集四种本。

859. 邵廷采撰《思复堂文集》十卷附录一卷，清康熙刻本。

860. 徐昭华撰《徐都讲师》一卷，清康熙刻西河合集本。

861. 朱奇龄撰《拙斋集》五卷，清康熙介堂刻本。

862. 孙琮撰《出晓阁诗》十二卷，清康熙刻本。

863. 潘钟麟撰《深秀亭诗集》二十一卷，清康熙深秀亭刻本。

864. 潘耒撰《遂初堂诗集》十六卷文集二十卷别集四卷，清康熙刻增修本。

865. 许学霖撰《德星堂文集》八卷续集一卷，《河工集》一卷诗集五卷，清康熙刻本。

866. 王喆生撰《素岩文稿》二十五卷，清刻本。

867. 周斯盛撰《证山堂集》八卷，清康熙刻本。

868. 宋振麟撰《中岩文介先生文集》六卷，清乾隆十六年王文昭刻本。

869. 刘逢源撰《积书岩诗集》一卷，清光绪五年定州王氏谦德堂刻畿辅丛书本。

870. 王艮撰《鸿逸堂稿》不分卷，清初刻本。

871. 陈祚明撰《稽留山人集》二十一卷，清雍正刻本。

872. 朱泽沄撰《朱止泉先生文集》八卷，清乾隆顾天斋刻本。

873. 丁耀亢撰《逍遥游》二卷，《陆舫诗草》五卷，《椒丘诗》二卷，《丁野鹤先生遗稿》三卷，清康熙刻本。

874. 章金牧撰《莱山诗集》八卷，清康熙刻本。

875. 易顺鼎编《庐山诗录》，清光绪刻本。

876. 刘元诚撰《金山公馀摘钞》，清光绪刊本。

877. 李兆洛撰《养一先生诗集》，清道光刊本。

878. 潘宗洛撰《潘中丞文集》，清乾隆二十二年潘文熙等刻本。

879. 陈訏撰《时用集》不分卷续集不分卷，清康熙松柏堂刻本。

880. 孔尚任撰《湖海集》十三卷，清康熙介安堂刻本。

881. 黄百家撰《学箕初稿》二卷，清康熙箭山铁镫轩刻本。

882. 高岑撰《眺秋楼诗》八卷，清乾隆二十二年十研居刻本。

883. 林佶撰《朴学斋诗稿》十卷补编一卷，清乾隆九年家刻本。

884. 吴祖修撰《柳塘诗集》十二卷，清康熙四十四年刻本。

885. 张廷玉撰《澄怀园文存》十五卷，《载赓集》六卷诗选十二卷，清乾隆刻澄怀园全集本。

886. 黄任撰《秋江集》六卷，清乾隆刻本。

887. 汤之锜撰《偶然云》十卷，清乾隆三十二年刻本。

888. 陆次云撰《澄江集》七卷，清康熙刻本。

889. 余光耿撰《一溉堂诗集》一卷，清康熙刻本。

890. 李绳远撰《寻壑外言》五卷，清乾隆金氏刻本。

891. 陈炳撰《阳山诗集》十卷，清雍正九年陈氏刻本。

892. 方殿元撰《九谷集》六卷，清康熙刻本。

893. 邵远平撰《戒山诗存》二卷，清康熙刻本。

894. 薛正兴主编《李伯元全集》，江苏古籍出版社 1997 年版。

895. 陈宝琛：《沧趣楼诗文集》（上、下），刘永翔、许全胜校点，上海古籍出版社 2006 年版。

896. 刘大櫆：《刘大櫆集》，吴孟复标点，上海古籍出版社 1990 年版。

897. 张仁熙撰《藕湾诗集》二十卷文集九卷补《存殁四咏》一卷，清刻本。

898. 刘醇骥撰《芝在堂文集》十五卷，清康熙刻本。

899. 李焕章撰《织水斋集》不分卷，清乾隆间钞本。

900. 王馀祐撰《五公山人集》十六卷，清康熙三十四年枕钓斋刻本。

901. 申涵光撰《聪山集》十二卷，清康熙刻本。

902. 吴懋谦撰《芑庵二集》十二卷，清顺治十三年梅花书屋刻本。

903. 顾景星撰《白茅堂集》四十六卷，清康熙刻本。

904. 魏际瑞撰《四止堂稿》十卷，清道光年间谢阶玉谢阶珍刻本。

905. 施琊撰《随村诗遗》六卷，清宣统石印本。

906. 李碓撰《梅花百咏》一卷，清钞本。

907. 王翃撰《二槐草存》一卷，清康熙十一年王庭刻本。

908. 释本画撰《直木堂诗集》七卷，清康熙睡香庵刻本。

909. 梁清标撰《蕉林诗集》十八卷，清康熙十七年梁允植刻本。

910. 白胤谦撰《东谷集诗》二十卷续刻二卷，《归庸斋诗录》四卷，《桑榆集诗》三卷，清顺治康熙间刻东谷全集本。

911. 王宗简撰《青箱堂诗集》三十三卷，清康熙二十八年王燕刻本。

912. 韩纯玉撰《蓬芦诗》不分卷，词一卷，清康熙凤晨堂刻本。

913. 张丹撰《张秦亭诗集》十三卷补遗一卷，清康熙石瓬山房刻本。

914. 毛先舒撰《思古堂集》四卷，清康熙刻思古堂十四种书本。

915. 毛先舒撰《东苑文钞》二卷诗钞一卷，清康熙刻思古堂十四种书本。

916. 毛先舒撰《小匡文钞》四卷，清康熙刻思古堂十四种书本。

917. 毛先舒撰《蕊云集》一卷晚唱一卷，清康熙刻思古堂十四种书本。

918. 谢文洊撰《谢程山集》十八卷，清道光三十年刻谢程山先生全书本。

919. 刘命清撰《虎溪渔叟集》十八卷，清康熙三十八年刻本。

920. 彭师度撰《彭省庐先生文集》七卷诗集十卷，清康熙六十一年彭士超隆略堂刻本。

921. 冯溥撰《佳山堂诗集》十卷二集九卷，清康熙刻本。

922. 宋徵舆撰《林屋文稿》十六卷诗稿十四卷，清康熙九籥楼刻本。

923. 蒋永修撰《蒋慎斋遇集》五卷，清康熙天黎阁刻本。

924. 傅维鳞撰《四思堂文集》八卷，清康熙十七年刻本。

925. 窦遴奇撰《倚雉堂集》十二卷，清康熙十一年刻本。

926. 王熙撰《王文靖公集》二十四卷，清康熙四十六年王克昌刻本。

927. 蓝润撰《聿修堂集》不分卷，清钞本。

928. 魏象枢撰《寒松堂全集》十二卷，清康熙刻本。

929. 杨思圣撰《且亭诗》六卷，清康熙七年刻本。

930. 翟凤翯撰《涑水编》五卷，清康熙刻本。

931. 法若真撰《黄山诗留》十六卷，清康熙刻本。

932. 李霨撰《心远堂诗集》十二卷，清康熙十六年李天馥毛际可刻本。

933. 诸匡鼎撰《诸诗堂集》二十七卷，清康熙刻本。

934. 安致远撰《纪成文稿》四卷诗稿四卷，清康熙刻本。

935. 释元璟撰《完玉堂诗集》，清雍正刻本。

936. 释通复撰《冬关诗钞》六卷补遗一卷，清康熙刻本。

937. 佘一元撰《潜沧集》五卷，清刻本。

938. 李敬撰《退庵诗集》十二卷文集九卷，清康熙刻本。

939. 张能鳞撰《西山集》九卷，清刻本。

940. 冯班撰《冯氏小集》三卷，《钝吟集》三卷别集一卷馀集一卷《游仙诗》一卷集外诗一卷文稿一卷，清初毛氏汲古阁清康熙陆贻典等刻钝吟全集本。

941. 李之芳撰《李文襄公别录》六卷，清康熙刻本。

942. 刘子壮撰《屺思堂文集》八卷诗集不分卷，清康熙刻本。

943. 熊伯龙撰《熊学士诗文集》三卷，清康熙九年刻乾隆五十一年熊光补修本。

944. 唐梦赉撰《志壑堂诗集》十二卷文集十二卷诗后集五卷文后集三卷，《辛酉同游倡和诗馀后集》二卷，阮亭选《志壑堂诗》十五卷，清康熙刻本。

945. 沈珩撰《耿岩文选》二十卷，清康熙十五年沈氏古慧居刻本。

946. 颜光敏撰《乐圃集》七卷补遗一卷，清康熙刻十子诗略本。

947. 汤斌撰《汤潜庵先生文集节要》八卷，清康熙三十七年刻本。

948. 周茂源撰《鹤静堂集》十九卷，清康熙天马山房刻本。

949. 周礼撰《月岩集》五卷，清乾隆蔡溪刻本。

950. 赵吉士撰《万青阁全集》八卷，清康熙赵继抃等刻本。

951. 范承谟撰《画壁遗稿》三卷，清康熙刻本。

952. 杨素蕴撰《见山楼诗集》一卷文集一卷，清康熙二十七年刻本。

953. 顾大申撰《堪斋诗存》八卷，清雍正七年顾思孝刻本。

954. 郭棻撰《学源堂文集》十九卷诗集十卷，清康熙刻本。

955. 李来泰撰《莲龛集》十六卷，清雍正李辙等刻本。

956. 梅清撰《天延阁删后诗》十五卷，《敬亭唱和集》一卷，《敬亭唱和诗》一卷，《天延阁联句唱和诗》一卷，《天延阁后集》十三卷，清康熙刻本。

957. 梅清撰《瞿山诗略》三十二卷，清康熙刻本。

958. 姚夔撰《饮和堂集》诗三十六卷文八卷，清康熙刻本。

959. 林尧光撰《涑亭诗略》一卷，清刻本。

960. 黎士弘撰《托素斋诗集》四卷文集六卷，清雍正二年黎致远刻本。

961. 方登峄、方式济、方观承撰《述本堂诗集》十八卷续集五卷，清乾隆三十年桐城方氏刻本。

962. 王愈扩撰《瑞竹亭合稿》二卷附文一卷诗一卷，清光绪三十一年刻本。

963. 李孚青撰《野香亭集》十三卷，清康熙刻本。

964. 王原辑《于野集》十卷，清康熙遂安堂刻本。

965. 王泽弘撰《鹤岭山人诗集》十六卷，清康熙刻本。

966. 刘体仁撰《七颂堂诗集》九卷文集四卷，清康熙刻本。

967. 孙元衡撰《赤嵌集》四卷，清康熙刻本。

968. 谢乃宝撰《峇庐山人诗集》不分卷，清康熙刻本。

969. 邱志广撰《柴村全集》十九卷附德滋堂歌诗附钞一卷，清康熙雍正刻本。

970. 僧湛性撰《双树堂诗钞》一卷，清乾隆三十七年重刻本。

971. 闵南仲撰《寒玉居集》二卷，《碎金集》二卷，清康熙元年吴兴潘氏刻本。

972. 魏裔介撰《崑林小品集》二卷，清初刻本。

973. 陈廷敬撰《午亭集》三十卷，清康熙四十一年刻本。

974. 陈名夏撰《石云居文集》十五卷，清顺治三年刻本。

975. 沈峻曾撰《涟漪堂遗稿》三卷，清康熙刻本。

976. 李蕃撰《雪鸿堂文集》十八卷，清康熙刻本。

977. 张笃庆撰《昆仑山房集》，清钞本。

978. 李振裕撰《群雅集》四卷，清康熙二十六年刻本。

979. 王道撰《江湖闲吟》八卷，清乾隆十二年学诗堂刻本。

980. 李果撰《在亭丛稿》十二卷，《咏归亭诗钞》八卷，清乾隆刻本。

981. 商盘撰《质园诗集》三十二卷，清乾隆刻本。

982. 邓汉仪辑《诗观初集》十二卷二集十四卷，《闺秀别卷》一卷三集十三卷，《闺秀别卷》一卷，清康熙慎墨堂刻本。

983. 李光地撰《榕村讲授》三卷，清康熙李氏教忠堂刻本。

984. 姚宏绪撰《松风馀韵》五十卷末一卷，清乾隆九年宝善堂刻本。

985. 陈文藻等编《南园后五先生诗》二十卷，清同治九年南海陈氏重刻本。

986. 金之俊撰《金文通公集》二十卷诗集三卷外集八卷，清康熙刻本。

987. 陈弘绪撰《陈士业先生集》十六卷，清康熙二十六年刻本。

988. 萧伯升撰《萧氏世集》三卷，清初刻本。

989. 王士禄撰《十笏草堂诗选》十一卷，《辛甲集》八卷，清初刻本增修本。

990. 张远撰《梅庄集》七卷文集一卷，清康熙刻本。

991. 石球撰《有兰书屋存稿》四卷，清乾隆二十六年刻本。

992. 程庭撰《若庵集》五卷，清康熙刻本。

993. 金敞撰《金暗斋先生集》十二卷，清康熙三十九年共学山居刻本。

994. 郑方坤撰《蔗尾诗集》十五卷文集二卷，清康熙乾隆刻本。

995. 蓝千秋撰《蓝户部集》二十六卷，清乾隆十二年蓝士奇刻本。

996. 尤世求撰《南园诗钞》十卷，清乾隆刻本。

997. 周彝撰《华鄂堂诗稿》二卷附《研山十咏》一卷，清康熙刻本。

998. 徐用锡撰《圭美堂集》二十六卷，清乾隆十五年刻本。

999. 梁机撰《三华集》五卷附《豫章书院唱和诗》一卷，清刻本。

1000. 谢道承撰《小兰陔诗集》八卷，清乾隆三十八年刻本。

1001. 王岱撰《且园近诗》五卷，《且园近集》四卷，清康熙刻本。

1002. 杜樾撰《紫峰集》十四卷，清康熙刻本。

1003. 庞垲撰《丛碧山房诗初集》十四卷二集六卷三集十一卷四集十卷五集五卷文集八卷杂著三卷，清康熙刻本。

1004. 吴定璋辑《七十二峰足征集》八十卷文集十六卷，清乾隆十年吴氏依缘刻本。

1005. 陈玉璂撰《学文堂集》不分卷，清康熙刻本。

1006. 僧如乾撰《憨休和尚敲空遗响》十二卷，清康熙刻本。

1007. 沈廷芳撰《隐拙斋集》五十卷续集五卷，清乾隆刻本。

1008. 程梦星撰《今有堂诗集》四卷后集六卷附《茗柯词》一卷，清乾隆十二年刻本。

1009. 孙翔辑《崇川诗集》十二卷补遗一卷，清乾隆刻本。

1010. 朱彝尊辑《洛如诗钞》六卷，清康熙四十七年陆氏尊道堂刻本。

1011. 卢见曾辑《国朝山左诗钞》六十卷，清乾隆二十三年卢氏雅雨堂业精刻本。

1012. 朱用纯撰《愧纳集》，民国 18 年刊本。

1013. 邵曾鉴撰《艾庐遗稿》，清光绪刻本。

1014. 周鸣鸾撰《公暇墨馀录》，民国 10 年铅印本。

1015. 陈至言撰《菀青集》二十一卷，清康熙芝泉堂刻本。

1016. 徐昂发撰《畏垒山人诗集》四卷，《乙未亭诗集》六卷，《畏垒山人文集》四卷，清康熙徐氏德有邻堂刻本文集清钞本。

1017. 朱纲撰《苍雪山房稿》一卷，清刻本。

1018. 王顼龄撰《世恩堂诗集》三十卷词集二卷，《经进集》三卷，清康熙刻本。

1019. 吴雯撰《别本莲洋集》二十卷年谱一卷附录一卷，清乾隆三十九年荆圃草堂刻本。

1020. 陈瑸撰《陈清端公文集》八卷，清乾隆三十年兼山堂刻本。

1021. 林鸾撰《林霁轩先生遗集》四卷，民国 10 年铅印本。

1022. 朱景昭撰《无梦轩遗书》九卷，民国 22 年铅印本。

1023. 王宗英撰《晓闻居士遗集》九卷，清道光刊本。

1024. 郭曾炘撰《匏庐剩草》《楼居偶录》，民国 18 年刊本。

1025. 李统贤撰《活水来斋遗稿》，民国 25 年铅印本。

1026. 宋荦撰《西坡类稿》五十卷，民国 6 年刻本。

1027. 魏荔撰《怀舫诗集》十二卷续集九卷别集六卷，《怀舫词》二卷别集一卷，清康熙雍正间刻本。

1028. 赵吉士撰《林卧遥集》二卷，《千叠波馀》一卷续编一卷补遗一卷，《庚辰匜岁杂感诗》四卷，《辛巳匜岁杂感诗》一卷，清康熙刻本。

1029. 陶孚尹撰《欣然堂集》十卷，清康熙五十一年陶士铨刻本。

1030. 顾梦游撰《顾与治诗集》八卷，民国金陵丛书丙集刻本。

1031. 僧通门撰《懒斋别集》十四卷，清顺治毛氏汲古阁刻本。

1032. 梁清远撰《祓园集文》四卷诗四卷词一卷，清康熙二十四年刻本。

1033. 张习孔撰《诒清堂集》十二卷补遗四卷，清康熙刻本。

1034. 吴历撰《吴渔山集笺注》，章文钦笺注，中华书局 2007 年版。

1035. 章世纯撰《章柳州集》四卷，清康熙七年刻本。

1036. 胡琳章撰《浮云集》，清刊本。

1037. 彭启丰撰《芝堂文稿》八卷，清道光刊本。

1038. 柳庭方撰《来青堂全集》，清道光刊本。

1039. 胡发琅撰《肃藻遗书》，清光绪刊本。

1040. 高心夔撰《高陶堂遗集》，清光绪刊本。

1041. 汤斌撰《潜庵先生遗稿》五卷，清康熙二十九年刻本。

1042. 曹鸿勋撰《校经堂集》，光绪刊本。

1043. 许宗衡撰《玉井山馆集》三十三卷，清同治刊本。

1044. 郑虎文撰《吞松阁集》四十卷，清嘉庆刊本。

1045. 杨各时撰《杨氏全书》三十七卷，清光绪刊本。

1046. 徐庚陛撰《不慊斋漫存》六卷，清光绪刊本。

1047. 蔡受撰《鸥迹集》二十卷，清刊本。

1048. 徐韦撰《徐布衣佚稿》三卷，民国 10 年石印本。

1049. 靳荣藩撰《绿溪初稿》，清乾隆刊本。

1050. 陆稼书撰《三鱼堂集》，清康熙刊本。

1051. 柏景伟撰《澧西草堂集》，民国 12 年刊本。

1052. 蒯光典撰《金栗斋遗集》,民国 7 年刊本。

1053. 郭宝珩等撰《汉上消闲集》,铅印本。

1054. 程士经撰《曼殊沙馆初集》五卷,清光绪刊本。

1055. 管世铭撰《韫山堂全集》诗十六卷文八卷,清光绪刊本。

1056. 彭绍升撰《一行居集》八卷,民国 10 年金陵刻本。

1057. 程颂藩撰《程伯翰先生遗集》十卷,民国 17 年铅印本。

1058. 单懋谦撰《单文恪公遗稿》四卷,清光绪刊本。

1059. 彭士望撰《耻躬堂诗文钞》十六卷,清咸丰二年重刊本。

1060. 蓝鼎元撰《鹿洲全集》四十二卷,清同治刊本。

1061. 陶文鼎辑《古井遗忠集》,清同治刊本。

1062. 戴名世撰《南山全集》十六卷,清康熙刊本。

1063. 张文瑞撰《六湖先生遗集》十二卷,清乾隆九年孝友堂刻本。

1064. 王令撰《念西堂诗集》八卷,清康熙刻本。

1065. 王令撰《古雪堂文集》十九卷,清康熙刻本。

1066. 许昌国撰《薪樵集》四卷,清乾隆刻本。

1067. 郭振遐撰《郭中州禹门集》四卷,清康熙二十二年刻本。

1068. 吴盛藻撰《天门集》六卷文集五卷,清康熙刻本。

1069. 林璐撰《岁寒堂初集》五卷存稿不分卷,清康熙武林还读斋刻本。

1070. 查祥撰《云在诗钞》九卷,清乾隆刻本。

1071. 冯咏撰《桐村诗》四卷,清康熙刻本。

1072. 王植撰《崇雅堂稿》八卷,清乾隆刻本。

1073. 佟世思撰《与梅堂遗集》十二卷,清康熙四十年佟世集刻本。

1074. 姚于巢撰《华林庄诗集》四卷,清乾隆刻本。

1075. 曹煜曾撰《道腴堂诗集》四卷,清乾隆十四年曹氏五亩园刻石仓世纂本。

1076. 曹焜曾撰《长啸轩诗集》六卷,清乾隆十四年曹氏五亩园刻石仓世纂本。

1077. 曹炳曾撰《放言居诗集》六卷,清乾隆十四年曹氏五亩园刻石仓世纂本。

1078. 田肇丽撰《有怀堂文集》一卷诗集一卷,清康熙乾隆间刻德州田氏丛书本。

1079. 王曾祥撰《静便斋集》十卷，清乾隆二十八年刻本。

1080. 胡浚撰《绿萝山房诗集》三十二卷文集二十四卷，清乾隆刻本。

1081. 颜肇维撰《钟水堂诗》三卷，清雍正刻本。

1082. 梁文濂撰《桐乳斋诗集》十二卷，清乾隆十二年刻本。

1083. 朱缃撰《雪根清壑山房诗》一卷，《观稼楼诗》二卷，《吴船书屋诗》一卷，《枫香集》一卷，清道光刻济南朱氏诗文汇编本。

1084. 张锡爵撰《吾友于斋诗》八卷，清乾隆刻本。

1085. 帅念祖撰《树人堂诗》七卷，《多博吟》一卷，《汇遗》一卷，清光绪奉新帅氏缘窗刻帅氏清棻集本。

1086. 游绍安撰《涵有堂诗文集》不分卷，江西省图书馆藏稿本。

1087. 徐以升撰《南陔堂诗集》十二卷，清乾隆二十六年刻本。

1088. 邓钟岳撰《寒香阁诗集》，清乾隆刻本。

1089. 马维翰撰《墨麟诗》十二卷，清雍正刻本。

1090. 鲁曾煜撰《秋塍文钞》十二卷，《三州诗钞》四卷，清乾隆刻本。

1091. 罗人琮撰《最古园》二编十八卷，清康熙刻本。

1092. 黄之隽撰《（广吾）堂集》五十卷补遗二卷续八卷，清乾隆刻本。

1093. 史调撰《史复斋文集》四卷，清乾隆刻本。

1094. 帅家相撰《卓山诗集》十六卷，清嘉庆二年刻本。

1095. 凌树屏撰《瓠息斋前集》二十四卷，清乾隆二十四年刻本。

1096. 庄纶渭撰《问羲轩诗钞》二卷，清乾隆刻本。

1097. 邵齐焘撰《玉芝堂文集》六卷诗集三卷，清乾隆刻本。

1098. 陈道撰《凝斋先生遗集》十卷末一卷，清乾隆刻本。

1099. 万光泰撰《柘坡居士集》十二卷，清乾隆二十一年汪孟鋗刻本。

1100. 徐以泰撰《绿杉野屋集》四卷，清乾隆刻本。

1101. 张伯行撰《正谊堂文集》十二卷，清乾隆刻本。

1102. 陈元龙撰《爱日堂诗集》二十八卷，清乾隆刻本。

1103. 孙勷撰《鹤侣斋诗集》一卷文稿四卷，清道光二十三年至咸丰元年延续绿吟馆刻本。

1104. 金张撰《岕老编年诗钞》九卷续钞四卷,清康熙刻本。

1105. 田霡撰《鬲津草堂诗》六卷,清康熙乾隆间刻德州田氏丛书本。

1106. 张元撰《绿筠轩诗》四卷,清钞本。

1107. 席鳌撰《竹香诗集选》四卷,清乾隆刻本。

1108. 蒋麟昌撰《菱溪遗草诗》一卷诗馀一卷,清乾隆七年刻本。

1109. 江昱撰《松泉诗集》六卷,清乾隆二十六年小东轩刻本。

1110. 陈珮撰《闺房集》一卷附录一卷,清刻本。

1111. 卢存心撰《白云诗集》七卷《咏梅诗》一卷,清乾隆数间草堂刻本。

1112. 边连宝撰《随园诗草》八卷,清乾隆四十年任丘边连氏家刻本。

1113. 潘安礼撰《东山草堂集》六卷,清乾隆四年刻本。

1114. 黄永年撰《南庄类稿》八卷,《白云诗钞》二卷,清乾隆刻本。

1115. 陈万策撰《近道斋文集》六卷诗集四卷,清乾隆八年刻本。

1116. 王懋竑撰《白田草堂存稿》二十四卷,清乾隆刻本。

1117. 庄亨阳撰《秋水堂遗集》六卷,清嘉庆二十一年刻本。

1118. 张湄撰《柳渔诗钞》十二卷,清乾隆刻本。

1119. 张映斗撰《秋水斋诗》十五卷,清乾隆张守约等刻本。

1120. 唐之凤撰《天香阁文集》八卷诗集十卷,清康熙四十三年刻本。

1121. 戚玾撰《笑门诗集》二十五卷,清康熙四十五年林任刻本。

1122. 林蒨撰《偶存草诗集》六卷,清雍正刻本。

1123. 释敏膺撰《香域自求膺禅师内外集》十四卷,清康熙刻本。

1124. 方观承撰《薇香集》一卷,《燕香集》二卷,《燕香二集》二卷,清嘉庆十四年刻述本堂续集本。

1125. 曹锡淑撰《晚晴楼诗稿》四卷,清钞本。

1126. 王心敬撰《丰川全集正编》二十五卷续编二十二卷,清康熙五十五年额伦特刻本。

1127. 金志章撰《江声草堂诗集》八卷,清乾隆十九年刻本。

1128. 曹庭枢撰《谦斋诗稿》二卷补遗一卷,清乾隆刻本。

1129. 陈祖范撰《司业文集》四卷，清乾隆二十九年刻本。

1130. 陈祖范撰《司业诗集》四卷，清乾隆二十九年刻本。

1131. 王峻撰《王艮斋诗集》十卷文集四卷，清乾隆蒋棨刻本。

1132. 王文清撰《锄经馀草》十三卷，清乾隆刻本。

1133. 姚培谦撰《松桂读书堂文》七卷诗八卷，清乾隆刻本。

1134. 朱崇勋撰《桐阴书屋诗》二卷，清道光刻济南朱氏诗文汇编本。

1135. 朱崇道撰《湖上草堂诗》一卷，清道光刻济南朱氏诗文汇编本。

1136. 沈炳震撰《蚕桑乐府》一卷，清钞本。

1137. 周京撰《无悔斋集》十五卷，清乾隆刻本。

1138. 汤斯祚撰《亦庐诗集》三十卷，清乾隆刻本。

1139. 刘青霞撰《慎独轩文集》八卷，清乾隆刻本。

1140. 姚世钰撰《孱守斋遗稿》四卷，清乾隆十八年张四科刻本。

1141. 仲昰保撰《翰村诗稿》六卷，清乾隆十九年赵念刻本。

1142. 吴爔撰《朴庭诗稿》十卷，清乾隆十二年刻十八年续刻本。

1143. 沈心撰《孤石山房诗集》六卷，清乾隆刻本。

1144. 姚华撰《弗堂类稿》，民国 19 年聚珍仿文宋版印。

1145. 赵炳麟撰《赵伯岩集》，民国 11 年铅印本。

1146. 王作宗撰《霭亭诗文集》十卷，民国 12 年石印本。

1147. 史鼎撰《强斋存稿》，民国 10 年铅印。

1148. 李伟撰《声白集初编》，民国 17 年石印本。

1149. 周以存撰《汲庄诗文集》四卷，民国 7 年铅印本。

1150. 段祺瑞撰《正道居集》，民国 12 年铅印本。

1151. 徐树铮撰《视昔轩遗稿》五卷，民国 20 年刻本。

1152. 叶恭绰撰《遐庵棠稿》，民国 19 年铅印本。

1153. 王銮撰《徒州文集》二卷，民国 11 年石印本。

1154. 申涵盼撰《忠裕堂文集》九卷，清道光刻本。

1155. 朱骏重撰《朱文端公文集》，清同治十二年刻本。

1156. 汪沆撰《槐塘文稿》四卷，清刻本。

1157. 宋潜虚撰《潜虚先生文集》十五卷，清光绪刻本。

1158. 李祖陶撰《迈堂文略》四卷，清刻本。

1159. 李邺嗣撰《杲堂文钞》,清康熙刻本。

1160. 周在浚撰《结麟集》十六卷,清康熙刻本。

1161. 周锡恩撰《传鲁堂文集》一卷,民国 4 年刻本。

1162. 邱维屏撰《邱邦士文集》十八卷,清道光刻本。

1163. 张大受选《匠门书房文集》三十卷,清雍正精刻本。

1164. 张云章撰《朴村文集》二十四卷,清康熙刻本。

1165. 张惠言撰《茗柯文编》五卷,清光绪刻本。

1166. 陆耀遹撰《双白燕堂文集》二卷外集二卷,清光绪刻本。

1167. 陈运镇撰《景士堂文集》五卷,清光绪刻本。

1168. 冯桂芳撰《显志堂集》十二卷,清光绪刻本。

1169. 彭泰来撰《昨梦斋文集》四卷,清同治刻本。

1170. 彭崧毓编《求是斋文稿》二卷,清同治十一年刻本。

1171. 贺贻孙撰《水田居文集》七卷,清康熙刻本。

1172. 华蘅芳撰《行素轩文存》一卷诗存一卷,清光绪刻本。

1173. 刘光黄撰《烟霞草堂文集》十卷,清光绪刻本。

1174. 刘孚京撰《南丰刘先生文集》五卷,民国 8 年聚珍板铅印本。

1175. 刘蓉撰《晦堂文集》十卷,清光绪刻本。

1176. 魏礼撰《魏季子文集》十六卷,清刻本。

1177. 魏世俨撰《魏敬士文集》八卷,清刻本。

1178. 魏世傚撰《魏昭士文集》十卷,清刻本。

1179. 施润章撰《施愚小集》,清宣统石印本。

1180. 周树模撰《沈观斋诗》,清宣统石印本。

1181. 丘逢甲撰《岭云海日楼诗钞》,民国 2 年刻印本。

1182. 王隼选:《岭南三大家诗选》二十四卷,清同治刻本。

1183. 陈夔龙撰《鸣原集》,民国 19 年铅印本。

1184. 曾炎权撰《董庐诗钞》,民国 1 年刻本。

1185. 夏仁虎撰《啸盦诗存》九卷,民国 9 年刻本。

1186. 易顺鼎、程颂万编辑《湘社集》二卷,清光绪刻本。

1187. 张元济辑《戊戌六君子遗集》存十一卷,清光绪刻本。

1188. 陈夔龙撰《花近楼诗存》十七卷,民国 17 年刻本。

1189. 徐绍桢撰《南归草》三卷,民国 12 年刻本。

1190. 徐绍桢撰《东游草》,民国 7 年刻本。

1191. 瞿鸿机撰《瞿文慎公诗选遗墨》，民国 8 年石印本。

1192. 褚人穫撰《坚瓠集秘集》六卷，民国 15 年铅印本。

1193. 昌广生撰《小三吾亭诗》，旧刻本。

1194. 洪亮吉撰《洪北江全集本》，清光绪刻本。

1195. 庄莲佩撰《秋水轩诗选》，清光绪刻本。

1196. 蔡士英撰《抚江集》十五卷，清顺治刻本。

1197. 严熊撰《严白云诗集》二十七卷，清乾隆十九年严有禧刻本。

1198. 乾隆庚寅春拜易堂藏板《庐山白鹿古迹诗选》。

1199. 张琼英撰《庐山纪游》，清刻本。

1200. 蒋子潇撰《庐山纪游》，清光绪湘南蒋玉林堂刻本。

1201. 吴高增撰《玉亭集》，清刻本。

1202. 卓尔堪辑撰《遗民诗》十二卷附《近青堂诗》一卷，清刊本。

1203. 梁鼎芬撰《梁节庵诗稿》不分卷，清刻本。

1204. 吴庆坻撰《补松庐诗录》三卷，清宣统三年刻本。

1205. 吴士鑑撰《食嘉室诗集》，壬子（晚清）刻本。

1206. 沈嘉客撰《西溪先生文集》十卷，清康熙三十九年沈寅清刻本。

1207. 孙锡蕃撰《复庵删诗旧集》八卷，清康熙麓樵居刻本。

1208. 许楚撰《青岩集》十二卷，清康熙五十四年许象缙刻本。

1209. 王猷定撰《四照堂文集》五卷诗集二卷，清康熙二十二年刻本。

1210. 乔迈撰《柘溪集》一卷，清钞本。

1211. 吴骐撰《颟颔集》八卷，清康熙刻本。

1212. 潘高撰《南邨诗稿》二十四卷，清康熙鹤江草堂刻本。

1213. 李雍熙撰《翠岩偶集》六卷，清康熙湛恩堂刻本。

1214. 陆弘定撰《爰始楼诗删》八卷，清顺治刻本。

1215. 卢震撰《说安堂集》八卷，清康熙刻本。

1216. 王永命撰《有怀堂笔》八卷，清康熙刻本。

1217. 独孤微生撰《泊斋别录》不分卷，清钞本。

1218. 许珌撰《铁堂诗草》二卷，清乾隆五十五年兰山书院刻本。

1219. 秦松龄撰《苍岘山人集》五卷，清嘉庆四年秦瀛刻本。

1220. 李赞元撰《怡老篇》一卷集外录，清康熙师白堂刻汇印本。

1221. 蒋薰撰《留素堂诗删》十三卷，清康熙刻本。

1222. 刘友光撰《香山草堂集》七卷诗集一卷，清康熙刻本。

1223. 宋起凤撰《大茂山房合稿》六卷，清康熙刻本。

1224. 吴景旭撰《南山堂自订诗》十卷续订诗五卷三订诗四卷，清康熙刻本。

1225. 潘高撰《南邨诗稿》乙集八卷，清康熙鹤江草堂刻本。

1226. 曹烨撰《曹司马集》六卷，清康熙三十二年刻本。

1227. 严熊撰《严白云诗集》二十七卷，清乾隆十九年刻本。

1228. 蔡士英撰《抚江集》十五卷，清顺治刻本。

1229. 赵宾撰《学易庵诗集》八卷，清康熙二十四年刘植等刻本。

1230. 谢三秀撰《雪鸿堂汇逸》三卷，清咸丰元年遵义刻本。

1231. 刘正宗撰《逋斋诗》四卷，清顺治刻本。

1232. 吴錂撰《浮筠轩遗稿》一卷，清康熙五十三年阮尔询刻本。

1233. 李生光撰《西山阁笔》一卷，清顺治汾西洞刻本。

1234. 崔冕撰《素吟集》八卷，清康熙刻本。

1235. 魏宪撰《枕江堂诗》十卷，清康熙十二年有恒书屋刻本。

1236. 梁逸撰《红叶村稿》六卷，清康熙刻本。

1237. 万斯备撰《万斯备诗稿》不分卷，稿本。

1238. 田兰芳撰《逸德轩诗集》三卷，清康熙二十六年刘榛等刻本。

1239. 单隆周撰《雪园诗赋初集》十五卷二集四卷，清康熙刻本。

1240. 陈僖撰《燕山草堂集》五卷，清康熙刻本。

1241. 张廷枢撰《崇素堂诗稿》四卷，清乾隆三十九年吉大泰等刻本。

1242. 孙诠撰《担峰诗》四卷，清康熙刻本。

1243. 魏学诚撰《一斋旧诗》一卷，清康熙刻本。

1244. 顾永年撰《梅东草堂诗集》九卷，清康熙增修本。

1245. 江鼎金撰《问心堂诗》一卷，清康熙六十年刻本。

1246. 高其倬撰《味和堂诗集》六卷，清乾隆五年高恪等刻本。

1247. 严太仆撰《严太仆先生集》十二卷，清乾隆有禧刻本。

1248. 汪士鋐撰《秋泉居士集》十七卷，清乾隆清荫堂刻本。

1249. 查嗣瑮撰《查浦诗钞》十二卷，清刻本。

1250. 释晓青撰《高云堂诗集》十六卷，清康熙释道立刻本。

1251. 揆叙撰《益戒堂自订诗集》八卷，清雍正刻本。

1252. 钱光夔撰《客燕诗存》一卷，清丛桂堂刻本。

1253. 王岱撰《了庵诗集》二十卷，清乾隆刻本。

1254. 张永铨撰《闲存堂诗集》九卷，清康熙刻增修本。

1255. 韩骐撰《补瓢存稿》六卷，清乾隆二十三年刻本。

1256. 高一麟撰《矩庵诗质》十二卷，清乾隆高莫及刻本。

1257. 允礼撰《春和堂诗集》一卷，清雍正刻本。

1258. 俞鹏程撰《群芳诗钞》八卷，清乾隆二十六年刻本。

1259. 释元尹撰《博斋集》三卷，清康熙陈邦怀等刻本。

1260. 释等安撰《偶存轩稿》三卷，清康熙郑性等刻本。

1261. 徐豫贞撰《逃莽诗草》十卷，清康熙杨崑思诚堂刻本。

1262. 潘问奇撰《拜鹃堂诗集》四卷，清康熙刻本。

1263. 梁以壮撰《兰扃前集》八卷，清康熙六十一年刻本。

1264. 梁锡珩撰《非水舟遗集》二卷，清乾隆四年梁濬剑虹斋刻本。

1265. 华嵒撰《离垢集》五卷，清道光十五年华时中刻本。

1266. 景星杓撰《拗堂诗集》八卷，清乾隆兰陔堂刻本。

1267. 陈美训撰《馀庆堂诗文集》十卷，清馀庆堂刻本。

1268. 周之方撰《希硁斋集》六卷，清雍正刻本。

1269. 允礼撰《静远斋诗集》十卷，清刻本。

1270. 高景芳撰《红雪轩稿》六卷，清康熙五十八年刻本。

1271. 龚培序撰《竹梧书屋诗稿》二卷外集一卷，清康熙五十一年竹梧书屋刻本。

1272. 傅仲辰撰《心孺诗选》二十四卷，清树滋堂刻本。

1273. 先著撰《之溪老生集》八卷，清刻本。

1274. 吴庄撰《豹留集》一卷，清康熙刻本。

1275. 程世绳撰《尺木楼诗集》四卷，清乾隆二十五年程志隆刻本。

1276. 黄中坚撰《蓄斋集》十六卷，清康熙五十年棣华堂刻本。

1277. 黄中坚撰《蓄斋二集》十卷，清乾隆三十年黄云惠等刻本。

1278. 郑性撰《南谿偶刊》五卷，清乾隆七年刻本。

1279. 许登逢撰《青笠山房诗钞》五卷，清乾隆十三年绿玉轩刻本。

1280. 沈起元撰《敬亭诗草》八卷，清乾隆十九年刻增修本。

1281. 成文昭撰《謩觞诗集》五卷，清康熙刻增修本。

1282. 顾嗣协撰《依园诗集》六卷，清康熙三十九年刻本。

1283. 王持选撰《竹啸馀音》七卷，清康熙怡怡斋刻本。

1284. 纪迈宜撰《俭重堂诗》十二卷，清乾隆刻本。

1285. 胡煦撰《葆璞堂诗集》四卷，清乾隆刻本。

1286. 杨熠撰《怀古堂诗选》十二卷，清康熙怀古堂刻本。

1287. 赵维藩撰《槿园集》十二卷，清康熙刻本。

1288. 朱伦瀚撰《闲青堂诗集》十卷，清乾隆刻本。

1289. 甘汝来撰《甘庄恪公全集》十六卷，清乾隆赐福堂刻本。

1290. 查慎行撰《敬业堂诗续集》六卷，清乾隆查学等刻本。

1291. 章藻功等：《思绮堂文集》十卷，清康熙六十一年刻本。

1292. 张大受撰《匠门书屋文集》三十卷，清雍正七年顾诒禄刻本。

1293. 吴庄撰《偶存篇》一卷补篇一卷，清刻本。

1294. 顾景文撰《顾景行诗集》二卷，清康熙三十一年美闲堂刻本。

1295. 沈广舆撰《嘉迈堂诗》七卷，清康熙刻本。

1296. 边汝元撰《渔山诗草》二卷，清乾隆四十年刻本。

1297. 博尔都撰《问亭诗集》十二卷，清康熙三十五年刻本。

1298. 尤珍撰《沧湄诗钞》六卷，清康熙刻本。

1299. 蒋梧撰《天涯诗钞》四卷，清康熙三十三年丘如升刻本。

1300. 胡荣撰《容安诗草》十卷，清康熙刻三色套印本。

1301. 释宗渭撰《芋香诗钞》四卷，清康熙四十三年刻本。

1302. 允禧撰《紫琼岩诗钞》三卷，清乾隆二十三年永珹刻本。

1303. 弘晓撰《明善堂诗集》十一卷，清乾隆九年刻增修本。

1304. 纳兰常安撰《班馀剪烛集》十四卷，清乾隆五年自刻本。

1305. 魏元枢撰《与我周旋集》诗十二卷，清乾隆五十八年清祜堂刻本。

1306. 李重华撰《贞一斋集》十卷，清乾隆刻本。

1307. 彭启丰撰《芝庭诗稿》十四卷，清乾隆刻增修本。

1308. 高不骞撰《傅天集》一卷，清康熙刻本。

1309. 允禧撰《花间堂诗钞》一卷，清乾隆刻本。

1310. 纳兰常安撰《受宜堂集》四十卷，清雍正十三年自刻本。

1311. 李予望撰《宫岩诗集》四卷，清乾隆三十五年刻本。

1312. 蔡衍撰《操斋集》诗部十四卷，清康熙刻本。

1313. 高述明撰《积翠轩诗集》二卷，清乾隆三年高晋刻本。

1314. 李兆龄撰《舒啸阁诗集》十二卷，清乾隆李渭刻本。

1315. 钱陈群撰《香树斋诗集》十八卷诗续集三十六卷，清乾隆刻本。

1316. 裘琏撰《横山初集》十六卷，清康熙刻本。

1317. 马惟敏撰《半处士诗集》二卷，清康熙四十八年郎廷槐刻本。

1318. 陈仪撰《陈学士文集》十八卷，清乾隆刻本。

1319. 华希闵撰《延绿阁集》十二卷，清雍正刻本。

1320. 胡学文撰《适可轩诗集》四卷，清康熙十二年李文胤刻本。

1321. 王昊撰《硕园诗稿》三十五卷，清五石斋钞本。

1322. 高士奇撰《归田集》十四卷，清康熙刻本。

1323. 汪学金撰《娄东诗派》二十八卷，清嘉庆九年诗志斋刻本。

1324. 蔡新撰《缉斋诗稿》八卷，清乾隆刻本。

1325. 吴邦治撰《鹤关诗集》四卷，清康熙刻本。

1326. 陈梓撰《删后诗存》十卷，清嘉庆二十年胡氏敬义堂刻本。

1327. 郑炎撰《雪杖山人诗集》八卷，清嘉庆五年郑师尚刻本。

1328. 阎沛年撰《晴峰诗集》一卷，清乾隆刻本。

1329. 沈维基撰《紫薇山人诗钞》八卷，清乾隆刻本。

1330. 程之鵕撰《练江诗钞》八卷，清乾隆十八年王鸣刻本。

1331. 戴晟撰《寤砚斋集》二卷，清乾隆七年戴有光刻本。

1332. 吴铭道撰《古雪山民诗后》八卷，清乾隆刻本。

1333. 郑世元撰《耕馀居士诗集》十八卷，清康熙江湘书带草堂刻本。

1334. 张学举撰《南坪诗钞》十卷，清乾隆刻增修本。

1335. 张鹏翀撰《南华山房诗钞》六卷，清乾隆刻本。

1336. 项樟撰《玉山诗钞》四卷，清乾隆二十六年项成龙等刻本。

1337. 沈维材撰《樗庄诗稿》二卷，清乾隆十四年刻本。

1338. 楼锜撰《于湘遗稿》五卷，清乾隆二十五年陈章刻本。

1339. 陈敬撰《山舟纫兰集》二卷，清乾隆十八年四宜轩刻本。

1340. 顾于观撰《澥陆诗钞》九卷，清乾隆四年汪顾刻本。

1341. 唐英撰《陶人心语》六卷，清乾隆唐寅保刻本。

1342. 朱景英撰《畲经堂诗集》六卷，清乾隆刻本。

1343. 郭起元撰《介石堂集》诗十卷，清乾隆刻本。

1344. 方芳佩撰《在璞堂吟稿》一卷，清乾隆刻本。

1345. 张符升撰《苏门山人诗钞》三卷，清乾隆寄云书屋刻本。

1346. 黄图珌撰《看山阁集》六十四卷，清乾隆刻本。

1347. 于宗瑛撰《来鹤堂诗钞》四卷，清乾隆五十二年刻本。

1348. 塞尔赫撰《晓亭诗钞》四卷，清乾隆十四年鄂洛顺刻本。

1349. 恒仁撰《月山诗集》四卷，清乾隆刻本。

1350. 保培基撰《西垣次集》八卷，清乾隆二十年刻本。

1351. 钱载撰《箨石斋诗集》五十卷，清乾隆刻本。

1352. 叶观园撰《绿筠书屋诗钞》十八卷，清乾隆五十七年刻本。

1353. 成文撰《玉汝堂诗集》四卷，清刻本。

1354. 黄达撰《一楼集》二十卷，清乾隆刻本。

1355. 张崟撰《逃禅阁稿》四卷，稿本。

1356. 沈景运撰《浮春阁诗集》六卷，清乾隆五十四年刻本。

1357. 吴楷撰《含薰诗》三卷，清乾隆刻本。

1358. 张开东撰《白莼诗集》十六卷附一卷，清乾隆五十三年张兆骞刻本。

1359. 张秉彝撰《南垞诗钞》三卷，清刻本。

1360. 覃光瑶撰《王芳诗草》二卷，清乾隆三十五年刻本。

1361. 汪启淑撰《刃荄诗存》六卷，清乾隆刻本。

1362. 陈毅撰《诗概》六卷，清乾隆二十五年眠云草堂刻本。

1363. 汪洼撰《穫经堂初稿》八卷，清乾隆六十年刻本。

1364. 陆元鋐撰《青芙蓉阁诗钞》六卷，清刻本。

1365. 贾田祖撰《贾稻孙集》四卷，清乾隆四十九年刻本。

1366. 乔亿撰《小独秀斋诗》二卷，清乾隆刻本。

1367. 韦谦恒撰《传经堂诗钞》十二卷，清乾隆刻本。

1368. 吴寿昌撰《虚白斋存稿》十四卷，清乾隆五十五年刻本。

1369. 刘秉恬撰《竹轩诗稿》四卷，清乾隆刻本。

1370. 李文藻撰《岭南诗集》八卷，清刻本。

1371. 陈昌图撰《南屏山房集》二十四卷，清乾隆五十六年刻本。

1372. 毛曙撰《野客斋诗集》四卷，清乾隆二十二敦厚堂刻本。

1373. 沈德潜编《清诗别裁集》，清乾隆二十六年增订本。

1374. 陈祖武主编"清人年谱系列"《清初名儒年谱》（2006 年 8 月）、《乾嘉名儒年谱》（2006 年 7 月）、《晚清学人年谱》（2006 年 12 月）三种，国家图书馆出版社 2006 年版。

1375. 蔡冠洛编著《清代七百名人传》，国家图书馆出版社 2008 年版。

1376. 朱彭寿编著《清代人物大事纪年》，国家图书馆出版社 2005 年版。

1377. 金梁辑《近世人物志》，国家图书馆出版社 2007 年版。

1378. 王云五编《清朝文献通考》，商务印书馆民国 25 年版。

1379. 刘锦藻撰《清朝续文献通考》，商务印书馆民国 25 年版。

1380. 沈粹芬等辑《清文汇》，北京出版社 1996 年版。

1381. 钱宝甫编《清代职官年表》，中华书局 1980 年版。

1382. 王重民、杨殿珣等编《清代文集篇目分类索引》，北京图书馆出版社 2003 年版。

1383. 廖养正编著《中国历代名僧诗选》，释一诚审定，中国书籍出版社 2004 年版。

1384. 桑兵主编，广东省立中山图书馆，中山大学图书馆编"国家清史编纂委员会·文献丛刊"《清代稿钞本》，共 100 册，广东人民出版社 2007 年版。

1385. 《中国近代文学大系》（诗词集）（总第 14、15 册）

1386. 《近代巴蜀诗钞》，巴蜀书社 2005 年版。

1387. 《文渊阁四库全书》，（台湾）商务印书馆 1982 年版。

1388. 《续修四库全书》，1995—2002 年上海古籍出版社影印出版。

1389. 《四库未收书辑刊》，北京出版社 1997 年影印本。

1390. 《四库禁毁书丛刊》，北京出版社 1998 年影印本。

1391. 《四库全书存目丛书》齐鲁书社 2001 年影印本。

1392. 王重民、杨殿珣等编《清代文集篇目分类索引》，北京图书馆出版社 2003 年版。

1393. 《四库全书存目丛书》，齐鲁书社 1997 年版。

1394. 《四库全书存目丛书补编》，齐鲁书社 2001 年版。

1395. 《白鹿洞书院古志五种》，中华书局 1995 年版。

1396. （清）毛德琦撰《庐山志》十五卷，清康熙五十九年顺德堂本。

1397. （清）廖文英撰《白鹿书院志》十七卷，清康熙十二年刻增修本。

1398. 毛德琦撰《白鹿书院志》十九卷，清康熙刻雍正道光间递修本。

1399. （明）桑乔撰，（清）范礽补订《庐山纪事》十二卷，清顺治十六年刻本。

1400. 吴宗慈编《庐山志》副刊之三《庐山历代诗广存》，民国22年铅印本。

1401. 蔡瀛撰《庐山小志》，清道光年间刻本。

1402. 易顺鼎编《庐山诗录》，清光绪十九年刻本。

1403. 文行远撰《浔阳蹢醢》六卷，清康熙縠明堂刻本。

1404. 吴阐思撰《匡庐纪游》一卷，清康熙刻本。

1405. 艾畅撰《庐山纪游》不分卷，清道光刻本。

1406. （清）范昌治编订，王企埥、王翰校定《庐山秀峰志》，清康熙六十一年刻本。

1407. 《丛书集成续编》，上海书店1994年版。

1408. 《都昌县志》，清同治版。

1409. 《庐山续志稿》，民国36年铅印本。

附录二　明清江西诗学与文论作者小传

明清两代，江西诗文之风环比虽不及两宋，但也算繁盛，诗学文论或有专门之论著，或散见于各体文中，作者繁多，我们都尽可能搜罗。主要参考了《明史》《清史稿》及相关诗文集。上限以卒年为准，下限以而立之年为准。内容上，侧重于诗学上之事迹，兼顾诗文创作。顺序上，大略以生卒年先后以编辑之，以备查索之便。

陈谟（1305—1400），字一德，号心吾。江西泰和人。有《海桑集》。

王礼（1314—1389），字子尚。江西吉安人。有《麟原文集》。

怀渭（1317—1375），字清远，晚号竹庵。江西南昌人。有《竹庵外集》。

来复（1319—1391），字见心，号蒲庵。江西丰城人。有《蒲庵集》《澹游集》。

曾鲁（1319—1372），字得之。江西新淦人。有《守约斋集》。

克新（生卒不详），江西鄱阳人。有《雪庐南询篇》。

朱梦炎（？—1379），字仲雅。江西进贤人。有《送日本国僧》一诗。

吴彤（？—1373），字文明。江西临川人。有《山居》《南游》。

刘霖（生卒年不详），字云章。江西安福人。有《云章集》。

刘丞直（生卒年不详），字宗弼。江西赣县人，有《雪樵诗集》。

胡闰（1339—1402），字松友。江西鄱阳人，有《英风纪异》。

吴勤（？—1405），字孟勤，号黄鹤山樵。江西永新人。有《匡山集》《鹤鸣集》。

詹同（生卒年不详），字同文，初名书。江西婺源庐源人。著有《天衢吟啸集》《海涓集》等。

张率（生卒年不详），字孟循，号澹漠。江西上饶人。著有《张嘉定集》若干卷。

周滇（生卒年不详），字伯宁。江西鄱阳人。诗歌散见于《列朝诗集》《江西诗征》《明诗综》等书中。

刘秩（生卒年不详），字伯序。江西丰城人。著有《听雪蓬集》（《明诗综》作《秋南集》）。

甘维寅（生卒年不详），字孔凤，自号安所止。江西丰城人。著有《樗栎集》。

赵壎（生卒年不详），字伯友。江西新喻（今新余）人。曾参与纂修《洪武正韵》十六卷。

王沂（生卒年不详），字子与。江西泰和人。洪武初被征为诸王说书，授福建盐运副使。人称竹亭先生，有《竹亭遗稿》八卷。

黄惟宏（生卒年不详），字士能。江西新喻人。著有《吾云集》。

黄肃（生卒年不详），字子邕。江西新城（今黎川）人。著有《醉梦稿》。

刘绍（生卒年不详），字子宪，以字行，自号纬萧野人。江西新城（今黎川）人。

鲁修（生卒年不详），字志敏。江西乐平人。著有《卧雪轩稿》三卷、《楚东诗会》数卷。

饶介（生卒年不详），字介之，自号华盖山樵，又号醉翁。江西临川人。著有《右丞集》。

陈汝秩（？—1385），字惟寅。江西庐山人。著有《庐山诗集》。

陈汝言（生卒年不详），字惟允，号秋水。江西庐山人。陈汝秩之弟。诗作编入《秋水轩集》（一作《秋水轩诗稿》）中。

练僖（生卒年不详），原名高，字伯尚（一作伯上）。江西新淦（今属峡江县）人。练子宁之父。其诗散见于《明诗综》《明诗别裁》《列朝诗集》《江西诗征》等书中。

罗以明（生卒年不详），字善蒙（《明诗综》作"养蒙"），晚年自号矇叟。江西吉安县人。著有《罗处士集》若干卷。

易恒（生卒年不详），字久成。原籍江西吉安县人。著有《陶情集》数卷。

贺守约（生卒年不详），字约束（亦作约东），号礼斋。江西永新砻西乡良坊（现属莲花县）人。著有《礼斋诗集》若干卷。

段所（生卒年不详），字原中。江西永新（今属莲花县）人。著有

《鹭股集》数卷。

刘养晦（生卒年不详），号雪樵。江西万安人。其诗被后人整理成《雪樵诗集》。

甘瑾（生卒年不详），字彦初。江西余干（《明诗别裁集》作临川人，不知何故）人。著有诗集《涯湖集》。

甘复（生卒年不详），字克敬。江西余干南隅人。明初布衣诗人。现仅存《山窗余稿》一卷。

张适（生卒年不详），又名本，字可立。原籍江西德化（九江县），后移居江西余干。著有《灌园集》。

邓学诗（生卒年不详），字崇雅，号疾退子。江西泰和人。著有《疾退子诗集》。

自恢（生卒年不详），字复初。江西豫章（今南昌市）人。钱谦益辑《列朝诗集》中收有他的诗作。

刘永之（生卒年不详），字仲修，自号山阴道人。江西清江人。著有《山阴诗文集》。

周所立（生卒年不详），号盘谷。江西新淦人。有诗文数卷。

侯复（生卒年不详），字祖望。江西进贤人。著有《观光集》十卷。

揭轨（生卒年不详），字孟同。江西临川人。著有《清河集》。

邹矩（生卒年不详），字元方。江西宜黄人。著有诗文集《涂子类稿》。

涂几（生卒年不详），字守约，又字孟规。江西宜黄人。著有《涂子类稿》十卷、《东游集》等。

朱弘祖（生卒年不详），字彦昌。江西临川人。著有《东皋舒啸集》。

甘渊（生卒年不详），字伯清，号静轩。江西南丰人。著有《沧溪诗集》。

刘崧（1321—1381），原名楚，字子高，号槎翁。江西泰和人。官至礼部侍郎、吏部尚书。有《槎翁诗集》。

戴安（生卒年不详），字伯宁。江西永丰梅坑人。

周榘（生卒年不详），字仲方，号随闇。江西吉水泥田人。洪武三年（1370）举人（《列朝诗集小传》为进士）。著有《随闇集》若干卷。

王佑（？—1374），字子启。江西泰和人，有《长江万里稿》五卷。

刘仔肩（生卒年不详），字汝弼。江西鄱阳（今鄱阳县）人。诗集

《台阁遗踪》二卷。

张美和（生卒年不详），名九韶，以字行。江西清江人。著有《吾乐山房稿》。

张羽（1333—1385），字来仪，后以字行，改字附凤。江西浔阳（今九江）人。"明初四杰"之一。其诗收在《四库全书》《豫章丛书》《四部丛刊》和《盛明百家诗》等。

萧执（生卒年不详），字子所。江西泰和人。洪武四年（1371）乡举，为国子学录。著有《萧子所诗集》若干卷。

吴伯宗（1334—1384），名祐，以字行。江西金溪人。《四库全书》集部别类收有他的《荣进集》四卷。

曾子修（生卒年不详），名业，以字行。江西临川人。著有《桃源集》。

朱善（1314—1385），字备万，号一斋。江西丰城（今丰城县）人。著有《一斋集》。

熊鼎（？—1375），字伯颖。江西临川人。著有《公子书》三卷。

刘炳（生卒年不详），字彦炳，鄱阳（今鄱阳）人。有《刘彦炳集》九卷。

王时保（一作宝，生卒年不详），号云轩。江西乐安人。著有《天涯芳草集》。

叶子奇（生卒年不详），字世杰，号静斋，又号草木子。江西龙泉（今遂川县）人。

周启（1334—1391），字孟启。江西贵溪人。著有《容台稿》《咏莱稿》。

龚敩（生卒年不详），元末明初江西铅山人。有《鹅湖集》六卷。

萧翀（生卒年不详），字鹏举。江西泰和人。萧镃之父。洪武十四年（1381）以贤良应征。著有《萧运副集》若干卷。

萧岐（生卒年不详），字尚仁。江西泰和人。洪武十七年（1384）以贤良应征。著有《正固先生集》《京华稿》《归来稿》等。

张唯（生卒年不详），字田鲁。江西永丰杏园人。著有《鹤鸣集》。

梁兰（？—1410），字庭秀，一字不移，自号畦乐。江西泰和柳溪人。著有《畦乐诗集》一卷。

张宇初（？—1410），字子璿，一字信甫，别号无为子。江西贵溪上清人。其诗论主张"操源溯流，发乎性情之正，资养之实"。现存《岘泉集》四卷。

黄子澄（1350—1402），名湜，以字行。江西分宜人。洪武十八年（1385）会试第一。先后任职编修、修撰、伴读东宫、太常寺卿等。

练子宁（1350—1402），名安，以字行，号松月居士。江西新淦（今属峡江县）人。洪武十八年（1385），殿试对策，擢一甲第二，赐进士及第，授翰林修撰。曾任工部侍郎、吏部左侍郎、御史大夫。好友王佐辑其遗文，名《金川玉屑集》五卷。

何澄（生卒年不详），字源清，号舸斋。江西新城（今黎川县）人。他曾参加过《永乐大典》的修撰工作。著有《舸斋集》等。

陈诚（生卒年不详），字子鲁，一字子实。江西吉水高坑人。洪武二十七年（1394）进士。著有《陈竹山文集》四卷。

习韶（生卒年不详），字尚镛，号虚庵。江西永丰杨陂人。著有《虚庵言志集》若干卷。

黄榘（生卒年不详），字体方。江西新淦人。洪武年间曾誉为"十才子"之一。其诗作附辑于《诗海珊瑚》，散见于《江西诗征》等集中。

徐素（生卒年不详），字淡如。江西余干人。著有《澹湖集》十卷。

王贡魁（生卒年不详），江西安福南乡金田人。著有《烟波集》数卷。

邹缉（？—1422），字仲熙，号素庵。江西吉水人。曾任星子教谕、国子助教、翰林侍讲等。著有《素庵集》十卷。

周是修（1355—1403），初名德，以字行。江西泰和人。曾任翰林纂修。有《刍荛集》六卷，其中诗三卷，文三卷。

宋一俊（1357—1427），名义，以字行，改字尊土，号冰壶。江西新淦人。著有《冰壶集》《冰壶续集》等。

胡俨（1361—1443），字若愚，号颐庵。江西南昌人。洪武年间（1368—1398）以举人授华亭（今上海松江县）教谕，后改任余干（今江西余干县）。曾任桐城（今安徽桐城）知县、侍讲、左庶子、国子监祭酒、北京国子监祭酒、总裁官等，重修《太祖实录》《永乐大典》《天下图志》等书。著有《颐庵集》三十卷。

杨士奇（1365—1444），名寓，号东里。江西泰和人。累官至兵部尚书、华盖殿大学士，是台阁重臣。有《东里集》，包括文集二十五卷、诗集三卷、续集六十二卷、别集三卷。

梁潜（1366—1418），字用之。江西泰和人。历官县令、修撰、侍读。有《泊庵集》十六卷，但只存应制诗赋一卷。

夏原吉（1366—1430），字维哲。原籍江西德兴县，后移家湖南郴州。洪武二十三年（1390），由乡里荐入太学学习，后被荐入宫廷书写制诰。曾任户部主事、户部左侍郎、户部尚书等，因积劳成疾，于宣德五年去世，赠太师，谥"忠靖"。著有《夏忠靖集》六卷，附录一卷。

金幼孜（1368—1431），名善，以字行。江西峡江人，官至户部侍郎、礼部尚书。有《金文靖集》十卷，另有《北征录》一卷、外集一卷。

王艮（1368—1402），字敬止，号止斋。江西吉水人。建文二年（1400）会试第二，廷试第一，同科有胡广、李贯。三人同是吉水人，一并授修撰，参与修《太祖实录》《时政记》等书。著有《梅花诗一百首》《翰林集》十卷。

解缙（1369—1415），字大绅。江西吉水人。官至翰林学士，主编大型类书《永乐大典》，有《文毅集》十六卷。

尹昌隆（1369—1417），字彦谦。江西泰和县灌溪乡人。洪武三十年（1397）进士第二名。授修撰，改监察御史。曾任左春坊左中允、礼部主事等。著有《尹讷庵遗稿》八卷，附录二卷。

胡广（1370—1418），字光大。江西吉水（今吉安）人。官至文渊阁大学士，谥文穆。有《胡文穆集》二十卷。

吴溥（生卒年不详），字德润。江西崇仁人。著有《古崖文集》。

曾棨（1372—1432），字子棨。亦作子启。江西吉州永丰（今永丰县）人。永乐二年（1404）状元及第。授翰林修撰。修《永乐大典》和天下郡邑志时，任副总裁。曾任春坊大学士、少詹事等。著有《西野集》十卷。

钱习礼（1373—1461），名干，以字行。江西吉水人。永乐九年（1411）进士，选庶吉士，寻授检讨。曾侍读、侍读学士、讲官、礼部右侍郎等。著有《钱文肃文集》十四卷、《归天稿》等。

李时勉（1374—1450），名懋，以字行，自号古廉。江西安福县人。永乐二年（1404）进士。选为庶吉士，进学文渊阁，参与修撰《太祖实录》。曾任翰林侍读、侍读学士、国子监祭酒等。著有《古廉集》十一卷、附录一卷。

　　李祯（1376—1451），字昌祺，以字行。江西庐陵（今吉安）人。永乐二年（1404）进士，编修《永乐大典》。曾任礼部郎中权知部事、广西左布政使、河南左部政使等。著有《运甓漫稿》七卷。

　　王英（1376—1450），字时彦。江西金溪人。永乐二年（1404）进士，选庶吉士，历任翰林院修撰、侍读，右春坊大学士、少詹事、兼侍读学士、史馆总裁讲官、礼部侍郎、南京礼部尚书等职。他曾参加修撰《太祖实录》《文宗实录》《仁宗实录》等，并担任过《宣宗实录》的总裁。著有《泉波集》。

　　朱权（1378—1448），明太祖朱元璋的第十七子（钱谦益《列朝诗集小传》作十六子）。洪武二十四年（1391）封为宁王，曾就藩大宁（今内蒙古喀喇沁旗南大宁故城）。成祖即位，于永乐元年（1403）将他改封南昌。他的著述涉及的面很广。

　　周述（？—1436），字崇述，号东墅。江西吉水人。著有《东墅诗集》六卷。

　　周孟简（生卒年不详），号竹磵。江西吉水人。周述从弟。永乐二年（1404）进士第三名。曾任编修，詹事府丞等职。著有《竹磵集》。

　　姜洪（生卒年不详），字启洪，号松冈。江西乐安人。宣德八年（1433）进士，曾任修撰，有《松冈集》十一卷。

　　王直（1379—1462），字行俭（一作行检）。江西泰和达尊坊人。他与江西金溪的王英齐名，人称"二王"。著有《抑庵集》十三卷、《后集》三十七卷。

　　周忱（1381—1453），字恂如，号双崖。江西吉水人。永乐二年（1404）进士。被选为庶吉士。曾任赵府长史、工部右侍郎等职。著有《双崖集》。

　　余学夔（生卒年不详），字一夔。江西泰和人。永乐二年（1404）进士。参加《永乐大典》的编修工作。著有《北轩集》十八卷，其中诗八卷。

　　张彻（生卒年不详），字玉莹。江西峡江城上人。著有《退轩集》。

　　王恪（生卒年不详），字孟诚。江西湖口人。永乐二年（1404）进士。

　　余鼎（生卒年不详），字正安。江西星子人。著有《南坡文集》。

　　张叔豫（生卒年不详），字说动。江西永新人。他是"禾川三君子"

之一。著有《君庵稿》。

李伯尚（生卒年不详），字尚翁。江西永新人。"禾川三君子"之一。著有《清溪文集》。

刘髦（生卒年不详），字孟恂。江西永新人。著有《石潭存稿》三卷。

熊直（生卒年不详），字敬方。江西丰城人。著有《西涧文集》十六卷等。

熊概（？—1434），字元节。江西吉水（一作丰城）人。熊直之子。著有《芝山集》四十卷、《公余集》三十卷。

黎恬（生卒年不详），字潜辉。江西清江人。永乐十年（1412）进士。著有《观过稿》《斐然稿》《征士集》等。

傅玉良（生卒年不详），字思庵。江西新喻（今新余市）人。永乐十年（1412）进士。著有《思庵集》。

傅玉润（生卒年不详），号夕庵。傅玉良弟。著有《夕庵集》。

李奎（生卒年不详），字文耀。江西弋阳人。著有《九川集》六卷等。

程南云（生卒年不详），字清轩，号远斋。江西南城人。

胡奎（生卒年不详），字星灿。江西鄱阳（今鄱阳县）人。其诗收集于《江西诗征》和《列朝诗集》等书中。

陈循（1385—1462），字德遵。江西泰和人。著有《芳洲集》十卷。

戴礼（生卒年不详），字本敬，号乐澹。江西永新东乡梅田人。著有《云中集》。

王增佑（生卒年不详），字永吉。江西贵溪人。永乐十三年（1415）进士。其诗散见于《明诗综》《江西诗征》等书中。

曾鹤龄（1383—1441），字延年，一字延之。江西泰和人。著有《松瀷集》二十八卷。

况钟（1383—1443），字伯律。江西靖安（今靖安县）人。著有《况太守集》十六卷、《况靖安集》八卷。

孙瑀（1388—1474），字原贞，以字行。江西德兴人。著有《岁寒集》二卷。

彭百炼（1390—1437），字若金。江西泰和月池人。永乐十三年（1415）进士。著有《若金集》二卷。

赖巽（？—1446），字逊志。江西广昌人。永乐十三年（1415）进士。著有《清溪集》八卷。

周振（生卒年不详），字道兴。江西德安人。永乐十三年（1415）进士。著有《应奎诗集》《方轩集》。

萧仪（生卒年不详），字德容。江西泰和人。永乐十五年（1417）举人。

周叙（？—1453），字功叙。江西吉水人。永乐十六年（1418）进士，历翰林侍讲学士，有《石溪集》八卷。

习嘉言（生卒年不详），名经，字以行，号寅清居士，自号寻乐翁。江西新喻人。永乐十六年（1418）进士。著有《寻乐文集》二十卷。

黄闰（生卒年不详），字期余。江西信丰人。永乐十六年（1418）进士。著有《竹居吟稿》（一作《竹居集》）。

何文渊（？—1457），字巨川，号东园，后更号钝庵。江西广昌人。永乐十六年（1418）进士。著有《东园集》等。

万节（生卒年不详），字资中，号雪坡。江西安福南乡平桥人。永乐十九年（1421）进士。曾参与《成祖实录》的修撰。著有《雪坡集》若干卷。

吴与弼（1391—1469），初名梦祥、长弼，字子傅（一作子传），号康斋。江西崇仁县人。著有《康斋文集》十二卷。

刘球（1392—1443），字求乐，又更字廷振。江西安福人。有《两溪文集》二十四卷。刘球的诗平和温雅，以五言诗见长，绝句尤佳。

至妙（生卒年不详），字湛然，俗姓黄。江西浮梁（今景德镇）人。他是永乐年间的名僧。其诗散见于《明诗综》和《江西诗征》等书中。

萧镃（1393—1464），字孟勤。江西泰和南溪人。萧翀之子。著有《成钧》等三集。

吴节（生卒年不详），字与俭，号竹坡。江西安福西乡雅源人。著有《诗集》二十八卷。

刘俨（1394—1457），字宣化。江西吉水人。官至太常寺少卿，谥文介。有《刘文介公集》三十卷。

聂大年（1402—1455），字寿卿。江西临川人。遗著由门生施昂辑为《东轩集》。

廖庄（1404—1466），字安止，号东山。江西吉水人。著有《廖恭敏佚稿》一卷、附录一卷、《渔梁集》二卷等。

姜洪（生卒年不详），字启洪，号松冈。江西乐安人。宣德八年（1433）进士。

刘儁（生卒年不详），字克彦，以字行。江西永新人。著有《木庵集》。

黎近（生卒年不详），字之大。江西临川人。"三黎一聂"之一。著有《捧心集》等。

黎公弁（生卒年不详），字之冕。江西临川人。著有《尊川集》《蝇鸣集》等。

黎公颖（生卒年不详），字之秀。公弁之弟。

刘定之（1409—1469），字主静（一作主敬），号呆斋。江西永新人。著有《刘公安全集》（又名《呆斋全集》）四十六卷。

黎扩（生卒年不详），字大量，号雅斋。江西临川人。著有《学鸣稿》。

单宇（生卒年不详），字时泰，号菊坡。江西临川人。正统四年（1439）考中进士。著有《菊坡丛话》二十六卷。

左鼎（？—1458），字周器。江西永新人。著有《立斋集》若干卷。

陈宜（生卒年不详），字公宜，号静轩。江西泰和柳溪人。正统七年（1442）进士。著有《静轩集》十三卷。

伍礼（生卒年不详），字天秩。江西临川人。著有《南坡集》。

伍福（生卒年不详），字天赐。伍礼之弟。著有《南山居士集》《云峰清赏集》等。

刘孜（1410—1468），字显孜。江西万安邓林人。著有《白玉堂稿》若干卷。

彭时（1416［1406？］—1475），字纯道。江西安福人。著有《彭文宪集》四卷。

黄溥（生卒年不详），字澄济，自号石崖居士。江西弋阳人。正统十三年（1448）进士。著有《石崖集》《漫兴集》等。

黄子琼（生卒年不详），号琼峰。江西南株人。正统年间秀才。著有《映云轩诗集》数卷。

袁端（生卒年不详），字子中（一作"自中"）。江西雩都人。著有《适轩集》若干卷。

李钧（生卒年不详），字许国，号损斋。江西永新县人。景泰二年（1451）进士。著有《绥德集》数卷。

高明（生卒年不详），字上达，号五宜居士。江西贵溪人。景泰二年（1451）进士。著有《南台集》《筹亭集》《征闽录》《愚轩集》《糊壁集》《终养录》等。

钟同（1424—1455），字世京，号待时。江西永丰阆田人。钟复之子。有《恭愍遗文》一卷四篇。

童轩（1424—1498），字士昂。江西鄱阳文北乡人。著有《清风亭稿》十卷、《枕肱集》二十卷等。

左赞（1424—?），字时翊，号桂坡。江西南城人。著有《桂坡集》十五卷。

吴宣（生卒年不详），字师尼，号野庵。江西崇仁人。景泰四年（1453）中举。著有《野庵文集》十卷。

尹直（1431—1511），字正言。江西泰和人。景泰五年（1454）进士，改庶吉士。

李裕（1426?—1513?），字资德。江西丰城人。著有《东藩唱和诗集》等。

何桥新（1427—1502），字亭秀，一字天苗。江西广昌人。著有《椒邱文集》四十四卷等。

罗伦（1431—1478），字彝正，号一峰。江西吉安永丰县人。成化二年（1466）状元及第。著有《一峰集》十卷。

彭华（1431—1496），字彦实。江西安福北乡智溪人。著有《素庵集》九卷。

俞适（生卒年不详），字至中，号筠谷。江西信丰人。著有《筠谷集》和《横槊集》。

徐琼（生卒年不详），字时庸。江西金溪人。天顺元年（1457）进士。著有《东谷文集》。

周谟（生卒年不详），字守谟。江西新淦（今新干县）清沂人。天顺元年（1457）进士。著有《东皋集》若干卷。

李穆（生卒年不详），字元载，号寄寄。江西泰和人。著有《寄寄集》八十卷。

胡居仁（1434—1484），字叔心，号静斋。江西余干梅庵人。他的诗论《流芳诗集后序》。著有《胡文敬公集》三卷等。

张元祯（1437—1506），初名元征，字亭祥。江西南昌人。著有《东白先生集》二十四卷。

彭教（生卒年不详），字敷五，号东泷。江西吉水泷头人。著有《东泷遗稿》四卷。

郑节（生卒年不详），字崇俭，别号草峰。江西贵溪人。天顺七年（1463）进士。

戴珊（?—1506?），字廷珍。江西浮梁（今景德镇市）人。其诗散见于《江西诗征》《明诗综》等书中。

孙奎（生卒年不详），字启文，号曲涧居士。江西泸溪（今资溪，一说南城）县人。著有《曲涧遗稿》十五卷。

舒清（生卒年不详），字本直。江西德兴人。成化二年（1466）进士。著有《直庵集》。

徐霖（生卒年不详），字用济。江西金溪人。成化二年（1466）进士。著有《惕斋诗集》。

张升（?—1507），字启昭。江西南城人。成化五年（1469）进士第一。著有《张文僖公文集》。

董越（生卒年不详），字尚矩。江西宁都人。成化五年（1469）进士。

张宪（生卒年不详），字廷式。著有《省庵文集》《省庵诗集》各数卷。

孙需（?—1522），字孚吉，别号冰檗翁。江西德兴人。其诗文收在《孙清简公集》中，共二卷。

苏章（生卒年不详），字文简，号云崖。江西余干北隅人。成化十一年（1475）进士。著有《滇南行稿》四卷。

袁庆祥（生卒年不详），字德徵。江西雩都人。著有《崖松集》等。

刘鸿（生卒年不详），字云表，号七星居士。江西泰和西平人。著有《七星诗文存》十二卷。

钟瑾（生卒年不详），字良玉。江西永丰人。成化十四年（1478）进士及第。著有《蛮吟漫稿》数卷。

罗玘（?—1519），字景鸣。江西南城人。著有《罗圭峰文集》三十卷等。

张吉（1451—1518），字克修，号翼斋，亦号默庵，一号怡窝，晚年又号古城。江西余干后街人。著有《古城集》六卷、《补遗》一卷。

杨廉（1452—1525），字方震。江西丰城（今丰城县）人。著有《月湖集》六集四十八卷。

彭福（生卒年不详），字绥之，号懒农。江西乐平人。成化十七年（1481）进士。著有《懒农文集》。

刘时（1454—?），字本升，号介石。江西永新人。有《介石遗集》。

郭诩（1455—1530），字仁弘，号清狂道人、清狂逸叟。江西泰和县人。

龙瑄（生卒年不详），字克温，自号半闲居士。江西宜春人。著有《鸿泥集》《燕居集》等。

邹准（1459—1490），字一平。江西新建人。明成化二十三年（1487）举人。弘治三年（1490）入京应试，不幸死于京师。

程楷（生卒年不详），字正之，又字念斋。江西乐平人。成化二十三年（1487）进士第一。现存有《程念斋集》十五卷。

王烈（生卒年不详），字正邦，号寻乐。江西乐安人。著有《寻乐堂集》十一卷。

吕桢（生卒年不详），字廷福。江西赣县人。著有《龙溪清啸》《百感诗余》等。

符遂（生卒年不详），字良臣。江西南丰人。著有《归天稿》《特立堂集》等。

符观（生卒年不详），字衍观，号活溪。江西新喻（今新余市）人。弘治三年（1490）进士。著有《活溪存稿》。

徐威（生卒年不详），字广威。江西泰和人。弘治五年（1492）举人。

王绪（生卒年不详），字绍夫。江西乐平人。著有《搜枯集》等。

汪俊（《四库全书总目》作王俊）（?—1538），字抑之（一字机翁）。江西弋阳人。著有《四夷馆则例》二十卷等。

罗钦顺（1465—1547），字允升，号整庵。江西泰和人。著有《整庵存稿》二十卷。

费宏（1468—1535），字子充，号鹅湖。江西铅山人。现存《费文宪集选要》七卷、《宸章集录》一卷。

汪伟（生卒年不详），字器之，号闲斋。江西弋阳人。汪俊之弟。著有《闲斋集》若干卷。

熊卓（？—1509），字士选。江西丰城人。弘治九年（1496）进士。著有《熊士选集》。

范兆祥（生卒年不详），字廷和。江西丰城人。弘治九年（1496）进士。著有《半松集》。

董天赐（生卒年不详），字寿甫。江西宁都人。弘治九年（1496）进士。著有《璜溪集》数卷。

刘玉（？—1527），字咸栗。江西万安人。著有《执斋集》。

刘麟（1474—1561），字元瑞，一字子振，号南坦。与顾璘、徐祯卿合称"江东三才子"。著有《刘清惠集》十二卷。

郑毅（生卒年不详），字立之。江西兴安（今横峰县）人。弘治十二年（1499）进士。著有《岩山诗集》若干卷。

江潮（生卒年不详），字天信。江西贵溪人。弘治十二年（1499）进士。著有《钟石集》若干卷。

余祜（生卒年不详），字子积。江西鄱阳（今鄱阳县）人。著有《敬斋集》等。

游潜（生卒年不详），字用之。江西丰城人。弘治十四年（1501）举人。著有《梦蕉存稿》四卷等。

孙伟（生卒年不详），字望潮。江西清江人。弘治十五年（1502）进士。著有《孙鹭沙集》。

何春（生卒年不详），字元之。江西雩都人。弘治十七年（1504）举人。著有《忖言集》若干卷。

乐护（生卒年不详），字鸣殷，号木亭。江西临川人。弘治十八年（1505）进士。著有《木亭杂稿》。

刘节（生卒年不详），字介夫，号梅国。江西大余人。著有《梅国集》四十一卷（其中诗十二卷）。

万镗（生卒年不详），字仕鸣。江西进贤人。弘治十八年（1505）进士。著有《治斋集》十七卷。

崔铣（1478—1541），字仲凫，一字子钟，又字后渠。江西乐安人（《明史·儒林传（一）》及《四库全书总目》均作安阳人。此从《乐安县志》改）。弘治十八年（1505）进士。编有《文苑春秋》四卷，《晦庵文钞续集》四卷等。

李中（1478—1542），字子庸。江西吉水人。正德九年（1514）进士。著有《谷平文集》五卷。

严嵩（1480—1567），字惟中，号介溪、勉庵。江西分宜人。官至内阁首辅，执掌国政。有《钤山堂集》四十卷。

舒芬（1481—1524），字国裳。江西进贤人。正德十二年（1517），参加殿试，为进士第一名。著有《梓溪文钞》（一名《舒文节公全集》）十八卷传世。

夏言（1482—1548），字公瑾，号桂洲。江西贵溪人。正德十二年（1517）进士，官至首辅。著有《桂洲集》十八卷等。

李玉壁（生卒年不详），名珙，以字行。江西泰和人。著有《砺庵诗文集》《煮诗斋稿》等。

晏恭（生卒年不详），字缉敬，号松崖。江西新喻（今新余市）人。著有《松崖手稿》。

晏良弼（生卒年不详），号雪坡。晏恭之子。

晏良用（生卒年不详），初名才，号北山。晏恭之子，晏良弼之弟。著有《北山漫稿》。

谭宝焕（生卒年不详），字不详，号樵海。江西乐安人。著有《谭樵海集》。

刘霖（生卒年不详），字济之，号中山。江西永丰人。著有《中山集》若干卷。

智闇（生卒年不详），号雪关，俗姓傅。江西上饶人。著有《炊香堂集》。

汪都（生卒年不详），字瀛海。江西婺源大坂人。其诗文散见于《明诗综》等书中。

刘魁（？—1549左右），字焕吾，号晴川。江西泰和城西人。著有《省愆稿》五卷。

彭簪（生卒年不详），字世望，号石屋山人。江西安福东乡松田人。

夏良胜（生卒年不详），字于中（一作子中），号东洲。江西南城人。"江西四谏"之一。著有《东洲初稿》。

毛伯温（？—1544），字汝厉。江西吉水人。著有《毛襄懋集》十八卷。

戴冠（生卒年不详），字仲鹖。江西吉水人。正德三年（1508）进士。著有《邃谷集》十二卷。

欧阳铎（生卒年不详），字崇道。江西泰和蜀江人。正德三年（1508）进士。著有《欧阳恭简集》二十二卷。

甘公亮（生卒年不详），字钦采。江西永新人。正德三年（1508）进士。著有《莲坪稿》《南岳风韵集》等书。

尹襄（1484—?），字舜弼，号巽峰。江西永新人。著有《巽峰集》十二卷，其中诗五卷。

聂豹（1487—1563），字文蔚，号双江。江西永丰人。正德十二年（1517）进士及第，任华亭知县。著有《困辨录》八卷和《双江文集》十四卷。

江汝璧（生卒年不详），字懋谷，号贞斋。江西贵溪人。正德六年（1511），廷试二甲第一名。著有《碧洋集》若干卷。

费寀（生卒年不详），字子和。江西铅山人。大学士费宏之弟。正德六年（1511）进士。著有《钟石集》。

陈宪（生卒年不详），字伯度，号后斋。江西余干同良人。正德六年（1511）进士。著有《后斋遗稿》二卷。

张鳌山（生卒年不详），字汝立，号石磐。江西安福西乡梅溪人。正德六年（1511）进士及第。著有《张侍御集》若干卷。

夏尚朴（生卒年不详），字敦夫，号东岩。江西广信永丰（今广丰）人。著有《东岩文集》六卷。

邹守益（1491—1562），字谦之。江西安福人。正德六年（1511）进士第一，授翰林编修，一年后告归，拜见王守仁，讲学于赣州。曾讲学于东廓山，学者称他东廓先生。著有《东廓集》十二卷。

刘梦诗（1492—1571），字子正。江西永新人。著有《三游小纪》数卷。

魏良弼（1492—1575），字师说，号水洲。江西新建人。嘉靖二年（1523）进士。著有《水洲文集》四卷。

魏良政（生卒年不详），字师尹。良弼之弟。嘉靖四年（1525）举人第一名。著有《时斋集》。

魏良器（生卒年不详），字师颜，号药湖。良政之弟。曾主教白鹿洞书院。

刘孔愚（1493—?），字可明。江西永新人。其母去世后，曾特意前往虔台（今赣州），向理学家王阳明请教性命之学，并得其旨归。著有《衡订集》数卷。

陈九川（1494—1562），字惟濬，号竹亭，后易号明水。江西临川人。著有《明水文集》（一作《明水先生集》）十四卷。

桂华（生卒年不详），字子朴。江西安仁（今余江县）人。正德八年（1513）中乡举。著有《古山集》四卷。

桂萼（?—1531），字子实。江西安仁（今余江县）人。正德六年（1511）进士。

黄宏纲（宏，本作弘）（生卒年不详），字正之，号洛村。原籍赣县，后涉居雩都。正德十一年（1516）举人。著有《黄洛村集》二卷。

裘衍（生卒年不详），字汝中，号鲁江。江西新建人。著有《寤歌亭稿》八卷等。

柳邦杰（生卒年不详），号匡庐，江西德化（九江）人。著有《匡庐山集》。

梁朝宗（生卒年不详），字东之，自号泉江钓客。江西龙泉（今遂川）人。正德十二年（1517）进士。著有《泉江山稿》等。

汪佃（生卒年不详），字友之。江西弋阳人。正德十二年（1517）进士二甲第一。著有《东麓遗稿》七十卷。

汤惟学（生卒年不详），字时敏，号南谷。江西安仁（今余江）人。正德十二年（1517）进士及第。著有《南谷摘稿》。

敖英（生卒年不详），字子发，号东谷。江西清江人。正德十六年（1521）进士。著有《心远堂诗文集》等。

詹泮（生卒年不详），字少华。江西玉山人。正德十六年（1521）进士及第。著有《少华集》。

曾梧（生卒年不详），字于易。江西广昌人。正德十六年（1521）进士。现存有《栋峰遗稿》二卷。

藩葵（生卒年不详），字日臣。江西浮梁（今景德镇）人。著有《石室集》。

万时华（生卒年不详），字茂先。江西南昌人。有《溉园诗集》五卷。其诗风清丽淡逸，类其为人。

娄妃（?—1519），名素珍。江西上饶人。当时有名的才女。

翠妃（生卒年不详），女。不明姓氏。江西南昌人。明代宁王朱权的玄孙朱宸濠之妃。

郭氏（生卒年不详），女。名字不明。江西鄱阳湖畔人。明代女诗人。

谌道行（生卒年不详），字不详。江西南昌人。著有《瀼东漫稿》。

尹爽（生卒年不详），字用晦，号竹庄。江西永新人。著有《竹庄集》等。

夏浚（生卒年不详），字惟明，一字月川。江西玉山人。嘉靖元年（1522）进士及第。著有《月川类草》《怀玉书院志》等。

管登（？—1545），字宏升，别号义泉。江西雩都人。著有《咏劳集》若干卷。

何廷仁（生卒年不详），初名秦，以字行；后改字性之，号善山。江西雩都人。著有《善山集》《格物说》等。

欧阳德（1496—1554），字崇一，号南野。江西泰和蜀江人。著有《欧阳南野集》三十卷。

李乔（生卒年不详），字不详，号石冈。江西广昌人。正德十一年（1516）举人，明世宗嘉靖二年（1523）进士。著有《石冈遗稿》《石冈别集》。

章衮（生卒年不详），字汝明，号介庵。江西临川人。嘉靖二年（1523）进士。著有《章介庵集》。

郭鹏（生卒年不详），号小村。江西万安松关人。嘉靖二年（1523）贡士。著有《小村集》。

何涛（生卒年不详），字仲平。江西广昌人。嘉靖四年（1525）中举。著有《平山文集》八卷。

刘阳（生卒年不详），字一舒，号三吾。江西安福人。

刘教（生卒年不详），字道夫，一字见川，又字因吾。江西吉安县（一作吉水，又作安福）人。著有《苍梧芝亭稿》若干卷。

张鳌（生卒年不详），字济甫。江西南昌人。嘉靖五年（1526）进士。著有《迁莺馆集》。

江以达（生卒年不详），字于顺，号午坡。江西贵溪人。官至湖广提学副使。有《午坡集》四卷。

张敔（生卒年不详），江西饶州（今鄱阳）人。

吴遝（生卒年不详），字近光，号云泉。江西新淦清沂人。嘉靖八年（1529）进士及第。著有《云泉集》若干卷。

胡经（生卒年不详），字用甫，号前冈。江西吉安长塘人。嘉靖八年（1529）进士及第，授翰林院庶吉士。他与同年好友罗洪先一道在石莲洞讲学，又与聂豹、邹守益、罗钦顺等当时著名学者建白鹭复古之会。著有《胡馆卿集》《吾乐园集》各若干卷。

欧阳杲（生卒年不详），字景初。江西鄱阳（今鄱阳县）人。著有《尧峰诗集》数卷。

董燧（生卒年不详），字兆时，号蓉山。嘉靖十年（1531）中举。著有《蓉山集》十六卷。

吕怀（生卒年不详），字汝德，号巾石。江西广信永丰（今广丰）人。嘉靖十一年（1532）进士。

朱衡（1502—1574?），字士南。江西万安人。嘉靖十一年（1532）进士及第，历知尤溪、婺源等县。著有《钟山集》二十卷、《朱司空集》若干卷。

罗洪先（1504—1564），字达夫，号念庵。江西吉水县人。著有《念庵集》二十二卷、《冬游记》一卷等。

朱瓒（生卒年不详），字尧献，号墨泉。江西新淦河埠人。

萧克良（生卒年不详），字以遂。江西新淦白马人。嘉靖十三年（1534）举乡荐。著有《红尘稿》《四还余训》等。

尹台（生卒年不详），字崇基，号洞山。江西永新人。嘉靖七年（1528），十四年（1535）进士。著有《洞麓堂集》三十八卷。

龙遂（生卒年不详），字良卿，号南冈。江西永新斜坡人。嘉靖十四年（1535）进士。著有诗文数卷。

李玑（生卒年不详），字邦在，号西野。江西丰城湖茫人。嘉靖十四年（1535）进士。著有《西野遗稿》十四卷。

徐灿（1507—1545），字文华，后改字本充，号阳溪。江西奉新（今奉新县）人。嘉靖十六年（1537）举人。著有《阳溪遗稿》六卷。

贺世采（生卒年不详），字养吾，号义卿。江西永新人。著有《景流录》《义山庄集》等。

徐良傅（生卒年不详），字子弼，号少初。江西东乡人。嘉靖十七年（1538）进士。著有《爱吾庐集》八卷。

陈昌积（生卒年不详），字子虚，号两湖。江西泰和人。嘉靖十七年（1538）进士。著有《陈两湖集》三十四卷。

杨载鸣（生卒年不详），字虚卿。江西泰和人。嘉靖十七年（1538）进士。著有《大拙堂集》九卷。

黄注（生卒年不详），字汝霖。江西信丰人。嘉靖十七年（1538）进士。现存《小峰集》四卷。

游震得（生卒年不详），字汝潜。江西婺源济溪人。嘉靖十七年（1538）进士。他对王守仁的学说有所规正。著有《瀼溪乙集》十卷。

游再得（生卒年不详），字汝见，别号莲华山人。著有《莲华山人集》等。

尹祖懋（生卒年不详），字德卿。江西永新上泮田人。著有《峡阳稿》若干卷。

万衣（生卒年不详），字章甫，号浅源。江西浔阳（一作德化，今九江）人。嘉靖二十年（1541）进士。著有《万子迂谈》八卷。

王材（1509—1586），字子难，号稚川。江西新城（今黎川）人。嘉靖二十年（1541）进士。著有《黎川文绪》等。

李万实（1509？—1579？），字少虚，号切庵。江西南丰人。嘉靖二十三年（1544）进士。著有《崇质堂集》二十卷。

刘悫（生卒年不详），号唐岩。江西万安城西横街人。刘玉之子。嘉靖二十三年（1544）进士。著有《唐岩集》八卷。

吴桂芳（？—1578），字子实。江西新建人。嘉靖二十三年（1544）进士。著有《师暇袁言》十二卷。

熊汝达（生卒年不详），字德明。江西进贤人。嘉靖二十三年（1544）进士。著有《谷堂或问》《弋虫集》《观物集》等。

罗汝芳（1515—1586），字惟德，号近溪。江西南城人。嘉靖三十二年（1553）进士。《近溪子文集》五卷等。

汪柏（1516—？），字廷节，号青峰。江西浮梁（今景德镇市）人。嘉靖十三年（1534）。著有《青峰存集》十二卷。

胡直（1517—1585），字正甫，号庐山。江西泰和人。累官参政和按察史。著有《衡庐精舍藏稿》三十卷、《续稿》十一卷，由门人郭子章所刻。

史桂芳（1518—1598），字景实，号惺堂。江西鄱阳（今鄱阳县）

人。著有《惺堂文集》十四卷。

熊逵（约1519—?），字于渐。清江（今属江西）人。著有《傅与砺诗法》。

谭纶（1520—1577），字子理，号二华。江西宜黄人。嘉靖二十三年（1544）进士。著有《谭襄敏遗集》三卷。

吴宗吉（1521—?），字士修。江西浮梁（今景德镇）人。著有《雷山内外集》若干卷。

陈嘉谟（1521—1603），字世显，号蒙山。江西庐陵（今吉安）人。嘉靖二十六年（1547）进士。著有《念初堂稿》四卷、《续集》二卷。

王时槐（1522—1605），字子植（一作子直），号塘南。江西安福人。嘉靖二十六年（1547）进士。著有《友庆堂合稿》七卷等。

张春（生卒年不详），字伯仁。江西新喻（今新余市）人。嘉靖二十六年（1547）进士。著有家藏集《东瀛社稿》。

宋仪望（生卒年不详），字望之，号阳山，更号华阳。江西永丰滁夕人。嘉靖二十六年（1547）进士。

吴国伦（生卒年不详），字明卿。江西兴国人。嘉靖二十九年（1550）进士。他是明代复古运动的"后七子"成员之一。著有《甀甄洞稿》五十四卷，《续稿》二十七卷。

余曰德（生卒年不详），初名应举，字德甫。江西南昌人。嘉靖二十九年（1550）进士，官至福建按察副使，有《德甫集》十四卷。余曰德爱好诗赋，与李攀龙、王世贞等"后七子"相交，被推为"嘉靖后五子"之一。

乐镗（生卒年不详），字用鸣。江西新建人。

张鸣凤（生卒年不详），字羽王。江西丰城人。

张启元（生卒年不详），字应贞，号文峰。江西龙泉东南坊（今遂川）人。

高应芳（生卒年不详），字惟实。江西金溪人。嘉靖三十二年（1553）进士。著有《羊洞遗稿》和《谷南集》。

郭汝霖（?—1579），字时望，号一厓。江西永丰层山人。世宗嘉靖三十二年（1553）进士。著有《石泉山房集》十卷。

邓元锡（1528—1593），字汝极，号潜谷。江西南城人。"江右四君子"之一。著有《潜学稿》十二卷等。

蔡国珍（1528—1611），原名见麓，字汝聘。江西奉新县人。嘉靖三十五年（1556）进士。著有《怡云堂集》十卷。

况叔祺（1531—?），字吉夫。江西高安人。嘉靖二十九年（1550）二十岁登进士。著有《大雅堂集》等。

袁淳（生卒年不详），字育真。江西雩都人。嘉靖三十五年（1556）进士。著有《罗岩集》若干卷。

曾同亨（1531—1605），字于野。江西吉水人。嘉靖三十八年（1559）进士。官至吏部尚书，著有《泉湖山房集》三十卷。

欧阳一敬（生卒年不详），字司直，号柏庵。江西彭泽人。嘉靖三十八年（1559）进士。著有《柏庵遗稿》。

舒化（生卒年不详），字汝德，号继峰。江西临川人。嘉靖三十八年（1559）进士。著有诗文集《舒庄僖公集》十余卷。

何源（生卒年不详），字仲深，号心泉。江西广昌人。著有《心泉集》二十五卷。

李材（生卒年不详），字孟诚。江西丰城人。嘉靖四十一年（1562）进士。

管熙（生卒年不详），字汝和。江西雩都人。著有《东湖游草》六十二卷。

祝世禄（生卒年不详），字延之，号无功，别号环碧斋主人。江西德兴人。著有《环碧斋诗集》三卷等。

萧廪（生卒年不详），字可发，号兑嵎。江西万安人。嘉靖四十四年（1565）进士。著有《修业堂集》五卷、《微言集》若干卷。

杨时乔（?—1607），字宜迁，号止庵。江西上饶人。嘉靖四十四年（1565）进士。著有《杨端洁集》等。

帅机（1537—1595），字惟审。江西临川人。隆庆二年（1568）进士。著有《阳秋馆集》四十卷。

余懋学（1543—1599），字行之。江西婺源沱川人。隆庆二年（1568）举进士。

刘元卿（1544—1609），字调父，号泸潇。江西安福人。著有《山居草》等。

周一濂（生卒年不详），字思极。江西安福人。著有《蜩吟集》若干卷。

吴崇节（1546？—?），字介甫，自号豫石子，又号悟蘧、狎鸥。江西弋阳人。著有《狎鸥子摘稿》一卷。

朱一桂（1546—1631），字廷芳，一字廷萼。江西浮梁（今景德镇）人。万历二十年（1592）进士。著有《月樵文集》十卷。

闵文振（生卒年不详），字道充，号兰庄。江西浮梁（今景德镇）人。著有《兰庄诗文集》《兰庄诗话》等。

戴有孚（生卒年不详），字圣山。江西永新人。著有《韶成集》等。

邓子龙（？—1598），字武桥。江西丰城人。著有《横戈集》。

余弼（生卒年不详），字湘之，号柳溪。江西武宁人。

余长祚（生卒年不详），字灵承。江西武宁人。著有《玉枕山人集》。

戴斗南（生卒年不详，）字明溥。江西永丰梅坑人。著有《池亭唱和集》《山阴草亭诗集》等。

朱叔湘（生卒年不详），字汝治，号松嵒。江西安福南乡槎江人。著有诗文若干卷。

颜铎（生卒年不详），一名钧，别号山农。江西永新人。著有《山农集》《耕樵问答》等。

姜鸿绪（生卒年不详），字耀先。江西临川人。著有《英钓兰言》等。

汪之宝（生卒年不详），字丽阳，号痴颐。江西铅山（一作贵溪）人。著有《野怀散稿》。

盛善才（生卒年不详），女。江西武宁人。明代女诗人。武宁县令盛文郁孙女。

李氏（生卒年不详，）女。名字不明。江西武宁人。盛善才之侄孙妇，盛珏之妻。

李妙惠（生卒年不详），女。本扬州人，嫁与南昌卢穿穿为妻。明代女诗人。

魏良辅（生卒年不详），字尚泉（一作上泉）。江西豫章（今南昌）人。

孙晓（生卒年不详），字东白。江西德兴人。著有诗文集《竹坡漫稿》。

张位（生卒年不详），字明成。江西新建人。隆庆二年（1568）进士。著有《闲云馆集钞》六卷、《丛桂山房汇稿》等。

朱孟震（？—1593），字秉器。江西新淦（今新干县）人。著有《朱秉器全集》十四卷。

蔡文范（生卒年不详），字伯华。江西新昌（今宜丰县）人。隆庆二年（1568）进士。著有《缙云斋诗草》等。

喻均（生卒年不详），字邦相。江西新建人。著有《括苍云间集》等。

刘应麟（生卒年不详），字道徵。江西鄱阳（今鄱阳县）人。隆庆二年（1568）进士。著有《芝阳集》数卷。

贺沚（生卒年不详），字汝定。江西吉安梅塘人。著有《图卦亿言》四卷。

林维翰（生卒年不详），字康侯。江西武宁人。著有《云溪集》。

邓以赞（生卒年不详），字定宇，一字汝德。江西新建人。隆庆五年（1571）进士。著有《定宇先生文集》。

郭子章（1542—1618），字相奎，号青螺，自号蠙衣生。江西泰和冠朝人。著有《自学编》计六十六卷、《豫章诗话》六卷。

郑邦福（生卒年不详），字洪范，又字羽夫，号铁耕。江西上饶人。隆庆五年（1571）进士。著有《采真游集》。

徐贞明（1530—1590），字孺东，一字伯继。江西贵溪人。隆庆五年（1571）进士。

李涞（生卒年不详），字源甫，号养愚。江西雩都人。著有《养愚集》上、下二卷。

谢廷寀（生卒年不详），字思敬。江西金溪人。隆庆五年（1571）进士。著有《西堂草》。

罗治（生卒年不详），字敬叔。江西南昌人。著有《大月山人集》。

曾思孔（生卒年不详），字习卿，号云亭。著有《需云馆集》十二卷等。

甘雨（？—1613），字子开，号义麓。江西永新人。著有《翠竹青莲山山房集》。

朱维京（生卒年不详），字可大。江西万安人。著有《光禄集》。

简继芳（生卒年不详），号庆源。江西萍乡人。著有《学葛堂诗文集》十卷。

曾乾亨（生卒年不详），字于健。江西吉水人。曾同亨之弟。著有

《曾健斋集》若干卷。

詹事讲（生卒年不详），字明甫，别号养贞。江西乐安人。著有《詹养贞集》三卷。

曾维纶（生卒年不详），字惇吾。江西乐安人。著有《来复堂集》二十五卷。

王德新（生卒年不详），字应明，号儆所。江西安福汶源人。万历八年（1580）进士。著有《光禄文集》若干卷。

刘日升（生卒年不详），字扶生，号明自。江西吉安浬田人。万历八年（1580）进士及第。

汤显祖（1550—1616），字义仍，号海若，又号若士，别署清远道人。江西临川人。出身于世代书香门第，二十一岁时，汤显祖赴南昌参加乡试，中了第八名举人，文名渐隆。然而从隆庆五年（1571）到万历八年（1580）的十年间，他接连四次应会试都名落孙山。汤显祖在"情"的进步思想指导下，创作了大量的诗文，有诗赋集《红泉逸草》，诗文集《问棘邮草》和《玉茗堂文集》。

汤开先（生卒年不详），字季云。江西临川人。汤显祖之子。著有《潭庵集》。

何震（生卒年不详），字主臣，又号长卿，号雪渔。江西婺源县人。

邹元标（1555—1624），字尔瞻，别号南皋。江西吉水人。万历五年（1577）中进士。东林党"三君"之一。著有《愿学集》八卷。

潘世藻（生卒年不详），字去华，号雪松。江西桃溪人。

邹德溥（生卒年不详），字汝光，号泗山。江西安福人。万历十一年（1583）进士。著有《邹德溥全集》五十卷。

刘应秋（生卒年不详），字士和。江西吉水人。神宗万历十一年（1583）进士。

张寿朋（生卒年不详），字冲和，号西江，又号鲁叟。江西南城人。著有《深息窝集》等。

罗大纮（生卒年不详），字公廓，号匡吾。江西吉水人。他与罗伦、罗洪先并称为"三罗"。著有《罗大纮文集》十二卷。

周献臣（生卒年不详，）字簌六。江西临川人。万历十四年（1586）进士。

李鼎（生卒年不详），字长卿。江西新建人。万历十六年（1588）进士。著有《长卿集》等。

吴道南（？—1623），字会甫，号曙谷。江西崇仁人。著有《吴文恪公集》。

刘文卿（生卒年不详），字徯如，号直洲。江西广昌人。万历十七年（1589）进士。著有《直洲集》十卷。

左宗郢（生卒年不详），字景贤，号心源。江西南城人。万历十七年（1589）进士。著有《景贤集》等。

吴仁度（1548—1625），字君重，一字继疏。江西金溪人。万历十七年（1589）进士。著有《吴继疏集》十二卷。

蔡毅中（1506？—1628？），字宏甫。江西万年人（《明史》及《中国人名大辞典》均为光山人，今从府县志订正）。万历二十九年（1601）进士。著述有《沐天遗草》《随槎小录》等。

万嗣达（生卒年不详），字禺存，又字孝仲。江西德化（今九江县）人。著有《书经集意》六卷。

黄立言（生卒年不详），字太次，号石函。江西广昌人。著有《浣花集》《锦沙集》《园居稿》《石函集》等。

刘一焜（生卒年不详），字元丙。江西南昌人。万历二十年（1592）进士。著有《石间山房集》。

余懋衡（生卒年不详），字持国，号少原。江西婺源沱川人。

王演畴（生卒年不详），字孟箕，号震泽。江西彭泽人。著有《醉陶集》《和陶集》等。

胡大成（生卒年不详），字集卿，号澹源。江西新昌（今宜丰县）人。著有《翠柏轩稿》。

胡世英（生卒年不详），字贞木，号丫山，胡大成之子。著有《殼音集》等。

朱世守（生卒年不详），字惟约，号玉槎。江西安福南乡槎江人。著有《纯雾堂集》等。

谢廷谅（生卒年不详），字友可，号九索。江西金溪人。著有《清辉馆集》等。

刘一燝（1567—1635），字季晦。江西南昌人。万历二十三年（1595）进士。官至首辅，忤魏忠贤，削籍。有《贞百草》《归田疏草》等集。

陈际泰（1567—1641），字大士。江西临川人。崇祯七年（1634）进士。著有《太乙山房集》十四卷。

喻以恕（1567—1645），字心如。江西彭泽人。崇祯七年（1634）进士。著有《槿园诗集》等。

邓渼（1569—1628），字远游，自号箫曲山人。江西新城（今黎川县）人。万历二十六年（1598）进士。著有《南中集》四卷、《红帛集》四卷、《大旭山房集》等。

袁业泗（？—1644），字时道，一字景源。江西宜春人。万历二十六年（1598）进士。著有《秀桥集》《归来集》《燕游集》等诗集。

陈邦瞻（？—1623），字德远。江西高安人。万历二十六年（1598）进士。著有《莲华山房集》。

徐良彦（生卒年不详），字季良。江西新建人。万历二十六年（1598）进士。著有《猿声集》等书。

黄龙光（生卒年不详），字二为。江西浮梁（今景德镇）人。著有《黔游集》《燕游集》。

赵师圣（生卒年不详），字原睿，号我白。江西南丰人。著有《东绿堂稿》《鸣榔草》《东里集》《红泉集》《丹霞洞草》等。

谢廷赞（生卒年不详），字日可。江西金溪人。万历二十六年（1598）进士。著有《绿马轩》等。

袁懋谦（生卒年不详），字吉卿。江西丰城人。万历二十九年（1601）进士。著有《虎溪诗选》。

郑以伟（？—1633），字子器，号方水。江西上饶沙溪人。万历二十九年（1601）进士。著有《灵山藏集》。

熊明遇（？—约1644），字亮孺（一作子良）。江西进贤人。万历二十九年（1601）进士。著有《青玉集》《华日集》《摄华集》等。

刘铎（1573—1626），字我以，号侗初。江西安福南乡三舍（一作吉安县）人。万历四十四年（1616）进士。著有《来复斋集》数卷。

章世纯（约1575—1644），字大力。江西临川箭港（今属丰城县）人。明末临川"后四大名士"之一，"豫章社"成员。

李邦华（？—1644），字孟闇。江西吉水人。著有《李忠文文集》十六卷、《李忠文留丹集》八卷。

余懋孳（生卒年不详），字舜仲。江西婺源沱川人。著有《萸言》

《春明草》《龙山汇牍》及《礼垣疏草》十二卷等。

樊良枢（生卒年不详），字尚植，号致虚。江西进贤人。著有《樊致虚诗集》四卷。

邓澄（生卒年不详），字于德，号来沙。江西新城（今黎川县）人。万历三十二年（1604）进士。著有《东园集》等。

王嗣经（生卒年不详），字曰常，原姓璩。江西上饶人。著有《金陵杜集》。

叶时雨（生卒年不详），字化之。江西德化人。著有《山海诗集》数卷。

盛宗龄（生卒年不详），字长庚。江西武宁人。著有《梅花园诗文集》等。

邹维琏（？—1635），字德辉，一字德耀，号匪石。江西新昌（今宜丰县）人。万历三十五年（1607）进士。著有《达观楼集》，其中诗集六卷。

郑之文（生卒年不详），字应尼、豹先，号豹卿。江西南城人。万历三十八年（1610）进士。

胡舜允（生卒年不详），字明祚，号元毓。江西余干人。万历三十八年（1610）进士。著有《崇雅堂文集》。

魏光国（生卒年不详），字合虚。江西东乡人。万历三十八年（1610）进士。

丘兆麟（生卒年不详），字毛伯，号太邱。江西临川人。万历三十八（1610）进士。著有《学余园二集》《玉书亭集》等。

李日宣（生卒年不详），字晦伯。江西吉水人。著有《敬修堂集》三十卷、《沧浪诗集》六卷。

罗万藻（？—1647），字文止。江西临川人。"江西四家"之一。

艾南英（1583—1646），字千子，号天傭子。江西东乡人。"江右四家"之一。著有《天傭子全集》十卷。

马犹龙（生卒年不详），字季房。江西吉安城西人。著有《洛如馆集》若干卷。

刘同升（1587—1645），字晋卿，一字孝则。江西吉水县人。刘应秋之子。在文学创作上，主张"文以创为主"，"诗篇不厌新"。著有《锦鳞诗集》。

宋应星（1587—1661?），字长庚。江西奉新人。万历四十三年（1615）举人。著有《美利笺》。

邹氏（生卒年不详），名字亦不详。江西宜黄人。抗倭名将谭纶的孙媳妇。明末女诗人。

汪梦尹（生卒年不详），字莘衡。江西弋阳人。著有《无哗轩诗集》十卷等。

吴兆璧（生卒年不详），字文焕，一字子谷，别号丰麓。江西金溪人。

萧士玮（生卒年不详），字伯玉。江西泰和人。万历四十四年（1616）进士。著有《春浮园集》十三卷。

姜曰广（?—1649），字居之，号燕及。江西新建人。万历四十七年（1619）进士。著有《石井山房文集》《皇华集》二卷等。

贺中男（生卒年不详），字可上。江西永新人。

万时华（生卒年不详），字茂先。江西南昌人。著有《溉园诗集》五卷、《田居园集》《东湖集》《溉园诗余》一卷和《诗经偶笺》十三卷等。

江汝海（生卒年不详），字宏受，号旋阳。江西永新（今属莲花县）人。著有《亦名园诗集》。

李嗣成（生卒年不详），字子忠，号秋涧。江西永新琴亭（今属莲花县）人。著有《亲亭集》《落花吟》等。

朱多（生卒年不详），字宗良。江西南昌人。著有《宗良集》。

朱多炡（生卒年不详），字贞吉，号瀑泉。江西南昌人。明宁献王朱权六世孙，弋阳王朱多煌之弟。封奉国将军。著有《五游》《倦游》等诗集。

余光弼（生卒年不详），字右辰，号天擎。江西永新人。著有《金竹山房诗集》等。

徐奋鹏（生卒年不详），字自溟，别号笔峒先生。江西临川人。

景翩翩（生卒年不详），字三昧。建昌（今南城）人。她身为青楼女子，才华出众，有《散花吟》诗集。

贺应保（生卒年不详），字宏任，号正予。江西永新人。

黄戴玄（清人为避康熙玄烨之讳，改玄为元）（生卒年不详），字九雏。江西信丰人。著有《醉石渚稿》。

谢德溥（1591—1657），字培元，号云庵。江西东乡人。明熹宗天启年间进士。

李元鼎（1595—1668），字梅公。江西吉水人。明末清初文学家。著有《石园诗集》二十二卷。

朱中楣（1622—1672），原名懿则，字远山，明宗室朱议汶之女，人称远山夫人。江西南昌县人。著有《石园随草》《随草诗余》以及《夫妇唱和集》。

余绍祉（1596—1648），字子畴，初号元邺，后号疑庵，晚年更名大疑。江西婺源人。著有《晚闻堂存稿》。

陈弘绪（1597—1665），字士业，号石庄。江西新建人。著有《崤斋诗集》《西山二隐诗》等。

张自烈（1597—?），字尔公，号芑山。江西宜春人。明末清初文学家、学者。著有《芑山文集》二十二卷。

刘士祯（约1598—1649），字须弥。江西万安县人。明末清初文学家。天启二年（1622）进士。著有古、近体诗《秉丹堂集》。

郭君聘（生卒年不详），字修野。江西信丰人。著有《风雅居士集》。

贺吴生（生卒年不详），字季子，晚年自号"两闲居士"。江西永新人。著有《湖隐堂集》。

王猷定（1599—1661），字于一，号轸石。江西南昌人。其诗多写国难家灾，舒内心郁愤，沉郁跌宕，哀咽动人，尤其旅体，有杜甫之风。著有《四照堂集》，有诗四卷。

杨以任（1600—1634），字维节，号澹如。江西瑞金人。崇祯四年（1631）进士。"江西五大家"之一。著有《非非室集》等。

周汉杰（1600—1655），号邃庵。江西安福人。著有《周邃庵全集十二卷》。

熊文举（1600—1644），字公远。江西新建人（一作南昌人）。明末清初文学家。著有《雪堂全集》二十八卷、《耻庐近稿》等。

杜漪兰（生卒年不详），字中素。江西吉水人。

熊人霖（1603—?），字伯甘。江西进贤人。明末至清初文学家。著有《南荣集》《诗约笺》等。

万元吉（1603—1646），字吉人。江西南昌人。天启五年（1625）进士。著有《墨山草堂文集》等。

欧阳斌元（1606—1649），字宪万。江西新建县人。明末清初文学家。

傅占衡（1606—1660），字平叔。江西临川人。著有《湘帆堂集》十二卷。

吴甘来（？—1644），字和受，一字节之。江西新昌（今宜丰县）人。崇祯元年（1628）进士。著有《春江吟》《亦草》等。

黄端伯（？—1645），字元公，自号"海岸道人"。江西新城（今黎川县）人。崇祯元年（1628）进士。著有《瑶光阁集》十三集。

刘光震（？—1644），字岂泥，号肩吾。江西永新人。著有《翼云堂遗集》。

孙承荣（生卒年不详），字君觊。江西瑞昌人。著有《越山清梦诗集》《庐游诗草》等。

史乘古（生卒年不详），字尔力。江西鄱阳（今鄱阳）人。著有《获堂诗集》《侨翁诗钞》等。

舒诜（生卒年不详），字鲁直。江西进贤人。著有《塞褐轩集》。

杨廷麟（？—1646），字伯祥。江西临江清江（今清江县）人。崇祯四年（1631）进士。著有《杨忠节公遗集》八卷。

何三省（生卒年不详），字曰唯，号印兹。江西广昌人。崇祯四年（1631）进士。著有《选梦斋诗集》《樽余集》等。

李陈玉（生卒年不详），号濂庵。江西吉水人。"河上三奇"之一。

刘大年（？—1639），字赤生，号方白。江西广昌人。崇祯十年（1637）进士。著有《北山文集》等。

揭重熙（？—1649），字祝万，又字万年，号嵩庵（一说字君缉，号万年）。江西临川人。崇祯十年（1637）进士。著有《揭嵩庵先生诗文集》十五卷。

叶应震（生卒年不详），字长策。江西余干人。崇祯十年（1637）进士。

胡梦泰（？—1646），字友蠡，号壁水。江西铅山人。崇祯十年（1637）进士。著有《弱焚园诗草》等。

叶联飞（生卒年不详），字云翼。江西德兴人。著有《天民集》。

汤来贺（生卒年不详），字佐平，后改字念平，号惕庵。江西南丰人。崇祯十三年（1640）进士。著有《内省斋文集》三十二卷。

徐敬时（？—1653），字不详。江西铅山县人。崇祯十三年（1640）

进士。

万发祥（？—1646），名养正，以字行，号瑞门。江西新喻（今新余市）人。崇祯十六年（1643）进士。

胡学㳦（生卒年不详），字悦之，号密庵。江西丰城人。著有《大雅堂正集》《楚游诗集》等。

杨益俞（生卒年不详），字元石，一字叔平。江西新建人。著有《半山斋遗草》。

朱谋（生卒年不详），字明父，一字郁仪。江西南昌人。著有《枳园近稿》等。

朱谋晋（生卒年不详），初字康侯，更字公退。江西南昌人。著有《羔雁集》《淹留集》《芜城集》《巾车集》等。

朱谋㙔（生卒年不详），江西南昌人。宁献王朱权七世孙。

杨思本（生卒年不详），字因之，号十学。新城（今黎川）人。著有《榴馆初函集》十二卷。杨思本工古诗文，曾受到丘兆麟、汤显祖等名家的赞誉。

李飞鹏（生卒年不详），字云翼，号四余。江西奉新人。著有《云峰樵逸诗集》。

余正垣（生卒年不详），字小星。江西南昌人。著有《昔耶园集》和《寒芳阁文稿》。

费元禄（生卒年不详），字无举，一字学卿。江西铅山人。著有《甲秀园全集》《转情集》等。

詹陵（生卒年不详），字艮卿。江西乐平长城乡人。著有《雪厓文集》等。

吴东开（生卒年不详），字木倩。江西瑞昌人。著有《鹄林居士集》。

王纲（生卒年不详），字乾惟，号心易山人。江西乐平人。

尹方平（生卒年不详），字无界。江西永新人。著有《两京游草》，与其兄炯合著有《诗赋集》等书。

贺桂（生卒年不详），字秋安，号竹隐居士。江西永新龙田人。其诗收集在《竹隐楼诗草》一书中。

贺贻孙（1606—1686），字子翼，号孚尹。江西永新人。明末诸生，顺治七年（1650）贡榜，不就。康熙十七年（1678）笪重光荐试博学鸿词，削发为僧以避之。有《水田居诗文集》《骚筏》等，有《诗筏》一卷。《清史稿》卷四八四有传。

　　杨长世（1606—1692），字延会，号六逸先生。江西瑞金人。著有《影居诗文集》若干卷等。

　　章于今（？—1659），字尚在。江西临川人。明末清初文学家、传记作家。著有《耻耕堂诗钞》。

　　黎元宽（生卒年不详），字左严，号博庵。江西南昌人。明末清初文学家。著有《进贤堂集》五十卷。

　　徐世溥（1608—1658），字巨源。江西新建人。有《榆溪诗话》一卷。

　　李腾蛟（1609—1668），字力负，别号咸斋。江西宁都人。著有《半庐文稿》等。

　　彭士望（1610—1683），本姓危，字躬庵，又字达生。江西南昌人。著有《耻躬堂诗文集》等。

　　刘命清（1610—1682），字穆叔，号但月仙。江西临川人。明末清初文学家。著有《虎溪渔叟集》十六卷。

　　涂伯昌（？—1650），字子期。江西新城（今黎川县）人。明末清初文学家。著有《涂子一杯水》五卷。

　　文德翼（生卒年不详），字用昭，一字灯岩，晚号石室老人。江西德化（今九江市）人。明末清初学者、诗人。崇祯七年（1634）进士。著有《雅似堂诗集》三卷。

　　黄云师（生卒年不详），字非云，一字雷岸。江西德化（今九江市）人。明遗民，清初文学家。著有《正采堂集》等。

　　黄家带（生卒年不详），字岱夫，黄云师之子。著有《卓观堂集》。

　　张映斗（约1611—1697），字紫郎，号七庵。江西金溪县人。明末清初诗人。现存《半古楼集》三卷。

　　陈孝威（生卒年不详），字兴霸，号湖山。江西临川人。明末清初文学家。陈际泰长子。现存《壶山集》若干卷。

　　邱维屏（1614—1679），字邦士，因所居多古松，学者又称"松下先生"。江西宁都人。著有《松下集》十二卷等。

　　陈孝逸（1616—？），原名士凤，字少游，别号痴山。江西临川人。明末清初文学家。现存《痴山集》等。

　　谢文洊（1616—1682），字秋水，一字约斋，号程山。江西南丰县人。清代著名理学家。"江右三山"之一。著有《谢程山集》十八卷。

刘九嶷（生卒年不详），字岳生，明遗民，后改名性孼，易字恸子，自号西江草莽臣。江西高安人。著有《发声诗》《惠泉诗》《燕子诗》等。

徐芳（1617—1670），字仲光，号拙庵，别号愚山子。江西南城县人。明末清初优秀散文家、诗人。崇祯十二年（1639）中举人。著有《松明阁诗选》。

易学实（生卒年不详），字去浮，晚号犀厓。江西雩都人。清代文学家。著有《犀厓文集》二十六卷以及《云湖诗集》。

何一泗（生卒年不详），字衍之。江西新建县人。著有《北冈遗稿》《巾厓甲乙草》等。

程士鲲（生卒年不详），字天修，自号云山樵叟。江西永丰县人。清代文学家。著有《樵叟文集》八卷。

林时益（1618—1678），字确斋。江西南昌人。本明宗室，名议，字作霖。著有《冠石诗集》五卷。

邓炅（1619—?），字日生，号用晦。江西南城县人。清代文学家。明代名臣御史邓炼曾孙。著有《阅耕堂集》等。

魏应桂（生卒年不详），字桂子，号髯公。江西广昌县人。清初文学家。著有《焚馀集》十二卷。

魏际瑞（1620—1677），初名祥，字善伯，号东房，又号伯子。江西宁都人。魏禧之兄。

刘淑英（1620—1661），名淑，一字静婉，别号个山、木屏，以字行。江西安福人。明末反清爱国女诗人。今存《个山遗集》七卷。

毛乾乾（约1621—1709），初名惕，字用九，号心易，别号匡山隐者。江西南康县人。清代文学家。

曾畹（1622—1675），原名传镫，字楚田，后改名畹，字庭闻。江西宁都人。曾灿之兄。有"二曾"之称。著有《金石堂集》。

张贞生（1623—1675），字干臣，号篑山。江西吉安县人。清代文学家。著有《庸书》二十卷，《玉山遗响》六卷等。

陈允衡（1623—1672），字伯玑，号玉渊。江西南城人。顺治十一年（1654）赴乡试，既而后悔。作《归去来诗》八十五首，并名为"爱琴"，寓"吾宁爱吾琴"之意。从此隐居不出。著有《爱琴馆集》二卷，

《勤补堂愿学集》一卷。他的诗多咏古、怀人和写景。

魏僖（1624—1681），字叔子，一字冰叔，号裕斋，亦号勺庭先生。江西宁都县人。著有《诗》八卷。

李来泰（1624—1682），字仲章，号石台。江西临川人。顺治九年（1652）进士，官至翰林院侍讲。又迁侍读。今存《莲龛集》十六卷，其中诗四卷。其诗多以纪游、写景、酬赠为主，多记朝廷礼仪、使节往来、日常风俗等。

彭任（1624—1708），字逊土，号中叔。江西宁都人。著有《草亭诗集文集》二卷等。

余日登（生卒年不详），字岸，余光令父。著有诗集《卧庐邦草》。

余光令（1625—1696?），字小令，号渔郎。江西新城（今黎川县）人。明末清初文学家。著有《渔郎诗集》四卷。

曾灿（1626—1689），初名传灿，字青藜，号止山。江西宁都人。著有《六松堂诗文集》十四卷，其中诗集九卷，词一卷。明亡前，诗多写情艳；明亡后积极抗清，感伤乱世，诗中多抒发亡国之悲，战乱之苦，故国之思。

曾大奇（生卒年不详），字端甫。江西泰和人。明末清初学者、诗人。著有《诗文杂著》二卷。

喻周（生卒年不详），字京孟，一字介邱。江西南昌县人。清代诗人。著有《介邱诗选》《结缘堂诗稿》《沁园集》等。

罗光春（生卒年不详），字元长。江西新建县人。清代诗人。他与徐巨源、陈宏绪并称"佳公子"。著有《静寄轩诗集》。

游东升（?—1658），字日生。江西临川人。明末清初古文家、诗人。顺治十五年（1658）进士及第。著有《绿映楼集》三十卷。

甘京（生卒年不详），字健斋。江西南丰县人。清初文学家。著有《轴园不焚草》二卷。

孔毓功（约公元1675年在世），字惟叙，号是堂。江西新城（今黎川县）人。著有《惟叙集》六卷。

宋之盛（1612—1668），字未有（明朝灭亡后他改名佚，又名惕，字未知）。江西星子县人。"髻山七隐"之一。现存有《髻山文抄》二卷。

汪灵芝（1628—1645），江西彭泽县人。

魏礼（1629—1695），字和公，号季子。江西宁都人。魏禧弟。著有

《魏季子文集》十六卷。

郑日奎（1631—1673），字次公，号静庵。江西贵溪人。诗集名《蓉诸别集》。现实性、人民性是他诗作的一大特征；写景诗多清新别致，颇具韵味。

张云鹗（生卒年不详），字次飞。江西贵溪县人。与同邑郑日奎、善人并呼为"次公"。明末清初诗人。著有《晚香堂集》《腕草》等。

余为霖（1631—?），字蕴隆，一字惕区。江西金溪人。现存《石松堂集》数卷。

蔡兆丰（1632—1674），字维平，一字雪余。江西金溪县人。现存《楚州吟》数卷。

熊颐（1633—1692），初字养吉，后易字养及，晚号纳夫。江西东乡人。

吴学炯（生卒年不详），字星若。江西南城人。明末清初诗人。著有《秋雨堂诗》。

黎骞（?—1685），字子鸿，又字潇云。江西清江人。著有《玉堂集》。

王有年（生卒年不详），字惟岁，别字砚田。顺治十六年（1659）进士及第。著有《研山楼诗集》四卷。

李伍渶（1636—1712），字圣水，号半谷，一号瑶湖，晚号剩叟。江西临川人。清代初期的学者、文艺评论家。其关于诗的见解主要集中在《江西诗派图论》《书晚邨辨诗序说后》等文章中。著有《壑云篇文集》十五卷。

周礼（生卒年不详），字情耕，号月岩。江西宜黄人。清代文学家。著有《月岩集》。

万任（生卒年不详），字亦尹。江西新建县人。清代文学家。著有《静园仅稿》八卷。

王愈扩（1638—?），字若先，别字鹤林，号竹亭。江西泰和人。康熙九年（1670）进士。文学家。

王愈融（生卒年不详），字侣薪，为诸生。合孙著诗、古文辞，与其兄愈扩文并刻为《瑞竹亭合稿》。

梁份（1641—1729），字质人。江西南丰人。清代文学家。著有《怀葛堂文集》十五卷。

　　李振裕（1642—1709），字维饶，号醒斋。江西吉水人。诗文集《白石山房集》十四卷。

　　钟元铉（1642—?），字士雅。江西安远人。明光禄寺丞天秀之孙。著有《石湖草堂诗集》。

　　喻指（1643—1724），字卜期，一字非指，号后村。江西新建县人。清代文学家。著有《后村诗集》四卷等。

　　邹山（1643—?），字铎傭，号乐余园主人。江西宜黄县人。著有《乐馀园百一偶存集》三十二卷等。

　　魏世杰（1645—1677），字兴士。江西宁都人。清代文学家。魏际瑞之子。"小三魏"之一。著有《梓室诗文集》。他主张学诗要反复吟诵别人的诗篇从而体会其妙处，而不能机械模仿。

　　孔尚典（生卒年不详），字天征，号汶林。江西新城（今黎川县）人。清代文学家。著有《天征文集》。

　　蔡秉公（生卒年不详），字去非，一字去私、奉三，号雨田。江西南昌县人。康熙二十七年（1688）进士。著有《留余集》若干卷等。

　　帅我（1647—1725），字备皆，号简斋。江西奉新人。著有《帅子古诗选》四卷、《简斋诗文集》八卷等。

　　吴名岸（生卒年不详），字登干，号玉斧山樵。江西临川人。清初诗人。著有《浣秋亭诗古文集》十二卷。

　　蔡受（生卒年不详），字白采。江西宁都县人。现存《鸥迹集》三卷。

　　江球（1657—1725），字宜笏，号泉亭。江西金溪人。清代古文家、诗人。

　　李茹旻（1659—1734），字覆如，居白鹭洲，故人称鹭洲先生。江西临川人。现存《二水楼诗文集》三十卷，另集有唐人诗句《鸿雪集句》二卷。

　　干建邦（1660—1716），字淑掌，号庐阳。江西星子人。曾聘主白鹿洞书院。著有《鹿洞续言》二卷、《西江诗派论》等。

　　梅之珩（1660—1745?），号月川。江西南城人。清代学者、文学家。先后参与纂修《朱子全书》《周易折衷》《毛诗衍义》《广群芳谱》《三朝国史》等书和《康熙字典》。著有《古今近体诗》等。

　　盛际斯（1660—1729），字成十，号青崖。江西武宁人。清代文学家。著有《青厓集》《诗薮》等。

吴之章（1662—1738），字松若，号槎叟。江西长宁（今寻乌县）人。清代诗人。著有《泛梗集》八卷。

张泰来（生卒年不详），字扶长。江西丰城人。康熙进士，官金乡知县等职。有《江西诗社宗派图录》一卷，前有康熙三十年（1691）宋荦序，今收入1978年版《清诗话》。

彭廷谟（1664—1728），字夏庚，号并老。江西南昌县人。清代诗人，"江西四彭"之一。著有《诗文集》十卷和《桐村诗集》若干卷。

彭廷训（生卒年不详），廷谟弟，字尹作，号补堂。清代诗人。康熙四十五年（1706）进士。著有《补堂集》《半静斋集》《年非斋集》等。

朱轼（1665—1736），字若瞻，又字伯苏，号可亭。江西高安人。清代康熙、雍正、乾隆三朝重臣。有《四余堂遗稿》。

裘君弘（生卒年不详），字任远，江西新建人。有《西江诗话》十二卷。今收入北京出版社《四库禁毁书丛刊》影印本。

邓裴（1669—1748），字又楷，号东湖。江西新城（今黎川县）人。清代文学家。著有《药房诗集》六卷。

帅仍祖（生卒年不详），字宗道，号介亭山人。帅我长子。江西奉新人。著有《嗜退山房稿》五卷，其中诗二卷。

李绂（1673—1750），字巨来，号穆堂。江西临川人。康熙四十八年（1709）进士，历任内阁学士、广西巡抚、直隶总督等职。有《穆堂初稿》《穆堂诗文钞》等，其中有《穆堂诗话》二卷。

吴湘皋（生卒年不详），字芷汀（原名人缙，字首佐）。江西会昌人。清代文学家。著有《响涛山房诗文全集》。

黄文澍（1675—1745后），字雨田，又字谷亭，号石溪。江西信丰县人。著有《石畦集》。

廖道穆（1676—?），字拙斋。江西吉水县人。清代康熙、雍正时文学家、评论家。著有《寻乐斋诗集》若干卷、《诗话》八卷。

傅涵（?—1737），字圣涯。江西临川人。著有《向北堂集》十八卷。

梁机（1678—?），字仙来，一字慎斋。江西泰和人。康熙五十二年（1713）进士。著有《燕云诗钞》等。

蒋坚（1678—1748），字非磷，号适园。江西铅山县人。著有《剑旁诗》等。

尹元贡（生卒年不详），字仲禹，号步堂。江西雩县人。清代文学家。著有《步堂历朝诗选》等。

陶成（？—约1723），字企大，号存轩。江西南城县人。清代文学家。著有《吾庐先生遗集》十二卷。

万承苍（1682—1746），字宇兆，号孺庐。江西南昌县人。康熙五十二年（1713）进士。著有《孺庐集》。

李绂（？—1760），字巨州，号南园居士。江西临川人。著有《南园诗文钞》。

甘汝来（1684—1739），字耕道，号逊斋。江西奉新县人。诗文收入《甘庄恪公全集》十六卷。

汤斯祚（1684—1764），字衍之，号亦庐。江西南丰人。著有诗集《亦庐集》二十八卷。

冯咏（生卒年不详），字夔飏。江西金溪县人。著有《桐江诗》。

冯谦（？—1726），字禹拜，又字菽林。江西金溪人。清代康熙、雍正年间诗人。著有《菽林诗稿》四卷，《菽林集》一卷，《集陶李诗》二卷。

凌之调（1686—1747），字广心，号惕园。江西新建县人。清代文学家。其诗文被辑成《玉堂集》。

潘安礼（1690—？），字立夫，号东山。江西南城县人。有《东山草堂集》六卷。

洪文机（生卒年不详），字豹臣，号抑庵。江西武宁人。清康熙至乾隆年间的诗人、学者。著有《茅冈集》《半月堂诗稿》等。

汪绂（1692—1759），字灿人，号双池。江西婺源县人。著有《双池诗集》六卷等。

龙体刚（生卒年不详），字铁芝，号莫遂。江西永新县人。清代文学家、史学家。著有《半窗诗文集》等。

帅念祖（生卒年不详），字宗德，号兰皋，帅我次子。江西奉新人。

赖鲲升（生卒年不详），字沧峤。江西会昌县人。著有《友声集》。

汤大坊（1695—？），字固之，别字翠含。江西南丰人。雍正六年（1728）进士。

陈象枢（1696—1753），字驭南，号复斋。江西崇仁人。清代文学家。其门人所辑《复斋诗文集》十八卷刊行于世。

曹茂先（生卒年不详），字两华。秀先兄。江西新建县人。著有《绎堂存稿》。

黄永年（1698—1751），字静山，号崧甫。江西广昌人。乾隆元年（1736）进士。有《南庄类稿》八卷、《奉使集》一卷、《白云诗钞》二卷、《静山日记》，合称《黄静山四种》。

盛谟（1699—1762），又名大谟，字于野，又字斗抱，号字云。江西武宁县人。清代文学家。盛际斯之次子。著有《字云巢内外集诗钞》。

杨锡绂（1700—1768），字方来，一字兰畹。江西清江人。雍正五年（1729）进士，有《四知堂集》。

黄世成（约1702—约1772），字培山，号平庵。江西信丰人。乾隆元年（1736）进士，为礼部主客司主事，有《诗文集》五十卷（内含《平庵诗草》十二卷、《经解》八卷、《偶札》四卷、《耳目志》二卷）。

冯行（1702—1785），字人也，号耻斋。江西黎川人。有《耻斋集》。

蓝千秋（生卒年不详，雍正至乾隆时在世），字长青，号石坞。江西宜黄县人。乾隆元年官至户部员外郎，有《蓝户部集》二十八卷。

李睿（1703—1765），字淇圣，号篆园。江西于都县人。有《篆园诗存》六卷、《百寸书屋诗文》《志馀闲吟》《易经咀言》若干卷。

曹秀先（1703—1784），字恒所，一字芝田，或字冰持，号地山。江西新建人。乾隆元年（1736）进士，曾任四库全书馆副总裁。有《赐书堂稿》二卷、《移晴堂四六》二卷、《依光集》《使星集》《地山初集》《省耕诗图》一卷、《衍琵琶行》一卷。

袁守定（1705—1782），字叔论，号易斋，晚号渔山翁。江西丰城人。雍正八年（1730）进士，任会同知县、芷江知县、桂阳知州等职，曾主豫章书院，有《读易豹窥》四卷、《雪上诗说》十二卷、《说云诗钞》六卷、《图民录》四卷、《劝学卮言》一卷、《占毕丛谈》六卷、《地理啖蔗录》八卷、《时文稿》《时文蠡测》一卷等。

盛镜（约1705—?），字于明（或字于民），号止永。江西武宁人。清代文学家。盛际斯之第三子。著有《寄轩诗钞》。

帅家相（1705—1775），字伯子，号卓山。江西奉新人。官至洵州知府。有《卓山诗集》一十六卷。

钟令嘉（1706—1775），字守箴，晚号甘荼老人。江西余干人。蒋士铨之母。著有《柴车倦游卷》二卷。

陈道（1707—1760），字绍洙，号凝斋。江西黎川人。有《凝斋先生遗集》八卷。

邓元昌（1708—1765），字慕濂，一字自轩，学者称自轩先生。江西赣州赣县人。弟子宋昌图辑其遗稿，称《邓自轩先生遗集》。

涂瑞（1709—1774），字荣绍，号切庵。江西新城（今黎川县）人。清代文学家。著有《东里类稿》。

盛乐（1710—1752），字水宾。江西武宁县人。清代文学家。盛际斯之第四子。著有《剑山集》《留雪集》《怀人诗集》等。

徐文弼（1710—?），字勷右、超卢，号茞山。江西丰城人。官饶州府学教授、永川、伊阳知县。有《萍游近草》《吏治悬镜》，撰有《汇纂诗法度针》三十三卷，分金、石、丝、竹、匏、土、革、木八集，为作者在府学教授诗学之课本。

裘曰修（1712—1773），字叔度，号漫士。江西新建人。与子麟、行简，孙元淦、元善、元俊三代六翰林。乾隆元年（1736）进士，先后任《永乐大典》总裁，《四库全书》总裁官。有《裘文达公文集》《裘文达公诗集》，今收入《续修四库全书》第 1441 册。

尚廷枫（1712—?），字岳师，号茶洋。江西新建人。乾隆四年中博学鸿词科。有《贺莲集》。

张梦龙（1712—1772），号觉庄。江西新城（今黎川县）人。著有《觉庄初集》两卷。

熊为霖（1714—?），字浣青，号心松居士。江西新建人。乾隆十年（1745）进士。曾任白鹿洞书院主讲，典试黔南、秦西乡试，有《筮策洞虚录》十四卷、《左氏纪事本末》十四卷、《枝辞时艺》《纪行诗》十册。

胡兆爵（1714—1790），字珮三，号谦堂，晚年易号璞叟。江西庐陵人。乾隆二十六年（1761）进士。有《疗饥草集》十八卷。

林有席（1714—1805），字儒珍，号平园。江西分宜人。乾隆十七年（1752）进士。擅长八股文。有《袁阳文征》二集、《铃阳六子诗》《平园杂著内编》十四卷、《国朝古文雅正所见集》十二册、续选十六卷、《古今体诗汇选》十二卷、《铃阳诗征》《高林诗钞》等。

陈奎（1715—?），字象门。江西临川人。有《邻璧斋集》十六卷，其中有《论诗绝句百首》。

黄松（1717—1768），字鹤汀，以缝纫为生，故号缝客，又号鹏溪缝隐。江西南丰鹏溪人。著有《缝隐尺余草》。

罗暹春（1717—1782），字泰初，号旭庄，晚号水南灌叟。江西吉水县人。乾隆七年（1742）进士，任广东乡试考官、山东盐运使等职。有《水南灌叟遗稿》六卷。

张应遴（生卒年不详），字可佩。江西武宁后街人。著有《玉枕集》数卷。

周鸣（生卒年不详），字繁谕。江西临川人。著有《吾问草》四卷。

王贤望（生卒年不详），字垂野。江西金溪县人。清代雍正、乾隆年间诗人。著有《崇雅堂集》数卷。

帅家相（生卒年不详），字伯子，号卓山。江西奉新人。乾隆二年丁巳（1737）进士，有《卓山诗集》十二卷，续集一卷。

蔡上翔（1717—1810），字元凤，别字东野。江西金溪人。乾隆二十六年（1761）进士。有《王荆公年谱考略》二十五卷、《东野文集》二十卷、《东野诗钞》四卷、《不求甚解录》四卷、《论语续言》四卷、《从政录》一卷。

何飞熊（1719—1790），字渭纶，号南溪。江西金溪人。著有《南溪诗钞》等。

万廷兰（1719—1807），字芝堂，号梅皋，又号俪紫轩主人。江西南昌人。著有《俪紫轩诗偶存》等。

李友棠（1720—1798），字召伯，号适园，又号西华。江西临川人。李绂之孙。著有《侯鲭集》。

许权（生卒年不详），字宜媖。江西德化（今九江）人。湖口进士崔谟之妻。著有《问花楼诗集》三卷。

杨有涵（生卒年不详），字养斋。江西清江人。乾隆壬申年（1752）进士，有《远香亭诗钞》四卷。

鲁鸿（生卒年不详），字远怀，号厚畬。江西黎川人。乾隆二十八年（1763）进士。有《厚畬初稿》二卷。

杨垕（1723—1754），字子载，号耻夫。江西南昌人。乾隆十八年（1753）拔贡，次年病卒。其诗编为《耻夫诗抄》二卷。

邓梦琴（1723—1808），字虞挥，一字簪山。江西浮梁（今景德镇）人。乾隆十七年（1752）进士。有《楸亭文集》十六卷、诗集八卷、外集若干卷。

涂以辀（？—1821），字㮣轩，号瀹庄。江西黎川人。嘉庆四年（1779）进士。任顺天乡试同考官，会典馆总裁，湖北学政。有《养春斋诗钞》二卷，辑有《新城五家诗》。

谭尚忠（1724—1797），字海亭，又字因夏，或字会文，号古愚。江西南丰县人。著有《纫芳斋集》。

李统贤（1724—1800），字元甫，号畏亭。江西新昌（今宜丰县）人。有《活水来斋集》。

蒋士铨（1725—1785），字心余，又字苕生，号清容、藏园，晚号定甫。江西铅山人。乾隆二十二年进士，官翰林院编修，后主蕺山、崇文、安定三书院讲席。诗与袁枚、赵翼齐名，人称"乾隆三大家"，有《忠雅堂文集》十二卷、《忠雅堂诗集》二十七卷、《补遗》二卷、《铜弦词》二卷，总称为《忠雅堂集》《藏园九种曲》。

赖晋（生卒年不详），字锡蕃，号昼人。江西广昌县人。乾隆十三年（1748）进士，著有古文《昼亭初稿》四卷、《昼亭诗集》十二卷、《在官纪事》十卷、《十六国小乐府》一卷。

饶学曙（？—1770），字霁南，号云圃。江西广昌人。乾隆十六年（1751）进士。有《研露斋文钞诗钞》。

赵由仪（1725—1747），字山南。江西南丰人。乾隆六年（1741）中举，时年十七。不仕。"江西四子"之一，诗由汪轫与杨垕收辑为《渐台遗草》二卷，存诗八十余首。

谢鸣盛（1726—1789），字霁中，号醒庵。江西南丰人。有《醒庵诗文钞》《非醉诗钞》《范金诗话》等。

赵鸣鸾（生卒年不详），字景文，一字勉哉。江西南丰县人。清中叶学者、诗人。著有诗集《勉哉游草》。

宋韵山（生卒年不详），字静庵。江西雩都人。

何在田（生卒年不详），字鹤年。江西广昌县人。清乾、嘉之际诗人。著有《至耕堂诗集》。

陈之兰（生卒年不详），字翽儒，号香国。江西临川人。著有《香国集》（也称《五卉园文集》）十八卷。

陈奉兹（1726—1799），字时若，号东浦，别号晴牧居士。江西德化（今九江市）人，乾隆二十五年庚辰（1760）进士。官至江宁、安徽、江苏布政使，嘉庆时试士江南，得钱大昭、胡虔、陈鳣等人。有《敦拙堂诗集》十三卷。

谢鸣谦（生卒年不详），字致恭，别字愧于，又号愧屋。江西南丰人。著有《非我斋文集》及诗集。

谢本量（1726—？），字尚容，号退庵，又号酒囊。江西南丰县人。清中叶诗人。著有《退庵诗钞》《松圃偶存》等集。

李荣陛（1727—1800），字奠基，号厚冈。江西万载县人。清代文学家。著有《厚冈诗集》四卷。

汪轫（约1728—1785），字辇云，一字迁行，号鱼亭。江西武宁人。五十岁以优贡就职吉水训导，卒于任上。与南昌杨垕、南丰赵由仪、铅山蒋士铨并称"江西四子"。著有《鱼亭集》《鱼亭诗抄》。

钱时雍（1728—1807），字寄圃，又字尧民。因居虎川，故号虎川，晚年自曙迁翁。江西清江县人。著有《寄圃诗稿》二十五卷。

刘芬（？—1793？），字湘畹，号东皋先生。江西新建人。清代乾隆时诗人。著有《湘畹诗钞》。

宋昌图（生卒年不详），字道原，号畏轩。生活于18世纪50年代前后。与弟华国、光国，人称"于都三宋"。著有《畏轩先生诗集》二卷。

彭元瑞（1731—1803），字掌仍，号云湄。江西南昌人。撰有《恩馀堂辑稿》，今收入《续修四库全书》第1447册。

鲁九皋（1732—1794），字絜非，号山木。江西新城（今黎川县）人。尝从姚鼐问古文法。乾隆三十六年（1771）进士。有《山木居士集》，今收入《续修四库全书》第1452册。撰有《诗学源流考》一卷，今收入1983年版《清诗话续编》本。

罗有高（1733—1779），字台山，号尊闻居士。江西瑞金人。有《尊闻居士集》八卷。

吴森（生卒年不详），字奉章，号云衣。江西南丰人。乾隆二十八年（1763）进士。有《筠澜诗草》十二卷。

盛元绩（生卒年不详），字苍霖，号熙堂。江西武宁县人。清代乾隆年间诗人。著有《复初文稿》《北游诗钞》等。

王谟（生卒年不详），字仁圃，一字汝上（一作汝糜）。江西金溪县人。著有《汝糜诗钞》八卷等。

蔡珍焕（1734—1798），字绍堂，号枫江。江西新建县人。乾隆六十年（1795）中举。

曾廷枚（1734—1816），字升三，又字修吉，号香墅。江西南城人。有《西江诗话》三卷，论及江西历代诗人。

宋华国（1735—1803），字雨宜，号立崖，晚号退庵。乾隆年间拔贡。诗稿一卷收入《于都三宋先生诗文集》。

熊荣（1735—1806），字对嘉，号云谷，晚号厌原山人。江西安义人。以明经屡试不第，终生隐居山林。有诗论著作《谭诗管见》一卷。

李梦松（1735—1806），字梅偕，号歉夫。江西临川人。著有《歉夫诗文稿》二十卷。

游瑜（1736—1795），字辉璞。江西临川人。嫁与南城陶栗亭知府为妻。著有《集蓼山房诗草》。

叶尚珽（约1736—1804以前），字商士，号石林。因其寓所石林楼在西溪，人称西溪先生。江西铅山人。清代诗人。著有《石林楼诗钞》十五卷。

谢启昆（1737—1802），字良璧，号蕴山，又号苏谭。江西南康人。是清代颇有影响的方志学家。乾隆二十六年进士，由编修出任镇江知府，守扬州，历任浙江按察使，山西布政使，后官至广西巡抚。一生著述颇丰。主修《广西通志》二百八十卷，阮元言可为省志法。有《树经堂集》二十三卷、《西魏书》二十四卷、《小学考》五十卷、《南昌府志》二十四卷，辑有《山谷诗外集补》《山谷诗别集补》等。又助章学诚编成《史籍考》五百卷，有《树经堂咏史诗》五百多首。子学崇，字仲兰，号崇之、椒石。嘉庆七年进士，散馆授编修，嘉庆十三年，充会试同考官。

宋光国（1738—1766），字尚宾，号二崖。乾隆年间贡生。诗两卷收入《于都三宋先生诗文集》。

张望（1738—1806），字棕坛，号闰樗。江西武宁县人。清代文学家。著有《闰樗先生集》三十卷、《嗅花冈诗钞》八卷。

罗安（生卒年不详），字绥之，号水耘。江西新建人。有《吟次偶记》四卷。

魏景文（生卒年不详），字尔止，号兼山。江西新都人。有《古诗声调细论》一卷。

朱嗣韩（1739—1809），字仰山，别字抑斋。江西金溪人。清代诗人。嘉庆四年（1799）进士。著有《红叶山房诗集》四卷。

晏善澄（1740—1802），字准吾，一字秋渠，号薇东。江西上高人。著有《述园遗稿》，诗三卷。

叶向荣（1740—1825），字培远，号啸庐。江西吉水人。清中叶诗人。著有《啸庐诗钞》八卷。

王友亮（1742—1794），字景南，自号蒪亭。江西婺源县人。乾隆三十年应顺天府乡试，得中举人。三十四年，会试取为中书舍人。四十六年，中进士，授刑部主事，后擢山东道监察御史。其诗载入《双佩斋文集》。

梁道奂（生卒年不详），字辉垣。江西临川人。著有《雪鸿诗草》八卷。

杨士瑶（生卒年不详），字英甫，一字白苑。江西金溪人。清代乾隆、嘉庆年间诗人。著有《问山楼集》二十四卷。

王子音（1745—?），原字心辇，后易字心言，号七宣。江西武宁人。

董邦直（生卒年不详），号古鱼。江西婺源人。著有《亭舸诗集》四卷（已佚）。

纪大奎（1746—1825），字向辰，号慎斋。江西临川人。有《双桂堂稿》《双桂堂稿续编》，今收入《续修四库全书》第1470册。

宋鸣珂（1747?—1791），字揩桓，号澹思。江西奉新人。宋五仁次子。著有《南川草堂诗抄》。

闵肃英（生卒年不详），字端淑。江西奉新县人。宋鸣珂妻。清代女诗人。著有《瑶草轩诗钞》等。

熊定飞（生卒年不详），字凌远，号云峤。江西高安县人。大约生活于乾隆至嘉庆年间。清代文学家。著有《熊太史诗赋稿》六卷。

李秉礼（1748—1830），字敬之，号韦庐。江西临川人。官刑部郎中。著有《韦庐诗内集》四卷、《外集》四卷。

吴煊（1748—?），号退庵。江西南城县人。清代诗人、山水画家。著有《菜香书屋诗草》六卷等。

曹龙树（1749—1811），字松龄，号星湖。江西星子县人。乾隆三十六年（1771）中举人，后两次考进士不中，补授咸安宫教习，供奉内廷。任过江宁府江防船政同知、沛县知县、桃源县知县、江宁府江防同知、苏州督粮同知、江南乡试同考官等。著有《星湖诗集》二十七卷。

曾燠（1749—1831），字庶番，号宾谷，晚号西溪渔隐。江西南城人。乾隆四十六年（1781）进士，改庶吉士。历任两淮盐运使、湖南按察使、湖北按察使、广东布政使、贵州巡抚兼署学政、两淮盐政等职。居官之余，倡导风雅，在扬州任内，曾在署后辟"题襟馆"，与袁枚、王文治、王昶、吴锡麟、吴嵩梁、乐钧、吴煊、吴照等流觞唱和，并刻有《邗上题襟集》。有《赏雨茅屋诗集》二十二卷、编有《江西诗征》，并作诗杂咏五十四首，对历代江西诗人一一作了中肯的评论，还辑有《江右八家诗选》八卷，评介了八位有代表性的江西诗人。有《历代诗话腋》（卷数不详）。他是开清代按地域论诗新风的诗论家之一。

余鸣珂（生卒年不详），字碧海，号让麓。江西武宁县人。清乾隆年间诗人、画家。著有《芥堂示诗》等。

杨㻕（1751—1833），字春圃，一字少晦。江西金溪人。清代乾隆至道光年间学者、诗人。著有《云涛山房诗集》等。

万承风（1752—1813），字卜东，号和圃。江西义宁（今修水县）人。乾隆四十六年（1781）进士。任云南副考官、江南副考官、广东学政、山东正考官、詹事、山东学政、礼部侍郎、浙江正考官、江苏学政、兵部侍郎、内阁学士、安徽学政、经筵讲官署工部侍郎等。有《思不辱斋文集》四卷、《思不辱斋诗集》《思不辱斋外集》三卷、《赓飏集》四卷。

蒋知廉（1752—1791），字用耻，一字修隅，号香雪。江西铅山人。清代文学家。蒋士铨之长子。著有《弗如室诗集》。

蒋知节（约1754—约1813），字守初，又字冬生，号竹城，又号秋竹。江西铅山人。蒋士铨次子。著有《冬生诗钞》。

蒋知让（约1756—1809），字师退，号藕船。江西铅山人。蒋士铨第三子。著有《妙吉祥室诗集》。

赵敬襄（1756—1828），幼字瑞星，后改司万，乳名宾兴，一字随轩。江西奉新人。清代文学家。著有《竹冈诗草》（附诗话十四则）。

蒋知白（约1758—?），字莲友。江西铅山县人。蒋士铨第四子。著有《墨余书异》。

戴大昌（1753—1827），字斗源，一字泰之。江西婺源人。著有《补余堂诗钞》六卷。

方锡庚（1753—?），字晚樵。江西南昌县人。现存《沁诗草堂遗诗》。

吴照（1754—?），字照南，号白庵，晚号白翁。江西南城县人。清代诗人、画家。著有《听雨斋诗集》二十二卷。

宋鸣璜（1753—1793），著有《味经斋存稿》四卷。

戴衢亨（1755—1811），字荷之，号莲士。江西大庾人。七岁能诗文，十七岁乾隆辛卯乡举。丙申高宗平金川凯还。献诗天津行在，召试、赐内阁中书，军机章京行走，登戊戌进士及第，除修撰，为湖北江南主考官。甲辰，随驾南巡，督山西学政。丁内外艰，服阕，两出试差，特旨来京供职，逐开坊擢至翰林学士，直枢如故。丙辰，嘉庆改元，一切授受大典礼，多衢亨奏进。丁巳将超授军机大臣，先加三品京卿衔，转少詹事，升内阁学士，礼部右侍郎，转户部。历升调兵、工、户三部尚书，教习庶吉士，直南书房。以军功加太子少保，云骑尉世职。充经筵日讲起居注，官翰林院掌院学士，总裁乙丑会试，主考丁卯京闱。庚午由协揆拜体仁阁大学士，晋宫师管工部事。有《震无咎斋诗稿》。

胡永焕（1755—1805），字奎耀，号雪蕉。江西婺源人。乾隆丁未（1787）年进士。任工部营缮司兼都水司主事。有《龙尾山房诗集》六卷。

裘行简（1755—1806），字敬之，号可亭。江西新建县人。著有《静宜室诗集》八卷。

刘子春（1756—?），字懋修，号一峰。江西新建人。著有《逃禅偶集》等。

舒梦兰（1757—1813），字香叔，一字白香，晚号天香居士。江西靖安人。有《古南余话》五卷。

宋鸣琼（1750?—1802），字婉仙。江西奉新人。著有《味雪轩诗草》一卷、《别稿》一卷。

甘立猷（生卒年不详），字惟弼，号西园、禾四子。江西奉新县人。乾隆四十五年（1780）进士，典试河南、迁兵科给事、刑部员外郎、中仓监督。有《养云楼诗钞》十卷。

邹梦莲（1759—?），号晓江。江西宜黄县人。清代文学家。著有《古今体诗钞》等。

辛从益（1759—1828），字谦受，号筠谷。江西万载县人。乾隆五十年（1785）进士。有《寄思斋藏稿》十四卷。

张瑗（1760—1822），字奉蓬，号佩堂。江西宜黄人。著有《宝廉堂集》。

刘凤诰（1761—1830），字丞牧，号金门。江西萍乡人。乾隆五十四年进士。曾任翰林院编修，侍读学士、参与修起居注和乾隆实录。后累迁内阁学士、礼部侍郎、兵部侍郎、经筵讲官、终吏部侍郎。他还先后充任过广西、湖北、山东、浙江等地的学政和考官。有《存悔斋集》三十二卷（其中有《杜工部诗话》五卷、集杜诗三卷）、《五代史记注》七十四卷、《江西经籍志补》四卷。

洪占铨（1762—1812），字凤宾，号介亭，一号辅阶。江西宜黄县人。嘉庆七年（1802）年进士，散馆授编修，授命主持陕西、甘肃乡试。有《小容斋诗抄》十卷。

麻敬业（1762—?），字损谷。江西庐陵（今吉安县）人。著有《亲亲余事》十二卷。

刘世俊（生卒年不详），字俨若，号鸥村，一号一湖。江西临川人。清代乾嘉年间诗人。著有诗集《鸥村集》。

宋鸣琦（1763—1840），字步韩，号梅生。江西奉新人。乾隆五十二年（1787）进士。历任礼部主事、员外郎、叙州知府、嘉定知府、晚年为豫章书院山长。有《心铁石斋存稿》四十卷。

乐钧（1766—1814），字符淑，号莲裳。江西临川人。嘉庆六年举人，乾隆五十四年（1789），学使翁方纲奇其才，拔取贡生。有《青芝山馆全集》。

吴嵩梁（1766—1834），字子山，号兰雪、澈翁，别号莲花博士、石溪老渔。江西东乡人。从蒋士铨学诗法，又与乐钧一起师从著名诗人翁方纲。曾先后主讲兴鲁、白鹿洞、鹅湖等书院。嘉庆五年（1800）举人，由内阁中书历官黔西知州。与黄景仁齐名，并称为"一时之二杰"。有《香苏山馆全集》四十九卷，其中有《石溪舫诗话》二卷。

辛绍业（生卒年不详），字服先，号敬堂。江西万载县人。著有《敬业遗书六种》十一卷。

查振旗（生卒年不详），字宗瀛，号云槎。江西星子县人。著有《正吾堂诗钞》二卷。

裘行恕（生卒年不详，）字慎甫。江西新建县人。著有《草草诗存》八卷。

宁元韺（生卒年不详），字卓峰，号介圃。江西宁都县人。清代诗人。著有《介圃诗钞》七卷。

吴苇（生卒年不详），初名垶，字湘南，号鹿柴。江西南昌人。清代乾隆诗人。

王先春（生卒年不详），字柳州，一字上舍。江西金溪人。清代乾隆年间诗人。著有《红药山房诗稿》十六卷。

揭垂佩（生卒年不详），字虞廷，号荷衣。江西南丰县人。现存《虞亭诗集》。

张琼英（1767？—1825），字鹤舫。江西永丰人。嘉庆六年（1801）年进士，任安徽天长县知县、饶州知府。有《采馨堂诗集》八卷、《白水诗集》二十六卷。

陈用光（1768—1835），字硕士，号实思。江西新城（今黎川县）人。嘉庆六年（1801）进士，由编修累官至礼部侍郎。有《太乙舟文集》八卷。

李宗瀚（1769—1831），字公博，一字北溟，号春湖。江西临川人。秉礼之子。著有《静娱室偶存稿》二卷、《杉湖酬倡诗略》二卷。

宋九芝（生卒年不详），字子寿，号篆雪。江西奉新人。太学生。现存《约园诗存》。

冯春晖（1772—1836），字丽天，号旭林、梅屿。著有《椿影集》六卷。

罗安（生卒年不详），字绥之，号水村。江西新建县人。著有《水耕诗稿》十二卷。

齐彦槐（1774—1841），字梦树，号梅麓。江西婺源（今属江西省）人。嘉庆十四年（1809）进士，选庶吉士。有《梅麓诗文集》。

郭仪宵（1775—1846）。江西永丰人。嘉庆二十四年（1819）举人，官内阁中书，曾主讲琅琊、夷山等诸多书院。著有《诵芬堂诗抄》二十六卷。

李祖陶（1775—1858），字钦之，一字迈堂。江西上高人。嘉庆十三年（1808）中举，曾主持鹭洲书院。著有《诗存》二十四卷等。

徐谦（1776—1864），字益卿，一字堃山，号白舫，别号鹤洞子。江西广丰人。嘉庆十二年（1807）举于乡，嘉庆十六年（1811）登进士，改庶吉士，为翰林院编修，改吏部文选清吏司主事。担任会试对读官、储济仓监督、朝议大夫。先后主讲白鹿洞、鹅湖、丰溪诸书院。有《悟雪楼诗存》初、二集、《丰溪瓣香集》。

余成教（1778—?），字道夫。江西奉新人。有《石园诗话》二卷，今收《清诗话续编》本。

钟崇俨（1778—1858），字若思，号敬亭。江西赣县人。

李培谦（1778—?），字榆村。江西临川人。清代诗人。现存《少芝山房诗钞》。

黄麟（?—1850），字应轩，号杏帘。江西金溪县人。《菜香山屋诗钞》付梓。

洪锡光（生卒年不详），字瑶圃，号摩谷居士。江西余干县人。清代诗人。著有《企鹤轩诗钞》四卷。

邹均（生卒年不详），字寿泉。江西南丰县人。著有《十二树梅花书屋全集》。

黄凤题（生卒年不详），字守谦，别号兰生。江西南昌县人。著有《韵香山房诗》。

李文杰（生卒年不详），字澹仙。江西玉山人。著有《瀚江诗钞》。

朱鸾（1780—1842），又名振采，字冕玉，号铁梅。江西高安县人。清代诗人、藏书家和金石学家。

萧元吉（1780—1849），字象占、诚斋，号谦谷、秋广。江西高安县人。清代诗人。著有《绿杉野屋诗集》四卷。

曹煃（生卒年不详），号霁岑、龙树子。江西星子县人。清代诗人。著有《霁岑诗集》。

程烈光（1781—1863），字斗辉，号芸室。江西婺源县人。著有《芸辉堂诗集》四卷。

娄谦（1781—1844），字益甫，号涧筼。江西南昌县人。清代文学家。著有《北埜（野）闲钞》四卷等。

徐骧（1782—1840），一名湘，字兼程，号春帆、药生，晚号茧生。江西高安县人。著有《红豆山房集》等。

王赠芳（1782—1849），字曾貤，号霞九。江西庐陵（今吉安）人。嘉庆十六年（1811）进士。历任湖北学政、云南按察使等职。著有《慎其余斋文集》，其中诗集八卷。

曹星平（生卒年不详），初名元吉，字光大，号石南。江西上高县人。著有《石南诗钞》三卷。

汤储璠（1783—1832），号茗孙。江西临川（今抚州市）人。著有《长秋馆诗文》三十二卷。

徐湘潭（1783—?），字仲华，又字东松，号兰台，住在江西金溪，又以金溪为号。江西永丰县人。清代文学家。著有《睦堂先生集》。

余煌（生卒年不详），字汉卿，号星川。江西婺源县人。著有《野云诗馀》等。

晏棣（1784—1836），字亦秋，号葶楼。江西上高县人。

尚镕（1785—1836），字乔客，一字宛甫。江西南昌人。有《三家诗话》一卷，今收入《清诗话续编》本。

艾畅（1787—?），字至堂。江西东乡人。清代优秀诗人。著有《诗堂诗钞》六卷。

汪芦英（生卒年不详），字雪娥。江西奉新县人。著有《吟香馆诗草》。

陈兰瑞（1788—1823）字小石。江西新城（今黎川县）人。陈用光之子。著有《观象居诗钞》两卷。

程懋采（1789—1843），号憩棠。江西新建县人。清代爱国主义思想家、文学家。著有《心师竹斋文集》。

陈偕灿（1790—1861），字少香，晚号咄咄斋居士，又号鸥汀渔隐、鸥江渔隐等。江西宜黄人。道光元年（1821）举人。官福建长泰、惠安知县。著有《鸥汀渔隐诗集》六卷、《鸥汀渔隐诗续集》三卷、《鸥汀渔隐诗外集》一卷。

帅芳蔚（1790—1872），字叔起，一字子文，号石邨。江西奉新县人。著有《咫闻轩诗稿》等。

曾锡华（生卒年不详），字承勋，号定孙。江西临川人。著有《潜园剩稿》五卷。

黄爵滋（1793—1853），字德成，号树斋。江西宜黄县人。道光三年（1823）中进士，选庶吉士，授翰林院编修。后迁御史、给事中。曾任鸿胪侍卿、大理寺少卿、通政使司通政使、礼部侍郎、刑部侍郎、六部员外郎。著有《仙屏书屋初集诗录》十六卷、《后集诗录》二卷等。

彭定澜（1793—1865），字恬舫。江西乐平县人。著有《砚食斋诗钞》，梓行。

辛师云（1794—1841），字京孙，号芝生。江西万载县人。著有《思补过斋遗稿》六卷。

夏心葵（1794—?），字晓蕖。江西德化（今九江市）人。清代中期诗人。著有《锄月山房诗钞》十卷。

杨炳（1795—1851），字子萱。江西新城（今黎川县）人。清代文学家。著有《惜味斋存稿》。

陈世庆（1795—1854），字聪彝，江西德化（今九江市）人。清代诗人。著有《九十九峰草堂诗钞》。

吴芸华（生卒年不详），字山茶，自号石溪渔女。江西东乡县人。吴嵩梁次女。九江诸生陈世庆妻。著有《养花轩诗稿》。

蔡紫琼（生卒年不详），字绣卿，一字玉婷，蔡寿祺之姊。江西德化（今九江）人。江西湖口周文麟之妻。著有《花凤楼吟稿》三卷。

褚汝文（生卒年不详），字伯机，号木斋。江西高安县人。清代学者。《木斋诗说存稿》六卷。

符兆纶（1795—1866），字雪樵，号卓峰居士，别号雪樵居士。江西宜黄人。道光十二年（1832）举人。历官福建福清、屏南、建阳知县。著有《卓峰草堂诗抄》二十卷、《梦梨云馆诗外编》（又名《留梦草》）四卷。

黎树培（1796—1874），字定叔。江西临川人。清代古文家。著有《墨稼轩遗稿》数卷。

刘铎（1797—1878），字瞻岩，号岳云居士。江西永丰县人。清代文学家，也是清代江西最后一位状元。著有《存吾春斋诗文集》二十五卷。

石景芬（1797—1874），字志祁，号芸斋。江西乐平县人。著有《诵清阁文钞》四卷。

陈方海（生卒年不详），字伯游。江西鄱阳人。清代古文家。

何元炳（生卒年不详），字琴南。江西乐平人。著有《焦桐诗草》。

吴觉（1799—1807?），字道民，号梅雪。江西武宁县人。著有《芸海阁文集》，内附《春桂楼诗集》六卷。

张凤翥（?—1865），字海峰，号炼渠。江西武宁县人。清道光至同治间诗人。著有《镜真山房诗钞》六卷。

徐咏韶（1801—1880），字凤卿，晚号瀛壖逸老。江西南昌源溪人。清代诗人。著有《草草草》四卷。

张景渠（生卒年不详），字翼伯。江西上饶县人。清代诗人。著有

《烬余诗草》四卷。

　　吴嘉宾（1803—1854），字子序。江西南丰人。著有《诗文集》十二卷等。

　　朱瀚（1803—1857），原名时序，号寅安。江西高安县人。朱轼世族孙。清代诗人。著有《小沧溟馆诗集》五集。

　　朱航（1803—1875），字子载，别字莲洋，号巨川。江西高安县人。朱轼六世族孙。清代文学家。

　　吴嘉言（1804—1827），字子顾。江西南丰人。清代诗人。著有《一篑草存诗》。

　　刘文藻（1804—1875?），号诗歌舫子。江西彭泽县人。著有《诗舫存钞》付梓。

　　陈广敷（1805—约1858），名溥，字稻孙。江西新城（今黎川县）人。陈用光之从孙，陈懿叔之再从弟。清代文学家。著有《陈广敷遗书》四十八种。

　　万梦丹（生卒年不详），字篆卿。江西德化（今九江县）人。万兆霖第五女，翰林院编修蔡殿齐妻。著有《韵香书室吟稿》一卷。

　　杨士达（？—1861），字希临，号耐轩。江西金溪县人。清代文学家。著有《耐轩文钞》十三卷。

　　尹继隆（1807—?），字甘泉。江西永新县人。清代道光、咸丰时期诗人。著有《永新诗征》三十二卷、《暂留轩诗钞》八卷。

　　杨希闵（1808—1885?），字铁佣，号卧云。江西新城（今黎川县）人。清后期学者、诗人。著有《遐憩山房诗》四卷。

　　朱龄（1808—?），字芷汀，号海帆。江西高安县人。朱轼六世族孙。清代文学家。著有《古欢斋文录》四卷、《诗录钞存》若干卷。

　　彭铨（生卒年不详），字屏山。江西萍乡人。出身贡生。著有《锦云集》。

　　萧露瀼（生卒年不详），字建九。江西武宁人。清代中期诗人。现存《厓居集》数卷。

　　丁亨（1809—?），字简轩。江西新建县人。著有《未毁草》，其中诗集二卷。

　　钟秀（1808—1879），字临辞，号官城。江西赣县人，有《观我生斋诗话》四卷。

杨希闵（1809—1885），字铁佣，号卧云居士。江西新城人。有《乡诗摭谭》二十卷、《诗榷》十二卷附录一卷，今藏江西省图书馆。

张德升（1810—1870 以后），字子奎。江西永丰人。

周劼（约 1810—1865 以后），字献臣。江西彭泽人。著有《瓶城山馆诗钞》十六卷。

石成瑛（生卒年不详），字东域。江西义宁（今修水县）人。清代道光年间诗人、金石家。著有《三味斋诗初稿》四卷。

徐启运（生卒年不详），字穆斋。江西永丰县人。清末诗人著有《云岩采药山人诗草》五卷。

裘纫兰（生卒年不详），字佩秋。江西新建县人。裘行恕孙女。南昌黄维炘继室。著有《怡然阁诗钞》。

汪元慎（生卒年不详），字全逸。江西南昌县人。清代嘉庆至咸丰年间诗人、地质学家。著有《咏史集》八卷、《别集》一卷。

姜曾（？—1852），字重伦、怀哲，号濬泉、樟圃。江西南昌县人。清代文学家。现存《樟圃文蜕》八卷。

谢华章（18117—？），字浣香。江西宜黄人。著有《纫秋山馆偶存四稿》。

冷采芸（1813—1873），字松岚，号鹤牧。江西义宁（今修水县）人。著有《小洞山房诗草》四卷。

郭俨（1813—约 1864 前后），号惺予。江西庐陵（今吉安县）人。清代文学家。著有《抱遗经轩诗钞》。

谢兰生（生卒年不详），字子湘。江西崇仁县人。清代文学家。著有《兰生全集》三种。

白云章（1815？—1867？），号小香。江西余干人。著有《红藕花庄诗集》。

慧霖（生卒年不详），法号梅庵。江西新建县人。现存《松云精舍诗录》四卷、《法云寺诗录》。

王其淦（生卒年不详），字小霞。江西吉安县人。著有《留香书屋诗草》《鄱阳湖棹歌》等。

范淑（生卒年不详），字性宜。江西德化（今九江）人。大约活跃于道光至咸丰年间。著有《忆秋轩诗钞》两卷。

孙衣言（1814—1894），字劭闻，号琴西。江西瑞安人。有《琉球诗录》《淮阳正气录》《永嘉内外集》《逊学斋集》《逊学斋诗话》（卷数不详）。

黄淳熙（1816—1861），字子春。江西鄱阳县人。清代文学家。著有《黄忠壮公遗集》九卷。

吴坤修（1816—1872），字竹庄。江西新建县人。著有《三耻斋初稿》九卷。

勒方锜（1816—1880），字悟九，号少仲。江西新建县人。

尹继美（1816？—1886？），字湜轩。江西永新县人。近代学者、文学家。

游馨（1817—1878），号藕湖。清江西临川带湖（今临川流坊）人。著有《半舫诗存》八卷。

黄长森（1818—约1873），字襄男，又字曼庵。江西新城（今黎川县）人。清代文学家。著有《自知斋诗集》十卷。

邹树荣（1819—1902），字少陶。江西南昌县人。清末文学家。著有《邹氏一粟园丛书》。

李联琇（1820—1878），字季莹，号小湖，别号好云楼主人。江西临川人。道光二十五年（1845）进士。选庶吉士，授编修，充国史馆，历官侍讲学士，提督福建、江苏学政，大理寺卿。曾主讲于川港师山书院、南京钟山书院、惜阴书院。著有《好云楼全集》四十四卷。

欧阳云（1820—1877以后），字陟伍，号石甫。江西彭泽县人。著有《亦吾庐诗草》八卷。

龙文彬（1820—1893），字筠圃。江西永新人。清代史学家、文学家。著有《永怀堂诗钞》二卷。

萧鹤龄（1821—1887），字寿山，别字友松。江西泰和人。清末文学家、书法家。著有《二陟草堂文稿》十二卷。

胡友梅（1821—？），号雪村。江西庐陵（今吉安县）人。著有《庐陵诗存》十二卷。

陈卿云（1822—1903？），字瑞虞，别字仙楼。江西上高人。著有《崇正遗稿》。

江人镜（1823—1897以后），字云彦，号蓉舫。江西婺源（今黎川县）人。晚清诗人、词人。著有《知白斋诗钞》。

刘庠（1824—1901），字慈民，号钝叟。江西南丰人。清代文学家。

文星瑞（生卒年不详），字树臣。江西萍乡人。著有诗集《啸山剑房诗钞》。

赵承恩（生卒年不详），字省庵。江西金溪县人。著有《省庵初稿》四卷。

罗文翰（生卒年不详），字兆庠，号浩亭。江西永丰县人。著有《扫尘轩诗稿》一册、《扫尘轩古今体诗》四卷等。

胡友兰（1826—1872），字馨谷。江西庐陵（今吉安县）人。咸丰十一年辛酉（1861）中秀才。著有《蓼虫集》二卷。

蔡泽宾（？—1887），字东孙，一字公闇。江西德化（今九江）人。清代文学家。著有《蔡泽宾诗集》《集陶集》等。

彭桂馨（1828？—1889？），字窦昆，号伯丹。江西高安县人。清代诗人、书画家。著有《有新意斋诗集》四卷。

杨梦龙（1832—？），号竹卿。南昌县人。著有《弃剑草庐存稿》四卷。

高心夔（1835—1883），原名梦汉，字伯陶，又字伯足，又字碧湄，又字东蠡，号陶堂。江西湖口人。十八岁中举。咸丰九年（1859）中进士。著有《陶堂志微录》五卷。

周怀霁（生卒年不详），字古徒，号本色山人。江西彭泽县人。清代诗人。著有《本色山人诗稿》四卷。

欧阳翘（1836—？），字鸣凤，号亦拙。江西安福人。著有《字拙诗草》二卷。

王谦（生卒年不详），字益斋，学者称补园先生。江西崇仁县人。清代诗人。著有《补园诗钞》十八卷。

张宿煌（1838—？），字碧垣。江西湖口县人。著有《退思堂诗文钞》。

杨是龙（1838—1865），字绘卿，别字辰三，晚号蕉窗寄人。江西湖口人。现存《蕉窗寄人遗稿》。

刘人骏（1840—1909），字牧村。江西吉水县人。晚清诗人。著有《鸥洞诗抄》十二卷。

何邦彦（1840—？），字司直。江西永丰县人。清代秀才、文学家。著有《司直诗存》等。

江式（生卒年不详），字敬所。江西余干人。清代诗人。著有《野学堂诗文存》八卷。

钟谷（1843—1919），原名仁鸾，字声和，号子善。

吴式章（1844—1919?），字达轩。江西萍乡人。著有《守敬斋诗草》六卷。

陶福祝（生卒年不详），字稚箕。江西新建县人。清咸同年间诗人。现存《思子诗录》。

蔡泽苕（1843—1915），字伯颖，蔡寿祺长女。江西德化（今九江）人。江西汉阳袁晋未婚妻。

裘献功（生卒年不详），字赐秋。江西新建县人。著有《墨竺轩诗草》十七册。

黄懋材（?—1890），字不刁，号豪伯，别号柏庭。江西上高县人。

邵伯棠（生卒年不详），字苇圃，号储山老人。江西都昌县人。晚清文学家。

陈三立（1853—1937），字伯严，晚号散原。江西义宁（今修水县）人。维新派人物湖南巡抚陈宝箴之子。近代"同光体"诗人的代表人物。著有《散原精舍诗集》（未收 1901 年以前的作品）。

范金镛（1854—1923），字沤舫，一字藕舫，号沤道人。江西新建县人。近代著名画家、诗人。著有《心香室诗钞》五卷。

刘孚京（1856—1898），字镐仲。江西南丰人。著有《求放心斋文集》。

文廷式（1856—1904），字道希，一作道爔、道溪，号云阁，一作芸阁，又号芗德、罗霄山人，晚号纯常子。江西萍乡人。光绪十六年（1890）一甲二名进士，曾任翰林院侍读学士。著有《文道希先生遗诗》。

程道存（1856—1934），初名式谷，后以字行。江西南昌人。清末民初诗人。著有《可乎? 可；不可乎? 不可轩诗集》二卷。

魏元旷（1857—1935），字斯逸，号蕉庵。江西南昌人。有《蕉庵诗文集》《蕉庵随笔》，撰《蕉庵诗话》四卷续编一卷后编八卷。

施琪（1857—1887），字俊卿，号潜夫。江西万载县人。著有《潜夫诗稿》（不分卷）一册。

邹鼎（1857—?），字建甫。江西安福县人。清末民初诗人。著有《味新山馆诗存》一册。

郭显球（1859—?），字梦石。江西新建县人。现存《松庐诗存》。

杨增荦（1860—1933），更名僧若，派名封炎，字昀谷，一字延真，号滋阳山人。江西新建县人。著有《杨昀谷先生遗诗》四卷。

赵世骏（生卒年不详），字伯声，一字山木。江西南丰人。

饶芝祥（1861—1912），字符九，号占斋。江西南城县人。清代文学家。著有《占斋诗文集》八卷。

彭若梅（生卒年不详），女，字鹤俦。江西乐平县人。著有《岁寒吟》一稿。

赵辉（1864—1933），字峻明，号德庵，又号鹤巢。江西新喻（今新余市）人。清末民初文学家。现存《赵鹤巢遗稿》十三卷。

李之鼎（1864—?），字振唐。江西南城县人。清末爱国诗人。著有《宜秋馆诗集》七卷。

雷凤鼎（1866—1922），字仪臣，别号菊农。江西临川人。著有《灵谷山房集》四卷、《拜鹃楼诗稿》二卷等。

雷凤鼎（1866—1933），字未休。江西南城人。晚清诗人、书画家。

胡思敬（1866—1918），清末民初文、史学家。字漱唐，晚号退庐居士。江西新昌（今宜黄丰县）人。现存《退庐全集》。

李瑞清（1867—1920），字仲麟，一字梅庵；因性喜食蟹，又自号李百蟹，晚号清道人。清末民初的诗人、书画家、文物鉴赏家。现存《清道人遗集》四卷。

黄维翰（1867—1930），字申甫。江西崇仁县人。著有《稼溪诗草》三卷。

刘廷琛（1867—1932），字幼云，晚号潜楼老人。谥号文节。江西德化（今九江市）人。著有《潜楼文集》四卷。

王敬先后（1867—?），字籀奇，别字师新，号柳溪。江西玉山县人。近代文学家。著有《柳溪小隐集》十卷。

欧阳述（1869—1910），字笠侪。江西彭泽人。著有《浩山诗集》十二卷。

桂念祖（1869—1915），一名赤，字伯华。江西德化（今九江）人。

华焯（1871—1923），字澜石，号持庵。江西崇仁人。光绪二十四年（1898）进士，授编修。与陈三立、魏元旷等广交。著有《持庵集》四卷。

熊用梅（约1871—?），号子康氏。江西南昌（今宜丰）人。清末民初文人。现存《吟蝉诗草》。

程学恂（生卒年不详），字窳堪，号伯臧。江西新建人。清末民初诗人。著有《影史楼诗存》八卷。

汪峰青（生卒年不详），字湘岚，号襄楠。江西婺源（今江西婺源县）人。留有《林深吟唱和集》与《醉绿惜红吟草》二卷。

徐湘潭（1873—约1850），字睦堂，一字东松，号兰台。江西永丰人。著有《诗集》三十九卷等。

夏敬观（1875—1953），字剑丞，号映庵，又号盥人。江西新建人。光绪二十年（1894）举人。曾入张之洞幕府，参与新政活动，并主办西江师范学堂。继任上海复旦、中国公学等校监督、江苏巡抚参议、江苏提学使等职。著有《忍古楼诗集》十五卷。

胡焕（1876—?），字眉仙。江西南昌人。清末民国时诗人。著有《江上晚晴楼诗稿》四卷。

杨赫坤（生卒年不详），字苏更。江西武宁县人。清末至民国时期的诗人。著有《稼心轩诗存》四卷。

陈衡恪（1876—1923），字师曾，号槐堂，一号朽者、朽道人。江西义宁（今修水）人。陈三立长子，曾留学日本，入民国后任江西教育司长，教育部编纂处股员，北京高等师范、北京美术学校、北京美术专门学校国画教授。著有《陈师曾先生诗文集》。

胡朝梁（1877—1927），字子方，一字梓方，号诗庐。江西铅山人。曾肄业于震旦、复旦二校，曾协助林纾翻译小说。师事于陈三立。著有《诗庐诗存》。

后　记

这些年做了几件与本书稿有关的事。

2007 年，本人主持的《清代江西诗学与文论》立项为江西省社会科学规划项目，其间因诸多事务牵扯，课题直到 2010 年才完成结题。之后，我陆陆续续在写一些章节，我相信，江西诗学与文论是一个大富矿，值得花相当长的时间慢慢去挖掘和探究。这本小书就是这些年挖掘和探究的一个小结。

2007—2009 年在复旦大学从事博士后研究，课题是《乾嘉形式诗学批评专题研究》，对乾嘉时期的江西诗学有所关注。其中包括江西籍文人谢启昆、吴嵩梁等。书稿的一节内容发表在《文学评论》2011 年第 4 期上。书稿后来入选全国博士后文库，由中国社会科学出版社全额资助出版。

2008—2010 年，应江西社会科学院胡迎建研究员之邀，参加《庐山历代诗词全集》的编注工作，我负责清代部分，其间翻过不少江西籍文人的别集。那几年，我带领我的第一届、第二届研究生史元梁、谢超、张燕，几个寒暑假都泡在庐山图书馆。庐山是国民政府的"夏都"，图书馆现在是国家一级图书馆，以前我们都不知道这些，里面保存有许多古籍。趁本书出版之际，我把当时翻阅过的古籍书目附上，以表示对这段工作经历的纪念。《庐山历代诗词全集》后由上海古籍出版社出版，在北京人民大会堂开的首发式，也算风光了一回。在庐山工作真好，一早一晚在山上走走，几年下来，庐山的山山水水都跑遍了。工作间隙，抬头看看远近云雾缭绕的山峰，时时想起陶渊明笔下"悠然见南山"的妙境。这项工作由庐山管委会出资，我们在庐山工作期间，吃住、景点门票全免，其乐融融。难怪工作结束时，有学生说，下次有这样的机会再叫上我们，我们不要工资都可以！

2008 年，江西社会科学院启动重大项目《江西学术史》的研究，胡迎建先生负责清代部分。应胡先生之邀，我负责明清江西文论的撰写工作。这本书体例只是一般性的介绍，而且只是几个重要的文论家。现在书稿已进入付印阶段，很快就可以面世。能为江西学术史做一点贡献，也是很自豪的一件事。

中国古代文学研究者一般认为，宋代江西文学兴盛，而明清文学则江浙地区兴盛，此论大体不差。但我们也要看到，明清时期，江西学人也不是毫无建树。经过梳理明清江西诗学与文论，我们也许对明清时期江西学人的文学贡献会有另一种认识。

其间指导的几个学生，谢超、张燕、张琴、康婷、陈彦平、郑华英、李玉莲、温新平、杨龙华、魏青青、张丽、陈衍伟等，他们为本书稿做过一些资料查找和文字整理工作。本书稿面世，要感谢江西省重点学科——中国语言文学、江西高校哲学社会科学研究重大课题攻关项目《江西完善优秀中华传统文化教育行动方案研究》（批准号：ZDGG1405）、赣南师范大学学术出版基金、江西文学与优秀传统文化协同创新团队的资助，感谢学校文学院各位领导的决策。本书稿不足之处，请各位方家批评指正。

吴中胜于 2017 年春